DEANA ZINSSMEISTER
Der Schwur der Sünderin

Buch

Die Kurpfalz um 1525. Anna Maria Hofmeister kehrt von der gefahrvollen Suche nach ihren beiden Brüdern Peter und Matthias, die während der Bauernaufstände für die Rechte der unterdrückten Bauern kämpften, in ihr Heimatdorf Mehlbach zurück. An ihrer Seite befindet sich Veit, der »Wolfsbanner«, der ihr unterwegs das Leben gerettet hat. Anna Maria und Veit lieben sich, und gemeinsam wollen sie ein neues Leben beginnen. Sie beschließen, in Mehlbach sesshaft zu werden und zu heiraten. Doch schon bald ändert sich das Verhalten der Mehlbacher. Obwohl Veit versucht, sich in die Dorfgemeinschaft einzufügen, fühlt er sich als Fremder. Auch Anna Maria spürt, dass immer öfter hinter ihrem Rücken getuschelt wird. Aber zunächst misst die junge Frau diesem Verhalten keine besondere Bedeutung bei, erntete ihre Familie doch auch früher schon neidvolle Blicke. Und da Anna Marias Vater sich derzeit bereits zum wiederholten Male auf Wallfahrt befindet, glaubt sie, dass dies der wahre Grund für das Gerede im Dorf ist. Doch sie täuscht sich …
Als Veit kurz darauf beobachtet wird, wie er im Wald Wolfswelpen füttert, hetzen die feindlich gestimmten Bauern gegen ihn und versuchen, die restlichen Dorfbewohner davon zu überzeugen, dass er Unheil über das Dorf bringen wird. Veit hängt fortan der Ruf an, selbst ein Wolf zu sein, und der Argwohn der Mehlbacher schlägt in Furcht um.
Am Tag von Anna Marias und Veits Hochzeit wird Veit gefangen genommen und angeklagt, ein Werwolf zu sein. Anna Maria, die für alle nur noch die »Wolfsbraut« ist, spürt, dass diese Anklage Veits Tod bedeuten wird, und setzt alles daran, ihn zu retten. Und sie weiß, dass nur ihr Vater Daniel Hofmeister, der ein geheimnisvolles Doppelleben führt, ihr dabei helfen kann …

Autorin

Deana Zinßmeister widmet sich seit einigen Jahren ganz dem Schreiben historischer Romane. Bei ihren Recherchen wird sie von führenden Fachleuten unterstützt, und für ihren Bestseller »Das Hexenmal« ist sie sogar den Fluchtweg ihrer Protagonisten selbst abgewandert. »Der Schwur der Sünderin« ist Deana Zinßmeisters vierter Roman bei Goldmann. Die Autorin lebt mit ihrem Mann und zwei Kindern im Saarland.

Außerdem von Deana Zinßmeister bei Goldmann lieferbar:

Das Hexenmal. Roman (46705) · Der Hexenturm. Roman (47248)
Die Gabe der Jungfrau. Roman (47036)

Deana Zinßmeister

Der Schwur der Sünderin

Roman

GOLDMANN

Verlagsgruppe Random House FSC-DEU-0100
Das FSC®-zertifizierte Papier *München Super* für dieses Buch
liefert Arctic Paper Mochenwangen GmbH.

1. Auflage
Originalausgabe Oktober 2011
Copyright © 2011 by Deana Zinßmeister
Copyright © dieser Ausgabe 2011
by Wilhelm Goldmann Verlag, München,
in der Verlagsgruppe Random House GmbH
Umschlaggestaltung: UNO Werbeagentur, München
Umschlagmotiv: © akg images; © Städel Museum – ARTOTHEK;
© Woman with a Mask (oil on canvas), Lippi, Lorenzo (1606–65)/
Musée des Beaux-Arts, Angers, France/Giraudon/Bridgeman
Berlin; © Christie's Images Ltd – ARTOTHEK
Gestaltung der Umschlaginnenseiten:
Network! Werbeagentur GmbH, München
Redaktion: Eva Wagner
AG · Herstellung: Str.
Satz: omnisatz GmbH, Berlin
Druck und Bindung: GGP Media GmbH, Pößneck
Printed in Germany
ISBN 978-3-442-47249-9

www.goldmann-verlag.de

Für meine Geschwister
Manuela und Marko

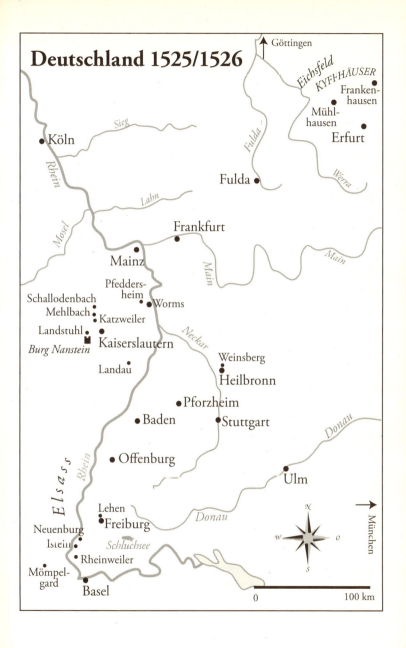

⇒ *Personenregister* ⇐

Hofmeister-Hof
Anna Maria Hofmeister
Daniel Hofmeister (Joß Fritz*) – Vater
Elisabeth Hofmeister – Mutter (verstorben)
Jakob Hofmeister – ältester Bruder
Sarah Hofmeister – Jakobs Frau
Christel Hofmeister – Tochter von Jakob und Sarah
Peter Hofmeister – zweitältester Bruder
Matthias Hofmeister – mittlerer Bruder (verstorben)
Nikolaus Hofmeister – jüngster Bruder

Veit von Razdorf – Anna Marias Geliebter
Johann von Razdorf – Veits Bruder
Gerhild von Razdorf – Johanns Frau
Friedrich – Freund von Peter
Lena – Magd
Mathis – Knecht

Joß Fritz* (Daniel Hofmeister) – Anstifter der Bundschuh-Bewegungen
Else Schmid* – Ehefrau von Joß
Kilian Meiger* – Kampfgefährte von Joß
Ulrich von Württemberg* – Herzog von Württemberg
Georg III. Truchseß von Waldburg-Zeil* – deutscher Heerführer
Jäcklein Rohrbach* – Anführer der Bauern
Thomas Müntzer* – evangelischer Theologe und Revolutionär

Heinrich Pfeiffer* – Mitstreiter Thomas Müntzers
Margarethe Renner/Schwarze Hofmännin* – Mitstreiterin von Jäcklein Rohrbach
Melchior Spindler – Kampfgefährte von Joß, Kilian und dem Wirt

Mühlhausen
Gabriel – Bader und einstiger Kampfgefährte von Joß Fritz
Annabelle – Gabriels Tochter
Fritz – Gabriels Sohn
Jacob Hauser* – Freund des Baders und Fähnrich bei Joß Fritz
Florian Hauser – Jacobs Sohn

Katzweiler
Karl Nehmenich – Bauer
Hanna Nehmenich – seine Frau
Susanna Nehmenich – seine Tochter
Johannes Nehmenich – sein Sohn

Stefan – Förster
Ullein – Sohn des Försters
Agnes – Tochter des Försters
Adam Fleischhauer – ehemaliger Arzt (Quacksalber)

Rauscher-Mühle
Willi – Bauer
Ruth – Anna Marias Freundin
Jäcklein – Ruths Sohn
Kasper – Ruths Sohn

Die mit einem * gekennzeichneten Personen haben tatsächlich gelebt.

»Lupus et agnus pascentur simul,
et leo sicut bos comedent paleas,
et serpenti pulvis panis eius.
Non nocebunt neque occident
in omni monte sancto meo«,
dicit Dominus.

»Wolf und Lamm sollen weiden zugleich,
der Löwe wird Stroh essen wie ein Rind,
und die Schlange soll Erde essen.
Sie werden nicht schaden
noch verderben auf meinem ganzen heiligen Berge«,
spricht der HERR.

(Jesaja 65,25)

Prolog

In der Nähe des Ortes Mehlbach im November 1525

Der zehnjährige Johannes kickte mürrisch Steine zur Seite und wäre dabei beinahe auf dem glitschigen Boden ausgerutscht. Nach den tagelangen Regenfällen war die Erde aufgeweicht, und der Junge musste breite Pfützen überspringen. Lustlos schlenderte er den Weg vom Ausgang Mehlbachs in Richtung Wald. »Immer muss ich das Holz herbeischaffen!«, murrte er und sah zum Himmel. Dichte Wolken zogen darüber hinweg.

»Dabei ist das Weiberarbeit«, brummte er leise weiter. Als er ein Eichhörnchen am Waldesrand erspähte, rannte er ihm hinterher, doch rasch sprang das Tier einen Baumstamm hinauf. Johannes hieb mit der Faust gegen das Holz und blickte dem Eichhörnchen zornig hinterher. »Mistvieh!«, schimpfte er laut.

Anstatt zurück auf den Weg zu gehen, wollte der Junge seine Strecke abkürzen und marschierte quer durch den Wald. Es war ein gutes Stück zu gehen, bis er zu der Stelle kommen würde, wo die Holzarbeiter des Grundherrn die dünnen Äste aufgeschichtet hatten. Nur dieses Holz konnten die Familien aus Mehlbach mitnehmen, alles andere durften sie nicht anrühren. Damit nicht die dicken Holzscheite entwendet wurden, mussten Kinder das Holz sammeln. Das war die Anweisung des Försters des Grundherrn. Würde Johannes' Vater am Sammelplatz angetroffen, würde man ihn sofort bestrafen – selbst, wenn er kein Holz gestohlen hätte.

Johannes hätte an diesem Tag lieber mit seinem Freund gespielt. Durch den heftigen Regen der letzten Tage würde der

Mehlbach schneller als sonst durch sein Bett fließen. Das wollten die beiden Burschen ausnutzen, und deshalb hatten sie sich dort verabredet. Sie wollten sich aus Holzstücken Boote bauen und Wettrennen veranstalten. Doch jetzt würde der Freund vergeblich auf Johannes warten.

Johannes blieb stehen und schaute sich um. Er war so in Gedanken vertieft gewesen, dass er nicht mehr auf den Weg geachtet hatte. Wo war er? Der Junge drehte sich im Kreis, doch nichts kam ihm bekannt vor. Wenn er den Platz nicht finden und ohne Holz zurückkommen würde, gäbe es eine Tracht Prügel vom Vater. Verzweifelt blickte Johannes sich um. Jeder Baum sah gleich aus, und die Kronen standen dicht zusammen, sodass das Licht im Wald düster wirkte, obwohl gerade die Mittagszeit vorbei war.

»Verdammt!«, schimpfte Johannes und fragte sich leise: »Aus welcher Richtung bin ich gekommen?« Doch er wusste es nicht mehr. Einen umgestürzten Baumstamm, der den Weg versperrte, übersprang der Junge mit Leichtigkeit. Dabei hörte er plötzlich ein Geräusch, das ihn zusammenzucken ließ. Als er ein zweites Mal den ungewohnten Laut vernahm, beschleunigte sich sein Herzschlag, und sein Atem ging keuchend. Johannes duckte sich und suchte Schutz hinter dem Baumstamm, dessen Rinde an einer Seite dick mit Moos bewachsen war.

Johannes wartete einige Atemzüge, und als es im Wald still blieb und sich sein Herzschlag wieder beruhigt hatte, kam er aus der Hocke hoch. Vorsichtig blickte er sich nach allen Seiten um – und erstarrte.

Von einem Augenblick zum anderen sah er sie plötzlich vor sich. Wie gebannt schaute Johannes in die Augen mehrerer Wölfe, die ihn ebenfalls starr anblickten. Er war unfähig, sich zu rühren, obwohl er weglaufen wollte. Zähnefletschend zogen sie ihre Lefzen hoch und kamen Schritt für Schritt näher. Gerade als sie über Johannes herzufallen und ihn zu zerreißen drohten, ertönte ein Pfiff, und sofort spitzten die Wölfe ihre Ohren. Als ein zweiter Pfiff zu hören war, wandte sich das Rudel winselnd von Johannes ab und verschwand zwischen den Bäumen.

Johannes, aus seiner Erstarrung erwachend, wagte nicht, sich zu bewegen. Er hatte Angst, dass das Rudel zurückkommen würde. Voller Furcht schaute er den Tieren nach, als er ihn vor sich sah.

Auf einem nahen Erdwall erkannte Johannes einen Wolf, der größer war als jeder andere Wolf, den der Junge in seinem ganzen bisherigen Leben gesehen hatte. Wie ein Mensch stand dieser Wolf aufrecht auf zwei Beinen auf der Anhöhe und blickte Johannes aus tiefblauen Augen an. Als der Riesenwolf eine Pfote zu heben schien, lief der Junge schreiend fort und merkte nicht, wie er sich in die Hose nässte.

⇝ *Kapitel 1* ⇜

Mehlbach, ein Dorf in der Kurpfalz, im Sommer 1525

Jakob Hofmeister lag in seinem Bett und starrte mit weit aufgerissenen Augen in die Dunkelheit der Schlafstube. »Woher kam das Geräusch?«, murmelte er beunruhigt und lauschte angestrengt. Da es im Haus aber ruhig blieb, schloss er müde die brennenden Augen.

Hofmeister war kaum eingeschlafen, als ein erneuter Laut ihn aufscheuchte und sein Herz schneller klopfen ließ. Hastig setzte er sich hoch und stupste vorsichtig seine neben ihm schlafende Frau an. Sarahs Nachtruhe schien das nicht zu stören, denn sie atmete leise schnarchend ein und aus. Jetzt glaubte Hofmeister sogar verhaltene Stimmen aus dem Stockwerk unter seiner Schlafstube zu hören.

»Sarah!«, flüsterte Jakob aufgeregt und stieß sein Weib an, sodass sie erwachte. »Da ist jemand in der Küche!«

»Das wird die Katze sein, die sich ins Haus geschlichen hat. Schlaf weiter, Jakob«, nuschelte sie und drehte ihm den Rücken zu.

»Das ist nicht die Katze. Ich kann Stimmen unter uns in der Küche hören.«

Ungehalten setzte sich Sarah nun auf und horchte ebenfalls. »Nein, das wird dieser unsägliche Knecht Mathis sein, der sich über das restliche Abendessen hermacht!«, schimpfte sie leise.

»Unfug!«, grummelte Jakob. »Warum sollte Mathis dabei lärmen? Da unten sind mehrere Personen. Ich sag dir, Sarah: Wir haben Einbrecher im Haus!«

Erschrocken zog die Frau die Bettdecke hoch bis zum Kinn, während ihr Mann beherzt das Bett verließ. Jakob griff nach dem Knüppel, der für solch einen Fall in der Ecke neben der Wäschetruhe stand, und öffnete leise die Tür. Vorsichtig streckte er die Nasenspitze durch den Türschlitz. Als er nichts hören konnte, schob er die Tür mit dem blanken Fuß weiter auf, den Prügel mit beiden Händen hoch über den Kopf haltend.

»Was siehst du?«, flüsterte seine Frau.

»Schscht! Sei still!«, wies er sie unwirsch zurecht.

Jakob Hofmeister verließ die Kammer und trat auf den dunklen Flur hinaus. Als die Dielenbretter unter seinen nackten Füßen knarrten, zuckte er zusammen, und als Sarah dicht hinter ihm flüsterte: »Sei vorsichtig!«, hätte er vor Schreck beinahe den Holzknüppel fallen gelassen.

»Geh zurück ins Bett!«, zischte er seiner Frau zu.

»Bist du des Wahnsinns? Ich bleibe nicht allein in der Schlafstube!«, antwortete sie und zog das dünne Betttuch, das sie sich um die Schultern gelegt hatte, fester um sich. Schritt für Schritt pirschten beide zur Treppe und verharrten vor der obersten Stufe. Alles im Haus schien ruhig zu sein. Achselzuckend wollte Jakob zurückgehen, als Topfklappern aus der Küche drang.

»Jetzt reicht es! Dem Knecht werde ich die Ohren langziehen. Sich nachts in die Küche zu schleichen und die Vorräte zu essen. Wo gibt es denn so was?«, brummte Sarah und wollte an Jakob vorbeistürmen, doch er hielt sie am Arm fest.

»Ich glaube nicht, dass es Mathis ist. Lass uns vorsichtig an der Türe lauschen, um sicherzugehen«, hielt Jakob seine Frau zurück und stieg die Treppe nach unten.

Vor der Küchentür ließ Jakob den Knüppel entkräftet zu Boden sinken. Sein kranker Arm schmerzte. Er rieb sich den Unterarm und gab Sarah ein Zeichen, ihr Ohr gegen die Tür zu pressen. Mit angehaltenem Atem lauschte seine Frau und wich dann erschrocken zurück. Verängstigt flüsterte sie: »Du hast

Recht, Jakob! Es sind tatsächlich Einbrecher in der Küche! Lass uns die Knechte wecken.«

Jakob stimmte nickend zu und wies sie mit einer Kopfbewegung an, sich leise davonzuschleichen, als die Tür geöffnet wurde. Erschrocken hob Jakob den Knüppel in die Höhe. Im Lichtschein, der aus der Küche auf den dunklen Gang fiel, erkannte Jakob, wer vor ihm stand. »Jesus und Maria!«, rief er und ließ den Prügel fallen, sodass der hart auf den Boden aufschlug. Sarah hielt sich die Hand vor den Mund, um nicht laut aufzuschreien.

»Jesus und Maria!«, flüsterte Jakob erneut und umarmte seinen Bruder Peter. Zaghaft lächelnd musterte er ihn. »Gott sei gedankt. Ihr seid wohlbehalten zurückgekommen.«

»Du wolltest uns wohl mit einer Tracht Prügel willkommen heißen?«, lachte Peter und zeigte auf den Schlagstock.

»Unfug! Wir dachten, dass Einbrecher im Haus wären«, erklärte Jakob verlegen und zog glücklich den Bruder erneut an sich. Über Peters Schulter hinweg blickte Jakob in die Küche und erkannte seine Schwester sowie zwei fremde Männer, die abseits standen. Jakob löste sich von seinem Bruder und ging auf Anna Maria zu, um sie voller Freude an sich zu ziehen. »Gott hat dich zu ihnen geleitet, sodass du sie nach Hause bringen konntest.«

Anna Maria konnte nur mit Mühe die Tränen zurückhalten. Fest presste sie ihr Gesicht gegen die Brust des ältesten Bruders, sodass der lachend rief: »Lass nach, Schwesterherz! Ich bekomme kaum noch Luft.« Jakob umfasste mit beiden Händen ihr Gesicht, und mit einem verräterischen Schimmer in den Augen flüsterte er: »Vater wäre stolz auf dich!«

Anna Marias Stirn kräuselte sich. »Was heißt ›wäre‹? Ist Vater etwas zugestoßen?«, fragte sie bestürzt. Doch im gleichen Augenblick wurde ihr bewusst, dass es ihrem Vater gutgehen musste. *Er hat sich nicht von mir im Traum verabschiedet, also lebt er*, dachte sie.

»Ich hoffe, dass Vater noch lebt, obwohl ich nichts von ihm

gehört habe, seit er vor geraumer Zeit aufgebrochen ist, um erneut zu pilgern.«

»Als ich damals losmarschierte, um unsere Brüder zu finden, hatte er aber doch mich an seiner Stelle losgeschickt ...«, sagte Anna Maria nachdenklich. Dann wurde ihr Ton ärgerlich. »Wie kann er unbesorgt wallfahren, wenn drei seiner Kinder in die Fremde gezogen sind?«

»Auch für uns kam Vaters Entscheidung, auf Pilgerreise zu gehen, unerwartet. Zuerst habe ich ihn nicht verstanden. Dann kam mir der Gedanke, dass Vater diese Reise auf sich genommen hat, um Gott zu bitten, es möge euch unterwegs nichts geschehen. Ich vermute, dass der fremde Besucher ihm dazu geraten hat.«

»Welcher Fremde?«

Jakob zuckte mit den Schultern. »Es ist schon einige Monate her. Vater hatte im Hof mit unserem kleinen Bruder Nikolaus geschimpft, weil er sich eine nicht gedeckte Sau von Bauer Glöckner hatte andrehen lassen. Aufgescheucht durch den Lärm trat ich ans Fenster und sah einen fremden Mann auf Vater zugehen. Zuerst dachte ich, dass der Fremde Böses wollte, doch Vater schien ihn zu kennen. Ich konnte nicht verstehen, was sie miteinander sprachen. Beide verschwanden für einige Zeit in der guten Stube. Es war bereits Melkzeit, als der Fremde von dannen zog. Vater hat ihn noch ein Stück des Weges begleitet. Als sie am Stall vorbeikamen, konnte ich hören, wie Vater den Mann Kilian nannte.«

Erschrocken weiteten sich Anna Marias Augen, doch sie sagte kein Wort. Sarah war inzwischen in die Küche getreten, um Schwager und Schwägerin willkommen zu heißen. Neugierig sah die Bäuerin die zwei fremden Männer an, die ihr stumm grüßend zunickten.

»Wo ist Matthias?«, fragte Sarah.

Jetzt schweifte auch Jakobs Blick suchend umher. »Ja, wo ist

Matthias? Hat er sich schlafen gelegt, ohne uns zu begrüßen?«, fragte er lachend.

Plötzlich wurde es still in der Küche. Immer noch lächelnd sah Jakob seine Geschwister an. Als sie ihre Lider niederschlugen, um seinem Blick auszuweichen, wusste er von einem Herzschlag zum nächsten, dass sein jüngerer Bruder nicht mehr lebte. Jakobs Beine zitterten, und er musste sich setzen.

Sarah sah das bleiche Gesicht ihres Mannes, und da ahnte auch sie, dass ihr Schwager Matthias nicht wiederkommen würde. Fassungslos setzte sie sich neben Jakob und drückte seine Hand, die er ihr entzog. Jakob sah zuerst Anna Maria, dann Peter an. »Was ist passiert?«, fragte er.

Anna Maria und Peter setzten sich schweigend auf die Bank hinter dem blankgescheuerten Holztisch. Keiner wagte den anderen anzuschauen. Für einen Augenblick vergrub Peter sein Gesicht in beiden Händen und sagte dann mit leiser Stimme: »Das ist eine lange Geschichte!«

»Wir haben Zeit. Erzähl!«, forderte Jakob ihn auf.

Peter blickte Anna Maria an, die ihm stumm zunickte. Er begann zu berichten: »Damals, als Matthias und ich unseren Heimatort Mehlbach verließen, um in der Fremde für die Rechte der Bauern zu kämpfen, ahnten wir nicht, was uns erwarten würde. Wir sind blind und unerfahren in eine Welt marschiert, von der wir kaum etwas wussten.«

»Euer Vater hätte euch nicht ziehen lassen dürfen!«, presste Sarah bitter hervor.

Doch Peter schüttelte den Kopf. »Uns hätte nichts und niemand aufhalten können, Schwägerin! Wir waren überzeugt, diesen Krieg gewinnen zu können.«

»Krieg?«, fragte Jakob irritiert. »Es war doch nur ein Aufstand, der dem Adel und dem Klerus bedeuten sollte, dass die Zeiten der Unterdrückung der Bauern vorbei sind.«

»Das glaubten wir zuerst auch«, sagte Peter und schüttelte leicht den Kopf. »Wir sind frohen Mutes losgezogen. Selbst als wir erkannten, dass die Anführer der Bauernaufstände ihre Ziele mit dem Schwert erreichen wollten, konnte uns nichts aufhalten. Als Matthias und ich einige Tage unterwegs waren, trafen wir auf andere Burschen, denen wir uns anschlossen. Im Laufe des gemeinsamen Marschierens verließen uns manche von ihnen, um ihre eigenen Ziele zu verfolgen. Andere kamen hinzu, sodass es nie langweilig wurde und wir Mehlbach und unsere Familie nicht vermissten. Irgendwann waren wir noch zu fünft. Matthias und ich, Michael, Johannes und Friedrich, der hier mit uns am Tisch sitzt.« Dabei zeigte er auf den jungen Mann. Jakob nickte ihm stumm zu. Sein Blick schweifte über den zweiten Fremden, jedoch sagte er nichts, sondern sah wieder seinen Bruder an.

»Kurz vor Mühlhausen gerieten wir in einen Hinterhalt von Banditen, die mir den Arm zertrümmerten.« Zum Beweis hielt Peter seinen versteiften Ellbogen in die Höhe.

»Jesus und Maria!«, flüsterte Jakob, der erst jetzt bemerkte, dass der Arm seines Bruders gekrümmt vom Körper abstand.

»Es hätte für mich schlimm enden können, doch zum Glück brachte Hauser mich in Mühlhausen zu einem Bader, der dank seiner medizinischen Kenntnisse den Arm erhalten konnte. Auf unserer Reise hörten wir dann von einem Mann namens Thomas Müntzer, dem die Bauern angeblich in Scharen nach Mühlhausen folgten. Wir wollten ihn kennenlernen und machten uns ebenfalls auf den Weg nach Thüringen. Dort begeisterte uns Müntzer mit seinen Reden und Ansichten, sodass wir ihm unsere Dienste anboten. Alles verlief ohne Schwierigkeiten, bis Ende April die Bürger der Stadt Frankenhausen Müntzers Hilfe erbaten, da sie sich gegen ihren Stadtrat erheben wollten.«

Peter verstummte, holte tief Luft und starrte auf die Tischplatte. Leiser Spott durchzog seine Stimme, als er weitersprach:

»Diese Stadt Frankenhausen, die so beschaulich am Südhang des Kyffhäusergebirges im Norden Thüringens liegt, wurde unsere Hölle.« Seine Augen, um die dunkle Schatten lagen, blickten ins Leere.

»Ihr seid Müntzer dorthin gefolgt!«, schlussfolgerte Jakob.

Peter nickte. Als er in Jakobs Augen sah, zwang ihn dessen Blick weiterzuerzählen. Peter schluckte, dann sprach er mit leiser Stimme: »In Frankenhausen hörten wir, dass die Heere verschiedener Fürsten sich zu einer großen Armee vereinigt hätten. Zu unserem Schutz stellten wir vor der Stadtmauer von Frankenhausen zahlreiche Fuhrwerke in einem weitläufigen Kreis zusammen. Hinter dieser Wagenburg verschanzten sich hunderte von uns und beobachteten die Soldaten, die ihre Kanonen in Stellung brachten.«

»Jesus und Maria! Bauern gegen Kanonen!«, murmelte Jakob und schüttelte den Kopf. Peter schloss kurz die Augen. »Ich höre jede Nacht im Schlaf das *Ratattatom* der Landsknechttrommeln. Das gleichmäßige Schlagen der Trommeln war wie eine Folter und hat uns zermürbt. In den Gesichtern von Männern, die eben noch entschlossen als freie Bürger hatten kämpfen wollen, konnte man blanke Angst erkennen. Jeder verlor den Mut. Aber es gab kein Zurück, und das wusste jeder Einzelne von uns. Müntzer erkannte unsere Hoffnungslosigkeit und versuchte, mit einer Predigt unseren Kampfgeist wiederzuerwecken.«

»Damit hätte mich niemand zum Kampf mitreißen können!«, warf Jakob ein.

Peter wischte sich mit der rechten Hand erschöpft über die Augen, die jeden Glanz verloren hatten. Leise berichtete er weiter: »Friedrich, Michael, Johannes, Matthias und ich ahnten, dass es an diesem Tag zu Kämpfen kommen würde, und versprachen uns deshalb gegenseitig, dass jeder auf den anderen aufpassen würde. Doch wir versagten kläglich«, flüsterte Peter, unfähig weiterzusprechen. Hilfe suchend blickte er zu Friedrich, der mit leiser Stimme fortfuhr zu berichten:

»Die Artillerie feuerte ihre Kanonenkugeln ab und tötete viele Menschen, so auch unseren Freund Johannes. Als die Kanonen schwiegen, schickte der Fürst seine Kavallerie in die Wagenburg. Die Reiter auf ihren mächtigen Rössern ritten alles nieder, was sich ihnen in den Weg stellte. Danach kamen die Söldner und töteten die Männer, die sich nicht schnell genug in Sicherheit brachten. Sogar die, die verletzt auf dem Boden lagen.«

»Sei still!«, schrie Sarah auf und verließ weinend die Küche.

»Soll ich Sarah nachgehen?«, fragte Anna Maria ihren Bruder.

»Nein! Sie will sicherlich allein sein.« Mit scharfem Blick wandte Jakob sich Peter zu. »Ich will den Rest hören.«

Sein Bruder nickte und erzählte nun selbst. »Kurz darauf wurde unser Freund Michael von einem Söldner geköpft. Matthias hatte wie wir die Hinrichtung hilflos mit ansehen müssen und schrie verzweifelt auf. Als er unverhofft seine Deckung aufgab und hinaus aufs Schlachtfeld rannte, haben wir alles versucht, um ihn wieder in Sicherheit zu bringen – aber vergebens«, erklärte Peter unglücklich.

Anna Maria schlug bei dieser Beschreibung die Hände vors Gesicht und schluchzte laut auf.

Stumm blickte Jakob in die Gesichter der Männer und las schieres Entsetzen in ihren Zügen. Friedrich kämpfte mit den Tränen, während der Fremde mit dem Zeigefinger auf der Tischplatte herumkratzte. Peter strich seiner Schwester beruhigend über den Arm.

»Was geschah mit unserem Bruder?«, fragte Jakob mit dumpfer Stimme.

Nur mit Mühe konnte Peter weitersprechen: »Matthias wollte Michael rächen und den Landsknecht töten. Doch unser Bruder hätte niemals Aussicht gehabt, diesen ungleichen Kampf zu gewinnen. Deshalb lief ich dem Söldner entgegen und bettelte um Gnade für unseren Bruder. Der Mann wollte mich aber nicht hören und rammte Matthias das Schwert in den Leib. Kurz darauf schloss unser Bruder für immer seine Augen.«

»Du dummer Mensch!«, schrie Jakob auf. »Wie wolltest du einen Krieger aufhalten?«, brüllte er und stieß mit einem Ruck den Schemel beiseite. Im Hinausgehen sagte er: »Ihr Narren hättet gar nicht dort sein dürfen!«

Anna Maria schaute mit tränennassem Gesicht zu ihrem Bruder Peter auf und erstarrte vor der Kälte in seinem Blick.

Erschöpft und übermüdet saßen vier Menschen an einem Tisch, unfähig, sich zu erheben, um endlich schlafen zu gehen. Während sie stumm dasaßen, verkündete der erste Hahnenschrei den anbrechenden Morgen, und mit der Stille war es vorbei. Türen knallten, Stimmen wurden laut, und Fußgetrampel ließ die Dielenbretter knarren. Plötzlich wurde die Küchentür aufgerissen, und die Magd kam herein. Erschrocken hielt Lena inne. Als sie die Gesichter erkannte, lachte sie auf.

»Wie schön! Wie schön!«, rief sie begeistert. »Ihr seid wohlbehalten zurück.« Ohne auf die ernsten Gesichter der Hofmeister-Kinder einzugehen, umarmte sie jeden, auch die beiden Fremden. Suchend sah sich Lena um. »Wo ist Matthias?«

Erneut öffnete sich die Küchentür. Jakob und Sarah kamen herein. Dem Bauern war anzusehen, dass seine Lippen verräterisch zitterten, während seine Frau leise weinte.

»O nein!«, rief Lena und presste sich den Zipfel der Schürze vor den Mund. Ungläubig blickte sie in die Runde und begann zu ahnen, was geschehen war. Wankend setzte sie sich nieder und betete leise das Vaterunser.

Jakob ging auf seinen Bruder zu, packte ihn an den Oberarmen, zog ihn hoch und presste ihn an sich. »Verzeih mir, Peter! Verzeih mir! Du trägst keine Schuld an Matthias' Tod. Und auch du, Anna Maria, verzeih meinen Zorn.«

Ohne den Bruder loszulassen, griff er nach seiner Schwester und drückte auch sie an seine Brust. »Ich bin froh und unserem Herrgott dankbar, dass wenigstens ihr beide wohlbehalten zurückgekommen seid.«

Anna Maria lag in ihrem Bett und drehte sich von einer Seite auf die andere. Obwohl sie erschöpft und müde war, konnte sie nicht einschlafen. Gedanken schwirrten ihr durch den Kopf, und auch die Sehnsucht nach Veit hielt sie wach.

Während ihrer Rückreise von Mühlhausen nach Mehlbach hatte Anna Maria nachgedacht, wie sie den Liebsten ihrem Bruder und ihrer Schwägerin vorstellen würde. Sie wusste, dass dies nicht einfach sein würde und die Worte wohlüberlegt sein mussten. Doch wie sollte sie erklären, dass sie, die wohlbehütete Tochter, mit einem Mann, der nicht ihr Ehemann war, wochenlang durch die Wildnis gezogen war und mit ihm unter freiem Himmel genächtigt hatte? Wer würde ihr Glauben schenken, dass sie noch unberührt war? Dass Veit sie bei der Suche nach ihren Brüdern unterstützt, beschützt und begleitet hatte, wollte sie zu seinen Gunsten vortragen.

Gegen Ende der Reise glaubte sie die richtigen Worte gefunden zu haben, mit denen sie hoffte ihren Bruder Jakob überzeugen zu können, dass Veit und sie für immer zusammengehörten.

Doch es war anders gekommen. Die Nachricht von Matthias' Tod hatte alles andere zur Nebensache werden lassen. Anna Maria waren zwar die Blicke nicht entgangen, die ihr Bruder und ihre Schwägerin Friedrich und Veit zugeworfen hatten, doch die Schilderung, wie Matthias starb, verhinderte, dass die beiden fremden Männer beachtet wurden. Erst jetzt, nachdem sich Jakob bei seinen beiden Geschwistern entschuldigt hatte, blieb sein Blick an dem unbekannten Mann haften, der bis dahin still unter ihnen gesessen hatte.

»Wer bist du?«, fragte Jakob und ließ Peter und Anna Maria los, um sich mit dem Ärmel über das Gesicht zu wischen. »Bist du ein Söldner?«, fragte er und blickte Veit forschend an.

»Nein!«, antwortete Anna Maria hastig, wobei sich ihr Gesicht mit einer tiefen Röte überzog. Jakob legte den Kopf leicht zur Seite, und seine Augen verengten sich, während Anna Maria Hilfe suchend zu Peter schaute.

Der Bruder verstand ihren flehenden Blick, räusperte sich und erklärte: »Das ist Veit! Ein ...« Er stutzte kurz, dann sagte er: »Anna Marias Begleiter. Veit hat unserer Schwester bei der Suche nach uns geholfen. Ohne ihn hätten wir uns sicherlich nicht wiedergefunden.«

Jakobs strenge Miene hellte sich auf, und er streckte Veit seine Hand entgegen. »Ich danke dir für deine Hilfe. Sei auf unserem Hof willkommen!«

Veit nickte dem Bauern wortlos zu und erwiderte den Händedruck.

»Ihr seid sicherlich hungrig?«, fragte Sarah und schniefte mit verquollenen Augen in ein Taschentuch. Dann gab sie der Magd Anweisung, ein kräftiges Frühstück zuzubereiten. Lena schlug eifrig Eier in eine große Pfanne, schnitt Brot auf und brachte verdünntes Bier an den Tisch.

Bald lockte der Duft von gebratenem Speck einen der Knechte in die Küche, der freudig die Hofmeister-Kinder begrüßte. Bevor er merken konnte, dass Matthias fehlte, befahl ihm Jakob, das Gesinde zusammenzurufen.

Kurz darauf fanden sich die Mägde und Knechte in der Küche ein. Mit leiser Stimme und wenigen Worten berichtete Jakob ihnen vom Tod seines Bruders. Die Freude, dass Anna Maria und Peter gesund zurückgekehrt waren, wich tiefer Bestürzung.

Einige der Frauen weinten stumm, andere jammerten laut. Die Gesichter der Männer wirkten wie versteinert.

Schließlich sagte Jakob mit leiser Stimme: »Ich möchte euch bitten, mit niemandem im Dorf über den Tod meines Bruders zu reden. Erst wenn ich mit dem Pfarrer gesprochen habe, sollen es alle erfahren. Wir werden am Sonntag für Matthias eine Messe lesen lassen, doch jetzt geht an die Arbeit. Das Vieh muss gefüttert und die Kühe wollen gemolken werden.«

Gehorsam nickten die Männer und Frauen und gingen mit gesenkten Köpfen zurück in die Ställe.

Nachdem sich die Tür hinter ihnen geschlossen hatte, stöhnte Jakob leise auf. »Wir müssen Nikolaus rufen!«

»Zum Glück ist unsere Christel noch zu klein, um zu verstehen, was passiert ist«, murmelte Sarah und blickte traurig zu ihrem Mann auf.

Anna Maria schloss die Augen. »Nikolaus!«, flüsterte sie. »Ich habe ihn vollkommen vergessen. Wo ist er? Schläft er noch?« Fragend blickte sie Lena an, als die Tür aufgerissen wurde und ihr jüngster Bruder mit seiner dreijährigen Nichte an der Hand, die sich verschlafen die Augen rieb, hereinstolperte. Sarah hob ihr Töchterchen hoch und drückte Christel zärtlich an sich. Als Nikolaus seine Geschwister sah, warf er sich lachend in Anna Marias Arme.

Anna Maria drehte sich auf der Strohmatratze so, dass sie ihren jüngsten Bruder Nikolaus, der neben ihr lag, betrachten konnte. Mit besorgtem Blick sah sie, wie er selbst im Schlaf noch schluchzte. Sie strich ihm zärtlich über die Wange und zog die Bettdecke fürsorglich bis zu seiner Schulter hinauf.

Behutsam hatten die Geschwister versucht, dem Elfjährigen den Tod des Bruders mitzuteilen. Doch welche Worte gab es, um das Schreckliche zu beschreiben? Erneut hatte Anna Maria feststellen müssen, dass in solchen Augenblicken ihre Mutter fehlte. Sie hätte die richtigen Worte gefunden. Nur die Umarmung der Mutter hätte den Schmerz des Jungen lindern können. Anna Marias Versuch, Nikolaus zu trösten, misslang kläglich. Weinend hatte sich der Junge an die Magd Lena geklammert und seine Geschwister abgewiesen.

Als keine Tränen mehr kamen, hatte sich die Trauer des Burschen in Wut verwandelt. Zornig war er auf Peter, Jakob und seine Schwester losgegangen, beschuldigte sie, dass sie die Schuld am Tod des geliebten Bruders tragen würden. Hilflos mussten Jakob, Sarah, Anna Maria und Peter zusehen, wie der Junge tobte. Alle schienen wie gelähmt zu sein. Sie saßen stumm in der Küche, unfähig, an diesem Tag einer Arbeit nachzugehen. Nur Nikolaus ließ seinen Gefühlen freien Lauf. Wut, Weinen und Jammern wechselten sich ab, und niemand konnte den Jungen beruhigen.

So ging es bis zum Nachmittag, als Nikolaus sich erschöpft auf die Küchenbank legte, sodass Anna Maria ihn in sein Bett brachte, wo der Knabe den Rest des Tages verschlief. Mitten in der Nacht weckte der Junge seine Schwester, kroch zu ihr ins Bett und schmiegte sich weinend in ihre Arme. Als Nikolaus wieder schluchzend eingeschlafen war, fand Anna Maria keine Ruhe. Sie dachte an Veit, ihren Liebsten, der sich in der Kammer über dem Stall das Lager mit den Knechten teilen musste.

Anna Maria seufzte leise. Es war das erste Mal seit Monaten, dass Veit und sie getrennt waren, und sie vermisste ihn schmerzlich.

»Es ist schon seltsam, wie sich alles gewandelt hat. Während unserer ersten Begegnung waren wir wie Feuer und Wasser gewesen. Und nun?«, murmelte sie. Als sie an ihre erste Begegnung dachte, lächelte sie still in sich hinein.

Veits grimmige Blicke und seine ruppige Art damals hätten andere Frauen abgeschreckt. Doch Anna Maria, als Mädchen unter vier Brüdern aufgewachsen, hatte sich nicht einschüchtern lassen.

Noch heute bekam sie feuchte Hände, wenn sie an die Gefahr dachte, in der sie sich damals befunden hatte. Ihre Gedanken schweiften zu dem Tag im Herbst des vergangenen Jahres zurück, als sie auf der langen und beschwerlichen Suche nach ihren Brüdern allein einen dunklen Wald durchqueren musste.

Anna Maria erinnerte sich noch an den Geruch des Waldes, der nach dem tagelangen Regen besonders durchdringend gewesen war. An den Duft der Tannennadeln und des nassen Laubs, aber auch an den bestialischen Gestank, den sie plötzlich in der Nase hatte und dem sie aus Neugierde gefolgt war.

Niemals würde sie den Schreck vergessen, der ihr durch die Glieder fuhr, als sie ein Rudel Wölfe erspähte, das sich an einer verwesenden Leiche sattfraß. Anna Maria hatte versucht, sich unbemerkt davonzustehlen, doch der größte Wolf im Rudel entdeckte sie und folgte ihr. Als sie bei ihrer Flucht unglücklich stürzte und nicht mehr hochkam, stand das Untier zähnefletschend über ihr. Anna Maria war in diesem Augenblick überzeugt gewesen, dass sie sterben müsste. Doch unvermittelt sackte der Wolf tot über ihr zusammen, und ihr schwanden die Sinne.

Als sie erwachte, lag sie in einer Höhle, die von einem wärmenden Lagerfeuer erhellt wurde. Das Erste, was sie erblicken konnte, war ein großer Wolf, der vor dem Feuer saß. Sie war wie gelähmt vor Entsetzen, als der Wolf zu sprechen begann und sie erkannte, dass das Untier ein Mensch war, der sich in einen Wolfspelz gehüllt hatte.

Der Fremde blickte sie grimmig an – aber mit Augen, die so blau waren wie der Himmel.

Nicht nur seine Erscheinung war Furcht erregend gewesen, sondern auch, dass er mit drei Wolfswelpen in der Höhle hauste. Anna Maria wäre damals am liebsten fortgerannt, aber da sie sich beim Sturz den Kopf verletzt hatte, war sie gezwungen, zu bleiben und sich zu schonen.

Verängstigt lag Anna Maria auf einem Lager aus Pelzen und blinzelte die Wolfsjungen und den Fremden aus verkniffenen Augen an. Sie traute sich kaum zu schlafen, denn sie fürchtete sich vor den wilden Tieren und vor dem Mann, der offenbar selbst zum Wolf geworden war.

Wenn Anna Maria später nachdachte, hatte Veit ihr im Grunde nie einen Anlass gegeben, sich vor ihm zu fürchten. Zwar war er rüde und abweisend, und er hatte es ihr schwergemacht, ihm zu vertrauen. Auch war sie angewidert gewesen, als sie mit ansehen musste, dass er die Jungen wie eine Wölfin aus seinem Mund mit rohem Fleisch fütterte. Doch nachdem sie einige Tage in der Höhle verbracht und ihn beobachtet hatte, glaubte sie hinter seiner rauen Art einen besonderen Menschen zu erkennen.

Tage später waren lärmende Wolfsjäger ins Revier eingedrungen. Um die Welpen in Sicherheit zu bringen, forderte der Wolfsmann Anna Maria auf, mit ihm und den Jungtieren den Schutz der Höhle zu verlassen. Er brachte sie auf den rechten Pfad, damit Anna Maria ihre Suche nach den Brüdern fortsetzen konnte. Dann verschwand der Mann zwischen den Bäumen und ließ die junge Frau allein zurück. Noch in derselben Nacht wurde Anna Maria von den Wolfsjägern gefangen genommen und auf Burg Nanstein bei Landstuhl verschleppt. Hier in den Ruinen der ehemaligen Felsenfestung hatte sich ein Söldner names Johann mit seinen Leuten einquartiert, um den Winter zu überdauern. Die Wolfsjäger wussten, wie sie Gewinn aus der Gefangennahme der jungen Frau schlagen konnten, und erzählten dem Söldner, dass Anna Maria eine Seherin sei. Von diesem Augenblick an durfte sie die Burg für lange Zeit nicht mehr verlassen.

Schaudernd erinnerte sich Anna Maria daran, wie viel Glück sie damals gehabt hatte. »Wie einfältig ich doch gewesen bin! Ich bin in eine Welt marschiert, von deren Gefahren ich nichts wusste«, murmelte sie und blickte auf ihren kleinen Bruder, der eng an sie gekuschelt tief und fest schlief.

Nach vielen Wochen in der Gefangenschaft des Söldners Johann auf der Burg Nanstein bekam Anna Maria erstmals eine Möglichkeit zur Flucht, da die Ankündigung eines Besuchers aus irgendeinem Grunde Tumult auslöste. Allerdings wurde sie von ihren Peinigern schnell wieder gefasst. Anna Maria war erneut Johanns Gefangene, als sie den Fremden auf der Burg zu Gesicht bekam und in zwei Augen blickte, die so blau wie der Himmel waren.

Wieder seufzte Anna Maria auf. In der Erinnerung sah sie sich und Veit, wie sie beide eines Nachts in der Küche der Burg Nanstein zusammengesessen und er sie plötzlich geküsst hatte.

»Gott, wie dumm ich doch gewesen bin!«, flüsterte Anna Maria und schlug vor Scham die Hände vors Gesicht. Unter den Handflächen konnte sie die innere Hitze spüren, die ihre Wangen zum Glühen brachte. Wie damals strömte ein Kribbeln durch ihren Körper, ein für sie seltsames, ihr fremdes Gefühl, das sie nicht zu deuten gewusst hatte.

Wie unerfahren ich gewesen bin!, dachte Anna Maria und schüttelte ungläubig den Kopf. Als sie gespürt hatte, wie Veit versuchte, ihre Lippen zu öffnen, hatte sie sich hastig aus seiner Umarmung gelöst. Sie wollte nicht, dass er merkte, dass sie noch nie geküsst worden war. Er hingegen fühlte sich zurückgewiesen und mied von da an jede weitere Berührung.

Anna Maria drehte sich auf die Seite und umfasste mit beiden Händen den Zipfel der Bettdecke, den sie sich kurz vor ihr erhitztes Gesicht presste.

Wären die jungen Wölfe ihm nicht gefolgt, wer weiß, ob alles so gekommen wäre, grübelte sie stumm. Während sie sich mit der Bettdecke erneut übers Gesicht fuhr, glaubte sie eine Tür knarren zu hören. Als diese leise ins Schloss fiel, ahnte sie, woher das Geräusch gekommen war.

Vorsichtig, damit Nikolaus nicht erwachte, krabbelte Anna Maria aus dem Bett und verließ lautlos die Kammer. Auf dem Gang traf sie mit ihrem Bruder Peter zusammen, der eine brennende Kerze trug.

»Ich kann nicht schlafen!«, flüsterte er.

»Ich auch nicht! Lass uns in der Küche eine warme Milch trinken!«, schlug Anna Maria vor.

»So wie früher!«, stimmte er zu. Er löschte die Kerze und legte sie neben dem Türrahmen auf den Boden, dann gingen beide nach unten.

Als sie die Küche betraten, saß Jakob am Küchentisch und blickte sie aus rotgeränderten Augen an.

Anna Maria setzte sich neben ihn und legte ihren Arm um ihn. Wie ein kleiner Junge presste er seine Stirn an ihre Schulter und weinte. Peter setzte sich auf die andere Seite des Küchentischs, ergriff zaghaft Jakobs Hand und drückte sie sachte.

Nach einigen Augenblicken hatte sich Jakob wieder in der Gewalt und wischte sich mit dem Hemdsärmel die Tränen fort.

»Ich hätte Matthias noch so viel zu sagen gehabt!«, flüsterte er heiser. Müde starrte er auf die Tischplatte.

Anna Maria erhob sich und ging wortlos hinaus, um kurz darauf mit einem gefüllten Krug zurückzukommen. Sie goss die Milch in einen gusseisernen Topf, den sie in die noch glimmende Glut der offenen Feuerstelle stellte. Als die Milch zu dampfen begann, füllte sie drei Becher und ließ jeweils einen Löffel Honig hineinlaufen. Anna Maria schob den Brüdern ihre Becher zu und setzte sich dann wieder neben Jakob. Stumm tranken die Geschwister kleine Schlucke, als Peter zu grinsen anfing.

»Wisst ihr noch, wie Matthias den Bienenstock im Wald plündern wollte und der Stock dabei herunterfiel und die Bienen ihn angriffen? Er ist gerannt, als ob der leibhaftige Teufel hinter ihm her wäre, und hat sich kopfüber in den Teich gestürzt«, lachte Peter.

Jakob nickte, und Anna Maria fügte hinzu: »Er hatte rote Stiche überall im Gesicht und an den Armen. Mutter war außer sich gewesen, weil er hätte sterben können. Matthias hatte oft mehr Glück als Verstand!«

»Ja«, sagte Jakob nachdenklich, »Matthias tat oft unüberlegte Dinge. Vater nannte ihn einen Tunichtgut, wenn Matthias wieder einmal mit verschrammten Beinen nach Hause kam, weil er über den Zaun flüchten musste, da die Rinder ihn gejagt hatten. Ein Wunder, dass ihm nicht viel früher Schlimmes passiert ist.«

Jakob schloss für einige Augenblicke die Augen. Dann blickte er gequält lächelnd seine beiden Geschwister an. »Matthias hat für manche Aufregung in unserem Leben gesorgt. Doch nun haben wir nicht einmal ein Grab, an dem wir für ihn beten können! Er ist verscharrt in fremder Erde«, schniefte er in sein Taschentuch.

Anna Maria sah bestürzt ihren Bruder Peter an, der seine Ellenbogen auf der Tischplatte abstützte und das Gesicht in den Händen vergrub. Zweimal atmete er laut ein und aus, dann blickte er zu seiner Schwester, die ihm zunickte.

»Jakob«, begann Peter mit gedämpfter Stimme zu sprechen, »ich weiß nicht, ob es richtig war, ich weiß nicht, ob du es verstehen wirst – aber wir haben Matthias nicht in der Fremde gelassen.«

»Was heißt das?«, fragte Jakob leise. Furcht war aus seiner Stimme zu hören.

»Wir haben Matthias nach Hause gebracht und neben Mutter beerdigt«, erklärte Peter und blickte seinem älteren Bruder fest in die Augen.

Jakobs Gesichtszüge wurden hart. »Was habt ihr getan?«, schrie er.

»Beruhige dich, Jakob! Was hätten wir machen sollen? Wir wollten unseren Bruder nicht zurücklassen. Sie haben Massengräber ausgehoben, um die vielen Toten zu bestatten. Hätten wir Matthias da ebenfalls verscharren sollen?«

»Nein, natürlich nicht! Ihr hättet ihm dort ein anständiges Begräbnis geben sollen!«, presste Jakob wütend hervor.

»Was ist los mit dir?«, fragte Anna Maria ihren ältesten Bruder. »Gerade hast du dich beklagt, dass Matthias in fremder Erde liegen würde, und jetzt machst du uns Vorwürfe, dass wir ihn zu Mutter ins Grab gelegt haben?« Erregt strich sie sich eine Haarsträhne hinter das Ohr. »Kannst du ermessen, wie schwer es war, unseren toten Bruder tagelang durch das Reich zu fahren? Weißt du überhaupt, in welche Gefahr wir uns gebracht haben?«

Jakob sah seine Schwester an, die erregt weitersprach: »Stell dir vor, was passiert wäre, wenn uns die Soldaten erwischt hätten. Zum Glück hat uns Veit geholfen …«

Weiter kam Anna Maria nicht. Anscheinend hatte Jakob nur darauf gewartet, einen Grund zu finden, um aufbrausen zu können. »Schon wieder Veit!«, brüllte er. »Wer ist dieser Veit? Hast du zugelassen, dass er dich entehrte? Damit ist nun Schluss! Ich dulde keine Sünde in diesem Haus.«

Ohne Vorwarnung schlug Anna Maria ihren Bruder ins Gesicht. Mit einer Stimme, die sich zu überschlagen drohte, schrie sie Jakob an: »Während du hier sicher auf dem Hof gesessen hast, haben wir uns in Gefahr begeben, um den letzten Wunsch unseres Bruders Matthias zu erfüllen. Veit hatte keinen Grund, uns zu helfen, doch er tat es. Wage nicht, über ihn zu urteilen!«

Tränen der Wut blitzten in ihren Augen, als sie den Raum verließ und die Tür krachend hinter sich zuschlug.

Kapitel 2

Es war noch früher Morgen, als Jakob und Peter am Grab der Mutter standen und Anna Maria zuschauten, wie sie Blumenbüschel pflanzte. Um diese Zeit war außer ihnen nur ein altes Mütterlein auf dem Friedhof zugegen – dort, wo sich die Kindergräber befanden. Nachdem die Alte ein Gebet gemurmelt hatte, wechselte sie ein Grab weiter und betete auch dort. Die Hofmeister-Geschwister wussten, dass sechs ihrer sieben Kinder hier beerdigt lagen und sie jeden Morgen die Gräber besuchte. Als die Frau zu ihnen aufblickte, nickten die beiden Brüder ihr stumm zu. Anna Maria, die auf dem Boden kniete, hob grüßend die Hand.

Kaum hatte Anna Maria ihre Arbeit beendet und mit einem Rechen den Grund gleichmäßig verteilt, schlurfte die alte Bauersfrau auf sie zu und sagte: »Ich habe die Tage einen Schreck bekommen, als ich das Grab eurer Mutter sah. Es schien, als ob jemand es aufgeschaufelt hätte.«

Jakob wurde bleich, doch Peter antwortete ruhig: »Ja, ich habe es auch gesehen, als ich nach unserer Heimkehr Mutter besuchte. Ich denke, ein Tier hat hier gewühlt. Deshalb hat Anna Maria die Distelbüschel eng zusammengepflanzt. Das wird die Viecher hoffentlich fernhalten.«

Die Frau nickte. »Die vielen Stachelpflanzen werden zudem das Böse fernhalten.« Ihre kleinen wachen Augen blickten Peter und Anna Maria an.

Ein aufkommender Windzug zupfte an den feinen Haaren der Alten und zog einzelne weiße Strähnen heraus. Es sah aus, als ob die Haare tanzten. Mit einer fahrigen Bewegung strich sie sie zurück und sagte mitfühlend: »Es ist gut, dass eure Mutter Matthias' Tod nicht erlebt hat.«

Erschrocken blickten die drei jungen Hofmeisters die Frau

an. Die Alte machte eine abweisende Handbewegung und sagte: »Wir alle wissen von Matthias' Tod.« Die hellgrauen Augen der Frau bekamen einen feuchten Glanz. »Eure Mutter hätte es gegrämt, dass ihr Sohn in fremder Erde bestattet liegt. Wenn das euer Vater wüsste! Der gute Daniel hat sich aufgemacht und ist in die Ferne gezogen in der Hoffnung, dass seine Pilgerreise euch vor Unheil schützt. Für Matthias kam dieses Opfer zu spät. Wie sehr wird ihn sein Tod quälen. Aber wie sehr wird es ihn freuen, dass ihr wohlbehalten zurückgekehrt seid.« Die Alte legte zuerst Peter und dann Anna Maria ihre Hand auf die Stirn. »Der liebe Herrgott hat über euch beide gewacht. Das Gleiche wünsche ich nun eurem Vater. Ich werde für ihn beten und eine Kerze anzünden.«

Die Hofmeister-Brüder nickten der Alten zu, während Anna Maria sie umarmte. »Ich danke dir, Therese, für dein Mitgefühl!«, flüsterte das Mädchen.

Dann verließ die Bäuerin mit langsamen Schritten den eingezäunten Bereich des Friedhofs.

Als die Alte außer Hörweite war, sagte Peter: »So wie Therese denken sicherlich viele andere auch, Jakob. Keiner würde uns verurteilen, wenn er wüsste, dass wir unseren Bruder heimgeholt und ihn hier beerdigt haben. Wir haben seinen letzten Wunsch erfüllt.«

»Es ist trotzdem besser, wenn niemand davon erfährt!«, zischte Jakob. »Es ist nicht richtig, einen Toten durch das halbe Reich zu fahren, um ihn dann in seiner Heimat heimlich zu verscharren. Wer weiß, ob Matthias dafür nicht im Fegefeuer schmoren muss?«

»Wie kannst du so etwas sagen?«, widersprach Peter. »Warum sollte Matthias dafür büßen? Auch wurde er mit kirchlichem Beistand beerdigt und nicht verscharrt. Wie ich dir bereits sagte, hat Priesterbruder Stephan aus dem Zisterzienserkloster in Otterberg unseren Bruder mit kirchlichem Segen bestattet. Wenn einer in der Hölle brennen muss, dann ich, weil ich derjenige war, der das veranlasst hat.«

Jakobs Vorwürfe machten Peter schwer zu schaffen. Anna Maria konnte erkennen, wie sehr er mit seinen Gefühlen kämpfte.

»Matthias ist im Himmel, das weiß ich genau!«, mischte sie sich ein. »Warum sollte der Herrgott einen von uns strafen? Wir haben nichts Böses getan.«

»Das sehe ich anders!«, fauchte Jakob. »Ich will gar nicht wissen, wie ihr einen Leichnam über mehrere Tage über Land befördert habt, ohne dass es aufgefallen ist«, sagte er erregt.

In diesem Augenblick wurde der Wind stärker. Unbewusst schaute Anna Maria zu der Stelle des Friedhofs, an der sie während der Beerdigung geglaubt hatte Matthias stehen zu sehen. Erneut stellte sie sich vor, dass der jüngere Bruder dort stand und sie anlächelte. »Schaut!«, flüsterte Anna Maria. »Matthias ist uns wohlgesonnen und mit unserer Entscheidung zufrieden.«

Jakob und Peter blickten zu der Ecke, in die ihre Schwester zeigte, aber sie konnten nichts erkennen.

»Du bist nicht bei Sinnen«, schalt Jakob sie. »Da ist nichts, und bestimmt nicht Matthias.« Verärgert drehte er sich um und stapfte eiligen Schrittes nach Hause.

Peter nahm seine zitternde Schwester in den Arm. »Sei unbesorgt, Anna Maria! Wir haben nichts Falsches getan. Kümmere dich nicht um Jakobs Geschwätz. Er ist nur traurig und kann seine Gefühle nicht zeigen.«

Obwohl die Hofmeister-Familie gehofft hatte, dass das Gesinde Jakobs Wunsch achten würde, wussten die Mehlbacher, Schallodenbacher und Katzweiler Nachbarn bereits am nächsten Tag von Matthias' Tod. Als der Pfarrer am darauf folgenden Sonntag für die Seele des gefallenen Burschen betete, stimmten sofort alle in die Gebete mit ein.

Nach der Messe standen Jakob, Peter und Anna Maria mit versteinerten Mienen am Kirchenportal und nahmen die Beileidsbekundungen der Kirchgänger entgegen. Jeder von ihnen sagte Nettes über den toten Bruder, sodass Anna Maria die Tränen kamen.

Veit, der abseits mit Friedrich gewartet hatte, eilte zu Anna Maria und legte den Arm um sie, was die Umstehenden veranlasste, die beiden anzugaffen.

Nicht nur die Kunde von Matthias' Tod hatte sich rasch verbreitet. Auch dass zwei Fremde mitgekommen waren, war schnell bekannt geworden. Während die alten Weiber, die nun vor der Kirche zusammenstanden, tuschelnd ihre Köpfe zusammensteckten, konnten die jungen Frauen ihre Blicke nicht von Veit abwenden. Kichernd schwatzten sie hinter vorgehaltenen Händen über das schneidige Aussehen des fremden Mannes. Der jedoch schien nur Augen für das Hofmeister-Mädchen zu haben.

Veit sprach leise auf Anna Maria ein, die sich beruhigte und sehnsuchtsvoll zu ihm aufschaute. Liebevoll strich er ihr über die Wange und küsste ihre Stirn. Als sie ihn überrascht anschaute, zwinkerte er ihr zu. Manche der jungen Frauen seufzte leise und wünschte sich an Anna Marias Stelle.

Die Alten hingegen schüttelten empört die grauen Köpfe. Sie verurteilten solch unzüchtiges Verhalten in aller Öffentlichkeit und vor einem Gotteshaus, was in ihren Augen Sünde war.

Die Männer musterten Veit mit neugierigen Blicken. Seine Landsknechtstracht ließ sie an Abenteuer denken, von denen sie nur träumen konnten. Zwar war der Stoff des Waffenrocks schäbig und abgetragen, doch das bunte Gewebe sah nach Tatendrang, Verwegenheit und Abenteuer aus. Das Hemd mit den gepluderten Ärmeln, die in zerschnittenen Streifen herabhingen, wirkte ebenso fremd wie die grünen Pluderhosen, die bis zu Veits Schuhen reichten. Gerne hätten die Burschen ihn nach seinen Taten befragt. Doch er gab ihnen dazu keine Gelegenheit, denn er legte seinen Arm um Anna Marias Schulter und führte sie nach Hause.

Jakobs Frau Sarah sah den beiden nach. Dann wandte sie sich Nachbarn und Freunden zu, um sie für den folgenden Sonntag zum Mittagessen auf den Hofmeister-Hof einzuladen.

»Wir wollen Peters und Anna Marias Rückkehr feiern!«, erklärte sie und versuchte Freude in ihre traurige Stimme zu legen.

Alle versprachen zu kommen, nur der alte Nehmenich moserte: »Was ist mit dem Leichenschmaus?«

Bestürzt blickte Sarah ihn an und sah dann Hilfe suchend nach ihrem Mann.

»Es gibt keine Beerdigung«, erklärte Jakob, »und somit auch keinen Leichenschmaus. Jedoch laden wir dich ein, die Rückkehr meiner Geschwister zu feiern.« Als der Bauer ihn mit zusammengekniffenem Gesicht anstarrte, fragte Jakob unwirsch: »Wirst du kommen?«

Nehmenich wusste, dass alle Augen auf ihn gerichtet waren. Es war bekannt, dass er den alten Hofmeister nicht mochte und seit Jahren gegen den Bauern hetzte. Jetzt, da Daniel Hofmeister auf Wallfahrt war, wandte sich Nehmenichs Groll gegen dessen Kinder.

Zwar hatte es nie einen Streit zwischen den beiden Familien gegeben, doch Nehmenich hasste Hofmeister, weil der ein freier Bauer war und Sonderrechte genoss: Hofmeister war seinem Grundherrn nur zum Kriegsdienst verpflichtet und musste weder Abgaben noch Fron- oder Spanndienste leisten. Besonders ärgerte Nehmenich, dass Hofmeister zum wiederholten Male auf Pilgerreise zog, was sich kein anderer im Dorf leisten konnte. Mit einer Wallfahrt konnte der Pilger seine Sünden tilgen und Verwandte aus der Vorhölle befreien. Andere konnten nur

Ablassbriefe kaufen, doch die waren teuer. Manch einer sparte ein Leben lang, um den Bruder, Oheim oder andere Angehörige aus dem Fegefeuer freizukaufen.

Das alles ging Karl Nehmenich durch den Kopf, als er Jakob mit seinem Blick zu durchbohren schien. Nur zu gern hätte er dem Hofmeister-Spross vor die Füße gespuckt. Aber Nehmenichs Lebenshunger war stärker, denn er wusste, was eine Einladung bei den Hofmeisters bedeutete. Seit Langem zum ersten Mal könnte er sich an einer reichlich gedeckten Tafel sattessen, sich mit allerlei Leckerbissen vollstopfen und dabei so viel Wein trinken, wie er schlucken konnte. Bei diesem Gedanken lief Nehmenich das Wasser im Mund zusammen. Dies konnte er sich nicht entgehen lassen, und so verkniff er sich seine Widerworte und nickte.

Bei mildem Sommerwetter saßen fünfzig gierige Mäuler an der gedeckten Tafel im Hofmeister-Hof und labten sich an den Speisen.

Jakob hatte sich nicht lumpen lassen und ein fettes Schwein geschlachtet. Auch einige Hühner waren im Suppentopf gelandet.

Anna Maria sah, wie die Mägde und ihre Schwägerin hin und her eilten, um die Gäste zufriedenzustellen, und selbst weder etwas aßen noch sich ausruhten. Sie ging zu Sarah und bat: »Lass mich euch helfen! Ich kann nicht ruhig sitzen und mich von euch bedienen lassen, während ihr schuftet.«

Mit ernster Miene blickte Sarah hoch. Sie hatte gerade Wein nachgeschenkt und sprach nun leise, sodass es außer Anna Maria niemand hörte: »Wegen dir und Peter veranstalten wir das Fest, da kannst du unmöglich mitarbeiten und die Gäste bedienen. Setz dich nieder und halte deine Finger ruhig. Außerdem tut mir die Arbeit gut, denn sie hindert mich am Grübeln!« Damit ging sie zu der Feuerstelle, über der das Schwein an einem Spieß hing. Achtsam übergoss sie den Braten mit wohlriechender Brühe, dass die Flammen zischten.

Dankbar schaute Anna Maria ihrer Schwägerin hinterher, als sie Veits Blick spürte. Lächelnd setzte sie sich zu ihm. Veit legte sogleich den Arm um sie, als ob er allen zeigen wollte, dass Anna Maria zu ihm gehörte. Sie sah, wie Jakobs Blick sie beide mürrisch streifte.

Anna Maria wollte ihn gerade etwas fragen, als ihr Oheim Willi zu ihr sagte: »Die Frau, die du uns geschickt hast, kam gerade zur rechten Zeit, mein Kind. Sie ist fleißig, kann gut kochen und ...«

Sein Tischnachbar unterbrach ihn und fügte augenzwinkernd hinzu: »Und hält ihm sein Bettchen warm.«

Als die Männer in Gelächter ausbrachen, blickte Willi sie scharf an. Sogleich verstummte das Lachen, und sie tunkten ihre Brotstücke in die Fettsoße auf ihren Tellern.

Anna Maria überlegte und schüttelte den Kopf. »Ich habe niemanden zur Rauscher-Mühle geschickt! Wann soll das gewesen sein?« Doch dann erinnerte sie sich, und ein Leuchten erhellte ihr Gesicht: »Du meinst Ruth und ihre beiden Söhne? Ich habe sie vor etlichen Monaten bei der Suche nach meinen Brüdern kennengelernt.«

»Ja«, schmatzte der Oheim, während er sich die Finger ableckte. »Ruth meine ich. Als sie ankam, war sie so dünn, dass ich Angst hatte, sie würde jeden Augenblick auseinanderbrechen. Aber jetzt ist sie genau nach meinem Geschmack.«

»Wo ist sie? Warum hast du sie nicht mitgebracht?«

»Ihr Jüngster, der kleine Jäcklein, ist krank. Deshalb ist sie zuhause geblieben. Aber ich soll dich von ihr grüßen.«

»Wie ist sie zur Rauscher-Mühle gekommen? Ich hatte ihr gesagt, dass sie sich hier auf dem Hofmeister-Hof melden und Tante Kätsches Haus beziehen könne.«

»Wie du weißt, war das Haus schon zu Lebzeiten der Tante baufällig gewesen. Beim letzten Herbststurm ist es in sich zusammengefallen«, erklärte ihr Bruder Jakob, der den beiden zugehört hatte. »Als die Frau mit den Kindern vor mir stand, wusste ich nicht, wo ich sie unterbringen sollte. Ich wollte sie aber nicht fortschicken, da du sie uns anvertraut hast. Zum Glück fiel mir ein, dass auf der Rauscher-Mühle die Magd gestorben war, und deshalb habe ich Ruth sogleich dorthin gebracht. Wie es scheint, war dieser Einfall richtig gewesen – für Ruth *und* für Willi.«

Erfreut sah Anna Maria, wie die Augen ihres Oheims glänzten. »Sag Ruth, dass ich sie bald besuchen werde«, versprach sie.

Zufrieden blickte sie Veit an, der dem Gespräch nicht zugehört zu haben schien. Dass Anna Maria sich ihm zuwandte, nahm er ebenfalls nicht wahr, denn schon seit einer Weile war seine Aufmerksamkeit auf zwei junge Burschen gelenkt. Die beiden, die Veit nicht älter als vierzehn Jahre schätzte, hatten schräg gegenüber von ihm Platz genommen und keinen Ton gesagt, sondern ihn nur angegrinst. Selbst als Veit ihren Blick grienend erwiderte, gaben sie keinen Laut von sich, nur dieses Grinsen blieb.

Nach einer Weile fragte Veit ungehalten: »Was ist?«

Darauf schienen die Burschen gewartet zu haben. Sogleich schoben sie ihre Teller zur Seite und rutschten näher an die Tischplatte heran.

»Dann stellt schon eure Frage«, forderte Veit sie auf.

Einer der Burschen räusperte sich und kratzte sich nervös am Hals, während der andere stotterte: »Hast du schon viele Menschen getötet?«

Veit hatte mit dieser Frage gerechnet. Er wusste um die Wirkung seiner Landsknechtstracht, und auch, was die Menschen damit verbanden. »Ja, ich habe schon hunderte Leben ausgelöscht«, sagte er mit einem besonderen Ton in der Stimme.

Erschrocken schauten die beiden ihn an.

»Es entsetzt euch wohl, dass es so viele gewesen sind!«, sagte Veit ernst.

Der Junge, der sich ständig kratzte, schüttelte den Kopf. »Das ist es nicht! Du bist schon alt, also musst du als Landsknecht viele Menschen getötet haben. Aber so, wie du es sagst, klingt es, als ob es dir leidtäte«, erwiderte er und scheuerte sich erneut.

»Dass ich alt bin, hat bislang niemand gesagt«, lachte Veit und blickte Anna Maria an, die ihm schmunzelnd über den Arm strich.

Der Bursche, dessen Hals voller roter Striemen war, erklärte stolz: »Schon bald werde ich mich mit meinem Freund einem Landsknechttross anschließen und von hier fortgehen.« Mit leuchtenden Augen blickte er zu seinem Tischnachbarn und sagte: »Nicht wahr, Otto, uns hält nichts mehr hier in Mehlbach! Wir beide ziehen in den Kampf für die Bauern und schlagen die Feinde tot.«

Der Stotterer nickte und sagte: »Ich werde sie totschlagen wie die Schweine.«

Entsetzt blickte Anna Maria von einem zum anderen und fragte: »Habt ihr schon einmal gekämpft oder einen Menschen sterben gesehen?«

Beide schüttelten den Kopf. »Nein! Das macht auch nichts. Man gewöhnt sich daran!«

Ungläubig riss Anna Maria ihre Augen auf. »Ihr wisst nicht, wovon ihr redet!«, flüsterte sie und starrte ins Leere. Die Erinnerungen an das Schlachtfeld bei Frankenhausen kamen zurück und ließen sie erschaudern.

»Ich fürchte den Tod nicht!«, sagte der Junge voller Inbrunst. »Doch bevor ich sterbe, werde ich genügend Feinde mit in den Tod nehmen. Nicht wahr, Otto, du doch auch?«

Der Angesprochene nickte eifrig.

»Wer ist euer Feind?«, wollte Veit wissen. Die beiden Burschen blickten sich an und zuckten mit den Schultern. »Das ist egal! Wenn wir uns den Landsknechten angeschlossen haben, werden sie uns das schon verraten.«

Nun wandte sich Anna Maria den beiden zu und sagte: »Ihr seid so dumm und wisst nichts von der Welt da draußen. Ich jedoch habe Menschen gesehen, die von Kanonenkugeln zerfetzt oder von Lanzen aufgespießt wurden!« Tränen schimmerten in ihren Augen. »Ich habe die Sterbenden gehört«, flüsterte sie, »und werde niemals wieder ihre Angst- und Schmerzensschreie vergessen oder das ohrenbetäubende Knallen der Geschütze und Gewehre. Und auch nicht den dumpfen Klang der Trommeln des Feindes.«

Anna Maria wischte sich energisch mit dem Handrücken über die Augen. »Einer dieser schreienden Menschen war mein Bruder Matthias, dem ein Landsknecht mit dem Schwert den Bauch aufgeschlitzt hat, sodass seine Eingeweide herausquollen.«

Als Anna Maria die teilnahmslosen Gesichter der beiden Burschen sah, blitzten ihre Augen wütend auf. Sie stand abrupt auf, drehte sich um und rannte über den Hof. Weinend lief sie zum Tor hinaus. Sie antwortete nicht auf Veits Rufe und sah nicht Jakobs und Sarahs verständnislose Blicke. Auch hörte sie nicht das Getuschel der Gäste an den Tischen. Sie wollte weg und allein sein mit ihren Erinnerungen.

Anna Maria rannte, ohne zu überlegen, hinter dem Hof den Hügel hinauf dem Wäldchen entgegen. Sie lief tief in den Wald hinein, bis sie zu dem Platz kam, der ihr schon in früheren Zeiten Schutz geboten hatte. Der Ort, an dem sie sich als Kind versteckt hatte, wenn der Vater böse auf sie war und sie strafen wollte. Hier fühlte sie sich sicher und geborgen, denn sie hoffte, dass sie hier niemand finden würde. Es war der stillgelegte

Steinbruch, der mitten im Wald lag und den kaum noch jemand kannte. Zudem waren während der vielen Jahre, in denen hier kein Gestein mehr abgebaut wurde, wilde Sträucher und Bäume gewuchert, sodass der Eingang versteckt war.

Anna Maria drückte vorsichtig die dornigen Ranken beiseite und trat in einen dachlosen, langen Raum ein, der von drei Wänden wie ein Schlauch eingegrenzt war. Hier befand sie sich in ihrer Welt, die sie sich als kleines Mädchen mit ihren Zeichnungen erschaffen hatte.

Es kam Anna Maria wie eine Ewigkeit vor, seit sie das letzte Mal hier gewesen war. Efeu und feines Moos hatten die steilen Wände überzogen. Vorsichtig glitten ihre Fingerspitzen über die schwarzen Kohlezeichnungen an den Steinwänden. Erstaunt bewunderte Anna Maria ihre eigene Kunstfertigkeit. Einige Zeichnungen waren so groß wie sie selbst, andere hatte sie naturgetreu klein und zart gezeichnet.

An manche Bilder konnte sie sich nicht mehr erinnern und musterte sie mit leicht zusammengekniffenen Augen. Auf der einen Wand hatte sie ein Eichhörnchen gezeichnet, das eine Nuss in den Pfoten hielt. An anderer Stelle fand sie die Zeichnung einer Bache mit ihren Ferkeln und die eines Rehkitzes, das von der Ricke gesäugt wurde.

»Sind das deine Werke?«, fragte eine Stimme hinter ihr.

Erschrocken riss Anna Maria den Kopf hoch. Als sie Veit erblickte, beruhigte sich zwar ihr Herzschlag, doch sie wurde verlegen, und ihre Wangen röteten sich leicht.

»Du musst dich dafür nicht schämen, Anna Maria. Die Bilder sind wunderschön. Die Tiere, die du hier gezeichnet hast, sind so wirklichkeitsgetreu abgebildet, als ob sie leben würden. Man könnte meinen, dass sie jeden Augenblick weglaufen würden.«

Veit besah sich jede Zeichnung genau. »Ich habe nicht gewusst, dass ein Mensch dazu fähig ist. Man könnte meinen, dass Teufelshand diese Bilder erschaffen hätte.«

Ungläubig starrte Anna Maria ihn an. »Wie kannst du so reden?«, flüsterte sie.

Veit war sich nicht bewusst gewesen, was er gesagt hatte. Als er jedoch sah, wie Anna Marias Gesicht sich veränderte, zog er sie in seine Arme. »Es tut mir leid, Liebes, wenn ich etwas Falsches gesagt habe«, murmelte er in ihr Haar.

Anna Maria erklärte mit leiser Stimme: »Mein Bruder Peter hat vor einiger Zeit das Gleiche über meine Zeichnungen geäußert. Vielleicht bin ich tatsächlich verhext.«

»Nein, so war es nicht gemeint!«, versicherte Veit, und Bewunderung klang in seiner Stimme. »Ich weiß, dass dahinter kein böser Zauber steckt. Du hast anscheinend nicht nur die Gabe, mit Sterbenden zu sprechen, sondern auch die Fähigkeit, Bilder so zu zeichnen, dass sie natürlich wirken.« Veit lachte leise auf und hielt Anna Maria auf Abstand. »Weißt du noch, als du mich als Wolfsmensch in der Höhle gezeichnet hast? Ich bekam einen mächtigen Schreck vor dem Ungeheuer. Doch jetzt weiß ich, dass ich so ausgesehen haben muss. Es grenzt an ein Wunder, dass du nicht sofort die Flucht ergriffen hast.«

Auch Anna Maria musste lachen. Sanft strich sie Veits kinnlanges Haar zurück. »Es waren deine blauen Augen, die mich daran gehindert haben, fortzulaufen. Außerdem war ich verletzt und froh, dass ich noch mein Leben hatte.«

Voller Bewunderung blickte Veit Anna Maria an, die spürte, wie sie erneut errötete. Behutsam zog er sie in seine Arme und küsste sie. Beide stöhnten leise auf und ließen sich zu Boden gleiten. Das trockene Laub unter ihnen raschelte, als sie sich darauf wälzten. Veit vergrub seine Hände in Anna Marias Haaren, da er Angst hatte, sich nicht beherrschen zu können.

»Heirate mich!«, stöhnte er. »Dann hat das alles endlich ein Ende, und wir können wie Mann und Frau zusammenleben.«

Anna Maria setzte sich auf und zupfte trockene Laubstückchen aus ihren honigfarbenen langen Haaren.

»Was hat ein Ende?«, gurrte sie.

Schmunzelnd pflückte Veit kleine Zweige von ihrer Kleidung. »Du weißt, was und wie ich es meine!«

Anna Maria schüttelte den Kopf. »Erklär es mir!«

»Ich will dich nicht einfach nur nehmen, obwohl ich mich kaum noch beherrschen kann«, stöhnte er. »Du bist ein ehrbares Mädchen, und deshalb soll alles seine Richtigkeit haben.«

Seine Augen, so tiefblau wie ein wolkenloser Himmel, wurden dunkel. »Wirst du mich heiraten?«, fragte er heiser und küsste die empfindliche Haut hinter ihren Ohren.

Ein wohliger Schauer durchjagte Anna Marias Körper. Trotzdem stieß sie ihn mit sanfter Gewalt zurück. Mit ernstem und festem Blick sagte sie: »Ja, Veit, ich werde dich heiraten. Aber erst, wenn die Trauerzeit um Matthias vorbei ist.«

»Wann wird das sein?«, fragte Veit und nestelte an ihrer Bluse.

»In einem Jahr!«

»Was?«, schrie er auf. »Warum so lange? Er ist weder dein Vater noch dein Ehemann. Wo steht geschrieben, dass eine Schwester ein Jahr um ihren Bruder trauern muss?«

»Nirgends. Aber ich finde, ein Jahr ist eine angemessene Zeit!«

»Das halte ich nie und nimmer aus!«, flüsterte Veit und küsste zärtlich ihren Hals, ihre Wangen, ihren Mund.

Leise stöhnend flüsterte Anna Maria: »Du hast Recht! Ein Jahr ist zu lang. Matthias würde das nicht verlangen. Aber du musst Jakob um Erlaubnis fragen, da Vater nicht da ist. Das hat aber noch Zeit.« Sie überlegte kurz und sagte: »Lass uns Weihnachten heiraten.«

Veit rechnete nach. »Das ist ja fast noch ein halbes Jahr!«, jammerte er.

Als er in Anna Marias bittende Augen blickte, wusste er, dass er fast sechs weitere Monate auf sie warten musste.

Kapitel 3

Veit lag abseits des Gesindes im Schatten der Obstbäume und tat, als ob er döste. Obwohl er die spöttischen Blicke der Knechte auf sich spürte und ihr Getuschel hörte, hielt er die Augen geschlossen. Sein Gesicht glänzte vom Schweiß der Anstrengung, und er schämte sich dafür.

Seit Tagen half Veit ohne Murren auf dem Feld, obwohl Ackerbau und Viehzucht nie zu seinem Lebensinhalt gehört hatten. Ihm fiel diese Arbeit besonders schwer. Schließlich war er ein Landsknecht, der für Geld in den Kampf zog, kein Bauer, und das spürte er am ganzen Leib. Seine Hände waren voller Schwielen und Blasen, und jeder Muskel schmerzte. Veit konnte kaum die Arme heben, um den Becher mit Bier zum Mund zu führen. Als sich ein Knecht über ihn lustig machen wollte, kam Peter Veit zu Hilfe. »Lasst ihn in Ruhe! Er gibt sein Bestes. Ich möchte euch sehen, wenn ihr als Bauern in die Schlacht ziehen müsstet.«

Kurz darauf wurden Anna Maria und die Mägde mit lautem Gejohle begrüßt, da sie das Mittagessen zur Koppel brachten. Erstaunt blickte die junge Frau zu Veit hinüber, da er nicht bei den anderen lag und sie nicht beachtete. Zwar hielt er die Augen geschlossen, aber Anna Maria wusste, dass er nicht schlief. Als sie Brot und kalten Braten verteilte, fragte sie ihre Brüder leise: »Was ist mit Veit?«

»Was soll mit ihm schon sein?«, lästerte Jakob. »Er ist die schwere Arbeit eines Bauern nicht gewohnt und leckt seine Wunden.«

»Du bist unmöglich, Jakob Hofmeister!«, zischte Anna Maria und ging hinüber zu ihrem Liebsten. Erst als sie sich zu ihm setzte, öffnete er die Augen. »Ich habe dir etwas zu essen mitgebracht«, sagte sie und reichte ihm eine Scheibe Brot mit Fleisch.

Doch Veit schüttelte den Kopf. »Ich habe keinen Hunger!« Leise stöhnend setzte er sich auf.

»So schlimm?«, fragte Anna Maria.

»Ich brauche dein Mitleid nicht!«, flüsterte Veit ungehalten und blickte mürrisch zu den Knechten.

»Ach, Veit! Jetzt benimm dich nicht wie ein kleiner Junge. Niemand will dir Böses. Im Grunde wären sie alle gern Landsknecht geworden.«

»Das stimmt nicht! Keiner von denen wäre gern an meiner Stelle. Sie sehen in mir den Fremden, den du von irgendwoher mitgebracht hast und der sich bei der Tochter des Hauses einschleichen will. Es stimmt leider: Ich tauge nicht als Bauer! Schau hier, meine Hände sind voller Blasen. Selbst wenn ich wollte, könnte ich im Augenblick kein Schwert damit halten.« Veit hielt ihr seine wunden Hände entgegen.

Anna Maria hatte Mühe, nicht laut zu lachen. Doch um Veit nicht zu beschämen, machte sie ein verständnisvolles Gesicht. Liebevoll strich sie eine Haarsträhne hinter sein Ohr. »Ich liebe dich so, wie du bist! Einerlei, ob Bauer oder Landsknecht.«

Veit forschte in ihrem Blick und konnte keinen Spott darin erkennen. »Ich verspreche«, erklärte er, »dass ich mir Mühe gebe, ein guter Bauer zu werden. Aber mach dir keine große Hoffnung. Vorerst brauche ich etwas Ruhe.« Er legte sich ächzend zurück ins Gras.

Als Veit die Augen schloss, ging Anna Maria zu ihrem Bruder Peter. Leise, damit die anderen nichts hörten, machte sie einen Vorschlag. Nachdenklich sagte Peter: »Meinst du, dass das hilft?«

Anna Maria zuckte mit den Schultern. »Es wäre ein Versuch.«

Peter nickte. »Du rennst offene Tore bei mir ein, Schwesterherz! Auch ich habe große Lust. Wegen Matthias' Tod war ich seit unserer Rückkehr noch nicht dort gewesen.«

Zwei Tage später redete Peter mit seinem älteren Bruder: »Komm mit, Jakob! Es wird lustig werden.«

»Matthias ...«, wollte Jakob erwidern, doch Peter fiel ihm ins Wort.

»Matthias war ein Mensch, der gern gefeiert hat. Er hätte sicherlich nichts dagegen, wenn wir uns vergnügen. Es ist Samstagabend. Denk auch an Veit. Er hat Abwechslung verdient. Außerdem: Wie sieht das aus, wenn du als Vaters Vertreter fehlen würdest?«

»Was du nicht sagst!«, lachte Jakob. »Dafür schuldest du mir einen Gefallen, Bruderherz. Und wenn Veit genauso viel Bier wie Feldarbeit verträgt, dann wird es ein kurzes Vergnügen werden.«

Im Gasthaus des alten Christmann trafen sich jeden Samstagabend die Bauern und Knechte aus Schallodenbach, Mehlbach und Katzweiler, um Neuigkeiten auszutauschen und sich einige Krüge Bier zu genehmigen.

Als Jakob mit seinen Leuten den Schankraum betrat, herrschte für wenige Augenblicke Stille, doch dann wurden sie lautstark begrüßt. Vorwitzig betrachteten die Bauern den Fremden an der Seite der Hofmeister-Brüder. Nicht jeder hatte den Mann zuvor gesehen, doch alle hatten von ihm gehört. Hilfsbereit rückten die Bauern zusammen, sodass Jakob und seine Leute an den Tischen Platz fanden. Sogleich brachte der Wirt für jeden einen Krug Bier.

»Wir waren schon lange nicht mehr im Wirtshaus«, sagte Friedrich und sah Peter mit leuchtenden Augen an. Der junge Hofmeister prostete dem Freund lachend zu. »Ja, in Mühlhausen haben wir öfter die Gasthäuser aufgesucht.«

Bei der Erinnerung fiel ein Schatten über ihre Gesichter. »Auf Matthias«, flüsterte Friedrich.

»Lass uns nicht Trübsal blasen!«, erwiderte Peter. »Es ist nicht zu ändern.«

»Sag, Fremder, wie ist dein Name, und woher kommst du? Obwohl du mitten unter uns lebst, wissen wir nichts von dir«, sprach ein Bauer aus Schallodenbach Veit direkt an, der an seinem Bier nippte. Erwartungsvoll richteten sich alle Augen auf den Landsknecht.

»Er ist ein ...«, wollte Peter erklären, als er unterbrochen wurde.

»Kann er nicht für sich selbst sprechen?«, krächzte Karl Nehmenich, der an der Theke lehnte. Nehmenichs hageres Gesicht war von grauen Stoppeln übersät, die ihn kränklich aussehen ließen. Als er sich die Wange rieb, verursachten die Stoppeln ein schabendes Geräusch. Seine kleinen Augen musterten die Hofmeister-Burschen herausfordernd, als sein Blick an Veit hängenblieb.

»Es würde mich wundern, Karl, wenn du nicht für Ärger sorgen würdest«, sagte Jakob ungehalten.

»Warum?«, zischte Nehmenich. »Ist es verboten, zu fragen?«

»Halt dein ungewaschenes Maul!«, schimpfte der Wirt und sah den Störenfried böse an.

»Habt euch nicht so. Sie sind nicht besser als wir, nur weil sie bei den Bauernaufständen mitgekämpft haben«, hetzte Nehmenich ungerührt.

»Verdammt, Karl! Es reicht!«, sagte der Mann aus Schallodenbach, der sah, wie Jakob blass geworden war. »Nur weil der alte Hofmeister nicht da ist, musst du nicht den bösen Mann spielen. Ich will mich mit dem Fremden unterhalten. Von dir war keine Rede.«

Murrend drehte sich Nehmenich ab und blickte stumm in seinen Krug Bier.

Auch Veit hatte gesehen, wie Jakobs Gesichtsfarbe sich veränderte und er im Begriff war aufzubrausen. Rasch legte er ihm die Hand auf den Arm und drückte ihn sachte zurück. Überrascht schaute Jakob auf.

Bevor er etwas sagen konnte, ergriff Veit das Wort: »Ihr habt Recht. Es ist wahrlich unerhört, eure Gastfreundschaft zu erhoffen und selbst nichts dazu beizutragen.« Dann rief er: »Wirt! Jedem ein Bier.« Zögernd fügte er hinzu: »Auch dem Störenfried an der Theke.«

Bevor Nehmenich widersprechen konnte, stellte der Wirt ihm das Bier vor die Nase und zischte: »Halt's Maul und sei zufrieden.«

Bald war die Stimmung im Wirtshaus gelöst. Obwohl man über den Fremden immer noch nichts wusste, schien er nun als Freund geduldet. Schließlich fragte ein Bauer, dessen rechtes Lid tief über seinem Auge hing: »Verrätst du uns jetzt, wie du heißt? Oder ist das ein Geheimnis?«

»Mein Name ist Veit von Razdorf.«

»Auch das noch! Ein Adliger!«, höhnte Nehmenich, doch keiner hörte ihm zu. Jakob und Peter blickten Veit mit großen Augen an.

»Ich entstamme zwar einem Geschlecht mit eigenem Wappen auf dem Schild, aber ohne Grund und Boden«, erklärte Veit leise.

»Kein Wunder, dass du nicht zum Bauern taugst!«, lachte Peter und prostete Veit zu.

»Von Razdorf«, murmelte Jakob. »Woher stammt deine Familie?«

»Wir haben einst im Voigtland gelebt. Mein Vater starb, als er die Kugel abbekam, die eigentlich für den Reichsritter Götz von Berlichingen bestimmt gewesen war. Ihm hat sie nur die Hand zerfetzt. Meinen Vater hat sie getötet. Ich war noch sehr jung und kann mich kaum an ihn erinnern. Meine Mutter konnte das Gut nur mit Mühe halten, doch als sie krank wurde, mussten wir es verkaufen. Nachdem meine Mutter gestorben war, zog ich mit meinem älteren Bruder umher, der wie unser Vater ein großer Landsknechtführer wurde. Johann diente viele Jahre unter Franz von Sickingen, bis der Ritter von seinen Leuten verraten und getötet wurde. Seitdem sucht Johann einen neuen Herrn, dem er dienen kann.«

»Erzähl uns von deinen Heldentaten!«, forderte einer der Bauern Veit mit glänzenden Augen auf.

»Da gibt es nichts Rühmliches zu berichten. Wir Landsknechte gehen dorthin, wo Unruhe herrscht und man uns braucht«, erklärte Veit nüchtern.

»Das Leben eines Landsknechts muss aufregend sein«, sagte einer der Knechte verträumt.

Veit sah den Jungen nachdenklich an. »Glaube mir, Bursche, das ist es nicht. Man erliegt einem Irrtum, wenn man denkt, dass das, was fremd ist, reizvoller ist als das, was man kennt. Ein Landsknecht muss töten, um selbst zu überleben.«

Veit spürte, dass die fröhliche Stimmung am Kippen war, und sagte deshalb schnell: »Alles im Leben hat seine Zeit, und jetzt ist anscheinend meine Zeit als Bauer gekommen.«

»Das würde ich mir an deiner Stelle überlegen. Oder sind die Schwielen an deinen Händen schon abgeheilt?«, lachte Peter und steckte die anderen Gäste mit seinem Gelächter an. »Bevor du unsere Schwester heiratest, geben wir dir ein kleines Stück Land zum Üben. Nicht dass Anna Maria an deiner Seite verhungert«, frotzelte Peter vergnügt.

»Dann gibt es wohl bald ein großes Fest auf dem Hofmeister-Hof? Darauf müssen wir einen heben!«, sagte ein Bauer und zeigte auf seinen leeren Krug.

Jakobs Gesichtsausdruck hatte sich verfinstert. Trotzdem nickte er dem Wirt zu und bestellte für alle eine neue Runde.

»Mich hat er nicht gefragt!«, schimpfte Jakob leise, als er einen Schluck nahm.

»Dich will er nicht heiraten«, versuchte Peter seinen Bruder aufzuziehen.

»Woher weißt du davon? Als ältester Sohn habe ich Vaters Stellung auf dem Hof eingenommen ...«

»Du hast Angst, dass man dich übergeht«, spottete Peter und zwinkerte seinem Bruder zu. »Mach dir keine Sorgen. Wir sind uns deiner Stellung auf dem Hof wohlbewusst, Bruderherz!«

Veit hatte das Gespräch zwischen den Brüdern verfolgt und wandte sich direkt an Jakob: »Ich hätte dich gefragt, ob ich deine Schwester heiraten darf, Jakob. Aber Anna Maria wollte, dass ich warte.«

»Das fängt ja gut an! Noch nicht verheiratet, und schon macht er, was das Weib sagt«, lästerte Nehmenich, dessen Ohren nichts entging. Doch keiner der übrigen Gäste schenkte ihm Beachtung.

Plötzlich wurde die Wirtshaustür aufgerissen, und ein Bauer aus der Umgebung betrat den Schankraum. Seine Kleidung war mit Blut verschmiert, das auch an seinen Händen klebte.

Entsetzt blickten die Männer den Bauern an, und einer rief: »Um Himmels willen, Steiner! Was ist los? Bist du überfallen worden?«

Der Mann mit den dichten Augenbrauen und dem struppigem Bart leerte mit einem Zug einen großen Krug Bier, bevor er atemlos erklärte: »Eine Bestie hat zwei meiner Schafe gerissen. Zwei anderen, die noch lebten, musste ich ins Herz stechen, da sie bei lebendigem Leib angefressen wurden.«

Entsetztes Gemurmel war zu hören.

»Wovon sprichst du?«, fragte einer der Männer.

»Wölfe! So groß, wie ich sie noch nie gesehen habe.«

»Das kann nicht sein!«, rief ein anderer. »Seit vielen Jahren hat es hier in der Gegend keine Wölfe gegeben.«

»Willst du behaupten, dass ich lüge?«, begehrte der Mann auf.

»Nein! Natürlich nicht!«, entschuldigte sich der Bauer. »Es könnte aber sein, dass du dich geirrt hast.«

»Ich irre mich nicht. Ich kann von Glück sagen, dass ich hier vor euch stehe!«, erklärte Steiner und wischte sich mit der blutverschmierten Hand über den Bart. »Während ich die Schafe von ihrem Leid erlöste, konnte ich spüren, wie der Wolf mich beobachtet hat. Er hat mich nicht aus den Augen gelassen.« Aufgeregt wischte er sich immer wieder über die Barthaare. »Ich habe meine Axt nach dem Vieh geworfen, weiß aber nicht, ob ich es getroffen habe.«

»Könnte es nicht auch ein Bär gewesen sein, der dein Vieh gerissen hat?«, fragte Veit, der versuchte, seine Aufregung zu verbergen.

Steiner musterte Veit kurz und schüttelte den Kopf. »Nein! Das war kein Bär, es waren Wölfe. Ich konnte ihr schauriges Heulen hören. Allein wenn ich daran denke, stellen sich mir die Nackenhaare auf.«

»Wölfe!«, zischte Nehmenich, »dass ich nicht lache!«

»Halts Maul, du dummer Mensch«, sagte Steiner erbost. »Willst ausgerechnet du mir unterstellen, dass ich die Unwahrheit spreche?«

Nehmenich blickte Steiner mit hinterhältigem Grinsen an. »Wer weiß! Vielleicht willst du nur keine Abgaben für das Schlachtvieh zahlen und erzählst uns deshalb diese Lügengeschichte.«

Steiner wollte aufbrausen, doch Veit fragte: »In welchem Waldstück war das?« Als er die verwunderten Blicke auf sich spürte, erklärte er: »Wir müssen die Leute warnen, damit sie den Wald dort meiden.«

Steiner war froh, dass ihm jemand Glauben schenkte, und erklärte ihm den Weg.

»Ach Veit! Komm mit uns«, bettelte Anna Maria.

»Nein, heute nicht!«, wehrte Veit unwirsch ab. Er stand vor

ihr und biss sich nervös auf die Lippen. Sein Blick schweifte unruhig über ihren Kopf hinweg zum Wald.

Nachdenklich fragte Anna Maria: »Geht es dir nicht gut?«

Erschrocken blickte Veit sie an. »Warum? Der gestrige Abend war lang gewesen, und ich bin froh, wenn ich meine Ruhe habe.«

Jakob lachte laut auf. »Das kann ich bestätigen!«

Anna Maria gab sich geschlagen. »Wir sehen uns heute Abend wieder«, sagte sie und küsste Veit auf die Nasenspitze.

»Ich würde mich heute nicht auf den Weg zur Rauscher-Mühle machen, wenn Jakob mich nicht zwingen würde«, schimpfte Peter und hielt sich den Kopf.

»Ich dich zwingen?«, fragte Jakob hinterhältig und konnte sich ein Grinsen kaum verkneifen, während er die Kuh ans Fuhrwerk band. »Du bist mir einen Gefallen schuldig, und der wird heute eingelöst!«

Anna Maria steuerte das Gefährt vorsichtig aus Mehlbach hinaus. Trotzdem stöhnte Peter bei jedem Geruckel laut auf. »Kannst du nicht umsichtiger fahren? In meinem Kopf summt ein Bienenschwarm!«

»Ich tu mein Bestes. Mit der Kuh hintendran schleiche ich wie eine Schnecke.«

»Sei nicht böse, Anna Maria. Ich bin froh, dass du mich begleitest.«

»Ich komme nur mit, weil ich versprochen habe, Ruth zu besuchen.«

»Erzähl mir, wie du diese Frau kennengelernt hast«, bat Peter und hoffte, dass so die Zeit schneller vergehen würde.

Anna Maria überlegte. »Wenn ich darüber nachdenke, habe ich das Gefühl, als ob es schon eine Ewigkeit her ist. Dabei ist nicht einmal ein Jahr vergangen, seit sich Ruths und mein Weg gekreuzt haben. In dieser kurzen Zeit ist so viel passiert wie bei anderen nicht im ganzen Leben.«

Peter blickte seine Schwester erwartungsvoll an, und sie begann zu erzählen: »Ich hatte gehört, dass du und Matthias auf dem Weg ins Elsass wart. Ihr wolltet dort angeblich einem Bauern helfen, der von seinem Landesherrn ungerecht behandelt wurde. Erinnerst du dich?«, fragte sie den Bruder.

Peter nickte. »Der Bauer hatte sich über die Wildschweine beschwert, die seine Aussaat auffraßen. Er tötete mehrere Schweine, was er nicht durfte, denn das Jagen und Fischen ist uns Bauern auch dort untersagt. Zur Strafe ließ der Landesherr ihm die Augen ausstechen. Was der Bauer nicht sehen kann, muss ihn nicht ärgern, hatte er seine Strafe begründet.«

Peter atmete schwer. Die Erinnerung machte ihn zornig. Anna Maria nickte und erzählte weiter: »Das ist die Geschichte, die man mir auch erzählt hatte. Ich wollte euch ins Elsass hinterherkommen, obwohl ich nicht wusste, wo dieses Gebiet liegt«, sagte sie. »Um die Strecke abzukürzen, riet man mir, durch ein Waldstück zu marschieren, an dessen Rand ich auf Ruth, ihre beiden Söhne und ihren Mann traf. Sie waren Kastanienbauern ...«

»Kastanienbauern?«, unterbrach sie Peter. »Von solchen Bauern habe ich nie gehört.«

»Mir ging es genauso. Martin und Ruth pflanzten Kastanien, um die Stöcke zu ernten, wenn ihr Stamm eine gewisse Stärke erreicht hat. Diese Setzlinge dienen den Weinbauern als Stütze, um die Rebstöcke festzubinden.«

»Wieder was dazugelernt«, schmunzelte Peter. »Was ist mit Ruths Mann geschehen?«

»Kurz nachdem ich zu ihnen gestoßen war, ist Martin gestorben.« Als Anna Maria Peters bestürzten Gesichtsausdruck sah, erklärte sie: »Einige Tage zuvor hatte sich Martin beim Ernten der Stämme mit der Axt ins Bein geschlagen. Die Wunde entzündete sich und war dick angeschwollen. Als mir in der Hütte Eitergestank und der Geruch von verwesendem Fleisch entgegenschlug, ahnte ich, dass der Mann seinen Unfall nicht überleben würde. Doch ich wollte ihn nicht seinem Schicksal überlassen. Außerdem litt er unbeschreibliche Schmerzen. Deshalb gab ich ihm von dem Betäubungsmittel, das mir Vater bei meiner Abreise anvertraut hatte.«

Bei der Erwähnung des Mittels schüttelte sich Peter. »Meinst du etwa dieses ekelhafte Gebräu, das mir das Leben gerettet hat?«, rief er und verzog das Gesicht. »Obwohl ich damals ohnmächtig war, kann ich mich an den bitteren Geschmack erinnern. Auch der Schnaps, mit dem Vater die Tropfen verrührte, konnte den widerlichen Nachgeschmack nicht verdrängen.«

»Ich weiß, wie du dich gewehrt hast, die Tropfen zu schlucken. Doch ohne das Mittel wärst du gestorben!«

»Dass Vater dir die Flasche anvertraut hat, zeigt, wie umsichtig er ist. Doch erzähl weiter von Ruth!«

»Ich habe Martin das Mittel zu trinken gegeben, so, wie Vater es dir damals verabreicht hat.«

»Mmh«, grübelte Peter. »Du hast dich daran erinnert? Seit mich die Wildhüter des Grundherrn anschossen, sind einige Jahre vergangen.«

Anna Maria zuckte mit den Schultern. »Als Martin betäubt darniederlag, haben Ruth und ich seine Wunde gründlich ausgewaschen und ausgebrannt.«

Peter sog scharf die Luft zwischen den Zähnen ein. »Und er ist trotzdem gestorben?«

Anna Maria nickte. »Er hatte nicht so viel Glück wie du, Peter. Obwohl es zuerst den Anschein hatte, dass Martin es schaffen würde, war er am darauf folgenden Abend tot. Wir haben ihn am Waldesrand tief in der Erde beerdigt, damit die Wölfe ihn nicht mehr ausgraben.«

»Wölfe?«, fragte Peter erschrocken.

»In diesem Waldstück, das ich durchlaufen musste, lag eine Wolfsschlucht. Durch den Gestank der eitrigen Wunde sind die Wölfe anscheinend angelockt worden, denn ich konnte sie nachts in der Nähe der Hütte heulen hören.«

»Anna Maria, sag bitte nicht, dass du durch diesen Wald gegangen bist und dich der Gefahr ausgesetzt hast.«

»Was sollte ich machen, Peter? Ich wollte euch finden und hatte keine Zeit, zu überlegen. Außerdem habe ich mir ein Bannzeichen auf die Stirn gemalt.«

»Ein was?«, fragte Peter ungläubig.

»Ein Bannzeichen«, wiederholte Anna Maria.

»Was ist ein Bannzeichen?«

»Ein schwarzer Punkt auf der Stirn«, erklärte sie und spürte, wie sich ihre Wangen rot verfärbten.

»Das musst du mir erklären«, sagte Peter und versuchte, nicht zu lachen.

»Ruth erzählte mir, dass die Wölfe sie und ihr Vieh verschont hätten, weil ein vorbeiziehender Schäfer einen Zauber über sie und die Tiere gelegt hatte.«

»Ein Schafhirte kann zaubern?«, fragte Peter und schüttelte verständnislos den Kopf. »Das ist Unfug, Anna Maria.«

»Du verstehst das nicht! Nicht der Schäfer konnte zaubern, sondern ein Wolfsbanner. Da der Hirte mit seiner Herde unter freiem Himmel nächtigte, belegte dieser Wolfsbanner den Mann und die Schafe mit einer geheimnisvollen Formel. Auch waren alle Tiere der Herde und der Schäfer mit einem schwarzen Fleck gekennzeichnet. Das zusammen bewirkte, dass die Wölfe den Mann und seine Herde nicht überfielen.«

»Und diesen Blödsinn glaubst du?«, fragte Peter.

»Es hat jedenfalls nicht geschadet. Die Wölfe haben Ruth, die Kinder, das Vieh und auch mich verschont.«

»Trotzdem ist es Unfug.«

»Das sagte Veit auch, als er mich mit dem Fleck auf der Stirn sah.«

Erstaunt blickte Peter seine Schwester von der Seite an. »Warum hast du auf Burg Nanstein einen schwarzen Fleck auf der Stirn getragen? Gab es dort auch Wölfe?«

Erschrocken schluckte Anna Maria. Sie hatte ihrem Bruder erzählt, dass sie Veit erst auf Burg Nanstein kennengelernt hatte. Peter wusste nicht, dass Veit sie vor den Wölfen in der Wolfsschlucht gerettet und jahrelang als Wolfsbanner unter Wölfen gelebt hatte.

»Du bringst mich vollkommen durcheinander mit deiner Fragerei!«, schimpfte sie und knuffte ihren Bruder in die Seite, der sich lachend wegdrehte.

Peter stutzte. Dann blickte er seine Schwester an und sagte nachdenklich: »Es ist seltsam. Erst gestern hat uns Bauer Steiner erzählt, dass Wölfe einige seiner Schafe gerissen hätten.«

Anna Maria blickte ihren Bruder erschrocken an.

»Wölfe in unserer Gegend?«, fragte sie.

»Ich weiß nicht, was ich davon halten soll. Aber irgendein wildes Tier muss Steiners Schafe getötet haben. Ich bin gespannt, ob sich der Vorfall wiederholen wird.«

Anna Maria wurde nachdenklich.

»Was hat Veit dazu gesagt?«, wollte sie wissen.

Peter überlegte. »Veit fragte, wo Steiner den Wolf gesehen hätte.«

Anna Maria wurde von innerer Unruhe ergriffen. Jetzt konnte sie sich Veits sonderbares und abweisendes Verhalten erklären. Nur zu gerne wäre sie umgekehrt, doch da lag die Rauscher-Mühle vor ihnen.

»Bitte Peter, lass uns so schnell wie möglich wieder zurück auf den Hof fahren«, bat sie ihren Bruder, der sie verständnislos anblickte.

»Wir sind nicht einmal angekommen, da willst du wieder heimwärts?«, lachte Peter. In dem Augenblick kam Ruth aus dem Haus gelaufen und rief voller Freude nach ihren Söhnen.

»Jäcklein, Kasper! Schaut, wer uns besuchen kommt!«

Ruth konnte ihre Freude kaum zügeln. Immer wieder drückte und herzte sie die Freundin.

»Du musst mir erzählen, wie es dir ergangen ist«, bat sie.

Langsam wich Anna Marias Unruhe und machte der Freude über das Wiedersehen Platz. Plötzlich standen die beiden Knaben vor ihr und klammerten sich an ihre Beine.

»Nein, wie seid ihr groß geworden!«, rief Anna Maria. »Euch scheint es bei meinem Oheim an nichts zu mangeln«, stellte sie mit einem Augenzwinkern fest. Anna Maria war es nicht entgangen, dass auch Ruth wohlgenährt aussah.

»Ich weiß, was die Leute reden«, sagte Ruth verlegen. »Aber glaube mir, daran ist nichts wahr.«

»Und selbst wenn«, erwiderte Anna Maria, »dann würde ich es euch von Herzen gönnen.«

Während Peter mit dem Oheim die Kuh gegen Saatgut tauschte und Geschäftliches besprach, erzählte Anna Maria der Freundin, wie es ihr ergangen war.

Erst gegen Abend brachen Peter und seine Schwester nach Hause auf. Ruth umarmte Anna Maria zum Abschied und versprach, bald auf dem Hofmeister-Hof vorbeizuschauen.

Zufrieden setzte sich Anna Maria neben Peter auf den Kutschbock. Doch je näher sie Mehlbach kamen, desto angespannter wurde sie.

⇢ *Kapitel 4* ⇠

Veit hatte es nicht erwarten können, bis das Fuhrwerk mit Anna Maria und Peter um die Ecke gebogen war. Kaum war es außer Sicht, lief er in die Kammer über dem Stall. Dort holte er sein Messer unter dem Strohsack hervor, wickelte es in ein Stück Stoff und versteckte es in seinem Kittel.

Als er den Hof überquerte, hörte er aus der Werkstatt lautes Fluchen. Neugierig ging er in den Anbau neben dem Wohnhaus und fand Nikolaus, der auf einem Holzklotz saß und sich mit schmerzverzerrtem Gesicht den Finger hielt.

»Was ist geschehen?«, fragte Veit den Knaben.

»Nichts!«, sagte Nikolaus erschrocken und verbarg rasch die andere Hand hinter seinem Rücken.

»Zeig her«, forderte Veit ihn auf. Mit niedergeschlagenem Blick zeigte der Junge eine tiefe Schnittwunde am Finger, die heftig blutete. Veit nahm wortlos ein Tuch aus seiner Hosentasche und band es um die Verletzung.

»Und jetzt die andere Hand!«, forderte er Nikolaus auf. Nur zögerlich folgte der Bursche.

»Wer hat dir das Schlachtmesser gegeben?«, fragte Veit erstaunt. Dieses Messer war besonders scharf und wurde deshalb von Jakob in einem Schrank verwahrt, da er Angst hatte, dass seine kleine Tochter sich damit verletzen könnte.

»Ich habe es mir heimlich geholt«, erklärte Nikolaus kleinlaut.

»Du weißt, dass du das nicht darfst«, rügte Veit ihn.

Der Junge nickte.

»Warum hast du das Verbot nicht geachtet?«

»Weil es so scharf ist und sich deshalb gut zum Schnitzen eignet.«

Fragend zog Veit die Augenbrauen hoch.

»Ich will mir einen Speer anfertigen, um damit auf Wolfsjagd zu gehen«, erklärte der Junge eifrig.

Veit traute seinen Ohren nicht.

»Du willst was?«, donnerte er los.

Erschrocken blickte der Elfjährige ihn an. »Jakob hat heute Morgen von den Wölfen erzählt, die Bauer Steiners Schafe gerissen haben. Ich will auch Jagd auf die Bestien machen«, erklärte er, und seine Augen leuchteten dabei.

»Bestien«, murmelte Veit und schüttelte den Kopf. »Ihr wisst nichts über Wölfe!«, brummte er. »Der Mensch ist die Bestie, nicht das Tier.«

Nikolaus blickte Veit verständnislos an.

»Du weißt, dass der Landesherr es verboten hat, im Wald zu jagen.«

»Das ist uns egal«, sagte der Junge trotzig. »Wir sind freie Bauern, und die Wölfe müssen sterben.«

Veit erkannte, dass der Knabe nachplapperte, was er von den Erwachsenen gehört hatte. »Pass auf, dass du dich nicht erneut mit dem Messer schneidest«, fauchte er und verließ die Scheune.

Ohne sich umzusehen, rannte er über den Hof in Richtung Wald und hoffte, dass ihm niemand begegnen würde.

Veit kniete mit einem Bein im feuchten Waldboden und besah sich die Abdrücke. Es waren kleine und große Pfoten zu erkennen, trotzdem konnte er nicht feststellen, wie viele Tiere zu dem Rudel gehörten, denn ein Wolf folgte dem anderen und trat mit seinen Hinterpfoten direkt in die Abdrücke seiner Vorderpfoten.

Ein feines Lächeln umspielte Veits Lippen, als er mit den Fingerspitzen die Linien des Abdrucks nachzeichnete. Doch dann krampfte sich sein Herz zusammen, denn an Zweigen und Blättern waren Blutspritzer zu sehen. Veit tupfte mit dem Finger in einen besonders großen Blutfleck. »Also hat der alte Steiner doch getroffen«, murmelte er und blickte sich suchend um. Dann reckte er wie ein Wolf die Nase in die Höhe und schnupperte in der Luft. Veits Sinne hatten sich in den Jahren, in denen er mit und unter Wölfen gelebt hatte, geschärft. Seine Sehfähigkeit war besser als die der meisten Menschen, und er bemerkte Kleinigkeiten, die andere übersahen. Veit war feinfühlig geworden und erfasste Veränderungen rasch. Und er war fähig, den Geruch von Tieren wahrzunehmen.

Er schloss die Augen und drehte den Kopf in alle Richtungen. Dabei sog er die Luft durch die Nase tief in seine Lunge. Plötzlich stockte er und verharrte bewegungslos. Er pumpte einige Male den Atem ein und aus, um die Nase frei zu bekommen. Dann nahm er einen tiefen Atemzug.

Langsam öffnete Veit die Augen und blickte in die Richtung, aus der süßlicher Mief zu ihm wehte. Es roch nach Tod und beginnender Verwesung.

Veit ahnte, was ihn erwarten würde, und er wusste, dass er zu spät kommen würde. Trotzdem rannte er los. Mit leichten Sprüngen überwand er Baumstämme, die ihm als Hindernisse im Weg lagen, und rutschte auf dem Hosenboden einen Abhang hinunter. Der Gestank wurde stärker. Dann sah er die Ursache. Er sank in die Knie und schrie vor Seelenpein.

※

Peters Kopf ging es besser, sodass er auf der Rückfahrt das Lenken des Fuhrwerks übernehmen konnte. Während das Pferd langsam in Richtung Mehlbach schritt, saßen die Geschwister schweigend nebeneinander.

Peter begann von einem Vorschlag des Oheims zu erzählen, doch Anna Maria hörte nicht zu, sondern dachte an Veit und die Wölfe.

»Was hältst du davon?«, fragte Peter schließlich.

Erschrocken blickte sie ihn an. »Entschuldige, aber ich habe nicht zugehört.«

Peter zog seine Stirn in Falten und schaute sie von der Seite an. »Hast du geschlafen, während ich dir mein Herz ausgeschüttet habe?«, fragte er.

»Es tut mir leid!«, stotterte sie. »Ich war in Gedanken«, versuchte sie sich zu entschuldigen. »Erzähl es mir erneut, und ich höre dir zu«, versprach sie und hob ihre beiden Schwurfinger in die Höhe.

»Ich habe dich um deinen Rat gefragt«, schmollte Peter, »denn Oheim Willi hat mir ein Stück Land angeboten, das an unseren Besitz grenzt. Es ist groß genug, um dort ein Haus zu bauen und Ackerbau zu betreiben.«

Erstaunt blickte Anna Maria ihren Bruder an. »Ich wusste nicht, dass du dich mit dem Gedanken trägst, unseren Hof zu verlassen.«

»Es gibt nur wenige Möglichkeiten für einen Zweitgeborenen, Anna Maria. Entweder geht er in die Fremde und kämpft tagtäglich ums Überleben, oder er gründet eine eigene Familie, was er nur kann, wenn er geldmäßig dazu in der Lage ist. Die wenigsten sind das und bleiben deshalb als unverheiratete Oheime auf dem Hof, wo sie von allen bemitleidet werden. Da wir nicht arm sind, kann Jakob mir mein Erbe auszahlen, sodass mir das Schicksal des unvermählten Bruders erspart bleibt und ich das Land kaufen kann.«

»Und wen willst du heiraten?«, fragte Anna Maria und tat unwissend, obwohl sie es ahnte.

Lange bevor Peter mit Matthias in die Fremde gezogen war, hatte er von der jungen Susanna geschwärmt. Zwar konnte er sich ihr nicht erklären, denn Peter wusste, dass sein Vater diese Verbindung nicht billigen würde. Daniel Hofmeister hatte Streit mit dem Vater der jungen Frau, denn der hieß Karl Nehmenich und passte nicht zu den Hofmeisters.

Anna Maria erkannte in Peters Blick, dass sie sich nicht täuschte, und schwieg.

Schließlich fragte ihr Bruder: »Du scheinst von meinem Plan nicht sonderlich angetan zu sein.« Er verzog seinen Mund zu einem gequälten Lächeln.

»Was soll ich dazu sagen?«, fragte Anna Maria leise. »Wenn es das ist, was du dir wünschst, dann solltest du es durchsetzen.«

In Gedanken sah Anna Maria das Mädchen, das ihre Schwägerin werden sollte, vor sich. Abgesehen davon, dass Susanna die Tochter des alten Nehmenich war, konnte sie nicht als besonders ansehnlich bezeichnet werden. Susanna war keine Frau mit herausragenden Liebreizen, obwohl Peter sie vor Jahren als Schönheit beschrieben und heimlich getroffen hatte. Damals war Peter noch zu jung und Susanna noch fast ein Kind gewesen, sodass Anna Maria die Schwärmerei nicht ernst genommen hatte.

Inzwischen war Susanna zur jungen Frau herangewachsen. Sie hatte, wie Anna Maria sich erinnerte, fade braune Haare, Sommersprossen auf Wangen und Nasenrücken, leicht abstehende Ohren und eine dickliche Figur, die über die Jahre rund geworden war. Vor allem aber hatte Susanna das herrische Wesen ihres Vaters, das Anna Maria abschreckte. Vorsichtig erinnerte sie Peter an den Unterschied zwischen den beiden Familien: »Du hast bei deinen Überlegungen vergessen, dass die Nehmenichs keine freien Bauern sind und eine Eheschließung deshalb nicht richtig wäre.«

»Was soll ich machen?«, sagte Peter leise. »Susanna drängt darauf, dass ich mein Versprechen einlöse.«

Aha, dachte Anna Maria, *daher weht der Wind!* Laut fragte sie: »Hast du sie entehrt?«

»Wie kannst du so etwas fragen!«, entrüstete sich Peter.

»Dann hast du keine Verpflichtung«, erklärte Anna Maria bestimmt. »Zumal unser Vater in der Fremde weilt und wir seine Zustimmung nicht bekommen können.«

»Ich weiß nicht, ob das so einfach ist. Der alte Nehmenich drängt zu der Heirat, da Susanna über die Jahre auf mich gewartet habe, obwohl die Verehrer bei ihr Schlange gestanden hätten.«

Anna Maria prustete los. »Wer soll das gewesen sein?«

Hilflos zuckte Peter mit den Schultern. Geschwisterlich legte Anna Maria ihm die Hand auf den Oberschenkel, sodass er sie anblicken musste.

»Bedenke, Peter: Vielleicht will der alte Nehmenich gerade die Abwesenheit unseres Vaters ausnutzen, damit du seine Tochter heiratest. Er hofft, dass du klein beigibst. Doch sage mir, Bruderherz, was möchtest du?«

Peter zögerte einige Atemzüge und schielte zu seiner Schwester. Dann fasste er sich ein Herz und begann von nie zuvor ausgesprochenen Wünschen zu sprechen. Erstaunt hörte Anna Maria ihm zu.

Veit saß auf dem feuchten Waldboden und lehnte sich mit dem Rücken gegen einen dicken Baumstamm. Mit tränennassem Gesicht blickte er auf den toten Wolf, dessen Pelz blutverkrustet war. Bauer Steiner hatte das Tier am Hals getroffen und ihm eine tiefe Wunde zugefügt. Zwar hatte der Wolf sich ins dichte Gehölz flüchten können, war dann aber dort verendet. Seine bläulich angelaufene Zunge hing aus dem Maul, und die goldfarbenen Augen waren gebrochen. Käfer und Fliegen krabbelten auf seinem Kadaver.

»Was hat er dir angetan?«, flüsterte Veit voller Trauer und streichelte über das Fell des totenstarren Tiers.

Er atmete tief ein und wischte sich mit den Handflächen die Tränen aus den Augen. Dann strich er seine kinnlangen Haare hinter die Ohren und kniete sich über das tote Tier. Süßlicher Gestank hing wie ein Leichentuch über dem Kadaver, doch es störte Veit nicht. Er griff in die Innenseite seines Kittels, um das Tuch hervorzuholen, aus dem er sein Messer wickelte. Kurz schloss er die Augen. Dann besah er sich den toten Wolf.

Veit drehte das Tier um, sodass die angewinkelten und starren Beine in die Luft zeigten. Mit der Spitze des Messers ritzte er das Fell an verschiedenen Stellen ein, um es vom Kopf bis zum Schwanz und den Läufen in einem Stück vom Körper zu trennen. Mit grober Gewalt zog er an dem Pelz.

Als das Fell vor ihm auf dem Boden lag, schabte Veit mit der Klinge von der Innenseite die Reste von Fleisch, Haut, Fett und Blut ab. Die Arbeit trieb ihm den Schweiß aus den Poren. Feine Perlen tropften von der Stirn und seiner Oberlippe auf die Wolfshaut, doch Veit kratzte so lange, bis die Innenseite des Fells sauber war. Er wusste, dass er nur einen Tag Zeit hatte, bevor das Fell unbrauchbar wurde.

Schließlich rollte er den Pelz zusammen. Unter dichtem Buschwerk scharrte er die oberen Erdschichten weg, bis er auf kühlen Grund stieß. Hier versteckte er das Fell und bedeckte es mit Zweigen.

Veit lief, so schnell es die Hitze des Augusttages zuließ, zum Gehöft der Hofmeisters zurück, um eine Schaufel und einen Eimer zu holen. Außerdem suchte er nach einem Beil.

Es war bereits später Mittag. Um diese Zeit würde das Gesinde ebenso wie die Bauersleute seine Sonntagsruhe halten und Veit nicht bemerken. Mit Schaufel, Eimer und Beil rannte er über die Koppeln zurück in den Wald.

Veit folgte dem Bachlauf, der über die Weide floss und zwischen den Bäumen verschwand. Tief im Wald, wohin sich kaum jemand verirrte, fand er eine Mulde in der Nähe des Bachbetts, die er mit der Schaufel zu einem breiten Loch vertiefte, sodass das Fell ausgebreitet hineinpassen würde. Dieses Erdloch kleidete er mit Ästen aus, denen er zuvor die Rinde abgezogen hatte. Er verdichtete die Zwischenräume der Zweige mit Schlamm. Danach schöpfte er mit dem Eimer Wasser aus dem Bach und füllte das Loch, um anschließend das Fell hineinzulegen. Eine Lage Tannenzweige machten die Mulde und das Fell unsichtbar.

Veit lief mit dem Beil in der Hand zum Rand des Waldes, wo mehrere alte Eichen standen. Ächzend kletterte er einen Baum hoch und hackte dicke Äste ab, die krachend zu Boden fielen. Er schälte die Rinde von den Eichenästen und schleppte die Borke zu einem großen Findling in der Nähe der Mulde.

Veit breitete die Rinde auf dem Stein aus und zerkleinerte sie, bis sich die natürlichen Gerbstoffe lösen konnten. Dann vermischte er das Wasser in der kleinen Grube mit der Rinde. Er nahm einen kräftigen Ast und drückte das Fell mehrmals in dem Sud unter, bis es mit der Flüssigkeit vollgesogen war und auf dem Boden der Mulde lag.

Veit erhob sich aus der unbequemen gebückten Haltung und streckte den Rücken. Einzelne Wirbel knackten. *In einigen Monaten kann ich das Fell wieder herausnehmen und als Umhang nutzen,* dachte er.

Misstrauisch blickte Veit sich um. Obwohl er niemanden sehen konnte, glaubte er, beobachtet zu werden. Veit streckte sich nach allen Richtungen und ließ dabei den Blick umherschweifen. Doch niemand war zu erkennen.

Langsam ging er den Weg zurück, den er gekommen war. Den Körper des Wolfes ließ er liegen, denn andere Tiere würden dafür sorgen, dass bald nur noch Knochen übrig blieben.

Das Fuhrwerk hatte den Hofmeister-Hof erreicht. Anna Maria war sprachlos, und Peter traute sich kaum, seine Schwester anzublicken. Nachdem er ihr seine Wünsche, Hoffnungen und Träume anvertraut hatte, herrschte Stille zwischen ihnen. Stumm stieg Anna Maria vom Kutschbock des Gefährts.

Peter spannte das Pferd aus und führte es in den Stall. Dort gab er ihm zu saufen und rieb es trocken. Anna Maria stellte sich neben ihren Bruder, der nach frischem Stroh griff, um das Fell des Tieres abzureiben.

»Wir müssen mit Jakob sprechen«, flüsterte sie. »Es ist Zeit, dass er davon erfährt.«

Peter blickte seine Schwester an. Als er ihren Blick sah, erhellte ein erleichtertes Lächeln sein Gesicht.

Kapitel 5

Es war einer dieser heißen Tage im August, der schon am Morgen die Luft zum Flimmern brachte. Jakob überprüfte seit den frühen Stunden die Zäune der großen Weide, da er vor der Mittagshitze mit seiner Arbeit fertig sein wollte. Endlich hatte er den letzten Pfahl, der von den Knechten erneuert werden musste, mit einem Band gekennzeichnet.

Jakob rieb sich mit einem Tuch den Schweiß von Stirn und Genick. Als ein Habicht über ihm aufschrie, blinzelte er kurz zum Himmel und nahm einen gierigen Schluck Wasser aus der Tonflasche. Mit der Handfläche wischte sich Jakob die Wassertropfen von den Lippen und betrachtete nachdenklich den Zaun.

Er bestand zwar aus breiten Brettern, doch die würden die Wölfe nicht abhalten. Mit Leichtigkeit könnten die Tiere über den Zaun springen oder darunter durchkriechen. Erst vor wenigen Tagen hatten die Bestien im Nachbarort weitere Tiere gerissen – darunter die einzige Ziege des Schmieds. Die Männer aus den umliegenden Orten hatten sich zusammengetan, um die Wölfe zu jagen, doch vergebens. Nicht einmal Pfotenabdrücke konnten sie ausmachen, da der Boden durch die Dürre des Sommers ausgetrocknet war.

»Wir müssen das Vieh jede Nacht in den Stall sperren. Nur da ist es sicher«, sprach Jakob zu sich selbst und blickte zurück. Zufrieden stellte er fest, dass nur wenige Pfähle erneuert werden mussten. »Zum Glück bin ich mit meiner Arbeit fertig«, murmelte er und fasste sich an die Schläfen, denn das Pochen hinter seiner Stirn wurde stärker.

Seit Jakob als junger Bursche von einem Pferd mitgeschleift worden war, hatte er nicht nur stets Schmerzen im Arm, sondern es plagten ihn auch oft heftige Kopfschmerzen; besonders, wenn das Wetter schwül war oder ihn unangenehme Gedanken beschäftigten – so wie heute.

Jakob bückte sich, um die überschüssigen Bänder und seine Wasserflasche aufzunehmen, da er zum Hof gehen wollte. Doch dann überlegte er es sich anders und setzte sich in den Schatten eines Apfelbaumes, stellte die Füße auf und stützte seinen Ellbogen auf die Kniescheiben. Mit den Händen umfasste er seinen Kopf und dachte: *Ich habe es so satt! Alle Verantwortung, Probleme und Entscheidungen lasten auf meinen Schultern. Warum musste unser Vater zu dieser Wallfahrt aufbrechen? Er hätte bleiben und auf seine Kinder warten müssen. Jetzt bin ich mit den Problemen allein und muss Entscheidungen treffen, von denen ich nicht weiß, ob sie richtig sind.*

Jakob streckte sich auf der Koppel aus und zupfte wütend Gras aus dem Boden. »Auch wenn ich der Älteste und Hoferbe bin, so bin ich weder allwissend noch kann ich über das Leben meiner Geschwister bestimmen. Ist es falsch, wenn ich Peter von seinem Vorhaben abrate? Muss Anna Maria meine Zustimmung erbitten, wenn sie heiraten will?«, flüsterte Jakob leise aufstöhnend, als der Schmerz in seinem Kopf heftiger wurde. Seine Gedanken schweiften zu dem Tag, als der Vater ihm mitteilte, dass er fortgehen würde. Bei der Erinnerung spürte Jakob Groll in sich aufsteigen.

Es war spät gewesen, und die meisten Menschen auf dem Hofmeister-Hof schliefen. Jakob hingegen war seit Stunden in der Werkstatt beschäftigt und würde sich erst zur Ruhe begeben, wenn alle Sensen gedengelt waren, da am nächsten Tag das Gras geschnitten werden sollte. Jakob wollte diese Arbeit selbst verrichten, denn er wusste: Nur eine gute Schneide würde dafür sorgen, dass das Mähen schnell gelang.

Umsichtig klopfte er mit einem Hammer das Sensenblatt. Jakob war so in seine Arbeit vertieft, dass er nicht bemerkte, wie sich das Tor der Werkstatt öffnete. Unerwartet stand der Vater vor ihm und begutachtete mit fachmännischem Blick die Sensen.

»Gute Arbeit«, lobte Hofmeister seinen Sohn, während er mit dem Zeigefinger über die scharfe Kante des Metallblatts strich. Erstaunt blickte Jakob ihn an. Ein Lob vom Vater war selten.

»Ich muss mit dir reden«, sagte der alte Hofmeister und nahm sich einen Schemel, der hinter ihm stand. Jakob legte Hammer und Sense zur Seite und sah seinen Vater erwartungsvoll an.

»Ich werde mich in den nächsten Tagen auf eine Pilgerreise begeben.« Mehr sagte der Alte nicht.

Jakob wusste nicht, was er antworten sollte, und schwieg. Nach einer Weile fragte der alte Hofmeister: »Hast du nichts zu sagen?«

Jakob überlegte, ob das eine Fangfrage sein könnte. Das Gesicht des Vaters verriet nichts von seinen Gedanken. »Was soll ich dazu sagen, Vater? Es ist dein Entschluss und sicher endgültig. Allerdings wäre es mir lieber, wenn du auf die Rückkehr von Peter, Matthias und Anna Maria warten würdest. Was ist, wenn ihnen etwas zugestoßen ist? Auch ist die Feldarbeit noch nicht erledigt, und tagtäglich kommen Kälber auf die Welt.«

Daniel Hofmeister machte eine ärgerliche Handbewegung, als ob er Jakobs Bedenken fortwischen wollte. »Jammere nicht!«, raunzte der Vater. »Du bist alt und erfahren genug, dass du den Hof ohne mich bewirtschaften kannst. Sarah ist eine tüchtige Frau, die dich dabei unterstützen wird.« Hofmeister blickte den Sohn herausfordernd an.

Jakobs Augen funkelten böse, weil er aus dem Tonfall des Vaters zu hören glaubte, dass der Alte Sarahs Namen abfällig aussprach.

Er wollte ihm widersprechen, doch bevor er den Mund aufmachen konnte, erklärte der Vater weiter: »Auch verlange ich, dass ihr euch um Nikolaus kümmert. Der Junge braucht eine strenge Hand, damit er nicht übermütig wird.« Hofmeister hatte die Finger gefaltet und rieb die Handflächen aneinander, sodass sein silberner Ring im Schein des Talglichts glänzte. »Was Anna Maria, Peter und Matthias betrifft«, fuhr er fort, »bin ich überzeugt, dass unser Herrgott über sie wachen und sie sicher nach Hause geleiten wird. Ich muss meinen Weg gehen, denn meine Jahre sind gezählt. Wenn ich jetzt nicht pilgere, dann nie mehr.«

Jakob erwog, dass sein Vater sich auf Wallfahrt begeben wollte, damit er von seinen Sünden befreit werden würde.

»Vater, du hast uns erzählt, Martin Luther predige, dass allein durch die Gnade Jesu unsere Sünden vergeben werden.«

»Was willst du damit sagen?«

»Dass es nicht vonnöten ist, dass du pilgerst …« Jakob stockte, als er den bösen Blick des Vaters wahrnahm.

Daniel Hofmeister schien im Gesicht seines Sohnes Furcht erkennen zu können, denn nun wurde seine Stimme aufbrausend. »Glaubst du, dass ich auf deine Ängste Rücksicht nehme? Selbst deine Mutter konnte mich nicht aufhalten. Du bist ein Hofmeister-Spross und hast dich deinen Aufgaben und dem Schicksal zu stellen. Nimm dir ein Beispiel an deinen jüngeren Geschwistern! Sie sind ohne Furcht in die Fremde gezogen, und du jammerst, bevor ich fort bin. Herrgott, Jakob, überlass das Klagen den Weibern!«, schimpfte er. »Ich werde in den nächsten Tagen aufbrechen und erwarte, dass ich mich auf dich verlassen kann und du den Hof nicht herunterwirtschaftest.«

Der Vater erhob sich mit zornigem Blick und wollte die Werkstatt verlassen, als Jakob fragte: »Hat dein Fortgehen mit dem Fremden zu tun, der dich besucht hat?«

Mit einer ruckartigen Bewegung wandte sich der alte Hofmeister seinem Sohn zu. Er kniff die Augen zusammen und zischte: »Befolge meine Anordnung! Alles andere geht dich nichts an!«

Mit diesen Worten verließ Daniel Hofmeister die Werkstatt und verschwand einige Tage später mitten in der Nacht.

Jakob streckte sich auf der Wiese aus und schloss die Augen. *Ich bin der Herr auf dem Hofmeister-Hof,* dachte er trotzig. Trotzdem kam es vor, dass er sich gelegentlich wie ein kleiner Junge fühlte, manchmal am liebsten fortrennen und seinen Tränen freien Lauf lassen wollte. Doch er war ein Mann, ein Vater, ein Bauer und zudem ein Hofmeister! Und *das* durfte er nie vergessen.

Als ein Schatten auf Jakobs Gesicht fiel, glaubte er, dass eine Wolke sich vor die Sonne geschoben hätte. Er öffnete die Augen und erkannte seine Schwester, die neben ihm stand. Hastig setzte er sich auf und wischte sich dabei über das Gesicht.

Anna Maria ließ sich zu ihrem Bruder ins Gras nieder und musterte ihn. »Geht es dir nicht gut?«, fragte sie besorgt.

»Seit den frühen Stunden plagen mich Kopfschmerzen«, sagte Jakob und wedelte eine Fliege weg, die um seinen Kopf kreiste. Anna Maria rutschte näher an ihn heran und setzte sich in den Schneidersitz. Jakob ahnte, was seine Schwester vorhatte. Lächelnd legte er sich zurück und bettete seinen Kopf in ihren Schoss.

»Entspanne dich!«, sagte sie mit sanfter Stimme und massierte mit kreisenden Bewegungen seine Schläfen. Als sie ihm über die Stirn strich und ihren Atem darüberblies, schmunzelte er.

»Das hat Mutter immer getan, wenn mich der Schmerz plagte.«

»Ich weiß«, sagte Anna Maria. »Ich habe sie dabei beobachtet und war eifersüchtig gewesen.«

»Du kannst froh sein, dass du keine Kopfschmerzen hast«, lachte ihr Bruder und schaute kurz auf.

Anna Maria nickte. »Trotzdem war dieser Augenblick zwischen Mutter und dir etwas Besonderes. Es lag so viel Liebe in dieser Geste. Sie wollte immer nur das Beste für uns«, flüsterte Anna Maria und rieb mit ihren Fingerspitzen über die Kopfhaut ihres Bruders, der tief ein- und ausatmete.

Nach einer Weile fragte sie: »Geht es besser?«

Jakob nickte und setzte sich auf.

»Ich wäre froh, Mutter würde noch leben und mir sagen, was ich tun muss«, gab Jakob zu und sah seine Schwester mit müdem Blick an.

Anna Maria streckte ihre Beine aus und stützte ihre Hände seitlich auf die Wiese. Nachdenklich schaute sie zum Himmel und dann zu ihrem Bruder.

»Ich vermisse Mutter ebenfalls, jeden Tag und besonders jetzt, da ich heiraten werde. Ich wünschte, ich könnte mit ihr über alles sprechen. Ihr meine Ängste anvertrauen und mir ihren Rat anhören. Leider müssen wir sehen, dass wir uns allein zurechtfinden, und hoffen, dass unsere Entscheidungen richtig sind.«

Jakob legte den Kopf leicht schief und betrachtete seine Schwester. »Das ist weise gesprochen, Anna Maria. Es ändert aber nichts an den schwerwiegenden Entscheidungen, die ich treffen muss. Oder sagst du mir, was ich Peter antworten soll?«

Anna Maria setzte sich auf. »Du tust, als ob es etwas Außergewöhnliches wäre, was er vorhat. Doch so etwas hat es schon immer gegeben, und das wird es auch in Zukunft geben.«

»Ich weiß nicht«, sinnierte Jakob laut, »es fühlt sich nicht richtig an.«

Anna Maria lachte leise. »Du musst es nicht tun, nur deine Zustimmung geben.«

Auf Jakobs Stirn zeigte sich eine steile Falte. »Bist du der Meinung, dass Peter sich umstimmen ließe, wenn ich mich dagegenstellen würde?«

Seine Schwester stand auf und klopfte das Gras von ihrer Schürze. Mit ernstem Blick sah sie ihn an. »Nein, Peter würde es trotzdem tun. Deine Zustimmung täte ihm jedoch gut.« Sie ergriff Jakobs Hand und zog ihn in die Höhe. »Du bist jetzt unser Familienoberhaupt, Jakob! Und es wäre schön, wenn du dich nicht gegen Peters Wunsch stellen würdest. Bedenke bitte, wir haben nur noch uns. Sorge dafür, dass wir uns nicht entzweien.«

»Was ist, wenn Peters Plan schiefgeht?«

»Ach Jakob, lass es einfach geschehen. Es gibt für nichts im Leben eine Sicherheit.«

Jakob lächelte, zog seine Schwester an sich und drückte ihr einen Kuss auf die Stirn. »Danke!«, sagte er und nahm die Tonflasche und die Bänder auf.

Gemeinsam gingen sie zurück zum Hof. Unterwegs fragte Jakob: »Hat Veit erzählt, ob die Bauern wieder auf Wolfsjagd gehen?«

Anna Maria spürte, wie ihr bei dieser Frage die Farbe aus dem Gesicht wich. »Nein!«, sagte sie hastig, »Veit hat nichts gesagt.« Sie konnte nicht zugeben, dass Veit ihr von den neuen Jagdplänen kein Wort erzählt hatte. Als Peter und sie am Sonntag von der Rauscher-Mühle zurückgekommen waren, hatte sie Veit nicht mehr gesehen, und in den vergangenen Tagen schien es, als würde er ihr ausweichen.

Auf dem Hof trennten sich die Geschwister. Während Jakob ins Haus hineinging, eilte Anna Maria in die Scheune, wo Veit seine Schlafstelle hatte. Die Kammer war leer. Als sie die Leiter hinunterstieg, sah sie ihren jüngsten Bruder.

»Hast du Veit gesehen?«, fragte sie Nikolaus. Der Junge nickte. »Er ist mit den Knechten beim Holzhacken. Dort wo der dicke Baum umgefallen ist.«

Anna Maria wusste, wo das war. Beim letzten Sturm war ein Baum entwurzelt worden, der nun quer über einem Zugang lag, sodass die Weide nicht genutzt werden konnte. Seit Tagen waren die Männer damit beschäftigt, den dicken Stamm auseinanderzusägen.

Anna Maria ging ins Haus und nahm zwei Krüge verdünntes Bier aus der Küche. Ihre Schwägerin blickte sie fragend an.

»Ich gehe zu den Holzfällern«, sagte Anna Maria und lachte dabei unnatürlich laut, sodass Sarah erstaunt eine Augenbraue hob. Bevor sie etwas sagen konnte, eilte Anna Maria zur Tür hinaus und den Hügel hinter dem Haus hinauf.

Die Hitze trieb ihr den Schweiß aus den Poren. Endlich sah sie die Männer, die unermüdlich sägten und hackten. Als Veit Anna Maria erblickte, wischte er sich den Schweiß von der nackten Brust.

Anna Maria blieb stehen, um Luft zu holen und um Veit anzusehen. Langsam glitt ihr Blick über seinen entblößten Oberkörper, der von der Anstrengung glänzte. Als sie sah, wie sich unter seiner Haut die Muskeln abzeichneten, spürte Anna Maria, wie ein wohliger Schauer durch ihren Körper jagte. Die Hitze der Augustsonne war nichts im Gegensatz zu der Hitze, die plötzlich in ihrem Körper brannte. Nur mit Mühe konnte sie den Blick von Veit abwenden. Als sie in sein Gesicht sah, konnte sie ein Schmunzeln erkennen.

Er ging auf sie zu, zog sie an sich und raunte an ihr Ohr: »*Du* willst ja unbedingt bis Weihnachten warten.«

Leise aufstöhnend stieß sie ihn sachte von sich und drückte ihm einen Krug Bier in die Hand. »Zur Stärkung«, sagte sie mit einem Räuspern.

Den anderen Krug gab sie Friedrich, der sie angrinste. Nachdem beide Männer einen kräftigen Zug genommen hatten, reichten sie die Krüge weiter. Die Arbeiter nutzten die Gelegenheit für eine Pause. Veit zog sich seinen Leinenkittel über und legte Anna Maria den Arm um die Schultern. »Lass uns einige Schritte gehen«, flüsterte er ihr ins Ohr. Als sie sich von der Gruppe entfernten, wurden sie vom Lachen der Knechte begleitet. Veit zeigte ihnen grinsend die Faust.

Kaum waren sie außer Sichtweite, zog Veit Anna Maria in seine Arme und küsste sie stürmisch. Beide glitten in das warme Gras. Als Veits Hand unter Anna Marias Bluse ihre Brüste streichelte, wollte sie vor Wonne laut aufstöhnen, doch Veit verschloss ihren Mund mit seinen Lippen.

»Veit«, keuchte sie, »ich muss mit dir sprechen!«

»Später!«, sagte er, ihre Brüste liebkosend.

Sie ließ ihn gewähren, doch dann japste sie: »Wölfe!«, in der Gewissheit, dass dieses Wort ihn zurückrufen würde. Anna Maria hatte sich nicht geirrt. Veit hob den Kopf und sah sie fragend an.

»Sie werden sich zu einer Wolfsjagd treffen. Jakob hat es mir erzählt.«

Die Leidenschaft, die beide eben noch überwältigt hatte, war mit einem Schlag verflogen. Veit stand auf, und Anna Maria richtete ihre Bluse. Als er nichts sagte, warf sie ihm vor: »Warum hast du mit mir nicht darüber gesprochen?«

»Was soll ich mit dir besprechen?«, fragte er, und seine Stimme klang mürrisch.

»Wie ich dich kenne, wirst du nach dem verletzten Wolf gesucht haben.«

»Woher weißt du, dass er verletzt war? Der Bauer wusste nicht, ob er ihn getroffen hat.« Veit blickte Anna Maria grimmig an.

»Ich kann nichts dafür!«, sagte Anna Maria, der die Tränen in die Augen schossen.

Veit sah sie verständnislos an. »Warum heulst du?«

»Eben noch hast du mich geküsst, und im nächsten Augenblick bist du wütend und abweisend. Habe ich etwas Falsches gesagt?«

»Sei nicht albern, Anna Maria! Mich ärgert das Verhalten dieser dummen Bauern.«

Anna Maria riss die Augen weit auf. »Woher sollen diese *dummen* Bauern wissen, dass Wölfe besser sind als ihr Ruf? Keiner von ihnen hat als Wolfsbanner unter diesen Tieren gelebt. Erkläre es ihnen, da du es ja besser weißt! Vielleicht verstehen sie es dann.«

»Blödsinn! Sie werden nichts verstehen, da sie es nicht verstehen wollen. Wölfe sind für diese Menschen Bestien, die getötet werden müssen. Was Bauer Steiner erfolgreich getan hat«, sagte er traurig.

»O nein!«, flüsterte Anna Maria und ergriff Veits Hand. Ihr Groll war mit einem Mal verflogen.

Veit setzte sich zurück ins Gras. »Ich habe den Kadaver des Wolfs gefunden.«

Anna Maria grübelte. »Die Bauern haben auch nach dem Wolf gesucht, aber außer Blutspuren nichts gefunden.«

»Ich hab ihm das Fell abgezogen und es in eine Gärbrühe gelegt. Die Reste wurden von Dachs, Fuchs und seinen Artgenossen gefressen. Deshalb ist sicher nichts von dem Kadaver übrig.«

Anna Maria strich Veit über seine Wange und sah ihm tief in die Augen. Dann fragte sie: »Was willst du mit dem Fell machen?«

»In einigen Monaten kann ich dir daraus einen warmen Umhang anfertigen«, antwortete er und wich ihrem Blick aus.

Sie wusste, dass er nicht die Wahrheit sprach.

Peter trödelte auf dem Weg von Mehlbach nach Katzweiler, als ob er alle Zeit der Welt hätte. Dabei wusste er, dass er die Angelegenheit schnell hinter sich bringen musste. Trotzdem blieb er immer wieder stehen und schaute sich um. Er besah sich die Felder und die Blumen am Weg und beobachtete neugierig einen Mistkäfer, der vor ihm im staubigen Weg eine Kugel vor sich herrollte.

Alles Schlendern half nichts. Katzweiler lag vor ihm. Er verharrte, und sein Blick erfasste ein kleines Gehöft am rechten Ortsrand. Verschlissene Wäsche hing an einer Leine und bewegte sich im leichten Wind. Gackernd pickten und scharrten einige Hühner auf dem Misthaufen neben dem Haus, während eine Ziege meckernd daneben stand.

Als ein Mann aus der Tür trat, wollte Peter umkehren, doch es war zu spät. Der Alte hatte ihn gesehen und blickte ihm entgegen.

Peter hob grüßend die Hand und ging auf die Kate zu. Sein Magen verkrampfte sich, und Unbehagen breitete sich in ihm aus. Um sich Mut zu machen, dachte Peter an die Worte seiner Schwester. *»Tu nur das, was du für richtig hältst!«*

Und was er vorhatte, war richtig.

Peter straffte die Schultern und ging auf Nehmenich zu, der wie immer mürrisch dreinblickte.

Kaum stand Peter vor ihm, zischte der Alte: »Wird auch Zeit, dass du kommst!« In seinem Mundwinkel klemmte ein dünnes, spitzes Stückchen Holz, das er auch während des Sprechens nicht herausnahm. Sein Hemd war übersät mit Flecken und stank nach Schweiß. Trotzdem blickte er Peter hochnäsig an und stemmte die Hände in die Hüften. Als Peter nichts sagte, spuckte Nehmenich das Holzstückchen auf den Boden und brüllte über seine Schulter: »Hanna, komm her. Der Hofmeister-Spross ist gekommen und will endlich um die Hand unserer Tochter anhalten.« Als Nehmenich Peters Blick sah, überzog ein hämisches Grinsen sein Gesicht.

Hanna Nehmenich erschien in der Tür. Obwohl sie Peter seit vielen Jahren kannte, da sie während der Erntezeit oft auf dem Hofmeister-Hof aushalf, nickte sie ihm nur flüchtig zu. Peter lächelte sie freundlich an und sagte: »Ich grüße dich, Hanna!«

Die Frau wirkte abgearbeitet und müde. Silbrige Fäden durchzogen ihre einst dunkelbraunen Haare, und obwohl ihre Haut durch die Arbeit in den Flachsfeldern braungebrannt war, wirkte sie schlaff und krank. Schüchtern blickte die Frau zuerst Peter und dann ängstlich ihren Mann an.

»Wo ist Susanna?«, fauchte der Alte.

»Sie ist am Mehlbach, Wäsche waschen«, erklärte Hanna Nehmenich und senkte den Blick.

»Ich komme ein anderes Mal wieder«, sagte Peter hastig und wollte umdrehen, doch Nehmenich hielt ihn zurück.

»Nichts da! Du bleibst!«, befahl er und schrie: »Johannes!« Sogleich kam sein Sohn angelaufen, der Peter neugierig betrachtete.

Feine, blutverkrustete Schnittwunden verrieten, dass der Schädel des Jungen frisch geschoren war. Trotzdem kratzte er sich unaufhörlich, und Peter glaubte Ungeziefer auf seiner Kopfhaut zu erkennen.

»Hör auf zu kratzen!«, herrschte der Vater ihn an. »Geh zum Mehlbach und sag deiner Schwester, dass ihr zukünftiger Ehemann hier auf sie wartet.«

Johannes' Augen weiteten sich erstaunt. Peter wollte etwas erwidern, doch der Blick des Alten ließ ihn schweigen.

Nachdem der Junge losgerannt war, um seine Schwester zu rufen, befahl Nehmenich seiner Frau: »Bring uns Bier!« Sofort verschwand Hanna im Haus.

»Setz dich«, forderte Nehmenich den Burschen auf und wies auf eine verwitterte Holzbank neben dem Eingang. Kaum hatte Peter Platz genommen, kam Hanna und reichte ihm einen Krug Bier. Anschließend stellte sie sich neben ihren Mann und wartete.

Peter nahm einen Schluck und hatte Mühe, ihn nicht sofort wieder auszuspucken. Das Bier schmeckte verwässert und abgestanden. Er reichte den Krug an Nehmenich weiter, der ihm zuprostete und sagte: »Auf meine hübsche Tochter.« Ohne das Gesicht zu verziehen, trank er den Krug in einem Zug aus.

Peter fuhr sich mit der Hand über die Stirn. Ihm wurde flau

im Magen, denn er hatte keine Ahnung, wie er Nehmenich seine wahre Absicht mitteilen sollte, ohne dass der Alte einen Tobsuchtsanfall bekommen würde.

In dem Augenblick, als Susannas Vater sagte: »Die Hochzeit soll am Erntedankfest stattfinden«, wusste Peter, dass er nicht länger warten durfte. Und als er Susanna den Hügel herunterstolpern sah, hatte er keine Zweifel, dass seine Entscheidung richtig war.

Susanna stand vor der Hütte und tobte und schrie wie ein abgestochenes Schwein.

»Halts Maul!«, brüllte der Vater. »Mach, dass du ins Haus kommst, du dummes Schaf! Es muss nicht jeder in Katzweiler mitbekommen, dass du sitzengelassen wurdest.«

Das Mädchen verschwand heulend in der Kate. Ihre Mutter lief hinterher, um sie zu trösten, doch Susanna stieß sie wütend zur Seite. »Lass mich in Ruhe!«, schrie sie und warf sich auf ihr Lager.

»Was machen wir?«, fragte Hanna ihren Mann zaghaft. Als er nichts sagte, fügte sie hinzu: »Wenn das bekannt wird, werden die Leute über uns lachen.«

Nehmenichs Gesichtsfarbe veränderte sich, und er konnte seinen Zorn kaum zügeln. Er sah seine Frau an, und sein Blick verfinsterte sich: »Das wird die Hofmeister-Sippe bereuen! Das schwöre ich bei allem, was mir heilig ist.«

Kapitel 6

Veit kniete vor der kleinen Grube und fischte mit einem dicken Ast nach dem Wolfsfell. Es war von der Gärbrühe vollgesogen und so schwer, dass er Mühe hatte, es herauszuziehen.

Mit Schwung klatschte er den nassen Pelz auf einen gefällten Baumstamm, den er zuvor zur Grube geschleppt und von der Rinde befreit hatte.

Auf dem Stamm dehnte Veit das Fell in alle Richtungen. Die Arbeit war anstrengend, und er ächzte und stöhnte. Seine Finger schmerzten vom Festhalten und Ziehen des Pelzes.

Plötzlich drang ein Geräusch an Veits Ohr, das ihn aufhorchen und in seinen Bewegungen innehalten ließ. Er lauschte angespannt, konnte aber nur die Stimmen des Waldes vernehmen. Als er nichts Bedrohliches zwischen den Bäumen wahrnahm, widmete sich Veit wieder seiner Arbeit. Dann hörte er das Rascheln von trockenem Laub, das jedoch verstummte, als er sich umschaute.

Veits Hand griff nach dem Messer, das in seinem Gürtel steckte. Als das Rascheln lauter wurde, konnte er ein Hecheln und Winseln vernehmen. Veit beugte sich leicht nach vorn, um ins Dickicht zu spähen. Sein Herz raste vor Erregung, als er sandfarbenes Fell zwischen den Ästen und Blättern der Büsche ausmachen konnte.

Langsam steckte Veit das Messer zurück in den Gürtel. Er wagte kaum zu atmen. »Komm zu mir!«, flüsterte er, wobei seine Stimme vor Aufregung zitterte. Das Winseln und das Rascheln wurden lauter. Dann stand ein Wolf vor ihm. Augen, die die Farbe von flüssigem Gold hatten, blickten Veit scheu an.

Tier und Mensch starrten sich bewegungslos an, als in Veit Erinnerungen hochkamen. Mit geschärftem Blick besah er sich die Farbzeichnung im Gesicht des Tieres genau.

Und da erkannte er ihn.

Veit stieß einen leisen Pfiff aus – den Laut, mit dem er stets seine Wölfe gerufen hatte. Sogleich spitzte das Tier die Ohren. Sein leises Jaulen verriet Veit, dass der Wolf ihn zu erkennen schien. Dann sprang das Tier an ihm hoch, sodass er Mühe hatte, sich auf den Beinen zu halten. Winselnd versuchte der Wolf immer wieder, sich auf die Hinterläufe zu stellen, um die Mundwinkel des Mannes zu lecken. Lachend drehte Veit den Kopf zur Seite und kraulte dem Wolf den Kopf.

»Du bist das Weibchen«, sagte Veit. »Es ist unfassbar, dass du mir von Mühlhausen bis hierher gefolgt bist.« Veit vergrub sein Gesicht in dem dichten Pelz des Tieres, das sich vor ihn hingesetzt hatte.

Plötzlich spitzte die Wölfin die Ohren. Sie blickte in den Wald hinein und wedelte mit der Rute. Es raschelte, und Veit konnte leises Fiepen vernehmen. Er blickte sich um und lachte laut auf. Drei Welpen hielten sich unter einem Busch versteckt und riefen nach ihrer Mutter.

»Du hast Nachwuchs bekommen«, sagte Veit und betrachtete voller Freude die Kleinen.

Sein Blick wurde ernst und glitt zu dem Fell, das tropfend über dem Baumstamm hing.

»Er war dein Männchen!«, stellte er fest und kraulte mitfühlend das Weibchen, das sich dicht an ihn presste. Die Welpen kamen langsam näher und schnupperten an Veits Füßen und Händen, die er ihnen entgegenstreckte. Verspielt bissen sie ihn in den Arm und zogen an seiner Hose. Als die Wölfin knurrte, suchten die Welpen sogleich Schutz bei der Mutter.

Veit schaute sich um und konnte zwischen den Bäumen weitere Wölfe ausmachen, die ihn zu beobachten schienen. Er erhob sich aus der Hocke und pfiff mehrmals leise die Melodie des Lockrufs. Dabei konnte er sehen, wie die fremden Wölfe die Ohren spitzten.

»So ist es gut!«, murmelte Veit zufrieden. »Erinnert euch dieses Lieds!«

Einige Tage später versammelten sich zahlreiche Männer auf dem Hofmeister-Hof. Sie waren aus den umliegenden Orten zusammengekommen, um gemeinsam zur Wolfsjagd aufzubrechen. Lautstark beratschlagten sie ihr Vorgehen, während die Hunde an den Leinen zogen und aufgeregt bellten. Es war früher Abend, und leichter Wind vertrieb die flimmernde Hitze. Trotzdem stand manchen der Schweiß auf der Stirn.

Die Bauern Steiner und Kuntze sowie der Schmied wurden von Männern umringt, denen sie in allen Einzelheiten erzählten, wie die Bestien ihre Schafe und Ziegen gerissen hatten. Angestachelt zur Jagdlust hoben die Männer brüllend ihre Knüppel, Messer, Lanzen und Armbrüste in die Höhe. Sie konnten kaum erwarten, dass es losging. Unruhig sprangen die Hunde an den Männern hoch und bellten.

Jakob betrachtete das Treiben und sagte zu Friedrich: »Die Hunde müssen hierbleiben. Sie machen zu viel Lärm.«

»Zur Hirschjagd werden auch Hunde mitgenommen«, erwiderte sein Bruder, der das mitbekommen hatte.

»Da jagen erfahrene Jäger mit ausgebildeten Hunden. Schau dir diesen Haufen grölender Männer an. Sie können froh sein, wenn sie sich nicht aus Versehen gegenseitig abstechen.« Peter beobachtete das Treiben auf dem Hof.

»Er hat Recht«, stimmte Friedrich Jakob zu.

»Aber wer soll die Wölfe aus dem Wald treiben?«, fragte Peter.

»Wir werden Treiber mit Stöcken und anderen Dingen ausstatten, damit sie Lärm machen, der die Wölfe aus dem Wald treiben wird. Stelzer, Müller und Nehmenich haben keine Jagderfahrung und sind sicher froh, wenn wir sie als Treiber einsetzen.«

Bei der Erwähnung des Namens Nehmenich blickte Peter zu dem Mann, der abseits stand. Peter glaubte einen gehässigen Zug um Nehmenichs Mund zu erkennen, was bei dem Mann nicht ungewöhnlich war. Doch heute schien sein Gesichtsausdruck besonders bösartig zu sein.

»Was hältst du davon?«, fragte Jakob und riss seinen Bruder aus den Gedanken.

»Mal sehen, was die Männer zu deinem Vorschlag sagen werden«, meinte Peter nachdenklich.

Anna Maria blickte besorgt zu Veit, der am Hoftor zu warten schien, bis es losging. Seine Hände hielten den Knauf seines mächtigen Zweihandschwerts umfasst, dessen Spitze zwischen seinen Beinen im Staub des Bodens steckte. Veit schien ruhig und zur Jagd bereit, doch etwas in seinem Blick verriet Anna Maria, dass die Ruhe, die von Veit ausging, gefährlich war.

Seit ihrer Unterhaltung zwei Tage zuvor hatte sie keine Zeit gefunden, erneut mit Veit über die Wölfe zu sprechen. Beide waren von morgens bis abends mit den alltäglichen Arbeiten auf dem Hof beschäftigt.

Während Anna Maria mit den Frauen Obst und Gemüse erntete, um es für den Winter einzulagern, schafften Veit und die anderen Männer einen großen Vorrat an Feuerholz herbei, reparierten Zäune und Gemäuer und versorgten das Vieh. Wenn am Abend endlich die Arbeit ruhte, saßen Veit und Anna Maria mit dem Gesinde und der Familie zusammen, sodass für Zweisamkeit keine Gelegenheit war.

Seit dem Tod des Wolfs schien Veit sich verändert zu haben. Da er kaum ihre Nähe suchte, befürchtete Anna Maria, dass er sich von ihr abwenden könnte, und besonders heute verstärkte sich dieses Gefühl. Sie wusste, dass Veit, nur um den Schein zu wahren, mitgehen würde – aber sicher nicht, um Wölfe zu töten.

Anna Maria ging hinüber zu Veit, der ihr regungslos entgegenschaute. Zaghaft ergriff sie seine Hand und streichelte ihm über den Handrücken. Ihre Augen blickten ihn ängstlich an. »Pass auf dich auf, Liebster!«, flüsterte sie ihm zu.

»Was sollte mir geschehen?«, fragte er regungslos, woraufhin sie ihn erstaunt anblickte.

»Es könnte dir bei der Jagd etwas zustoßen«, wisperte sie.

»So weit wird es nicht kommen!«, antwortete Veit und entzog ihr seine Hand.

Anna Maria glaubte einen Stich zu spüren, der ihr durchs Herz zu jagen schien. Ihr Blick flehte Veit an, sie zu umarmen, sie zärtlich zu küssen, ihr zu versichern, dass alles gut werden würde. Doch er blieb stumm und schaute an ihr vorbei.

Veit hatte Mühe, gelassen zu wirken. Auch wenn er äußerlich ruhig und gesammelt aussah, so tobte in seinem Innern ein Kampf von widersprüchlichen Gefühlen.

Er wusste, dass er sich falsch verhielt und dass Anna Maria litt. Veit konnte den Schmerz in ihren Augen sehen. Zwar fühlte er sich wie ein Schuft, doch er vermochte nicht aus seiner Haut zu schlüpfen. Stattdessen zwang er sich, Anna Maria nicht anzuschauen. In diesem Augenblick ertrug er weder ihre Nähe noch wäre er zu Zärtlichkeiten fähig gewesen. Seine Gedanken und Sorgen galten einzig und allein den Wölfen. Verzweifelt war er sich bewusst, dass er keinen Plan hatte, wie er die Wolfsjagd verhindern konnte.

Als das Grölen und Lachen der Bauern lauter wurde, presste Veit die Zähne fest aufeinander, um nicht laut aufzuschreien und sein Schwert gegen die mordlüsternen Männer zu erheben. Der Druck war so stark, dass sein Kiefer schmerzte, aber er ließ sich nichts anmerken.

Anna Maria spürte, wie Tränen in ihren Augen brannten. Enttäuscht wollte sie sich von Veit abwenden, als Hufgetrampel zu hören war. Sie blickte den Weg entlang und sah in der Ferne mehrere Reiter, deren mächtige Pferde mit den Hufen Staub durch die Luft wirbelten. Als sie näher kamen, erkannte Anna Maria den Sohn des Försters des Grundherrn, der von seinen Treibern begleitet wurde.

»Jakob, Peter!«, rief Anna Maria die Brüder und zeigte mit einem Kopfnicken auf die herannahenden Reiter.

»Was wollen die hier, und warum kommen sie ausgerechnet heute?«, murmelte Jakob, der neben Anna Maria getreten war. Er blickte Veit fragend an, der keine Regung zeigte.

Jakob sah zu den anderen Bauern, die den Besuch noch nicht entdeckt hatten und weiterlärmten.

»Es ist zu spät, um sie zu warnen«, flüsterte Peter. »Wir müssen abwarten, was sie wollen. Vielleicht ist es Zufall, dass sie uns besuchen.«

»Jemand hat uns verraten!«, murmelte Jakob.

Peters Pupillen weiteten sich, doch er konnte nicht antworten, da der Mann sein Pferd neben ihnen zügelte und absaß.

»Ich grüße dich, Ullein«, sagte Jakob freundlich und versuchte entspannt zu wirken.

Der Angesprochene musterte die Hofmeister-Geschwister stumm und mit herablassendem Blick, dann schaute er zu den übrigen Bauern. Als diese den Reiter erkannten, versuchten einige, ihre Knüppel, Lanzen und Armbrüste hinter dem Rücken zu verstecken.

»Wie geht es deinem Vater?«, fragte Anna Maria und hoffte, die Aufmerksamkeit auf sich lenken zu können. Doch der Mann musterte sie nur kurz und sah dann zu Veit, der ihn gleichgültig anblickte.

Auf das Schwert deutend, sprach er Veit an: »Das ist ein Landsknechtschwert«, sagte er. »Ein prunkvolles noch dazu.«

»Und?«, fragte Veit und legte die schwere Waffe mit Leichtigkeit auf seine Schulter.

»Ich habe gehört, dass Anna Maria einen Fremden mitgebracht hat. Dass du ein Landsknecht bist, sehe ich erst jetzt.«

»Ich war ein Landsknecht und bin jetzt Bauer auf dem Hofmeister-Hof!«, widersprach Veit und blickte den Mann verächtlich an.

Der Mann runzelte die Stirn und schien nachzudenken. »Ich glaube dich zu kennen.«

Veit schüttelte den Kopf. »Ich wüsste nicht, woher.«

»Vielleicht täusche ich mich, aber du scheinst mir nicht fremd.«

»Ich kann mich nicht erinnern, dass ich je mit dem Förster von Mehlbach oder dessen Sohn zu tun gehabt hätte«, sagte Veit belustigt.

Ullein überhörte Veits Hohn und betrachtete das Schwert genauer. Er schien zu überlegen und sagte: »Du sollst wissen, dass ich ebenfalls ein Landsknecht bin und in die Schlacht gezogen bin.«

Veit ließ die Waffenspitze wieder zu Boden gleiten und hielt den Griff des Schwerts mit einer Hand fest. Die andere stemmte er in die Hüfte. »Irgendwann muss sich jeder im Leben entscheiden.«

»Und du hast dich gegen das Abenteuer und für ein Leben als Bauer bei der Hofmeister-Sippe entschieden«, lachte Ullein laut, wobei sich sein Gesicht hässlich verzerrte. Dann drehte er sich um und blickte die Bauern scharf an, die gespannt dem Gespräch zugehört hatten. Sogar die Hunde waren verstummt und lagen ruhig auf dem Boden.

Ullein wandte sich Jakob zu und musterte ihn mit Abscheu im Blick. Speichelfäden flogen aus seinem Mund, als er mit schneidender Stimme erklärte: »Mein Vater konnte euch nichts anhaben, doch ich werde nicht so nachgiebig sein. Ihr wart immer ein verlogenes Pack und seid es heute noch.«

»Du hast uns nichts zu sagen«, fauchte Anna Maria.

Doch Ullein überging sie und sagte siegessicher: »Solange mein Vater krank darniederliegt, habe ich sein Amt inne. Ein Vöglein hat mir gezwitschert, dass heute eine unerlaubte Jagd stattfinden soll. Darauf steht Auspeitschen und Kerker.«

Jakob zwang sich, ruhig zu bleiben. »Ich verstehe nicht, was du meinst, Ullein. Wir stehen friedlich auf unserem Boden und haben uns nichts zuschulden kommen lassen.«

Der Sohn des Försters legte die Stirn in Falten und ließ seinen Blick grimmig über die Menschen und das Gehöft schweifen. »Ich werde euch beweisen, dass ich Recht habe!«, zischte er.

Ob Hass vererbbar ist?, überlegte Jakob. Er wusste, dass Ullein einige Jahre nicht im Land gewesen war und die Krankheit seines Vaters ihn zur Rückkehr gezwungen hatte. Seit wenigen Monaten hatte er die Pflichten des Vaters übernommen, was ihm nicht zu gefallen schien. Jakob hatte den sehnsuchtsvollen Blick gesehen, mit dem Ullein Veits Schwert betrachtet hatte.

Statt die Beleidigung des Mannes zu erwidern, ging Jakob auf Ullein zu und sagte versöhnlich: »Wie du sicher weißt, ist mein Vater vor mehreren Monaten auf Wallfahrt gegangen. Ich habe seine Stellung auf dem Hof übernommen und will mit niemandem Streit haben. Lass uns Frieden schließen, Ullein. Das, was unsere Väter einst entzweite, soll uns nicht daran hindern, Freundschaft zu schließen.«

Jakob streckte ihm die Hand entgegen, doch Ullein übersah sie.

»Du sagst es! *Du* hast die Stellung deines Vaters und somit auch seine Bürden übernommen. Unsere Familien werden in hundert Jahren keinen Frieden schließen.«

Ullein drehte sich abrupt um und betrachtete mit finsterem Blick die Knüppel und Lanzen der Männer. »Wie ich sehe, wollt ihr auf die Jagd gehen«, brüllte er.

»Da weißt du mehr als wir«, erwiderte Peter ruhig und stellte sich neben die Bauern, denen man ansah, dass sie sich fürchteten.

»Warum seid ihr bewaffnet, wenn nicht für die Jagd?«

»Überleg selbst, Ullein: Was sollten wir wohl erlegen wollen? Wegen der heftigen Trockenzeit der letzten Wochen und Monate gibt es kaum Wild in den Wäldern.«

Ullein schnellte herum und ging auf Peter zu. »Ihr habt also nach Wild Ausschau gehalten!«

Anna Maria wurde ungeduldig. »Herrgott, Ullein, jetzt sag endlich, warum du gekommen bist.«

Der Mann wandte sich der Hofmeister-Tochter zu. »Ich weiß, dass eine Wolfsjagd geplant ist.«

Anna Maria zog die Augenbrauen in die Höhe. »Wölfe in unserer Gegend?«, tat sie erstaunt.

Ullein schien zu überlegen, doch Peter konnte sehen, wie er Nehmenich heimlich ein Zeichen gab. Als der Bauer merkte, dass man ihn beobachtete, senkte er die Lider.

Veit hatte der Auseinandersetzung mit Ullein scheinbar teilnahmslos zugehört. Wer, überlegte er, konnte die heimlich geplante Wolfsjagd verraten haben? Er blickte zu den Männern und war überzeugt, dass es keiner von ihnen war. Wollte nicht jeder die Gelegenheit nutzen, um zur Jagd gehen zu können? Veit war überzeugt, dass bei der Wolfsjagd manches Reh erlegt werden würde. Da das Jagen aber nur dem Adel und den Jägern der Grundherren erlaubt war, würde niemand so dumm sein, sich diese Gelegenheit entgehen zu lassen.

Veit war es einerlei, wer der Verräter war. Er frohlockte, ohne seine Genugtuung zu zeigen, dass die Wolfsjagd nicht stattfinden würde. Jeder weitere Tag, den er mit den Wölfen verbringen konnte, bedeutete, dass sie sich mehr und mehr an ihn gewöhnen und ihm vertrauen würden. Veit hoffte, dass sie ihm schon bald folgten, damit er sie aus der Gegend fortführen konnte.

Ullein blickte mürrisch in die Runde. Er wusste, dass er den Männern nichts beweisen konnte, auch wenn es offensichtlich war, dass sie jagen gehen wollten. *Verdammt! Wir sind zu früh erschienen*, dachte er und gab seinen Männern ein Zeichen, aufzusitzen. Ohne ein weiteres Wort ritt er von dannen.

Jakob wartete, bis der Sohn des Försters und die Treiber nicht mehr zu sehen waren, erst dann atmete er erleichtert aus.

»Da haben wir Glück gehabt«, sagte Anna Maria und lächelte ihm aufmunternd zu.

»Er wird wiederkommen!«, flüsterte Jakob mit starrem Blick.

Nachdem Ullein fortgeritten war, war den Männern die Jagdlust vergangen. Viele waren sofort verschwunden, während andere den Schreck ertränken wollten. Dankbar nahmen sie das Bier an, das Sarah ihnen reichte. Peter wollte Nehmenich zur Rede stellen, doch er war einer der Ersten gewesen, die den Hof verlassen hatten.

Endlich waren alle gegangen und die Familie unter sich.

Mittlerweile war es tiefschwarze Nacht und die Luft noch warm und angenehm. Jakob, Anna Maria und Sarah saßen vor dem Haus auf der Bank, während Peter und Veit sich gegen die Hauswand lehnten.

Sarah schenkte kühlen Wein ein. Jakob drehte den Becher mit dem erfrischenden Getränk in seinen Händen und sagte: »Wenn ich den erwische, der uns verraten hat, den schlage ich grün und blau!«

»Sprich nicht so!«, ermahnte ihn seine Frau.

»Wer könnte so niederträchtig sein?«, fragte Anna Maria in die Runde. Jakob zuckte mit den Schultern und nahm einen Schluck Wein.

»Es war Nehmenich«, sagte Peter. »Davon bin ich überzeugt. Er hat mit dem Jäger heimlich Zeichen ausgetauscht. Ich glaube, dass ich der Grund für seinen Verrat bin.« Als sich alle Augen auf Peter richteten, bekannte er: »Vor zwei Tagen habe ich Susanna Nehmenich gesagt, dass ich sie nicht heiraten werde.«

»Ich wusste nicht, dass du das vorhattest«, sagte Sarah erstaunt.

»Es war nie geplant gewesen.« Peter lächelte gequält. »Bevor ich mit Matthias aus Mehlbach fortging, habe ich zwar einige Male Susanna getroffen, aber es war nichts Ernstes. Nach meiner Rückkehr wurde mir rasch klar, dass ich nichts für sie fühle. Jedoch fand ich nicht den Mut, Susanna die Wahrheit zu sagen. Ihr Vater aber bedrängte mich seit dem ersten Tag meiner Rückkehr, Susanna zu heiraten.«

»Du wärst eine gute Partie für das Mädchen«, murmelte Sarah, und Peter nickte.

»Da unser Vater nicht da ist und gefragt werden kann, sah der alte Nehmenich anscheinend die Gelegenheit gekommen, mir seine Tochter unterzujubeln«, erklärte Peter mit leichtem Groll in der Stimme.

»Es gehören immer zwei dazu. Du wirst wohl dazu beigetragen haben, dass Susanna glaubte, du würdest sie heiraten«, schimpfte Jakob.

»Ich habe sie nie berührt«, schwor Peter. »Ich bin nur mit ihr ausgegangen und habe ihr gesagt, dass ich sie hübsch finde«, erklärte er kleinlaut.

»Da musst du einiges getrunken haben«, prustete Jakob.

»Beherrscht euch! Susanna hat euren Hohn nicht verdient«, tadelte Anna Maria ihre Brüder. »Erzähl uns, was du zu den Nehmenichs gesagt hast, dass der Alte uns bei Ullein angeschwärzt haben könnte.«

»Ich habe ihm die Wahrheit gesagt.«

»Verdammt, Peter, erzähl uns den Wortlaut«, rügte Jakob seinen Bruder.

Peter kratzte sich verlegen am Hinterkopf. Er lächelte beschämt in die Runde und sagte: »Ich habe gesagt, dass ich nicht die Absicht hätte, Susanna zu ehelichen, da ich ...« Er stockte kurz und sah Anna Maria an, die ihm aufmunternd zunickte. Peter wusste, dass er seine Zukunftspläne jetzt und hier laut aussprechen musste, um endlich die Zustimmung seines älteren Bruders zu erhalten.

»Ich habe Nehmenich gesagt, dass ich nicht die Absicht hätte, Susanna zu ehelichen«, wiederholte Peter, »... da ich ein anderes Mädchen heiraten möchte. Ihr Name ist Annabelle, und sie war die Braut unseres Bruders Matthias.« Peter atmete tief durch, bevor er sagte: »Annabelle trägt Matthias' Kind unter ihrem Herzen.«

»Jesus und Maria!«, flüsterte Sarah. Jakob blieb stumm und leerte seinen Becher. Peter wagte kaum aufzublicken.

»Das ist sehr ehrenhaft von dir. Matthias wäre darüber sicher glücklich«, sagte Veit, um die erdrückende Stille zu durchbrechen. Peter blickte ihn dankbar an.

»Was weißt du von unserem Bruder?«, zischte Jakob zu Veit und schenkte sich Wein nach.

»Auch ich bin überzeugt, dass Matthias diese Absicht billigen würde«, stimmte Anna Maria Veit zu.

»Das ist so traurig«, flüsterte Sarah, den Tränen nahe. »Beschreib mir Annabelle«, bat sie leise.

Peter stieß sich von der Hauswand ab und setzte sich auf die Treppenstufe vor dem Haus. »Annabelle hat mich gepflegt, als ich mit gebrochenem Arm im Haus ihres Vaters lag. Sie erzählte mir, dass ich sie in meinem Fieber für Anna Maria gehalten hätte. Sie gleichen sich sehr.« Lächelnd blickte Peter seine Schwester an. »Ich kann nicht leugnen, dass Annabelle mir vom ersten Augenblick an gefallen hat, aber es war Matthias, der ihr Herz eroberte. Sie wollten heiraten, sobald er aus Frankenhausen zurückgekommen wäre. Doch nun ist er tot, und sie bekommt sein Kind. Ich fühle mich verpflichtet, für beide zu sorgen. Selbst wenn Annabelle jemanden fände, der sie heiraten würde – das Kind wäre ein Bastard. Doch es ist ein Hofmeister und sollte deshalb unseren Namen tragen. Wer weiß, vielleicht können Annabelle und ich uns eines Tages lieben.«

Sarah schniefte in ihre Schürze. »Wirst du mit ihr in Mehlbach leben wollen?«, fragte sie.

Peter zuckte mit den Schultern. »Das wird sich zeigen, wenn ich mit ihr gesprochen habe.«

»Was ist, wenn sie dich nicht heiraten will?«, fragte Jakob mürrisch, der immer noch mit Peters Absicht haderte.

»Dann werde ich mich damit abfinden müssen«, erklärte Peter mit fester Stimme, doch ihm war anzusehen, dass er hoffte, Annabelle würde ja sagen.

Kapitel 7

Anna Maria konnte nicht schlafen, da die Luft in ihrer Kammer schwül und stickig war. Zudem tauchten die Blitze des Hitzegewitters, das am Nachthimmel tobte, ihren Schlafraum in gespenstisches Licht. Sie fürchtete sich vor dem Unwetter, und obwohl ihr Körper von feinen Schweißperlen überzogen war, zog sie die Bettdecke bis zum Kinn. Mit Hilfe ihrer Finger zählte Anna Maria, wie lange es dauerte, bis nach dem Blitz das Donnergrollen folgte. »Die Abstände werden länger«, flüsterte sie erleichtert und hoffte, dass das Gewitter weiterziehen würde.

Endlich wurde das Grollen schwächer. Als es gänzlich verstummte, traute sich Anna Maria aus dem Bett zu steigen und an das kleine Fenster ihrer Kammer zu treten. Draußen regte sich kein Lüftchen, und auch der ersehnte Regen war ausgeblieben. »Der Boden hätte dringend Feuchtigkeit gebraucht«, murmelte Anna Maria und wischte sich mit dem Handrücken den Schweiß von der Stirn.

Seit Wochen hofften die Bauern auf Regen, denn die Saat musste dringend ausgebracht werden. *Wenn es weiterhin trocken bleibt, wird die Aussaat nicht aufgehen,* dachte sie und streckte den Kopf aus der Luke.

Anna Maria versuchte sich mit der Hand Luft zuzufächeln, als sie an der gegenüberliegenden Scheunenwand einen Schatten wahrnahm. Erschrocken trat sie einen Schritt zurück in den Raum, damit sie selbst nicht entdeckt wurde. Da sie wissen wollte, zu wem der Schatten gehörte, stellte sie sich auf die Zehenspitzen und reckte ihren Kopf, um nach draußen sehen zu können. Als sie die Gestalt erkannte, weiteten sich ihre Augen in ungläubigem Erstaunen.

Es war Veit, der sich mitten in der Nacht davonstahl.

Anna Maria überlegte nicht lange. Barfüßig und nur mit dem Nachthemd bekleidet verließ sie leise das Haus, um Veit zu folgen. Als sie die Koppel erreichte, über die er in Richtung Wald lief, frischte ein laues Windchen auf. Anna Maria hielt inne und streckte dem Luftzug das Gesicht entgegen. »Endlich Abkühlung«, flüsterte sie. Doch im selben Atemzug suchte ihr Blick in der Dunkelheit nach ihrem Liebsten, und sie entdeckte ihn auf der Wiese. Veit schien sich sicher zu sein, dass niemand sein Verschwinden bemerkt hatte, denn er lief, ohne ein einziges Mal hinter sich zu blicken. Auch suchte er keine Deckung, sondern rannte quer über die Weide.

Anna Maria hingegen lief von Baum zu Baum, damit die dicken Stämme ihre Gestalt verdeckten. Am letzten Apfelbaum wartete sie, bis Veit im angrenzenden Wald verschwunden war. Um die Strecke abzukürzen, rannte sie über das abgemähte Kornfeld.

Die Halme piecksten Anna Marias blanke Füße und hinterließen blutende Kratzer. Sie verzog vor Schmerz das Gesicht und hopste von einem Fuß auf den anderen. Endlich hatte sie den Wald erreicht – allerdings an einer anderen Stelle als Veit.

Anna Maria zögerte, tiefer ins Gehölz zu gehen. Die Wunden an ihren Füßen und an ihren Waden brannten wie Feuer. *Was soll ich machen?*, dachte sie und wischte sich mit dem Saum ihres Nachthemds über die blutenden Hautabschürfungen. Durch die Zweige der Bäume drang wenig Licht, sodass sie kaum etwas erkennen konnte.

Als plötzlich ein Tier aufschrie, zuckte sie zusammen und wäre am liebsten umgekehrt. Obwohl ihre Neugierde größer war als ihre Furcht, zauderte sie. *Sei kein Angsthase*, schimpfte Anna Maria mit sich. *Als du Matthias und Peter gesucht hast, musstest du allein in fremden Wäldern übernachten. Hier kennst du nahezu jeden Baum, jeden Strauch und jede Wiese.*

»Was soll mir hier schon passieren?«, sprach sie sich leise Mut zu.

Anna Maria blickte sich zaghaft um und wagte sich langsam Schritt für Schritt tiefer in den Wald. Es wurde stetig düsterer, und sie konnte kaum etwas erkennen. Nur langsam gewöhnten sich ihre Augen an die Dunkelheit. Schon dachte sie mutlos ans Aufgeben, als sie einen schwachen Pfiff hörte.

Anna Maria erkannte die Melodie sofort und wusste, was sie bedeutete. *Veit hat ein Wolfsrudel gefunden,* dachte sie und wusste nicht, ob sie sich freuen sollte. Zögernd ging sie in die Richtung, aus der der Ruf gekommen war, als sich vor ihr eine kleine Waldlichtung öffnete. Die Bäume standen weit auseinander, sodass der Schein der Mondsichel den Waldboden spärlich beleuchten konnte.

Mitten auf der Lichtung erkannte Anna Maria Veit. Sie versteckte sich hastig hinter einem Baum, um unbemerkt das Schauspiel zu beobachten, das sich ihr bot.

Veit kniete auf dem Boden und spielte mit mehreren Wolfswelpen, während ein größeres Tier neben ihm lag und zu schlafen schien. Immer wieder pfiff er die Melodie, und wenn die Wolfsjungen lauschend ihre Ohren spitzten, kraulte er ihnen das Fell.

Ich verstehe nicht, dass die Wölfin so ruhig neben Veit liegt, dachte Anna Maria und schüttelte ungläubig den Kopf. *Als ob das Tier ihn schon ewig kennen und ihm vertrauen würde,* überlegte sie weiter.

Plötzlich raschelte es hinter Anna Maria. Sie blickte sich um, und ihr Atem stockte. Zwei Wölfe standen mehrere Schritte hinter ihr und knurrten sie an – zuerst nur leise, doch dann wurde das Knurren lauter. Anna Maria presste sich ängstlich fest gegen den Stamm und hob die Hände schützend vors Gesicht. Das Knurren verstummte, und sie spürte, dass eine feuchte Schnauze an ihrem Bein schnüffelte und schließlich an den Wunden leckte. Anna Maria stand stocksteif da und glaubte jeden Augenblick in Ohnmacht fallen zu müssen. »Bitte tut mir nichts!«, wisperte sie und spreizte langsam ihre Finger, um zu sehen, was um sie herum geschah.

Ein dritter Wolf stand vor ihr und zog bedrohlich die Lefzen hoch. Mutig ging das Tier auf die anderen zu und knurrte dabei. Er will mich beschützen, dachte Anna Maria und ließ die Hände langsam sinken. Nachdem der Wolf einmal kurz gebellt hatte, senkten die beiden anderen ihre Köpfe und verschwanden im Dickicht des Waldes. Trotzdem rührte sich Anna Maria nicht. Achtsam beobachtete sie den Wolf, der ihr offenbar geholfen hatte und sich ihr nun winselnd zuwandte. Seine goldfarbenen Augen blickten Anna Maria aufmerksam an, doch dann sprang der Wolf unverhofft an ihr hoch und leckte ihre Mundwinkel. Erschrocken schrie sie auf und wischte sich angeekelt über die Lippen.

»Du erkennst sie nicht?«, fragte Veit leise, der plötzlich neben ihr stand. Die Welpen liefen ihm winselnd hinterher. Sofort ließ der große Wolf von Anna Maria ab und kümmerte sich um die Kleinen.

Anna Maria blickte Veit an und musterte dann das Tier. Nach einigen Augenblicken fragte sie ungläubig: »Du meinst, das ist das Weibchen?«

Veit musste nicht antworten. Der Glanz seiner Augen bestätigte ihre Vermutung. »Ich habe sie Minnegard genannt«, sagte er.

»Du hast einem Wolf einen Namen gegeben?«, fragte Anna Maria ungläubig. Veit nickte. »Es ist ein germanischer Name und bedeutet ›die liebevolle Beschützerin‹.«

Anna Maria wusste nicht, was sie dazu sagen sollte, und fragte vorsichtig: »Wer bekam noch einen Namen?«

»Die Welpen«, antwortete Veit und griente. »Er hier heißt Modorok, denn er erhebt mutig seine Stimme. Die Kleine nannte ich Fehild. Obwohl sie klein und schmächtig ist, hat sie Freude am Kampf und fordert ihre beiden Brüder stets heraus«, lachte Veit. »Das hier ist Degenhart. Das heißt ›kühner Krieger‹. Er wird später einmal sein Rudel beschützen.«

Anne Maria schaute Veit ungläubig an. »Woher kennst du diese seltsamen Namen?«

»Der alte Mann, der mich damals im Wald gerettet hat und mir alles über Wölfe beibrachte, wies mich in die Riten und die Heilkunst der alten Germanen ein, und dadurch lernte ich ihre Götter und Namen kennen«, erklärte er.

»Es gibt noch so vieles, was ich nicht über dich weiß, Liebster«, sagte Anna Maria und strich Veit zärtlich über die Wange.

Sie setzte sich nieder und streckte dem Tier ihre Hand entgegen. Die Wölfin kam, freudig mit dem Schwanz wedelnd, auf sie zu und ließ sich kraulen. »Minnegard ist uns tatsächlich von Mühlhausen nach Mehlbach gefolgt. Sind ihre Brüder auch hier?«

»Nein, sie hat eine andere Familie gefunden.«

»Warum hast du mir das nicht gesagt?«, fragte Anna Maria vorwurfsvoll. Ihre Augen hatten sich an das schwache Licht gewöhnt, sodass sie sehen konnte, wie Veits Gesichtsausdruck sich verhärtete. Mittlerweile trauten sich auch die Welpen zu Anna Maria und ließen sich von ihr streicheln. Sie nahm eines der Jungen auf den Arm und kraulte es, als ein anderes ihr in den nackten Zeh biss.

»Au!«, rief sie lachend und setzte den Welpen zurück, um sich den Beißer zu schnappen. Sie hielt ihn hoch und schimpfte leise: »Du Schlingel! Veit sollte dich nach einem Beißer benennen und nicht nach einem kühnen Krieger.«

Der Wolf gähnte herzhaft, und Anna Maria setzte ihn vorsichtig zurück auf den Boden. Die Wölfin legte sich auf die Seite, sodass die Jungen an ihr saugen konnten.

Als nichts zu hören war außer dem Schmatzen der Welpen, blickte Anna Maria zu Veit und sagte: »Du hast meine Frage nicht beantwortet.«

Veit holte tief Luft und setzte sich seufzend zu ihr auf den Waldboden. Müde wischte er sich über die Augen.

»Ich weiß nicht, warum ich geschwiegen habe. Vielleicht, weil ich große Wut hatte. Der von Bauer Steiner erschlagene Wolf war ihr Männchen.« Als Anna Maria das hörte, verzog sie gequält ihr Gesicht.

»Die Mordlust der Bauern hat mich zornig gemacht. Als sie mit den Waffen auf eurem Hof gestanden haben, musste ich mich zügeln, um sie nicht mit meinem Schwert zu erschlagen.«

»Wie kannst du so etwas sagen?«, tadelte Anna Maria ihn.

Doch Veit verteidigte sich: »Die Menschen verurteilen ein Tier, das sie nicht kennen. Wollen es ermorden, anstatt es zu verstehen. Der Wolf tötet ihr Vieh, weil es wegen der anhaltenden Trockenzeit kaum noch etwas im Wald zu jagen gibt. Wölfe sind keine mordenden Bestien. Sie haben Angst vor den Menschen und weichen ihnen aus.«

»Das alles weißt du, weil du unter den Wölfen gelebt hast. Davor jedoch warst du der gleichen Meinung wie all die anderen.«

Veit nickte. »Das mag wohl stimmen. Aber der Unterschied ist, dass ich begriffen habe und all die anderen, wie du sie nennst, nichts davon wissen wollen. Was glaubst du, was geschieht, wenn ich ihnen von meinen Erfahrungen berichte? Würden sie mir glauben? Oder würden sie mich verjagen?«

Anna Maria blieb ihm eine Antwort schuldig, da sie wusste, dass er Recht hatte. Stattdessen senkte sie den Blick und flüsterte: »Ich hatte Angst, dass ich dich verlieren würde.«

»Warum?«, fragte er erschrocken.

»Du bist mir ausgewichen und wolltest nichts von mir wissen.«

»Ach, Anna Maria«, lachte Veit leise und zog sie in seinen

Arm. »Ich gebe zu, dass meine Gedanken um die Wolfsjagd kreisten, zumal ich keinen Plan hatte, wie ich die Jagd verhindern konnte. Das alles ändert aber nichts an meiner Liebe zu dir.«

Veit presste Anna Maria fest an sich und gab ihr einen Kuss auf den Scheitel. Dann drückte er sie leicht von sich, sodass sie ihm in die Augen blicken konnte. »Einerlei, was passieren wird, Liebste: Du darfst niemals an meiner Liebe zu dir zweifeln. Ich gehöre dir, und daran kann nur der Tod etwas ändern.«

Erleichtert schmiegte sich Anna Maria an Veit.

»Wenn du wieder daran zweifelst, dann befrage nicht deinen Verstand, sondern dein Herz. Das Gefühl, das du bei dieser Frage hier drinnen spürst, wird dir die Antwort geben.« Er tippte mit seinem Zeigefinger an die Stelle, wo ihr Herz heftig pochte.

Anna Maria blickte in seine Augen und erkannte nichts als Liebe. Nach einer Weile fragte sie: »Was hast du mit den Wölfen vor? Die Bauern werden nicht eher Ruhe geben, bis sie die Tiere erlegt haben.«

»Ich weiß«, antwortete Veit bitter und blickte zu den saugenden Welpen. »Deshalb verbringe ich so viel Zeit wie möglich mit dem Rudel. Die Wölfin erkennt mich an, aber die Übrigen sind noch scheu. Ich hoffe jedoch, dass ich sie schon bald von hier fortbringen kann.«

»Wann soll das sein, und wohin willst du sie führen?«, fragte Anna Maria.

»Sobald das Fell des toten Wolfs lang genug in der Gerbbrühe gelegen hat, werde ich es als Umhang nutzen. So wird mich niemand als Mensch erkennen, und ich kann die Wölfe sicher in die Wolfsschlucht führen.«

Anna Maria blickte ihn fragend an.

»Wie du weißt, trauen sich die Menschen dort nicht hin. Außer, sie haben ein Bannzeichen auf der Stirn«, neckte er sie.

Anna Maria wusste, dass er den schwarzen dicken Punkt meinte, den sie sich damals mit Kohle auf die Stirn gemalt hatte, als sie im Jahr zuvor auf der Suche nach ihren Brüdern die Wolfsschlucht in der Nähe des Elsass durchwandern musste.

Verlegen knuffte sie ihn in die Seite. »Der Glaube an das Bannzeichen gab mir Selbstsicherheit, sodass ich mich traute, durch die Schlucht zu gehen. Nur so haben sich unsere Wege gekreuzt.«

»Ich werde dich nie wieder wegen des Bannzeichens necken«, versprach Veit mit erregter Stimme und zog sie an sich, um sie zu liebkosen und zu küssen.

Die Welpen waren gesättigt und kugelten sich dicht an dicht zusammen. Mit geschlossenen Augen gähnten sie und schliefen sofort ein. Das Muttertier hingegen stand auf und streckte sich. Es blickte zu dem Menschen, und der wusste, was es wollte.

»Anna Maria«, sagte Veit und zog sie auf die Beine. »Geh nach Hause und leg dich schlafen. Ich werde mit den Wölfen auf die Jagd gehen und erst im Morgengrauen zurückkehren.«

Anna Maria beugte sich nach vorn und kraulte die Wölfin. Dann blickte sie Veit an und nickte. Sie umarmte und küsste ihn und ging den Weg zurück, den sie gekommen war.

Bevor sie aus dem Wald trat, hörte sie die Pfiffe und hoffte, dass das Rudel Veit zur Jagd folgen würde.

Kapitel 8

Im September spannten die Bauern die Ochsen vor die Pflüge und bestellten ihre Felder. Sie hatten ihre Äcker in drei Teile gegliedert, die sie unterschiedlich bewirtschafteten. Während sie ein Feld nicht bepflanzten und brach liegen ließen, sodass es durch natürlichen Aufwuchs als Weide genutzt werden konnte, wurde in dem zweiten Wintergetreide ausgesät. Erst im März würden sie im dritten Acker die Sommersaat ausbringen. Im darauf folgenden Jahr wurden die Getreide-Arten auf den Äckern ausgewechselt, sodass auf den Flächen hintereinander nie das gleiche Korn angebaut wurde. Die Bauern hofften durch diese Dreifelderwirtschaft genügend Frucht im Jahr erzielen zu können. Trotzdem litten viele unter ihnen Hunger, denn sie konnten nicht die gesamte Ernte für sich behalten. Einen Teil des Ertrags mussten sie als Saatgut verwenden, und vom Rest der Frucht wurden ihre Abgaben berechnet. Einerlei, wie schlecht die Ernte ausfiel – die hörigen Bauern waren ihrem Grundherrn gegenüber verpflichtet, seinen Anteil an der Frucht abzugeben.

Dieses Schicksal blieb der Hofmeister-Familie erspart, denn als freie Bauern waren sie keinem Grundherrn verpflichtet. Sie gehörten zu den wohlhabenden Bauern, da sich ihr Landbesitz durch des Vaters Geschick im Laufe der Jahre vergrößert hatte. Mittlerweile besaßen sie mehr Land und Vieh als alle Mehlbacher Bauern zusammen.

Jedoch war auch der Hofmeister-Hof vom Wetter abhängig, und so atmeten Jakob und Peter erleichtert auf, als der lang ersehnte Regen einsetzte. Rasch brachten die Bauern die Saat aus, und dank der vielen warmen Tage des Herbstes überzog schon bald zartes Grün die Felder.

Im Monat Oktober genossen die Menschen das letzte Aufflackern des Sommers, auch wenn die Tage kürzer wurden. Als sich sonniges mit stürmischem und regnerischem Wetter abwechselte, wurde es merklich kühler, und in vielen Stuben wurden die Öfen angeheizt. Die Sonne verlor ihre Kraft, und die Menschen bekamen ein Gefühl für den Herbst.

Der November war erst wenige Tage alt, als Peter seinen Geschwistern eröffnete, dass er nach Mühlhausen fahren würde.

»Im Augenblick werde ich auf dem Hof nicht gebraucht«, begründete er den späten Zeitpunkt seiner Reise. »Wenn ich noch länger warte, wird die Fahrt für Annabelle wegen ihrer Schwangerschaft zu beschwerlich werden. Außerdem lässt das Wetter im Augenblick eine Reise noch zu«, erklärte er und traute sich kaum, den Blick zu heben.

Nach dieser Mitteilung herrschte unter den Geschwistern angespannte Stille. Anna Maria schielte vorsichtig zu Jakob, der auf seiner Unterlippe kaute.

»Richte Annabelle von uns allen aus, dass sie auf dem Hofmeister-Hof willkommen ist«, durchbrach Anna Maria das Schweigen und blickte ihren älteren Bruder bittend an. »Nicht wahr, Jakob, das soll Peter ihr von uns sagen?«

Alle Augen schauten zu Jakob, der mürrisch das Gesicht verzog. Als er schwieg, gab Sarah ihrem Mann einen liebevollen Stoß. Entrüstet blickte er auf und brummte: »Sie ist willkommen.«

Peter lachte befreit auf und umarmte seine Schwester und seine Schwägerin. Als er auch auf seinen Bruder zugehen wollte, hob der abwehrend die Hände und schimpfte: »Mach, dass du fortkommst.«

»Ich danke dir, Jakob!« Jeder konnte hören, wie erleichtert Peter war. Mit einem Augenzwinkern sagte er, an seine Schwester gerichtet: »Vielleicht werden wir an Weihnachten eine Doppelhochzeit feiern.«

Anna Maria umarmte ihren Bruder erneut und flüsterte: »Das würde mich sehr freuen!«

Bereits am nächsten Tag wollte Peter seinen Plan in die Tat umsetzen. Nachdem er im Stall das Pferd vor das Fuhrwerk gespannt hatte, fuhr er auf den Hof, wo er schon erwartet wurde.

Anna Maria reichte ihm einen Beutel mit Lebensmitteln und eine Decke, während Sarah ihm eine Tonflasche mit warmem Sud zwischen die Füße stellte. Peter nickte ihnen dankend zu, als sich plötzlich Friedrich zu ihm auf den Kutschbock gesellte. Überrascht blickte Peter den Freund an.

»Ich werde dich begleiten«, sagte Friedrich schmunzelnd und nickte mit dem Kopf in Richtung Jakob.

»Der Weg nach Mühlhausen ist weit. Deshalb ist es besser, wenn ihr zu zweit reist«, erklärte Jakob und versuchte, sich seine Gefühle nicht anmerken zu lassen. Trotzdem ahnte jeder, dass auch ihm der Abschied vom Bruder schwerfiel.

»Aber ...«, wollte Peter widersprechen, doch Jakob unterbrach ihn unwirsch:

»Halt's Maul und sieh zu, dass ihr mit deiner Braut bis Ende des Monats zurück seid.«

Peter versprach es und winkte ein letztes Mal seiner Familie zu. Dann schlug er dem Pferd sachte mit dem Zügel auf den Rücken, sodass es lostrabte.

Kaum hatten die beiden Männer Mehlbach hinter sich gelassen, als das Wetter umschlug und eisige Kälte die letzten milden Herbsttage beendete. Um schnell nach Mühlhausen zu gelangen, gönnten sie sich tagsüber nur selten eine Pause und fuhren, bis es dunkel wurde.

»Wäre es Sommer, könnten wir im Freien übernachten«, sagte Peter schnatternd und schaute sich suchend nach einem Wirtshaus um.

»Wir beide haben auf unserer gemeinsamen Reise während des Bauernaufstandes so oft unter freiem Himmel genächtigt, dass es für den Rest unseres Lebens reicht. Da dein Bruder uns genügend Geld mitgegeben hat, freue ich mich auf eine warme Mahlzeit und ein bequemes Lager.«

Friedrich konnte sein Zittern kaum beherrschen, und auch die Decke, die er sich umgelegt hatte, änderte nichts daran.

Nach mehreren Tagen Fahrt wussten Peter und Friedrich, dass sie kurz vor Mühlhausen waren, und nun fuhren sie ohne Unterbrechung. Es war schon später Abend, als sie die Mauer der Stadt vor sich sahen, und Peter befürchtete, dass das Tor um diese Zeit geschlossen sein könnte. Beim Näherkommen konnte er jedoch erkennen, wie einer der Wachposten ihnen mit der Hand ein Zeichen gab.

»Vorwärts!«, brüllte der Mann in die Dunkelheit. »Beeilt euch! Ich will das Tor endlich schließen und mich an einem Ofen wärmen.«

Die Männer der Wache blickten Friedrich und Peter frierend entgegen und winkten sie hurtig durch das erste Tor. Kaum war das Fuhrwerk hindurch, wurde die schwere Holzpforte mit lautem Knall geschlossen. Ebenso die zweite, und endlich waren Peter und Friedrich in der Stadt. Obwohl die Straßen und Plätze von Mühlhausen um diese Zeit nur mit spärlichem Licht erleuchtet wurden, wusste Peter genau, welchen Weg er zur Gasse der Bader nehmen musste. Er lenkte das Fuhrwerk sicher durch die engen und menschenleeren Straßen. Als er die Tür erkannte, in deren Holz die geheimen Zeichen der Bundschuh-Aufständischen eingeritzt waren, hielt er das Fuhrwerk an.

»Warte hier!«, sagte Peter zu Friedrich und stieg vom Kutschbock. Er musste all seinen Mut zusammennehmen und klopfte zaghaft gegen die Tür. Niemand öffnete.

»Du musst fester dagegenschlagen. Sicher schlafen sie«, riet Friedrich und blies seinen Atem zwischen die gefalteten Hände, um sie zu wärmen. Als der Freund zögerte, schimpfte Friedrich: »Jetzt hämmere endlich gegen die Tür! Ich spüre weder meine Finger noch meine Zehen.«

»Sei leise«, bat Peter, »du weckst die Mühlhäuser auf.«

»Das ist mir einerlei, denn ich friere mich zu Tode«, schimpfte Friedrich und versteckte die Hände in den Achselhöhlen. Peter schlug nun fest gegen das Holz. Kurz darauf wurde innen der Riegel zur Seite geschoben und das Portal geöffnet.

»Wer stört mitten in der Nacht meinen Schlaf?«, sagte eine

verärgerte Männerstimme, und der Kopf des Baders erschien im Türrahmen. Mit verschlafenen Augen und zerzausten Locken blickte er die beiden Störenfriede an.

»Ich grüße dich, Gabriel. Ich bin es! Joß Fritz' Sohn«, erklärte Peter und hörte im gleichen Augenblick, wie Friedrich zweifelnd wisperte:

»Wer bist du? Du bist doch der Sohn des Daniel Hofmeister!«

Peter gab ihm ein Zeichen, zu schweigen, und bat den Bader: »Lässt du uns eintreten? Hier draußen ist es eisig, und wir sind von der Fahrt blaugefroren.«

Gabriels wässrig-blaue Augen musterten Peter, ohne eine Regung zu zeigen. Dann blickte er mit grimmiger Miene zu Friedrich und knurrte: »Du weißt sicher noch, wo der Stall ist. Dort kannst du das Fuhrwerk unterstellen und das Pferd versorgen. Sei leise, damit die Nachbarschaft nicht geweckt wird.«

Friedrich nickte und nahm die Zügel auf. Peter folgte dem Bader ins Haus.

»Was wollt ihr beide in Mühlhausen?«, fragte Gabriel misstrauisch. Peter spürte, dass der Mann über ihr Erscheinen nicht erfreut war.

»Ich möchte … ich will … im Grunde …«, druckste Peter herum, bis Gabriel fluchte:

»Was soll das? Habt ihr was ausgefressen?«

Peter schüttelte heftig den Kopf, blieb ihm aber eine Antwort schuldig. Der Bader seufzte vernehmlich.

»Ich bin zu müde, um dir die Würmer aus der Nase zu ziehen. Morgen will ich wissen, was los ist, sonst verlasst ihr auf der Stelle mein Haus!«, schimpfte er und wies Peter einen Raum neben den Badestuben zu. Ohne ein weiteres Wort schlurfte Gabriel die Treppe nach oben in seine Schlafkammer.

Nachdem Friedrich das Pferd versorgt hatte, kam er zähneklappernd ins Haus gelaufen. Kaum erblickte er Peter, wollte er sogleich wissen, was es mit diesem besagten Fritz auf sich hätte.

Peter ging darauf nicht ein, sondern betrat die Schlafkammer, wo er sich rasch auszog, auf eine Bettstatt legte und sich die Decke bis zu den Ohren zog.

»Lass uns morgen darüber reden«, vertröstete er den Freund.

»Ich werde dich daran erinnern«, murmelte Friedrich müde und legte sich ebenfalls nieder.

Während der Freund leise schnarchte, lag Peter grübelnd wach. *Wie kann ich dem Bader erklären, warum ich nach Mühlhausen gekommen bin?*, dachte er. *Muss ich zuerst mit Annabelle sprechen oder zuvor ihren Vater fragen?*, überlegte er weiter. »Wenn doch nur Anna Maria hier wäre. Sie könnte mir raten, was richtig ist«, nuschelte er in die Decke hinein und schlief über diese Gedanken ein. In seinen Träumen sah er seinen Bruder Matthias, der ihm lachend entgegenlief.

-»=⊙⊜«-

Peter erwachte und wusste im ersten Augenblick nicht, wo er sich befand. Als er den schlummernden Friedrich neben sich sah, kam die Erinnerung zurück. Müde drehte sich Peter auf die andere Seite, doch er fand keinen Schlaf mehr. Die Gedanken und sein knurrender Magen hielten ihn wach. Leise zog er sich an und verließ die Kammer. Auf dem Gang blickte er sich um. Es kam ihm vor, als ob er erst gestern hier gewesen wäre. Zielsicher ging er in die Küche, wo es wohlig warm war. Peter schnitt sich eine Scheibe Brot ab und bestrich sie großzügig mit Butter. Außerdem nahm er sich einen Becher Milch und setzte sich an den Tisch. Alles hier war ihm vertraut, und er meinte, dass jeden Augenblick die Tür aufgehen und sein Bruder vor ihm stehen würde.

Von einem Herzschlag zum nächsten überschwemmten Peter Gefühle, die ihm den Atem raubten. Mit zittrigen Händen legte er das angebissene Brot auf die Tischplatte, denn der Hunger war ihm vergangen. Als er spürte, wie die Trauer ihn übermannte, vergrub er das Gesicht in den Händen und ließ seinen Tränen freien Lauf.

Leise öffnete sich die Tür, und Annabelle stand vor ihm. Erschrocken blickte sie ihn an, und als sie ihn erkannte, flüsterte sie nur: »Peter!«

Verlegen wischte sich Peter die Tränen fort, stand auf und versuchte zu lächeln. Annabelle kam auf ihn zu und schlang ihre zarten Arme um seinen Hals, dann drückte sie ihre Wange an seine. »Peter! Peter!«, flüsterte sie weinend. »Was machst du hier?«

Peter glaubte in ihren graublauen Augen Schmerz, aber auch Freude zu erkennen. Er strich ihr zärtlich über die Haare und erwiderte die Umarmung, wobei ihre wilde Lockenmähne ihn im Gesicht kitzelte. Mit einem tiefen Atemzug nahm er Annabelles Duft in sich auf, wobei sich ein Gefühl der Ruhe in ihm ausbreitete. In diesem Augenblick zweifelte er nicht mehr an seinem Entschluss.

Peter hielt Annabelle sachte von sich ab und betrachtete sie. Scheu sah er dabei auf ihren Bauch, dessen Wölbung man unter ihrem Kittel nur erahnen konnte. Offenbar beschämt, senkte sie den Blick.

»Geht es dir und dem Kind gut?«, fragte Peter und hob mit dem Zeigefinger ihr Kinn. Annabelle schaute ihn aus einem tränennassen und blassen Gesicht an. »So gut, wie es einer werdenden Mutter gehen kann, die ihrem Kind nie seinen Vater vorstellen kann«, flüsterte sie und strich sich über den Leib.

»Hauser hatte uns verraten, dass du …«, wollte Peter erklären, doch Annabelle fiel ihm ins Wort:

»Ich weiß! Er hat mir gebeichtet, dass er es euch erzählt hat, nachdem er von Frankenhausen zurückkam.« Sie schluckte heftig, und ihre Augen füllten sich erneut mit Tränen. »Habt ihr Matthias in Mehlbach beerdigt?«

Peter nickte und räusperte sich. »Er hat seine letzte Ruhestätte neben unserer Mutter erhalten.«

»Ich vermisse ihn so schrecklich«, wisperte Annabelle.

»Wir alle vermissen ihn«, sagte Peter ernst.

Annabelle wischte sich mit der Schürze die Tränen fort, setzte sich an den Tisch und versuchte Peter anzulächeln. »Erzähl mir, warum du hier bist. Der Bauernaufstand ist seit Frankenhausen so gut wie niedergeschlagen – falls du deshalb gekommen bist.«

Peter setzte sich zu ihr und ergriff flüchtig ihre Hand. »Glaube mir, ich habe genug gekämpft und will davon nichts mehr wissen. Ich bin wegen ...«, Peter traute es kaum laut auszusprechen, »... wegen dir nach Mühlhausen gekommen.«

Kaum waren die Worte über seine Lippen gekommen, entzog Annabelle ihm ihre Hand und fragte verständnislos: »Wegen mir? Warum?«

»Kannst du dir das nicht denken?«

Annabelle schüttelte ihren Kopf.

»Ich möchte dich nach Mehlbach mitnehmen.«

Ihre Augen weiteten sich ungläubig. »Was soll ich in Mehlbach? Dort kenne ich niemanden.«

»Du kennst mich und auch Friedrich, der mich hierher begleitet hat. Sicher schläft er noch«, sagte Peter lachend, obwohl ihm nicht zum Spaßen zumute war.

»Ich verstehe dich nicht!«, erwiderte Annabelle ernst.

Peter hatte keine andere Wahl und erklärte: »Ich will dich heiraten.«

Annabelles Gesichtsfarbe wurde eine Spur blasser. Als sie begriff, was er gesagt hatte, röteten sich ihre Wangen vor Aufregung, und ihre Augen funkelten ihn wütend an. »Scherze nicht mit mir, Peter!«, sagte sie in scharfem und lautem Ton.

Mit Widerstand hatte Peter nicht gerechnet. Er hatte Dankbarkeit erwartet und musste sich zügeln, um nicht unfreundlich zu werden. Gönnerhaft lehnte er sich auf seinem Stuhl zurück und sagte mit ruhiger Stimme: »Du erwartest das Kind meines

Bruders, Annabelle. Es ist ein Hofmeister-Kind! Da ist es wohl richtig, dass ich dich heiraten muss.«

»Oh«, fauchte Annabelle, »niemand *muss* mich heiraten. Der einzige Mann, den ich gewollt habe, ist tot. Ich werde Matthias' und mein Kind ohne dich und die Hofmeister-Familie großziehen. Schließlich bin ich nicht allein! Mein Vater wird mir zur Seite stehen.«

Peter wurde bewusst, dass er die Gelegenheit vertan hatte, Annabelle von der Aufrichtigkeit seiner Absicht zu überzeugen. Stattdessen hatte er durch seine plumpe Art ihren Zorn erregt. Er war wütend über sich selbst. Er wollte Annabelle besänftigen: »Es tut mir leid.« Weiter kam er nicht, denn mit hochrotem Gesicht und empörtem Blick verließ Annabelle die Küche.

Kaum war Annabelle draußen, öffnete sich die Tür erneut. Ihr Vater erschien und blaffte Peter an: »Was hast du meiner Tochter erzählt, dass sie weinend und wütend zugleich an mir vorbeigerannt ist?«

»Ich habe ihr einen Heiratsantrag gemacht«, antwortete Peter ehrlich.

Der Bader kniff daraufhin leicht die Augen zusammen. »Warum willst du sie heiraten? Ist der Balg etwa von dir und nicht von deinem Bruder?«

Peter sprang auf und ballte die Hände. »Wiederhole diese Unverschämtheit, und ich breche dir die Nase!«

Der Bader, der Peters Vater hätte sein können, drohte ebenfalls mit seinen Fäusten, sodass seine grauen Locken auf und ab wippten. »Komm mir zu nahe, und ich schlage dein Gesicht zu Brei«, brüllte er und ließ Peter nicht aus den Augen.

In dem Augenblick betrat Jacob Hauser die Küche. »Was ist hier los?«, rief er und schwang sofort seine Fäuste, da er Schlimmes vermutete. Als er Gabriel und Peter erkannte, ließ er die geballten Hände sinken und blickte den jungen Hofmeister fassungslos an. »Peter! Du hier?«, fragte er und umarmte ihn freudig.

Peter erwiderte die Umarmung und gab erstaunt zu: »Ich habe nicht damit gerechnet, dich hier anzutreffen. Du sagtest uns damals, dass du deinen Sohn zurückholen wolltest.«

Hauser nickte. »Das habe ich getan. Florian ist oben und wird sicher gleich herunterkommen.« Lachend fügte er hinzu: »Als aus der Küche aufgeregte Stimmen nach draußen drangen, dachte ich, dass Gabriel einen Einbrecher überwältigen würde. Dass du es sein könntest, darauf wäre ich im Leben nicht gekommen.« Dann bestürmte der Freund den jungen Hofmeister: »Wie geht es dir?«

Bevor Peter antworten konnte, mischte sich der Bader ein. »Stell dir vor, Jacob – er will Annabelle heiraten!«

Hauser sagte nichts, sondern strich sich über seine grauen Bartstoppeln und schien zu überlegen.

»Hast du keine Meinung?«, fragte Gabriel ihn ungehalten.

»Ich könnte einiges dazu sagen, aber du bist ihr Vater!«

»Sag, was du darüber denkst«, zischte sein Freund.

Statt darauf zu antworten, fragte Hauser: »Wie lautet Annabelles Antwort?«

»Sie will nicht und hat mich wegen meines Antrags beschimpft!«, erklärte Peter nüchtern.

»Ich nehme an, dass du ihr sachlich deine Gründe dargelegt hast.«

Peter nickte, und Hauser schmunzelte. »Vielleicht hättest du zuerst mit mir reden sollen. Ich hätte dir einige nützliche Ratschläge erteilen können, wie man mit einer schwangeren Frau umzugehen hat.«

»Deine weisen Belehrungen kommen zu spät. Außerdem wusste ich nicht, dass du immer noch in Mühlhausen weilst.« Niedergeschlagen fuhr sich Peter durchs Haar. »Ich habe die Gelegenheit nicht genutzt, sondern verpatzt.«

»Wer sagt dir, dass ich dir meine Tochter als Eheweib geben würde, selbst wenn sie es wollte?«, keifte der Bader.

»Du wärst dumm, wenn du es nicht tun würdest«, meldete sich Hauser zu Wort. Ohne eine weitere Erklärung nahm er sich einen Becher verdünntes Bier und Peters angebissenes Brot. Dann setzte er sich an den Tisch und frühstückte.

»Wie meinst du das?«, fragte Gabriel und goss sich ebenfalls einen Becher voll. Nach kurzem Zögern schob er auch Peter einen Becher Bier über den Tisch.

Hauser überging die Frage seines Freundes aus alten Tagen und fragte Peter: »Wie geht es deinem Vater? Erzähl mir, was der alte Joß Fritz so treibt.«

Peter zuckte mit den Schultern. »Das kann ich dir nicht beantworten, denn mein Vater ist vor meiner Rückkehr auf Wallfahrt gegangen.«

Hauser stutzte, dann meinte er: »Das sieht Joß ähnlich. Selbst auf seine alten Tage ist er noch ruhelos.«

»Wir denken, dass er losmarschierte, weil er hoffte, dass der liebe Herrgott dann über uns wachen wird.«

Hauser nickte, während Gabriel Peter grimmig ansah. Als die Türschelle läutete, erhob sich der Bader.

»Ich muss jetzt zu einem Aderlass. Danach werden wir beide uns nochmal über deine Absicht unterhalten«, grollte er in Peters Richtung und verließ die Küche.

Kaum war Gabriel hinausgegangen, fragte Hauser: »Wie war eure Reise nach Mehlbach? Konntest du deinen Plan umsetzen?«

Peter nickte. »Wir haben Matthias' Leiche noch in derselben Nacht, in der wir in Mehlbach ankamen, beerdigt. Ein Priesterbruder aus einem Kloster in der Nachbarschaft von Mehlbach gab meinem Bruder den kirchlichen Segen.«

»Ich muss gestehen, dass ich dich bewundert habe, wie du Matthias' Leichnam durchs halbe Reich gefahren hast, um seinen letzten Wunsch zu erfüllen. Dem gebührt mein voller Respekt.«

»Hättest du das für deinen Bruder nicht getan?«, fragte Peter erstaunt.

»Ich muss ehrlich gestehen, dass ich diese Frage nicht beantworten kann. Davon abgesehen, dass es ungewöhnlich war, den Leichnam in Salz zu lagern, war es zudem sehr gefährlich. Was wäre wohl geschehen, wenn Landsknechte den toten Matthias gefunden hätten? Wir hatten großes Glück, dass niemand uns kontrollierte. Schließlich waren marodierende Söldner, flüchtende Bauern und sonstiges Pack unterwegs gewesen.« Hauser schwieg für wenige Augenblicke und flüsterte: »Es ist Vergangenheit, über die wir uns nicht mehr den Kopf zerbrechen müssen.« Mit seiner Pranke rieb er sich über die Stirn, als ob er die Gedanken wegwischen wollte. »Erkläre mir lieber, warum du plötzlich hier auftauchst und Annabelle heiraten möchtest«, sagte er freundlich und wollte außerdem wissen: »Hegst du Gefühle für sie?«

»Muss man verliebt sein, um zu heiraten?«, fragte Peter und errötete leicht.

»Zumindest ist es nicht hinderlich«, antwortete Hauser und zwinkerte ihm zu.

Sichtlich aufgewühlt erklärte Peter: »Annabelle bekommt das Kind meines toten Bruders. Da ist es wohl selbstverständlich, dass ich sie heiraten werde. Schließlich ist es ein Hofmeister-Kind, und das gehört in unsere Familie.«

»Du redest, als ob es sich bei dem Kind um eine Ware handeln würde«, rügte Hauser.

»Überleg selbst, Jacob!«, verteidigte sich Peter. »Wer würde eine Frau mit einem unehelichen Kind heiraten wollen? Ehrlose und Banditen, die das Kind stets als einen Bastard ansehen werden. Es wird für ein Stückchen Brot schuften müssen und keine Rechte haben. Und Annabelle? Ihre Schönheit wäre bald dahin, wenn sie in Spelunken oder Gerbereien für ihr tägliches Brot arbeiten müsste. Glaube mir, nur auf dem Hofmeister-Hof würde es ihr und dem Kind gutgehen.«

»Das mag wohl so sein«, stimmte Hauser ihm zu, doch dann fügte er hinzu: »Du vergisst bei deinen Überlegungen, dass Annabelle aus gutem Haus kommt. Sie könnte bei ihrem Vater bleiben, und wie Gabriel bereits sagte, ist er zumindest im Augenblick keineswegs willig, dir Annabelle zur Frau zu geben.«

Als Peter schwieg, musste Hauser grinsen.

»Daran hast du wohl nicht gedacht?«

Peter schüttelte den Kopf und blickte zerknirscht auf.

»Steckt da nicht doch mehr dahinter?«, fragte Hauser.

Bei dieser Frage malte Peter mit seinen Fingern unsichtbare Muster auf die Tischplatte. »Ich weiß es selbst nicht«, sagte er kleinlaut und räusperte sich mehrmals. Dann sprudelten die Worte aus ihm heraus: »Ich gebe zu, dass Annabelle mir vom ersten Augenblick an gefallen hat. Als ich jedoch sah, dass Matthias und sie sich zueinander hingezogen fühlten, unterdrückte ich meine Gefühle. Zumal ich wusste, dass zuhause ein Mädchen auf mich wartete, von dem ich annahm, dass es zu mir passen würde. Als ich in Mehlbach Susanna wieder sah, erkannte ich, dass ich mich geirrt hatte. Immer öfter dachte ich an Annabelle und auch an Matthias' Kind. In meinem Kopf schwirrten die Gedanken hin und her, und ich wusste mir keinen Rat. Deshalb sprach ich mit meiner Schwester und nahm an, dass sie meine Absichten verurteilen würde. Aber Anna Maria tat nichts dergleichen, sondern bestärkte mich, meinem Herzen zu folgen. Und deshalb bin ich hier.«

Hauser nahm nachdenklich einen Schluck Bier, als Friedrich in die Küche stapfte. Ohne sich umzublicken, stellte er sich mit dem Rücken zum Herd, gähnte herzhaft und rubbelte sich mit den Fingern durchs Haar. Dann rieb er sich die Augen und schaute Hauser dabei ins Gesicht. Als er ihn erkannte, begrüßte er überschwänglich den väterlichen Freund, mit dem sie erst vor wenigen Monaten in Frankenhausen gegen die Armee der Fürsten gekämpft hatten.

»Wie freut es mich, dass wir uns hier wiedersehen«, rief Friedrich, wobei seine Augen glänzten. Im gleichen Atemzug fragte er: »Ist Florian auch hier?« Als Hauser nickte, meinte Friedrich ernst: »Ich wäre böse geworden, wenn du deinen Sohn bei der Schwester deiner verstorbenen Frau gelassen hättest. Wie hat uns der Junge leidgetan, als du ihn zu der Alten hingeschoben hast.« Vorwurfsvoll fügte er hinzu: »Die Frau ist finster und griesgrämig, und dann dieses furchtbare Haus!« Bei dem Gedanken schüttelte es ihn.

»Halts Maul!«, blaffte Hauser ihn an. »Ich hatte damals keine andere Wahl, denn schließlich konnte ich den Jungen nicht mit in den Kampf nehmen. Jetzt ist er hier, und es geht ihm gut.«

»Wolltest du nicht zurück in deine Heimat gehen?«, fragte Friedrich und biss in ein Stück Brot, das er zuvor mit Butter und Honig bestrichen hatte.

»Was soll ich in Stühlingen? Dort zieht mich nichts hin, denn meine Lizzi ist tot. Zudem ist das Überleben im Schwarzwald schwerer als hier. Als Gabriel mir eine Stelle in seinem Badehaus anbot, habe ich nicht lange überlegen müssen. Er hat viel zu tun, denn bei den Kämpfen sind zahlreiche Menschen verletzt worden, die er nun behandelt. Ich kümmere mich um das Feuerholz und darum, dass stets Wasser vorhanden ist. Außerdem überwache ich die Burschen, damit sie die Badezuber gründlich schrubben.« Hauser stand auf und goss jedem Bier ein. »Florian und ich haben ein Dach über dem Kopf und genügend zu essen. Was wollen wir mehr?«

»Annabelle sagte mir, dass der Bauernaufstand zerschlagen wurde. Was ist aus Müntzer und Pfeiffer geworden?«, fragte Peter.

Hausers Stirn kräuselte sich. »Anscheinend ist die Kunde vom Tod der beiden Schwarmgeister nicht bis nach Mehlbach durchgedrungen.«

»Thomas Müntzer ist tot?«, rief Peter entsetzt und blickte zu Friedrich, dessen Mund ungläubig offen stand.

In Peters Gedanken tauchte das Gesicht Thomas Müntzers auf. Er sah den Prediger vor sich, wie er, gekleidet in einen Prophetenmantel, auf der Kanzel stand und mit seinen mitreißenden Worten die Menschen begeisterte. Tausende hatten ihm vertraut und waren ihm anschließend aufs Schlachtfeld gefolgt. Dieser Mann, zu dessen Anhängern auch Peter und seine Freunde zählten, war tot?

»Wie ist das passiert?«, stammelte Peter.

»Nachdem die Fürsten auf Müntzers Kopf einen Preis ausgesetzt hatten, floh er in die Stadt Frankenhausen und suchte in einem der ersten Häuser am Nordhäuser-Tor Schutz. Er versteckte sich auf dem oberen Boden des Hauses, entkleidete sich und legte sich dort ins Bett. Außerdem verband er sein Haupt mit einem Tuch und hoffte, dass seine Feinde ihn nicht erkennen würden. Nach der Plünderung der Stadt wollte in dem Haus, in dem Müntzer sich versteckte, ein Edelmann mit seinem Knecht übernachten. Dieser durchstöberte das Haus und fand den Fremden, der erzählte, dass ihn das Fieber plagen würde. Der Knecht erspähte Müntzers Tasche, in der sich verräterische Briefe befanden. Sein Herr verriet Müntzer an die Fürsten.«

Hauser hob den Krug, doch seine Hand zitterte so stark, dass er ihn wieder abstellte, ohne einen Schluck genommen zu haben. Mit belegter Stimme fuhr er fort: »Müntzer wurde in den Turm von Heldrungen gesperrt, der unweit von Frankenhausen gelegen ist. Eingekerkert tief unter der Erde folterte man ihn aufs Übelste, bis er ein Teilgeständnis ablegte. Er verriet jedoch nur Namen von Anhängern, die allesamt in der Schlacht gefallen waren. Trotz der Qualen schrieb Müntzer einen Brief an die Aufständischen in Mühlhausen, in dem er auf ein Ende des Aufstandes drängte. Das war seine letzte Tat.«

Hausers Stimme wurde leise, als er den Freunden mitteilte: »Unser Held Thomas Müntzer wurde am 27. Tag des Monats

Mai vor den Toren der Stadt Mühlhausen enthauptet. Man spießte seinen Leib auf und steckte seinen Kopf auf einen Pfahl. Das gleiche Schicksal ereilte auch seinen Weggefährten Heinrich Pfeiffer, den man zuvor im Amt Eisenach gefangen genommen hatte.«

Peter und Friedrich brachten keinen Ton heraus. Hauser blickte ins Leere, als er hinzufügte: »Es geht das Gerücht um, dass in Frankenhausen mehr als sechstausend Bauern gefallen sind, während es im fürstlichen Heer nur sechs Tote gab. Wir drei wissen, dass das Blut der Toten wie in einer Rinne den Berg hinuntergeflossen ist.«

»Zum Glück haben die fürstlichen Heere die Stadt Mühlhausen verschont«, versuchte Peter sich und seine Freunde zu trösten.

»So kann man das nicht sagen«, erklärte Hauser bitter. »Nach der Schlacht in Frankenhausen vereinigte sich das Heer des Landgrafen Philip von Hessen mit den Landsknechten des Kurfürsten Johann von Sachsen, um gegen Mühlhausen, die letzte Stadt, die Widerstand leistete, zu ziehen. Das vereinigte Ritterheer umstellte die Stadt von drei Seiten.«

Hauser blickte Peter und Friedrich an und sagte mit dunkler Stimme: »Wir drei wissen, was es heißt, wenn man von einer solch gewaltigen Armee belagert wird.«

Friedrich nickte, während Peter flüsterte: »Den Takt der Trommeln werde ich mein Leben lang nicht vergessen.«

»Sie schossen eine Bresche in die Stadtmauer«, fuhr Hauser fort zu erzählen, »und zwangen die Bürger zu verhandeln. Wie Büßer in Lumpen gekleidet, mit offenem Haar und barfüßig, schickte die Stadt sechshundert Frauen in Begleitung von fünfhundert Jungfrauen mit Wermutskränzen in das Lager des Philip von Hessen. Dort übergaben sie den Fürsten einen Brief, in dem sie baten, Mühlhausen zu schonen. Die Fürsten verlangten daraufhin, dass die Männer ebenfalls barfuß, barhäuptig und mit weißen Stäben sowie dem symbolischen Schlüssel zur Stadt in der Hand vor den Fürsten erscheinen mussten. Danach ritten die Truppen des Philip von Hessen in die Stadt, wo ihnen die Bürger kampflos ihre Waffen übergaben. Der ewige Rat wurde abgesetzt, und der Bürgermeister und eine große Anzahl von Bürgern wurden hingerichtet.«

»Mühlhausen hat Glück gehabt, dass die Bürger einsichtig waren«, schlussfolgerte Friedrich.

Hauser zuckte mit den Schultern. »Seit Monaten wird die äußere Stadtmauer geschleift. Die ehemals stolze Reichsstadt wird zu einer Fürstenschutzstadt. Jährlich müssen hohe Geldsummen an jeden der Fürsten gezahlt werden. Auch alle Adligen auf dem Eichsfeld und der Grafschaft Schwarzburg sollen entschädigt werden. Mühlhausen muss außerdem eine hohe Schutzzahlung entrichten, um eine Brandschatzung der Stadt zu verhindern.«

»Dass Müntzer tot ist, kann ich nicht fassen«, sagte Peter kopfschüttelnd.

Hauser zögerte, dann sagte er mit Abscheu in der Stimme: »Es ist gut so. So hat er nicht erfahren, wie ein Ritter seine schwangere Frau in aller Öffentlichkeit anrüchig bedrängte.«

»Das ist barbarisch«, stöhnte Peter, und Friedrich rief erbost: »Wie kann man so Anstößiges machen?«

»Der Sieger, mein lieber Freund, glaubt, dass das sein Recht ist, und er nimmt es sich einfach«, erklärte Hauser mit bitterem Blick in den Augen.

Kapitel 9

Ein Jahr zuvor: im Herbst 1524

Der Landsknecht Kilian starrte in seinen leeren Bierkrug und grübelte. Was sollte er jetzt machen? Wohin sollte er gehen?

Sein Blick schweifte durch den Gastraum des »Goldenen Ochsen«. Angetrunkene und gut gelaunte Gestalten saßen beisammen, grölten und schienen sich ihres Daseins zu erfreuen. Kilian wusste jedoch: Wenn sie ihren Rausch ausgeschlafen hatten, würde es ihnen wie ihm ergehen – Trostlosigkeit würde sie umgeben. Um Leere und Langeweile zu vergessen, blieb seinen Männern nichts übrig, als sie erneut im Bier zu ertränken.

Menschen wie sie waren nicht zum Stillsitzen geschaffen. Sie mussten hinaus und kämpfen. Doch wofür? Für wen? Niemand war da, der sie führte. *Verdammt,* dachte Kilian, *ich hatte gehofft, dass Joß Fritz meinem Rat folgen und nach Neustadt kommen würde. Doch die Frist, die ich ihm genannt habe, ist bereits vor mehreren Tagen verstrichen.*

Kilian suchte den Blickkontakt zum Wirt und zeigte ihm seinen leeren Krug. Melchior Spindler verstand und brachte ihm ein neues Bier.

»Du scheinst heute Trübsal zu blasen«, höhnte der Wirt leise, als er den Krug auf den Tisch stellte.

Mit einem gequälten Lächeln blickte Kilian auf. »Ich weiß nicht, was mit mir los ist. Vielleicht werde ich alt!«

Der Wirt lachte auf. »Ich denke eher, dass du es leid bist, nichts zu tun. Such dir ein rassiges Weib für die Nacht, dann wird es dir besser gehen.«

Kilian schüttelte den Kopf. »Wenn das so einfach wäre!«

»Du bist anscheinend zum Jammerweib geworden!«, spottete der Wirt und setzte sich zu ihm an den Tisch. Melchior Spindler besah sich seine beiden Fingerstummel an der rechten Hand. »Was willst du länger auf ihn warten? Er wird nicht kommen!«

»Es ist unfassbar, dass Joß das Leben eines Bauern führt!«, schimpfte der Landsknecht leise. »Er, der unser Held war, dem die Männer blind vertraut haben, für den sie gekämpft und sich geopfert haben, nennt sich jetzt Daniel Hofmeister. Kannst du dir das vorstellen, Melchior?«

»Ich dachte, er hat dir erklärt, warum er sich für dieses Leben entschieden hat? Sagtest du nicht, dass er die vielen Misserfolge und die vielen Toten nicht mehr ertragen konnte? Das ist zu verstehen, Kilian, schließlich sind all seine Aufstände blutig im Keim erstickt worden. Viele seiner treuen Gefolgsleute wurden hingerichtet oder verstümmelt. Joß kann von Glück sagen, dass man ihn nicht gefangen genommen hat.«

Kilian nickte. »Natürlich kann auch ich seine Gründe nachvollziehen, Melchior. Aber dennoch geht es mir nicht in den Schädel, denn auch unsere Brüder, Verwandten und Freunde sind unter den Toten. Nenn mir einen einzigen Mann hier im Raum, dem es anders ergangen ist. Trotzdem sind wir zum Kampf bereit. Keiner würde sang- und klanglos verschwinden und unter Fremden ein munteres Leben führen. Wir alle waren der Ansicht, dass der große Joß Fritz tot sei, und das würde ich heute noch glauben, hätte ich ihm nicht gegenübergestanden.«

»Wissen deine Männer, dass Joß noch lebt?«, fragte der Wirt mit gesenkter Stimme. Der Landsknecht schüttelte den Kopf.

»Dann belass es dabei. Es würde nur Unruhe verursachen, denn *der* Joß Fritz ist tatsächlich tot. Daniel Hofmeister hat überlebt!«, warnte Spindler.

»Es macht mich wütend, dass er uns hängen lässt. Noch nie waren wir unserem Ziel so nahe wie in diesen Tagen. Ich spüre, dass die Zeit der Misserfolge vorbei ist und wir die Lage verändern können. Überall rotten sich die Menschen zusammen, um gegen Adel und Klerus aufzubegehren. Tausende wollen kämpfen, denn sie haben genug von Unterdrückung, Abgaben, Elend und Hunger. Doch sie werden von Männern gelenkt, die keine Ahnung von Führung haben. Männer, die man gewählt hat, weil sie Lesen und Schreiben können, und das nicht einmal gut. Selbsternannte Hauptleute wollen unerfahrene Menschen befehligen, die mit Sicheln und Mistgabeln bewaffnet sind. Wenn es zum Kampf kommen sollte – und das ist so sicher wie das Amen in der Kirche –, werden sie wie verängstigte Karnickel kreuz und quer durch die Gegend laufen, weil niemand ihnen sagt, was sie tun sollen. Es wird wieder in einem Blutbad enden!«, seufzte Landsknecht Kilian.

Der Wirt drehte sich nach hinten und griff sich von der Theke ein gezapftes Bier. Dann wandte er sich wieder um und nahm einen kräftigen Schluck. Nachdenklich wischte er sich den dünnen Schaum von den Lippen. »Ja, da hast du Recht, Kilian! Man muss das Zeug dazu haben, um eine Horde wilder Männer zu befehligen. Warum führst du sie nicht an? Du behauptest von dir, dass du dem Landsknechttum mit Leib und Seele verfallen bist. Du hast die Bundschuh-Aufstände miterlebt und weißt, worauf es ankommt. Du konntest die Männer überzeugen, hierher zu kommen, obwohl sie seit Tagen nur nichtsnutzig in meinem Gasthaus herumlungern.« Dabei zeigte der Wirt mit einer großen Geste durch den Raum auf die Männer, die sich mit Würfelspielen belustigten. Die übrigen Gäste waren bereits gegangen, sodass nur noch Kilians Truppe im Schankraum saß.

»Pah!«, stieß der Landsknecht entsetzt aus. »Ich habe nicht die Begabung eines Joß Fritz! Zwar sind mir diese Männer hierher gefolgt, doch wir haben nichts geleistet! Wir ziehen von einem Ort zum nächsten, immer in der Hoffnung, eine Aufgabe zu finden, für die zu kämpfen sich lohnt. Nein, nein, Melchior! Ich bin nicht geeignet, Großes zu planen und umzusetzen. Die Menschen und auch ich brauchen einen Anführer, der mit seiner Erscheinung, mit seinen Worten überzeugt. Einen, dem wir vertrauen und für den wir uns die Schwurfinger abhacken lassen, bevor wir seinen Namen verraten würden. Joß Fritz ist ein solcher Mann. Er hat einen wachen Geist und einen klaren Verstand, um Zeitgeschehnisse zu verfolgen und zu begreifen. Deshalb haben Klerus und Adel ihn gefürchtet!«

Melchior Spindler nickte. Er wusste, was Kilian meinte, und stimmte ihm zu: »Solch ein Mensch wird nur selten geboren.«

Die beiden Freunde aus alten Zeiten versanken in Melancholie und hingen stumm ihren Gedanken nach. Sie nahmen das rege Treiben um sich herum kaum wahr und auch nicht die Stille, die sich plötzlich ausbreitete. Sie erwachten erst aus ihrer Erstarrung, als eine Hand nach einem ihrer Bierkrüge griff. Kilian wollte aufspringen und den dreisten Gesellen zur Rede stellen, als er ein schwarzes Muttermal auf dem Handrücken sah. Erschrocken sank er zurück auf den Stuhl, denn er kannte nur einen Menschen, dessen Hand ein solches Mal hatte. Als der Landsknecht langsam den Blick hob, schaute er in lachende Augen, die von zahlreichen kleinen Falten eingerahmt waren.

»Ich melde mich zurück!«, sagte Joß Fritz und leerte den Krug in einem Zug.

Die meisten von Kilians Männern kannten Joß Fritz nur vom Hörensagen und blickten den großen Mann ehrfurchtsvoll an. Die, die ihm einst gefolgt waren, hießen ihn lautstark willkommen und bestürmten ihn sogleich mit zahlreichen Fragen. Wo er in den letzten Jahren gewesen war, wollten sie wissen. Was er in dieser langen Zeit getan hatte? Warum er jetzt zurückgekommen war?

Geschickt wich Joß ihren Fragen aus und vertröstete sie auf die nächsten Tage.

»Lasst mich erst einmal zur Ruhe kommen!«, schimpfte er lachend. »Zur gegebenen Zeit werde ich eure Neugierde befriedigen.«

Kilian hielt sich abseits. Er würde noch Gelegenheit haben, sich mit Joß zu unterhalten. Jetzt wollte er nur jeden Einzelnen seiner Männer beobachten, um die neue Lage einschätzen zu können. Die, die in vielen Bauernaufständen unter Joß gekämpft hatten, konnten nicht oft genug betonen, wie froh sie waren, ihn wiederzusehen. Andere standen stumm und voller Demut vor ihm. Nur ihre Blicke verrieten den Stolz, den sie in diesem Augenblick empfanden, da der totgeglaubte Held aus den Erzählungen mitten unter ihnen weilte. Einige der jüngeren Männer, die erst seit Kurzem zur Truppe gehörten, höhnten leise hinter vorgehaltener Hand: »Der Alte soll Joß Fritz sein? Er könnte unser Großvater sein ... Gleich wird er das Bier verschütten ... Wer ist dieser Kerl überhaupt?«

Belustigt hörte Kilian ihnen zu, als die Burschen seine Aufmerksamkeit zu spüren schienen und seinen spöttischen Blick bemerkten. Daraufhin senkten sie ertappt die Lider.

Auch ihr werdet Joß Fritz schon bald aus der Hand fressen, dachte Kilian und lachte laut auf.

Es war kurz vor Mitternacht, als Joß, Kilian und Melchior allein im Schankraum saßen. Müde streckte Joß die Beine von sich und gähnte herzhaft. »Hast du für mich einen Platz zum Schlafen?«, fragte er. Als der Wirt nickte, fügte Joß hinzu: »Ich spendiere ein letztes Bier, dann lege ich mich hin!«

Mit schlurfendem Schritt ging Melchior Spindler hinter die Theke und füllte drei Tonkrüge.

Kilian betrachtete Joß und sagte: »Ich kann nicht glauben, dass du leibhaftig hier vor mir sitzt.«

Der Wirt stellte die Krüge auf den kleinen Tisch und setzte sich zu seinen Kameraden. »Ich habe nicht mehr mit dir gerechnet und war sicher, dass du dein behütetes Leben weiterführen würdest. So kann man sich täuschen«, lachte auch er und klopfte Joß auf die Schulter.

Joß' Müdigkeit war mit einem Schlag verschwunden, und sein Blick verfinsterte sich. »Du hast Melchior von meinem anderen Leben erzählt?«, presste er zwischen den Zähnen hervor und schaute Kilian scharf an. Der Landsknecht nickte schuldbewusst.

»Wer weiß noch davon?«

»Niemand sonst!«, antwortete Kilian und hielt die Fingerstummel seiner Schwurhand in die Höhe.

»Und wem hast du mein Geheimnis ausgeplaudert?«, fragte Joß zornig den Wirt.

Bevor er antwortete, hob auch Spindler seine verkrüppelte Schwurhand in die Höhe und sagte: »Keiner Menschenseele!«

»So soll es auch bleiben!«, befahl Fritz und nahm einen Schluck aus dem Krug. Mit dem Armrücken wischte er sich über die Lippen und erklärte: »Ich konnte nicht einfach fortgehen. Schließlich habe ich eine Familie zu versorgen sowie ein großes Gehöft, das weitergeführt werden muss. Da gab es einiges zu regeln. Doch nun bin ich hier, und das allein zählt. Ich habe nicht damit gerechnet, dich hier noch anzutreffen, Kilian. Ihr wolltet doch nach Stuttgart weiter?«

»Ach, Joß!«, seufzte Kilian. »Ich hatte gehofft, dass du auftauchen würdest, und habe unseren Abzug immer wieder verschoben.«

Fritz' blaue Augen blitzten vor Vergnügen, als er das hörte. »Schön, wenn man so begehrt ist.«

»Wie hast du dein Fortgehen der Familie erklärt?«, fragte Melchior neugierig.

Joß verschränkte die Arme vor der Brust. »Ich habe ihnen gesagt, dass ich auf Wallfahrt gehe. Das habe ich schon früher als Ausrede benutzt, wenn ich die Bundschuh-Aufstände plante.«

»Du musst den Männern eine gute Lüge auftischen, wo du die letzten Jahre gewesen bist. Eine Wallfahrt werden sie dir nicht abkaufen«, sagte der Wirt nachdenklich.

Joß Fritz nickte. »Ich weiß! Ich werde ihnen sagen, dass ich im Ausland war.«

»Welches Ausland?«, wollte Kilian erstaunt wissen.

Joß musste nicht lange überlegen. »Ich werde ihnen sagen, dass ich in Italien war, denn das können sie nicht überprüfen.«

Die drei Männer nippten müde an ihrem Bier, als Kilian sich

nach vorne beugte und Joß grinsend anblickte. »Hast du sie mitgebracht?«

Fragend hob Fritz eine Augenbraue hoch.

»Unsere Fahne! Die Bundschuh-Fahne!«

Joß schüttelte den Kopf. »Ich habe die Fahne nicht mehr!«

Erstaunt sahen Melchior und Kilian ihren Freund an.

Joß Fritz atmete laut aus und erklärte: »Ich habe sie in zwei Teile zerrissen und je eine Hälfte meinen beiden Söhnen gegeben, als ich sie in den Kampf ziehen ließ.«

Fassungslos fuhr sich der Wirt mit beiden Händen durchs schüttere, strähnige Haar. »Das Banner war unser Heiligtum, das du wie einen Schatz gehütet und nie aus der Hand gegeben hast. Die Fahne war das Zeichen unserer Aufstände gewesen – und dann zerreißt du sie? Warum hast du das gemacht?«, fragte er.

»Die Fahne soll meine Jungen beschützen!«

»Wie soll ein Fetzen Stoff sie beschützen?«, schimpfte der Wirt, doch Kilian lächelte seinen Kameraden wissend an.

»Seiner Tochter Anna Maria hat Joß unser geheimes Zeichen in den Pilgerstab eingeritzt und ihr unsere Losung anvertraut in der Hoffnung, dass sie auf unsereins trifft, der ihr in der Not weiterhilft.« Kilian drehte sich Fritz zu: »Ich habe dich durch sie gefunden, mein Freund. Deinen Söhnen gabst du die Fahnenhälften aus demselben Grund mit. Ich hoffe, dass sie ihnen von Nutzen sein werden. Kennen sie das Geheimnis des Banners?«

Joß schüttelte den Kopf. »Nein! Sie haben ebenso wenig wie Anna Maria Ahnung, was diese Dinge bedeuten oder wer ich wirklich bin.«

»Hoffentlich verlieren sie die Fahne nicht«, warf der Wirt ein und schaute Joß grimmig an.

»Keine Sorge, das werden sie nicht, denn ich habe ihnen befohlen, sich das Stück Stoff über den Brustkorb zu binden.«

Joß Fritz lag auf dem Strohsack unterm Dach des Wirtshauses und starrte durch die kleine Luke in den nachtdunklen Himmel. In Gedanken sah er die Gesichter seiner fünf Kinder.

Sein ältester Sohn Jakob würde den Hof ordentlich bewirtschaften, war Fritz sich sicher. Auch, dass Sarah ihrem Mann hilfreich zur Seite stehen würde.

»Ich mag das Weib zwar nicht, jedoch kann ich nicht leugnen, dass Sarah ein fleißiges Frauenzimmer ist«, brummte er leise, um Kilian nicht zu wecken, der im gleichen Raum schlief. Joß wusste, dass die Schwiegertochter sich um seinen jüngsten Sohn Nikolaus kümmern würde. *Sie wird den Jungen wie ihren eigenen großziehen,* hoffte er. Aber was war mit Peter, Matthias und vor allem mit Anna Maria? Alle drei hatte der Vater lange nicht mehr gesehen, weil er die Buben in den Kampf der aufständischen Bauern hatte ziehen lassen und das Mädchen nicht davon abhalten hatte können, ihre Brüder zu suchen.

Jahrelang war Joß Fritz froh gewesen, dass das Dörfchen Mehlbach abseits lag. Die nächste größere Stadt war Kaiserslautern, und die war zum Glück einen Tagesmarsch entfernt. Deshalb erreichten Nachrichten Mehlbach erst dann, wenn sie schon veraltet waren. So wuchsen die Kinder unbekümmert auf, zumal man ihnen ernste Dinge vorenthielt. Doch irgendwann drang die Kunde von den ersten Bauernerhebungen bis Mehlbach vor, und besonders die Burschen horchten auf. Schon bald ergriffen sie Stellung für die unterdrückten Bauern und sahen es als ihre Pflicht an, sie in ihrem Kampf zu unterstützen. Der Vater konnte sie nicht umstimmen und gab ihnen seinen Segen.

Wenig später konnte Joß Fritz nicht verhindern, dass ihre Schwester ihnen hinterhereilte, um sie zurück nach Hause zu holen. *Dieser verfluchte Traum!,* schimpfte Joß in Gedanken. Seine Tochter Anna Maria hatte geträumt, sie habe die Brüder in Lebensgefahr gesehen. Nichts hatte sie davon abgehalten, ebenfalls in die Fremde zu ziehen, um Peter und Matthias zu retten.

Joß Fritz wollte nicht leugnen, dass er auf seine Tochter stolz war – ebenso wie auf seine beiden Söhne, die wagemutig in die Fremde gezogen waren. Fritz verstand ihre Beweggründe, denn auch er spürte einst den inneren Drang, die Welt verbessern zu wollen. Als junger Mensch hatte er sich selbst oft in Gefahr begeben. *Diese Ruhelosigkeit und das Verlangen waren mal stärker und mal schwächer, aber ich habe beides nie verloren,* grübelte er. *Selbst, als ich in Mehlbach ein neues Leben begann, habe ich diesen Tatendrang nur mühsam unterdrücken können.*

Joß' Gedanken schweiften zurück zu seinen Kindern, und er dachte daran, dass seine Tochter ihm am meisten glich. Nicht nur äußerlich war Anna Maria sein Ebenbild, sondern auch in ihrem Wesen. »Nichts und niemand hätte sie abhalten können«, lachte Fritz und murmelte: »Ich hätte sie totschlagen müssen, um sie davon abzubringen, ihren Brüdern zu folgen.« Das Stroh in seinem Schlafsack knisterte, als er sich von einer Seite auf die andere drehte.

»Warum wälzt du dich und grummelst unentwegt vor dich hin? Was beschäftigt dich, dass du keinen Schlaf findest?«, fragte Kilian mit müder Stimme in die Dunkelheit.

»Du bist wach?«, fragte Joß zurück.

»Wie soll ich bei deiner Unruhe ein Auge zumachen können?«, schimpfte der Freund leise.

Joß Fritz legte sich auf die Seite und stützte seinen Kopf auf den angewinkelten Arm. »Ich denke über meine drei Kinder nach. Ob Anna Maria ihre Brüder finden wird?«

»Um Anna Maria musst du dich nicht sorgen. Sie ist ein kluges und tapferes Mädchen. Das habe ich vom ersten Augenblick an gewusst, als ich sie in dem Wirtshaus stehen sah – mit ihrem mutigen Blick, bereit, mit dem Pilgerstab auf jeden einzudreschen, der ihr zu nahe kommen würde«, lachte Kilian. »Als ich unser Zeichen im Holz ihres Pilgerstabs erkannte, wollte ich meinen Augen nicht trauen. Du kannst dir nicht vorstellen, mein Freund, welche Gefühle durch meinen Körper jagten. Von einem Wimpernschlag zum nächsten kamen Erinnerungen zurück, die tief in meiner Seele vergraben waren. Ich dachte an Begebenheiten, die ich glaubte längst vergessen zu haben.«

»Ich weiß, was du meinst, Kilian!«, flüsterte Joß. »In manchen Nächten quälen mich Träume, in denen ich die vielen Toten sehe, die für unsere Sache ihr Leben ließen. Seit du mich in Mehlbach aufgesucht hast, verfolgt mich Nacht für Nacht Jörg Tiegels Antlitz im Traum.«

»Jörg Tiegel«, überlegte Kilian. »Der Name sagt mir nichts.«

»Sicher kennst du den Burschen, Kilian. Tiegel wurde von Herzog Ulrich zum Tode verurteilt, weil er die Tore der Stadt Stuttgart für die aufständischen Bauern öffnen wollte!«

»Ich erinnere mich kaum. Herzog Ulrich war für seine Verschwendungssucht berüchtigt«, murmelte Kilian nachdenklich.

»Es begann, als Herzog Ulrich 1511 eine prunkvolle Hochzeit feierte und mehrere tausend Gäste beköstigt wurden. Um sein ausschweifendes Leben führen zu können, mussten die Bauern stetig mehr Steuern zahlen und litten doch selbst Hunger und Not. Es kam, wie es kommen musste! Drei Jahre nach seiner Vermählung rotteten sich die Bauern zusammen, um gegen die schwere Steuerlast aufzubegehren. Dieser elende Herzog, der über beide Ohren verschuldet war, konnte nicht einmal die Landsknechte bezahlen, die ihn schützen sollten. Nur mit Mühe gelang Ulrich mit seinem Gefolge die Flucht nach Stuttgart. Dort wähnte er sich in Sicherheit, da die Stadtmauer mit ihren schweren Toren Schutz bot. Jörg Tiegel, der direkt am Zwingertor wohnte, wollte den Aufständischen helfen und bot an, das Tor in der Nacht zu öffnen. Er und einige andere wurden verraten, gefangen und zum Tode durch Enthaupten verurteilt.«

Joß Fritz glaubte in der Dunkelheit seines Nachtlagers zu erkennen, dass Kilian nickte. »Jetzt fällt es mir wieder ein«, sagte der Landsknecht leise. »Tiegels Mutter hatte den abgeschlagenen Kopf ihres Sohnes aufgehoben und wollte ihn nicht mehr hergeben.«

Joß stöhnte leise auf. »Ja, ich war dabei. Es war furchtbar, das alte Mütterlein so leiden zu sehen. Sie hat den abgehackten Kopf aufgehoben, gestreichelt und Jörgs Namen geflüstert. Der Scharfrichter konnte ihr nur mit Gewalt den Kopf entreißen. In der darauf folgenden Nacht hat sie sich erhängt.«

Beide Männer schwiegen. Mitten hinein in die Stille des Dachbodens sagte Joß Fritz mit bebender Stimme: »Als Jörg damals auf dem Henkerpodest stand, schaute er auf die gaffenden Zuschauer hinab. Dabei schweifte sein Blick umher und blieb an mir hängen. Kaum merklich nickte er mir zu, kniete nieder und betete laut das Vaterunser und das Ave Maria. Fünf Mal, so wie wir es abgesprochen hatten.«

»Dann hat er dich erkannt?«, fragte Kilian fassungslos.

»Das weiß ich nicht mit Sicherheit, aber warum sonst hätte er genau so beten sollen, wie wir es als Erkennungszeichen mit unseren Leuten vereinbart hatten?«

»Haben andere das bemerkt oder zu deuten gewusst?«

»Nein, ich denke nicht. Das war der Grund gewesen, warum wir die Gebete als Beweis unserer Zugehörigkeit gewählt hatten. Das Gebet zu Gott oder zur Gottesmutter hat für den gemeinen Mann größere Bedeutung als ein Schwur. Außerdem schöpft kein Henker Verdacht, wenn ein zum Tode Verurteilter betet. Das wusste Jörg Tiegel. Er zeigte, dass er bereit war, für unsere Sache zu sterben, ohne uns zu verraten.«

Kilian richtete sich in der Dunkelheit auf. »Joß«, sagte er feierlich, »das ist der Beweis, wie sehr dir die Menschen vertrauen.«

»Genau das ist meine Last!«, stöhnte Joß Fritz laut. »Menschen sterben. Und ich trage die Schuld an ihrem Tod.«

»Das ist dummes Geschwätz, Joß! Nicht du schickst die Burschen auf das Henkerspodest, sondern der Adel und der Klerus. Dank dir haben sie den Mut, ihr Sklavendasein nicht länger zu erdulden. Sie wollen frei sein! Frei von Abgaben, Hunger und Unterdrückung.«

Als Joß Fritz nicht antwortete, fragte Kilian: »Hast du je wieder von Stoffel von Freiburg gehört?«

Joß Fritz verneinte.

»So einen wie Stoffel könnten wir jetzt gut gebrauchen«, sagte Kilian und ließ seine Fingerknochen knacken. »Ich werde nie vergessen, wie Stoffel zu den Bettlern und Landstreichern sprach. Auch er hatte die Gabe, so zu sprechen, dass Menschen von der Richtigkeit unserer Sache überzeugt wurden. Ohne ihn wäre es nicht möglich gewesen, unsere geheimen Nachrichten von Ort zu Ort zu tragen. Als oberstem Sprecher konnten wir ihm und seinen Leuten vertrauen. Einen Mann wie Stoffel, der von Gau zu Gau reitet, bräuchten wir auch heute, um uns neu zu organisieren.«

Joß unterbrach seinen Freund: »Das ist richtig, Kilian. Doch unser Plan wurde verraten, und hunderte unserer Leute wurden getötet. *Das* war der Grund, warum ich mich zurückgezogen hatte. Ich wollte nicht mehr, dass Menschen sterben müssen, weil sie mir vertrauen.«

Kilian widersprach heftig: »*Du* trägst keine Schuld an ihrem Tod. Die Zeit war reif für Veränderungen, und wenn du nicht ihr Anführer gewesen wärst, wären es andere geworden. Ich bezweifle, dass es dann weniger Tote oder weniger abgehackte Schwurfinger gegeben hätte.«

Joß konnte im schwachen Licht des Mondes erkennen, dass der Landsknecht seine rechte Hand hochhielt.

»Es tut mir leid, dass du meinetwegen deine beiden Finger eingebüßt hast«, räusperte sich Joß.

Kilians Stimme wurde eine Spur schärfer, als er sagte: »Was redest du für dummes Zeugs? Ich habe dir immer gesagt, dass ich mir eher die ganze Hand abhacken ließe, bevor ich dich und unsere Sache verraten würde. Und so denken viele. Egal was du befiehlst – tausende Männer sind auch jetzt an deiner Seite, genau wie ich selbst.«

⇌ *Kapitel 10* ⇌

Anna Maria und ihre Schwägerin nutzten den regnerischen Novembertag und sortierten im Keller verdorbenes Obst und Gemüse aus. Sarah summte dabei eine alte Weise, als sie plötzlich innehielt und zu Anna Maria sagte: »Meinst du nicht, dass du dich um dein Brautkleid kümmern musst?«

Erstaunt blickte Anna Maria von der Kiste mit den Äpfeln auf und verzog traurig das Gesicht.

»Ich denke unaufhörlich an meine Hochzeit, aber es gibt so viele wichtige Dinge, die auf dem Hof erledigt werden müssen, dass ich es kaum wage, meine Vermählung zu erwähnen. Auch übermannt mich stetig mein schlechtes Gewissen, wenn meine Gefühle vor Freude Purzelbäume schlagen wollen, während Matthias in kalter Erde liegt. Ich schäme mich für meine Fröhlichkeit ebenso wie für meine Ungeduld, dass ich es kaum erwarten kann, mit Veit zusammen zu sein.«

Sarah erhob sich von dem Fass, in dem Kraut eingelagert war, und umarmte ihre Schwägerin. »Ach, Anna Maria!«, murmelte sie. »Der Hochzeitstag sollte ein freudiger Tag sein und nicht von unschönen Gedanken überschattet werden. Im Grunde weißt du, dass deine schlechten Gefühle unnötig sind, denn auch Matthias würde dir gönnen, dass du glücklich bist.«

Anna Maria konnte nicht verhindern, dass ihr die Tränen in die Augen schossen. »Ja, ich weiß«, flüsterte sie, »Matthias würde sich für mich freuen.«

»Bist du dir mit Veit unsicher?«, fragte Sarah geradewegs.

»Nein! Ich liebe ihn von ganzem Herzen. Nichts möchte ich lieber, als ihn zum Mann zu nehmen.«

»Dann ist alles gut!«, pflichtete ihr die Schwägerin bei. »Heute Abend, wenn unsere Arbeit erledigt ist, werden wir uns Gedanken über deine Hochzeit und dein Brautkleid machen.«

Sarah hielt ihr Versprechen. Kaum waren Nikolaus und Christel zu Bett gebracht und Mägde und Knechte in ihren Kammern verschwunden, saßen Jakob, Veit, Anna Maria und Sarah zusammen und überdachten die Hochzeit.

»Wer muss aus deiner Familie eingeladen werden?«, fragte Sarah ihren zukünftigen Schwager.

Veit schüttelte den Kopf. »Der Einzige wäre mein Bruder Johann. Da er seit unserem letzten Zusammentreffen nicht gut auf mich zu sprechen ist, erspare ich mir den weiten Weg, um ihn zu fragen.«

»Was ist geschehen, dass ihr euch entzweit habt?«, wollte Sarah wissen und blickte Veit neugierig an.

»Das ist eine unangenehme Geschichte«, wich Veit der Frage Sarahs aus und schielte zu Anna Maria, die leicht errötete. Er spürte kein Verlangen, von Johann und seinem Zwist wegen Anna Maria auf Burg Nanstein zu erzählen. Irgendwann vielleicht, aber nicht heute.

»Traurig, dass es sonst niemanden gibt«, meinte Sarah, die nicht weiter nachbohrte.

Veit zuckte mit den Schultern. »Das ist der Preis, den ein Landsknecht zahlen muss, weil er ständig unterwegs ist. Wir haben kaum Verbindung zu unseren Verwandten, da wir sie selten sehen. Deshalb freut es mich, dass ihr mich bei euch aufgenommen habt und ich ein Teil eurer Familie werde«, sagte er in Jakobs Richtung. Der Bauer ging darauf nicht ein, sondern versenkte seinen Blick in dem Krug Wein, der vor ihm stand.

»Dann können wir mit den Einladungen warten, bis Peter aus Mühlhausen zurückgekehrt ist. Anna Maria, hilf mir, die Namen der Gäste aufzuzählen, damit wir wissen, ob der Platz in den Stuben für die nahen Verwandten ausreicht. Die Nachbarschaft und alle anderen werden in der großen Scheune essen.«

»Es ist Ende November«, warf Jakob mürrisch ein. »Da wird es in der Scheune saukalt sein.«

»Zerbrich dir nicht deinen grimmigen Kopf darüber«, neckte Sarah ihren Mann.

Verärgert blickte er seine Frau an. »Du sollst mich nicht verspotten, Frau«, schimpfte er gedämpft, wohl wissend, dass seine Haltung jedem zeigte, wie sehr er Anna Marias Verbindung missbilligte.

»Jakob hat Recht«, warf Anna Maria ein. »Die Scheune ist zugig und kann wegen des Strohs nicht geheizt werden.«

»Wie ich die Leute kenne, werden sie sich mit unserem Selbstgebrannten von innen wärmen«, lachte Sarah und wischte mit einer Handbewegung die Einwände weg. Ihr schien die Planung der Hochzeit Freude zu bereiten, denn sie zählte unbekümmert auf, an was alles gedacht werden musste.

Zur vorgeschrittenen Stunde wurde den beiden Männern die Feierplanung langweilig, und sie beschlossen, schlafen zu gehen. Kaum waren Veit und Jakob hinausgegangen, sagte Sarah: »Ich habe mir heute dein Sonntagskleid angesehen, Anna Maria. Für die wöchentliche Kirche mag es noch genügen, für die Hochzeit sollten wir dir ein neues nähen.«

Anna Maria schluckte und erzählte mit belegter Stimme: »Als ich klein war, hat mir meine Mutter ihr Brautkleid gezeigt und versprochen, dass ich es bei meiner Hochzeit tragen darf. Sie hat es weggepackt und nie mehr angezogen.«

Sarahs Augen leuchteten auf. »Welch wunderbarer Gedanke. Weißt du, wo sie das Kleid verstaut hat? Du musst es schnell anprobieren, falls es noch abgeändert werden muss.«

»Sie hat es wie einen Schatz gehütet und in ihrer Truhe verwahrt.«

»Dann lass uns nachschauen«, meinte Sarah freudig und sprang auf. Die Frauen entzündeten eine Kerze und stiegen die Treppe hinauf in die Schlafstube der Eltern.

Eisige Kälte empfing sie in dem Raum, sodass Sarah ihr Schultertuch eng zusammenzog. Anna Maria war zu aufgeregt, um etwas zu spüren. Sie stellte die Kerze neben der Truhe auf den Boden und öffnete den schweren Deckel mit den Eisenbeschlägen. Abgestandene Luft entwich dem Kasten und auch der Duft nach getrockneten Kräutern.

Es war das erste Mal seit dem Tod der Mutter, dass Anna Maria die Truhe öffnete. Vorsichtig nahm sie ein Kleidungsstück heraus und schnupperte daran. Nach all den Jahren roch es immer noch nach ihrer Mutter.

Anna Maria wurde von den Erinnerungen elend zumute. Sie setzte sich auf den kalten Holzboden und traute sich nicht, weiter nach dem Kleid zu suchen.

»Anna Maria«, sagte Sarah bibbernd. »Ich friere! Bitte schau rasch nach, ob du das Kleid findest.«

Erst jetzt spürte auch Anna Maria die Kälte, und sie durchsuchte schnell den Inhalt der Truhe, doch sie konnte das Kleid nicht finden. »Es ist nicht da«, sagte Anna Maria überrascht und hob jedes Teil erneut in die Höhe. Nichts!

»Dann lass uns zurück in die warme Küche gehen und überlegen, wo es sein könnte.«

Anna Maria schloss den Deckel, nahm die Kerze auf und folgte ihrer Schwägerin. In der Küche setzte Sarah einen wohlschmeckenden Sud auf, der sie wärmte.

»Hast du eine Vorstellung, wo das Kleid sein könnte?«, fragte Sarah, während sie an dem heißen Getränk nippte.

»Vielleicht hat Vater das Kleid in seine Truhe getan«, überlegte Anna Maria.

»Warum sollte er das machen?«, fragte Sarah leicht spöttisch. »Selbst wenn es so wäre: Seine Truhe ist mit einem Schlüssel verschlossen, und niemand weiß, wo er den aufbewahrt.«

Anna Maria zog eine Augenbraue in die Höhe. »Woher weißt *du*, dass Vaters Truhe verschlossen ist?«

»Dein Bruder hat mir erzählt, dass er als kleiner Junge den Inhalt der Truhe sichten wollte, sie aber fest verschlossen war.«

Anna Maria nickte. »Wir alle waren neugierig, was wohl in der Truhe sei. Nur ein einziges Mal durfte ich hineinschauen und wurde enttäuscht. Für mich als Kind befand sich nur unnötiges Zeugs darin.« Anna Maria hielt inne und überlegte. Mit einer heftigen Bewegung stellte sie den Becher auf den Tisch und zwinkerte ihrer Schwägerin verschwörerisch zu. Dann gab sie ihr ein Zeichen, ihr zu folgen.

In der Wohnstube, die nur an besonderen Tagen benutzt wurde, öffnete Anna Maria den Schrank mit der Tischwäsche und dem guten Geschirr. Auf einem der Bretter lag die Bibel, deren Ledereinband über die Jahre schwarz und speckig geworden war. Sie zog das Buch heraus und reichte es wortlos ihrer Schwägerin.

»Was suchst du?«, fragte Sarah verwirrt.

Anna Marias Arm verschwand in dem wuchtigen Schrank, und als ihre Hände das Gesuchte ertasteten, lachte sie leise auf. »Ich wusste es!«, triumphierte sie und zog eine Schatulle hervor.

»Was ist darin?«, fragte Sarah aufgeregt.

»Der Schlüssel zur Truhe!«, flüsterte Anna Maria mit leuchtenden Augen.

»Woher wusstest du, dass das Kästchen im Schrank versteckt war?«

»Vater hat es mir vor vielen Jahren verraten, als Peter nach einer Jagd schwer angeschossen darniederlag. Um meinen Bruder zu retten, benötigte er ein Medikament, das er von einer seiner

Wallfahrten mitgebracht hatte. Dieses Gebräu war in einer kleinen Flasche am Boden der Truhe versteckt. Da er auf Peter aufpassen musste, vertraute er mir sein Geheimnis an.«

»Ich verstehe«, flüsterte Sarah nachdenklich. »Warum hast du nicht sofort die Schatulle geholt?«

»Ich habe nicht mehr daran gedacht. Damals musste ich Vater versprechen, den Vorgang zu vergessen.«

Anna Maria versuchte, den Verschluss des Kästchens zur Seite zu schieben, doch er öffnete sich nicht. »Ich Dummkopf«, schimpfte sie. »Vater gab mir damals einen kleinen Schlüssel, mit dem ich die Schatulle aufsperren konnte.«

»Wo ist der?« Sarah wurde ungeduldig.

»Er trug ihn stets bei sich«, stöhnte Anna Maria auf.

Entmutigt setzten sich beide Frauen auf die Bank, die vor dem wuchtigen Ofen stand.

»Wir müssen das Kästchen oder die Truhe aufbrechen«, schlug Sarah nach kurzer Zeit vor.

»Bist du von Sinnen?«, erwiderte Anna Maria entsetzt. »Jakob würde uns eigenhändig erwürgen, wenn wir das täten. Sieh dir die feine Arbeit der Schatulle an. Sie ist sicher wertvoll, und auch die Truhe dürfen wir nicht beschädigen. Stell dir vor, wir zerstören das Schloss und das Kleid befindet sich nicht darin. Wenn Jakob uns nicht umbringt, dann spätestens Vater, wenn er zurückkehrt.« Sie überlegte: »Ich kann mir allerdings nicht vorstellen, dass Vater das Schlüsselchen mit auf seine Pilgerreise genommen hat.«

»Dann müssen wir die Schlafstube deiner Eltern auf den Kopf stellen, bis wir den Schlüssel gefunden haben.«

»Nicht mehr heute. Ich bin zum Umfallen müde«, sagte Anna Maria gähnend. Sarah nickte, löschte die Kerzen, und jede ging in ihre Schlafkammer.

Anna Maria spürte sofort, dass etwas nicht stimmte. Kälte kroch durch ihren Körper und ließ sie erschaudern. Die Härchen an ihren Beinen und Armen stellten sich auf, und sie glaubte, dass jemand ihr seinen eisigen Atem ins Gesicht blasen würde.

Der Nachtschreck, fuhr es ihr durch den Kopf, und schon hatte sie das Gefühl, als ob jemand unter ihre Bettdecke krabbelte und sich ihr auf den Brustkorb setzte.

Anna Maria wusste, dass sie träumte. Trotzdem schien es, als ob man ihr die Luft aus der Lunge quetschte.

Vor vielen Jahren hatte Anna Maria zum ersten Mal nachts diesen Druck in der Brust gespürt und sich gefürchtet, dass ein Fremder in ihre Kammer eingedrungen war. Als sie am Morgen nichts Ungewöhnliches fand, hatte sie sich der Magd anvertraut. Lena flüsterte damals mit schreckensbleichem Gesicht, dass ein Nachtschreck Anna Maria heimgesucht habe, und verriet ihr den Spruch der Erzengel, um den Alb zu bezwingen.

»Ich hab dich erkannt, du bist gebannt«, schrie sie auch in dieser Nacht im Traum.

Anna Maria erwachte und schaute sogleich unter ihre Bettdecke. Wie früher konnte sie nichts Ungewöhnliches feststellen. »Ich habe wieder nur geträumt«, stellte sie erleichtert fest. Sie musste an ihre Mutter denken, die in der Nacht starb, in der sie ihrer Tochter im Traum erschienen war, um sich zu verabschieden. Anna Maria erinnerte sich daran, als ob es gestern gewesen wäre. Damals hatte niemand damit gerechnet, dass die Mutter von ihnen gehen würde, da sie gesund zu sein schien. Es war nicht das erste Mal gewesen, dass Sterbende Anna Maria in ihren Träumen aufgesucht hatten. Anna Maria hatte die besondere Gabe, dass Menschen, die ihr nahestanden, sich im Traum von ihr verabschiedeten.

Ihr Bruder Matthias war der Letzte gewesen, der sie am Tag seines Todes in ihren Träumen aufgesucht hatte. Jahre zuvor war es die Mutter gewesen, die in ihrer Todesnacht der Tochter Lebewohl sagte.

Niemals würde Anna Maria den Schrei des Vaters am nächsten Morgen vergessen, der durch das Haus schallte, als er seine Frau tot neben sich liegen fand. Anna Maria ging zum Vater und flüsterte ihm die Worte zu, die die Mutter ihr im Traum anvertraut hatte: »Gräme dich nicht, mein Lieber. Eines Tages werden wir uns wiedersehen!« Erst da beruhigte er sich und ertrug stumm den Schmerz und sein Schicksal.

»Wie sehr du mir fehlst, Mutter«, flüsterte Anna Maria. »Wie gern würde ich mit dir meine Hochzeit vorbereiten und dir von meinen Ängsten erzählen.«

Anna Maria hielt die Augen geschlossen und wartete, bis der Schmerz der Erinnerung nachließ. Es war noch dunkel, als sie sich gefasst hatte. Sie stand auf, zog sich an und ging nach unten. In der geräumigen Küche waren die Magd und Sarah damit beschäftigt, das Frühstück für das Gesinde und die Bauersleute zuzubereiten.

»Lena«, sagte Anna Maria ernst, »der Nachtschreck war letzte Nacht wieder in meiner Kammer.«

»Jesus und Maria!«, rief die Magd entsetzt. »Hast du den Spruch der Erzengel gesprochen?«

Anna Maria bejahte.

»Ein Nachtschreck?«, fragte Sarah erstaunt.

»Er ist nur eine verirrte Seele«, erklärte Lena leise. »Durch den Spruch der Erzengel hat Anna Maria sie wieder in den Himmel geschickt.«

»Kann solch eine fehlgeleitete Seele zu jedem kommen?«, fragte Sarah verängstigt.

Lena zuckte mit den Schultern. »Das weiß ich nicht. Meist suchen sie die Seelen der Kinder auf, da sie reinen Herzens sind. Was der Nachtschreck von Anna Maria will, ist mir ein Rätsel.«

»Ich bin ebenfalls reinen Herzens«, lachte Anna Maria verhalten und holte Tonschüsseln und Holzlöffel für den Morgenbrei. Auch stellte sie Becher, mehrere Krüge mit Milch und verdünntem Bier, Äpfel, Honig, Butter, Käse und Speck auf den Tisch. Zufrieden überblickte sie die reich gedeckte Tafel.

Schon ihre Mutter hatte dafür gesorgt, dass die Knechte und Mägde in den Genuss eines reichhaltigen Frühstücks kamen. »Nur wer anständig isst, kann anständig arbeiten!«, hatte sie stets gesagt, wenn ihr Mann über die Verschwendung schimpfte.

»Anderes Gesinde muss sich mit einer kleinen Schüssel Milch begnügen«, rügte er seine Frau, an der sein Tadel abprallte.

»Nur weil unsere Knechte und Mägde gestärkt an die Arbeit gehen, bist du der größte Bauer in der Umgebung geworden«, hatte sie ihn dann liebevoll geneckt, wohl wissend, dass er darauf nichts erwidern würde.

Bei dem Gedanken an ihre Mutter sagte Anna Maria zu ihrer Schwägerin: »Ich werde nach dem Schlüssel suchen, sobald ich meine Arbeit im Stall verrichtet habe.«

»Du hast einen Schlüssel verloren?«, fragte Lena neugierig. Die beiden Schwägerinnen blickten sich an und glaubten in den Augen der anderen denselben Gedanken lesen zu können. Jeder auf dem Hof wusste, dass Lena seit dem Tod der Bäuerin öfter das Bett des Bauern wärmte. Vielleicht wusste sie, wo sich der Schlüssel der Schatulle befand.

»Ich habe keinen Schlüssel verloren, trotzdem suche ich einen«, lachte Anna Maria, die darüber belustigt schien.

»Wozu passt er?«, fragte Lena weiter.

»Zu einer kleinen Schatulle.«

»Was ist in dem Kästchen?«

»Das geht dich nichts an, Lena, trotzdem werde ich es dir verraten«, antwortete Sarah genervt. »Wie du weißt, wird Anna Maria heiraten, und in der Schatulle befindet sich ein Schmuckstück ihrer Mutter.«

»Wie ergreifend«, sagte Lena ehrlich und dachte nach. »Ich konnte einmal beobachten, wie der Bauer etwas unter seine Truhe schob.«

»Nein«, schüttelte Anna Maria den Kopf. »Ich denke, dass das Schlüsselchen in einem seiner Kleidungsstücke steckt.«

»Das glaube ich nicht«, erwiderte die Magd. »Nachdem der Bauer zur Wallfahrt aufgebrochen war, habe ich seine Kleidung in der Kommode nach Motten durchgesehen und sie in eine Truhe auf dem Dachboden eingeschlossen. Da war kein Schlüssel gewesen.«

»So ein Mist«, murmelte Anna Maria enttäuscht. »Dann werde ich wohl nicht das Brautkleid meiner Mutter tragen.«

»Was hat das Brautkleid mit dem Schlüssel zu tun?«, wollte Lena wissen.

»Nichts!«, stammelte Anna Maria ertappt und blickte Hilfe suchend ihre Schwägerin an.

»Anna Maria hat sich in den Kopf gesetzt, nicht nur das besondere Schmuckstück an ihrer Hochzeit zu tragen, sondern auch das Brautkleid ihrer Mutter.«

»Das Kleid deiner Mutter ist so prächtig gearbeitet, dass du den Schmuck nicht benötigst. Du wirst auch so eine hübsche Braut sein«, versuchte Lena sie zu trösten.

Sarah stutzte. »Woher kennst du das Kleid? Du warst noch nicht auf dem Hof, als der Bauer Elisabeth geheiratet hat.«

»Das Brautkleid der Bäuerin hat bei den Sachen deines Vaters gelegen. Frag mich nicht, warum er es in der Kommode aufbewahrt hat. Ich kann es dir nicht sagen. Zum Glück haben diese widerlichen Motten es verschont. Damit das so bleibt, habe ich das Kleid mit den Sachen deines Vaters in die Truhe geschlossen.«

Anna Maria klatschte vor Freude in die Hände, sprang auf und rief im Hinausgehen: »Ihr findet mich auf dem Speicher.«

Immer wieder musste sich Anna Maria um die eigene Achse drehen, sodass Lena und Sarah das Kleid und die Braut mit kritischem Blick mustern konnten.

»Es muss um die Hüfte enger gemacht werden«, meinte Sarah. »Und auch über der Brust ist es zu weit.«

Die Magd verzog das Gesicht und sagte ehrlich: »Mir gefällt es an Anna Maria nicht.«

Sarah schaute sie entrüstet an, doch Lena überging ihren Blick und meinte: »In deinem Sonntagskleid siehst du hübsch aus, nicht in diesem. Das Kleid mag zu deiner Mutter gepasst haben, aber …«

»Jetzt halt den Mund, Lena!«, rief Sarah aufgebracht und stellte sich neben Anna Maria, der man ansehen konnte, dass ihr zum Heulen zumute war. Sarah zog am Stoff und engte ihn mit den Fingern ein. »So sieht es besser aus«, meinte sie zufrieden.

Anna Maria blickte an sich herunter und flüsterte: »Vielleicht hat Lena Recht!«

»Unfug!«, ereiferte sich Sarah. »Wenn wir es hier und da abändern, passt es dir, und du wirst hübsch aussehen.«

Die Magd überlegte und schlug vor: »Wenn man vielleicht hellen Stoff am Kragen ansetzt, würde es Anna Maria mehr schmeicheln und sie nicht so blass erscheinen lassen.«

»Blass?«, fragten Sarah und Anna Maria wie aus einem Mund. Die Schwägerin ging einige Schritte zurück und betrachtete die junge Braut. »Tatsächlich«, stimmte Sarah Lena zu. »Du bist bleich, und deine Haut erscheint durchsichtig. Bist du schwanger?«

»Nein!«, rief Anna Maria entsetzt. »Wo denkst du hin? Ich werde als Jungfrau in die Ehe gehen!«

Sarah nickte zufrieden, während Lena murmelte: »Selbst schuld.«

»Was soll diese Bemerkung?«, tadelte Sarah die Magd.

Lena zuckte mit den Schultern. »Welche Befriedigung soll ein

Mann empfinden, dessen Frau in der Hochzeitsnacht wie ein Brett neben ihm liegt, weil sie noch unerfahren ist?«

Als die Magd des bösen und vorwurfsvollen Blicks der Bäuerin gewahr wurde, sagte sie ungehalten: »Warum, glaubt ihr, steigen so viele Bauern zu den Mägden unter die Bettdecke? Weil ihre eigenen Frauen keine Erfahrung und deshalb keine Freude an den ehelichen Pflichten haben. Die meisten Bauersfrauen lassen ihre Männer nur selten an sich heran, und auch nur, weil sie keine andere Wahl haben.«

Sarahs Wangen hatten sich gerötet, ihre Augen sich vor Entsetzen geweitet, während sie sprachlos und mit offenem Mund dastand.

»Ich mache mich nicht zur Sünderin!«, erklärte Anna Maria erregt und blickte verwirrt zu ihrer Schwägerin.

»Hör nicht auf sie!«, zischte Sarah in Richtung der Magd. »Wir wissen alle, dass Lena und die anderen Mägde keinen Anstand besitzen. Lüsterne und zügellose Weibsbilder seid ihr und werdet niemals Einlass in den Himmel bekommen.« Mit energischen Schritten ging Sarah zur Tür und sagte beim Hinausgehen: »Wage es nicht, unter Jakobs Bettdecke zu kriechen.«

»Da kannst du beruhigt sein. Dein Mann ist nicht nach meinem Geschmack«, lachte Lena spöttisch.

Mit lautem Knall schloss Sarah die Tür zum Speicher, sodass der Staub vom Gebälk rieselte.

Anna Maria musterte die Magd nachdenklich, an der die Maßregelung der Bäuerin anscheinend abprallte.

Als diese den Blick spürte, sagte sie mit einem breiten Grinsen: »Wenn der liebe Herrgott wirklich nur ehrbare Frauen in den Himmel lässt, dann ist es da oben sehr einsam.«

»Hast du keine Angst vor dem Fegefeuer?«

Lena schüttelte den Kopf. »Selbst Luther sagt, dass der Beischlaf den Menschen Freude bereiten soll. Außerdem sagt er, dass die guten Taten gegen die schlechten aufgerechnet werden.

Ich weiß, dass ich kein böser Mensch bin. Ich füge niemandem Leid zu, stehle nicht und scheue keine Arbeit. Wenn ich an die Himmelspforte anklopfen werde, wird das einzige Schlechte sein, dass ich mir ab und zu ein wenig Wärme bei den Männern genommen habe.«

Anna Maria hatte Lena noch nie so reden gehört. Die Magd war als junges Mädchen auf den Hof gekommen, und das schien ewig her zu sein. Obwohl Lena älter als Anna Maria war, hatte ihr Haar noch immer eine gleichmäßige dunkle Farbe. Ihr Gesicht wies kaum Falten auf, und selbst wenn sie lachte, konnte man nur vereinzelte Krähenfüße um ihre Augen herum erkennen. Lenas Brüste zeichneten sich unter dem Leinenkittel prall und fest ab, und auch ihr übriger Körper war von jugendlicher Statur.

»Warum hast du nie geheiratet?«, fragte Anna Maria, während die Magd ihr die Kordel im Rücken öffnete. Als Lena schwieg, drehte sie sich zu ihr um.

Nachdenklich sagte Lena: »Ich habe mich als junges Mädchen in den falschen Mann verliebt und wollte den Schmerz des Verlassenwerdens nicht ein zweites Mal erleiden. Deshalb nehme ich mir nur noch das von den Männern, was ich will, und lasse keinen mehr in mein Herz.«

Mitleidig blickte Anna Maria die Magd an. »Wolltest du niemals Kinder und ein eigenes Zuhause haben?«

Lena schüttelte den Kopf. »Nein, das waren niemals meine Ziele gewesen. Ich wurde zweimal schwanger und bin zu einer Engelmacherin gegangen. Beim zweiten Mal hat sie gepfuscht, sodass ich keine Kinder mehr bekommen kann. Damit stellte sich mir die Frage nicht mehr.« Kurz blickte sie Anna Maria in die Augen, dann sagte sie ernst und fast drohend: »Mein Leben geht dich nichts an, auch wenn du die Tochter des Bauern bist. Ich warne dich, wenn du jemandem davon erzählen solltest.« Um die Schärfe ihrer Worte abzumildern, lächelte sie dabei freundlich.

»Keine Angst, ich werde mit niemandem darüber reden«, versprach Anna Maria. Während Lena ihr half, das Kleid über den Kopf zu ziehen, druckste Anna Maria herum: »Ich möchte dich fragen ... könntest du mir ...«

»Was willst du wissen?«, fragte Lena. Als sie jedoch Anna Marias gerötetes Gesicht sah, wusste sie es und musste innerlich lächeln. »Du willst wissen, was dich in der Hochzeitsnacht erwartet? Vielleicht sogar, was du besser machen könntest als viele andere Bräute?«

Anna Maria senkte beschämt den Blick und nickte. »Ich hätte darüber gerne mit meiner Mutter gesprochen, was nicht möglich ist. Und wie du selbst erkennen konntest, hat Sarah dafür kein offenes Ohr.« Sie schwieg einen Augenblick und traute sich dann, sich zu offenbaren: »Ich freue mich darauf, endlich mit Veit zusammen zu sein, gleichzeitig habe ich Angst davor. Er ist ein erfahrener Mann und wird den Unterschied spüren.«

Während Anna Maria sich anzog, setzte sich Lena auf einen Schemel und wies der jungen Frau die Truhe als Sitzgelegenheit zu. Es war kalt auf dem riesigen Speicher, der mit Möbeln, Werkzeug und sonstigem Gerät zugestellt war. Lena wusste jedoch, dass sie hier ungestört waren, sodass sie Anna Marias Fragen in Ruhe beantworten konnte.

Der Blick der Magd wurde starr, als ob sie in Erinnerungen versinken würde. Anna Maria bedrängte sie nicht, sondern wartete geduldig, bis Lena aus ihren Gedanken zu erwachen schien.

Lena lächelte, als sie sagte: »Ich will nichts beschönigen, Anna Maria. Das erste Mal kann schmerzhaft sein, allerdings wird es schlimmer, wenn du dich verkrampfst. Deshalb werde ich dir erzählen, was dich erwartet, damit du keine Angst davor haben musst.« Lena wartete kurz, dann fragte sie: »Als Bauerstochter hast du gesehen, wenn der Hengst die Stute oder der Bulle die Kuh bespringt?«

Anna Maria nickte eifrig.

»So ähnlich ist es bei den Menschen. Mit einem kleinen Unterschied. Die Menschen vollziehen den Akt auch aus Vergnügen«, erklärte Lena ernsthaft.

Anna Maria lauschte ihren Aufklärungen mit großen Augen und heißem Gesicht.

Nachdem Lena ihr in allen Einzelheiten den Beischlaf beschrieben hatte, meinte sie: »Jeder kann sehen, dass Veit dich ebenso liebt, wie du ihn, und deshalb wird er dir ein zärtlicher Liebhaber sein. Ich glaube, dass er bestrebt sein wird, das erste Mal für dich so angenehm wie möglich zu machen. Deshalb musst du keine Angst haben.«

Anna Marias Augen bekamen einen besonderen Glanz. »Was kann ich machen, damit es ihm auch gefällt?«, fragte sie leise, und erneut überzog tiefe Röte ihr Gesicht.

»Dafür gibt es keine Anweisungen, Anna Maria. Du wirst es in dem Augenblick wissen, wenn ihr zusammen seid. Denk immer daran, dass du nichts falsch machen kannst. Die Liebe wird dich führen!«

Lena stand auf und umarmte Anna Maria. »Genieß das Gefühl, dass Veit dich und nur dich liebt. Das ist das Einzige, was wichtig ist. Alles andere wird sich ergeben. Und jetzt lass uns nach unten gehen, damit wir das Kleid deiner Mutter abändern, schließlich sollst du eine schöne Braut sein.«

Dankbar erwiderte Anna Maria die Umarmung. Sie konnte ihre Hochzeit kaum erwarten.

Kapitel 11

Als ein Schrei die morgendliche Stille auf dem Bauernhof zerriss, wusste jeder in der Küche, dass die kleine Christel ihn ausgestoßen hatte. Veit stieß seinen Stuhl zur Seite und rannte nach draußen. Mitten auf dem Hof fing er das weinende Mädchen tröstend in seinen Armen auf. Schluchzend versteckte sie ihr Gesicht an Veits Schulter, unfähig, etwas zu sagen. Nikolaus stand ans Scheunentor gelehnt und weinte bitterlich.

Sarah, die ebenfalls in den Hof gestürzt war, nahm Veit das Mädchen ab und versuchte es zum Sprechen zu bewegen, doch die Kleine schwieg.

»Was ist geschehen?«, fragte Veit Nikolaus, als Jakob hinzukam und wortlos an ihnen vorbei in den Stall ging. Kurz darauf kam er zurück und sagte zu Veit: »Bring mir einen Hammer, rasch!« Dabei fuhr er Nikolaus tröstend übers Haar.

Veit fragte nicht nach, sondern rannte in die Werkstatt und holte das Werkzeug. Als er zurück in die Scheune ging, fing er Anna Marias fragenden Blick auf und zuckte mit den Schultern.

Anna Maria beschlich das Gefühl, dass es besser sei, wenn sie draußen wartete. Sie ging zu ihrem jüngsten Bruder und nahm ihn in den Arm. Der Elfjährige umfasste stumm die Taille seiner Schwester und hielt sie fest umklammert.

Seit einigen Tagen gingen Christel und Nikolaus in der Frühe zusammen in den Kuhstall. Der Junge hatte seiner Nichte das Melken beigebracht, und nun wollte die Vierjährige jeden Morgen sich selbst einen Krug warme Milch melken. So auch an diesem Morgen.

Was ist nur geschehen?, dachte Anna Maria, als Veit zurückkam. Seine Unterarme waren mit Blut bespritzt, ebenso seine Hose. Kurz darauf verließ Jakob die Scheune, und seine Kleidung war ebenfalls blutverschmiert. Zudem hielt er den mit Blut besudelten Hammer in der Hand. Jakob rief nach einem Knecht, und als Mathis vor ihm stand, gab er ihm leise Anweisungen, sodass niemand etwas verstehen konnte. Nachdem Mathis in der Scheune verschwunden war, gingen Veit und Jakob zum Brunnen, wo sie sich das Blut abwuschen und den Hammer säuberten.

»Bring die Kinder in die Küche und gib ihnen warme Milch mit Honig. Das wird ihnen guttun«, sagte Jakob zu seiner Frau und versuchte zu lächeln. »Wir kommen sofort nach.«

Als Sarah und die Kinder außer Hörweite waren, blickte Anna Maria Veit und Jakob fragend an. Veit wischte sich die Hände an seiner Hose trocken und erklärte: »Letzte Nacht ist ein Kälbchen auf die Welt gekommen. Es war zu schwach, um aufzustehen, und ist unter die Hufe der Kühe geraten. Sein Kopf war furchtbar zertreten, trotzdem lebte es noch. Kein schöner Anblick für die Kinder.«

»Wir haben das Kalb erlöst«, sagte Jakob und ging ins Haus.

Anna Maria blickte ihrem Bruder hinterher und wusste, dass ihn das schwerverletzte Kalb nicht kalt ließ. Obwohl Vieh geboren wurde, um geschlachtet zu werden, und ein Bauer auch ein Schlachter war, würde er sein Vieh niemals leiden sehen wollen.

Anna Maria rieb sich über die Arme. In der Eile hatte sie es versäumt, sich ein Tuch umzulegen. »Lass uns nach drinnen gehen«, bat sie Veit, der sie festhielt.

»Bald ist es so weit! Ich werde die Wölfe in die Schlucht führen«, vertraute er ihr an. Glücklich umarmte Anna Maria ihren Liebsten.

»Dafür wirst du mehrere Tage benötigen«, gab sie zu bedenken.

»Ich weiß«, stimmte Veit ihr zu.

»Wie willst du den anderen deine Abwesenheit erklären?«

»Ich werde ihnen sagen, dass ich meinen Bruder suchen will, um ihn zur Hochzeit einzuladen.«

»Das ist wunderbar«, stimmte Anna Maria Veit zu. Nachdenklich zog Veit die Augenbrauen zusammen. »Du denkst doch wohl nicht, dass ich von der Wolfsschlucht aus zur Burg Nanstein gehen werde?«, fragte er verständnislos.

»Warum nicht?«, tat Anna Maria unbedarft.

»Du weißt, wie weit die Burg von der Schlucht entfernt ist. Da würde ich womöglich meine eigene Vermählung verpassen. Außerdem wissen wir nicht, ob Johann noch immer auf Nanstein weilt. Er könnte mit seinen Leuten weggezogen sein.«

Anna Maria verzog ihren Mund zu einer Schnute. »Du hast womöglich Recht«, gab sie kleinlaut zu. »Wann wirst du aufbrechen?«

»In einer Woche«, sagte Veit. »Ich muss in den nächsten Tagen das Rudel mehrmals durch unser Waldgebiet führen, damit sein Vertrauen beständig bleibt.«

»Ich hoffe, dass alles gut wird«, sagte Anna Maria und ging mit Veit zurück ins Haus.

»Johannes!«, rief Nehmenich seinen Sohn. »Johannes, du fauler Hund, komm sofort her!«

Der Junge stand bis zu den Knöcheln im Ziegenmist und versuchte die Geiß zu fangen, damit er sie melken konnte. Doch die Ziege brachte sich mit einem Sprung in Sicherheit.

Johannes überhörte den Ruf des Vaters. Er hatte sich mit seinem Freund verabredet, weil sie am Bach selbst gebastelte Boote schwimmen lassen wollten. Der Zehnjährige wusste, dass der Vater ihm weitere Arbeiten aufladen würde. Die Mutter jedoch hatte ihm versprochen, dass er nach dem Melken fortgehen durfte.

Johannes wollte mit einem Hechtsprung die Geiß fangen, als er die Hand des Vaters im Genick spürte.

»Du bist zu schwachköpfig, um eine dämliche Ziege zu fangen«, schimpfte Nehmenich und gab seinem Sohn eine Ohrfeige. »Geh in den Wald und hol Feuerholz. Vielleicht stellst du dich dabei geschickter an.«

»Aber Vater …«, wollte Johannes erwidern, als die nächste Ohrfeige in seinem Gesicht brannte. »Halts Maul, du unnützer Balg, und mach, was ich dir befohlen habe.«

Der Junge rieb sich die feuerrote Wange und lief aus dem Ziegenstall.

―⇒◉⇐―

Johannes strauchelte und fiel in das nasse Laub, in dem er keuchend liegen blieb. Doch nur für einen Augenblick, denn die Angst, dass der große Wolf mit den himmelblauen Augen ihm folgen könnte, trieb ihn dazu, sich unruhig aufzusetzen. Vorsichtig blickte er sich im Wald um und traute sich kaum zu atmen. Erleichtert stellte er fest, dass die Wölfe weitergezogen waren.

Johannes ließ sich ins Laub zurückfallen und schloss für einige Herzschläge beruhigt die Augen. »Sie sind fort und haben mich nicht gefressen«, flüsterte er.

Dann stand er auf und bemerkte erst jetzt, dass er sich in die Hose genässt hatte. »Verdammt«, fluchte Johannes leise. »Der Vater wird mich totschlagen. Nicht nur, dass ich mir in die Hose gepinkelt habe, ich komme zudem auch ohne Feuerholz heim«, jammerte er und versuchte, mit dem Laub die Hose trockenzureiben.

Aber es nützte nichts. Die Blätter hinterließen nur braune Flecken. »Mist, dabei hatte ich mich so sehr auf heute gefreut«, schimpfte Johannes und ging langsam nach Hause zurück.

―⇒◉⇐―

»Wo warst du?«, schrie der Vater und suchte nach einem Strick, um seinen Sohn zu bestrafen. »Pisst dir wie ein Kleinkind in die Hose«, höhnte er und hob den Strick in die Höhe. »Du Tunichtgut wagst es, ohne Holz nach Hause zu kommen?«

Johannes kauerte in einer Ecke der Kammer auf dem Boden. Bebend wartete er auf den Schmerz, dem er, wie die unzähligen Male zuvor, nicht ausweichen konnte. Er blickte flehend zu seiner Mutter und wusste doch, dass sie ihm nicht helfen konnte.

Als die Frau das Leid in den Augen ihres Sohnes erkannte, faltete sie die Hände wie zum Gebet und ging auf ihren Mann zu. »Karl, ich bitte dich im Namen unseres Herrn, hab Erbarmen mit dem Kind.«

Nehmenich blickte seine Frau voller Verachtung an und schob sie grob zur Seite, sodass sie gegen die Zimmerwand fiel. Gleichzeitig ließ er den Strick auf Johannes niedersausen. Der Junge schrie auf und versuchte seinen Kopf mit den Händen zu schützen.

In dem Augenblick betrat Susanna die Stube und erfasste sofort die Lage. Sie half ihrer Mutter auf und schob ihr einen Schemel hin. Dann holte sie die Flasche Selbstgebrannten aus dem Versteck, und während sie einen Becher vollgoss, lockte sie: »Hier, Vater! Nimm einen Schluck.«

Nehmenich hielt mit dem Prügeln inne und blickte verärgert über die Schulter zu seiner Tochter. Als er den Becher in ihrer Hand erblickte, wandte er sich ihr zu und riss ihr das Gefäß aus der Hand. Er kippte das beißende Getränk in seinen Schlund und verschluckte sich dabei. Der Alte prustete, sodass der klare Schnaps aus seinen Mundwinkeln an den Bartstoppeln hinunterlief und im Stoff seines verschmutzten Kittels versickerte.

»Komm«, lockte Susanna den Vater erneut, »setz dich und trink noch einen Schluck.«

Der Alte ließ sich nicht zweimal auffordern. »Wo hast du das Gesöff her?«, fragte er seine Tochter und verengte die Augen misstrauisch.

»Das habe ich für besondere Gelegenheiten aufbewahrt«, erklärte sie und lächelte ihn an. Aus den Augenwinkeln konnte sie sehen, wie die Mutter zu ihrem Bruder schlich.

»Du Luder!«, lallte der Alte und grinste Susanna breit an, da sie ihm erneut nachschenkte.

Hanna half ihrem Sohn auf und führte ihn zu seinem Lager im hinteren Teil des Raums.

»Du bist schuld«, rief Nehmenich seiner Frau hinterher. »Weil du den Nichtsnutz verwöhnst, wird er aufmüpfig und verweigert meine Befehle.«

Seine Frau überging sein Gezeter und griff auf dem Regal nach der Arnikasalbe, um Johannes' Wunden damit zu bestreichen.

Im Schlafbereich, der mit Laken auf einer Leine von der Küche abgeteilt war, lag Johannes wimmernd auf seinem Strohsack. Hanna murmelte ihrem Sohn beruhigende Worte zu und verteilte die Paste großzügig über die roten Flecken, die sich überall auf seinem dünnen Körper abzeichneten. Mit schmerzverzerrtem Gesicht ließ der Junge die Behandlung seiner Mutter über sich ergehen.

Währenddessen war Nehmenich über der Tischplatte zusammengesackt und laut schnarchend eingeschlafen.

Als Susanna sicher sein konnte, dass der Vater so schnell nicht erwachen würde, ging sie nach hinten zu ihrem Bruder. Sie kniete sich vor seinen Strohsack und fragte leise: »Was hast du ausgefressen, dass der Vater dich schon wieder verprügelt hat?«

»Ich bin ohne Feuerholz zurückgekommen«, schluchzte Johannes. Als seine Schwester ihn rügen wollte, jammerte er: »Du weißt nicht, warum!«

»Erklär es mir!«, forderte Susanna ihn leise auf.

»Im Wald waren Wölfe, die mich fressen wollten.«

»Du willst dich nur rausreden«, schimpfte Susanna ihren Bruder.

»Ich lüge nicht«, schwor Johannes erregt und streckte seine Hände in die Höhe.

»Warum haben die Wölfe dir nichts getan?«, fragte Susanna zweifelnd.

Johannes druckste herum, denn er ahnte, dass seine Schwester die Wahrheit nicht glauben würde. Doch dann fasste er Mut: »Im Wald ertönte ein Pfiff, und ein riesiger Wolf erschien.« Johannes wartete auf den Einwand der Schwester. Als der ausblieb, traute er sich auch den Rest zu erzählen. »Dieser Wolf ging auf zwei Beinen und hatte blaue Augen.«

Susanna lachte spöttisch auf: »Ich glaube dir kein Wort! Vater tat recht daran, dich zu verprügeln«, zischte sie und ließ Johannes mit seinen Ängsten allein.

Veit hätte sich ohrfeigen können. *Warum habe ich mich nicht versteckt, als der Junge auftauchte,* schimpfte er mit sich und hoffte, dass der Bursche über ihre Begegnung schweigen würde. »Wenn ich wüsste, wer er war«, murmelte Veit und wurde im selben Augenblick abgelenkt, weil ein Wolf aufheulte. »Zeit für die Jagd«, flüsterte er und lief tiefer in den Wald.

Als Nehmenich am nächsten Tag seinen Rausch ausgeschlafen hatte, ging er vor die Tür, wo Johannes die Hühner fütterte. Er packte ihn an seinem Hemd und zischte: »Geh in den Wald und sammle Holz. Wage es nicht, dieses Mal ohne zurückzukommen, sonst schlage ich dich tot!« Er gab dem Jungen einen Stoß, sodass er auf sein Gesäß fiel. Nehmenich drehte sich von ihm fort und grunzte: »Verschwinde!« Dann pinkelte er an die Hauswand.

Hanna hatte seit dem Morgengrauen in der Küche gestanden und Brotteig geknetet, als ihr Mann von draußen brüllte: »Hanna, bring mir Bier! Der Fusel von gestern scheint mich von innen auszutrocknen.«

Hanna wischte sich die Hände an der Schürze ab und zapfte aus einem kleinen Holzfass einen halben Krug Bier, das sie mit reichlich Wasser streckte. Als Nehmenich den Raum betrat, reichte sie es ihm wortlos. Durstig leerte er den Krug in einem Zug. Mit einem Blick, der keinen Widerspruch duldete, sah er seine Frau an und befahl: »Komm mit!«

Auf ihrem Lager bückte sich Hanna, sodass ihr Mann sie von hinten bespringen konnte. Augenblicke später zog er die Hose hoch und sagte: »Ich gehe zum Stelter.« Damit verließ er die Hütte.

Als die Tür sich hinter Nehmenich schloss, atmete Hanna erleichtert auf. Sie holte sich eine Schüssel Wasser und stellte sie auf einen Schemel. Dann hob sie den Rock und setzte sich über die Schüssel, um den Samen ihres Mannes fortzuwaschen. Plötzlich jagte ein Stich durch ihren Körper, und Blut breitete sich im Wasser aus. Trotz der Schmerzen lächelte Hanna, denn dieses Mal konnte sie sich den Weg zur Engelmacherin sparen.

Susanna war damit beschäftigt, den Ziegenstall auszumisten, als sie sah, wie ihr Bruder langsam über das Feld in Richtung Wald schlenderte. Im Grunde tat er ihr leid, da der Vater immer öfter den Strick sprechen ließ. Als ihre Mutter vors Haus trat, um eine Schüssel mit Wasser auszuschütten, fragte sie: »Wohin ist Vater gegangen?«

»Zum alten Stelter.«

»Ich werde Johannes helfen, Holz zu sammeln«, sagte Susanna, da sie nun wusste, dass der Vater erst spät zurückkehren würde.

Die Mutter schaute ihrem Sohn über das Feld hinterher. »Wenn genügend Holz aufgestapelt ist, wird euer Vater hoffentlich zufrieden sein. Denk daran, keine zu großen Stücke zu nehmen. Ich will nicht auch noch Ärger mit dem Förster bekommen.«

Susanna versprach es und rannte ihrem Bruder hinterher.

Für Veit gab es an diesem Tag kaum etwas auf dem Hof zu tun, weil Jakob mit einigen Knechten nach Otterbach gefahren war. Deshalb teilte er Anna Maria mit, dass er heute schon zur Mittagszeit zu den Wölfen gehen würde. »In zwei Tagen werde ich aufbrechen«, flüsterte er ihr ins Ohr.

Im Wald holte Veit das gegerbte Fell des toten Wolfs unter einem umgekippten Baumstamm hervor und legte es sich um. Leichter Regen setzte ein, als Veit das Rudel im Wald suchte. Durch den Pelz war er vor der Nässe geschützt. Immer wieder stieß er den Pfiff aus, um die Wölfe zu rufen. Da die letzten Wochen kalt und regnerisch gewesen waren, hatten die Bauern keine Lust verspürt, erneut eine Wolfsjagd zu veranstalten.

Veit sprang über einen kleinen Graben, als es hinter ihm knackte. Er drehte sich um, da er hoffte, die Wölfe wären ihm gefolgt. Doch als er keines der Tiere entdeckte, pfiff er erneut die Melodie. Dann war ein Winseln zu hören, und das Rudel kam angelaufen. Freudig sprangen die Wölfe an Veit hoch und versuchten ihm am Mund zu lecken. Als einer der männlichen Wölfe zu stürmisch wurde, knurrte Veit ihn an und biss ihn ins Ohr. Sogleich ließ das Tier von ihm ab und verkroch sich jaulend hinter die anderen.

Veit rief die Wölfe mit seinem Pfiff zusammen und wollte gerade loslaufen, als er sah, wie das Weibchen einen kleinen Hügel anknurrte.

»Was hast du?«, fragte Veit das Tier und blickte in die Richtung. »Da ist niemand!«, sagte er und kraulte ihm das Fell. »Minnegard, Fehild, Modorok, Degenhart und all ihr anderen Wölfe, kommt! Wir wollen jagen. Aber nicht die Lämmer und Schafe«, lachte er und betete laut: »*Lupus et agnus pascentur simul, et leo sicut bos comedent paleas, et serpenti pulvis panis eius. Non nocebunt neque occident in omni monte sancto meo*, dicit Dominus.«

Doch erst als er die Melodie pfiff, folgte ihm das Weibchen. »So ist es brav, Minnegard«, lobte Veit die Wölfin. Kläffend folgten ihm nun auch alle anderen Tiere.

Susannas Herz schlug hart gegen ihre Brust. Regen lief ihr von den Haaren über das Gesicht und durchnässte sie bis auf die

Haut, doch sie spürte die Kälte nicht. Furcht schien ihre Empfindungen zu lähmen.

»Glaubst du mir jetzt?«, wisperte Johannes aufgeregt. Sie legte den Zeigefinger auf ihren Mund und gab ihm zu verstehen, dass er schweigen solle. Als das Winseln leiser wurde, lugte Susanna vorsichtig über den Erdhügel, hinter dem sie Schutz gesucht hatten. Sie sah, wie die Wölfe einen Hang hinaufliefen. Trotzdem spürte sie die Angst vor den Untieren.

Johannes traute sich ebenfalls, seitlich an dem Erdwall vorbeizuschauen, und konnte gerade noch sehen, wie die Wölfe im dichten Wald verschwanden. Triumphierend blickte er seine Schwester an. »Siehst du nun, dass ich nicht gelogen habe?«

Susanna brachte keinen Ton heraus und nickte.

Zuerst hatte sie den Wolf nicht gesehen, da sein Fell sich kaum von der tristen Umgebung abhob. Doch als Äste unter ihren Füßen brachen und er sich umdrehte, konnte sie seine Augen sehen, die so blau wie der Himmel schienen, und da erkannte sie ihn. Zum Glück hatte er sie zwischen den dicht stehenden Bäumen nicht sehen können. Als die Wölfe auftauchten, warf sich Susanna hinter den Erdhügel und riss ihren Bruder an seiner Hand mit sich. Weil einer der Wölfe in ihre Richtung knurrte, dachte sie, dass ihr letztes Stündlein geschlagen hätte, und sie betete stumm, Gott möge sie beschützen.

So plötzlich, wie der Wolfsspuk erschienen war, verschwand er wieder. Susanna murmelte ein Dankgebet. Alles schien wieder friedlich.

»Komm, Johannes, lass uns nach Hause gehen«, flüsterte sie.

»Aber das Holz!«, jammerte ihr Bruder. »Vater wird mich totschlagen.«

»Hab keine Angst! Ich werde dich vor ihm beschützen.«

Als Susanna seine Hand ergriff, fragte er ehrfürchtig: »Hast du jemals einen so riesigen Wolf gesehen?«

»Das war kein Wolf. Es war ein Mensch!«, erklärte Susanna.

Kapitel 12

Nachdem der Bader den letzten Gast der Badestube an der Tür verabschiedet hatte, lud Jacob Hauser ihn ein: »Komm mit Peter, Friedrich und mir ins Wirtshaus.«

Als Gabriel die Namen der jungen Männer hörte, verfinsterte sich sein Gesicht, sodass Hauser nur mühsam ein Grinsen unterdrücken konnte. Mit gespielt ernster Miene rügte er den Freund: »Sei nicht verbohrt, du alter Griesgram, ein paar Bier werden dich aufheitern.«

»Ich habe zu arbeiten«, erklärte Gabriel unwirsch und wollte sich an Hauser vorbeidrücken.

»Die Hochzeit würde viele Probleme lösen«, versuchte Jacob ihn umzustimmen.

»Wir haben keine Probleme«, antwortete der Bader und funkelte den Freund aus seinen wässrig-blauen Augen wütend an. »Und selbst wenn, dann würden sie dich nichts angehen«, fügte er hinzu und wandte sich von Hauser ab.

»Du sturer, alter Bock!«, rief Jacob ihm hinterher.

»Ich kenne euch«, sagte der Wirt vom »Blauen Hecht« in der Grasegasse in Mühlhausen. »Euer Freund Michael hat hier gearbeitet.«

Peter nickte, woraufhin der Wirt murmelte: »Gott sei seiner armen Seele gnädig.«

»Das wird er«, sagte Peter überzeugt. »Michael war ein guter Mensch, ebenso wie unser Freund Johannes.«

Peter verstummte, als er in Gedanken Michael auf dem Schlachtfeld vor Frankenhausen umherirren sah. In der Erinnerung hörte er die Rufe der Freunde, die versucht hatten, Michael zu warnen, als ein Landsknecht mit erhobenem Schwert auf ihn zugeeilt war. Doch der Donnerhall der einschlagenden Kanonenkugeln verschluckte ihre Schreie. Peter hoffte aus tiefster Seele, dass Michael nichts gespürt hatte, als der Landsknecht ihn köpfte, und dass Johannes keine Schmerzen empfunden hatte, als die Kanonenkugel ihn in Stücke riss. Er schüttelte sich, um die Gedanken zu vertreiben. Als er aufschaute und Hausers und Friedrichs Blicke sah, wusste er, dass sie die gleichen Erinnerungen plagten.

»Das erste Bier geht aufs Haus«, erklärte der Wirt augenzwinkernd und schob jedem einen Krug hin. Die drei dankten ihm und setzten sich an einen freien Tisch.

»Auf Michael, Johannes und Matthias, die wir niemals vergessen werden«, sagte Hauser, hob den Krug und leerte ihn. Sogleich wurde Nachschub bestellt.

Doch bevor Hauser einen Schluck nehmen konnte, stöhnte er leise auf: »Es rumort in meinem Bauch, als ob ich frischen Kohl gegessen hätte.« Er rannte hinaus zum Abort.

Kaum war er verschwunden, stupste Friedrich seinen Freund Peter an und forderte mit fester Stimme: »Erklär mir endlich, wer dieser Joß Fritz ist.«

Peter nahm einen Schluck, um Zeit zu schinden. Seit ihrer Ankunft am vergangenen Abend stellte Friedrich immer wieder dieselbe Frage, doch Peter wagte es nicht, ehrlich zu antworten. Er hatte Angst, dass Friedrich ihm nicht länger vertraute, wenn er die Wahrheit erfuhr. Peter musste sich eine Begründung überlegen, mit der er seinen Freund zufriedenstellen konnte.

»Jetzt klär mich auf!«, forderte Friedrich ungehalten.

»Ich weiß nicht, von wem du sprichst«, antwortete Peter und blickte sich scheinbar neugierig im Schankraum um.

»Joß Fritz, dessen Sohn du angeblich bist«, sagte Friedrich mit erregter Stimme, sodass Peter erschrocken fauchte:

»Sei still! Das muss nicht jeder hören.«

»Aha«, triumphierte der Freund. »Es ist Wahres dran.«

»Du hast dich verhört«, schnaubte Peter ärgerlich. »Ich weiß nicht, woher du diesen Namen hast.«

»Du selbst hast ihn dem Bader genannt.«

Peter stellte mit einem Knall seinen Krug ab und schimpfte: »Es war eisig kalt, und wir waren hundemüde. Du musst dich verhört haben. Jetzt belästige mich nicht weiter.«

Friedrich blickte seinen Freund sauertöpfisch an, schwieg jedoch.

Hauser, der die Szene vom anderen Ende des Raumes beobachtet hatte, ging zurück zum Tisch. Er wartete eine Weile, und als die beiden Burschen still blieben, fragte er: »Warum streitet ihr?«

Peter schaute erstaunt von seinem Krug auf. »Wir streiten nicht.«

»Ich habe euer Streitgespräch beobachtet.«

Friedrich missachtete Peters drohenden Blick und schimpfte: »Er tut, als ob ich ein Dummschwätzer wäre, dabei weiß ich genau, dass Peter bei unserer Ankunft dem Bader den Namen ›Joß Fritz‹ zuraunte. Gabriel schien uns nicht zu erkennen, und da sagte Peter, dass er es wäre, der Sohn des Joß Fritz. Dabei ist er Hofmeisters Sohn.«

Peter traute sich weder, Hauser anzuschauen, noch, etwas zu sagen.

»Warum klärst du ihn nicht auf?«, fragte Hauser ruhig.

Peters Gesichtszüge wirkten verkrampft, als er murmelte: »Nicht einmal mein Bruder Jakob weiß davon.«

Hauser stutzte. »Warum nicht?«

Peter schaute Hauser in die Augen und erklärte niedergedrückt: »Als wir zurück in Mehlbach waren, gab es genug Scherereien mit unserem ältesten Bruder, weil wir Matthias' Leichnam durchs Reich gefahren hatten, um ihn daheim zu beerdigen. Nachdem Jakob sich beruhigte, gab es keine Gelegenheit, ihm von dem Doppelleben unseres Vaters zu berichten.«

»Das kann ich nachvollziehen. Aber bei Friedrich hast du den Stein ins Rollen gebracht«, sagte Hauser streng.

Peter wies mit dem Kinn zu Friedrich und sagte trotzig: »Ihn gehen unsere Familiengeschichten nichts an.«

Hauser schüttelte verständnislos den Kopf. »Er ist dein Freund, Peter, mit dem du Seite an Seite gekämpft hast. Friedrich hat mehrmals bewiesen, dass er treu und verlässlich ist.«

Durch die Rüge verfärbten sich Peters Wangen, und er sagte leise: »Das ist wahr. Friedrich ist mein bester Freund.«

Zufrieden lehnte sich Hauser zurück, und als Peter ihn zweifelnd anblickte, nickte er ihm aufmunternd zu. Peter atmete tief ein und erzählte dem Freund von seinem Vater.

Friedrich lauschte mit offenem Mund und großen Augen, bis Peter geendet hatte, dann fragte er ungläubig: »Das ist dein Vater?«

Peter nickte.

»Du hast davon nichts geahnt, bis Hauser dich aufklärte?«

Peter nickte erneut. Hauser schmunzelte und fragte Friedrich: »Erinnerst du dich daran, als wir in der Waldhütte saßen und uns unsere Geschichten erzählten? Matthias zog sich damals das Hemd hoch, um das Stück Fahne zu zeigen, das sein Vater ihm mitgegeben hatte.«

Eifrig nickte Friedrich.

»Das war der Augenblick, in dem ich das erste Mal grübelte. Ich war einst Fahnenträger bei Joß Fritz gewesen und kannte seine Fahne wie kein anderer. Dieser Fetzen über Matthias' Brust schien ein Stück der Bundschuh-Fahne zu sein. Allerdings wusste ich zu diesem Zeitpunkt nichts mit dem Namen Daniel Hofmeister anzufangen. Als wir weitermarschierten und in dem Gasthaus einkehrten, in dem die Alte uns die dünne Suppe verkaufen wollte ...«

»Die hässliche mit dem kahlrasierten Kopf?«, lachte Friedrich, und Hauser fuhr fort:

»In dieser schäbigen Taverne erkannte ich, dass der Wirt ein Gleichgesinnter war, denn er hatte seine Schwurfinger eingebüßt. Um sicherzugehen, nannte ich ihm unsere Losung, die nur die Bundschuh-Aufständischen kennen.«

»Ich erinnere mich an euren seltsamen Spruch. Zwar wusste ich damals nicht, was er bedeutete, aber das war mir auch einerlei gewesen. Wichtig war nur, dass wir frisches Brot, Speck und Wein bekamen, obwohl sie angeblich nur Suppe hatten.«

Hauser und Peter lachten. »Der Wein war so süffig, dass Matthias und Michael bald einschliefen. Du und Johannes konntet einige Becher mehr vertragen, doch kurz darauf habt auch ihr geschnarcht.«

»Nehmt es mir nicht übel«, sagte Friedrich zweifelnd, »seid ihr wirklich sicher, dass Peters Vater Joß Fritz ist?«

»Das ist so gewiss wie das Amen in der Kirche!«, lachte Hauser. »Joß Fritz hat ein unverkennbares schwarzes Muttermal auf seinem Handrücken, und das hat auch Daniel Hofmeister.«

Friedrich lachte nun laut auf und klopfte seinem Freund anerkennend auf die Schulter. »Wie musst du auf deinen Alten stolz sein. Dein Vater ist ein Held!«, sagte er ehrfurchtsvoll.

Verlegen senkte Peter den Blick, doch Hauser stimmte Friedrich zu: »Ja, Joß Fritz ist wahrhaftig ein Mann der Tat, und ich hoffe, dass ich ihn eines Tages wiedersehen werde.«

»Erzähl mehr aus deiner Vergangenheit, Jacob«, bat Friedrich, und Hauser ließ sich nicht zweimal bitten.

Stolz berichtete er von vergangenen Zeiten, in denen er mit Fritz unterwegs gewesen war. Die Augen der jungen Männer glänzten vor Ehrfurcht, und gespannt lauschten sie Jacobs Erinnerungen. Keiner bemerkte, dass plötzlich der Bader vor ihrem Tisch stand.

Während Peter erschrocken auffuhr, sagte Hauser freundlich: »Schön, dass du es dir anders überlegt hast, Gabriel. Setz dich zu uns.«

Der Bader bestellte mit Handzeichen ein Bier und nahm Platz. »Ihr scheint guter Laune zu sein«, knurrte er und nahm einen tiefen Zug aus dem Krug.

»Ich erzähle von meinen Erlebnissen mit unserem Freund Fritz, nach dem du deinen Sohn benannt hast.«

»Dein Sohn Fritz bekam den Namen meines Vaters?«, fragte Peter ungläubig.

»Gabriel verehrt deinen Vater wie so viele von uns, obwohl nicht alle unsere Nachkommen deshalb seinen Namen tragen«, neckte Hauser den Freund.

»Halt dein unsägliches Maul«, schimpfte Gabriel leise. »Fritz ist ein Name wie jeder andere!«

Hauser spürte, dass der Bader immer noch übellaunig war, und hielt sich mit seinen Späßen zurück.

Die vier Männer saßen sich eine Zeitlang stumm gegenüber. Sie nippten an ihrem Bier oder sahen gelangweilt in die Runde.

»Das ist ja schlimmer als auf einer Beerdigung«, murmelte Hauser.

Daraufhin blickte der Bader zu Peter und sagte grimmig: »Du kannst zurück nach Mehlbach fahren. Annabelle wird dich nicht heiraten.«

»Sie trägt Matthias' Kind unter ihrem Herzen, ein Hofmeister-Kind ...«, sagte Peter und verbesserte sich: »... das Kind eines Fritz. Es soll in unserer Familie aufwachsen.«

»Das ist mir einerlei. Annabelle und das Kind bleiben bei mir. Mehr gibt es dazu nicht zu sagen«, zischte Gabriel, stand auf und ging zu einem Tisch, an dem Männer lautstark knobelten.

Peter blickte fassungslos hinter ihm her und schaute dann Hauser an. Als er den Mund aufmachte, um etwas zu sagen, kam Hauser ihm zuvor: »Du wirst ihn nicht umstimmen können. Gabriel war immer ein sturer Hund! Geht beide nach Hause. Ich werde versuchen, mit ihm zu sprechen«, sagte er, stand auf und gesellte sich neben den Bader.

Peter verließ mit hängenden Schultern das Wirtshaus. Selbst Friedrich konnte ihn nicht aufmuntern.

Nachdem die Knobelrunde beendet war, setzten sich Hauser und der Bader zurück an ihren Tisch. Als Gabriel sah, dass die beiden Mehlbacher Burschen nicht mehr da waren, fragte er: »Hat er endlich verstanden und fährt zurück?«

»Gabriel, wie lange kennen wir uns?«, fragte Hauser, der die Frage seines Freundes absichtlich überhörte.

»Schon zu lange, wenn du es genau wissen willst.«

Hauser griente und bestellte zwei Becher Selbstgebrannten.

»Ja, so könnte man es sehen«, gab er dem Freund Recht und kippte den Schnaps hinunter. »Wir beide haben zusammen so manchen Sturm überstanden, aber auch die Freuden des Lebens geteilt. Ich kann behaupten, dass ich dich besser kenne als meinen Bruder.«

Gabriel hatte den Schnaps ebenfalls hinuntergekippt und schüttelte sich, sodass seine silbrigen Locken hin und her flogen. »Lebt dein Bruder noch?«

Hauser verdrehte die Augen. »Nein, er ist schon lange tot. Ich wollte damit verdeutlichen, dass wir uns kennen und gegenseitig …«

»Herrgott, Jacob! Sag endlich, was du zu sagen hast.«

Hauser ließ sich nicht zweimal bitten. »Du bist ein Narr, wenn du die Hochzeit verbietest.«

»Ich habe dir gesagt, das geht dich nichts an, Jacob. Selbst, wenn *du* mein Bruder wärst. Und jetzt halt's Maul!«

»Das werde ich nicht, du alter Kauz. Soll Annabelle als unverheiratete Frau durchs Leben gehen, nur weil du stur bist?«

»Sie wird schon einen Mann finden«, erwiderte der Bader aufgebracht.

»Wir beide wissen, dass kein anständiger Kerl ein uneheliches Kind annehmen wird.«

»Annabelle wurde nicht verlassen. Der Kindsvater ist ehrenhaft im Krieg gefallen.«

»Blödsinn«, rief Hauser und wiederholte: »Blödsinn! Es war kein Krieg, sondern ein Aufstand, und wir standen beim Kampf auf der Seite der Verlierer. Lass uns darüber nicht streiten. Bedenke jedoch, dass Annabelle und Matthias nicht verheiratet waren und ihr Kind ein Bastard sein wird.«

Gabriel war aufgesprungen und stützte sich mit beiden Händen auf der Tischplatte ab. »Wage nicht, so über mein Enkelkind zu sprechen«, begehrte er auf, während sein Blick sich verfinsterte.

»Setz dich, du dummer Mensch!«, sagte Hauser ungehalten. »Willst du es nicht verstehen? Der Junge liebt deine Tochter. Besser kann es Annabelle nicht treffen. Außerdem erinnere ich mich, dass du, als Matthias noch lebte, ständig gebrummt hast, dass dir Peter lieber wäre als sein Bruder. Nun kommt er bei eisiger Kälte aus Mehlbach angefahren, um deiner Tochter und deinem Enkel ein gesichertes Leben zu bieten, und du stellst dich quer. Ich bin mittlerweile der Überzeugung, dass kommen kann, wer will, du wirst immer dagegen sein.«

Der Bader sackte in sich zusammen. »Ich will sie nicht verlieren«, flüsterte er und sah seinen Freund schuldbewusst an.

»Das wirst du nicht!«, versicherte ihm Hauser und bestellte zwei weitere Schnäpse.

Peter schloss leise die Tür hinter sich. Verwirrt stand er im Hausgang und konnte nicht begreifen, was der Bader ihm vor wenigen Augenblicken mitgeteilt hatte. Seine Worte hallten in Peters Gedanken nach: »Ich werde dir Annabelle unter einer Bedingung zur Frau geben: Sollte sie sich in Mehlbach nicht wohlfühlen, wirst du mit ihr nach Mühlhausen zurückkehren und hier leben. Das musst du mir versprechen.«

Peter hatte nichts erwidert, sondern sofort in die aufgehaltene Hand des Baders eingeschlagen. Nachdem das Versprechen besiegelt war, fragte er zweifelnd: »Hat Annabelle zugestimmt?«

»Sie wird ihrem Vater gehorchen!«, hatte Gabriel geantwortet.

Peter glaubte, dass der sonst grimmige Blick des Baders milde geworden war. Am liebsten hätte er Luftsprünge gemacht, als Annabelle aus einem der Zimmer trat. Er konnte erkennen, dass sie geweint hatte. Sie sagte nichts, sondern senkte den Blick und blieb vor ihm stehen. Peter trat auf sie zu, legte tröstend seine Hände auf ihre Schulter und wusste im gleichen Augenblick, dass die Geste falsch war. Selbst durch ihre Kleidung hindurch konnte er spüren, wie sich ihr Körper verspannte.

»Annabelle«, flüsterte er und nahm seine Hände von ihren Schultern. »Glaube mir, dass wir alle – und besonders ich – nur das Beste für dich wollen.«

Daraufhin hob sie ihren Blick, und ihre graublauen Augen funkelten ihn wütend an. Mit bebender Stimme sagte sie: »Du willst nicht wissen, was das Beste für mich ist. Sondern du fragst nur, was das Beste für dich und deine Familie ist.«

Peter trat einen Schritt zurück. Ihre Worte waren wie eine Ohrfeige für ihn. »Aber ...«, stammelte er.

Annabelle ließ ihn nicht weitersprechen, sondern fiel ihm ins Wort: »Ich werde mich dem Befehl meines Vaters fügen, aber du, Peter, wirst in meinem Herzen niemals Matthias' Stelle einnehmen.« Dann ließ sie ihn stehen und verschwand in einem der Zimmer.

Die Freude, die Peter eben noch über den Zuspruch des Baders gespürt hatte, wich Niedergeschlagenheit, und er hinterfragte seine Absichten. Dann straffte er seine Schultern und sprach sich selbst Mut zu: »Wenn sie erst meine Frau ist, wird sie lernen, mich zu lieben.«

Friedrich verstaute Annabelles Aussteuer auf der Rampe und setzte sich in eine Decke gehüllt daneben.

Als Annabelle zu Peter auf den Kutschbock stieg, würdigte sie ihren Vater keines Blickes und sagte kein Wort des Abschieds zu ihm. Sie starrte nur stur vor sich hin. Peter tat der Alte leid, und er rief dem Bader und Hauser zu: »Wir erwarten euch in der Weihnachtswoche.«

Gabriel konnte nur nicken, doch Jacob Hauser wünschte ihnen: »Gute Reise!«

Fürsorglich legte Peter Annabelle eine Decke über die Knie. Sie ließ es ohne Murren geschehen, doch ihre Körperhaltung zeigte pure Abneigung. Peter versuchte, ihren Missmut nicht zu beachten und sich seine Niedergeschlagenheit nicht anmerken zu lassen. Er winkte ein letztes Mal, dann schnalzte er mit der Zunge, und das Pferd setzte sich in Bewegung.

Anna Maria hatte sich in der guten Stube verkrochen. Niemand sollte ihre Traurigkeit sehen. Mit tränennassem Gesicht blickte sie auf das Kreuz an der Wand und murmelte ein Gebet, denn sie sorgte sich um Veit.

Nur sie wusste, dass ihr Liebster am frühen Morgen aufgebrochen war, um das Wolfsrudel in die Schlucht zu führen, die mehrere Tage Fußmarsch von Mehlbach entfernt lag. Am Abend zuvor hatte Veit ihr und der Familie mitgeteilt, dass er seinen Bruder aufsuchen wolle, um ihn zur Hochzeit einzuladen.

»So ist es richtig. Dein Bruder gehört dazu«, hatte Sarah ihm freudig zugestimmt.

Anna Marias und Veits Blicke hatten sich dabei gekreuzt, und beide fühlten sich wegen der Notlüge unwohl. Doch es war nicht zu ändern, denn die Wölfe mussten vor den Jägern in Sicherheit gebracht werden, zumal Schnee in der Luft lag.

»Wenn es schneit, ist nicht nur das Vorwärtskommen beschwerlich, auch unsere Spuren werden sichtbar«, erklärte Veit, als er Anna Maria Lebewohl sagte.

Sie schniefte in ein Tuch, als sie auf dem Hof das Rattern von Rädern hörte. Sie sprang auf und ging neugierig vor die Tür, wo ihr kalter Wind ins Gesicht blies. Als Anna Maria die Ankömmlinge erkannte, lief sie auf das Fuhrwerk zu und rief voller Freude: »Annabelle! Du bist endlich da.«

Peter zog an den Zügeln, sodass das Pferd vor der Scheune stehen blieb. Er sprang vom Kutschbock, umfasste seine Schwester in der Taille und wirbelte sie übermütig im Kreis, während sie ihm einen Kuss auf die Wange drückte. Als er sie wieder auf den Boden absetzte, flüsterte sie: »Dein Traum ist wahr geworden.«

»Noch nicht«, antwortete er leise an ihr Ohr und verzog zweifelnd sein Gesicht. Anna Maria blickte ihn stirnrunzelnd an, doch Peter erklärte nichts, sondern half Annabelle vom Kutschbock.

Anna Maria begrüßte die junge Frau herzlich, die die Umarmung nur kurz erwiderte. Anna Maria ließ sich nichts anmerken. Freundlich lächelte sie Annabelle zu, von der man kaum etwas erkennen konnte, weil sie in einen dicken Umhang eingemummt war und ihren Kopf in einem Schal versteckte.

Nachdem Anna Maria auch Friedrich begrüßt hatte, bat sie Annabelle zitternd: »Lass uns rasch ins Warme gehen. Ich friere in meinem dünnen Kittel.«

Vertraulich hakte sich Anna Maria bei Annabelle ein und führte sie ins Haus.

In der Küche wies Anna Maria Annabelle einen Platz in der Nähe der Herdstelle zu. »Hier kannst du dich aufwärmen«, sagte sie und half der jungen Frau aus ihrem Umhang. Annabelle hatte bis jetzt kein Wort gesagt.

Ihr Bauch wölbte sich leicht nach vorn, und trotz der Schwangerschaft wirkte sie zerbrechlich. Ihre Wangen waren blass, und um ihre Augen lagen dunkle Schatten. *Sie wird erschöpft sein,* dachte Anna Maria, als die Tür aufging und Sarah und Jakob in der Küche erschienen. Sogleich stürmte die Bäuerin auf den Gast zu und rief: »Sei herzlich willkommen.« Sie umarmte Annabelle überschwänglich, während Jakob auf Abstand blieb und sie nur musterte. Sarah schob ihn nach vorn und flüsterte: »Sag auch etwas.«

»Ich grüße dich« war das Einzige, was Jakob hervorbrachte, dann setzte er sich auf den Schemel, als ob er zu Besuch wäre.

Anna Maria erhitzte derweil über dem offenen Feuer einen Kessel mit Wein, den sie mit verschiedenen Gewürzen verfeinerte. Plötzlich streckte Friedrich seinen Kopf herein und fragte: »Wohin soll ich Annabelles Sachen bringen?«

Anna Maria wandte sich ihm zu und bat: »Du kannst die Sachen in meine Stube bringen. Annabelle wird bis zur Hochzeit bei mir nächtigen.« Sie drehte sich zu der stummen Frau um: »Ich hoffe, dass es dir Recht ist. Wenn du mit Peter verheiratet bist, werdet ihr eine eigene Kammer beziehen.«

Bei der Erwähnung der Hochzeit hatte Anna Maria das Gefühl, als ob Annabelles Wangen eine Spur blasser geworden wären. Rasch füllte sie einen Becher mit Würzwein. »Hier, meine Liebe, der wird dir guttun!«, sagte Anna Maria und stellte ihn vor Annabelle auf den Tisch. Friedrich kam hinzu, ebenso Peter, der das Pferd im Stall versorgt hatte. Sie nahmen Platz, und Anna Maria reichte jedem einen Becher Wein.

»Wo ist Veit?«, fragte Peter und nippte an seinem Getränk.

»Er ist zu seinem Bruder gereist, um ihn zur Hochzeit einzuladen«, erklärte Sarah eifrig. »Deine Familie wird hoffentlich auch bei eurer Vermählung dabei sein?«, fragte Sarah Annabelle, die nur nickte.

»Ach, Peter«, seufzte Sarah zufrieden, »du hast dir eine sehr hübsche Frau erwählt.«

Peter dankte mit einem Lächeln, während Annabelle schwieg.

Kapitel 13

Kurz vor Weihnachten 1524 in Lehen/Breisgau

Joß Fritz nahm ein glimmendes Holzstück aus der Feuerstelle in der Küche, zündete sich daran seine Pfeife an und verließ die Hütte. Vor der Tür empfing ihn schneidend kalte Luft, sodass er den Kragen seines Umhangs fester um sich zog. Mit klammen Fingern führte er die langstielige Pfeife zum Mund und inhalierte den Qualm des Krauts. Anschließend blies er ihn in die eisige Luft.

Joß' Blick wanderte hinüber zu den Wipfeln der Bäume, wo die Sonne wie eine brennende Feuerscheibe über den Baumkronen des Waldes stand. Der glutrote Schein trog, denn die Kraft der Sonne reichte nicht aus, um die Erde zu erwärmen. Obwohl Kälte und Feuchtigkeit in Joß' Körper krochen, wollte er noch nicht zurück in die Kate. Stattdessen marschierte er hinüber zur Scheune und stellte sich mit dem Rücken gegen die Bretterwand, sodass die Sonnenstrahlen sein Gesicht sanft erwärmten. Joß Fritz schloss einen kurzen Augenblick lang die Augen und sog dabei an seiner Pfeife. Nachdenklich schaute er in die Ferne und versuchte, mit dem Qualm Kringel in der Luft zu formen.

Seit er sich entschlossen hatte, sein Leben als Daniel Hofmeister vorübergehend zu unterbrechen und es einmal wieder als Joß Fritz fortzuführen, beschäftigten ihn unablässig die gleichen Gedanken. Joß Fritz versuchte die Entwicklungen im Reich seit seinem Abtauchen in das Leben eines freien Bauern zu verstehen und nachzuvollziehen, um daraus eigene Pläne schmieden zu können. Er wusste, dass er in all den Jahren in Mehlbach nichts verlernt hatte und dass er immer noch zu Großem bereit war – auch wenn seine drei Bundschuh-Aufstände etliche Jahre zurücklagen. Joß war sich sicher, dass die Menschen ihm wie früher vertrauen und folgen würden.

Allerdings schienen das einige von Kilians Männern anders zu sehen.

Fünfzehn Männer waren Kilian nach Neustadt gefolgt, von denen fünf bereits unter Joß gekämpft hatten. Diese zauderten nicht lang und schworen ihrem Anführer aus vergangenen Tagen erneut die Treue. Drei Neulinge taten es ihnen nach, nur die restlichen sieben zögerten. Darunter waren auch die drei Burschen, die Joß mit frechen Blicken gemustert hatten.

»Wenn du so ein großer Führer bist, dann frage ich mich, warum deine Aufstände allesamt fehlgeschlagen sind?«, höhnte der eine. An die anderen Männer gewandt sagte er: »Ihr solltet euch einem fähigen und jungen Mann anschließen und nicht einem, der seine besten Jahre hinter sich hat. Kommt mit mir. Ich führe euch in einen Kampf, den wir gewinnen werden.«

Joß Fritz hatte den Störenfried erstaunt angeblickt. Selbst Kilian wusste im ersten Augenblick nichts zu sagen, dann fragte er: »Wie kommst du darauf, dass du die Leute führen könntest? Zu einem Führer muss man geboren sein. Niemand hat mehr Erfahrung als Joß Fritz. Bleibt bei uns, nur dann könnt ihr gewinnen.«

Als Joß in die abweisenden Gesichter der Männer sah, sagte er: »Lass gut sein, Kilian. Wir können solche Dummköpfe nicht gebrauchen. Wer mit ihnen ziehen will, soll es tun.«

Fritz spürte, wie ihn die Erinnerung an diese Auseinandersetzung erneut zornig machte. Erst nachdem er mehrere Male den Rauch des Pfeifenkrauts tief ein- und ausgeatmet hatte, beruhigte sich sein erhitztes Gemüt. Als die Pfeife ausging, klopfte er sie sachte gegen die Scheunenwand und überprüfte, ob nichts mehr glomm. Dann steckte er die Pfeife in seine Hosentasche. Weil seine Hände eiskalt waren, vergrub er sie in den Achselhöhlen.

Obwohl die Störenfriede die Truppe noch am selben Tag verließen, herrschte unter den Übrigen angespannte Stimmung. Schlecht gelaunt saßen sie in Melchior Spindlers Wirtshaus und beredeten laut und durcheinander, wie es weitergehen sollte. Selbst etliche Bier später hatten sie keinen brauchbaren Plan ersonnen.

Schließlich sagte Joß spöttisch: »Dieser Kerl hatte nicht ganz unrecht! Meine besten Jahre liegen hinter mir. Auch läuft mir die Zeit davon, sodass ich nicht wie früher jahrelang planen kann. Ich glaube, es war kein guter Einfall, die alten Zeiten wieder aufleben lassen zu wollen.«

Bei diesen Worten sprang Kilian auf, stützte seine Hände in die Hüften und funkelte Joß böse an.

»Nicht zu glauben, dass diese Taugenichtse dich in Zweifel stürzen. Dich, den großen Joß Fritz? Zeig mir deine Stirn, ob dich Fieber plagt! Anders kann ich mir deine Gemütsschwankungen nicht erklären.«

Joß lachte laut schallend auf. »Wenn es deine Meinung ist, dass wir kämpfen sollen, dann mach einen Plan.«

Kilian hatte nicht lange überlegen müssen. Er schickte sogleich die Männer los, damit sie Gleichgesinnte suchen und für die Sache begeistern sollten.

»Ich«, erklärte er mit wichtiger Stimme, »werde mich bei den Vaganten umhören, ob sie wissen, wo sich Stoffel von Freiburg aufhält.«

»Und was mache ich in der Zwischenzeit? Däumchen drehen?«, fragte Joß Fritz, der belustigt dem geschäftigen Treiben Kilians zusah.

»Du, mein Lieber, reitest nach Lehen und schaust da nach dem Rechten«, befahl Kilian. »Ende Januar werde ich dich dort aufsuchen. Dann sehen wir weiter.«

»Was soll ich in Lehen?«, fragte Joß und spürte, wie er bei der Erwähnung des Ortsnamens innerlich erstarrte.

»Diese Frage muss ich dir nicht beantworten, Joß. Du weißt am besten, wie nützlich *sie* ist.«

Und so war Joß Fritz am nächsten Morgen nach Lehen geritten.

※

»Hier steckst du!«, sagte plötzlich eine Stimme neben Joß. Erschrocken fuhr sein Kopf herum.

Else blickte ihren Mann forschend an.

Auch wenn sie sich viele Jahre nicht gesehen hatten, so war ihr alles an ihm vertraut. Jede seiner Gesten und jedes Mienenspiel konnte sie deuten und jeden seiner Gedanken erahnen. Doch sie würde sich hüten, ihm das zu verraten.

»Du grübelst zu viel!«, sagte sie mit leichtem Vorwurf in der Stimme. »Bedenke, mein Lieber, Weihnachten steht vor der Tür. Auch wenn es dich noch so sehr drängt, ist es ein ungünstiger Zeitpunkt, um zu handeln. Bleib also ruhig und scharr nicht mit den Hufen!« Else lachte und schmiegte sich an ihn.

Joß verharrte regungslos. Dann sagte er leise: »Du hast Recht. Aber ich darf keine Zeit verlieren und muss jetzt gründlich planen, damit wir im Frühjahr zuschlagen können.«

Bewundernd blickte sie zu ihm auf. Joß schaute über ihren Kopf hinweg in die Ferne und schwor mit kalter Stimme: »Spätestens im Mai wird es einen weiteren Aufstand geben, denn Joß Fritz ist zurückgekehrt, und das werden Adel und Klerus mit aller Gewalt zu spüren bekommen.«

Else sah das Glitzern in seinen Augen, in das sie sich einst verliebt hatte. Heute machte es ihr Angst. »Lass uns ins Haus gehen. Die Sonne wird bald hinter dem Wald verschwunden sein.«

»Geh vor, ich werde noch Brennholz zerkleinern.« Ohne ein weiteres Wort ließ Joß seine Frau stehen und ging auf die andere Seite der Scheune, wo er die Axt schliff. Enttäuscht ging Else zurück ins Haus.

Die Nacht hatte den Tag abgelöst, und Stille breitete sich aus. Else stand hinter dem kleinen Fenster des einzigen Raums im Erdgeschoss ihrer Hütte und spähte nach draußen. Sie konnte Joß nicht sehen, aber das Geräusch hören, wenn die Axt das Holz traf.

»Wenn er denkt, dass ich ihm das Essen warm halte, hat er sich getäuscht«, schimpfte sie und setzte sich an den leicht schiefen Tisch, um ihren Eintopf zu löffeln. Herzhaft biss sie in den Kanten Brot.

Anfang des Monats war Joß ebenso unverhofft aufgetaucht, wie er vor etlichen Jahren verschwunden war. Ohne viele Worte zu machen, war er in ihre Kate getreten, hatte Else leicht auf den Mund geküsst und gefragt, was es zu essen gebe. Else wäre beinahe in Ohnmacht gefallen. Nach einigen Herzschlägen, während derer sie sich von dem Schrecken erholte, hatte sie ihm wütend ins Gesicht geschlagen. Joß rieb sich die Wange, während seine Augen sie zornig anfunkelten. Als er die Hand hob, hatte sie ihn furchtlos angeblickt und gefaucht:

»Wage nicht, mich zu schlagen, Joß Fritz! Ich verspreche dir, dass du den Kürzeren ziehen wirst. In den vergangenen Jahren musste ich mich gegen so manches Mannsbild wehren, und glaube mir, einige haben für kurze Zeit ihre Manneskraft eingebüßt.«

Joß riss kurz seine Augen weit auf. Dann hatte er lauthals zu lachen begonnen, bis ihm die Tränen kamen. Else konnte nicht anders, als mitzulachen. Schon bald hatten sie einander in den Armen gelegen und sich auf dem blanken Boden geliebt. Es war nur ein kurzer Akt der Leidenschaft gewesen, aber Elses Gefühle für ihren Mann waren dadurch wieder in großer Heftigkeit aufgelebt.

Danach hatte Joß sich an den Tisch gesetzt und Elses Kohl-Eintopf gegessen – so als ob er nie fort gewesen wäre.

»Was wäre, wenn ich nicht allein hier wohnen würde?«, hatte sie ihn gefragt.

Ohne von der Holzschüssel aufzublicken, antwortete er schmatzend: »Ich weiß, dass du alleine lebst!«

»Ach ja? Es ist schon eine Weile her, seit wir das Bett geteilt haben. In der Zeit kann sich viel geändert haben.«

Joß stöhnte leise auf, und Else glaubte abfällig das Wort »Weiber« zu hören, aber sie ließ nicht locker. Während er Brot auseinanderbrach, blickte er sie kurz an. »Ich habe dich mehrere Tage lang beobachtet. Zufrieden?«

»Nein! Es könnte schließlich auch sein, dass mein Liebster sich auf Reisen befindet ...«

Weiter kam sie nicht, denn Joß hatte höhnisch aufgelacht. »Lass gut sein, Else! Ich weiß, dass es niemanden gibt. Zwar weiß ich, dass du kein Kind von Traurigkeit bist. Aber jemand, der auf Reisen geht, ist nicht nach deinem Geschmack!«

»Du elender Hurensohn!«, hatte sie ihn angeschrien. »Wo warst du in den letzten Jahren? Und in welchem Bett hast du Unterschlupf gefunden? Sicherlich hast du etliche Bälger mit irgendwelchen Huren gezeugt.«

Drohend hatte er mit dem Löffel auf sie gezeigt und mit eiskalter Stimme gesagt: »Das geht dich nichts an! Es wäre besser für dich, wenn du dieses Thema nie wieder ansprechen würdest.«

Wütend hatte sie sich mit beiden Händen auf der Tischplatte abgestützt und ihn angefunkelt. »Das geht mich sehr wohl etwas an, Joß Fritz! Du schuldest mir eine Antwort.«

Mit einer heftigen Geste hatte er daraufhin das Geschirr vom Tisch gefegt, sie gepackt und zu sich gezogen. Dann war er hinter sie getreten und hatte sie so hart genommen, dass ihre Hüftknochen noch tagelang später blau waren.

»Ich bin dein Mann, und du hast mir zu gehorchen, Weib! Einerlei, wie lange ich fort war!«

Else warf ihre langen dunklen Haare zurück und strich sich über den Scheitel. Sie spürte keinen Hunger mehr und schob die noch halb gefüllte Holzschale von sich.

Seit mehr als vierzehn Jahren war sie mit diesem Mann verheiratet. In dieser Zeit hatten sie immer wieder getrennt voneinander gelebt – stets dann, wenn Joß Großes bewirken wollte, es schiefgegangen war und er fliehen musste.

Das Schlagen der Axt war verstummt. Else trat erneut ans Fenster, schob das Tierfell zur Seite, das den Raum vor Kälte schützte, und blickte hinaus – von ihrem Mann war nichts zu sehen. Sie ließ das Fell los, goss sich einen Becher sauren Wein ein und nahm einen kräftigen Schluck.

Nach dem misslungenen ersten Bundschuh-Aufstand im Jahr 1502 hatte sie Joß kennengelernt. Er war aus Untergrombach geflohen und auf dem Weg in die Schweiz, als sie sich durch Zufall begegneten.

Joß Fritz hatte rasch Zutrauen zu der jungen, hübschen Frau gefasst und ihr verraten, dass er, ein aufständischer Bauernführer, im Land gesucht wurde. Beide hatten gemerkt, dass sie aus ähnlichem Holz geschnitzt waren, und so machte Joß Else einen Heiratsantrag: »Ich habe kein Verlangen, eine Familie zu gründen. Eine Frau an meiner Seite könnte mir allerdings wohl gefallen.«

Else musste nicht lange überlegen. Ihr waren die wollüstigen Blicke der anderen Frauen nicht entgangen, mit denen sie Joß bedachten. Auch sah sie, wie die Frauen ihm hinterhergafften, wenn er hoch zu Ross durch die Straßen ritt. Else gefiel, wie Joß aus dem Sattel glitt, um sich mit den einfachen Männern des Ortes auf Augenhöhe zu unterhalten. Sie wusste, dass ihr Mann gern mit den niederen Leuten kungelte, um sie alle auf seine Seite zu ziehen, die Frauen ebenso wie die Männer. So legte er die Saat für seinen nächsten Aufstand.

Else wurde nicht nur seine Frau, sondern seine Mitkämpferin, die ihn bei der Planung seines neuen Bundschuh-Aufstandes tatkräftig unterstützte.

Bundschuh, höhnte sie in Gedanken, während sie einen weiteren Schluck des sauren Weins nahm. Warum Joß seine Aufstände ausgerechnet nach dem Schuh des gemeinen Mannes genannt hatte, konnte sie sich bis zum heutigen Tag nicht erklären. Auf ihre Frage hatte er damals erklärt: »Ich kenne die Ungerechtigkeit und weiß von den Nöten, die unter dem einfachen Volk herrschen. Deshalb habe ich als Zeichen den Bundschuh gewählt und nicht den sporenklirrenden Ritterstiefel.«

Einige Zeit nach der Eheschließung hatten sie Elses Heimatort am Bodensee verlassen und waren nach Lehen bei Freiburg im Breisgau gezogen, wo Joß eine Stelle als Bannwart annahm. Während alle Welt dachte, dass er sich um die Weinberge kümmern würde, scharte er im Laufe der nächsten Jahre Gleichgesinnte um sich in der Hoffnung, dass er bald ernten könnte, was er gesät hatte. Doch es kam anders.

Im Jahr 1513 wurde auch dieser Bundschuh-Aufstand verraten, und Joß Fritz musste erneut fliehen. In Lehen und Umgebung kam es zu zahlreichen Verhaftungen und Verurteilungen. Auch Else wurde eingesperrt. Da man ihr nichts nachweisen konnte, wurde sie nach wenigen Tagen wieder freigelassen. Allerdings musste sie schwören, auf jegliche Wiedergutmachung für die erlittene Haft zu verzichten und die Kosten ihrer Inhaftierung innerhalb von acht Tagen abzubezahlen.

Joß aber war wie vom Erdboden verschluckt. Die ersten Monate hoffte Else, dass ihr Mann irgendwann wieder vor ihr stehen würde. Da aber selbst seine Männer nicht wussten, wo ihr Anführer geblieben war, glaubte sie, dass er tot sei.

»Ich musste nach vorne blicken und zusehen, dass ich in diesen schweren Zeiten überlebe«, murmelte sie trotzig und reckte das Kinn nach vorn.

Else hatte ihr Leben gerade neu geordnet, als sie eines Nachts unsanft geweckt wurde. Joß stand vor ihrem Bett. Noch ehe sie etwas sagen konnte, hatte er den Mann, der seit geraumer Zeit das Lager mit ihr teilte, an den Haaren gepackt und nach draußen gezogen. »Sollte ich dich noch einmal in der Nähe meiner Frau erwischen, schlage ich dich tot!«, hatte Joß ihm gedroht, woraufhin der Mann eilends das Weite suchte. Danach war Joß zu Else in die Schlafkammer zurückgekehrt und hatte sich auf die noch warme Bettseite gelegt, wo er sofort eingeschlafen war.

Am nächsten Tag wollte Joß weder wissen, wer der Mann gewesen war, noch, was Else in den zurückliegenden Jahren gemacht hatte. Er fing da an, wo er vier Jahre zuvor aufgehört hatte – er warb neue Männer für einen weiteren Aufstand an.

Auch Else stellte keine Fragen, sondern spielte ihre Rolle als Frau des Bauernführers perfekt und bewies ihm aufs Neue, dass sie seine Vertraute, seine Verbündete und seine Kampfgefährtin war. Sie setzte sogar ihre weiblichen Reize ein, um Mitstreiter zu gewinnen.

Es nutzte nichts. 1517 scheiterte Joß Fritz erneut und musste fliehen.

Elses Gesichtsausdruck verhärtete sich. »Dieser elende Hurensohn! Er kommt und geht, wie es ihm gefällt, ohne mich zu fragen, ob ich ihn noch will. Wenn er mir doch verraten würde, wo er all die Jahre gewesen ist! Wer weiß, wo er sich herumgetrieben hat. Früher hat er mich in alles eingeweiht und mir nie etwas verschwiegen.«

Ihr Blick verfinsterte sich, und sie erinnerte sich mit Bitterkeit an die Worte, als Joß ihr einst den Heiratsantrag machte: *»Ich will keine Familie gründen! Eine Frau an meiner Seite könnte mir allerdings wohl gefallen.«*

Sicherlich, dachte Else, *hat er irgendwo ein anderes Weib, das jetzt auf ihn wartet. Womöglich mit einer Schar Kinder.*

Else schob wütend das Tierfell zur Seite und blickte in die

Dunkelheit hinaus. Die kalte Luft kühlte ihre heißen Wangen und beruhigte ihr Gemüt. Müde wischte sie sich über die Augen und murmelte: »Vielleicht erzähle ich ihm eines Tages, dass auch wir einen Sohn hatten.«

⇝ *Kapitel 14* ⇜

In der Nähe der Wolfsschlucht, 1525

Veit hatte aus mehreren Schafsfellen zwei große Beutel angefertigt, in die er die drei Wolfsjungen steckte. Zwei der Welpen trug er im Rucksack auf dem Rücken, den kleineren Wolf im Bauchbeutel. Kaum spürten die Jungen die Wärme des dichten Fells, kugelten sie sich zusammen und schliefen die meiste Zeit der Reise. So war es Veit möglich, die Geschwindigkeit des Rudels mitzuhalten und die Wegstrecke von Mehlbach bis zur Wolfsschlucht in der Nähe des Elsass innerhalb weniger Nächte zu bewältigen.

Es wurde bereits hell, als Veit und die Tiere die schützende Höhle abseits der Wolfsschlucht erreichten, die er aus vergangenen Tagen gut kannte. Kaum waren sie in dem Felsenversteck sicher, zog ein Schneesturm auf. Veit lief in den nahen Wald und suchte Äste, Tannenzweige und Eicheln zusammen, um in der Höhle ein Feuer zu entzünden.

Während die Flammen sich durch das Holz fraßen und langsam für Wärme sorgten, setzte Veit die Welpen auf den Boden und öffnete mit seinem Messer die Nähte der Tragebeutel. Er wollte die dicken Felle als Unterlage nutzen, damit die Kälte des Bodens ihm nichts anhaben konnte. Erschöpft setzte er sich auf das helle Schafsfell und widmete sich der nächsten Aufgabe, denn die Wölfe und er hatten Hunger.

Unterwegs hatte er drei Hasen erlegt, die er jetzt abzog und ausweidete. Die Innereien warf er den Wölfen zu, die sich knurrend darum stritten.

Einen Hasen spießte Veit auf einen dicken Ast und legte diesen auf große Steine, die er rechts und links des Feuers übereinandergeschichtet hatte. Schon bald tropfte der Bratensaft zischend auf das rot glühende Holz, und der Duft von gebratenem Fleisch breitete sich aus. Unterdessen zerschnitt Veit die beiden anderen Tiere und verfütterte das Fleisch und die Knochen an das Rudel, das geduldig gewartet hatte. Bald lagen die Tiere gesättigt und zusammengerollt vor dem wärmenden Feuer und schliefen.

Draußen heulte der Wind, und Veit blickte besorgt zum Höhleneingang. Der Sturm wehte Schnee herein, der schmolz, kaum dass er den Boden berührte.

Veit zog seinen Wolfspelz enger um sich und setzte sich auf ein Schafsfell dicht ans Feuer. Mit angezogenen Knien prüfte er ungeduldig mit dem Finger, ob das Fleisch gar war. Als die Haut des Bratens knusprig gebräunt war, riss er sie gierig in großen Stücken ab und schob sie sich noch heiß zwischen die Zähne. Mit dem restlichen Bier, das er in einem Schlauch mit sich geführt hatte, spülte er das trockene Fleisch hinunter.

Während Veit die Hasenknöchlein blank nagte, schaute er sich in der Höhle um. Es schien ihm, als sei eine Ewigkeit vergangen, seit er einst hier gelebt hatte. *Hätte Anna Maria sich nicht in die Gegend verirrt, würde ich immer noch hier hausen,* dachte Veit. Er blickte zu der Wand, auf der Anna Maria einen großen Baum gezeichnet hatte, und musste schmunzeln. Nur er wusste, dass sich unter dem Baumbild eine weitere Zeichnung verbarg, die Anna Maria hatte übermalen müssen.

Veit musste gestehen, dass er schon damals von Anna Marias künstlerischer Begabung beeindruckt gewesen war. Mit einem Kohlestück hatte sie nicht nur die Wölfe, sondern auch ihn als Wolfsmenschen genauso abgebildet, wie er zu jener Zeit ausgesehen hatte. Der Wolfspelzumhang, das lange zottelige Haar, das ihm bis über den Rücken fiel, und der verfilzte Bart, in dem sich kleine Zweige verfangen hatten, gaben ihm ein grimmiges Aussehen, das Anna Maria gekonnt auf der Zeichnung wiedergab.

Veit erinnerte sich genau an die unterschiedlichen Gefühle, die in ihm getobt hatten, als er sich auf der Zeichnung wiedererkannte. Zuerst war ihm zum Lachen zumute gewesen, doch dann hatte er sich geschämt. *Was ist aus dem stolzen Landsknecht geworden?*, hatte er damals bekümmert gedacht. Da Veit sich zu jener Zeit für ein Leben unter und mit den Wölfen entschieden hatte, ließ er diese Gefühle nur kurz zu und schimpfte stattdessen mit Anna Maria, dass man den Wolfsmenschen dank ihrer Zeichnung nun erkennen könne. Daraufhin hatte Anna Maria das Bild übermalt, so dass aus dem Wolfsbanner ein Baum entstand.

Bei den Gedanken an Anna Maria spürte Veit, wie ihn Sehnsucht überkam. Er blickte das schlafende Rudel an und murmelte: »Drei Tage werde ich mit euch jagen, damit ihr euch an eure neue Umgebung gewöhnt. Danach werde ich nach Hause gehen.«

Zufrieden mit seiner Entscheidung legte er sich auf das Schafsfell und schloss die Augen. Anna Marias Gesicht war das letzte Bild, das er sah, bevor er einschlief.

※

»Bist du krank?«, fragte der Wirt im Gasthaus zu Katzweiler.

Erschrocken blickte Nehmenich auf. »Wie kommst du darauf?«, fragte er rüde.

»Du rührst dein Bier nicht an«, erklärte der alte Christmann und wies mit dem Kinn zum Krug. »Seit du hier sitzt, hast du noch nichts getrunken.«

»Wirklich?«, fragte Nehmenich und schlürfte einen kleinen Schluck. »Heute will es mir wahrhaftig nicht schmecken«, erklärte er und legte eine Münze auf den Tisch. »Ich werde nach Hause gehen«, sagte er abrupt und verließ das Wirtshaus.

Der Wirt blickte ihm kopfschüttelnd hinterher. Als er das Geld vom Tisch aufnahm, lästerte er: »Da ist mir der Trunkenbold Nehmenich doch lieber.«

Draußen war es kalt, und Nehmenich zitterte in seiner abgewetzten Kleidung. Doch die Gedanken, die ihn seit Tagen beschäftigten, erhitzten sein Gemüt und ließen ihn die Kälte nicht spüren.

»Verdammt«, fluchte er, »endlich habe ich die Gelegenheit, die Hofmeisters büßen zu lassen, und da schlottern mir vor Angst die Knie.«

Nehmenich blickte zum Himmel, wo der Wind die Wolken wie eine Herde Schafe vor sich hertrieb. *Bald wird es dunkel werden*, dachte er und ging schneller.

Als er in seiner Hütte ankam, blies ein scharfer Wind über den freien Acker. Er ging hinein und stellte sich mit dem Rücken vor den kleinen Ofen, in dem brennendes Holz knisterte. Seine Frau schaute nur kurz zu ihm auf und schnippelte dann das Gemüse weiter. Auch Susanna beachtete den Vater kaum. Sie ließ geschwind Faden und Nadel hin und her fliegen, damit sie die Flickwäsche der Nachbarschaft fertigbekam, um einige Pfennige zu verdienen.

Mit finsterem Blick sah Nehmenich sich in seiner Behausung um und glaubte zum ersten Mal in seinem Leben die Armut zu bemerken, in der er lebte.

Der Wind pfiff durch alle Ritzen, sodass es im Haus trotz des Feuers kühl war. Die Eingangstür hing schief in den Angeln, und mit jedem Windzug klapperte sie im Rahmen und ließ die Kälte herein.

Im hinteren Teil der Hütte drang aus den Matratzen der modrige Geruch des vergammelten Heus und stank bis in den Wohnraum hinein. »Selbst dafür ist kein Geld da«, haderte

Nehmenich mit seinem Schicksal. »Wir schuften und schuften und können uns nicht mal Speck für die Suppe leisten.« Grimmig blickte er zu seiner Frau, die die alltägliche dünne Kohlsuppe kochte, die weder Geschmack hatte noch satt machte.

Die Tür wurde aufgestoßen, und sein Sohn Johannes betrat die Hütte. Bevor er die Tür wieder schließen konnte, wehten trockenes Laub und kleine Äste herein.

»Schließ die Tür!«, brüllte Nehmenich den Knaben an.

Doch die Wärme in der Hütte war bereits entwichen und hatte der Kälte Platz gemacht.

Als Johannes den Vater erblickte, zuckte er zusammen, und seine Hand, die einen Krug mit Ziegenmilch hielt, begann zu zittern. Rasch ging der Junge zur Mutter.

»Johannes, Susanna!«, rief Nehmenich seine Kinder. »Kommt her, ich hab mit euch zu reden.«

Hanna, Susanna und Johannes blickten eingeschüchtert zum Vater, der sich an den wackligen Tisch setzte.

Nachdem Sohn und Tochter Platz genommen hatten, forderte er sie auf: »Wiederholt die Geschichte, die ihr im Wald beobachtet habt.«

Johannes schaute verängstigt zum Vater auf. *Sicher sucht er einen Grund, um mich erneut zu schlagen,* überlegte der Knabe und dachte an die Tracht Prügel, die er bezogen hatte, als er wieder ohne Feuerholz nach Hause gekommen war. Fragend blickte er Susanna an, die anscheinend auch nicht wusste, wie sie sich verhalten sollte.

»Erzählt!«, forderte der Vater ruhig.

Johannes schaute verwirrt auf. Solch einen sanften Ton hatte er vom Vater noch nie gehört. Trotzdem senkte der Junge den Blick und begann, langsam von den Wölfen und dem Wolfsmenschen zu erzählen.

Annabelle saß allein in der Küche. Sie hatte die Hände über ihren Leib gelegt, da das Kind ihr gegen die Bauchdecke trat. Sie war den Tränen nahe. »Wie gern hätte ich dir deinen Vater vorgestellt«, flüsterte sie, als Anna Maria den Raum betrat.

Anna Maria erkannte den traurigen Blick der jungen Frau und setzte sich zu ihr.

»Bewegt sich dein Kind?«

Annabelle nickte.

»Darf ich meine Hand auf deinen Leib legen?«

Wieder nickte Annabelle.

Vorsichtig, als ob sie Angst hätte, zu fest zu drücken, legte Anna Maria ihre Fingerspitzen auf Annabelles Bauch. Als sie einen Stoß spürte, zuckte sie erschrocken zusammen.

»Schmerzt das?«, fragte sie die werdende Mutter ängstlich, die den Kopf schüttelte. Anna Maria zog ihre Hand zurück und schaute Annabelle forschend an, deren helle Locken wie ein Sichtschutz seitlich übers Gesicht hingen.

»Du fühlst dich bei uns nicht wohl«, stellte Anna Maria fest. Annabelle blieb stumm.

»Warum bist du hergekommen?«, fragte Anna Maria.

Annabelle schaute auf und blickte ihr direkt in die Augen. »Weil mein Vater es mir befohlen hat«, erklärte sie mit fester Stimme.

»Was ist mit Peter?«, fragte Anna Maria. »Ich habe gehofft, dass du ihn mögen würdest.«

Da sprang Annabelle wütend auf. »Ich mochte Peter, als Matthias noch lebte, aber jetzt hasse ich ihn.«

»Warum?«, fragte Anna Maria bestürzt. »Peter ist der sanfteste Mensch, den ich kenne. Er hat es nicht verdient, dass du solch garstige Gefühle für ihn hegst.«

»Was würdest du sagen, wenn Veit tot wäre und man dich wenige Monate nach seinem Tod mit seinem Bruder vermählen wollte? Ohne nach deinen Gefühlen zu fragen, ohne auf deine Trauer Rücksicht zu nehmen? Ohne dich zu fragen, was du möchtest?«

»Aber das Kind«, flüsterte Anna Maria.

Annabelle sank zurück auf ihren Platz. »Das Kind ist der Grund, warum ich noch lebe.«

»Das hat sie gesagt?«, fragte Peter fassungslos. Anna Maria nickte.

»Warum hat sie das nicht schon in Mühlhausen erklärt?«, wollte er wissen und fuhr sich bekümmert durchs Haar. »Was soll ich machen, Anna Maria? Ich liebe sie und habe geglaubt, dass sie mich auch mag. Damals, als ich im Haus ihres Vaters lebte, haben wir uns gut verstanden. Es gab keine Anzeichen, dass sie mich hassen würde.«

Anna Maria stöhnte innerlich auf. »Verstehst du nicht, Peter? Sie hat dich damals als Bruder ihres Liebsten gemocht, doch jetzt sollst du ihr Ehemann werden. Zu der Zeit, als du mit Matthias bei ihrem Vater gelebt hast … Wie soll ich dir das nur erklären?«, seufzte sie laut, als sie Peters verständnislosen Blick erkannte.

Peter wurde ärgerlich. »Sie hat Matthias nur wenige Monate gekannt und weiß über ihn kaum etwas«, widersprach er.

»Das spielt keine Rolle«, versuchte Anna Maria zu erklären. »Sie hat ihn geliebt. Das allein zählt.«

Was weiß ich über Veit?, dachte sie. *Jeden Tag erfahre ich Neues über ihn. Das Wichtigste ist die Liebe zwischen uns. Alles andere ist unbedeutend.*

Peter riss Anna Maria aus ihren Gedanken, indem er beteuerte: »Ich meine es nur gut mit Annabelle und denke an das Kind. Doch ihr ist das einerlei.«

»Das ist ja gerade der Grund«, versuchte Anna Maria erneut, ihm die Schwierigkeiten zu verdeutlichen. »Niemand denkt an Annabelle und fragt, was sie möchte.«

»Du hingegen scheinst sie zu verstehen und weißt, was sie fühlt«, wehrte sich Peter. »Warum hast du mir nicht abgeraten, als ich dir von meinen Plänen erzählte? Jetzt ist es zu spät! Die Hochzeitseinladungen sind ausgesprochen.«

Anna Maria konnte ihren Bruder verstehen, aber sie verstand auch Annabelle. Wenn sie sich vorstellte, dass man sie mit Veits Bruder Johann verheiraten würde, gruselte ihr. Zwar war ihr Bruder Peter ein angenehmerer Mensch, doch das sagte sie ihm nicht.

»Vielleicht solltest du dich mehr um Annabelle kümmern«, wagte Anna Maria leise vorzuschlagen. »Nicht nur, dass sie ihr vertrautes Heim und ihren Vater verlassen musste. Sie ist einsam in unserem Haus, das ihr ohne Matthias fremd ist«, versuchte sie ihren Bruder zu überzeugen.

Doch statt mit Verständnis zu reagieren, schimpfte Peter: »Matthias, immer nur Matthias. Ich kann diesen Namen nicht mehr hören.«

Anna Maria riss ihre Augen auf und fauchte: »Wage es nicht, den Namen unseres Bruders zu verdammen!«

Peter schien erst jetzt zu merken, was er gesagt hatte. Fassungslos flüsterte er: »Ich werde mit Annabelle sprechen und ihr sagen, dass Friedrich sie nach Mühlhausen zurückfahren wird.«

Schneeflocken fielen sanft auf die Erde. Unter der weißen Pracht schien alles sauber und friedlich. Auf dem Friedhof von Mehlbach herrschte tiefe Ruhe.

Annabelle stand dick eingemummt an Elisabeth Hofmeisters Grab und blickte zum grauen Himmel empor. Sie senkte ihren Kopf und blickte auf den Grabstein, auf dem nur der Name der Bäuerin zu lesen war, obwohl ihr Sohn neben ihr lag.

»Wie soll ich mich entscheiden?«, flüsterte Annabelle verzweifelt, als sich das Kind in ihr regte. Es trat so heftig gegen ihren Bauch, dass es ihr den Atem verschlug und sie sich nach vorn beugte. Annabelle hechelte mehrmals ein und aus, bis der Krampf im Unterleib nachließ. Sie stellte sich aufrecht hin und rechnete nach. »Anfang Februar müsstest du zur Welt kommen. Wenn ich Peters Vorschlag annehmen würde, könnte ich ohne Sorge um dich nach Mühlhausen reisen.« Erneut blickte Annabelle zum Himmel und wisperte: »Ach, Matthias, wenn du mir doch raten könntest, was ich machen soll.«

Plötzlich legte sich eine Hand auf Annabelles Schulter. Anna Maria stand neben ihr und blickte sie freundlich an.

»Niemand kann dir raten, was du zu tun hast, Annabelle. Ich kann dir nur versprechen, dass du immer in unserer Familie willkommen bist und es dir und deinem Kind an nichts mangeln wird. Wäge ab, welches Leben du hier haben wirst und was dich in Mühlhausen erwartet. Nur du allein kannst entscheiden, wohin dein Weg dich führen wird.«

Annabelle blickte Anna Maria nachdenklich an. »Wie würdest du dich an meiner Stelle entscheiden?«

»Ich würde das Beste für mein Kind wollen.«

⇢⇛ *Kapitel 15* ⇚⇠

Ullein lag mehr in seinem Stuhl, als dass er saß. Seine Beine waren ausgestreckt, die Füße überkreuzt. Die Hände hatte er aneinandergepresst und die Fingerspitzen vor den Mund gelegt, um sein Kinn auf die Daumen aufstützen zu können. So saß er seit geraumer Zeit am Bett seines Vaters, der schwer krank darniederlag. Immer wieder stöhnte der Vater leise auf oder verzog vor Schmerzen das Gesicht.

Niemand hätte gedacht, dass sein Zustand sich so schnell verschlechtern würde, dachte Ullein mitleidlos.

Leichte Kopfschmerzen waren die ersten Anzeichen gewesen, dass es dem Vater nicht gutging, und selbst er hatte sie nicht ernst genommen. Aderlass und herkömmliche Arzneien halfen bald nicht mehr, der Zustand des Alten verschlechterte sich. Der stärker werdende Schmerz in seinem Kopf beeinträchtigte sein Leben, zu dem plötzliche Taumel und Ohnmachtsanfälle gehörten. Mittlerweile konnte er das Bett nicht mehr verlassen. *Stefan, der herrische Förster des Grundherrn, ist zu einem Siechen geworden,* höhnte Ullein in Gedanken.

Er räusperte sich leise und veränderte seine Sitzposition. Als die Krankheit sich beim Vater ankündigte, war er nicht zuhause gewesen, sondern diente verschiedenen Herren in kriegerischen Kämpfen. Schon in jungen Jahren hatte es Ullein in die Ferne gezogen, weil er in der Einöde nicht versauern wollte. Mehlbach, Katzweiler und selbst Kaiserslautern waren ihm zu eng geworden. Er wollte hinaus in die weite Welt und Seite an Seite mit großen Männern kämpfen. Sein Held war einst der Reichsritter Franz von Sickingen gewesen, den manch einer als Raubritter bezeichnete. Doch keiner wagte es, in Ulleins Gegenwart so über von Sickingen zu sprechen, da bekannt war, wie sehr er den Ritter verehrte. Zwar hatte der stolze Kämpfer ihn kaum wahrgenommen, da seine Aufmerksamkeit stets einem anderen Landsknecht galt. Johann von Razdorf war der Vertraute des Ritters und jemand, den Ullein beneidete und zugleich verachtete.

Nach dem Tod des Ritters mehr als zwei Jahre zuvor hatte sich das Heer aufgelöst, und Ullein suchte einen neuen Herrn, dem er genauso leidenschaftlich dienen konnte wie einst dem Reichsritter. Doch keiner war in Ulleins Augen so edel wie Franz von Sickingen.

Als Ullein die Nachricht seiner Schwester ereilte, dass er nach Hause kommen sollte, war er trotz der traurigen Botschaft froh gewesen. Schon länger überlegte er, das Heer zu verlassen, denn die Ritterstände hatten sich verändert. Da ihnen das Geld für große Kämpfe fehlte, wurden die Heere verkleinert. Viele Soldaten lungerten auf den Burgen herum, statt in Schlachten zu ziehen.

Ullein hatte die Vorstellung gefallen, eine Zeitlang die Pflichten seines Vaters zu übernehmen. Mittlerweile aber langweilte er sich, da nichts Aufregendes auf dem Land geschah und Ullein nirgendwo gebraucht wurde. Da der Vater noch lebte, konnte er nicht wieder fort. In Gedanken fluchte er darüber, dass ihm kein Grund einfiel, seiner Schwester zu erklären, warum er wieder weg wollte.

»Das Sterben des Alten dauert einfach zu lange«, murrte Ullein und schaute den Vater mitleidig an. »Der Förster des Grundherrn – mein Vater, der schwache Menschen stets verhöhnte – liegt hilflos in seinem Bett und kann sich nicht mehr den Hintern abwischen«, spottete er leise und schüttelte den Kopf. »Nennt man das Gerechtigkeit?« Ullein beugte sich nach vorn, um den Kopf seines Vaters genauer betrachten zu können. Er glaubte zu erkennen, dass der Schädel des Alten sich verformt hatte und Beulen an der Seite sichtbar waren, die er zuvor noch nicht bemerkt hatte.

»Vielleicht hat Ellenfangen Recht«, murmelte Ullein und setzte sich auf.

Nachdem der Mediziner seinen Vater sorgfältig untersucht hatte, vermutete der Arzt, dass eine Geschwulst im Kopf des Kranken wuchs, die sein Gehirn langsam zerquetschte.

»Um Genaueres sagen zu können, müssten wir seine Schädeldecke aufbohren«, hatte der Arzt den Geschwistern erklärt. Ulleins Schwester war heulend aus dem Zimmer gerannt. Da der Doktor aber nach der Schädelöffnung keine Heilung versprechen konnte, verzichtete Ullein darauf.

»So müsst Ihr abwarten, bis Euer Vater das Zeitliche segnen wird. Ich kann nichts weiter für ihn tun«, erklärte der Arzt mit mühsam unterdrücktem Ärger, da man ihm den Eingriff verweigerte. Nachdem Ullein ihm einige Geldstücke in die Hand gedrückt hatte, überließ Ellenfangen ihm ein kleines Gefäß mit Betäubungsmittel. Ullein sollte dem Vater das Mittel ins Wasser tröpfeln, damit dieser die Schmerzen nicht spürte.

Man müsste ihm die gesamte Medizin auf einmal verabreichen, damit der Tod schneller eintritt, dachte Ullein. Immer, wenn er dem Alten zu trinken gab und der ihn wie ein Hund anknurrte, konnte er diesen Gedanken nicht unterdrücken. Dann glaubte er einen bitterbösen Blick im Gesicht des Alten zu erkennen, mit dem der Vater ihn bis in den Schlaf verfolgte.

Ulleins Vater bewegte das Bein, sodass die Decke verrutschte und schwarze Stellen an seinen Füßen sichtbar wurden, an denen das Fleisch abgestorben war. Als sich süßlicher Geruch penetrant im Raum ausbreitete, rümpfte Ullein die Nase. Er hatte viele Menschen getötet und noch mehr beim Sterben zugesehen. Zerfetzte Leiber und schreiende Menschen gehörten zum Kampf und machten ihm nichts aus. Doch was Ullein hier sah, ekelte ihn. Er griff widerwillig nach der Decke und bedeckte damit die Beine seines Vaters.

Ullein hatte sich gerade wieder auf den Stuhl gesetzt, als seine Schwester Agnes ins Zimmer trat.

»Unten wartet ein Bäuerlein auf dich«, sagte sie hochnäsig und blickte bekümmert den kranken Vater an.

»Was will der Bauer?«

»Hast du ihm zu trinken gegeben?«, fragte Agnes ungehalten und überhörte seine Frage.

»Er will nicht schlucken«, sagte Ullein, was seine Schwester nicht glaubte. Agnes griff den Becher mit Wasser und hielt ihn dem Vater an die Lippen. Gierig trank der Alte, ohne sie anzuknurren oder anzufauchen. Als er genug hatte, blickte er die Tochter dankbar an.

»Selbst in der Stunde seines Todes bist du gehässig zu ihm«, raunzte Agnes ihrem Bruder zu.

Ullein konnte sich nur mit Mühe beherrschen. Er ballte die Hände und verließ das Zimmer.

Nehmenich blickte sich in der Stube des Försters um. Die Möbel waren aus dickem Holz gearbeitet und standen fest auf dem Boden. »Nicht wie mein Tisch, der wie ein Kuhschwanz wackelt, wenn man sich darauf abstützt«, brummte er und versuchte auf dem schweren Stuhl hin und her zu schaukeln, was ihm nicht gelang. Dabei hatte er nicht bemerkt, dass Ullein im Türrahmen stand und ihn beobachtete.

»Bist du hier, um die Standfestigkeit der Möbel zu prüfen?«, fragte er scharf.

Erschrocken sprang Nehmenich von seinem Platz hoch.

Als Ullein den Bauern erkannte, verfinsterte sich sein Gesicht. »Was willst du von mir?«

Nehmenich wusste, dass der Sohn des Försters wegen der verpatzten Wolfsjagd aufgebracht war.

»Ihr wart zu früh gekommen«, versuchte er zu erklären. »Ihr habt gesehen, dass sie sich zur Jagd versammelt und bewaffnet hatten.«

»Red dich nicht heraus, du Wicht! Du hast es vermasselt«, brauste Ullein auf.

Als Nehmenich ihm Wochen zuvor von der geplanten unerlaubten Jagd auf die Wölfe erzählt hatte, war Ullein begeistert gewesen, dass seine Langeweile unterbrochen wurde. Doch er hatte in Mehlbach die Bauern nicht auf frischer Tat ertappen können. Und darüber war er immer noch verärgert.

Nehmenich ahnte die Gedanken des Mannes und traute sich kaum aufzublicken, geschweige denn zu erklären, warum er gekommen war. Als er schwieg, kniff Ullein die Augen zusammen und raunzte: »Wenn du nichts zu sagen weißt, dann verschwinde aus dem Haus. Mein Vater liegt im Sterben, und ich muss an seinem Bett Wache halten.«

»Mein Beileid«, säuselte Nehmenich.

»Du dummer Mensch! Er ist noch nicht tot«, schimpfte Ullein und wandte sich ab.

Nehmenich wusste, dass er jetzt sprechen musste, denn eine zweite Gelegenheit würde er nicht erhalten. »In unseren Wäldern treibt ein Werwolf sein Unwesen,« kreischte er mit einer Stimme, die sich zu überschlagen drohte.

Ullein drehte sich dem Bauern mit einem Ruck zu. »Ein Werwolf?«, fragte er. Als Nehmenich nickte, lachte Ullein laut los. »Du dummer Mensch! Werwölfe gibt es in unseren Wäldern nicht.« Als er jedoch des Bauern Blick gewahr wurde, verstummte er und setzte sich auf einen der Stühle, während Nehmenich stehen bleiben musste. »Erzähl!«, forderte er den Bauern auf.

Nehmenich berichtete von einem unheimlichen Fremden in einem Wolfspelz und von Wölfen, die mit heidnischen Namen gerufen wurden. Er stammelte etwas von einem Bibelspruch in Kirchensprache, den seine Kinder allerdings nicht wiedergeben konnten.

»Nur ein Wort hat sich meine Tochter gemerkt«, flüsterte Nehmenich voller Angst. »Lupus«, hauchte er, und Ullein übersetzte ebenso leise:

»Das heißt *Wolf*!«

Nachdem Nehmenich geendet hatte, schüttelte Ullein den Kopf. »Tierverwandlungen gibt es bei uns nicht. Jedenfalls habe ich noch nie gehört, dass im Kurpfälzischen Wald Werwölfe gesichtet wurden. Sicherlich spielt die Fantasie deiner Kinder ihnen einen Streich«, sagte er gelangweilt.

Nehmenich war über das Verhalten des Mannes verärgert, der anscheinend den Ernst der Lage nicht erkannte. »Meine Kinder lügen nicht!«, begehrte er auf. »Selbst als ich meinem Sohn eine Tracht Prügel verabreichte, blieb er bei dieser Geschichte. Sie haben die Bestie gesehen und gehört, wie er die Wölfe zur Jagd rief.« Nehmenich konnte seine Angst kaum verbergen.

Ullein ging auf das Gejammer nicht ein, sondern schimpfte gähnend: »Lass mich in Ruhe mit deiner Geschichte, Bauer. Ich verstehe nicht, warum du mich damit belästigst.«

»Du bist furchtlos und musst uns helfen, damit der Werwolf keinen Schaden anrichtet«, versuchte Nehmenich dem Mann zu schmeicheln. »Wir sind Bauern und keine Kämpfer. Aber du weißt, was zu tun ist, zumal der Mensch, der sich in einen Werwolf verwandelt, ein Landsknecht ist.«

Schlagartig war Ulleins Teilnahmslosigkeit verflogen, und er richtete sich gerade auf.

»Wer soll das sein?«

»Es ist Veit, der zukünftige Schwiegersohn des Daniel Hofmeister. Seine Sippe hat schon immer nichts als Ärger gemacht«, schimpfte Nehmenich.

Zwischen Ulleins Augen entstand eine tiefe Falte, als er die Augenbrauen misstrauisch zusammenzog.

»Nicht, dass du mich wieder zum Narren hältst. Bist du dir sicher?«

Nehmenich nickte heftig. »Als ich hörte, dass der Fremde adliger Herkunft sein soll und eine Bauerntochter heiraten will, war ich sofort misstrauisch geworden.«

»Adliger Herkunft?«

»Sein Name ist Veit von Razdorf.«

Ullein glaubte, dass der Boden unter ihm wankte, und er umfasste die Tischkante, sodass die Knöchel weiß hervortraten.

»Ich wusste es«, flüsterte er. »Es ist sein Schwert. Und er kam mir gleich bekannt vor. Diese blauen Augen ... Die gleichen wie sein Bruder.«

»Du kennst ihn?«, fragte Nehmenich zweifelnd.

»Das geht dich nichts an«, sagte Ullein unwirsch. Dann erklärte er feierlich: »Ich werde dir helfen, Bauer, und du besorgst mir sein Schwert.«

Kapitel 16

Anna Maria trug den mit Milch gefüllten Eimer vorsichtig über den nachtdunklen Hof. Obwohl sie ihre Stiefel mit Stroh umwickelt hatte, rutschte sie mehrmals auf dem vereisten Boden aus. Als die Milch dabei überschwappte, fluchte sie leise vor sich hin. Sie war froh, als sie die Küche erreichte, wo sie den Eimer auf dem Tisch abstellte. Sorgsam füllte sie die Milch in mehrere kleinere Gefäße, die sie anschließend in den Eiskeller brachte. In wenigen Tagen wollte Anna Maria den Rahm von der Milch abschöpfen, der sich dank der Kälte bilden würde. Aus der Sahne wollte sie Butter schlagen. *Wenn ich in einer Woche heirate, soll frische Salzbutter gereicht werden,* dachte Anna Maria und lachte in Gedanken: *Nur das Beste für die Gäste.* Sie schloss die schwere Tür zum Keller und ging rasch zurück ins Haus.

Bibbernd stand sie vor dem Herdfeuer in der Küche und rieb ihre Hände aneinander, als sie spürte, dass jemand hinter sie getreten war. Erschrocken drehte sie sich um und stieß einen Freudenschrei aus. »Veit!«, rief sie und warf sich ihm in die Arme. »Du stinkst!« war das Nächste, was sie zu ihm sagte.

»Das nenne ich eine liebenswürdige Begrüßung!«, lachte er. »Ich rieche nichts«, behauptete er.

Sarah kam hinzu und wollte Veit freudig umarmen, als sie stehen blieb und die Nase rümpfte.

»Verwest hier etwa eine tote Maus?«, rief sie und schnupperte umher, bis sie merkte, dass Veit den Gestank verströmte. »Bist du in Aas gefallen?«, fragte sie und hielt sich die Nase zu.

»Geh in den Waschraum. Ich werde dir dort ein Bad einlassen«, sagte Anna Maria lachend und schubste Veit liebevoll in Richtung Tür.

Während Anna Maria Wasser für den Badetrog aufsetzte, wedelte Sarah mit den Armen, um den Gestank zu vertreiben.

»Hat er seinen Bruder eingeladen?«, fragte sie.

»Ich habe noch nicht mit ihm gesprochen. Er kam wenige Augenblicke vor dir herein.«

»Zum Glück! So hat sich der Mief noch nicht festgesetzt«, murmelte Sarah und nahm ein Tuch zur Hilfe, um den Gestank zu vertreiben.

Als der große Holzbottich mit warmem Wasser gefüllt war, fügte Anna Maria wohlriechende Kräuter hinzu und legte ein Stück Seife sowie ein frisches Tuch auf einen Schemel. Dann ging sie hinaus und rief nach Veit.

Grinsend kam er herein und wollte Anna Maria in seine Arme ziehen, als sie sich lachend aus seinem Griff wand.

»Erst, wenn du wieder nach Mensch riechst«, sagte sie, woraufhin Veit scheinbar entrüstet den Mund verzog.

»Sarah wollte wissen, ob du deinen Bruder gesprochen hast«, flüsterte Anna Maria im Hinausgehen. »Was wirst du ihr antworten?«

»Dass Johann weitergezogen ist und ich nicht weiß, wohin.«

Veit begann sich auszukleiden. Als er mit freiem Oberkörper vor ihr stand, hätte sich Anna Maria ihm nur zu gerne an den Hals geworfen. Stattdessen senkte sie den Blick und schob den Türbehang zur Seite, um hinauszugehen. Als ein lautes Platschen zu hören war, drehte sie sich um. Veit saß in dem Badezuber und schaute sie begehrlich an.

»Wenn alle schlafen, komm zu mir auf die Tenne«, murmelte er, sodass nur Anna Maria seine Worte verstehen konnte. Sie nickte, und ihre Wangen überzog eine feine Röte.

Anna Maria lag wie erstarrt in ihrem Bett und wagte nicht, sich zu bewegen oder laut zu atmen. Sie hatte Angst, dass Annabelle, die neben ihr schlief, erwachen könnte. Angestrengt lauschte sie den Atemgeräuschen der jungen Frau, um zu erkennen, ob sie gleichmäßig waren und sie tief schlief. Als Anna Maria sicher war, dass Annabelle nicht erwachte, schlüpfte sie aus dem Bett, zog sich an und verließ die Kammer. Auf dem Gang wartete sie einige Augenblicke und stieg dann leise die Treppe hinunter. Da sie wusste, dass die vierte Stufe von unten knarrte, ließ sie diese aus und machte einen großen Schritt darüber. Vor der Haustür zog sie ihre warmen Lammfellstiefel an und band sich frisches Stroh um die Sohle. Trotzdem schlitterte sie über den Hof zum Tor der Scheune, das sie einen Spalt öffnete. Bevor Anna Maria hindurchschlüpfte, schaute sie sich vorsichtig um. Als sie niemanden sehen konnte, betrat sie beruhigt den Heuschober. Dunkelheit empfing sie.

»Veit!«, wisperte sie ängstlich.

»Ich bin hier«, rief er gedämpft von der Tenne herunter. Anna Maria blickte nach oben. Veit erschien über ihr und hielt eine Laterne in die Höhe, sodass sie die Leiter sehen konnte, die an den Tennenboden gelehnt war. Vorsichtig stieg Anna Maria die schmalen Stufen hinauf. Veit nahm oben ihre Hand und führte sie in die Mitte der Tenne, wo er eine Decke über dem Heu ausgebreitet hatte. Er stellte die Laterne auf blanken Holzboden, damit das Stroh nicht Feuer fangen konnte, und setzte sich nieder. Dabei zog er Anna Maria sanft zu sich herunter. Als sie neben ihm saß, umfasste Veit mit beiden Händen ihr Gesicht und blickte ihr tief in die Augen.

Anna Maria erwiderte den Blick und war wieder einmal von dem Blau seiner Augen verzaubert. *So blau wie der Himmel*, dachte sie, als Veit sich über sie beugte.

»Ich habe dich vermisst«, flüsterte er, bevor er sie leidenschaftlich küsste.

Anna Maria streichelte zärtlich seine Wange und strich liebevoll seine Haare zurück. Als der Geruch von Seife in der Luft lag, flüsterte sie heiser: »Du duftest.«

Veit lächelte und streckte sich auf der Decke aus, sodass Anna Maria ihren Kopf auf seine Brust betten konnte. Leise fragte sie: »Wie geht es Minnegard, Fehild, Modorok, Degenhart und all den anderen Wölfen?«

»Sie haben sich gut eingelebt«, antwortete Veit ebenso flüsternd. »Ich hoffe, dass sie sich in der Schlucht wohlfühlen und dort bleiben werden. Alles ist so verlaufen, wie ich es erhofft hatte, doch nun bin ich froh, wieder hier zu sein.« Veit zögerte einen Augenblick, dann sagte er: »Ich habe vom Gesinde gehört, dass Annabelle unglücklich ist.«

Veit konnte spüren, wie Anna Maria mit den Schultern zuckte. »Annabelle fühlt sich nicht wohl in Mehlbach. Sie hatte erwogen, nach Mühlhausen zurückzugehen, auch weil sie für Peter nichts empfindet. Ich kann verstehen, dass sie nach Matthias' Tod unglücklich ist. Doch habe ich ihr geraten, dass sie an ihr Kind denken muss und nicht selbstsüchtig sein darf. Peter wäre ihr ein guter Ehemann und dem Kind ein guter Vater. Ich hoffe, dass sie das eines Tages zu schätzen weiß.«

»Nicht jeder hat das Glück, das wir haben«, flüsterte Veit und drückte Anna Maria einen Kuss auf die Stirn. »Wie ist es dir ergangen, als ich fort war? Hast du mich vermisst?«, wollte er wissen.

Anna Maria hob den Kopf und blickte ihn ernst an. »Ich habe tagtäglich mit den Hochzeitsvorbereitungen zu tun, sodass ich deine Abwesenheit nicht bemerkt habe.«

Als Veit sie ungläubig ansah, prustete Anna Maria los und ließ sich lachend ins Heu fallen. Sogleich rollte Veit sich über sie und schimpfte grinsend: »Du unverschämtes Weib! Nun werde ich mein Hochzeitsgeschenk für dich behalten.«

Sofort setzte sich Anna Maria hoch und blickte ihn überrascht an. »Ein Hochzeitsgeschenk?«, fragte sie. »Unsere Vermählung findet erst nächste Woche statt.«

»Ich weiß«, flüsterte Veit. »Aber ich möchte nicht bis zur

Hochzeit warten. Du sollst dich jetzt schon daran erfreuen können.« Er griff hinter sich und holte einen kleinen Lederbeutel hervor, der mit einer dünnen Schnur verschlossen war. Während er die Kordel löste und das Säckchen öffnete, ließ er Anna Maria nicht aus den Augen. Wie ein Kind starrte sie voller Erwartung auf seine Hände.

Veit zog ein dunkles Lederband aus dem Beutel, an dem ein Anhänger hing. Er legte beides in Anna Marias Handfläche und flüsterte: »Dieses Medaillon schenke ich dir als Zeichen meiner Liebe.«

Anna Maria konnte fast nichts erkennen, da ihr Tränen in die Augen schossen. Behutsam fuhr sie mit den Fingerspitzen über das goldene Medaillon, dessen Vorderseite eine Blüte zierte. Auf der Rückseite war das Wappen der von Razdorfs eingraviert.

»Sie ist wunderschön«, wisperte Anna Maria. »Ich habe noch nie etwas so Wertvolles besessen.« Mit tränennassem Blick sah sie Veit an, der ihr die Kette um den Hals legte und die Bänder im Nacken verknotete.

In diesem Augenblick wurde das Scheunentor geöffnet und wieder geschlossen. Ein Mann und eine Frau waren eingetreten und unterhielten sich leise.

Veit löschte sofort die kleine Laterne, damit der Lichtschein ihn und Anna Maria nicht verraten konnte. Als es unter ihnen raschelte, wussten sie, dass sich die Besucher im Stroh niedergelassen hatten. Verhaltenes Gekicher und Geflüster waren zu hören, die von längeren Pausen unterbrochen wurden.

Als sich Veits Augen an die Dunkelheit gewöhnt hatten, robbte er geräuschlos zum Ende des Tennenbodens, um hinunterzuspähen. Anna Maria folgte ihm und legte sich neben ihn auf den Bauch, um ebenfalls zu schauen, was da los war.

»Das sind Mathis und Klara«, raunte Anna Maria Veit zu. »Die beiden vergnügen sich im Stroh«, stellte sie verlegen fest.

Einige Bewegungen und Gesten der beiden konnten Veit und Anna Maria erkennen, andere ließen sich erahnen. Gekicher und lustvolles Stöhnen drangen zu ihnen hoch.

Als Anna Maria trotz der Dunkelheit sehen konnte, wie Mathis die Schnüre von Klaras Oberteil öffnete, wollte sie ihren Blick beschämt abwenden, doch es schien, als ob sie gebannt wäre. Es war ihr nahezu unmöglich, wegzuschauen. Selbst als Mathis die kleinen hellen Brüste der Magd liebkoste und ihr den Rock hochschob, stierte Anna Maria wie erstarrt nach unten und vergaß alles um sich herum – selbst Veit.

Jedes Streicheln, jeder Kuss, den die beiden austauschten, ließ Anna Marias Blut schneller fließen. Sie merkte dabei nicht, dass ihr Atem heftig und ihr trotz der Kälte heiß wurde. Als Mathis sein Gesicht im Schoß der Magd vergrub und Klara dabei laut juchzte, löste sich der Bann, und Anna Maria drehte sich mit heftig klopfendem Herzen auf den Rücken. Langsam beruhigten sich ihre Sinne. Anna Maria drehte den Kopf in Veits Richtung und blickte ihm direkt in die Augen.

Veit hatte gesehen, wie Anna Maria erstarrt war, wie sie heftig geatmet hatte. Obwohl er die Farbe ihrer Wangen in der Dunkelheit nicht erkennen konnte, ahnte er, dass sie rot und heiß waren. Vorsichtig rutschte er dichter an Anna Maria heran. Als er ihren warmen Atem im Gesicht spürte, streichelte er liebevoll ihren Körper. Mit dem Daumen strich er sanft die Konturen ihrer Lippen nach, die leicht geöffnet waren. Da sie ruhig dalag und sich nicht sträubte, küsste er sie und flüsterte heiser: »Lass uns auf die Decke zurückgehen.«

Anna Maria folgte Veit, der ihr beide Arme entgegenstreckte. Kaum hatte sie sich neben ihn gelegt, küsste er sie ungestüm und erkundete mit den Händen ihren Körper. Während Veit ihr vorsichtig unter den Rock griff, knarrte unten die Scheunentür, sodass beide hochschreckten. Dann hörten sie, wie das Tor wieder geöffnet und geschlossen wurde. Mathis und Klara hatten die Scheune verlassen. Veit und Anna Maria sanken erleichtert zurück ins Heu.

Anna Maria entspannte sich. Als Veit ihr Liebesschwüre ins Ohr flüsterte, griff sie ihm voller Verlangen in die Haare, zog seinen Mund zu sich und biss ihm zärtlich in die Lippen. Veit stöhnte auf und begann ihr Strümpfe und Kleid auszuziehen. Anna Maria ließ es geschehen, und schon bald lag sie halb entkleidet vor ihm.

»Du bist wunderschön«, flüsterte Veit und bedeckte ihren Körper mit Küssen. Als er seinen Kopf in ihren Schoß legte, glaubte Anna Maria, dass eine riesige Welle ihr den Atem rauben würde.

Veit setzte sich auf, und während er ihr fest in die Augen blickte, zog er Joppe und Beinkleid aus. Anna Maria lächelte ihn liebevoll mit einem Blick an, der ihm versicherte, dass sie einverstanden war.

Als Veit sich auf sie legte, war sich Anna Maria sicher, dass Gott sie nicht bestrafen würde. *Ich bin kein schlechter Mensch*, dachte sie und gab sich Veit hin.

Es war früher Mittag, als Jacob Hauser im Schneegestöber mitten auf dem Hof der Familie Hofmeister stand und sich neugierig umschaute. »Ich kann es nicht fassen«, murmelte er. »Hier soll sich der alte Joß all die Jahre versteckt haben?« Hauser schüttelte ungläubig den Kopf. Doch dann verjüngte ein Grinsen sein Gesicht. »Das sieht ihm ähnlich«, lachte er und klopfte sich mit beiden Händen auf die Oberschenkel.

Gabriel war vom Kutschbock geklettert und streckte seine steifen Glieder. Zaghaft blickte er zur Eingangstür. Ihm war bange, seiner Tochter gegenüberzutreten, weil er nicht wusste, wie sie sich verhalten würde. Seit Annabelle aus Mühlhausen weggefahren war, ohne sich von ihm zu verabschieden, plagte ihn das schlechte Gewissen.

Sein Sohn Fritz lenkte ihn ab, denn der sprang vom Fuhrwerk und schrie über den Hof: »Annabelle! Wir sind da! Annabelle!«

Im gleichen Augenblick wurde die Tür geöffnet, und Peter erschien. Freudig umarmte er Hauser, dessen Sohn Florian und Fritz. Seinem zukünftigen Schwiegervater reichte er zur Begrüßung die Hand, die dieser mit festem Griff annahm.

Annabelle erschien im Türrahmen, und sofort lief ihr kleiner Bruder ihr entgegen. »Annabelle«, rief Fritz freudig und presste sein Gesicht gegen ihren Bauch, der sich sichtbar wölbte. Dann suchte Annabelles Blick den Vater, der stumm seine Kinder beobachtet hatte. Langsam ging Gabriel auf seine Tochter zu.

Als er vor ihr stand, fiel sie ihm um den Hals und schluchzte: »Ich bin glücklich, dass du gekommen bist, Vater!«

»Kommt ins Warme«, forderte Peter die Gäste auf, die sich nicht zweimal bitten ließen. In der Küche stellte Peter seiner Schwägerin und seinem ältesten Bruder die vier Besucher vor. Sarah war wie immer herzlich und Jakob wie immer brummig und steif.

Anna Maria, die Fritz' Ruf bis zum Backhaus gehört hatte, eilte in die Küche und begrüßte die Gäste fröhlich, besonders Hauser wurde gedrückt. »Ich freue mich, euch alle wiederzusehen«, sagte sie. Mit den Worten »Ich werde Veit rufen. Er hilft beim Schlachten« eilte sie hinaus, als ihr Liebster ihr schon entgegenkam.

»Ich habe jemanden rufen gehört, und da wusste ich, dass der Besuch angekommen ist«, sagte er lachend und wischte sich die mit Blut besudelten Hände an einem Tuch ab. Wie alte Freunde wurden Hauser und der Bader von ihm begrüßt. Florian und Fritz fuhr er freundlich über den Kopf.

»Setzt euch!«, rief Sarah, so laut sie konnte, da alle durcheinanderredeten. Sie stellte warmen Würzwein, frisch gebackenes Brot und Speck auf den Tisch. Hungrig griffen alle zu.

Gedankenverloren saß Ullein auf seinem Pferd und ritt gemächlich über die verschneiten Felder. Immer wieder sank das Ross bis zum Bauch in Schneeverwehungen ein, sodass er nur langsam vorwärtskam. Aber das störte Ullein nicht, denn er wollte nachdenken. »Manchmal ist das Schicksal gerecht«, murmelte er zu sich selbst, wobei er sein Gesicht boshaft verzerrte.

Nach Nehmenichs Besuch hatte Ullein die halbe Nacht wach gelegen und gegrübelt. Die Vermutung, dass sich jemand aus dem Dorf in einen Werwolf verwandeln würde, sorgte ihn nicht weiter. Ullein hatte zwar auf seinen Reisen von Tierverwandlungen gehört, aber nie eine gesehen. Auch die Schilderung des Alten kümmerte ihn nicht weiter – bis zu dem Augenblick, als der Bauer ihm den Namen des Landsknechts nannte. Erst da wurde er hellhörig, denn plötzlich fügte sich alles zusammen.

Wenige Wochen zuvor waren Ullein beim Zusammentreffen mit Veit sofort die blauen Augen des Fremden auf dem Hof der Hofmeisters aufgefallen. Zwar hatte Ullein nicht sofort gewusst, an wen ihn Veit erinnerte, aber als er den Namen hörte, fiel es ihm wie Schuppen von den Augen. Veit, der Fremde, war Johanns Bruder! Jener Landsknecht, den Ullein aus tiefster Seele verachtete.

Während seiner Zeit im Dienst des Reichsritters Franz von Sickingen hatte Ullein sich lange des Wohlwollens seines Herrn erfreut, bis ihm der Landsknecht Johann von Razdorf diese Stellung streitig machte und der Reichsritter Ullein fortan nicht mehr beachtete.

»Dieser unsägliche Johann«, flüsterte Ullein zornig, »dieser hochnäsige Landsknecht, dem von Sickingen vertraute und den er wie seinen besten Freund behandelt hat. Ihm hat er das Schwert vermacht. Jede Entscheidung, jede Frage hat von Sickingen nur mit Johann besprochen, obwohl auch ich zugegen war. Ich habe Franz von Sickingen verehrt und hätte seine andauernde Gunst verdient.«

Der Reichsritter Franz von Sickingen war zwei Jahre zuvor bei der Verteidigung der Burg Nanstein getötet worden, und Ullein hatte Johann fast vergessen. Doch nun brodelte es wieder in ihm, und der Hass wuchs mit jedem Herzschlag.

»Veit muss für seinen Bruder büßen«, murmelte er und spürte, wie der Gedanke ihn belebte.

Trotz des Schneetreibens war Ullein dann an diesem Morgen nach Kaiserslautern geritten. Dort hatte er bei Gericht vorgesprochen, doch der zuständige Richter gewährte ihm kein Gehör, da er sich um hohen Besuch, den Schwager des Fürsten, kümmern musste. Gerade als Ullein gehen wollte, kamen beide den Gang entlang, sodass er sich den beiden Herren in den Weg stellte. Er bat den Richter, Veit von Razdorf vom Hofmeister-Hof in Mehlbach wegen Wilddieberei anzuklagen.

»Deshalb belästigt Ihr mich?«, rief der Richter erzürnt und wandte sich wieder seinem Besucher zu, woraufhin Ullein laut ausrief:

»Der wirkliche Grund, warum ich hier bin, ist, dass in unseren Wäldern ein Werwolf sein Unwesen treibt.«

Der Richter hatte bereits abgewinkt, als der Schwager des Fürsten kreidebleich wurde und ihn aufforderte: »Erzählt!«

Im Zimmer des Richters durfte Ullein in allen Einzelheiten die Tierverwandlung des Landknechts schildern und von den Heidennamen erzählen, die von Razdorf seinen Wölfen gegeben habe.

Nun lachte Ullein auf seinem Pferd. »Haha! Zwar scheint der Schwager des Fürsten recht leichtgläubig zu sein, aber das ist mir einerlei! Er hat den Einfluss, den ich brauche, damit ich Genugtuung bekomme. Endlich ist die Langeweile zu Ende!«, rief er laut und trat seinem Pferd in die Flanken.

Kapitel 17

Anna Maria stand inmitten ihres Zimmers und strahlte über das ganze Gesicht. Ihre Schwägerin Sarah hatte ihr die honigblonden Haare zu einem Knoten im Nacken zusammengesteckt, sodass die helle Haube die Haare verdeckte. Eine Schürze in gleicher Farbe, die Anna Maria selbst genäht hatte, schmeichelte dem schwarzen Brautkleid und nahm ihm die Strenge.

Sarah hielt einen kleinen, schon fast blinden Spiegel hoch, sodass die Braut sich sehen konnte. Anna Maria legte ihre Hand dort auf den Stoff, wo das Medaillon versteckt ihre Haut berührte. Bilder ihrer Liebesnacht mit Veit drängten sich in ihre Erinnerung, sodass sie beschämt die Augen schloss.

»Du bist eine bildschöne Braut«, schniefte Sarah.

Anna Maria lächelte ihre Schwägerin glücklich an und drehte sich im Kreis.

»Und ich sehe aus wie eine dicke Kuh«, jammerte Annabelle, die am Fenster des Zimmers stand und ebenfalls ihre Haarpracht unter eine Haube gesteckt hatte. Unglücklich zupfte Annabelle an ihrer hellen Schürze, die direkt unter ihren prallen Brüsten ihren gewölbten Leib betonte.

»Nein, das stimmt nicht. Du bist eine ebenso hübsche Braut. Schau hier, wie deine Augen glänzen«, sagte Sarah und hielt ihr den Spiegel vor.

»Ich bin froh, dass du es dir anders überlegt hast«, sagte Anna Maria und umarmte ihre zukünftige Schwägerin herzlich.

Annabelle erwiderte die Geste nur kurz und blickte Anna Maria ernst an. »Ich habe deinen Ratschlag beherzigt, aber für mich zählt nur *mein* Kind.«

Anna Maria konnte heraushören, wie Annabelle das Wort *mein* besonders betonte. Bevor sie etwas erwidern konnte, klopfte es an der Tür, und Peter betrat den Raum.

»Was willst du?«, fragte Sarah schroff und schimpfte: »Du sollst deine Braut erst in der Kirche sehen.«

Peter schwieg verlegen. Anna Maria hatte plötzlich das Gefühl, zu stören, und zog Sarah mit sich hinaus.

Peter schaute seiner Schwester dankbar nach. Als die Tür sich hinter den beiden Frauen schloss, ging er auf Annabelle zu und blieb kurz vor ihr stehen. Er musterte sie und flüsterte: »Du bist eine sehr schöne Braut.«

Annabelle antwortete nicht, sondern strich die Schürze über ihrem gewölbten Leib glatt. Dann blickte sie auf und fragte kalt: »Was willst du?«

Peter hatte mit Zurückhaltung gerechnet, aber nicht mit dieser Kälte, die ihm entgegenschlug. Schon wollte er wieder gehen, doch dann streckte er ihr wortlos das Kästchen entgegen, das er verkrampft in seiner Hand gehalten hatte.

Annabelle runzelte die Stirn und schien abzuwägen. Schließlich griff sie danach und blickte ihn fragend an.

»Sie hat meiner Mutter gehört«, sagte Peter leise und drehte sich um. Er verließ ohne ein weiteres Wort das Zimmer und ließ Annabelle allein.

Sprachlos stand Annabelle da, die Schachtel in der Hand und den Tränen nahe. Sie setzte sich auf die Bettkante und starrte den Gegenstand an. Nachdem sie mehrere Male tief Luft geholt hatte, öffnete sie mit zittrigen Fingern den Deckel der Holzschachtel. Annabelle hob das Stück Stoff hoch und erblickte eine silberne Brosche in Form einer Acht, die mit kleinen roten Splittern besetzt war. Sie nahm sie heraus und legte sie auf ihre Handfläche. Während Annabelle das Schmuckstück betrachtete, tobten widerstrebende Gefühle in ihr.

Niemand hat Peter zu dieser Heirat gedrängt, überlegte sie. *Trotzdem will er diese Verbindung.* Annabelle wusste von den Mägden, dass ein anderes Mädchen auf die Ehe mit Peter gehofft hatte. Auch erzählte man ihr, dass Jakob sehr ungehalten war, als Peter ihm seine Absichten mitgeteilt hatte. »Nein«, flüsterte Annabelle, »Peter hat wahrlich keinen Grund, mich zu heiraten, und ist mir zu nichts verpflichtet.«

Während ihr Daumen über die Edelsteinsplitter strich, murmelte sie: »Er mag mich wirklich.«

Ullein war speiübel, und sein Kopf schmerzte. Das Geschaukel auf seinem Pferd ließ ihn mehrmals würgen.

»Verdammt! Wenigstens gestern hätte ich mich beherrschen sollen«, schimpfte er mit sich und erbrach sich von seinem Ross herunter in den Schnee.

Aus Freude über das erfolgreiche Gespräch mit dem Schwager des Fürsten hatte Ullein die letzten Tage zu viel getrunken, was sich nun rächte.

Die kalte Luft wird mir guttun, dachte er, während er sich mit klammen Fingern den Mund abwischte. Ullein blickte mürrisch über die verschneiten Wiesen und Felder. »Ich hoffe, dass die Männer bereitstehen.« Trotz der Kopfschmerzen und des Brennens in seinem Magen konnte er sich ein breites Grinsen nicht verkneifen. »Das wird ein Fest werden«, murmelte er und erbrach sich erneut.

Die Kirche war voll mit Menschen aus Katzweiler, Schallodenbach, Mehlbach und anderen umliegenden Dörfern. Viele waren aus Neugier gekommen, um die Fremden zu sehen, über die man so viel gehört hatte. Die Hure, die Peter heiraten wollte, obwohl sie von dem toten Matthias ein Kind erwartete, und der Landsknecht, den Anna Maria vom Schlachtfeld mitgebracht hatte und über den man kaum etwas wusste.

»Was würde der alte Hofmeister dazu sagen?«, tuschelte manch einer hinter vorgehaltener Hand. Und andere schimpften: »Ihre Mutter würde sich im Grab umdrehen, wenn sie davon wüsste!«

Der Duft von Weihrauch und den Tannenzweigen, mit denen die Kirche aus Anlass des Weihnachtsfestes geschmückt war, lag in der Luft und übertünchte so manch unangenehmen Geruch, den einige Besucher verströmten.

Anna Marias Familie hatte in den ersten Reihen Platz genommen; ebenso Annabelles Bruder und Jacob Hauser mit seinem Sohn. Am Altar standen Veit und Peter und blickten zum Eingangsportal der Kirche. Tage zuvor hatten sie mit dem Pfarrer vereinbart, dass wegen Annabelles Zustand zuerst Peter und sie und anschließend Veit und Anna Maria sich das Eheversprechen geben sollten.

Aufgeregt standen Jakob und Annabelles Vater im Vorraum der Dorfkirche und erwarteten die Bräute, die sie zum Altar führen würden.

Als Anna Maria sich bei ihrem älteren Bruder einhakte, streifte ihr Blick kurz Annabelle. Was sie sah, erfreute sie sehr. Auch Jakob hatte es gesehen und blickte Annabelle lächelnd an, die zaghaft zurücklächelte. Jakobs Tochter Christel überreichte den Bräuten kleine Myrtensträuße. Nikolaus öffnete das Kirchenportal, und sogleich begann der Sohn des Schäfers auf seiner Flöte eine bekannte Weise zu spielen. Stolz betraten hintereinander Jakob und der Bader die Kirche. Jeder eine Braut am Arm.

Veit blickte Anna Maria entgegen und konnte sein Glück kaum fassen. Seit der Nacht auf dem Tennenboden glaubte er, dass seine Liebe zu Anna Maria noch größer geworden war, ebenso wie sein Verlangen nach ihrem Körper. Er konnte kaum erwarten, sie in seinen Armen zu halten und wieder zu lieben. In Gedanken versprach er: *Ich werde dich beschützen, alles Schlechte von dir fernhalten und dir niemals wehtun. Das soll mein Eheversprechen sein, das ich laut wiederholen werde.*

Als Anna Maria Veit vor dem Altar stehen sah, gekleidet in einer neuen Landsknechtstracht, glaubte sie vor Glück hüpfen zu müssen. Ihr Herz schlug aufgeregt, und das gleichmäßige Atmen fiel ihr schwer. Nur zu gerne wäre sie zu Veit gelaufen und hätte sich ihm an den Hals geworfen. Stattdessen senkte sie ihren Blick.

Annabelle schritt am Arm ihres Vaters den Gang entlang. Als sie das Gemurmel der Leute hören und deren Blicke spüren konnte, verkrampfte sie sich. Sie wäre am liebsten aus der Kirche gelaufen, als sie spürte, wie der Vater sanft ihre Hand drückte. Besorgt blickte sie ihn an, doch er nickte ihr aufmunternd zu. Daraufhin reckte Annabelle ihr Kinn und ging erhobenen Hauptes an den Reihen der neugierigen Gaffer vorüber.

Auf Peters Stirn hatten sich kleine Schweißperlen gebildet. Die Angst, dass Annabelle nicht kommen, es sich doch noch anders überlegt haben könnte, hatte ihm fast den Verstand geraubt, und er blickte bangend zum Eingangsportal.

Als sein Bruder Nikolaus ein Zeichen bekam, die Tür zu öffnen, und der Bader Annabelle hereinführte, schickte Peter stumm ein Stoßgebet gen Himmel.

Jakob geleitete Anna Maria zu Veit, nickte ihm freundlich zu und drückte seiner Schwester einen Kuss auf die Stirn. Dann legte er Anna Marias kalte Finger in die Hand des Mannes, der sein Schwager werden würde. Anschließend ging Jakob zu seiner Frau Sarah, die ihrem Mann stolz entgegenblickte, und setzte sich zu ihr in die erste Reihe.

Auch Gabriel brachte seine Tochter an die Seite ihres zukünftigen Mannes, dem er die Hand reichte. Er umarmte Annabelle innig und küsste sie auf die Stirn. Vor Aufregung leicht zitternd legte er ihre Hand auf Peters gebeugten Arm. Auch der Bader nahm wieder Platz und wischte sich dabei eine Träne fort.

Veit zwinkerte Anna Maria liebevoll zu. Strahlend erwiderte sie seinen Händedruck und lehnte sich gegen ihn.

Peter wagte kaum, in Annabelles Augen zu blicken, da er Angst hatte, darin Ablehnung lesen zu müssen. Doch als er die Brosche seiner Mutter an ihrem Kragen entdeckte, wagte er aufzuschauen. Annabelle lächelte zaghaft, und Peters Gesichtszüge entspannten sich.

Der Geistliche begann mit seiner Predigt und wies die Brautleute auf ihre Pflichten hin. Peter glaubte zu erkennen, dass der Diener Gottes dabei immer wieder auf Annabelles Bauch schielte. Auch glaubte er verhaltenes Gemurmel der Anwesenden zu hören, was ihn verärgerte. Peter blinzelte zu Annabelle, da er befürchtete, dass auch sie nervös werden könnte, doch sie stand da und lauschte den Worten des Pastors. Als er die Brautleute zu Mann und Frau erklärte, küsste Peter Annabelle schüchtern auf den Mund, was sie entspannt geschehen ließ.

Peter blickte glücklich seine Familie an. Veit und Anna Maria gratulierten als Erste, dann umarmte Annabelles Vater seine Tochter und schien sie nicht mehr loslassen zu wollen. Als auch Hauser, Willi von der Rauscher-Mühle und noch einige andere das Ehepaar hochleben lassen wollten, mischte sich der Pastor ein: »Ihr habt später die Gelegenheit dazu. Hier will ein weiteres Paar die Kirche als Ehepaar verlassen, also setzt euch auf eure Plätze.«

Lachend kamen die Gratulanten der Aufforderung nach.

Anna Maria und Veit stellten sich Hand in Hand vor den Altar. Der Pastor begann die Predigt vorzutragen und dem Brautpaar seine Pflichten zu erklären. Anna Maria hörte aufmerksam zu und spürte, wie ihre Anspannung wuchs. Auch Veit schien mit verhaltenem Atem zu lauschen.

In wenigen Augenblicken werden wir Mann und Frau sein, dachte Anna Maria freudig, als das Kirchenportal heftig aufgestoßen wurde, sodass das Tor gegen die Mauer krachte. Putz brach von der Wand ab und fiel zu Boden. Eisiger Wind blies in den Innenraum der Kirche und ließ die Kerzen am Altar flackern. Einige Frauen schrien erschrocken auf, während Männer in ihren Bänken hochsprangen und sich abrupt dem Eingang zuwandten.

Ullein betrat die Kirche und blieb breitbeinig am Eingang stehen. Das Schwert, das er mit sich führte, ließ er mit der Spitze zu Boden gleiten und hielt es am Knauf fest. Mehrere Bauern, die mit Mistgabeln, Sensen und Äxten bewaffnet waren, folgten ihm. Als Ullein die verängstigten Gesichter der Menschen sah, überkam ihn ein unbändiges Machtgefühl. Mit einem hässlichen Grinsen auf den Lippen schritt er auf den Altar zu.

Annabelle schmiegte sich erschrocken an Peter, der schützend den Arm um sie legte, während Veit Anna Maria hinter sich schob, sodass er sie mit seinem Körper verdeckte. Jakob, der ebenfalls aufgesprungen war, schrie dem Sohn des Försters entgegen: »Du störst die Trauung!«

Ullein blieb vor ihm stehen und zog höhnisch eine Augenbraue in die Höhe. »Du hältst besser dein Maul, Hofmeister! Sonst wirst auch du angeklagt werden.«

Hauser wollte aufspringen, als ein bewaffneter Bauer seine Mistgabel hoch hielt und ihn zurückdrängte. »Setz dich! Dann wird dir nichts geschehen«, sagte der Mann. Hauser wollte aufbegehren, als Florian ihn bat:

»Tu, was er sagt, Vater.« Hauser sah den ängstlichen Blick seines Sohnes und setzte sich zögernd nieder.

»Was redest du für einen Unsinn? Wer soll angeklagt werden?«, fragte Jakob scharf.

Ullein hob sein Schwert und zeigte mit der Spitze auf Veit.

»Was soll das?«, forderte Veit mit eisiger Stimme.

Anna Maria trat aus der Deckung hervor. »Du störst meine Vermählung, Ullein. Verschwinde mit dem Bauernpack an deiner Seite«, schimpfte sie und blickte ihn furchtlos an.

»Halts Maul, du Wolfsbraut«, zischte Ullein und ging einen Schritt auf Anna Maria zu. Sogleich stellte sich Veit vor sie und blickte Ullein unerschrocken in die Augen. Der hob sein Schwert und zielte auf Veits Brust. »Ergreift ihn«, rief Ullein den Bauern zu, die sogleich nach vorn stürmten. Zahlreiche Hände griffen brutal nach Veit, der vergeblich auszuweichen versuchte.

»Was macht ihr da?«, schrie Anna Maria, als ein Bauer sie zur Seite stieß, sodass sie gegen den Altar fiel. Veit heulte wie ein Wolf laut auf. Als Ullein das hörte, stellten sich ihm die Nackenhaare auf vor Furcht, und er brüllte: »Schlagt ihn nieder, bevor er sich in einen Werwolf verwandeln kann.«

Sogleich stürzten sich die bewaffneten Bauern auf Veit, doch er wehrte sich vehement. Als Peter und Friedrich ihm zu Hilfe eilen wollten, wurden sie brutal niedergestoßen.

Veit schlug wild um sich. Die Angst schien ihm ungeahnte Kräfte zu verleihen. Trotzdem wurde er an Armen und Beinen verletzt, sodass er wie ein verwundeter Wolf die Zähne fletschte und aufbrüllte.

Ullein beteiligte sich nicht an dem Kampf, sondern ließ Veit nicht aus den Augen. Er stand da, bereit, ihn mit seinem Schwert aufzuschlitzen, sobald es Anzeichen einer Tierverwandlung geben würde. Als Ullein sah, wie Veit sich wehrte, rief er den Bauern zu: »Legt den Werwolf in Ketten.«

Die Menschen in der Kirche, die wie gelähmt das Geschehen verfolgt hatten, brüllten nun voller Furcht durcheinander. Als jemand rief: »Die Bestie wird uns fressen!«, versuchten alle gleichzeitig aus der Kirche zu fliehen. Winselnd krabbelten einige über die Bänke, während andere den Mittelgang entlangliefen und dabei rücksichtslos zur Seite gestoßen und überrannt wurden. Kinder weinten, und Alte kreischten. Der Innenraum der Kirche erbebte von dem Angstgeschrei der Menschen. Sogar der Pfarrer versuchte in seine Sakristei zu fliehen, doch als ihm der Weg abgeschnitten wurde, verkroch er sich zitternd unter dem Altar.

Nehmenich, der sich abseits gehalten hatte, sah den Zeitpunkt gekommen, sich Gehör zu verschaffen. Er kletterte auf einen Sockel, sodass alle ihn sehen konnten, und brüllte, so laut er konnte: »Fürchtet euch nicht!«

Als die Ersten zu ihm aufblickten, rief er erneut: »Fürchtet euch nicht!«

Plötzlich herrschte Ruhe in der Kirche. Auch die kämpfenden Bauern ließen von Veit ab, bewachten ihn jedoch, sodass er nicht fliehen konnte. Als sich Nehmenich gewiss war, dass man ihm zuhören würde, hob er einen Wolfspelz in die Höhe. Sofort ging ein Aufschrei durch die Menge, doch Nehmenich brüllte ihnen zu: »Ich habe das Fell des Werwolfs. Ohne das kann er sich nicht verwandeln.«

Ullein schritt auf Nehmenich zu und sagte mit lauter Stimme, sodass es alle hören konnten: »Erzähl ihnen, was deine Kinder im Wald beobachtet haben.«

Die Blicke der Menschen folgten Nehmenich, als er sich vor ihnen aufbaute, und während er berichtete, schienen sie an seinen Lippen zu hängen. Er genoss es, im Mittelpunkt zu stehen, auch wenn ihm die Geschichte immer noch kalte Schauer über den Rücken jagte.

Veit blickte sich um und konnte nicht fassen, was er sah. Er war umringt von Männern mit Mistgabeln, Äxten und Sensen, die bereit waren, ihn zu töten. Er blutete an Armen und Beinen aus zahlreichen Wunden, die ihn schmerzten.

Das kann nur ein böser Traum sein, dachte er und schaute zu Anna Maria, die weinend dastand – festgehalten von zwei jungen Bauern, die sie spöttisch anstarrten.

Anna Marias Haar hatte sich aus der Haube gelöst und klebte in Strähnen in ihrem tränennassen Gesicht. Das Glück, das sich noch vor wenigen Augenblicken in ihren Augen gespiegelt hatte, war verschwunden. Veit erkannte in ihnen nichts außer blanker Angst.

Angestrengt versuchte er, einen Plan zu ersinnen, um sich aus dieser Lage zu befreien. Er blickte verzweifelt zu Peter, Hauser, Friedrich, Jakob und Gabriel, die zwar seinen Blick erwiderten, doch musste er einsehen, dass sie ihm nicht helfen konnten.

Was Nehmenich den Menschen erzählte, klang unfassbar und flößte ihnen Furcht ein. Peter schüttelte ungläubig den Kopf und wandte sich von Veit ab. Ebenso Jakob, der Bader und Friedrich. Nur Hauser starrte Veit weiterhin an und blickte dann zu Anna Maria.

Veit spürte, wie er durch den Blutverlust der zahlreichen Verletzungen schwächer wurde.

Ich werde bald keine Kraft mehr haben, mich zu wehren, dachte er und spürte zum ersten Mal seit dem Tod seiner Mutter, dass ihm Tränen in die Augen traten. Kaum noch fähig, sich auf den Beinen zu halten, ging Veit keuchend vor Schmerzen in die Knie. Als Anna Maria aufschrie, schaute er sie an und murmelte: »Vergib mir!«

Anna Marias Antwort hörte er nicht mehr, sondern nur noch das Brüllen der Menschen: »Verbrennt den Werwolf!«

Dann wurde ihm schwarz vor den Augen.

Kapitel 18

An einem geheimen Ort, Juni 1525

Seit Ende Februar versteckten sich Joß Fritz, Kilian und einige andere Männer im Schwarzwald nahe dem Schluchsee. Sie hausten in einer Hütte inmitten des Waldes und ernährten sich von dem, was sie im Forst erlegten. Ihr Leben war karg und beschwerlich, zumal der Winter besonders lang und kalt war. Anfangs saß ihnen die Angst im Nacken, entdeckt zu werden, doch da die Hütte abgelegen und seit Langem ungenutzt war, schwand ihre Furcht.

Joß Fritz hatte nicht beabsichtigt, das Dorf Lehen am südlichen Rand des Schwarzwalds zu verlassen, da er sich an diesem Ort sicher fühlte. Er glaubte, dass man nach all den Jahren das Interesse an ihm, dem alten Bauernführer, verloren hatte. Deshalb wollte er in Ruhe einen neuen Aufstand planen.

Eines Tages jedoch beschlich ihn das Gefühl, beobachtet zu werden. Und als der Büttel erschien, um das Haus seiner Frau Else zu durchsuchen, konnte er sich nur durch einen Sprung aus dem Fenster in Sicherheit bringen. Da wusste er, dass man ihn erkannt und bei der Obrigkeit angezeigt hatte. Joß sah sein Vorhaben in Gefahr und wollte noch in derselben Nacht den Ort verlassen. Allerdings hatte er nicht mit Elses Widerstand gerechnet.

»Ich werde dich nicht allein ziehen lassen, Joß Fritz. Wenn du nicht bleiben kannst, werde ich mit dir kommen«, sagte sie energisch.

»Für ein Weib ist kein Platz an meiner Seite«, hatte er ihr kalt entgegnet.

Seine schroffe Art kümmerte Else nicht, und sie forderte ungerührt: »Verrate mir, wohin du gehen wirst.«

Mürrisch musterte Joß Fritz seine Frau aus zusammengekniffenen Augen und überlegte, wie er sie abschütteln konnte.

Else schien seine Gedankengänge zu erahnen, denn sie zeterte: »Wage nicht, mich zu belügen oder heimlich loszumarschieren. Ich werde dir folgen und dich finden.«

Joß kannte Else und wusste, dass sie es ernst meinte. Und das machte ihren Reiz aus. Er mochte ihre Wildheit, die seine Lenden zum Beben brachte. Lachend zog er sie an sich und küsste sie wollüstig. Dann stieß er sie aufs Bett und bestieg sie grob und ungestüm.

Doch obwohl er sie nach wie vor heiß begehrte, wollte Joß Else nicht mit auf seine Reise nehmen. Während sie in seinen Armen lag und die breite Narbe streichelte, die sich quer über seine Brust zog, erklärte er ihr mit eindringlichen Worten, dass sie in Lehen bleiben musste. »Ich brauche dich als Nachrichtensammlerin. Meine Anhänger kennen dich und vertrauen dir. Sie werden kommen und dir Neuigkeiten mitteilen, die du an mich und meine Männer weiterleiten musst.«

Else hatte Joß tief in die Augen geschaut, und was sie erkennen konnte, schien sie zu beruhigen.

»Wie kann ich dich erreichen?«, fragte sie.

Er zog sie an sich und flüsterte ihr seine Pläne ins Ohr. »Ich weiß, dass du selbst unter der Folter schweigen würdest«, raunte er ihr zu.

Nach einer stürmischen Liebesnacht verließ Joß Fritz noch vor Morgengrauen den Ort Lehen im Breisgau.

Joß' Männer lauschten dem Fremden, der sie in ihrem Versteck im Wald aufgesucht hatte. Obwohl sie ihn nicht kannten, vertrauten sie ihm und glaubten seinem Bericht. Die Männer wussten, dass der Fremde zu ihnen gehörte, denn ihm fehlten zwei Finger seiner Schwurhand. Das war das sichere Zeichen, dass er Joß Fritz niemals verraten würde.

Im Laufe der Jahre waren viele Männer, die an Joß Fritz' Seite gekämpft hatten, gefangen genommen und gefoltert worden. Doch selbst unter Schmerzen hatten die meisten ihren Anführer nicht verraten und geschwiegen, weshalb die Obrigkeit sie nicht zum Tode verurteilen konnte. Aber die Schergen ließen die Männer als Anhänger des Bundschuhs kennzeichnen und ihnen vom Henker den Zeige- und den Mittelfinger abhacken. So sollte auch vermieden werden, dass sie jemals wieder einen Treueschwur leisten konnten. Dabei bedachten die Herren der Obrigkeit nicht, dass sich die Treue der Männer zu Joß Fritz in ihren Herzen festgesetzt hatte und sie ihm bis zu ihrem Tod ergeben sein würden.

Zu diesen wahren Gefolgsleuten gehörte auch der Fremde, den Else Schmid zu ihnen geschickt hatte und dem sie seit geraumer Zeit lauschten.

Joß Fritz hatte die Hände vor sich auf der Tischplatte gefaltet und hörte dem unbekannten Mann aufmerksam zu. Als er zu Ende erzählt hatte, sagte Fritz kein Wort. Er saß scheinbar ruhig da, als ob ihn die Schreckensmeldungen, die er gerade vernommen hatte, nicht berührten. Seine Männer wussten jedoch, dass er innerlich in Aufruhr war. Sie konnten es an seinen mahlenden Wangenknochen erkennen. Aber sie trauten sich nicht, ihn anzusprechen, noch wagten sie, sich zu bewegen. Selbst das kostbare Brot, das der Fremde mitgebracht hatte, tasteten sie nicht an.

Als sie nach einer Weile leises Gemurmel vernahmen, reckten einige ihre Köpfe nach vorn. Sie hofften, ihren Anführer besser verstehen zu können, doch sein Flüsterton verstummte. Fragend blickten sie sich an, als Joß Fritz plötzlich mit der Faust auf den Tisch schlug, sodass jeder im Raum erschrocken zusammenzuckte.

»Ich habe es immer gewusst!«, donnerte er. »Die hohen Herren unterdrücken die Bauern erbarmungslos, und das Gemetzel bei Frankenhausen beweist, dass ich Recht habe.«

Joß wandte sich dem Fremden zu. »Du sagst, dass sie die Bauern wie Vieh abgeschlachtet haben?«

Der Unbekannte nickte und erklärte: »Das Blut ist wie in einer Rinne den Kyffhäuser hinabgeflossen.«

Joß Fritz' Blick verfinsterte sich, und er brüllte seinen Anhängern zu: »Jetzt, da der Adel die Bauernerhebungen blutig niedergeschlagen hat, ist eine neue Erhebung wichtiger als je zuvor!«

Auf diesen Aufschrei hatten die Männer gewartet. Mit Gebrüll streckten alle gleichzeitig ihre Fäuste in die Höhe.

Kilian, einer seiner engsten Kampfbrüder, blickte Joß Fritz nachdenklich an, als dieser ihm ein Zeichen gab, ihm zu folgen.

Vor der Hütte vernahmen sie lautes Vogelgezwitscher und das melodische Summen der Insekten. Joß stopfte sich seine langstielige Pfeife und entzündete sie an der Glut des Zunderschwamms, den er mit Hilfe eines Feuersteins zum Glimmen gebracht hatte. Nachdem er einige Male an der Pfeife gezogen hatte, fragte Kilian: »Was hältst du davon?«

Joß Fritz blinzelte, da ihm der Qualm in die Augen gestiegen war. Er paffte mehrmals, bis das Kraut kräftig glomm, dann antwortete er mürrisch: »Du hast gehört, was ich zu den Männern gesagt habe, und das ist mein Ernst. Jetzt geht es nicht mehr um das Streben nach Gerechtigkeit für den armen Mann. Jetzt wird Hass und Rache unser Antrieb sein.«

Erstaunt hob Kilian den Blick.

»Schau mich nicht so an«, wies Joß Fritz ihn barsch zurecht. »Der Adel hat es nicht anders gewollt. Lang genug haben wir darum gebeten, dass Adel und Kirche das ›Göttliche Recht‹ wieder anerkennen. Doch das vergebliche Betteln muss ein Ende haben. Die Toten der Schlacht bei Frankenhausen dürfen nicht umsonst gestorben sein«, schwor er. Joß inhalierte tief den Qualm aus seiner Pfeife, bis sich seine Anspannung legte. Er setzte sich auf einen Klotz, der als Unterlage zum Holzspalten diente, und starrte vor sich auf den Boden.

Nach einer Weile fragte Kilian ungeduldig: »Joß, was hast du vor?«

»Wir werden den Adel ausrotten«, erklärte Fritz mit hasserfülltem Blick.

Kilian fragte ungläubig nach: »Was willst du?«

»Wenn der Adel uns nicht aus freien Stücken das *alte* Recht zurückgeben will, werden wir einen Vernichtungskrieg gegen ihn führen müssen. Wir werden nur den Kaiser als Monarch anerkennen.«

Kilian stimmte zögernd zu: »Kein Adliger wird den Bauern freiwillig ihre alten Rechte zurückgeben. Keiner würde die Bauern von den Sonderabgaben befreien wollen. Wir beide wissen, dass sie das alte Recht nie wieder zulassen werden. Nie wieder werden sie den Bauern erlauben, zu jagen oder zu fischen. Und sie werden in alle Ewigkeit zu verhindern wissen, dass Bauern ihr Vieh in die Wälder treiben, sobald die Eicheln reif sind. Der Adel fürchtet zu Recht, dass die armen Menschen sich Holz zum Bauen und Brennen nehmen und nichts bezahlen. Kein Landesherr würde diesen Rechten zustimmen. Darum, mein Freund, lass uns nicht länger reden. Lass uns sofort angreifen!«

Joß nickte und sagte mit energischer Stimme: »Du hast Recht, Kilian. Wir werden nicht länger warten und uns das zurückholen, was schon in der Bibel festgeschrieben steht.«

Kilian sah den Freund mit lachenden Augen an und schlug ihm begeistert auf die Schulter.

Joß Fritz stand auf und klopfte seine Pfeife am Holzklotz aus. »Ich verspreche dir und all den Männern, dass ich vor nichts zurückschrecken und nicht eher ruhen werde, bis die Sache der Bauern gesiegt hat – selbst, wenn ich über Leichen gehen muss.«

Dann gingen beide zurück in die Hütte.

Am nächsten Tag saßen die Kampfgefährten mit Joß Fritz zusammen und beratschlagten, was sie als Nächstes tun würden.

»Ich werde Müntzer in Mühlhausen aufsuchen und ihn fragen, ob er sich uns anschließen will«, erklärte Joß, als sein Blick auf den Fremden fiel, der Wolfgang hieß. »Was hast du?«, fragte er, da ihm das bleiche Gesicht des Mannes nicht entgangen war.

»Thomas Müntzer ist tot«, stammelte der Mann.

»Warum hast du uns das nicht schon gestern gesagt?«, schrie ihn Kilian an.

»Ich wusste nicht, dass die Kunde nicht bis zu euch vorgedrungen ist«, erklärte Wolfgang und fügte leise hinzu: »Auch Pfeiffer wurde hingerichtet.«

»Sie sind nicht während des Kampfs gestorben?«, fragte Kilian und bedachte Wolfgang mit einem finsteren Blick.

Der schüttelte den Kopf und berichtete stockend, dass man Müntzer und Pfeiffer nach der Schlacht in Frankenhausen gefangen genommen, gefoltert und enthauptet hatte.

»Es überrascht mich nicht, dass die beiden ein solches Ende gefunden haben, wenngleich es mich betroffen macht«, sagte Joß mit Bedauern in der Stimme. »Beide waren zu theologisch. Beide haben das Problem der Ungleichheit zwischen Adel und Bauernschaft nicht von der politischen Seite angepackt. Sie sind zweifellos Märtyrer, wahre Heilige.«

Joß Fritz schwieg eine Weile, grübelte und erklärte dann leise: »Ihr Tod kommt mir ungelegen! Ganz und gar ungelegen! Dann werden wir uns Luther zuwenden müssen.« Dann wies er Kilian an: »Du wirst die Leute aufteilen. Sie sollen in die Städte gehen und hören, wie die Stimmung unterm Volk ist. Ich will wissen, was sie über Frankenhausen und den Tod der beiden Schwarmgeister denken.«

Fragend zog Kilian eine Augenbraue in die Höhe. »Glaubst du, dass die Kunde von ihrem Tod bereits aus Thüringen bis in den Schwarzwald vorgedrungen ist?«

Joß Fritz zuckte mit den Schultern. »Das sollt ihr in Erfahrung bringen. Auch will ich wissen, was im Reich geschehen ist. Es wird Zeit, dass wir aus unserem Mauseloch hervorkriechen und handeln.«

»Was machst du, während wir Erkundungen einziehen?«, wollte Kilian wissen.

»Ich«, erklärte Joß Fritz, »muss nachdenken. Und dafür brauche ich Ruhe.«

Die Männer wussten nach ihrer Rückkehr nichts Gutes zu berichten. In vielen Gesichtern konnte Joß Fritz blankes Entsetzen erkennen.

»Überall im Reich herrscht Aufruhr«, sagte einer der Kundschafter erregt. »Das Söldnerheer der Fürsten des Schwäbischen Bundes hat unter ihrem Heerführer Georg Truchseß von Waldburg am zweiten Tag dieses Monats den Bauernhaufen am Turmberg oberhalb von Königshofen auseinandergetrieben und tausende Bauern niedergemetzelt.«

»In Königsdorfen im Taubertal haben vor Kurzem noch dreihundert Bauern gelebt. Jetzt sind es nur noch fünfzehn, alle anderen wurden erschlagen«, berichtete ein anderer.

Die acht Kundschafter, die losgezogen waren, überbrachten eine schlechte Nachricht nach der anderen.

»Der Aufstand der Bauern ist zusammengebrochen«, rief einer, und die Männer nickten zustimmend.

Auch Kilian bestätigte ihre Berichte. »Tausende von Bauernfamilien stehen ohne Ernährer da, und das Land verelendet.« Kilian zögerte, dann sagte er: »Florian Geyer wurde letzte Woche ermordet.«

Joß Fritz, der gefasst den Berichten zugehört hatte, riss ungläubig die Augen auf und stöhnte. »Wer war der Schuft?«

»Man erzählt sich, dass zwei Knechte seines Schwagers Wilhelm von Grumbach ihn im Gramschatzer Wald bei Würzburg ausgeraubt und erstochen haben sollen. Bislang hat man seine Leiche nicht gefunden.«

Kurz blitzte Hoffnung in Joß Fritz' Blick auf. »Vielleicht ist die Ermordung nur ein Gerücht.«

»Nein, auch ich habe Berichte über Geyers Ermordung gehört«, erklärte Wolfgang, der bei der Truppe geblieben war.

Joß Fritz war kein Mann, der Gefühle zeigte, doch Geyers Tod ließ ihn nicht kalt. Mit leiser Stimme bat er: »Lasst uns für die Seele Florians beten.«

Die Männer falteten die Hände, senkten den Blick, und Joß sprach ein Gebet, dem er bitter hinzufügte: »Florian war einer der wenigen Edelmänner, die auf unserer Seite gestanden haben. Dank seines Geldes, mit dem er viele hundert Bauern militärisch ausbilden ließ, und dank seiner strategischen Unterstützung hatten wir die Hoffnung, zu siegen. Geyer wird als Held des Bauernaufstands in die Geschichte eingehen.«

Joß blickte in die müden Gesichter seiner Anhänger und befahl: »Lasst uns auf die gefallenen Bauern und Freunde anstoßen und schwören, dass ihr Tod nicht umsonst war.«

Aus der hinteren Ecke der Hütte meldete sich ein Mann zu Wort, der bislang geschwiegen hatte. »Es gibt«, erklärte er, »auch Erfreuliches zu berichten. In Weinsberg haben die Bauern gesiegt.«

»Du dummer Mensch, warum erzählst du uns das erst jetzt?«, rief einer und schlug dem Mann zum Spaß auf den Kopf.

Der Geschlagene schmunzelte und erklärte: »Ich wollte meine Geschichte für den Schluss aufheben.« Er schaute mit wichtigem Blick in die Runde und schilderte, wie der Bauernführer Jäcklein Rohrbach in Württemberg die Burg Weinsberg und den Ort eingenommen hatte. »Die gefangenen Adligen ließ Jäcklein durch die Spieße laufen, und die Bauern stachen auf sie ein, bis sie tot darniederlagen. Anschließend soll Rohrbachs Geliebte, die Schwarze Hofmännin, die Toten aufgeschlitzt und mit dem hervorquellenden Fett ihre Schuhe eingerieben haben«, lachte der Mann, und wieder lachten alle laut mit.

Bis auf einen der Gefährten, der grimmig rief: »Gefangene durch die Spieße hetzen und die Toten auf diese Weise zu schänden kann nicht unser Streben sein.«

»Und was macht der Adel mit den Bauern?«, eiferte sich einer der Männer, der eben noch laut gelacht hatte. »Meinem Bruder haben sie die Zunge herausgeschnitten und die Augen ausgestochen. Findest du das richtig?«

Der andere antwortete mit großer Ernsthaftigkeit: »Nein, gewiss nicht! Aber müssen wir uns wie sie benehmen?«

»Schon in der Bibel steht geschrieben: Auge um Auge, Zahn um Zahn«, sagte Joß mit harter Stimme. »Wir werden es ihnen auf gleiche Weise heimzahlen, so wahr ich Joß Fritz heiße.«

Die Nacht senkte sich über den Schwarzwald, als die Männer in weinseliger Laune in der Hütte saßen und sich an dem Brot und dem Speck labten, den sie mitgebracht hatten.

Freud und Leid liegen dicht beieinander, dachte Kilian, als er die fröhlich entspannten Männer beobachtete. Dabei blickte er zu Joß und erkannte die Erschöpfung in dessen Gesicht. Kilian setzte sich neben ihn und fragte: »Was spukt dir durch den Kopf?«

»Kennst du die Geschichten, die man sich über Jäcklein Rohrbachs Geliebte, die Schwarze Hofmännin, erzählt?«

Kilian schüttelte den Kopf.

»Man sagt, dass sie die Bauernrebellen durch Magie angeblich unverwundbar machen kann. Vielleicht ist das der Grund, warum Rohrbach bei Weinsberg gesiegt hat.«

Kilian ahnte, woran Joß Fritz dachte. »Weißt du, wo sie sich aufhält?«

Statt zu antworten, rief Joß dem Mann zu, der ihnen vom Sieg zu Weinsberg erzählt hatte: »Kannst du uns sagen, wo Jäcklein Rohrbach geblieben ist?«

»Er ist tot!«

»Was?«, schrien Joß und Kilian gleichzeitig, sodass alle verstummten. »Was meinst du mit *tot*?«

»Man hat ihn nach der Bluttat bei Weinsberg gefangen genommen und hingerichtet«, erklärte der Mann, anscheinend gleichgültig, und biss in ein Stück Brot.

»Warum erzählst du, dass Weinsberg ein Erfolg war, wenn ihr Anführer hingerichtet wurde?«, brüllte Joß.

»Weil zahlreiche Adlige zuvor ins Gras gebissen haben. Das ist ein Erfolg«, verteidigte sich der Mann. »Dass Jäcklein danach verbrannt wurde, spielt keine Rolle. Wir haben gesiegt!«

»Ich bin von Irren umgeben«, murmelte Joß und vergrub sein Gesicht in den Händen.

»Was ist mit Rohrbachs Geliebter? Der Schwarzen Hofmännin?«, fragte Kilian und hatte Mühe, sich zu beherrschen. »Lebt sie, oder ist auch sie tot?«

Der Mann zuckte kauend mit den Schultern. »Mir ist nichts zu Ohren gekommen. Ich glaube mich zu erinnern, dass jemand sagte, die Alte sei mit dem Bauernhaufen gegen Heilbronn gezogen.«

Langsam blickte Joß Fritz auf und sah direkt in Kilians Augen. Kilian verstand, holte tief Luft, um dann zu befehlen: »Männer! Morgen werden wir uns auf den Weg nach Heilbronn machen.«

Kapitel 19

Niedergeschlagen und fassungslos saßen Peter und Friedrich, Jakob und Sarah, Hauser, Gabriel und Annabelle an einem der gedeckten Hochzeitstische in der guten Stube des Hofmeister-Hofes. Die übrigen Tische würden unbesetzt bleiben, da Jakob die geladenen Gäste nach dem Drama in der Kirche nach Hause geschickt hatte.

In einer großen Schüssel auf dem Tisch dampfte die klare Rindfleischbrühe, die Lena gebracht hatte, aber niemand rührte das Essen an.

»Es ist schade, wenn die Suppe kalt wird«, sagte Sarah in die Stille. Als sie die abweisenden Gesichter sah, bat sie eindringlich, während sie jedem eine Schale füllte: »Wir werden reichlich Hochzeitsessen wegwerfen müssen, also esst Suppe!«

»Wie konnte das passieren?«, fragte Annabelle in weinerlichem Ton. »Ich habe mir meine Hochzeitsfeier nicht so vorgestellt.«

»Niemand hat erwartet, dass dieser Tag so endet«, versuchte Peter seine Frau zu trösten. Annabelle wandte sich mit wütendem Blick ihrem Mann zu und zeterte laut: »Deine unsägliche Schwester trägt allein die Verantwortung an meinem Elend. Hätte sie Veit nicht mitgebracht, wäre meine Vermählung anders verlaufen.« Annabelle weinte und schniefte in ein Tuch.

»Beherrsch dich, zumal heute auch Weihnachten ist!«, erwiderte Sarah gereizt. »Denk an die arme Anna Maria. Ihr Mann wurde festgenommen und eines schlimmen Verbrechens beschuldigt.«

»Veit ist nicht ihr Ehemann. Die Trauung wurde nicht vollzogen«, warf Jakob ein und schenkte sich einen weiteren Schnaps nach. Es war bereits der fünfte, doch auch der schien ihn nicht betäuben zu können.

»Welch großes Glück sie doch hat«, keifte Annabelle. »Ich wäre froh, wenn die Verhaftung vor meinem Jawort geschehen wäre, dann könnte ich einfach zurück nach Mühlhausen fahren.«

»Annabelle«, ermahnte Gabriel seine Tochter mit scharfem Blick.

»Dir habe ich mein Leid zu verdanken, Vater«, stieß Annabelle zornig hervor. »Dank dir bin ich an diese Familie gebunden. Eine Familie, in der sich Menschen in Tiere verwandeln«, schrie Annabelle.

Sarahs bleiches Gesicht wurde feuerrot. Sie sprang auf, stellte sich vor ihre Schwägerin und stemmte ihre Hände in die Hüften. »Du unverschämtes Frauenzimmer«, rief sie außer sich. »Wie kannst du so etwas über die Hofmeister-Familie sagen? Ullein will uns schaden und hat einzig und allein aus diesem Grund solch unsinniges Zeug ersonnen. Veit ist kein böser Mensch.«

»Diese Kinder haben Veit bei der Verwandlung beobachtet, und der Wolfspelz ist der Beweis!«, widersprach Annabelle zornig.

»Das glaubst du wirklich?«, fragte Sarah fassungslos. »Jeder weiß, dass Nehmenich seinen Verstand versoffen hat und dass er uns Böses will, da Peter seine Tochter Susanna deinetwegen verschmäht hat. Dieser unheilvolle Bauer erzählt nichts als Lügen, die anscheinend bei dir auf fruchtbaren Boden gefallen sind. Anstatt an die arme Anna Maria zu denken, kümmerst du dich nur um dich. Matthias kann froh sein, dass ...«

»Sarah«, rief Peter dazwischen, »sag nichts, was du später bereuen würdest. Dass Annabelle aufgebracht ist, kann ich verstehen.« Er schaute seine Frau an und sagte beschwichtigend: »Es wäre für das Kind und dich sicher besser, wenn du dich ausruhen würdest.«

Annabelle blickte Peter finster an. Wütend riss sie ihre Haube vom Kopf, doch bevor sie diese zu Boden werfen konnte, fasste ihr Vater sie an der Hand und zog sie aus dem Zimmer.

Hauser, der bis dahin das Geschrei stumm ertragen hatte, begann lauwarme Suppe zu schlürfen. Zwischen zwei Schlucken blickte er auf und sagte: »Es ist nicht förderlich, wenn ihr euch gegenseitig die Schuld zuweist und einander beleidigt. Ihr müsst einen klaren Verstand bewahren und überlegen, was zu tun ist. Jemand aus eurer Mitte wurde eines schrecklichen Vergehens beschuldigt und muss mit der Todesstrafe rechnen.«

Jakob, Peter und auch Sarah blickten Hauser bestürzt an.

»Zwischen diesem Ullein und euch herrscht Krieg, und dementsprechend solltet ihr euch verhalten. Die erste Anweisung, die ich euch gebe, lautet: Esst eure Suppe, damit ihr bei Kräften bleibt.«

An Jakob gewandt, der sich gerade einen weiteren Selbstgebrannten nachschenkte, sagte Hauser: »Saufen bringt dich nicht weiter, sondern vernebelt deinen Verstand. Den benötigst du jedoch, damit du planen kannst, wie wir Veit aus seiner misslichen Lage befreien können.«

»Ich bin Bauer und kein Kriegsführer«, erklärte Jakob und führte den halbgefüllten Becher zum Mund.

Doch bevor er trinken konnte, nahm Hauser ihm denselben aus der Hand. »Du verstehst nicht, was ich sage! Veit wird brennen, wenn wir ihm nicht helfen.« Missmutig musterte Hauser den Mann, der den gleichen Vornamen wie er hatte, und sagte mit eindringlicher Stimme: »Falls in deinem Körper auch nur ein Tropfen Blut deines Vaters fließt, dann hör auf mich.«

Jakob blickte Hauser verständnislos an. »Was hat mein Vater damit zu tun? Auch er ist Bauer und wüsste sicher ebenso wenig, was zu tun wäre.«

Friedrich schaute zu Peter und glaubte Furcht in seinen Augen zu erkennen. Er verstand nicht, warum sein Freund noch immer schwieg. *Jetzt wäre der richtige Zeitpunkt, zu erzählen, welch heldenhafter Mann sein Vater war,* dachte Friedrich und schüttelte den Kopf.

Jakob stützte mutlos den Kopf in die Hände und flüsterte: »Wie soll ich Veit helfen können? Ich habe keine Ahnung, was zu tun ist.«

»Das werde ich dir sagen«, sagte Hauser und aß ruhig seine Suppe weiter.

Anna Maria lag weinend in ihrem schwarzen Brautkleid auf dem Bett, und obwohl ihre Lider bereits angeschwollen waren, konnte sie nicht aufhören. Sie fühlte sich elend und alleingelassen, und je mehr sie darüber nachdachte, desto stärker flossen die Tränen. Sie fasste nach der Kette an ihrem Hals und flüsterte zum wiederholten Mal: »Lieber Gott, bitte lass mich aus diesem bösen Traum rasch wieder erwachen.«

Aber der Schmerz, den sie fühlte, als sie sich in den Arm

zwickte, bewies ihr, dass sie nicht träumte. Sie schloss die Augen und sah in ihrer Erinnerung Veit auf dem kalten Kirchenboden liegen, aus zahlreichen Wunden blutend. Den Blick, mit dem er sie angesehen hatte, bevor er bewusstlos wurde, würde sie niemals vergessen können. »Warum hat ihm niemand geholfen?«, schluchzte Anna Maria laut.

Als Ulleins Helfer den ohnmächtigen Veit brutal an den Armen aus der Kirche schleiften, stellte sich keiner der Anwesenden ihnen in den Weg. Sogar ihre eigene Familie ließ es geschehen, und selbst, als Anna Maria aufschrie, weil sich eine Blutspur auf dem Steinboden abzeichnete, taten ihre Brüder nichts, um Veit zu befreien.

»Ich hasse sie! Ich hasse sie!«, schrie Anna Maria in ihr Kissen und schlug mit der Faust immer wieder auf die Strohmatratze.

Der Gedanke, dass Veit tot sein könnte, ließ unbändige Angst in ihr aufsteigen. Anna Maria glaubte, dass der Boden unter ihr schwankte, und ihr Kopf dröhnte. Sie schloss die Augen, wartete, bis ihre aufgewühlten Gefühle sich beruhigten, und dann hörte sie in sich hinein. Die Furcht, die sie stets überkam, wenn im Traum ein Sterbender sich von ihr verabschiedete, blieb aus.

Anna Maria öffnete erleichtert die Augen und dankte dem Himmel. *Es ist noch nicht zu spät!*, dachte sie und schlief erschöpft ein. Doch auch im Schlaf fand sie keine Ruhe. Immer wieder schreckte sie hoch, da sie im Traum Ulleins hässliche Fratze sah und erneut mit ansehen musste, wie die Bauern auf Veit einstachen.

Verzweifelt setzte sich Anna Maria auf und schlug die Hände vors Gesicht, um die schrecklichen Erinnerungen der vergangenen Stunden zu vertreiben. Sie zwang sich, an andere Bilder zu denken. Und plötzlich sah sie sich mit Veit im Heu liegen, und die Erinnerungen an ihre Liebesnacht drängten sich in ihr Bewusstsein. Sie erinnerte sich an die Kälte, die auf der Tenne geherrscht hatte, und ein Schauer durchlief ihren Körper. Anna

Maria lächelte in sich hinein, denn Veit hatte gewusst, wie er sie wärmen konnte. Er hatte sie an Dingen teilhaben lassen, die sie nicht kannte. Bei diesen Gedanken spürte sie, wie Hitze sich ihres Körpers bemächtigte, und augenblicklich fühlte sie sich schuldig.

»Veit ist verhaftet worden, und du denkst an etwas, was du vor der Eheschließung nicht hättest tun dürfen«, schalt sie sich selbst. Der Gedanke, dass Gott sie bestrafen wollte und Veit deshalb leiden ließ, überwältigte sie, als sie laute Stimmen vor ihrer Kammer hörte. Es waren Annabelle und ihr Vater, die beide die Treppe heraufpolterten. Als sich die Tür auf der anderen Seite des Gangs öffnete, hörte Anna Maria, wie Annabelle laut kreischte: »Ich werde nicht in diesem Haus bleiben.«

Und bevor sich die Tür schloss, schrie ihr Vater: »Du bist jetzt eine Hofmeisterin, und du wirst bleiben.«

Das Leben in diesem Haus scheint aus den Fugen geraten zu sein, dachte Anna Maria und fing wieder heftig an zu weinen.

Gabriel kam ohne Annabelle in die Stube zurück und sagte zu Peter: »Sie schläft.«

Erleichtert schob Peter seinen leeren Teller zur Seite und schlug vor: »Wir gehen zum Grundherrn und stellen klar, dass die Anschuldigungen gegen Veit gehässige Verleumdungen sind.«

»Ullein vertritt erst seit Kurzem seinen kranken Vater. Meint ihr, dass sein Leumund größer ist als eurer?«, fragte Hauser nachdenklich.

Jakob verzog verächtlich die Mundwinkel: »Da wir als freie Bauern keine Abgaben an den Grundherrn zahlen müssen, sind wir ihm von je her ein Dorn im Auge. Er wird jeder Anschuldigung, die man gegen die Hofmeister-Familie erhebt, glauben.«

»Dann weiß ich nicht, warum wir zum Grundherrn gehen

sollen. Wir müssen Veit befreien!«, forderte Friedrich, während die anderen schwiegen.

»Wohin könnten sie ihn gebracht haben?«, wollte Hauser wissen, als Gabriel nachdenklich einwarf:

»Ich kann mir nicht vorstellen, dass der Grundherr tatsächlich glauben wird, Veit könne sich in einen Werwolf verwandeln. Zwar werden solche Geschichten im Wirtshaus in bierseliger Laune erzählt, aber sie sind Ammenmärchen. Ich kenne niemanden, der tatsächlich je gesehen hat, wie ein Mensch sich in ein Tier verwandelt. Auch von Zaubersprüchen der Wolfsmagier habe ich noch nie gehört, oder irre ich mich?«

Sarah nickte. »Veit hat uns nie einen Anlass gegeben, an ihm zu zweifeln. Er hat Anna Maria geholfen, Peter zu finden und Matthias nach Hause zu bringen. Was soll er mit Wölfen zu tun haben? Veit ist ein guter Mann – ein neues Familienmitglied und kein Untier«, sagte sie und tupfte sich die Tränen fort.

Jakob seufzte laut: »Unser Vater wüsste, was zu tun ist. Warum musste er nur zur Wallfahrt aufbrechen?«

»Vater ist nicht pilgern!«, sagte Anna Maria, die unbemerkt die Stube betreten hatte.

Alle Blicke richteten sich auf sie. Anna Maria schaute ihren Bruder Peter an und sagte: »Es wird Zeit, dass er die Wahrheit erfährt.«

Jakob wusste sofort, dass er gemeint war, und sah verwirrt zwischen seinem Bruder und seiner Schwester hin und her.

Wohlwollend schaute Hauser Anna Maria an und sagte: »Mutiges Mädchen!«

»Was ist hier los?«, rief Jakob ärgerlich, der mit einem Schlag nüchtern war. Anna Maria schloss die Augen, holte tief Luft und schilderte das Doppelleben ihres Vaters.

Hauser beobachtete Jakob und Sarah. Jede ihrer Gefühlsregungen konnte er in ihren Gesichtern ablesen. Manchmal war es Erstaunen, ein anderes Mal Entsetzen, aber auch Stolz war zu erkennen. Als Hauser zu Peter blickte, glaubte er in dessen Augen Erleichterung sehen zu können.

Es war spät, als Anna Maria Jakob und Sarah zu Ende erzählt hatte, was sie über das unbekannte Leben des Vaters wusste. Nun schaute sie Gabriel und Hauser an, die beiden Männer, die einst unter ihrem Vater gekämpft hatten.

»Jacob Hauser war während der Bundschuh-Aufstände Fähnrich gewesen. Das zeigt, dass Vater ihm sehr vertraute, denn nur wenigen seiner Anhänger war es vergönnt, die Bundschuh-Fahne sehen zu dürfen. Auch Gabriel war unserem Vater stets treu ergeben. Deshalb können auch wir ihnen vertrauen. Ich hoffe, dass wir mit ihrer Hilfe Veit retten werden.«

Anna Maria blickte Jakob an, der bewegungslos vor sich hin starrte. Nichts verriet seine Gedanken. Sarah hingegen sah aus, als ob ihr ein leibhaftiges Gespenst begegnet wäre. Bleich und mit großen Augen griff sie nach dem Schnapsbecher und trank ihn in einem Zug leer. Als sie ihn hustend zurückstellte, schien Jakob aus seiner Starre zu erwachen.

»Ich auch«, murmelte er und goss sich Selbstgebrannten ein. Mit einem Seitenblick auf Hauser kippte er den Schnaps hinunter. Peter wagte kaum, seinen älteren Bruder anzuschauen.

Doch statt eines Zornausbruchs, den Peter fürchtete, blickte Jakob mit vor Stolz glänzenden Augen in die Runde und fragte: »Ob Mutter wusste, wer Vater wirklich war? Wusste sie, welchen großen Helden sie geheiratet hatte? Warum hat er uns nichts erzählt? Es hätte mich schon früher gefreut, solch einen mutigen Mann zum Vater zu haben.«

Peter und Anna Maria konnten seine Gelassenheit kaum fassen.

»Du bist nicht wütend, weil wir dir die Wahrheit über Vater verschwiegen haben?«, fragte Peter.

Jakob zuckte mit den Schultern. »Vielleicht sollte ich das,

aber ich bin ebenso stolz auf unseren Vater, wie ihr es seid. Seine Taten, seine Aussagen und auch seine Strenge ergeben einen Sinn, den ich vorher nicht erkannt habe. Wäre Vater jetzt hier, hätten Ullein und die anderen Männer es nicht gewagt, uns in der Kirche zu überfallen.« Mitleidvoll sah Jakob seine Schwester an. »Es tut mir leid, Anna Maria. Mit Vaters Hilfe hätten wir Veit retten können, aber so ...« Er führte den Satz nicht zu Ende.

Anna Maria wusste, was er meinte, und schloss gequält die Augen. Lautlos liefen ihr die Tränen die Wangen hinab.

Hauser sah Anna Maria nachdenklich an. »Warum glaubst du, dass euer Vater nicht auf Wallfahrt gegangen ist?«, fragte er sie.

Anna Maria, die eine bleierne Müdigkeit überfallen hatte, zuckte zusammen und erklärte erschöpft: »Erinnert ihr euch, dass Jakob bei unserer Ankunft erzählte, ein Fremder habe Vater aufgesucht?«

»Du meinst diesen Kilian«, warf ihr Bruder ein.

Anna Maria nickte. »Ich kenne Kilian«, sagte sie und fügte mit leiser Stimme hinzu: »Er hat mich vor seinen Männern bewahrt, die mich schänden wollten.«

»Jesus und Maria!«, rief Jakob, während sich seine Frau die Hände vor den Mund schlug.

»Warum glaubst du, dass es derselbe Mann war?«, fragte Peter.

Anna Maria zuckte mit den Schultern. »Der Zufall wäre zu groß, dass es zwei Männer mit dem gleichen Vornamen gibt, die zu Vaters Gefolgsleuten zählen. Kilian war überzeugt, wie er mir sagte, dass ich jemandem gleiche, den er aus vergangener Zeit kennen würde. Allerdings war ihm der Name Hofmeister unbekannt.« Anna Maria überlegte kurz und sagte: »Ja, ich bin mir sicher, dass es ein und derselbe Mann ist.«

Hauser gab sich damit nicht zufrieden. »Wer weiß, wen Kilian in dir gesehen hat. Woher willst du wissen, dass er Joß Fritz kennt?« Zweifelnd zog er die Augenbrauen in die Höhe.

»Er hat die Zeichen, die Vater mir in den Pilgerstab geritzt hatte, erkannt, und ...« – Anna Maria stockte kurz – »seine Schwurfinger haben ihm gefehlt!«

»Dann kann es nur Kilian sein. Unser Kilian Meiger!«, murmelte Gabriel. »Ich dachte, sie hätten ihn aufgeknöpft«, sagte er fragend in Hausers Richtung, der unwissend die Hände hob.

»Was bedeutet das?«, fragte Jakob und blickte verständnislos von einem zum anderen.

»Anna Maria hat Recht!«, sagte Hauser. »Euer Vater ist nicht in die Ferne gepilgert, sondern plant mit Kilian einen neuen Aufstand.«

Hauser konnte sich nicht länger auf seinem Stuhl halten. Er sprang hoch und lief aufgeregt im Zimmer auf und ab.

»Aber das ist doch lächerlich«, mischte sich Peter ein. »Warum sollte Vater in seinem Alter nochmals ein solches Abenteuer wagen? Er könnte tatsächlich dieses Mal auf Wallfahrt gegangen sein. Vielleicht begleitet ihn dieser Kilian.«

Hauser und Gabriel blickten sich an, dann lachten sie prustend los. »Glaub uns, Peter: Dein Vater plant einen neuen Aufstand! Wir kennen ihn besser als ihr, seine Kinder.«

Es dauerte eine Zeitlang, bis sich die Gemüter beruhigt hatten. Als endlich Ruhe herrschte, stand Sarah auf und erklärte: »Was nützt uns ein Held der Bauernaufstände, wenn der arme Veit in einem Verlies eingesperrt ist?« Nachdenklich sinnierte sie: »Ich möchte wissen, warum Ullein ausgerechnet Veit, der kein Hofmeister ist, beschuldigt, ein Werwolf zu sein?« Sie fasste sich müde an die Stirn und murmelte: »Ich muss mich hinlegen. Mir wird das alles zu viel.«

Die Männer blickten Anna Maria fragend an, während Jakob erklärte: »Sarah hat Recht. Warum beschuldigt Ullein ausgerechnet Veit? Wäre es nicht leichter, einen von uns eines anderen Verbrechens zu beschuldigen, wenn er unserer Familie schaden will?«, fragte Jakob. »Oder ist etwas Wahres an seiner Behauptung?«

Anna Maria spürte, wie Übelkeit in ihr hochstieg. Kalter Schweiß lief aus ihren Gesichtsporen, und die Zunge klebte ihr am Gaumen. Als auch die Lippen trocken wurden, griff sie hastig nach dem Glas Wasser, das auf dem Tisch stand, und trank es leer.

»Wirst du krank?«, fragte Peter besorgt. Anna Maria blickte von einem zum anderen und zermarterte sich den Kopf mit der Frage: *Wie soll ich es ihnen erklären?* Mit dem Handrücken wischte sie sich den Schweiß von der Stirn.

Die Blicke der Männer verfolgten jede ihrer Bewegungen. Anna Maria wusste, dass es Zeit war, Veits Geheimnis zu lüften. Erneut rieb sie sich über das schweißnasse Gesicht. Dann begann sie stockend von Veit und den Wölfen zu berichten.

Sie erzählte von ihrem ersten Zusammentreffen und wie Veit ihr das Leben gerettet hatte. Sie berichtete, dass Veit aus Liebe zu ihr die Einsamkeit des Waldes verlassen und sie von der Burg Nanstein befreit hatte, wo man sie gefangen hielt.

Anna Maria erzählte alles. Erst nachdem sie geendet hatte, blickte sie auf und erschrak. In den Augen der Männer konnte sie blankes Entsetzen erkennen. Die Verachtung, die ihr entgegenschlug, trieb ihr die Tränen in die Augen. Weinend versuchte sie ihren Liebsten zu verteidigen. »Veit ist kein Werwolf, kein Zauberer und auch kein Hexenmeister. Veit ist der Mann, den ich von ganzem Herzen liebe und der unschuldig in Ulleins Fänge geraten ist«, schluchzte sie laut und sah ihre Brüder flehend an.

Friedrich blickte verängstigt zu Peter und Peter zu Jakob.

»Du hast uns das eingebrockt«, beschuldigte Jakob seine Schwester und schaute sie angewidert an. »Weißt du, was das bedeutet? Was das für uns bedeutet? Wenn Veits Leben mit den Wölfen bekannt wird, werden uns alle, die uns schon immer beneidet oder gehasst haben, den Hof über den Köpfen anstecken. Sie werden uns totschlagen, aufhängen oder vierteilen und keine Rücksicht auf Nikolaus, Christel und Sarah nehmen. Das Gesindel wird uns umbringen, Anna Maria!«, schrie Jakob.

Dann sprang er auf und blickte hinaus auf den Gang. Als niemand zu sehen war, ging er zum Fenster, öffnete die Läden und blickte zur Scheune hinunter. Das Gebäude war hell erleuchtet, und Jakob konnte lauten Gesang hören. »Zum Glück sind die Knechte und Mägde in der Scheune versammelt und feiern, obwohl es nichts zu feiern gibt. Ich hoffe, dass niemand uns belauscht hat.« Er schloss den Laden, setzte sich und vergrub das Gesicht in beiden Händen.

»Jakob«, versuchte Anna Maria ihren Bruder zu besänftigen, »du hast Veit kennengelernt. Er ist kein böser Mensch. Er ist kein Untier. Veit hat die Gabe, mit Wölfen zu sprechen, so wie du die Gabe im Umgang mit Pferden hast.«

»Pferde sind keine mordlustigen Bestien«, wies Jakob sie zurecht. »Und den Anklägern ist deine Begründung einerlei. Für sie wird einzig und allein zählen, dass wir einen Wolfsmenschen beherbergt haben.«

»Ich bleibe keine Nacht länger als nötig in diesem Haus«, presste Gabriel zwischen seinen Zähnen hervor. »Und meine Tochter werde ich mitnehmen«, sagte er, an seinen Schwiegersohn gewandt.

»Das erlaube ich nicht«, erwiderte Peter mit fester Stimme. »Annabelle ist meine Frau und hat an meiner Seite zu sein, in guten und in schlechten Tagen.«

»Bist du von allen Sinnen verlassen?«, schrie Gabriel. »Willst du sie und das Kind dieser Gefahr aussetzen?«

»Welcher Gefahr?«, fragte Hauser ruhig, der wie immer anscheinend einen klaren Kopf behielt.

Alle verstummten und sahen ihn fragend an.

»Niemand außer uns weiß, dass Veit ein Wolfsbanner ist ...«

»Nehmenich hat gesagt, dass seine Kinder Veit bei der Verwandlung beobachtet haben«, zischte Jakob.

»Wer glaubt dem Geschwätz der Kinder? Jeder weiß, dass Nehmenich auf Rache aus ist, weil Peter Susanna verschmäht hat«, erklärte Hauser und tat gelassen, doch dann sagte er in eindringlichem Ton: »Nichts von dem, was Anna Maria uns gebeichtet hat, darf nach außen dringen.«

»Indem wir schweigen, retten wir Veit nicht«, weinte Anna Maria und schnäuzte in ein Tuch. Hauser nickte.

»Da hast du Recht, mein Kind. Aber das Wichtigste ist, Zeit zu gewinnen und zu versuchen, eine Anklage und den Prozess hinauszuzögern. Nur so haben wir genügend Zeit, euren Vater zu finden.«

Die Augen der Hofmeister-Kinder weiteten sich erstaunt.

»Du bist von Sinnen«, schimpfte Gabriel und fragte kopfschüttelnd den Freund: »Wo willst du Joß suchen, und wie willst du ihn finden? Er könnte sich überall im Reich aufhalten.«

Hauser schüttelte den Kopf. »Wir beide kennen Joß und müssen nur jede Möglichkeit abwägen, wen er aufsuchen könnte. Und dabei hilft uns seine Zeichnung.«

»Welche Zeichnung?«, wollte Friedrich wissen.

»Das werdet ihr gleich sehen«, antwortete Gabriel gereizt.

»Was ist, wenn ihr euch irrt?«, fragte Peter leise.

Hauser blickte den jungen Mann streng an und schimpfte: »Daran dürfen wir nicht einmal denken!«

Jakob war schnarchend am Tisch eingeschlafen, während Friedrich sich ein weiteres Stück Schweinefleisch genehmigte, das Anna Maria aus der Küche geholt hatte. Peter hingegen blickte neugierig über Hausers Schulter und fragte: »Was soll die Zeichnung darstellen?«

Hauser lachte leise und verstärkte die Ränder seines Gebildes mit der Kohle. »Das ist die Fritzen-Spirale«, erklärte er und schob das Holzbrett so hin, dass Peter die Zeichnung sehen konnte. »Diese Spirale hat dein Vater erfunden«, erklärte er. »Unter den Tausenden von Männern, die Joß gefolgt waren, gab es nur wenige, denen er vertraute und mit denen er seine Bundschuh-Aufstände plante. Die Posten der Männer wechselten jedoch von Aufstand zu Aufstand. Joß wollte ihre Fähigkeiten bestmöglich ausnutzen und schrieb vor jeder Planung ihre Namen in diese Spirale. Er nutzte allerdings diese Spirale auch, um nach jedem Fehlschlag seiner Aufstände seine Freunde und Feinde darzustellen.«

Peter blickte Hauser verständnislos an.

»Es waren zu viele Anhänger, die Joß um sich geschart hatte«, versuchte Hauser zu erklären. »Jeder Mann, dessen Name in der Nähe der Spiralenspitze stand, konnte sich des Vertrauens von Joß Fritz sicher sein.«

Peter schien immer noch nicht zu verstehen, sodass sich Gabriel nun einmischte: »Wir werden die Namen von ehemaligen Anhängern aufschreiben, mit denen euer Vater Kontakt aufnehmen könnte, um einen neuen Bundschuh-Aufstand zu planen. Um die Wichtigkeit der Person dabei darstellen zu können, werden wir sie in diese Zeichnung einfügen. Wer zum Schluss in der Spitze stehen wird, ist derjenige, bei dem wir euren Vater vermuten.«

Peter nickte zustimmend, er hatte verstanden.

Nur Friedrich fragte: »Warum zählt ihr die Personen nicht einfach auf?«

»Das ist zu ungenau«, sagte Gabriel unwirsch und wandte sich Hauser zu.

Peter blickte beide Männer zweifelnd an, sagte jedoch kein Wort, sondern wartete ab.

»Nenne mir den ersten Namen«, bat Hauser. Gabriel kratzte sich in den grauen Locken und zählte einige Namen auf. Bei zweien schüttelte Hauser den Kopf, doch den dritten Namen schrieb er in die Mitte der Zeichnung.

Langsam füllte sich die Spirale. Manche Namen standen dicht zusammen, zwischen anderen klafften Lücken. Als auch diese ausgefüllt waren, hatten Hauser und Gabriel sechzig Namen aufgezählt, aber nur zweiundvierzig aufgeschrieben. »Manche sind tot, andere zu alt«, erklärte Hauser Friedrich, der nachfragte.

Zum Schluss blieb nur noch die Spitze der Spirale ohne Namen. Hauser und der Bader blickten sich an und sagten wie aus einem Mund: »Else Schmid.«

»Aha! Eine Frau«, meinte Peter enttäuscht, der einen besonderen Namen erwartet hatte.

»Wer ist sie?«, fragte Anna Maria.

Erneut sahen sich Hauser und Gabriel an, und beide sagten wieder gleichzeitig: »Joß' Frau!«

⇌ *Kapitel 20* ⇋

Ullein stand vor dem Kerker und schaute zwischen den Gitterstäben der Eisentür hindurch zu Veit, der bewusstlos auf dem Zellenboden lag.

»Wann bringen wir ihn zum Grundherrn?«, fragte Nehmenich, der eine brennende Fackel in die Höhe hielt. Statt zu antworten, gab Ullein dem Kerkermeister ein Zeichen, die Tür zu öffnen.

»Schau nach, ob er lebt«, sagte Ullein schroff. Der Mann nickte und betrat vorsichtig das dunkle Verlies, wo er sich langsam zu Veit hinabbeugte. Da der Gefangene auf dem Bauch lag, konnte er nicht erkennen, ob er atmete. Mit mürrischem Blick winkte der Wärter Nehmenich zu sich, der widerstrebend die Zelle betrat.

»Leuchte mir mit deiner Fackel«, sagte er und stieß mit dem Finger Veits Schulter an.

Ullein erkannte an den vorsichtigen Bewegungen des Wärters, dass er Angst hatte. »Dreh ihn endlich um«, zischte er ungehalten.

Widerwillig tat der Kerkermeister, wie ihm befohlen, und zog Veit an seinem Kittel auf den Rücken. Dann erhob er sich und stieß grob mit der Fußspitze gegen den leblosen Körper. Veit stöhnte leise auf, und Ullein nickte zufrieden. »Sieh nach, ob seine Wunden bluten.«

Der stämmige Mann tat erneut, wie ihm geheißen, und beleuchtete mit der Fackel, die er Nehmenich aus der Hand riss, Veits Verletzungen.

»Wenn Ihr ihn lebend haben wollt, müsst Ihr nach einem Arzt schicken lassen«, riet der Wärter und fügte hinzu: »Seine Wunden sind tief, und er scheint viel Blut verloren zu haben. Er wird Wundfieber bekommen.«

»So weit kommt es noch«, schimpfte Nehmenich, der die Zelle wieder verlassen hatte und sich dicht neben Ullein stellte.

»Halts Maul! Sieh zu, dass du mir sein Schwert bringst, denn sonst wirst du dich neben ihm in der Zelle wiederfinden«, fauchte Ullein.

»Und was ist mit dem Geld, das du mir versprochen hast?«

Ullein drehte sich ruckartig Nehmenich zu, fasste ihn am Kragen und presste ihn gegen die Eisenstäbe. »Wage nicht, so mit mir zu sprechen, Bauer! Bring mir das Schwert, und dann wirst du deinen Lohn erhalten.«

Nehmenich riss die Augen auf. Er wusste, dass mit Ullein nicht zu spaßen war, und versprach hastig: »Ich werde dir das Schwert bald bringen.«

»Noch eins«, presste Ullein zwischen den Zähnen hervor. »Halt dich mit deinen Erzählungen über den Werwolf zurück. Eine wütende Meute, die das Gefängnis stürmt, ist das Letzte, was ich gebrauchen kann.«

Nehmenich nickte, und Ullein würdigte ihn keines weiteren

Blicks, sondern wandte sich dem Kerkermeister zu und höhnte: »Ein Gefangener benötigt keinen Arzt.«

Der stämmige Mann zuckte mit den Schultern und schloss mit lautem Knall die Eisentür. Dann drehte er den großen Schlüssel herum. Ullein blickte ein letztes Mal zu Veit und lachte dabei spöttisch auf. »Schon bald wirst du verurteilt werden.«

※

Veit erwachte und spürte nichts als Pein. Bei dem Versuch, sich zu bewegen, brüllte er wie ein Tier. Ein stechender und brennender Schmerz durchfuhr seine Gliedmaßen, sodass er glaubte, seine Knochen seien gebrochen und zerschmettert worden. Als er vorsichtig die Finger zu bewegen versuchte, stöhnte Veit laut auf, und Tränen schossen ihm in die Augen. Ihm wurde übel. Innere Kälte ließ ihn erzittern, und im nächsten Augenblick schienen Fieberschübe seinen Körper verbrennen zu wollen.

Veits Mund war trocken, und er konnte kaum schlucken. Suchend wanderte sein Blick in der Dunkelheit hin und her, aber nichts war zu erkennen. Er wusste nicht, wo er war, und er spürte nur Kälte und Feuchtigkeit, die vom Boden in seinen Körper krochen.

Langsam erinnerte er sich. Er schloss die Augen und sah sich wieder in der Kirche am Altar stehen. Er roch die Tannenzweige und den Weihrauch und spürte das Glücksgefühl, das ihn durchströmt hatte, als seine Braut neben ihm trat. »Anna Maria«, flüsterte Veit unter Tränen. Doch dann drängten sich Ulleins Anschuldigungen in Veits Bewusstsein und auch das Geschrei der Leute, die ihn brennen sehen wollten. Die Stimmen hallten in Veit nach, sodass der Druck in seinem Kopf sich verstärkte.

Nun erinnerte er sich, warum sein Körper so fürchterlich schmerzte. »Sie haben mich wie Vieh aufspießen wollen«, flüsterte er und schrie seinen Schmerz und seine Wut hinaus.

Aber niemand hörte ihn.

Veit wusste nicht, wie lange er schon da lag, denn er war unfähig, klar zu denken. Er spürte Schmerzen im ganzen Körper und Angst im Kopf. *Sie werden mich hier bei lebendigem Leib verrotten lassen,* fürchtete er und schrie: »Ich habe niemandem Böses getan!«

Bange Fragen schossen ihm durch den Kopf. *Wie es wohl Anna Maria ergangen ist?* Er erinnerte sich an ihren entsetzten Blick in der Kirche. *Was wird ihre Familie zu den Anschuldigungen sagen? Die Hofmeisters können nicht wissen, dass ich nur das Beste für Wölfe und Menschen gewollt habe.*

Gequält schloss Veit die Augen. Lautlos liefen ihm Tränen die Wangen hinab.

Er nickte ein und erwachte, als heftiges Fieber sein Gesicht erglühen ließ. Veit verspürte schrecklichen Durst, aber niemand war da, um ihm zu trinken zu geben. Seine Zunge schwoll an, und er konnte kaum mehr schlucken.

»Hilfe!«, schrie er, so laut er noch konnte. Immer wieder, bis er nur noch flüstern konnte.

»Hilfe!«, stammelte er und fiel in Ohnmacht.

Ullein tippte Veit mit dem Schuh an, doch der bewegte sich nicht.

»Berühr seine Halsader und stell fest, ob sie pocht«, befahl er.

Der Kerkermeister wich entsetzt zurück. »Ich fasse den Mann nicht an«, sagte er.

Ullein riss dem Mann die brennende Fackel aus der Hand und schlug sie ihm blitzschnell gegen den Schopf, sodass es nach verbrannten Haaren roch. »Mach, was ich dir sage, oder du wirst es bitter bereuen!«, zischte er ungehalten und blitzte den Kerkermeister wütend an.

Der Wärter wusste, dass der Sohn des Försters ein jähzorniger Mensch und zu allem fähig war. Ängstlich ließ er sich langsam auf die Knie nieder und fasste dem Unbekannten auf dem Boden an den Hals.

»Was ist?«, fragte Ullein ungeduldig.

»Er lebt, aber sein Blut fließt sehr langsam. Womöglich wird er die Nacht nicht überleben.«

Ohne etwas zu sagen, ließ Ullein den Mann stehen und verließ die Zelle. Mürrisch stieg er die ausgetretenen Treppenstufen nach oben. Im Gang des Gebäudes lehnte er sich an die grobe Sandsteinmauer und überlegte. Als der Kerkermeister ihn ansprach, zuckte Ullein zusammen. »Was ist?«, blaffte er den Wärter an.

»Sollen wir ihn sterben lassen? Der Henker kann seinen Leichnam abholen und verbrennen«, erklärte der Mann und senkte unterwürfig den Blick. Er wartete auf Antwort und hoffte auf eine Münze Belohnung.

Ullein hingegen war mit seinen Gedanken weit weg. *Wenn er stirbt,* dachte er, *war meine Rache nur von kurzer Dauer. Vor allem werden der Richter und der Schwager des Fürsten mich zur Rede stellen. Wenn ich ihnen sage, dass der Werwolf gestorben ist, werden sie womöglich mich zur Verantwortung ziehen. Nein, ich brauche diesen Mann lebend!*

»Geh zu dem Quacksalber am Ende des Dorfes. Er soll dem Gefangenen die Wunden versorgen, damit er überlebt. Sage ihm, dass er nicht wagen soll, zu viel für seine Dienste zu verlangen. Und du schweigst! Kein Wort über das Vergehen des Gefangenen.«

Der Kerkermeister nickte und verbeugte sich, wobei er Ullein seine von Gichtknoten verkrüppelte Hand entgegenstreckte. »Ohne Bezahlung wird er nicht kommen.«

Ullein wollte unwirsch die Hand wegstoßen, zügelte sich aber und drückte dem Kerkermeister einige Geldstücke in die Hand. *Das werde ich mir doppelt und dreifach zurückholen,* höhnte er in Gedanken und verließ das Gebäude.

Veit hatte das Gefühl, in dichtem Nebel zu liegen. Alles um ihn herum wirkte undeutlich, verzerrt und verschwommen. Er konnte keine Menschen sehen, glaubte aber in der Ferne Stimmen zu hören, die schwach zu ihm durchdrangen. Da er die Worte nicht verstehen konnte, die ihm zugeflüstert wurden, hob er den Kopf, um besser lauschen zu können. Doch es nützte nichts. Er begriff den Sinn der Worte nicht.

Lachen war zu vernehmen, das rasch wieder verklang. Hände schienen Veit anzupacken, denn er spürte ihren Griff auf der Haut, was ihm Angst machte. Mühsam versuchte er sie fortzuschieben, aber er war zu schwach. »Lasst mich«, krächzte er hilflos.

Plötzlich spürte er ein Brennen, als ob ihm ein Stück Haut vom Körper gezogen würde. Veit schrie und versuchte sich zu wehren, doch die fremden Hände waren stärker. Er sah einen glühenden Ball vor sich, der sich in sein Fleisch fraß. Ihm wurde schlecht vor Schmerzen, und er versuchte den Ball wegzutreten, als jemand schrie: »Halt den Mistkerl fest!«

Der helle Nebel wurde dichter und verfärbte sich dunkel. Als er schwarz und undurchlässig war, hüllte er Veit gänzlich ein.

Veit erwachte langsam. Die tiefe Dunkelheit um ihn herum war verschwunden, und er konnte Wände erkennen. Um besser sehen zu können, verengte er seine Augen und blickte nach oben. Über ihm im Mauerwerk schien ein Stein zu fehlen, sodass ein schwacher Lichtstrahl den Raum leicht erhellte.

Mühsam hob er den Kopf, um sich umzublicken. Er lag inmitten einer Zelle, deren dicke Steinwände von dem Licht sanft angestrahlt wurden. Es war feucht in dem Raum, und es roch muffig. Veit legte den Kopf erschöpft zurück und versuchte vorsichtig seine Finger zu bewegen. Sogleich spürte er den Schmerz, der seinen Körper durchzuckte, aber erträglich geworden war.

Veit tastete um sich und konnte unter sich einen Strohsack und über sich eine dünne Decke spüren. Angespannt strich er mit den Fingerkuppen an seinem Körper entlang und fühlte um den Bauch einen breiten Verband. Er legte die Hand auf die Binde und drückte leicht zu, als ihm der aufkommende Schmerz die Luft raubte. Veit schrie auf, und sogleich brannten Tränen in seinen Augen.

»Was haben sie mit mir gemacht?«, keuchte er.

»Dir wurden Wunden ausgebrannt, damit du nicht am Fieber dahinsiechst«, sagte eine Stimme in der Nähe.

Veit kniff die Augen zusammen und erblickte einen Mann, der außerhalb der Gitter stand. »Ich kenne dich«, murmelte er. Und plötzlich wusste er es. »Du bist der Sohn des Försters.«

Hämisches Lachen war die Antwort.

»Warum hast du mir das angetan?«, fragte Veit und konnte nicht verhindern, dass seine Stimme erbärmlich klang.

»Na, na!«, spöttelte Ullein. »Ein Landsknecht jammert nicht, sondern erträgt sein Schicksal mit Würde.«

»Verhöhne mich nicht, sondern antworte!«, sagte Veit ärgerlich und versuchte sich auf seinem Unterarm aufzurichten, um den Mann besser sehen zu können.

Ullein stand vor der Eisentür und schaute voller Verachtung auf Veit herunter.

»Du bist ein Werwolf«, erklärte der Sohn des Försters hochmütig. »Nehmenichs Kinder haben dich bei der Verwandlung gesehen und deine Zauberformel gehört.«

»Du weißt, dass das Geschwätz ist. Ich habe die Wölfe von hier fortgeführt, um die Menschen vor ihnen zu schützen.«

Veit hatte das Gefühl, als ob Ullein darüber erstaunt war, und erklärte deshalb: »Ich habe ein frommes Gebet gesprochen, um Frieden zwischen den Wölfen und den Herden der Bauern zu schaffen. Die Kinder müssen das missverstanden haben, weil sie Jesaja, Kapitel 65 nicht kennen.«

Ullein ließ sich nicht beirren und schnaubte: »Du kannst mir viel erzählen. Ich werde dafür sorgen, dass man dich der Tierverwandlung anklagen wird.«

»Was habe ich dir getan, dass du solch ein Schicksal für mich ersinnst?«, forderte Veit eine Erklärung von Ullein.

Zorn packte diesen. Er umklammerte die Stangen der Eisentür, sodass seine Knöchel weiß hervortraten. Sein Gesicht presste er dazwischen, dass Veit den Hass in seinen Augen erkennen konnte.

»Du bist der Bruder dieses Johann von Razdorf, der mir meinen Platz an der Seite des Ritters von Sickingen streitig gemacht hat. Johann kann ich nicht fassen, aber mit dir schlage ich zwei Fliegen mit einer Klappe, denn wenn du brennst, werden auch die Hofmeisters büßen. Diese Genugtuung wird meinem Vater das Sterben erleichtern und mir endlich seine Anerkennung einbringen.«

»Was kann ich für meines Bruders Fehler?«, schrie Veit, doch langsam dämmerte ihm, was Ullein vorhatte. »Du bist nicht bei Sinnen«, flüsterte er und heulte wie ein Wolf auf, sodass Ullein hastig den Kerker verließ.

Als Veit allein war, legte er sich ermattet zurück auf sein Lager. Sein Lebenswille, der in den letzten Stunden gebrochen schien, erwachte erneut. »Ich muss mit Anna Maria sprechen«, flüsterte er und schlief vor Erschöpfung ein.

Veit dämmerte unruhig dahin, als er spürte, wie jemand sich an ihm zu schaffen machte. Seine Hand schnellte trotz der Schmerzen nach vorn und erfasste den Stoff eines Kittels. Er riss die Augen auf und blickte in das erschrockene Gesicht eines älteren Mannes. Als der Fremde schreien wollte, umfasste Veit seine Kehle und flüsterte: »Wenn du schreist, werde ich dir die Kehle zerfetzen.«

In den Augen des Alten konnte Veit blankes Entsetzen erkennen. Ohne den Hals des Mannes loszulassen, krächzte Veit ungerührt: »Wo sind der Sohn des Försters und der Wärter?«

Der Mann schluckte mehrmals, bevor er sagte: »Der Kerkermeister holt frisches Wasser aus dem Brunnen, und Ullein ist auf dem Weg nach Kaiserslautern.«

»Wo bin ich?«

»Im Verlies des Katzweiler Rathauses.«

»Wer bist du?«

»Ich sehe nach deinen Wunden.«

Die Antwort beruhigte Veit, und er ließ den Hals des Mannes los. Ohne ihn aus den Augen zu lassen, legte er sich zurück auf sein Lager. Da seine Hand krampfte, öffnete und schloss er sie mehrmals, um die Finger zu entspannen.

»Wenn du schreist oder wegläufst, werde ich dich töten«, versprach Veit grimmig und hoffte, mit diesen Worten den Mann einzuschüchtern.

»Tu mir nichts«, jammerte der Fremde und blickte voller Furcht auf Veit hinab. »Ich habe dir geholfen, denn sonst wärst du elendig am Wundfieber gestorben.«

Veit betrachtete den Mann, dessen Kleidung schäbig und abgewetzt war. Sein Gesicht war alt und runzlig, und er stank nach Bier. Seinem Aussehen nach zu urteilen, war er einer dieser Quacksalber, die sich um Menschen kümmerten, die sich keinen geschulten Arzt leisten konnten.

»Ich bin unschuldig«, zischte Veit. »Ullein will mich aus Rache anklagen. Nichts von dem, was er mir vorwirft, entspricht der Wahrheit.«

Plötzlich konnte man hören, wie die Tür zur Verliestreppe geöffnet wurde. Hastig griff Veit nach dem Arm des Alten und flüsterte: »Geh zu den Hofmeisters nach Mehlbach und berichte ihnen von mir. Sie werden es dir reich entlohnen.«

Als der Kerkermeister die Treppe herabstieg, ließ Veit den

Mann wieder los und schloss die Augen. Der Wärter blickte misstrauisch zu dem Alten. »Ist er erwacht? Ich habe Stimmen gehört.«

Der Quacksalber schaute Veit kurz an und beschimpfte dann den Wärter. »Dummer Mensch! Ich habe mit mir selbst gesprochen.«

⋅⊱◈⊰⋅

Der Richter musterte mit misstrauischem Blick den Sohn des Försters aus Mehlbach. Seine listigen kleinen Augen wanderten hin und her, und schließlich sagte er leise: »Du weißt, dass der Schwager des Fürsten Gefallen an deiner Werwolf-Andeutung gefunden hat?«

Ullein stand steif vor dem Schreibtisch des Mannes und nickte.

»Du weißt auch, dass ich es als Absurdum empfinde, da mir Geschichten über Tierverwandlungen in unserer Gegend nie zu Ohren gekommen sind?« Der Richter schwieg und musterte Ullein erneut. Dann stand er auf und stellte sich dicht vor ihn.

Ullein war kein kleiner Mann, aber der Richter überragte ihn um einen halben Kopf. Seine massige Gestalt verdeckte die drahtige und schlanke Figur des Förstersohnes gänzlich. Der Richter verschränkte die Hände auf seinem breiten Rücken und sagte eindringlich: »Um deine Glaubwürdigkeit zu beweisen, musst du vor mir, dem Richter, einen Eid ablegen. Solltest du dabei lügen, gilt dieser Meineid als Todsünde und wird von Gott sofort bestraft werden. Bist du dir dessen bewusst?«

Ullein schluckte schwer. Er wusste, dass es für ihn aus dieser Lage kein Entkommen gab, da er dummerweise den Schwager des Fürsten miteinbezogen hatte. Trotzdem versuchte er die Anklage abzumildern und schlug vor: »Man könnte den Gefangenen nur der Wilddieberei anklagen.«

Kaum hatte er es ausgesprochen, verzog ein hässliches Grienen den Mund des Richters. »Dafür ist es zu spät! Da der Schwager des Fürsten glaubt, dass sogar im *Malleus Maleficarum* ein Text über Tierverwandlungen geschrieben steht, kann ich die Anklage nicht ändern. Er studiert den Hexenhammer gerade und wird sich dieser Tage bei mir melden.«

Bei der Erwähnung dieses Buches weiteten sich Ulleins Augen. »Was ist, wenn der Mann vorher stirbt?«, krächzte er bleich.

»Mir wäre es einerlei. Aber der Schwager des Fürsten wird sich dann wohl an dich halten wollen.«

Kapitel 21

Zwei Tage nach Veits Verhaftung hatte noch immer niemand auf dem Hofmeister-Hof von ihm gehört. Jeder schien wie gelähmt und wusste nicht, was zu tun war. Sollte man sich ruhig verhalten und abwarten? Oder sollte man vor Ulleins Haus Krach schlagen und Gefahr laufen, dass noch jemand eingesperrt werden würde? Die Lage war schwierig, und kaum einer wagte eine Antwort zu geben.

Da die Tiere versorgt werden mussten, ging das Leben auf dem Gehöft weiter. Eine Magd hatte aus Furcht vor den Werwolf-Anschuldigungen den Hof verlassen. Die übrigen Mägde und Knechte würden bleiben, obwohl man ihnen ihre Angst ansehen konnte. Doch sie wussten: Sollten sie die Stelle bei den Hofmeisters zu dieser Jahreszeit aufgeben, würden sie im Winter keine neue Arbeit finden und hungern müssen.

Anna Maria saß vor ihrem erkalteten Morgenbrei am Küchentisch, die Hände im Schoß gefaltet, und schaute teilnahmslos der Magd zu, die geschäftig hin und her lief.

Als Lena den unberührten Gerstenbrei sah, schimpfte sie: »Du musst essen, Anna Maria, damit du bei Kräften bleibst. Es nützt nichts, wenn du krank wirst.«

»Ich bekomme keinen Bissen hinunter«, flüsterte Anna Maria, der sofort die Tränen in die Augen schossen. Als Lena das bleiche Gesicht der jungen Frau sah, setzte sie sich zu ihr und legte tröstend den Arm um sie. »Mach dir keine Sorgen. Peter wird sicherlich erfahren, wo sie Veit hingebracht haben. Dann werden wir zu ihm gehen und nachschauen, wie es ihm geht«, versuchte Lena die verzweifelte Anna Maria zu trösten.

Gerne hätte Anna Maria der Magd geglaubt, doch ihr Bruder Jakob hatte alle Hoffnungen seiner Schwester zerstört.

Die Berichte, dass sein Vater ein anerkannter Kämpfer für die Rechte der Bauern war, hatte Jakob mit Freude vernommen. Als er aber hörte, dass sein Vater neben der Mutter ein weiteres Eheweib hatte, spürte er nur noch Zorn für ihn. Von diesem Augenblick an wollte Jakob von dem Plan, den Vater zu suchen, nichts mehr wissen. »Er kann mir gestohlen bleiben«, hatte er bitter geschworen und die anderen ratlos in der Stube zurückgelassen. Von einem Wimpernschlag zum nächsten war die Hoffnung, Veit durch die Hilfe des Vaters zu retten, zunichtegemacht worden. Eine andere Möglichkeit bot sich ihnen nicht, denn Ullein würde nur vor einem Daniel Hofmeister Achtung haben.

»Ich werde meinen Liebsten niemals wiedersehen«, weinte Anna Maria, und keiner war fähig, sie zu trösten.

Peter blickte seine Schwester mitfühlend an. Er konnte ihre Qual nicht länger ertragen und versprach ihr: »Ich werde die Bauern aufsuchen, die Ullein in der Kirche um sich geschart hatte. Einer von ihnen wird mir verraten, wohin sie Veit gebracht haben.«

Es schneite, und Peter fror vom Kopf bis in die Zehenspitzen, aber er wollte nicht eher nach Hause gehen, bis er wusste, wo man Veit eingesperrt hatte. Mit der Faust klopfte er gegen die Tür des kleinen schäbigen Bauernhauses, das windschief am südlichen Ende von Mehlbach stand. Als niemand öffnete, hämmerte Peter mehrmals gegen das verwitterte Holz. Endlich erschien eine Frau mit einem Kleinkind auf dem Arm am Fenster.

»Was willst du?«, fragte sie und schaute unsicher zu ihm herunter.

»Deinen Mann sprechen«, antwortete Peter knapp.

»Er ist nicht da«, sagte sie schroff.

Peter ging einige Schritte zurück und blickte hoch. Schneeflocken setzten sich auf seine Wimpern. Er blinzelte sie weg.

»Wer steht dann hinter deinem Rücken und traut sich nicht, sich zu zeigen?«, fragte Peter ungehalten.

In dem Augenblick trat ein Mann hinter der Frau hervor und rief Peter zu: »Mach, dass du fortkommst, Hofmeister. Ich will dich hier nicht sehen.«

»Ich werde sofort gehen, wenn du mir gesagt hast, wohin ihr Veit gebracht habt.«

»Verschwinde«, brüllte nun der Mann. »Deine Sippe kann froh sein, dass wir nicht auch diese Wolfsbraut Anna Maria mitgenommen haben.«

Wütend griff der Mann nach vorn, zog den Klappladen zu und ließ Peter im Schneetreiben stehen.

»Dummer Mensch«, murmelte der und stapfte durch den Schnee zum nächsten Haus. Dieser Bauer war ebenfalls bei Veits Verhaftung dabei gewesen und hatte mit seiner Mistgabel auf ihn eingestochen. Aber auch hier bekam Peter keine Auskunft, sondern musste sich Häme anhören.

»Endlich nutzt es euch nichts, dass ihr freie Bauern seid«, lachte der Mann und rotzte Peter voller Verachtung vor die

Füße. »Der Werwolf wird brennen und ihr mit«, schrie er Peter hinterher, der eilends das Weite suchte.

So erging es dem jungen Hofmeister bei jedem, den er befragen wollte. Niemand war bereit, mit ihm zu reden, und überall bekam er den Spott und den Neid der Menschen zu spüren. Mutlos ging Peter nach Hause, wo er Anna Maria von seinem Misserfolg berichtete. Sie sagte nichts, sondern stürmte schluchzend an ihm vorbei aus der Küche.

»Bist du beim Sohn des Försters gewesen?«, fragte Hauser, der in dem Augenblick den Raum betreten hatte, als Anna Maria hinauslief.

»Nein!«, sagte Peter. »Den Weg können wir uns sparen, da Ullein uns nichts verraten wird. Meine Hoffnung waren die Bauern gewesen, die er in der Kirche neben sich hatte. Ich habe jeden befragt, und obwohl ihnen die Angst vor dem Werwolf im Nacken sitzt, sind sie schadenfroh, dass uns das passiert ist.«

»Was hattest du erwartet, Peter? Freie Bauern sind nicht gern gelitten, vor allem während der Winterzeit, wenn viele Hunger leiden, während ihr die Speisekammern gefüllt habt.«

Während Hauser einen runzligen Apfel schälte, sagte er, ohne aufzublicken: »Ihr habt nur eine Möglichkeit, Veit zu befreien. Euer Vater muss …«

»Das kannst du vergessen«, erklärte Peter erregt. »Jakob wird nicht zustimmen.«

»Benötigen wir – benötigst du seine Einwilligung?«, fragte Hauser ernst.

»Er ist der Hoferbe und hat das Sagen. An ihm führt kein Weg vorbei. Würde ich mich gegen seinen Willen stellen, könnte ich mit meiner Frau heute noch den Hof verlassen.«

Hauser blickte Peter zweifelnd an. »Ich glaube nicht, dass Jakob so streng verfahren würde.«

»Das mag stimmen, und üblicherweise würde Jakob sich nicht so verhalten. Aber seit er weiß, dass Vater außer unserer

Mutter ein zweites Eheweib hat, ist seine Bewunderung für ihn in Verachtung umgeschlagen.«

»Warum sich darüber aufregen?«, fragte Hauser kopfschüttelnd. »Viele Männer haben Zweitfrauen, wenn sie jahrelang unterwegs sind. Außerdem war die eine Frau Daniel Hofmeister zugeneigt und die andere Joß Fritz.«

»Mag sein«, sagte Peter nachdenklich. »Dennoch könnte ich mir für mich ein solches Verhalten nicht vorstellen.«

Im Treppenhaus hörte Peter Anna Maria weinen. Es grämte ihn, dass seine Schwester litt und es keinen Ausweg für sie gab. Er überlegte nicht weiter. Er drehte sich um, zog seine nassen Stiefel an und ging über den zugeschneiten Hof. Peter wusste, dass es nur einen Ort gab, den sein Bruder Jakob schon von klein an aufsuchte, wenn er allein sein wollte.

Das große zweiflüglige Scheunentor quietschte, als Peter eine Seite öffnete. Rasch schlüpfte er durch den schmalen Spalt in die Scheune, wo er von Pferdeschnauben begrüßt wurde. Peter ging an den mit Balken abgegrenzten Pferdeständen vorbei und strich jedem Pferd über die Nüstern. Bei einer braunen Stute blieb er stehen und kraulte sie hinter den Ohren, die vorwitzig nach oben standen. »Na, meine Dicke?«, sagte Peter. »Du kannst es sicher kaum erwarten, bis du wieder auf der Koppel grasen kannst.« Er schaute sie von der Seite an. »Du bist rund geworden. Das wird ein kräftiges Fohlen werden.«

»Was willst du?«, fragte Jakob, der seinen Kopf aus dem letzten Stand streckte.

»Wusste ich doch, dass ich dich hier finden werde«, sagte Peter und grinste seinen Bruder an. Jakob war nicht nach Schelmerei zumute. Mit mürrischem Blick ließ er sich auf dem mit Stroh bedeckten Boden nieder und zupfte Halme auseinander.

Peter kroch unter dem Balken hindurch und lehnte sich neben seinem Bruder gegen die Scheunenwand. Das Pferd, das vor ihnen stand, schnupperte an Peters Hosenkleid und knabberte daran.

»Wir können Anna Maria nicht im Stich lassen«, erklärte Peter und strich dem Pferd über die Stirn.

»Hast du Veits Aufenthalt in Erfahrung bringen können?«, fragte Jakob.

Peter glaubte Gleichgültigkeit in der Stimme seines Bruders zu hören und blickte ihn fragend an.

»Schau nicht so«, schimpfte Jakob, »Veit gehört nicht zur Familie und ist mir deshalb einerlei. Er trägt an seinem Schicksal die alleinige Schuld. Wenn er meint, er müsse mit den Wölfen sprechen und heulen, dann sollen ihn die Wölfe retten. Wir können froh sein, wenn wir durch ihn nicht noch mehr Scherereien bekommen.«

Peter hatte Mühe, sich seinen Ärger nicht anmerken zu lassen. Er wartete, bis sich sein Gemüt beruhigt hatte, und sagte: »Weißt du, was du da sagst? Veit ist der Mann unserer Schwester.« Peter ahnte, dass Jakob widersprechen würde, und fügte rasch hinzu: »Einerlei, ob die Trauung stattgefunden hat oder nicht. Anna Maria liebt ihn und vertraut ihm. Unsere Schwester hat uns erklärt, wie es dazu gekommen ist, dass Veit vor Wölfen keine Angst hat und ihnen hilft.«

Jakob schwieg und strich sich müde über das Gesicht. Er atmete heftig aus und sagte: »Seien wir ehrlich, Peter: Was können wir schon ausrichten? Sollen wir Ullein zusammenschlagen? Sieh uns an!« Er lachte bitter. »Wir sind zwar kräftige Männer, aber dein Arm ist verkrüppelt, und auch ich habe durch meinen Unfall vor vielen Jahren einige Makel zurückbehalten. Mit Ullein sprechen? Da können wir auch mit dem Gaul reden, da erreichen wir genauso wenig. Glaube mir, Veit ist verloren, und je eher wir uns das eingestehen, desto besser ist es.«

Peter schwieg, denn er wusste nicht, wie er seine Bitte in Worte kleiden konnte, ohne dass Jakob toben würde. Doch da ihm keine andere Möglichkeit einfiel, sagte er unvermittelt: »Du weißt, Jakob, dass es noch eine Möglichkeit gäbe, Veit zu retten.«

Jakob horchte auf, doch als er Peters Blick sah, ahnte er, was sein Bruder meinte. »Nein! Niemals«, schrie er, sodass das Pferd erschrak und wieherte. Peter beruhigte den Wallach und fragte: »Warum? Schließlich geht es um Veits Leben. Vater wäre der einzige Mensch, den Ullein und all die anderen fürchten würden.«

»Ich will diesen Mann hier nicht sehen«, schimpfte Jakob mit verhaltener Stimme, um das Pferd nicht erneut zum Scheuen zu bringen.

»Bist du von Sinnen?«, entgegnete Peter. »Vater ist immer noch der Bauer dieses Gehöfts, und du nur der Hoferbe.« Er blickte seinen Bruder scharf an und warf ihm vor: »Du hast Angst, dass du deinen Platz abgeben musst, sobald Vater zurück ist.«

»Unfug! Ich wäre erleichtert, wenn ich die Verantwortung loswürde.« Jakob blickte Peter forschend an und presste dann hervor: »Du scheinst dir über Vaters zweite Frau keine Gedanken zu machen.«

Fragend zog Peter die Augenbrauen zusammen, sodass eine steile Falte über seiner Nase entstand. »Warum sollte ich? Ich kenne sie nicht.«

»Denk nach!«, zischte Jakob. »Wenn wir Vater rufen und er zurückkommt, wird er sicherlich dieses Weib mitbringen. Womöglich hat er mit ihr Kinder, die uns unser Erbe streitig machen werden.«

Peters Augen weiteten sich. »Daran habe ich nicht einen Augenblick gedacht«, murmelte er.

Jakob nickte und erklärte ihm ernst: »Wir waren fünf Geschwister, und mit dieser Else hat Vater vielleicht auch drei, vier oder mehr Kinder. Wenn sie alle von den Ländereien abhaben wollen, musst du mit Annabelle und dem Kind nach Mühlhausen gehen, da der Hof uns nicht alle ernähren kann.«

Jakob blickte Peter streng an. Als er sah, wie sein Bruder bleich wurde, atmete er erleichtert aus. Endlich hatte er begriffen.

»Wir müssen das auch Anna Maria erklären«, sagte Jakob. »Sie wird meinen Entschluss, Vater in der Fremde zu lassen, hoffentlich verstehen.«

Peter dachte nach: »Aber was ist, wenn wir uns irren? Wenn diese Else Schmid kein Verlangen hat, mit Vater nach Mehlbach zu kommen? Vielleicht will Vater sie hier nicht haben. Vielleicht ist sie wie unsere Mutter bereits tot oder krank oder neu verheiratet. Schließlich waren Vater und sie viele Jahre getrennt. Vielleicht haben sie nur ein Kind, das froh wäre, wenn es uns als Geschwister hätte. Vielleicht ...«

»Halts Maul«, zischte Jakob. »Du kannst doch nicht ernsthaft so denken und alles aufs Spiel setzen, was wir uns über Jahrzehnte aufgebaut und erarbeitet haben!«

»Wir werden Hauser fragen, ob Vater mit dem Weib Kinder hat«, sagte Peter energisch und erhob sich. »Dann werden wir neu überlegen.«

Hauser saß vergnügt mit Lena in der Küche zusammen, als die Hofmeister-Brüder zu ihm kamen und ihn fragten. Erstaunt blickte er die beiden Männer an. »Ich wüsste nicht, dass Joß und Else Kinder haben. Ich werde Gabriel fragen, um sicherzugehen«, schlug er vor und ging hinaus. Kurz darauf kam er wieder und schüttelte den Kopf. »Er sagt auch, dass sie keine haben.«

Zufrieden schaute Peter zu Jakob. »Dann wäre das geklärt, und wir können darüber nachsinnen, wie wir Vater finden.«

Als Jakob nichts erwiderte, murmelte Hauser: »Endlich! Wir haben schon zu viel Zeit vertrödelt.«

In diesem Augenblick klopfte es an der Haustür, und Lena eilte nach draußen, um nachzusehen.

»Ein Fremder steht vor dem Haus«, sagte sie leise, als ob der Mann vor der Eingangstür sie hören könnte.

»Was will er?«

»Anna Maria sprechen!«

Peter sprang sofort hoch. »Sie kommen sie holen«, raunte er und schaute entsetzt seinen Bruder an.

»Warum sollten sie Anna Maria holen?«, fragte Jakob ebenso leise zurück.

»Die Bauern haben sie als Wolfsbraut beschimpft. Vielleicht denken sie, dass auch Anna Maria mit den Wölfen sprechen kann.«

In diesem Augenblick sagte eine unbekannte Stimme an der Küchentür: »Entschuldigt, Bauern. Aber draußen ist es kalt, und es gruselt mich in der Dunkelheit.«

»Wer bist du?«, fragte Hauser und stellte sich breitbeinig vor den Fremden.

»Ein Mann, der im Gefängnis von Katzweiler sitzt, bat mich, euch aufzusuchen.«

Erstaunt blickten die Männer den Fremden an. »Veit!«, flüsterte Peter.

Der Unbekannte zuckte mit den Schultern. »Ich kenne seinen Namen nicht. Er sagte nur, dass ich hierher kommen soll und ihr mich dafür entlohnen würdet.«

Hauser betrachtete den Mann kritisch. Seine Kleidung war zwar abgewetzt, aber anscheinend aus gutem Stoff. Seine Erscheinung war ungepflegt, und er stank nach Bier und Schnaps. Auch rieb er unruhig seine Hände aneinander.

»Möchtest du Wein trinken?«, fragte Hauser, und der Mann nickte sofort. Als Lena ihm den Becher reichte, zitterten seine Hände, und er trank gierig.

Peter hatte derweil Anna Maria gerufen, die in die Küche stürmte.

»Wie geht es Veit?«, rief sie, noch bevor sie den Mann sah.

»Er weiß nicht, ob es Veit ist«, erklärte Jakob.

»Wer sollte es sonst sein?«, erwiderte Peter und bat: »Erzähl uns, was du weißt.«

Hauser erkannte den gierigen Blick des Mannes und schenkte nach. Nachdem er das zweite Glas in einem Zug getrunken hatte, begann der Mann zu berichten: »Der Sohn des Försters hat den Mann in das Verlies des Katzweiler Rathauses eingesperrt. Ich habe keine Ahnung, was man ihm vorwirft. Aber er ist schwer verletzt. Damit er kein Wundfieber bekommt, habe ich seine Wunden ausgebrannt. Ich hoffe, dass es ihm nützt.«

Als Anna Maria und Lena das hörten, sogen sie die Luft zwischen ihren Zähnen ein. »Wie geht es ihm? Kann ich ihn sehen?«, fragte Anna Maria hoffnungsvoll.

Der Mann schob wortlos seinen leeren Becher über den Tisch, den Hauser sogleich auffüllte. »Wie es ihm geht, willst du wissen? Ich weiß nicht, ob er überleben wird. Seine Wunden waren tief, und es waren viele. Aber er will dich sprechen«, sagte er und blickte Anna Maria ernst an.

»Ich muss zu ihm«, sagte sie kopflos und sprang auf.

»Man wird dich nicht zu ihm lassen. Ein Kerkermeister bewacht ihn, und auch dieser Ullein sieht ständig nach ihm. Ich habe gehört, dass er deinen Mann in den nächsten Tagen zum Grundherrn bringen will.«

»Aber er will mich sehen«, sagte sie aufgebracht.

Der Mann schüttelte den Kopf. »Er sagte nicht, dass er dich *sehen* will. Er will dich *sprechen*. Ich vermute, dass Ullein ihm etwas gesagt hat, was er dir erzählen möchte. Dein Mann schien deshalb sehr besorgt zu sein.«

»Wie soll ich ihn sprechen, wenn ich nicht zu ihm kann?«, schrie Anna Maria und sackte weinend auf dem Stuhl zusammen. Lena konnte sie nur mühsam beruhigen.

»Gibt es ein Lüftungsloch, durch das meine Schwester mit Veit reden könnte?«, überlegte Peter laut.

»Natürlich gibt es ein Lüftungsloch, doch das sitzt so weit oben, dass man nicht heranreicht. Außerdem ist die Stimme dieses Mannes so schwach wie er selbst.«

»Ich werde mit dir gehen«, sagte Peter.

»Bist du von Sinnen?«, brüllte Jakob ihn an. »Wenn Ullein dich sieht, wird er dich zu Veit in das Verlies sperren.«

Daraufhin stürzte sich Anna Maria auf ihren älteren Bruder, hieb ihm mit den Fäusten auf die Brust und schrie: »Wenn es nach dir ginge, würdest du Veit im Kerker sterben lassen! Du tust nichts, um ihn zu retten.«

Hauser zog sie von Jakob weg und versuchte zu schlichten. »Sag so etwas nicht, Anna Maria. Jakob hat Recht. Niemand von euch kann zu Veit gehen, ohne erkannt zu werden und Gefahr zu laufen, selbst verhaftet zu werden. Mich hingegen kennt niemand. Ich werde gehen.«

»Dieser Vorschlag ist ebensolcher Unfug. Was willst du sagen, wer du bist und warum du den Gefangenen sehen willst?«, fragte Gabriel. »Der Einzige, der gehen kann, bin ich. Da ich Bader bin, wird niemand Verdacht schöpfen, dass ich von euch komme. Ullein wird glauben, dass ich bei Veits Wundversorgung helfen werde.«

Hauser blickte Gabriel grinsend an und sagte: »Du schlauer Hund!«

⇒ *Kapitel 22* ⇐

In einem Tal bei Heilbronn, Sommer 1525

Mit anbrechender Dämmerung stieg Nebel aus dem Tal und tauchte die Umgebung in gespenstisches Licht. Joß Fritz saß auf seinem Pferd und blickte seit geraumer Zeit von der Anhöhe in die weite Ebene hinunter. Nachdenklich beobachtete er die Menschen, die geschäftig hin und her liefen, Zelte aufbauten und Holz herbeischleppten. Manch einer weidete heimlich erlegtes Wild aus. Die Innereien wurden in großen Kesseln über

Lagerfeuern gegart. Große Fleischstücke hingen aufgespießt über den Flammen und wurden gebraten.

Joß Fritz konnte nicht leugnen, dass der Anblick der vielen hundert Menschen, die sich dort im Tal versammelt hatten, sein Herz schneller schlagen ließ. Wie viele Jahre hatte er dieses Gefühl vermisst? Sie warten auf mich, dachte er voller Stolz und murmelte den Satz, den Else ihm zugeflüstert hatte: »So wie der Wind Blütensamen durch die Lüfte trägt, damit sie auf fremdem Boden keimen und zu neuen Pflanzen erblühen, so wurde diesen Menschen die Kunde eines neuen Aufstands zugetragen.«

Joß trat seinem Pferd leicht in die Flanken und ließ es langsam den Hang hinunterschreiten. Als die Menschen den Reiter erkannten, jubelten sie ihm zu. »Fritz ist da!«, riefen sie aufgeregt, und manch einer schwenkte zur Begrüßung seinen Filzhut.

Von seinem Ross schaute Joß zu den Männern herunter, deren bunte Kleidung so gemischt war wie die Gestalten selbst. Es berührte ihn, dass gebrechliche Alte sich ebenso eingefunden hatten wie bartlose Burschen. Jedoch erzürnte es ihn im gleichen Augenblick, wie elend sie aussahen. Ihre Bauernkittel waren zerlumpt und hingen wie weite Säcke an ihren abgemagerten Körpern. Nur wenige hatten Schuhe an den Füßen, die mit Riemen um Knöchel und Wade gewickelt waren. Die meisten standen barfüßig vor ihm, weil sie sich nicht einmal den Bundschuh leisten konnten. Vereinzelt erblickte Joß Männer, die Lederkoller über ihren Kitteln trugen. Sie hatten die speckglänzenden Brustpanzer nach einer der Schlachten den toten Soldaten abgenommen und behalten.

Joß hielt sein Pferd an, saß ab und wurde sogleich von zahlreichen Männern umringt. Er starrte in Gesichter, die vom Wetter gebräunt oder von Elend und Hunger ausgezehrt und bleich waren. Immer wieder hörte Joß, wie sie seinen Namen flüsterten, und er spürte Hände, die ihn berührten. Anscheinend konnten die Männer nicht glauben, dass er leibhaftig vor ihnen stand, und um sich zu überzeugen, mussten sie ihn anfassen.

Obwohl die meisten von ihnen erbärmlich aussahen, hatten sie eines gemeinsam: Ihre Augen leuchteten voller Tatendrang und finsterer Entschlossenheit.

Plötzlich hörte Joß ein vertrautes Lachen hinter sich und drehte sich um. Sein Weggefährte Kilian trat zu ihm und umarmte ihn. »Habe ich es dir nicht prophezeit, Joß? Sie alle wollen unter dir dienen und kämpfen.« Seine Hand wies über die Köpfe der Männer hinweg, und sogleich hielten sie ihren ausgestreckten Arm in die Höhe und brüllten den Namen ihres Anführers.

Die Nacht war hereingebrochen, und zahlreiche Lagerfeuer erhellten das Tal. Joß saß neben Kilian an einem der Feuer und grübelte. Nachdem sich bei den Männern die erste Freude über sein Erscheinen gelegt hatte, konnte Joß das wahre Elend in ihren Blicken erkennen. Manche starrten teilnahmslos vor sich hin, während in anderen Gesichtern Niedergeschlagenheit und Ratlosigkeit sichtbar wurden. Etliche waren körperlich verstümmelt.

Kilian hatte die nachdenklichen Blicke bemerkt, mit denen Joß die Männer musterte, und fragte besorgt: »Was ist mit dir?«

Joß wandte sich seinem Freund zu. »Ich habe zu lange gewartet, Kilian. Wir hätten früher zu einem neuen Aufstand bereit sein sollen. Wie viele Jahre habe ich auf dem Hof vergeudet, anstatt ihnen zu helfen!«

Kilian war bestürzt über die Gedanken seines Freundes, schüttelte den Kopf und riet: »Denk nicht über etwas nach, das nicht zu ändern ist.«

Doch Joß unterbrach ihn: »Sieh dir die armen Gestalten an, Kilian. Dem einen fehlt ein Ohr, einem anderen die Hand, die man ihm abgeschlagen hat, weil er ein Stück Wild erlegt hat.

Dem Mann da drüben prangt ein Mal auf der Stirn, eingebrannt als Strafe von einem Ritter, weil dieser Bauer den Frondienst verweigerte, um seinen eigenen Acker zu bestellen. Andere haben nur noch ein Auge, weil ihnen das andere wegen angeblicher Vergehen ausgestochen wurde.«

Kilian wusste nicht, was er antworten sollte.

Joß erkannte seine Ratlosigkeit und erklärte: »Bedenke, dass diese Strafen ohne Richterspruch und Urteil vollstreckt wurden. Die Zwingherren dieser schwer misshandelten Männer übten willkürliche Gewalt aus, um mit solch grausamen Strafen jedwedem Ungehorsam vorzubeugen.«

Kilian nickte zwar zustimmend, sagte jedoch: »Schau nach vorn, Joß, und verfalle nicht in Selbstzweifel oder gar Selbstmitleid. Dieses Elend kannst du nicht ändern. Jedoch ist jetzt die Gelegenheit gekommen, ihnen zu helfen und das Los der Bauern endgültig zu ändern. Wärst du nicht untergetaucht, hätte man dich vielleicht längst aufgeknüpft, sodass du heute niemandem mehr helfen könntest.« Kilian lachte leise und klopfte Joß auf die Schulter. »Nein, nein, mein Alter! Jetzt ist der richtige Zeitpunkt gekommen, um dem Adel zu zeigen, dass wir noch da sind. Die Ritterstände brechen auseinander und werden stetig schwächer. Ihre Macht bröckelt, und das ist unser Vorteil.«

Aus der Dunkelheit trat eine Frau zu ihnen ans Lagerfeuer, die ein blasses Kleinkind auf dem Arm trug. Hinter ihr erschienen weitere Frauen mit weinenden oder hüstelnden Kindern an den Händen und auf den Armen. Die kleinen Geschöpfe fröstelten in der Feuchtigkeit des Nebels und starrten Joß und Kilian stumm aus ihren großen, tief liegenden Augen an.

»Segne unsere Kinder«, bat eine Frau.

Erschrocken blickte Joß Fritz die Frauen an und sagte: »Ich bin kein Priester und habe weder die Befugnis noch die Gabe, euch zu segnen.«

Tränen traten in die Augen der Frau, und sie flüsterte: »Es ist das letzte Kind, das mir geblieben ist. Elf musste ich beerdigen. Ihr seid der große Joß Fritz, auf den wir alle gewartet haben! Segnet mein Kind, damit ich weiß, dass mir das eine bleiben wird.«

Joß blickte die Frau ungläubig an, als eine Stimme hinter ihr plötzlich sagte: »Segne die Kinder, Joß, dann werde ich euch unbesiegbar machen.«

Die unbekannte Frau, die gesprochen hatte, stand mit dem Rücken zu den Flammen des Lagerfeuers, sodass ihr Antlitz im Schatten lag und ihre Augen verborgen blieben. Man konnte nur ihr langes dunkles Haar deutlich erkennen, das im Schein des Feuers glänzte.

Joß wollte gerade widersprechen, als die Fremde ihm zuvorkam und ihre Forderung wiederholte. Kilian, der neben ihm stand, zuckte mit den Schultern. Joß Fritz zögerte, doch als er die flehenden Blicke der Frauen sah, stellte er sich vor sie und ihre Kinder, breitete seine Hände über den kleinen Köpfen aus und murmelte: »Ich erwünsche Gottes Segen für euch und die euren.«

Joß wandte sich von ihnen ab und raunte Kilian zu, sodass nur er es hören konnte: »Wage nicht, das weiterzuerzählen.«

»Kein Wort wird über meine Lippen kommen«, versprach Kilian ernst. Trotzdem glaubte Joß ein verräterisches Glitzern in den Augen seines Freundes zu erkennen und drohte ihm mit der Faust.

Nachdem die Frauen mit ihren Kindern fortgegangen waren, blickte Joß sich suchend nach der Fremden um. Er fand sie einige Schritte von ihm entfernt an den Stamm eines Apfelbaums gelehnt. Langsam schlenderte er auf sie zu und betrachtete sie dabei. Die Frau war nicht mehr jung, aber immer noch schön. Auch wenn die Jahre ihre Züge um den Mund hatten hart werden lassen, schien sie nicht verbittert zu sein. Joß konnte feine Lachfalten um ihre dunklen Augen erkennen, in deren schwarzen Pupillen sich die Flammen der Lagerfeuer spiegelten. Feine graue Fäden, die im Schein des Feuers silbrig glänzten, durchzogen ihre langen schwarzen Haare. Joß Fritz spürte, dass diese Frau ihn wie magisch anzog und sein Blut in Wallung brachte.

Als er dicht vor ihr stand, gurrte sie: »Der große Joß Fritz ist heimgekehrt zu seinen Bauern.« Dabei hatte ihre Stimme einen rauchigen Unterton, der reizvoll auf ihn wirkte.

»Bist du die, für die ich dich halte?«, fragte Joß und kam einen Schritt näher.

Leise lachend zuckte sie mit den Schultern. »Wer soll ich sein?«

Sein Blick wanderte von ihrem Gesicht mit den vollen Lippen zu ihrem schmalen Hals. Der Stoff ihres hellen Kittels war über die rechte Schulter gerutscht, wodurch der Ansatz ihrer prallen Brüste sichtbar wurde. Die Haut glänzte im Schein der Flammen und hob und senkte sich mit jedem Atemzug.

Joß gefiel, was er sah, und er konnte es bis in seine Lenden spüren. Erneut trat er einen Schritt näher, sodass er den warmen Atem der Frau in seinem Gesicht spürte. Als sie nicht zurückwich, sondern sich mit der Zungenspitze über die Lippen fuhr, flüsterte er heiser: »Du bist die Schwarze Hofmännin.«

Leise lachend raunte sie: »Und du bist wahrhaftig so schlau, wie man dir nachsagt.«

»Warum bist du gekommen?«, fragte Joß heiser und stemmte seine Hände über ihrem Kopf an den Baumstamm. Sie hätte mühelos unter seinen Armen hindurchschlüpfen können, aber sie blieb und senkte lächelnd den Blick. Mit den Fingern strich sie sich über den Hals, sodass der Stoff etwas tiefer rutschte. Und was er freigab, ließ das Herz des Mannes schneller schlagen.

Nicht zu allen Frauen, die Joß besprungen hatte, fühlte er sich hingezogen, und manch eine hatte ihn nicht sonderlich erregt. Bei der Schwarzen Hofmännin war es anders. Allein ihr

Anblick ließ sein Blut in Wallung geraten, und er musste sich beherrschen, sie nicht zu Boden zu reißen. Stattdessen umfasste er das Kinn der Frau, sodass sie ihn ansehen musste. In ihren schwarzen Pupillen konnte er den Tanz der Flammen erkennen. Seine Lippen kamen den ihren näher, doch als er sie küssen wollte, rutschte sie lachend unter seinen Armen hindurch. Mit wippenden Hüften ging sie zu einem der Lagerfeuer, wo sie sich niedersetzte.

Die Männer, die dort saßen, schauten das Weib begehrlich an. »Na, schöne Frau«, sagte einer und verschlang sie mit seinem Blick. Aufgestachelt durch die Sprüche der Kameraden schwanden seine Hemmungen, und er wollte die Frau begrapschen. Die Schwarze Hofmännin stieß ihn lachend zurück, doch als er es erneut versuchte, trat Joß aus der Dunkelheit hervor, und der Mann erstarrte.

Mit grimmiger Miene gab Joß den Männern ein Zeichen, zu verschwinden. Sofort sprangen sie auf und ließen sich an einem anderen Feuer nieder.

Die Schwarze Hofmännin klatschte bewundernd in die Hände. »Die Männer haben Achtung vor dir. Das gefällt mir«, schmeichelte sie ihm mit ihrer rauchigen Stimme.

Fritz nahm schmunzelnd den Weinkrug auf, der neben dem Feuer stand, und goss zwei Becher voll, die er vom Boden aufhob. Während er ihr einen reichte, fragte er: »Wie ist dein richtiger Name?«

»Ich wurde als Margarethe Renner geboren«, erklärte sie lächelnd und prostete ihm zu.

»Margarethe«, wiederholte Joß leise. »Wie bist du zu dem Namen ›Schwarze Hofmännin‹ gekommen?«, wollte er wissen und nahm einen Schluck. Ihr verführerischer Blick wurde ernst.

»Ich wurde in Böckingen geboren, wo meine Familie Erblehensträger des Klosters Schöntal war. Da mein Mann, Peter Abrecht sein Name, kein Böckinger war, wurde von ihm ein

Bürgergeld verlangt, damit er mich heiraten und einen Hof des Deutschordens pachten konnte. Peter wurde durch unsere Heirat Leibeigener der Stadt Heilbronn, zu der Böckingen gehört. Somit wurde er ein Hofmann und ich eine Hofmännin. Schwarze Hofmännin heiße ich deshalb«, erklärte sie und hielt eine Strähne ihres schwarzen Haares hoch.

»Wo ist dein Mann?«

Margarethe schwieg einige Augenblicke, als ob sie ihre Antwort abwägen wollte. Dann presste sie zornig hervor: »Vor fünf Jahren forderte die Stadt Heilbronn zusätzliche Abgaben, um Kriegsschulden bezahlen zu können. Mein Mann und drei weitere Bauern verweigerten die Zahlung, da die Forderung willkürlich war. Die Männer wurden verhaftet und ins Verlies gesperrt, wo Peter noch im gleichen Jahr starb.«

»Das tut mir leid«, sagte Joß ehrlich.

»Das muss es nicht«, antwortete Margarethe aufgebracht, »denn ich habe ihn gerächt.«

Fragend zog Joß eine Augenbraue in die Höhe.

»Durch Peters Tod verlor die Stadt Heilbronn einen Leibeigenen, weswegen sie von mir als Entschädigung mein bestes Stück Vieh im Stall forderte, eine Forderung, die ich verweigerte.«

Erstaunt blickte Joß die Frau an. »Das war mutig, aber auch ungewöhnlich, dass eine Leibeigene sich gegen die Stadt stellt.«

Die Hofmännin nickte. »Mein ältester Sohn Philipp, der gesetzliche Hoferbe, unterstützte mich dabei.« Sie lachte leise und nahm einen Schluck Wein. »Drei Jahre hat der Rechtsstreit gedauert. Zum Schluss drohte das Gericht, mir die Weide- und Wasserrechte zu entziehen, sollte ich mich weiterhin weigern.« Sie zuckte gleichgültig mit den Schultern, sodass der Kittel noch ein kleines Stück tiefer rutschte.

»Aber auch dafür habe ich mich gerächt«, sagte sie leise, und ihre Augen blitzten vor gehässiger Freude. Sie starrte ins Feuer, und ohne mit der Wimper zu zucken, erklärte sie: »Im letzten Dezember wurde dieser elende Böckinger Schultheiß, Jakob von Olnhausen, von vier Bauern ermordet. Allen vier Männern ist die Flucht gelungen.« Margarethe lachte schadenfroh und streckte Joß ihren leeren Becher hin.

Während er nachschenkte, sagte er: »Ich vermute, dass diese Ungerechtigkeiten der Grund sind, dass du dich den Bauern angeschlossen hast?«

»Den Hass, den ich für den Adel empfinde, kann ich nicht in Worte kleiden«, spie sie förmlich ihre Worte heraus. »Er sitzt so tief in meinem Herzen, dass ich nicht eher ruhen werde, bis ich das Landvolk unter Waffen sehe.«

Joß blickte Margarethe Renner bewundernd an. Seine Begierde, diese Frau zu besitzen, stieg mit jedem Wort, das sie sprach. Er wollte näher an sie heranrutschen, als er aus den Augenwinkeln erkannte, dass Kilian auf sie zukam. Ohne zu fragen, setzte sich der Freund dazu und blickte die Hofmännin dreist an.

»Kannst du halten, was du versprochen hast?«, fragte er ohne Umschweife.

Margarethe wusste, was er meinte, und nickte.

»Du kennst einen Zauberspruch, mit dem du die Bauern unbesiegbar machst?«, fragte Kilian zweifelnd.

»Es ist kein Zauberspruch«, erklärte sie. »Ich spreche einen Segen aus und banne damit Feinde.«

»Das hilft?«, fragte Kilian ungläubig.

»Der Glaube versetzt Berge«, erwiderte die Frau. »Bei vielen hat es geholfen, auch meinem Weggefährten Jäcklein Rohrbach, der mit seinem Bauernhaufen gegen den Adel in Weinsberg gesiegt hat.«

»Er selbst wurde jedoch hingerichtet«, höhnte Kilian.

»Jäcklein wurde nach dem Sieg in Weinsberg zu selbstsicher und glaubte, dass er meinen Schutz nicht mehr benötigte«, sagte sie verächtlich.

Kilian stutzte. »Sein Tod scheint dir nicht besonders nahezugehen.«

»Jäcklein und ich hätten den Adel und die Städter zu Kreuze kriechen lassen können. Deshalb ärgert es mich, dass er nicht auf mich hörte. Wie er gestorben ist, schmerzt mich allerdings, denn es war ein grausamer Tod.«

»Hat man ihn nicht geköpft?«, fragte Joß neugierig.

Die Hofmännin schüttelte den Kopf und stöhnte leise auf.

»Georg III. Truchseß von Waldburg-Zeil verurteilte Jäcklein Rohrbach zum Tode durch Verbrennen.« Margarethe schluckte einige Male, dann schilderte sie die grausame Hinrichtung: »Man hat ihn mit einer sechs Fuß langen Kette an einen Baum geschmiedet. Im Abstand von wenigen Fuß wurden um den Baumstamm Reisig und Holz aufgeschichtet und angezündet. Zwischen dem Feuer, Jäcklein und dem Baumstamm blieb nur wenig Platz. Jäcklein wurde bei lebendigem Leib geröstet.«

Kilian und Joß atmeten laut aus. »Das muss für dich grausam gewesen sein«, sagte Kilian mitfühlend.

»Warum für mich?«, fragte die Hofmännin.

»Er war dein Mann …«, weiter kam Kilian nicht, denn die Frau lachte mit ihrer rauchigen Stimme laut auf.

»Das erzählen sich die Menschen? Jäcklein sei mein Mann gewesen?«

Kilian nickte.

»Jäcklein war halb so alt wie ich. Er hätte mein Sohn, aber nicht mein Liebhaber sein können.« Mit einem Seitenblick auf Joß fügte sie hinzu: »Ich bevorzuge gestandene Männer.«

Im Tal war es still geworden. Nur ab und zu hörte man das Schnauben eines Pferdes. Die Menschen schienen zu schlafen – einige in Zelten, viele unter freiem Himmel, andere waren noch wach.

»Ich bin zu alt für dich«, stöhnte Joß lachend, als er schweißgebadet von Margarethe rollte. Ihr schwarzes Haar klebte an ihren feuchten Wangen, und auch sie japste nach Luft. Sie setzte sich auf und schüttelte mit den Händen ihre Haare auf, die sie anschließend mit einem Band zum Pferdeschwanz knotete.

Joß' Blick beobachtete jede ihrer Bewegungen. »Du bist eine schöne Frau«, sagte er anerkennend.

»Rede nicht solch dummes Zeug«, schimpfte sie lachend. »Wir beide haben unsere besten Jahre hinter uns.«

Joß zog sie an sich, doch als er sie küssen wollte, schüttelte sie den Kopf und sagte: »Wir müssen besprechen, wie wir vorgehen werden.«

Fragend blickte er sie an.

»Ich werde deine Männer segnen und unbesiegbar machen, und dafür wirst du mit ihnen gegen Heilbronn ziehen.«

»Ich habe andere Pläne«, sagte Joß ernst. »Auch habe ich für deinen Bann, uns unbesiegbar zu machen, bereits die Frauen und Kinder gesegnet. So hieß deine Forderung.«

»Sei kein Narr«, flüsterte sie verführerisch und kraulte seine Brust. »Für meinen Bann-Segen musst du einiges mehr bringen.«

Joß spürte Groll in sich aufsteigen. »Ich werde nicht nach Heilbronn ziehen, sondern Luther aufsuchen.«

»Luther?«, fragte sie spöttisch. »Was willst du mit diesem Verräter?«

Sein Gesichtsausdruck verriet Margarethe, dass Joß nichts wusste. Sie stützte sich auf ihren Ellenbogen und fragte: »Wo in aller Welt bist du in den letzten Monaten gewesen?«

»In einem Versteck im Schwarzwald«, gab er freimütig zu.

»Dann weißt du nicht, dass Luther sich gegen uns erklärt hat?«

Nun setzte sich Joß auf. Trotz der Dunkelheit im Zelt konnte sie erkennen, dass er bei dieser Nachricht blass geworden war. »Wie meinst du das?«

»Luther hat eine Schrift verfasst, in der er die Obrigkeit auffordert, gegen die Bauernrevolte vorzugehen. Aber nicht nur das«, sagte sie leise, »Luther hat diese Schrift *Wider die räuberischen und mörderischen Rotten der Bauern* genannt. Allein das zeigt seine Meinung zu den Bauernaufständen.«

Joß Fritz wusste nicht, wie ihm geschah. Erneut wurde ein Teil seines Planes zunichtegemacht. Müntzer war tot, und Luther hatte sich von den Bauern abgewendet.

»Dieser scheinheilige Pfaffe! Ich bin vor vier Jahren sogar zum Reichstag nach Worms gereist, um meine Verbundenheit mit ihm zu zeigen. Ich habe ihm nicht nur vertraut, sondern ihn verehrt. Wie kann er sich so schändlich verhalten? Er weiß um den Missstand des Landvolks im Reich«, stöhnte Joß und vergrub sein Gesicht in den Händen. »Warum hat er sich gegen uns gewendet?«, flüsterte er zwischen seinen Fingern. Er ließ die Hände sinken und blickte Margarethe fragend an.

»Es hat mit der Weinsberger Bluttat, wie die Menschen sie nennen, zu tun«, erklärte die Frau und giftete: »Es war einer der wenigen Siege, die wir feiern konnten. Dass die Fürsten tausende Bauern abgeschlachtet haben, davon sagt Luther nichts.«

»Ich kann es nicht fassen«, sagte Joß und legte sich nachdenklich zurück.

»Luther wird heiraten«, höhnte die Schwarze Hofmännin und strich über den Brustkorb des Mannes.

»Was wird dieser ehemalige Pfaffe?«, lachte Fritz bitter.

»Man sagt, dass seine Zukünftige eine einstige Nonne sei. Luther hätte sie und einige andere Betschwestern durch seine Schriften über das entmündigte Klosterleben ermutigt zu fliehen. Sie hätten bei ihm Unterschlupf gesucht, und dann kam eins zum anderen.«

»Von mir aus soll er tun und lassen, was er will. Ich möchte seinen Namen nie wieder hören«, zischte Joß.

»Wirst du mir nun helfen und mit deinen Mannen gegen

Heilbronn ziehen?«, gurrte die Schwarze Hofmännin, während sie seine Lenden streichelte.

»Was willst du in Heilbronn?«, wollte Joß wissen, der bebend spürte, wie ihm das Blut in den Schoß floss.

Margarethe ließ unerwartet von ihm ab und erklärte mit Zorn in der Stimme: »Ich will den stolzen und gnädigen Städterinnen die Kleider vom Leib abschneiden, damit sie wie gerupfte Gänse aussehen.« Sie lachte gehässig auf. »In Weinsberg, als Jäcklein Rohrbach den Grafen Helfenstein und rund ein Dutzend weitere Adlige zum Tode verurteilt hatte, warf sich die Gräfin Helfenstein vor uns in den Staub. Weinend bettelte sie um Gnade für ihren Mann. Dabei hatte sie selbst nie Erbarmen mit ihren Untertanen gehabt und auf den abgemagerten Rücken der armen Menschen die Peitsche tanzen lassen. Väter und Söhne wurden wegen geringer Vergehen in die tiefsten Verliese ihrer Türme verbannt, wo sie ohne Wasser und Brot schmachteten. Sie, die uneheliche Tochter des verstorbenen Kaisers Maximilian, stellte ihre Ohren taub, wenn es um die Belange ihrer Untertanen ging. In Weinsberg lag sie vor uns auf den Knien und winselte wie ein Köter. Ich versichere dir, dass nicht nur ich in diesem Augenblick über das schändliche Verhalten des Grafen Helfenstein nachgedacht habe. Alle, die um sie herumstanden, dachten ebenso, und deshalb konnte sie kein Mitleid erwarten. Ihr Mann und all die anderen Adligen hatten es verdient, durch die Spieße gejagt zu werden.«

»Und die Gräfin?«, wollte Joß wissen.

Erneut lachte die Schwarze Hofmännin schadenfroh. »Grobe Hände haben ihr das Geschmeide und die Kleider vom Leib gerissen. Selbst den letzten Rock zerrten wir ihr herunter und setzten sie anschließend mit ihrem Kind und ihrer Zofe auf einen Mistwagen. *In einem goldenen Wagen bist du nach Weinsberg eingefahren, in einem Mistwagen fährst du hinaus!*, haben ihr die Untertanen hinterhergerufen.«

»Es heißt, du hättest dir mit dem Fett des getöteten Grafen deine Schuhe eingerieben«, warf Joß der Frau vor, hoffend, dass sie ihm eine ehrliche Antwort geben würde.

»So? Das erzählt man sich?«, antwortete Margarethe erstaunt und blieb ihm eine Antwort schuldig.

Joß Fritz blickte die Frau, die als Schwarze Hofmännin bekannt und gefürchtet war, bewundernd an. Wie viel Leid und Unterdrückung hatte sie in ihrem Leben ertragen müssen? »Was hat deine Seele so stark und zugleich so verwildert werden lassen? Warum ist dein Herz so von Hass erfüllt?«, flüsterte er.

Er wusste, dass sie ihm auch diese Antwort schuldig bleiben würde. Doch er zog sie zu sich und küsste sie leidenschaftlich.

⇌ *Kapitel 23* ⇋

Am frühen Morgen des nächsten Tages ritt Gabriel nach Katzweiler, um sich mit dem Mann zu treffen, der am Abend zuvor Veits Botschaft überbracht hatte. Der Fremde nannte sich Adam Fleischhauer, und nach etlichen Bechern Wein erzählte er seine Geschichte. Die Hofmeisters und ihre Freunde erfuhren, dass Fleischhauer vor Jahren ein angesehener Arzt in Kaiserslautern gewesen war und mit seiner kleinen Familie ein sorgenfreies Leben geführt hatte. Eines Tages jedoch bekamen seine Frau und sein Sohn eine schwere Lungenentzündung, gegen die selbst Fleischhauer machtlos war. Hilflos musste er mit ansehen, wie Ehefrau und Kind starben. »Kein Kraut war dagegen gewachsen«, hatte er in Mehlbach flüsternd beklagt.

In seiner Verbitterung über den Tod der beiden Lieben wurden Wein und Schnaps Adams beste Freunde und einziger Trost. Nach kurzer Zeit zitterten seine Hände, wenn er nicht trank, und bald schon war er unfähig, seinen Beruf gewissenhaft auszuüben. Als eine Frau wegen seiner Trunkenheit beinahe im Kindbett gestorben wäre, gab er den Arztberuf in Kaiserslautern auf und zog sich nach Katzweiler zurück. Hier lebte er allein in dem leer stehenden Haus seiner verstorbenen Eltern und behandelte Menschen, die sich keinen Mediziner leisten konnten. Sie waren ihm dankbar für seine Hilfe, und er war ihnen dankbar, wenn sie ihn mit einem Krug Wein entlohnten.

Gabriel schüttelte es bei dem Gedanken, dass solch ein Trunkenbold Veits Wunden versorgt hatte, und er packte besonders wirkungsvolle Tinkturen und Salben ein. Auch hatte ihm Anna Maria die kleine Glasflasche überreicht, die ihr Vater ihr einst anvertraut hatte. »Es ist ein besonderes Gebräu aus einem fernen Land«, hatte sie Gabriel erklärt. »Zwölf Tropfen musst du mit Wasser verrühren und Veit zum Trinken geben. Das Gemisch schmeckt ekelhaft, aber er muss alles trinken. Denn nur dann wird er in einen tiefen Schlaf fallen, sodass du ihn behandeln kannst.«

Gabriel hatte an dem dunklen Gebräu gerochen und einen winzigen Tropfen gekostet. Angewidert verzog er das Gesicht, denn es war bitter wie Galle. »Opium«, hatte er nachdenklich geflüstert, war sich aber nicht sicher genug, um es laut auszusprechen.

»Ich hoffe, dass sich Veits Verletzungen nicht entzündet haben«, murmelte Gabriel und lenkte sein Pferd vorsichtig über eine geschlossene Schneedecke, unter der sich Eisschollen versteckten, auf denen es ausrutschen konnte. Nach einer Weile sah Gabriel die Häuser von Katzweiler vor sich und atmete erleichtert auf. Langsam durchquerte er den Ort und ritt zu dem Haus, das Adam Fleischhauer ihm beschrieben hatte.

Der Quacksalber, wie er im Ort genannt wurde, wartete bereits auf den Bader. Er stand am Fenster seiner Kate und blickte den Weg entlang. Als sich die beiden Männer erkannten, nickten sie sich stumm zu. Es gab nichts mehr zu besprechen, was man nicht schon am Abend zuvor geklärt hatte. Gemeinsam gingen sie zu Fuß zu dem unscheinbaren Haus, das in Katzweiler als Rathaus diente und in dessen Verlies Veit einsaß. Gabriel hielt den Strick seines Pferdes verkrampft in den Händen, sodass das Tier ihm mit hängendem Kopf folgte.

Als er das Rathaus vor sich sah, musste Gabriel mehrmals schlucken. Auch Fleischhauer ließ der Anblick des Gebäudes nicht kalt. »Hoffen wir das Beste!«, murmelte er Gabriel zu.

Vorsichtig stiegen Fleischhauer und Gabriel die feuchte und rutschige Sandsteintreppe nach unten. Als der Kerkermeister beide Männer erblickte, wies er auf Gabriel und fragte Fleischhauer mürrisch: »Wer ist das? Du weißt, dass Ullein nur dich zu dem Gefangenen vorlassen will. Außerdem soll er in den nächsten Tagen zum Grundherrn gebracht werden.«

»Beruhige dich! Das ist mein Vetter Gabriel, der zu Besuch ist. Ich bat ihn, sich die Wunden anzuschauen, da er von Beruf Bader ist. Du weißt, dass der Gefangene schwer verletzt ist, und vier Augen sehen mehr als zwei. Besonders, wenn das Licht so schwach ist«, stichelte Adam Fleischhauer. Als der Kerkermeister nicht auf seinen Spaß einging, wurde er ernst: »Ullein benötigt den Mann lebend. Gabriel ist erfahren und hat Tinkturen dabei, die helfen können.«

»Warum verabreichst du ihm die Mixtur nicht selbst?«, fragte der Wärter misstrauisch. Adam Fleischhauer streckte ihm die zitternden Hände entgegen und erklärte: »Darum!«

Der Kerkermeister riss laut lachend seinen Mund auf, sodass Gabriel die verfaulten Zahnstummel sehen konnte. Als er sich wieder beruhigt hatte, füllte er einen Holznapf mit Wasser und einen anderen mit pappigem Brei. Grienend streckte er Gabriel die gefüllten Holznäpfe entgegen. »Wenn dein Vetter sie nimmt, verschüttet er die Hälfte«, lästerte er und schloss die

Eisentür zum Verlies auf. »Passt auf, dass Ullein euch nicht erwischt«, sagte er und ging feixend die Treppe hinauf.

»Zum Glück sind wir allein«, sagte Fleischhauer und betrat die Zelle. Gabriel nahm eine Fackel aus der Halterung in der rußgeschwärzten Wand und folgte dem Mann in das dunkle Loch.

Schon als Gabriel die Treppenstufen zum Verlies hinabgestiegen war und die feuchte Kälte spüren konnte, hatte er sich geärgert, dass er für Veit keine wärmende Decke mitgenommen hatte. Aber dann wäre es offensichtlich gewesen, dass ein Freund hier gewesen war, beruhigte sich Gabriel.

Veit lag auf einem stinkenden Strohsack, von einer verschlissenen Decke notdürftig zugedeckt. Seine Augen waren geschlossen, und er gab keinen Ton von sich.

Der Bader kniete sich neben ihm nieder und beleuchtete mit der Fackel seinen Körper. Als der Lichtschein Veits Gesicht beschien, riss er die Augen auf und griff nach Gabriels Arm. »Lass mich in Ruhe«, brüllte Veit und bäumte sich auf.

»Ich bin es – Gabriel, Annabelles Vater«, versuchte der Bader Veit zu beruhigen, der sich keuchend zurücklegte.

Gabriel war über Veits Aussehen entsetzt. Schwarze Schatten umrahmten seine Augen, die tief in ihren Höhlen lagen. Seine Haare waren blutverkrustet, ebenso seine Kleidung, die zerrissen an seinem ausgezehrten Körper hing. Er verströmte einen bestialischen Gestank nach Blut, Fäkalien und Eiter, sodass Gabriel kaum durchatmen konnte. Wut stieg in ihm hoch, die er nur mit Mühe unterdrücken konnte.

»Anna Maria!«, flüsterte Veit und drehte suchend seinen Kopf von einer Seite zur anderen.

»Anna Maria ist nicht hier. Das wäre zu gefährlich gewesen. Aber ich bin gekommen, mein Freund. Ich werde mir deine Wunden ansehen und versuchen, dir zu helfen. Während ich dich untersuche, wird Adam dir Brei zu essen geben. Iss so viel wie möglich, auch wenn er nicht schmeckt, denn du musst wieder zu Kräften kommen. Hast du gehört?«

Gabriel befürchtete, dass Veit ihn nicht verstand, da er ihn mit wirrem Blick in den Augen ansah.

Plötzlich lächelte Veit zaghaft. »Gabriel!«, flüsterte er. »Du bringst mich nach Hause zu Anna Maria.«

Gabriel blickte Veit traurig an. »Du musst gegen die Wirrnis in deinem Kopf ankämpfen, mein Freund. Gib dich den Schmerzen und deiner Lage nicht kampflos hin, sonst haben wir verloren. Hier, trink von dem Wasser und iss den Brei.«

Veit hatte Gabriels Worte anscheinend verstanden, denn er aß und trank. Währenddessen besah sich der Bader die Wunden. Die ausgebrannten Verletzungen schienen sauber zu sein, da sie verkrustet waren und nicht eiterten.

»Diese Wunde hättest du auch ausbrennen müssen«, sagte Gabriel vorwurfsvoll zu Fleischhauer und zeigte auf eine kleinere Stichwunde am Oberschenkel.

»Ich bin zufrieden, dass ich wenigstens die drei großen Wunden behandeln konnte«, verteidigte sich Adam. »Er hat geschrien und nach mir getreten. Es war unmöglich, ihn festzuhalten und weiterzubehandeln.«

Wortlos nahm Gabriel den Napf mit dem restlichen Wasser und zählte die Tropfen hinein, die Anna Maria ihm anvertraut hatte. Dann flüsterte er Veit zu: »Anna Maria lässt dir sagen, dass du diese Medizin austrinken musst. Keinen Tropfen davon darfst du verschmähen. Es wird dich schläfrig machen und dir den Schmerz nehmen. Hast du das verstanden, Veit?«

Veit nickte, doch bevor er trank, wisperte er: »Sag meiner Liebsten, dass sie Johann suchen soll. Ullein kennt und hasst ihn und hat mich deshalb einsperren lassen. Er will sich an Johann rächen.«

Erstaunt blickte Gabriel Veit an. »Wir haben angenommen, dass Ullein sich an den Hofmeisters rächen will.«

»Das auch! Aber Johann müsst ihr finden. Nehmen ich soll Ullein mein Schwert bringen. Ihr dürft es ihm nicht geben«, bat Veit und schloss ermattet die Augen.

»Trink das Gebräu, dann wird dir leichter werden«, versprach Gabriel und hob Veits Kopf leicht an.

Veit verzog keine Miene und trank das Gefäß mit dem bitter schmeckenden Wasser leer. Kurz darauf fiel er in einen gnädigen Schlaf.

»Wir müssen uns beeilen«, sagte Fleischhauer aufgeregt. »Ullein könnte jeden Augenblick hier auftauchen.«

Anna Maria knetete gedankenverloren den Teig auf dem Küchentisch, als ihre Nichte Christel schimpfte: »Tante, du hast versprochen, dass ich mit dir backen darf. Jetzt dürfen die Buben die Äpfel schälen.«

Nikolaus, ihr Onkel und Anna Marias jüngster Bruder, streckte Christel die Zunge heraus, während Gabriels Sohn Fritz laut lachte. »Wir können nichts dafür, dass du noch so klein bist und kein Messer halten darfst«, neckte Hausers Sohn Florian das Mädchen. Wütend warf Christel Mehl nach ihm.

»Vertragt euch«, bat Anna Maria und strich sich mit einer fahrigen Bewegung die Haare aus dem Gesicht. Als die Kinder nicht hörten, wies sie sie streng zurecht: »Ich will keinen Streit hören.«

Mürrisch verrichtete Christel ihre Arbeit, während die Buben sie mit Grimassen ärgerten.

Anna Maria stöhnte leise auf. Sie hatte gehofft, dass das Backen sie ablenken würde, doch ihre Gedanken schweiften weiter zu Veit und Gabriel.

Unerwartet betrat Annabelle die Küche und blickte unsicher umher. Sie hielt sich den Bauch, der in den letzten Tagen gewachsen war und wie eine Kugel aussah. Fragend schaute Anna Maria auf.

»Ich brühe mir einen Kräutersud auf. Möchtest du auch einen Becher haben?«, fragte Annabelle.

Anna Maria nickte.

Seit Annabelles Gefühlsausbruch am Hochzeitstag hatte kaum jemand mit ihr gesprochen. Meist hielt sich die junge Frau in ihrer Kammer auf, und selbst Peter redete nur das Nötigste mit ihr.

Anna Maria schielte von unten hoch und fragte ihre Schwägerin beiläufig: »Wie geht es dir und deinem Kind?«

Annabelle, die Christel zusah, wie sie Teig auf zwei Bleche verteilte und ausrollte, ächzte leise: »Du siehst selbst, dass ich rund wie eine Kuh geworden bin.«

Anna Maria musste bei dem Vergleich grinsen, doch als sie in Annabelles Gesicht blickte, wurde sie ernst.

»Wann wirst du mit deinem Vater abreisen?«, wollte Anna Maria wissen, als die Schwägerin ihr einen Becher mit Sud reichte. Annabelle zuckte mit den Schultern und setzte sich in die Nähe des Herdfeuers. Sie vermied es, aufzublicken, und starrte in ihren Becher.

Weil Anna Maria keine Antwort bekam, wandte sie sich ihrer vierjährigen Nichte zu, die nun friedlich gemeinsam mit Florian, Fritz und Nikolaus Apfelscheiben zu einem Muster auf den Teig legte. Nachdem Christel verquirltes Eigelb über den Kuchen gegossen hatte, lobte Anna Maria die Kinder und bat: »Zieht eure Stiefel und Umhänge an und bringt die beiden Kuchenbleche hinüber zu Lena ins Backhaus. Dort dürft ihr von den warmen Teigtaschen naschen.«

Jubelnd stürmten die Kinder hinaus und zogen sich an. An der Tür reichte Anna Maria Florian und ihrem Bruder Nikolaus jeweils ein Backblech. »Geht langsam, damit ihr nicht hinfallt«, ermahnte sie die Burschen. »Und du, Fritz, hältst Christel an der Hand fest.«

Anna Maria ging zurück in die Küche und setzte sich Annabelle gegenüber. »Endlich Ruhe im Haus«, sagte sie lächelnd und schlürfte ihren Sud.

»Wann wird Vater zurück sein?«, fragte Annabelle und schaute auf.

»Ich hoffe, bald«, flüsterte Anna Maria. »Sonst werde ich verrückt!«

Mit ernster Stimme sagte Annabelle: »Ich habe die letzen Tage nachgedacht und möchte mich bei dir entschuldigen.«

Anna Maria blickte sie erstaunt an, sagte aber kein Wort. Annabelle räusperte sich und erklärte: »Ich hoffe, du verstehst meine Angst. Ich kann nicht nur an mich denken, sondern trage auch die Verantwortung für mein Kind. Außerdem habe ich meinen Mann verloren ...«

Weiter kam Annabelle nicht, denn Anna Maria unterbrach sie wütend. »Ich kann es nicht mehr hören«, zischte sie. »Immer dreht sich alles nur um dich! Erwäge, Annabelle, was du von dir gibst, denn nach dem Gerede der Leute war Matthias nicht dein Mann, sondern dein Liebhaber, von dem du ein uneheliches Kind erwartest. Dass Peter dich geheiratet hat, damit aus dir eine ehrbare Frau wird und dein Kind nicht als Bastard aufwachsen muss, scheinst du in keiner Weise zu würdigen. Matthias war mein Bruder, und deshalb sind auch wir, seine Familie, in großer Trauer und müssen mit dem Schmerz zurechtkommen. Das scheint dich nicht zu kümmern.« Tränen der Wut blitzten in Anna Marias Augen auf. »Nein, Annabelle, erwarte kein Verständnis von mir, während mein Liebster im Gefängnis schmachtet und ich nicht weiß, ob ich ihn jemals wiedersehen werde«, schrie sie und rannte weinend aus der Küche.

Annabelle blickte ihr erschrocken hinterher und schluckte schwer. Nachdenklich strich sie sich über den Bauch.

Anna Maria half an diesem Mittag bei der Arbeit im Backhaus, und sie hoffte, dass die Zeit schneller verstreichen würde. Die

Kinder lenkten sie ab, und auch Lena verwickelte sie immer wieder in ein Gespräch. Obwohl Anna Marias Gedanken fast ausschließlich bei Veit waren, spürte sie, dass Lena ihr etwas anvertrauen wollte.

»Was hast du?«, fragte sie die Magd direkt, die die Brotlaibe in die Öffnung des Backofens schob.

»Was hältst du von Jacob Hauser?«, fragte Lena verlegen und blickte dabei scheu zu Hausers Sohn Florian, der ihre Frage nicht gehört hatte. Anna Maria schaute sie überrascht an und schmunzelte. »Hast du dich in Hauser verguckt?«

Lena errötete und zuckte mit den Schultern. »Ich weiß es nicht. Er ist anders als die Männer, die ich sonst kenne.«

»Was heißt das?«

Lenas Augen blitzten vor Freude auf. »Jacob bringt mich zum Lachen und weiß so vieles, was mir fremd ist. Wenn ich seine Stimme höre, schlägt mein Herz schneller.«

»Das hört sich gut an«, sagte Anna Maria lächelnd.

»Allerdings weiß ich nicht, ob es ihm genauso geht«, entgegnete die Magd zweifelnd. »Er hat mich nicht ein einziges Mal berührt.« Anna Maria konnte ihr Erstaunen kaum verbergen. Sie überlegte, als plötzlich leises Pferdeschnauben an ihr Ohr drang.

Angestrengt lauschte sie, als sie es erneut vernehmen konnte. Von Anspannung getrieben legte sich Anna Maria das Schultertuch um den Kopf und verließ das Backhaus. So schnell es der Schnee unter ihren Füßen zuließ, lief sie den Weg seitlich am Haus vorbei zum Hof und sah gerade noch, wie das Hinterteil des Pferdes in der Scheune verschwand. Anna Maria wollte schon in den Stall laufen, als eine Hand sie festhielt.

»Lass Gabriel erst das Pferd versorgen und ins Warme kommen«, sagte Hauser neben ihr.

Anna Maria nickte und murmelte: »Ich werde ihm Würzwein wärmen.«

Gabriels klamme Finger umschlossen den Becher mit dem heißen Getränk. Er konnte nicht verhindern, dass seine Finger zitterten. Seine Nase war rot und seine Lippen blau gefroren. Anna Maria hatte ihm eine wärmende Decke um die Schulter gelegt, was er ihr mit einem Lächeln dankte.

Annabelle und Peter sowie Hauser, Jakob und Sarah saßen am Tisch, während Anna Maria unruhig hin und her ging. Sie hätte Gabriel gern mit Fragen bestürmt, doch Hausers Blick hielt sie davon ab.

Lena stellte warme Fleischtaschen und Apfelkuchen auf den Tisch, doch niemand verspürte Hunger. Alle Augen waren gespannt auf Gabriel gerichtet.

»Jetzt erzähl, Vater!«, nörgelte Annabelle. Und dieses Mal war Anna Maria ihr dankbar.

Gabriel stellte den Becher auf die Tischplatte und blickte müde in die Runde. Dann wandte er sich an Anna Maria. »Ich würde dir gern andere Nachrichten überbringen, mein Kind, aber es steht nicht gut um Veit. Er ist in einem erbärmlichen Zustand.« Mit einfachen Worten beschrieb er Veits Lage und ließ nichts aus.

Anna Maria presste ihre Hände fest gegen den Mund, um nicht laut aufzuschreien. Sarah trat auf sie zu und legte tröstend den Arm um sie, doch Anna Maria schien das nicht zu merken. Mit schreckensweiten Augen blickte sie zu Gabriel, der sagte: »Ihr könnt Adam Fleischhauer dankbar sein, denn er hat bei Veit gute Arbeit geleistet. Die Wunden, die er ausgebrannt hat, sind weder vereitert noch entzündet, sondern haben sich mit einer Kruste verschlossen. Allerdings sorgt mich eine Wunde an Veits Oberschenkel, um die sich ein stark geröteter Kreis gebildet hat. Zum Glück, Anna Maria, hast du mir den Betäubungssaft mitgegeben. Ich habe Veit die Anzahl Tropfen verabreicht, die du mir genannt hast, sodass er in einen tiefen Schlaf fiel. Nur so war es mir möglich, diese Wunde zu säubern und zu behandeln. Es war höchste Zeit, denn das Wundfieber hatte sich bereits in Veits Körper ausgebreitet. Alle anderen Wunden habe ich mit einer Paste aus der Königskerze bestrichen, die die Wundheilung fördert. Mehr konnte ich in der Kürze der Zeit nicht für ihn tun. Ich hoffe, dass der Betäubungsschlaf lange anhält, denn Schlaf ist die beste Medizin. Da ich nicht weiß, ob ich noch einmal zu Veit gehen kann, habe ich Fleischhauer etwas Betäubungssaft abgefüllt. Er versucht, ihm das Gebräu morgen erneut einzuflößen.«

Anna Maria löste sich aus Sarahs Arm und ging zu Gabriel. Sie hauchte ihm einen Kuss auf die Wange und umarmte ihn.

»Ich stehe in deiner Schuld«, sagte sie mit bebender Stimme.

»Du bist mir nichts schuldig, mein Kind!«, sagte er und erwiderte ihre Umarmung. Anna Maria setzte sich bleich neben ihn.

»Hat Veit mit dir sprechen können?«, fragte Peter.

Gabriel nickte zwischen zwei Schlucken Wein und erzählte, was Veit ihm anvertraut hatte.

»Wenn mir dieser Nehmenich begegnet, mache ich ihn einen Kopf kürzer«, schimpfte Peter und blickte zornig zu seinem Bruder.

»Wie soll dieser Bauer an das Schwert gelangen?«, fragte Jakob nachdenklich.

»Er wird es stehlen wollen.«

»Woher will er wissen, wo das Schwert ist?«

»Am besten, wir suchen diesen unsäglichen Bauern auf und stellen ihn zur Rede«, schlug Peter vor, doch Jakob schüttelte den Kopf.

»Wir müssen Nehmenich auf frischer Tat fassen. Nur dann haben wir ihn in der Hand, sodass er uns Auskunft geben wird. Du kennst ihn, Peter. Freiwillig wird er uns nichts preisgeben.«

»Wir müssen ihm eine Falle stellen.«

Anna Maria hörte nicht zu und murmelte ungläubig: »Ullein soll Veits Bruder Johann kennen?«

Gabriel nickte. »Veit sagt, dass du Johann suchen musst.«

Peter und Jakob hörten Anna Maria nicht zu, die versuchte, mit ihnen zu sprechen. Über den Kopf der Schwester hinweg überlegten die Brüder laut, wie sie Nehmenich überführen könnten.

Hauser, der wie immer schweigend zugehört hatte, schlug plötzlich mit der Faust auf den Tisch. Alle blickten erschrocken auf, doch seine Augen blitzten wütend die beiden Hofmeister-Brüder an.

»Ich habe das Gefühl, dass euch die Dringlichkeit nicht bewusst ist. So, wie Gabriel Veits Lage geschildert hat, dürft ihr keine Zeit verlieren. Stattdessen überlegt ihr, wie ihr einem schwachsinnigen Bauern eine Falle stellen könnt. Dieser Johann muss her, ebenso wie euer Vater.«

Die Hofmeister-Brüder machten ein zerknirschtes Gesicht. »Wir wissen nicht, was zu tun ist«, gab Jakob offen zu und schaute entschuldigend seine Schwester an.

»Deshalb müssen wir euren Vater finden«, sagte Hauser gereizt.

»Ich werde mich morgen früh sofort auf den Weg machen«, sagte Peter, doch Anna Maria schüttelte den Kopf. »Ich kenne die geheime Losung der Bundschuh-Leute und habe mit der Suche mehr Erfahrung.«

»Verrate mir, was ich wissen muss«, forderte Peter seine Schwester auf.

»Dafür ist keine Zeit, Peter. Ich werde gehen.«

»Und ich werde dich begleiten«, sagte Hauser.

»Du musst Johann finden und ihn herbringen«, lehnte Anna Maria seinen Vorschlag ab. »Johann wird auf mich nicht gut zu sprechen sein, da ich seine Gefangene war und mit Veit geflohen bin. Wenn ich ihn bitte zu kommen, kann es sein, dass er mir nicht glaubt und mich wieder einsperrt. Dir wird er Glauben schenken.«

»Dann werde ich dich begleiten«, riefen Peter und Jakob gleichzeitig, sodass Anna Maria kurz lächelte.

»Du, Jakob, musst bei Frau und Kind bleiben und dafür sorgen, dass alles auf dem Hof seinen Gang geht.« An Peter gewandt sagte sie: »Du musst ebenfalls hierbleiben. Es wäre für Ullein und Nehmenich zu offensichtlich, dass wir etwas im Schilde führen, wenn du deine hochschwangere Frau allein lässt.«

Anna Marias Begründungen waren einleuchtend, und niemand widersprach.

»Wo soll ich Veits Bruder finden?«, fragte Hauser.

»Ich hoffe, dass er auch diesen Winter auf Burg Nanstein verbringen wird. Falls nicht, musst du in Landstuhl nach ihm fragen. Vielleicht weiß jemand, wohin er mit seinen Mannen gezogen ist.«

Die halbe Nacht planten und überlegten sie. Je mehr sie darüber sprachen, desto zuversichtlicher und mutiger wurden sie. Doch dann teilte ihnen Gabriel mit: »Wir werden in den nächsten Tagen zurück nach Mühlhausen reisen. Ich kann mein Badehaus nicht länger meinem Gehilfen überlassen. In der Stadt werde ich mich bei Gleichgesinnten erkundigen, ob sie von Joß gehört haben. Sobald ich etwas weiß, werde ich euch einen Boten schicken.«

Alle Augen blickten auf Annabelle, die an ihrer Unterlippe nagte. Jeder konnte spüren, dass ihr unwohl zumute war, da sie sich entscheiden musste. Anna Maria versuchte, ihrer Schwägerin zu helfen: »Meinst du nicht, Annabelle, dass diese Reise zu beschwerlich für dich und das Kind werden könnte? Das Wetter schlägt ständig um, und Eis und Schnee werden eure Reise behindern, sodass ihr mit dem Fuhrwerk länger als sonst benötigen werdet.«

Annabelle sah Anna Maria dankbar an, als Peter ihre Hand

ergriff und sanft drückte. Kurz blickte sie in die Augen ihres Mannes, um dann ihrem Vater leise mitzuteilen: »Vater, es tut mir leid, aber ich werde hierbleiben und warten, bis das Kind geboren ist.«

Anna Maria glaubte ein kurzes Lächeln in Gabriels Gesicht zu erkennen.

»Das ist eine weise Entscheidung, mein Kind!«, antwortete er und zwinkerte Anna Maria verschwörerisch zu.

Anna Maria blickte zufrieden in die Runde. Jetzt, da wichtige Entscheidungen getroffen waren, keimte Hoffnung in ihr auf, dass sich alles zum Guten wenden würde.

⇢⇒ *Kapitel 24* ⇐⇠

In der Nähe der Stadt Heilbronn, Sommer 1525

Langsam legte sich die Dunkelheit über das Land, und die Männer zündeten Lagerfeuer an. Dicht gedrängt standen sie um die brennenden Holzscheite und ließen die Bierkrüge kreisen. Es war, als ob sie sich gegenseitig stützen wollten, doch in ihren Augen war Zweifel zu erkennen. Manch einer glaubte die Erregung, aber auch die Angst des anderen spüren zu können. Die Blicke der Männer schweiften ruhelos umher.

Um sich Mut zuzusprechen und sich von der Richtigkeit ihres Vorhabens zu bestärken, erzählten sich die Männer von ihrer Not und davon, wie Adel und Klerus sie ausbeuteten.

Ein Bauer klagte von dem ständigen Hunger, den seine Familie leiden musste, obwohl er Tag und Nacht schuftete und sich weder Rast noch Ruhe gönnte.

Ein anderer Mann, der wegen seines feuerroten Haars aus der Menge hervorstach, schimpfte: »Die hohen Herren lassen ihre Jagdhunde durch die Saat laufen, ohne den Schaden zu beachten, den sie dabei anrichten. Wir jedoch werden bestraft, weil die Ernte kärglich ausfällt.«

»Es gibt Gräueltaten, von denen habt ihr keine Ahnung«, erklärte leise ein dritter Mann, dessen Gesicht eine breite Narbe teilte. »Nachdem eine Schar Ritter ein ganzes Dorf niedergebrannt hatten, sind dreißig Bauern in die Kirche geflüchtet und haben sich dort verschanzt. Als die Ritter das sahen, legten sie Feuer um das Gotteshaus, damit die Menschen drinnen ersticken sollten. Ein Bauer aber ist mit seinem Kind auf dem Arm in den Kirchturm geflüchtet. Er wähnte sich schon in Sicherheit, als die Flammen zu ihnen hochschlugen. Da der Mann keinen Ausweg wusste, ist er mit seinem Kind in die Tiefe gesprungen. Die Ritter«, flüsterte der Mann, »haben ihm die Speere entgegengestreckt und ihn im Sturz aufgespießt.«

Zornig und laut verurteilten die Männer diese Gräueltat, als jemand fragte: »Und das Kind?«

Der Erzähler zuckte mit den Schultern. »Dem soll nichts passiert sein.«

Als plötzlich ein Ruf erschallte, wussten die Männer, dass der Augenblick gekommen war, und sie schauten einander unsicher an. Manch einer rieb sich die feuchten Hände an seinem Beinkleid trocken, während ein anderer schnell noch einen Schluck Bier nahm.

»Vergesst die Waffen nicht«, brüllte Kilian den Männern zu.

»Hoffentlich schmerzt es nicht«, murmelte ein Bursche seinem Kameraden zu, der daraufhin entsetzt zu dem Platz hinüberblickte.

Ein älterer Bauer, der das gehört hatte, meinte mit ernstem Gesicht: »Wir werden danach nicht mehr dieselben sein.«

Joß Fritz stand an einen Baum gelehnt und betrachtete kritisch die Männer, die sich langsam vor ihm versammelten. Er wusste, dass sich unter den achtbaren Bauern auch viele Unholde tummelten, die erst in den letzten Tagen zu seiner Truppe gestoßen waren. Es waren Gestalten, die außer ihrem Leben nichts zu verlieren hatten – rohe und brutale Männer, die nicht für Recht und Freiheit kämpften. Sie wollten nur ihre Begierde stillen, wollten Schlösser und Klöster plündern und brutale Macht über andere Menschen ausüben. Joß Fritz kannte solche Gestalten, die es zu jeder Zeit und an jedem Ort gab. Auch bei seinen ersten Bundschuh-Aufständen hatten sie sich unter die Aufrechten gemischt, weshalb sie ihn nun nicht erschreckten. Joß wusste, wie er mit ihnen umzugehen hatte, zumal er sich der Unterstützung seiner Vertrauensmänner sicher sein konnte. Diese rechtschaffenen, zuverlässigen Männer, die er ausgewählt hatte, würden dafür sorgen, dass seine Pläne ausgeführt wurden und dass das Gesindel gehorchte.

»Ich werde euch zu führen wissen und euch so lenken, dass ihr es nicht merkt«, murmelte Joß ernst.

Der Platz vor ihm füllte sich mit kampfbereiten Männern, und die Unruhe stieg. Nachdenklich betrachtete Joß ihre Waffen, die meist aus kurzen Spießen oder verrosteten Schwertern bestanden. Einige hielten lange Messer, andere alte Morgensterne in den Händen, während die meisten Männer jedoch mit Heugabeln und Dreschflegeln bewaffnet waren. Als Joß Fritz in der Menge auch einzelne Schießgewehre ausmachen konnte, hoffte er stumm, dass die Besitzer damit umzugehen wussten.

Joß erblickte seinen Kampfgefährten Kilian, der einen Speer mit sich führte, an dem das Zeichen ihres Aufstands hing – ein Bundschuh. Mit einem breiten Grinsen blickte Kilian Joß Fritz an und rammte den Speer vor ihm in den Boden, sodass der Schuh am Ende des Griffs für alle gut sichtbar war. Anhänger, die das beobachtet hatten, streckten ihre Waffen in die Höhe und jubelten ihrem Anführer zu.

Plötzlich verstummten alle, und ein Raunen ging durch die Reihen. Joß musste sich nicht umdrehen, um zu wissen, wer hinter ihm stand. Margarethe Renner, auch die Schwarze Hofmännin genannt, trat vor seine Männer, um sie zu segnen und unbesiegbar zu machen, wie sie versprochen hatte.

Stolz blickte Fritz die Frau an und war erneut von ihrer gereiften Schönheit berauscht. *Sie ist mein*, dachte er selbstbewusst und trat einige Schritte zurück, um ihr allein den Platz zu überlassen.

Margarethes schwarze Augen blickten unerschrocken den Bauern, Söldnern, Draufgängern, Schwindlern, Gaunern und all den Männern entgegen, die zu jedem Frevel bereit waren. Selbstsicher warf sie ihre schwarzen Haare zurück und stemmte die Hände in die Hüften. Sie drückte ihr Rückgrat durch, sodass sie größer erschien, als unverständliches Gemurmel zu hören war, das langsam anschwoll.

»Weiberzungen haben hier nichts zu suchen!«, brüllte jemand aus der Menge. Viele Köpfe nickten. »Wir wollen unserem Anführer Joß Fritz folgen. Wir wollen kein Weibsbild, das mit uns redet!«

»Warum ist sie hier? Warum sind wir hier?«, fragte einer, der erst seit wenigen Tagen dem Haufen angehörte.

»Du dummer Nickel«, schimpfte sein Nachbar und drohte ihm mit der Mistgabel. »Wenn es dir nicht gefällt, verschwinde.«

»Ich ramme dir mein Schwert in den Bauch«, brüllte der Gerügte und hielt sich seine Waffe vor den Körper.

»Schweig, du Narr! Hört alle, was ich euch zu sagen habe«, rief die Schwarze Hofmännin den Männern zu und trat einen Schritt vor, sodass der Schein der Lagerfeuer ihr Gesicht erhellte.

»Warum seid ihr gekommen, wenn ihr mich abweisen wollt? Warum habt ihr dem Rufen zugehört, das von Ort zu Ort und von Hütte zu Hütte getragen wurde? Wie wollt ihr siegen, wenn unter euch kein Einklang, kein gemeinsames Streben, kein Vertrauen besteht? Wie soll das gehen, wenn du ja und du dort drüben nein sagst, du abziehen und du bleiben willst?« Bei diesen Worten wies sie auf die Störenfriede. »Wenn kein Zusammenhalt in unseren eigenen Reihen herrscht, kein gemeinsames Streben nach Recht und Freiheit, dann geht nach Hause. Niemand wird euch aufhalten. Schuftet weiter, lasst euch den Rücken verbiegen und kuscht, wie ihr es bisher getan habt.«

Margarethe schaute den Aufrührern in die Augen, bis sie ihre Blicke senkten. Zufrieden fuhr die Frau fort: »Hunderte stehen hier vor mir, und ihr alle habt ein Ziel. Ich frage euch: Wie heißt euer Ziel? Wonach strebt ihr?«

Nur ein leises Raunen war zu hören, doch die Schwarze Hofmännin wartete geduldig.

»Genug zu essen!«, rief der Rotschopf verhalten.

»Freiheit!«, traute sich einer in der ersten Reihe laut auszusprechen.

»Essen! Freiheit!«, erklang es im Chor, der in seiner Rauheit unheimlich wirkte.

Margarethe nickte zufrieden und rief: »Beides könnt ihr erlangen, wenn ihr bereit seid, das rechte Wort zu hören und das rechte Wort zu sprechen. Nehmt euch, was euch zusteht, und ich werde euch unbesiegbar machen!« Sie streckte den Männern ihre Faust entgegen, und sie antworteten ihr auf gleiche Weise.

Als wieder Ruhe eingekehrt war, gab sie den Männern ein Zeichen, niederzuknien. Ohne Murren kamen sie ihrer Aufforderung nach, nicht einer blieb stehen.

Margarethe breitete die Hände aus, schloss ihre kohlschwarzen Augen und murmelte Worte, die niemand verstand. Ihr Singsang hatte etwas Dunkles und Dämonisches, und manch einer der Männer glaubte bereits die Wirkung zu spüren. Mit einer Stimme, die nicht die ihre zu sein schien, rief sie: »Ich segne die Waffen und ihre Träger.« Dann reckte sie ihre Hände dem

Himmel entgegen: »Möget ihr euch zum Werkzeug des göttlichen Willens machen. Vertraut darauf, dass göttliche Macht euch beschützen wird. Der Sieg im Namen des Herrn kann euch nicht genommen werden.«

Ohne ein weiteres Wort drehte sie sich um und ließ die Männer staunend zurück.

Joß Fritz hatte abseits gestanden und Margarethe stumm gelauscht. Er wusste nicht, was er von ihrem Unsterblichkeitsspruch halten sollte. Doch seine Meinung war nicht maßgebend, denn bei den Männern hatte der Segen seinen Zweck erfüllt. Im Gesicht eines jeden Einzelnen konnte Joß die Wirkung der Worte erkennen. Entschlossen, zuversichtlich und voller Tatendrang verließen die Männer den Platz und gingen bestärkt zurück ins Lager.

Zufrieden folgte Joß der Schwarzen Hofmännin, die abseits der Zelte zwischen Obstbaumreihen verschwand. Als sie sich kurz nach ihm umdrehte, wusste er, dass er ihr folgen sollte. Joß spürte Erregung in sich aufsteigen und blickte sich vorsichtig um. Keiner der Männer schien sie beide zu bemerken, und so ging er ihr rasch nach.

Als Joß Margarethe zwischen den Bäumen fand, räkelte sie sich im hohen Gras – nackt, wie Gott sie erschaffen hatte.

Mit heftig klopfendem Herzen ließ er sich zu ihr nieder und streichelte voller Verlangen ihren Körper.

»Keiner der Männer zweifelt mehr an unserem Sieg«, frohlockte er und streifte sich das Beinkleid ab. Erregt wollte Joß sich auf Margarethe legen, doch sie kreuzte ihre Beine übereinander.

»Ich weiß«, gurrte sie und strich ihm sanft über die Brust. »Deshalb wirst du dafür sorgen, dass in Heilbronn kein Stein auf dem anderen bleibt und es so platt wird wie mein Heimatort Böckingen.« Der Blick der Schwarzen Hofmännin duldete keinen Widerspruch, und Joß Fritz stimmte mit einem Kopfnicken zu.

Ein raues Lachen erklang, und Margarethe öffnete ihre Schenkel.

In zwei Tagen sollten die Bauern in Heilbronn einfallen und ihre Forderungen mit Gewalt durchsetzen. Am Tag zuvor sagte Margarethe zu Joß: »Ich werde mich in die Stadt schleichen, um mir noch einmal die hochnäsigen und stolzen Städterinnen zu betrachten, bevor ihr sie erwürgt und ersticht.« Dabei leuchteten ihre Augen, sodass sogar Joß bange vor ihr wurde.

Die Schwarze Hofmännin verkleidete sich als Bettlerin und versteckte ihre schwarze Mähne unter einem dunklen Tuch. Nachdem sie sich ihr Gesicht mit Dreck verschmiert hatte, zwinkerte sie Joß Fritz lachend zu und marschierte los.

Margarethe kannte die Plätze, wo sich die feinen Damen aufzuhalten pflegten. Sie stellte sich vor die edel gekleideten Frauen und bettelte um Münzen.

»Unverschämtheit«, zischten die Frauen und rümpften die Nasen. »Verschwinde«, schimpften sie und stießen sie zur Seite. Die Schwarze Hofmännin hatte Mühe, nicht laut aufzulachen und ihnen ihre Hochnäsigkeit aus dem Gesicht zu schlagen. *Morgen schon werdet ihr gerupft wie Gänse,* höhnte sie in Gedanken.

Margarethe hatte am Ende des Platzes ein weiteres Opfer ausgemacht und steuerte darauf zu, als Hände nach ihr griffen. Die Büttel waren über die hartnäckige Bettlerin in Kenntnis gesetzt worden und hielten sie an den Armen fest.

»Lasst das«, kreischte die Schwarze Hofmännin dem Mann ins Gesicht.

Sogleich schlug er ihr mit der flachen Hand auf die Wangen, sodass ihre Lippen aufplatzten. »Wage nicht, mir erneut in die

Ohren zu schreien«, brüllte er sie zornig an und holte zum zweiten Schlag aus.

Margarethe duckte sich, als der andere Büttel sagte: »Lass gut sein, Caspar. Sie ist ein altes Weib. Wir bringen sie aus der Stadt, und jeder ist zufrieden.«

Die beiden Büttel zerrten Margarethe fort, die sich heftig wehrte, wobei ihr Tuch vom Kopf rutschte.

»Ich kenne dich«, sagte der Mann namens Caspar erstaunt. »Du bist Leibeigene des Herrn von Hirschhorn.« Der Büttel überlegte kurz und sagte zu seinem Kameraden: »Wegen der Alten will ich keinen Ärger bekommen. Wir sollten es Hirschhorn überlassen, was er mit ihr machen will. Bringen wir sie ins Gefängnis und melden ihm die Festnahme der Gefangenen.«

Margarethe Renner wusste, dass es keinen Zweck hatte, sich weiter zu wehren. Stumm folgte sie den Bütteln ins Gefängnis.

―――

Joß Fritz saß am Lagerfeuer und machte sich Gedanken über den nächsten Tag. *Sollte es uns gelingen, Heilbronn einzunehmen, wären wir unserem Ziel einen großen Schritt näher gekommen,* überlegte er und zog nachdenklich an seiner Pfeife.

Nach einer Weile blickte er besorgt um sich. Es war bereits später Abend, und Margarethe war noch nicht aus Heilbronn zurück. *Sie wird ihren Spaß mit den Städterinnen bis zum Schluss auskosten,* beruhigte er sich selbst und stellte sich vor, wie seine Geliebte unerkannt Schabernack mit den eingebildeten Frauen trieb. Schmunzelnd paffte er seine Pfeife, als Kilian auf ihn zueilte. Sofort ahnte Joß, dass etwas nicht stimmte.

Mit ernstem Gesichtsausdruck setzte sich Kilian zu ihm und flüsterte: »Margarethe wurde in Heilbronn verhaftet und ins Verlies gesteckt.«

Joß wusste nicht, ob seine Augen wegen des Qualms aus seiner Pfeife brannten oder wegen Kilians Nachricht. Er presste sie fest zusammen, bis das Brennen nachließ. »Woher weißt du das?«, flüsterte er mit rauer Stimme.

»Einer deiner Getreuen hat es beobachtet. Es hat zuerst so ausgesehen, als ob sie Margarethe nur der Stadt verweisen wollten, doch plötzlich haben sie kehrtgemacht und sind mit ihr im Gefängnis verschwunden. Seitdem sind sie nicht wieder herausgekommen.«

Joß konnte keinen klaren Gedanken fassen. Immer wieder schüttelte er den Kopf. »Warum hat man sie festgenommen?«, fragte er.

»Wahrscheinlich wegen der Bluttat zu Weinsberg. Jeder weiß, dass die Schwarze Hofmännin auf Jäcklein Rohrbach großen Einfluss ausgeübt hat. Auch kennen wir die Gerüchte, dass sie dem Grafen Helfenstein den Bauch aufgeschlitzt haben soll und …«

Joß Fritz hob abwehrend die Hände. »Das ist Gerede, das Margarethe nicht bestätigt hat.«

»Das ist wohl wahr, aber sie hat es auch nicht geleugnet«, erwiderte Kilian und blickte seinen Freund ernst an.

»Verdammt«, flüsterte Joß, »das ist ein ungeeigneter Augenblick. Was soll ich den Männern sagen, wenn sie fragen, wo sie ist?«

»Es scheint dir wenig auszumachen, dass diese Frau im Gefängnis sitzt«, stellte Kilian erstaunt fest.

Joß blickte gleichgültig und sagte: »Ich kann nicht verhehlen, dass sie mir die Zeit versüßt hat. Sie ist wahrlich ein Prachtweib. Doch sie ist selbst schuld, dass es so gekommen ist. Ihre Verhaftung wäre zu vermeiden gewesen, denn allein ihre Gier nach Rache hat sie dorthin gebracht. Ich kann der Schwarzen Hofmännin nicht helfen. Sie muss sich selbst helfen. Uns stellt sich aber ein Problem, für das ich rasch eine Lösung finden muss.«

Kilian ahnte, was Joß meinte, und sprach es laut aus: »Wenn bekannt wird, dass Margarethe Renner sich selbst nicht beschützen kann, werden die Männer ihre eigene Unbesiegbarkeit anzweifeln.«

Joß Fritz nickte mit ernstem Blick. »Sie werden unsicher werden und mir nicht mehr vertrauen.«

Kilian überlegte nicht lange, sondern schlug mit einem hinterhältigen Grinsen vor: »Es ist bekannt, dass die Schwarze Hofmännin zwar auf der Seite der Bauern steht, aber niemals für sie kämpfen würde, und deshalb dürfte dir eine Ausrede leichtfallen.«

Fragend blickte Joß Fritz seinen Kampfgefährten an.

»Sag, dass die Schwarze Hofmännin aus Aberglauben den Aufstand aus der Ferne beobachten wird.«

Doch Joß Fritz konnte nicht verhindern, dass sich die schlechte Nachricht wie ein Lauffeuer im Lager verbreitete. Schon bald wussten seine Anhänger, dass die Schwarze Hofmännin verhaftet worden war und im Kerker saß. Viele blickten sich ratlos an, und für kurze Zeit legte sich Stille über das Lager, die schließlich durch Gemurmel abgelöst wurde, das langsam anschwoll.

»Was sollen wir machen?«, fragte einige Bauern, während andere wie gelähmt dasaßen. Rasch taten sich die Männer hervor, die Joß Fritz und seine Vertrauten in den vergangenen Tagen besonders beobachtet hatten. Es waren jene, die strenger Führung bedurften, damit Unruhe im Lager verhindert wurde. Diese Burschen nutzten nun die Verwirrung, in der die Anhängerschar ohne Orientierung schien, um ihre Belange kundzutun. Die Verhaftung der Schwarzen Hofmännin war ihnen einerlei.

Joß Fritz und Kilian beobachteten heimlich das Dutzend Männer, das abseitsstand und sich beratschlagte. Ohne zu ihnen hinüberzublicken, sagte Joß zu seinem Gefährten, während er sich ein Stück Speck abschnitt: »Der, dem das rechte Ohr fehlt, scheint ihr Rädelsführer zu sein. Sie scharen immer mehr Männer um sich. Ich befürchte, dass sie schon bald hier vortreten werden. Geh und warne unsere Leute.«

Kilian tat, als ob er sich seinen Becher auffüllen wollte, und ging hinüber zum Lagerrand, wo ein Fuhrwerk mit Weinfässern stand. Einer seiner Männer gesellte sich zu ihm und füllte sich ebenfalls seinen Krug. Kilian gab ihm leise Anweisungen und ging anschließend zurück zu Joß, dem er unmerklich zunickte.

Zufrieden schob sich Fritz ein Stück Speck in den Mund. »Sie hetzen gegen uns. Ich kann es an ihren Gesten erkennen«, nuschelte er zwischen zwei Bissen und ließ die Störenfriede nicht aus den Augen.

»Wir haben Glück«, murmelte Kilian und legte einige Holzscheite auf das fast abgebrannte Feuer. »Nicht alle Männer, die sie ansprechen, lassen sich von ihnen beeinflussen. Sieh nach rechts, dort gibt es gleich eine Schlägerei.«

Neugierig blickte Joß in die Richtung, in die Kilian gezeigt hatte. Tatsächlich stritten sich dort einige junge Bauern mit den Aufrührern und drohten ihnen mit den Fäusten.

Es dauerte nicht lange, und die mittlerweile dreißig Kopf starke Meute marschierte auf die Seite des Lagers, wo Joß und Kilian am Lagerfeuer saßen.

Unbemerkt ließen beide ihre Blicke über die Köpfe der Männer schweifen. Als sie ihre Vertrauten in der Nähe entdeckten, atmeten sie erleichtert aus. Entspannt schauten sie der Horde entgegen, denn ihre Gefolgsleute würden ihnen sofort zu Hilfe eilen, sollte sich die Lage zuspitzen.

Joß Fritz schnitt sich eine weitere Speckscheibe ab. Ohne die aufmarschierenden Männer aus den Augen zu lassen, rieb er das Messer am Beinkleid sauber und steckte es zurück in die Lederscheide am Gürtel. Bevor er sich das geräucherte Fett in den Mund steckte, fragte er mit scharfem Blick: »Was wollt ihr?«

Der Mann, dessen Ohr fehlte, schaute um sich und dröhnte mit lauter Stimme: »Was gedenkst du zu tun, jetzt, da dein Liebchen im Gefängnis sitzt?«

Joß ging auf die Anspielung nicht ein, sondern kaute genüsslich den Speck. »Wir werden morgen gegen Heilbronn ziehen, so wie wir es geplant haben.«

»Das kann nicht dein Ernst sein!«, brüllte der Mann, und seine Spießgesellen gaben ihm lautstark Recht. »Lasst uns weiterziehen und Klöster ausrauben, anstatt in Heilbronn einzufallen.«

Joß Fritz erhob sich von seinem Platz. Er überragte die meisten um Kopfeslänge, was ihm Achtung einbrachte. Die Hände auf dem Rücken verschränkt, sah er sich jeden Einzelnen, der sich auf die Seite des Herausforderers gestellt hatte, mit scharfen Blicken an.

»Wir haben der Schwarzen Hofmännin geschworen, dass wir Heilbronn dem Erdboden gleichmachen. Nur deshalb hat sie uns gesegnet«, entgegnete Joß und blickte den Einohrigen herausfordernd an.

»Pah«, brüllte der Mann abfällig. »Der Unverwundbar-Segen dieser Hexe ist nicht die Spucke wert, mit der er gesprochen wurde.«

»Sie konnte sich selbst nicht retten und schmachtet nun im tiefen Verlies, in dem ihr eigener Mann schon gesessen hat«, rief ein anderer, und viele stimmten ein.

»Wir werden gegen Heilbronn ziehen und Rache für all die toten Seelen üben, die im Kampf für die Gerechtigkeit ihr Leben gelassen haben«, entschied Joß, doch kaum einer jubelte ihm zu.

»Es ist ein schlechtes Zeichen, wenn die Schwarze Hofmännin nicht an unserer Seite ist. Es scheint, dass Gott sie verlassen hat. Was ist, wenn Gott auch von uns nichts mehr wissen will?«, fragte ein Bauer und blickte Joß verdrossen an. Zustimmendes Gemurmel war zu hören.

»Wie ich sehe«, sagte Joß zu dem Rädelsführer, »hast du Männer um dich geschart, die sich leicht lenken und bewegen lassen.«

»Was willst du damit sagen?«, nörgelte einer der abtrünnigen Bauern und blickte Joß herausfordernd an. Fritz stellte sich breitbeinig vor dem Mann auf, klemmte seinen Daumen in den Gürtel und schaute mitleidig auf ihn herab.

Plötzlich wurde es unruhig im restlichen Lager. Die dicht gedrängten Männer traten zur Seite, sodass ein Durchgang entstand. Es waren Kilians Späher, die aufgeregt angelaufen kamen. Außer Atem blieben sie vor Kilian stehen und flüsterten ihm etwas zu. Aschfahl trat er vor Joß und gab ihm die Botschaft weiter. Auch Joß wich die Farbe aus dem Gesicht.

»Damit habe ich nicht gerechnet«, flüsterte er und wandte sich seinen Männern zu. Ohne lang zu überlegen, befahl er ihnen: »Wir lösen das Lager auf!«

»Was soll das heißen?«, schrien die Männer im Chor.

Joß sah sie mit starrem Blick an und erklärte: »Das Heer des schwäbischen Bundes von Weil im Schönbuch bewegt sich auf Heilbronn zu. Es ist mehrere tausend Mann stark und wird schon morgen eintreffen.«

»Warum kämpfen wir nicht? Das kann nicht das Ende des Bundschuh-Aufstandes sein. Er hat nicht einmal begonnen!«, rief ein Bursche enttäuscht.

»Wenn wir bleiben, bedeutet das den Tod eines jeden Einzelnen«, erklärte Kilian, ließ die Männer stehen und ging zu seinem Pferd.

⇌ *Kapitel 25* ⇋

Erste Woche im Januar 1526

Anna Maria glaubte sich in einem Traum, den sie schon einmal geträumt hatte. Aber es war kein Traum, sondern Wirklichkeit.

Wie vor etlichen Monaten, als sie sich aufgemacht hatte, um

ihre Brüder bei den Bauernaufständen zu finden, nahm sie auch heute von ihrer Familie Abschied – dieses Mal, um den Vater zu suchen. Obwohl es mitten in der Nacht war, hatten sich ihre beiden älteren Brüder, deren Frauen, die Magd Lena sowie Gabriel und Hauser auf dem Hof versammelt, um Anna Maria auf Wiedersehen zu sagen.

Jeder umarmte die junge Frau, drückte sie an sich und wünschte ihr viel Glück. Nur Lena brachte keinen Ton heraus und reichte ihr wortlos einen Beutel mit Verpflegung. Als die Magd aufschluchzte, legte Hauser tröstend seinen Arm um ihre Schulter, und sogleich vergrub sie weinend ihr Gesicht an seiner Brust. Anna Maria musste bei dieser Geste lächeln und umarmte beide.

»Wäre es nicht ratsam, mit einem Fuhrwerk zu reisen oder wenigstens auf einem Pferd zu reiten?«, fragte Jakob besorgt.

Anna Maria schüttelte den Kopf. »Du weißt, dass ich im Gegensatz zu dir Angst vor Pferden habe, und ein Fuhrwerk kommt bei Schnee und Glatteis nicht schneller voran. So kann ich jedoch querfeldein gehen und manche Strecke abkürzen.«

»Pass auf dich auf«, flüsterte Peter und presste sie fest an sich.

Anna Maria nickte und umarmte zuerst Sarah und dann Annabelle, die ihr zuflüsterte: »Beeil dich, damit du rechtzeitig zurück bist, um Patentante zu werden.«

Freudig überrascht schaute Anna Maria Peter an, der zwar verlegen wegblickte, aber entspannt zu sein schien.

Gabriel und Hauser traten auf Anna Maria zu und fragten: »Hast du dir die Namen der Städte gemerkt, die du durchreisen musst, um nach Lehen zu gelangen?«

Anna Maria nickte und wiederholte: »Kaiserslautern, Landau, Pforzheim, Baden in Baden, Offenburg und Freiburg.«

Zufrieden lächelten die beiden Männer.

»Wie heißt die Losung der Bundschuh-Leute?«, wollte Gabriel wissen.

»Gott grüße dich, Gesell, was hast du für ein Wesen?«

»Die Antwort?«, fragte Hauser streng.

»Der arm' Mann in der Welt mag nit mehr genesen!«

»Braves Mädchen!«, lobte er Anna Maria und legte ihr seine Hände auf die Schultern, sodass sie ihm in die Augen blicken musste.

»Anna Maria«, sagte Hauser eindringlich. »Das Reich ist nicht nur wegen der blutigen Niederlage in Frankenhausen in Aufruhr. Überall im Land wehren sich die Bauern. Die Suche nach deinem Vater wird, ebenso wie damals die Suche nach deinen Brüdern, beschwerlich werden. Sei auf der Hut! Allerdings hoffe ich auf unsere Anhänger, die dich beschützen werden, sobald sie wissen, wer du bist.«

Anna Marias Blick verriet ihm, dass sie ihn nicht verstanden hatte.

»Du bist die Tochter des großen Joß Fritz!«, erklärte er und drückte ihr einen väterlichen Kuss auf die Stirn.

Dann trat Gabriel zu ihr und sagte: »Sollten wir uns irren, und dein Vater ist nicht bei Else Schmid, wird sie dir sicherlich weiterhelfen können. Und nun geh mit Gott.«

Wie vor vielen Monaten drehte sich Anna Maria am Tor um und blickte zurück auf den Hof zu den Menschen, die ihr zum Abschied winkten. Ein letztes Mal hob die junge Frau den Pilgerstab ihres Vaters hoch, zog den dicht gewobenen Pilgerumhang fest um sich und marschierte in die Dunkelheit.

Da Anna Maria den Ort Katzweiler durchqueren musste, war sie mitten in der Nacht aufgebrochen, in der Hoffnung, dass die Einwohner schliefen und man sie nicht bemerken würde.

Umsichtig stahl sie sich an den Hauswänden entlang, sodass die Dunkelheit sie verschluckte. Als ein streunender Hund sie unerwartet ankläffte, glaubte sie im ersten Augenblick, dass ihr Herz stehenbleiben würde. Mutig drohte sie ihm mit dem Pilgerstab, woraufhin der Hund winselnd seinen Schwanz einzog und davonlief.

Anna Maria schlich weiter, als ihr plötzlich elend wurde. Trotz der Dunkelheit erkannte sie das Haus, das den Katzweilern als Rathaus diente und in dessen Verlies ihr Liebster eingekerkert war. Sie huschte leise wie eine Maus auf die andere Seite des Weges, um sich dort gegen den Stamm eines dicken Baumes zu pressen. Niemand würde vermuten, dass hier jemand stand, und so traute sich Anna Maria einen Augenblick zu verweilen. Unglücklich blickte sie zum Fundament des Gebäudes und sandte einen Schwur zu Veit in den Kerker: »Ich werde meinen Vater finden, und zusammen werden wir dich befreien. Das schwöre ich bei meiner Liebe zu dir!«

Mit Tränen in den Augen wandte sie sich von dem Haus ab und rannte die Straße entlang zum Ort hinaus.

Bereits am Mittag sah Anna Maria die Dächer von Kaiserslautern vor sich. Sie war mit der Wegstrecke, die sie zurückgelegt hatte, zufrieden und beschloss, an einem geeigneten Platz zu rasten. *Zum Glück hat es nicht geschneit*, dachte sie, als sie den mit Wolken verhangenen Himmel über sich sah. Frierend rieb sie die kalten Hände aneinander. Einen Augenblick erwog Anna Maria, in Kaiserslautern ein Gasthaus aufzusuchen, um sich mit einem Teller Suppe zu wärmen, doch sie verwarf den Gedanken, weil sie befürchtete, dass die Rast zu viel Zeit kosten würde. Und so folgte sie dem Weg, der um Kaiserslautern herumführte. Hier begegneten ihr nur vereinzelt Menschen, und schon bald schien nur sie allein diesen Weg zu nutzen.

Obwohl Anna Maria mehrere Socken übereinander angezogen hatte und dicke Lammfellstiefel trug, spürte sie ihre Zehen kaum noch. »Ich muss rasten und mich an einem Feuer wärmen«, murmelte sie und schaute sich suchend nach einem geeigneten Platz um. Da sie aber nirgends einen Unterschlupf erkennen konnte, marschierte sie weiter.

Weit hinter Kaiserslautern konnte sie am Waldesrand die Umrisse einer Scheune ausmachen, auf die sie eilends zuging. Beim Näherkommen erkannte sie, dass eine Wand des Schuppens halb zusammengebrochen war und eine andere windschief am Dach hing, das zur Hälfte fehlte. Kritisch besah sich die junge Frau den übrigen Teil des Holzschuppens. »Der Rest des Gebälks wird hoffentlich nicht zusammenbrechen, wenn ich daruntersitze«, murmelte sie und beschloss, trotzdem an diesem Ort zu rasten.

Anna Maria legte Beutel und Rucksack ab und lief zum Wald, wo sie trockene Zweige und Tannenzapfen sammelte und in der Scheune aufhäufte. Nun ging sie ein weiteres Mal zum Waldesrand und riss grüne und dichte Tannenzweige von den Bäumen, mit denen sie ihre Sitzfläche polstern wollte, um die Bodenkälte fernzuhalten. Dort, wo das Dach der Hütte fehlte, schichtete sie am Boden die dürren Äste übereinander und legte die Tannenzapfen in die Mitte. Mit den beiden Feuersteinen, die sie im Rucksack mitführte, entzündete sie ein kleines Stück des Zunderschwamms, den sie ebenfalls aus dem Beutel hervorgeholt hatte. Sobald der trockene Pilz glomm, legte sie ihn auf die Tannenzapfen und fächerte ihm Luft zu. Schon nach kurzer Zeit knisterte das brennende Holz. Anna Maria konnte sich ein Lächeln nicht verkneifen. »Ich habe viel dazugelernt«, lobte sie sich selbst.

Sie zog Stiefel und Strümpfe aus und streckte ihre kalten Füße dem wärmenden Feuer entgegen. Hungrig kramte sie in dem Beutel, den Lena ihr mitgegeben hatte. Sie holte einen Laib Brot, ein dickes Stück Käse, Äpfel und einen Schlauch mit Würzwein hervor. Außerdem waren zwei knusprig gebratene Hühnerbeine in Tuch eingeschlagen. Einen Schlegel nahm sie heraus, während sie den anderen wieder in den Stoff wickelte und ebenso wie den Käse und die Äpfel zurück in den Beutel steckte. Von dem Brot schnitt sie sich mit dem Messer, das in ihren Rockfalten versteckt war, einen Kanten ab und packte den Rest ein.

Anna Maria atmete laut aus und biss dann herzhaft in das Hähnchenbein.

Den Rest des Essens spülte sie mit einigen Schlucken Wein hinunter, der in ihrem Bauch ein wohliges Gefühl zurückließ. Als das Feuer niedergebrannt war, zog sie Strümpfe und Stiefel wieder an, packte ihre Sachen zusammen, nahm den Pilgerstab auf und setzte ihren Weg fort.

Es war bitterkalt, sodass der Altschnee unter Anna Marias Füßen knirschte und ihr Atem als helle Wolke sichtbar wurde. Immer wieder schaute sie sorgenvoll zum Himmel, der grau verhangen war. »Es ist zu kalt zum Schneien«, hoffte sie und ging schneller.

Anna Maria war seit geraumer Zeit keine Menschenseele begegnet. Bald würde die Sonne untergehen, und sie befand sich inmitten eines großen Waldgebietes. »Nichts als Bäume«, flüsterte sie und spürte Unbehagen in sich aufsteigen. Tapfer folgte sie dem Weg, doch der Wald nahm kein Ende. *Ich kann unmöglich unter freiem Himmel nächtigen,* dachte Anna Maria bekümmert, denn sie wusste, dass sie selbst an einem Feuer erfrieren könnte.

Sie rieb sich über die Arme. Mit jedem Schritt hatte sie das Gefühl, dass es kälter wurde. *Ich werde so lange marschieren, bis ich eine Behausung finde,* entschied sie.

Die Sonne war mittlerweile untergegangen, und Anna Marias Augen gewöhnten sich an die Dunkelheit. Trotzdem konnte sie zeitweise den Weg nicht erkennen, da dichte Tannen verhinderten, dass das spärliche Mondlicht zwischen ihnen hindurchscheinen konnte. Es gruselte Anna Maria allein im Wald. Das

Knirschen des harschen Schnees erschien ihr im Dunkeln lauter als bei Tage. Auch glaubte sie manchmal dichtes Schnauben und verzerrte Schreie zu hören.

»Du musst dich nicht fürchten«, sprach sie sich leise Mut zu. »Das sind nur die Geräusche des Waldes.«

Anna Maria wusste nicht, wie lange sie gelaufen war und wo sie sich befand, denn in der Dunkelheit sah alles gleich aus. Mehrmals strauchelte sie, da sie abgebrochene Äste, die vor ihr lagen, oder Unebenheiten im Boden nicht erkennen konnte. Als sie spürte, dass die Müdigkeit stärker wurde, hielt sie inne. Sie entnahm ihrem Beutel einen Apfel und trank von dem Würzwein, der sie leicht belebte. Während sie weitermarschierte, aß sie das verschrumpelte Obst.

Ohne nachzudenken, setzte sie einen Fuß vor den anderen. Sie spürte vor Kälte weder ihre Hände noch ihr Gesicht, auch die Füße schienen gefühllos zu sein. Zitternd zog sie sich den Schal über den Mund und das Kopftuch tiefer in die Stirn. Die Kräfte schienen sie zu verlassen. Anna Maria wollte nur noch schlafen.

»Wenn du jetzt zusammenbrichst, wirst du sterben und Veit ebenso«, flüsterte sie weinend und torkelte vorwärts. Als sie sich mit den Handschuhen über die müden Augen rieb, kratzte der gefrorene Schnee in der Wolle über ihre Lider. »Au«, schrie Anna Maria leise und schloss die brennenden Augen.

Kurz darauf blickte sie blinzelnd auf und glaubte ein Reh zu erkennen, das vor ihr über den Weg sprang. Als eine menschliche Gestalt mit einer Armbrust dem Tier hinterherhechtete, wusste sie, dass sie sich nicht getäuscht hatte. Erschrocken hielt sie die Luft an und ging langsamen Schritts an der Stelle vorbei, wo Mensch und Tier im Wald verschwunden waren. Doch dann rannte sie los, bis der Abstand groß genug war, dass sie sich sicher fühlen konnte.

Außer Atem hielt sie inne und schnaufte tief durch. Plötzlich sah sie vor sich in der Ferne Lichter und hörte leises Hundegebell. Die Freude darüber verdrängte ihre Müdigkeit, und so schnell sie konnte, ging sie dem Licht und dem Hundekläffen entgegen.

Als der Wald sich lichtete und Mondschein die Umgebung beleuchtete, konnte Anna Maria eine Kate erkennen, in der das Licht mittlerweile erloschen war. Auch das Hundebellen war verstummt.

Anna Maria überlegte nicht lange, sondern eilte auf die Hütte zu und klopfte beherzt an die Tür. Als niemand öffnete, presste sie ihr Ohr gegen das Holz und glaubte im Innern der Hütte leise Stimmen zu hören, ebenso wie geschäftiges Treiben. Erneut klopfte Anna Maria, als die Tür aufgerissen wurde und ein Mann mit einer Laterne in der Hand vor ihr stand. Erstaunt betrachtete er die junge Frau und brummte: »Was willst du?«

»Ich suche ein Nachtlager«, erklärte Anna Maria mit schwacher Stimme.

»Mach, dass du fortkommst«, sagte der Bauer ruppig. Als er ihr die Tür vor der Nase zuschlagen wollte, fiel sein Blick auf den Pilgerstab. Er hob die Laterne, um den Stock besser sehen zu können, und blickte Anna Maria nachdenklich an. Plötzlich sagte er: »Gott grüße dich, Gesell, was hast du für ein Wesen?«

»Der arm' Mann in der Welt mag nit mehr genesen!«, antwortete sie ernst.

Nun entspannte sich das unfreundliche Gesicht des Mannes, und er blickte sich vorsichtig um. »Bist du allein?«, wollte er wissen.

Anna Maria nickte.

»Dann komm herein. Für dich wird sich ein Plätzchen finden.«

Dankbar folgte ihm Anna Maria in das Innere der Hütte.

Eine Frau, die sich hinter der Tür versteckt hatte, trat schüchtern hervor. Leise raunte der Mann ihr etwas ins Ohr, woraufhin sie Anna Maria erstaunt musterte. Dann nickte sie ihr freundlich zu.

Anna Maria blickte sich neugierig um. Es gab anscheinend nur einen Raum in der Hütte, der Küche, Aufenthalts- und Schlafkammer zugleich war. In einem Bett in der hinteren Ecke konnte Anna Maria zwei kleine Kinder ausmachen, die friedlich schliefen. Als sie das Feuer in der offenen Herdstelle entdeckte, stellte sie sich zitternd davor. Anna Maria spürte, wie Müdigkeit sie übermannte. Erschöpft setzte sie sich auf einen Stuhl und erblickte auf dem Küchentisch zwei Schlachtmesser und einen Schleifstein. Fragend schaute Anna Maria zu dem Mann auf, der nichts sagte, sondern hastig die Messer wegräumte.

»Möchtest du etwas essen oder trinken?«, fragte die Frau höflich. Anna Maria schüttelte den Kopf und zog das feuchte Kopftuch von ihren Haaren und die Handschuhe aus. »Ich möchte mich nur hinlegen und schlafen«, sagte sie. Sie war kaum mehr fähig, die Augen aufzuhalten.

»Du kannst dich zu unserer Tochter legen«, sagte der Mann. »Ich werde den Jungen mit zu uns ins Bett nehmen, sodass du genügend Platz hast.«

Anna Maria nickte dankbar und zog umständlich den klammen Umhang und die Stiefel aus. Nur zu gerne hätte sie den Mann noch einiges gefragt, aber sie brachte keinen Ton mehr heraus. Als er seinen Sohn aus dem Bett gehoben hatte, kroch Anna Maria auf das Lager und schlief ein.

Anna Maria erwachte, da sie das Gefühl beschlich, beobachtet zu werden. Als sie leise Stimmen hörte, blinzelte sie vorsichtig unter den geschlossenen Lidern hervor. Ein kleines Mädchen und ein größerer Junge standen vor ihrem Bett und betrachteten sie vorwitzig.

Anna Maria öffnete die Augen und lächelte den Kindern zu,

die sie auf nicht älter als drei und vier Jahre schätzte. »Guten Morgen!«, flüsterte sie und ließ kurz ihren Blick umherschweifen.

Obwohl der Raum einfach und notdürftig möbliert war, schien es der Familie an nichts zu mangeln. Anna Maria betrachtete die Kinder, die gut genährt schienen. Sie ahnte, warum sie im Gegensatz zu vielen anderen Bauern keinen Hunger leiden mussten.

»Möchtest du eine Schale warmes Bier haben?«, fragte die Frau, die am Herd in einem Topf rührte und scheu zu ihr herüberschaute. Anna Maria bemerkte die Frau erst jetzt und nickte.

Der Junge hopste zu seiner Mutter und sagte: »Ich habe auch Hunger!« Lächelnd füllte die Frau ihm dicken Brei in eine Schüssel und stellte sie vor ihm auf den Tisch. Das Mädchen blieb bei Anna Maria und betrachtete neugierig deren helle Haare. Als ihr Blick auf die Kette fiel, die Anna Maria aus dem Kittelausschnitt gerutscht war, griff sie vorsichtig nach dem Anhänger.

»Lass das, Marie!«, schimpfte die Mutter und forderte sie auf: »Komm und iss deinen Brei!« Sie stellte auch ihrer Tochter eine Schüssel mit Gerstenmus auf den Tisch. Sofort kam das Mädchen lachend angelaufen und setzte sich zu seinem Bruder.

Anna Maria stand aus dem Bett auf und strich ihren zerknitterten Rock glatt. Mit beiden Händen fuhr sie sich durchs Haar und schüttelte es leicht aus. Dann setzte sie sich zu den Kindern und der Frau an den Tisch.

»Ich heiße Anna Maria!«, stellte sie sich vor.

»Walburga«, sagte die Frau und lächelte zaghaft.

»Ich danke dir und deinem Mann, dass ihr mich bei euch aufgenommen habt. Wenn ihr mich abgewiesen hättet, wäre ich womöglich zusammengebrochen. Es war so schrecklich kalt und dunkel im Wald«, sagte Anna Maria und schüttelte sich bei der Erinnerung an die eisige Nacht. Dankend nahm sie die Schale mit dem warmen, gewürzten Bier und einem Stück Brot entgegen. Während sie das Brot in das Bier tunkte, fragte sie Walburga: »Wo ist dein Mann?«

Anna Maria spürte, wie die Frau sich verspannte.

»Ich habe deinen Mann im Wald gesehen«, gestand sie Walburga, woraufhin die hagere Frau sie erschrocken anblickte.

Bevor sie etwas sagen konnte, gab Anna Maria ihr zu verstehen: »Ihr müsst vor mir keine Angst haben. Ich möchte deinen Mann nur fragen, woher er die Losung kennt.«

Erleichtert sagte Walburga: »Er ist schon vor dem Morgengrauen in den Wald zurückgegangen. Leider kann ich dir nicht sagen, wann er zurückkommen wird.«

Anna Maria ahnte, dass der Mann das Reh in der Dunkelheit nur angeschossen hatte und es nun töten musste, damit der Grundherr nicht erfuhr, dass der Mann wilderte.

»Ich kann nicht abwarten, bis er zurückkommt. Ich muss weiter nach Landau«, erklärte sie der Frau. »Weißt du, wie ich dort hingelange und wie weit es entfernt ist?«

Walburga zuckte mit den Schultern. »Wir gehören zu Elmstein, und das ist von Landau einen Tagesmarsch entfernt, weswegen ich noch nie dort gewesen bin. Ich glaube, du musst nur dem Weg folgen.« Neugierig fragte sie: »Was machst du allein auf Wanderschaft?«

Anna Maria überlegte, was sie antworten sollte. *Warum soll ich schweigen?*, dachte sie und erzählte von ihrem und Veits Schicksal. Nur die Werwolf-Anklage verschwieg sie und erzählte stattdessen nur von Ulleins Wilderei-Verdacht.

»Deshalb suche ich meinen Vater, den man unter dem Namen Joß Fritz kennt.«

»Deine Geschichte ist sehr traurig«, sagte die Frau mitfühlend.

Anna Maria blickte gedankenverloren zum Fenster hinaus und bemerkte, dass der Morgen anbrach.

»Ich muss weiter!«, sagte sie zu Walburga und zog sich Stiefel und Umhang an. Dann legte sie das dunkle Tuch über ihren

Kopf, wickelte sich den Schal um den Hals und zog sich die Handschuhe über.

»Was bin ich euch schuldig?«, fragte sie Walburga.

»Dein Schweigen ist uns Lohn genug!«, sagte die Frau und lächelte zaghaft. Dankend nahm Anna Maria ihren Pilgerstab auf, verabschiedete sich und trat hinaus in die Kälte.

Da Anna Marias Bruder ihr genügend Geld mitgegeben hatte, gönnte sie sich in Landau eine Übernachtung in einem Gasthaus. Nachdem sie ein herzhaftes Mahl zu sich genommen hatte, schlief sie wie ein kleines Kind.

Gut ausgeruht und durch ein warmes Frühstück gestärkt setzte sie ihren Weg in Richtung Pforzheim fort. Sie hatte kaum die Stadt hinter sich gelassen, als ein Fuhrwerk neben ihr anhielt.

»Wo willst du bei diesem Wetter hin?«, fragte der Mann auf dem Kutschbock freundlich. Anna Maria schielte zu ihm hoch und versuchte ihn einzuschätzen. Auch der Mann war vollkommen in Kleidung vermummt, sodass sie nur seine Augen erkennen konnte. *Was kann er mir schon anhaben?*, beruhigte sie sich selbst und antwortete: »Ich will nach Pforzheim.«

»Da hast du einen weiten Weg vor dir«, erklärte er. »Ich kann dich bis Weingarten mitnehmen, das etwa auf halber Strecke liegt. Morgen Mittag werden wir den Ort erreichen, vorausgesetzt, das Wetter hält«, sagte er und blickte sorgenvoll zum Himmel.

Bereits am Morgen hatte der Wirt in dem Gasthaus orakelt, dass das Wetter umschlagen würde. »Schnee liegt in der Luft«, prophezeite er und begründete seine Vermutung mit seinem schmerzenden Schädel. Allerdings hoffte Anna Maria, dass der Brummschädel von dem Schnaps am Abend zuvor herrührte, den er mit den Gästen getrunken hatte.

Sie überlegte nicht länger und nahm das Angebot des Mannes an. Sie stellte sich ihm vor und erfuhr, dass er Jörg hieß und Weinbauer war.

Der Mann nahm die Zügel auf, und langsam trottete das Pferd dahin. Anna Maria war froh, auf dem Kutschbock zu sitzen. Sie hatte eine warme Decke um sich geschlungen, die ihr der Mann gereicht hatte, und betrachtete die erstarrte Landschaft um sich herum. Nach einer Weile fragte sie den Weinbauern: »Reist du oft über Land?«

»Nicht im Winter«, lachte er. »Ich lebe mit meiner Familie in Weingarten und musste für eine Hochzeit Wein nach Landau liefern. Normalerweise fahre ich bei diesem Wetter nicht so weit fort, da es zu gefährlich ist. Nicht nur, dass die Achse brechen kann, auch das Pferd kann sich leicht verletzen.«

Anna Maria plauderte mit dem Weinbauern über dies und jenes und war froh, dass sie ihn getroffen hatte. *Dieses Stück der Reise wird kurzweilig sein,* dachte sie erfreut. Einige Zeit später verriet sie dem Winzer: »Ich bin vor wenigen Tagen in der Nähe von Kaiserslautern aufgebrochen. Seitdem wundere ich mich, dass ich unterwegs kaum Menschen angetroffen habe.«

»Wen möchtest du treffen?«, fragte Jörg.

Anna Maria zuckte mit den Schultern, was man unter den vielen Kleidungsstücken, die sie übereinander angezogen hatte, kaum wahrnehmen konnte. »Niemand Bestimmtes! Als ich losmarschiert bin, warnte mich ein Freund, dass das Reich in Aufruhr sei. Ich hatte schlimme Befürchtungen, doch ich kann nichts erkennen«, erklärte sie nachdenklich.

Eine weiße Wolke, die vor Jörgs Kopf entstand, zeigte Anna Maria, dass er heftig ein- und ausatmete.

»Oberflächlich betrachtet scheint das Land friedlich, aber es ist tatsächlich in Aufruhr«, sagte der Weinbauer ernst. »Schau dich um, Anna Maria! Das Land scheint erstarrt, doch es ist die Kälte, die die Menschen daran hindert, ihren Unmut offen zu zeigen. Sobald der Winter sich verabschiedet hat, werden die

Bauern aus ihren Löchern kriechen und erneut gegen die Missstände in unserem Reich rebellieren.«

»Du scheinst damit vertraut zu sein.«

»Wie alle Bauern haben auch wir Weinbauern mit dem Adel und dem Klerus zu kämpfen. Das Leben ist hart, und wir bekommen nichts geschenkt. Immer wieder keimt die Hoffnung auf, dass sich etwas ändern wird, und immer wieder wird diese Hoffnung sofort wieder erstickt. Ich selbst kämpfe nicht und stelle mich auch nicht auf die Seite der rebellierenden Bauern.« Jörg schwieg einen Augenblick, dann sagte er: »Ich kannte zu viele, die dabei ihr Leben ließen. Tausende Männer sind bei diesen ungleichen Schlachten gestorben. Ihre Familien leiden nun große Not, und niemand hilft ihnen. Ich möchte nicht, dass es meiner Familie ebenso ergeht. Deshalb füge ich mich meinem Schicksal und meinem Grundherrn.«

Anna Maria war über seine Ehrlichkeit erstaunt und wusste nicht, was sie sagen sollte. Schweigend saßen sie nebeneinander und fuhren, bis sie kurz vor Sonnenuntergang einen alten Gasthof erreichten.

»Hier können wir übernachten«, sagte Jörg und blickte Anna Maria fragend an. Sie ahnte, was er wissen wollte.

»Ich habe etwas Geld bei mir, sodass ich die Unterkunft bezahlen kann.«

Anna Maria konnte erkennen, wie Jörg sich entspannte. »Geh hinein, ich werde derweil das Pferd versorgen. Du musst dem Wirt nur sagen, dass du mich begleitest.«

Am nächsten Morgen fuhren sie weiter, kaum dass es hell war. In der Nacht hatte es geschneit, sodass die Wege schlecht zu erkennen waren, denn alle Hinweise schienen unter der weißen Schneedecke verschwunden zu sein. Zeitweise traute Jörg dem Spürsinn des Pferdes nicht. »Nicht, dass wir in einen Graben rutschen«, sagte er zu Anna Maria und stieg vom Kutschbock, um das Tier zu führen. Dadurch kamen sie nur langsam voran, und als es erneut schneite, schimpfte Jörg laut: »Wenn wir weiterhin so kriechen, kommen wir erst mitten in der Nacht in Weingarten an. Ich kann aber auch nicht riskieren, dass sich der Gaul ein Bein bricht. Vermaledeit!«

Anna Maria vermied es, die Bauernaufstände erneut zu erwähnen, und erzählte deshalb Geschichten von ihren Brüdern. Da sie beobachten konnte, wie umsichtig Jörg mit seinem Pferd umging, schilderte sie, welche besondere Fähigkeit ihr älterer Bruder Jakob mit Pferden hatte. Gespannt hörte der Weinbauer zu.

»Du kannst Geschichten lebhaft erzählen«, lobte er Anna Maria.

Verlegen senkte sie den Kopf. »Als ich klein war, habe ich meiner Mutter gelauscht, wenn sie abends in der Küche uns Kindern Geschichten erzählte.«

»Aha!«, sagte Jörg lachend. »Dann hat deine Mutter ihre Fähigkeit an dich weitergegeben.«

Es war späte Nacht, als sie das Haus des Weinbauern erreichten. Müde und steifgefroren stiegen er und Anna Maria vom Kutschbock. Kaum hatten sie die Tür geöffnet, erklang Kinderlachen im Haus, und eine piepsige Stimme rief: »Der Vater ist daheim!« Schon tippelten kleine Füße die Stiege herunter.

Jörg stellte sich an die untere Stufe, bereit, das Kind aufzufangen, das sich auf ihn fallen ließ.

»Schläfst du noch nicht, Michel?«, fragte der Vater und küsste seinen Sohn. Da rief eine weitere Kinderstimme: »Ich will auch!« Ein zweiter Knabe kam die Treppe heruntergetapst.

Jörg setzte Michel zu Boden und fing dessen Zwillingsbruder lachend auf. »Da kann wohl noch jemand nicht schlafen«, sagte Jörg und hob das Kind in die Luft, dass es vor Freude juchzte.

Langsam kam eine hochschwangere Frau die Treppe herunter und begrüßte ihren Mann liebevoll.

»Brid«, sagte er, »das ist Anna Maria. Sie hat mir unterwegs Gesellschaft geleistet und wird heute Nacht unser Gast sein.« Misstrauisch betrachtete die Frau Anna Maria und hielt sich dabei den Bauch.

Anna Maria wickelte sich den Schal und das Tuch vom Kopf und lächelte die Frau freundlich an. »Ich danke euch, dass ich hier bleiben darf. Morgen schon werde ich weiter nach Pforzheim gehen.«

Die Frau schien nach dieser Auskunft erleichtert zu sein und wandte sich den Zwillingen zu, die mit ihrem Vater tobten.

»Michel, Georg«, rief sie den Kindern zu. »Es ist spät. Geht in euer Bett!«

Jörg zwinkerte seiner Frau zu und scheuchte die Zwillinge die Treppe hinauf. Oben hörte man die drei laut lachen.

Anna Maria glaubte, zu der Frau etwas sagen zu müssen, und erzählte: »Meine Schwägerin wird in den nächsten Wochen ebenfalls niederkommen.«

»Ich hoffe, dass es bei mir nicht mehr so lange dauern wird«, antwortete sie gleichgültig. »Du kannst hier auf dem Boden vor dem Feuer schlafen. Jörg wird dir eine Unterlage und eine Decke bringen.« Dann ließ sie Anna Maria stehen und stieg mühsam die Stiege hinauf.

Sofort nach dem Frühstück wollte Anna Maria sich wieder auf den Weg machen. Bevor sie losmarschierte, wies ihr der Weinbauer vor der Haustür den Weg und meinte: »Wenn du keine lange Rast einlegst, müsstest du vor Anbruch der Dunkelheit Pforzheim erreichen.«

Anna Maria bedankte sich bei Jörg und seiner Frau und ging frohen Mutes in die Richtung, die er ihr gewiesen hatte.

Auch in der vergangenen Nacht hatte es heftig geschneit, sodass sie teilweise bis zur Hüfte im Schnee versank. »Zum Glück ist die Luft nicht mehr so eisig«, tröstete sie sich, als sie sich aus einer Schneeverwehung kämpfte.

Der hohe Schnee hinderte Anna Maria daran, ihre gewohnte Schrittgeschwindigkeit zu halten. Trotzdem erreichte sie kurz vor Abend die Stadt Pforzheim. Erleichtert suchte sie sich eine Unterkunft und ging sogleich zu Bett.

Als sie am nächsten Morgen Pforzheim verließ, war der Himmel zugezogen. Doch mit jedem Schritt, den sie ging, schien das Wetter besser zu werden. Gegen Mittag strahlte endlich die Sonne auf sie nieder und wärmte ihre durchgefrorenen Glieder.

Anna Maria verweilte einige Augenblicke und besah sich die verschneite Umgebung, die im Sonnenlicht funkelte. Als sie zum Himmel hinaufsah, dachte sie an Veit und flüsterte: »Seine Augen sind so blau wie dieser Himmel.« Schon spürte sie Tränen aufsteigen, die sie sich jedoch nicht erlaubte. »Nach vorne schauen«, wisperte sie, stieß kraftvoll ihren Pilgerstab in die Schneedecke und marschierte weiter.

Zwei Tage später erreichte Anna Maria die Stadt Baden in Baden. Nachdem sie die Nacht zuvor wieder bei einer Bauernfamilie untergekommen war, wollte sie sich in einem der zahlreichen Wirtshäuser der Stadt eine Unterkunft suchen. Doch als sie hörte, welche Preise die Wirte für ein Zimmer verlangten, schimpfte sie: »Das ist Wucher!«

»Warum soll ich weniger verlangen als die anderen in der Stadt?«, fragte ein dickbäuchiger Wirt, der ein leeres Bierfass wegrollte. »Die Preise machen nicht wir, sondern der Kurdirektor, dem wir Kurtaxe bezahlen müssen.«

»Kurdirektor? Kurtaxe?«, wiederholte Anna Maria unwissend.

»Baden besitzt Badehäuser mit heißen Quellen«, erklärte ihr

eine Magd, die Bier ausschenkte. »Deshalb kommen die Menschen aus dem ganzen Land zu uns in die Stadt. Sie baden ihre kranken Knochen in dem warmen Wasser, und dafür muss man zahlen.«

»Ich will nicht baden!«, sagte Anna Maria gereizt.

»Das würde dir aber guttun«, sagte die Magd und rümpfte ihre Nase. Beleidigt verließ Anna Maria das Wirtshaus. *Ein warmes Bad würde mir tatsächlich gefallen,* dachte sie. *Sicher ist die Benutzung der Badeanstalt ebenso teuer wie die Zimmer,* spottete sie in Gedanken und überlegte, wo sie schlafen könnte.

Anna Maria stützte sich auf den Pilgerstab. Plötzlich hatte sie einen Einfall. Sie ging zurück in das Wirtshaus und fragte die Magd: »Gibt es ein Kloster in der Stadt?«

Die junge Frau nickte. »Hier gibt es die Abtei Lichtenthal, die von Zisterzienserinnen geführt wird.«

»Wo finde ich diese Abtei?«

»Am Rande der Stadt in dieser Richtung«, sagte die Frau und wies mit dem Daumen über ihre Schulter. Erfreut wandte sich Anna Maria zum Gehen, als die Magd sagte: »Allerdings sind die Nonnen bereits im Frühjahr vor den plündernden Horden geflohen. Zum Glück blieb das Kloster verschont.« Als sie Anna Marias enttäuschten Blick sah, flüsterte sie: »Zwei Schwestern sind dort geblieben, aber kaum jemand weiß davon. Du musst zur hinteren Pforte gehen. Vielleicht gewähren sie dir Einlass.«

Anna Maria dankte der Magd mit einem Lächeln und ging in die ihr gewiesene Richtung.

Als sie an den Klostermauern entlangschlich, fürchtete sie sich. Zwar war der Himmel sternenklar, trotzdem konnte sie kaum etwas sehen. Als sie um die Ecke der Mauer bog, konnte sie ein helles Gewand erkennen.

»Schwester«, rief Anna Maria flüsternd. Die Person hielt kurz inne, verschwand dann aber durch die Pforte hinter der Klostermauer.

»Schwester«, rief Anna Maria nun lauter und klopfte an den kleinen unscheinbaren Eingang. Als sie keine Antwort bekam, sagte sie: »Mein Name lautet Anna Maria. Eine Magd, die in der Schenke ›Zum Auerhahn‹ arbeitet, hat mir verraten, dass Ihr hier seid.«

Krampfhaft lauschte Anna Maria, doch es blieb still. Enttäuscht wollte sie sich abwenden, als die Pforte einen Spalt geöffnet wurde.

»Was willst du?«, fragte eine Frauenstimme.

»Ich suche eine Unterkunft.«

»Wir sind keine Herberge«, sagte die Frau barsch. »Geh in die Stadt in eines der Wirtshäuser.«

»Die kann ich mir nicht leisten. Sie verlangen Wucherpreise.«

»Dafür können wir nichts«, antwortete die Frau, als eine leise Stimme neben ihr wisperte: »Schwester Claudia, denkt an die Regel des heiligen Benedikt aus Kapitel 53,1: ›Alle Gäste, die zum Kloster kommen, sollen wie Christus aufgenommen werden …‹«

»Du musst mir die Regel nicht zitieren, Schwester Petra. Ich kenne sie sehr wohl«, sagte die Frau ungehalten. Dann öffnete sie die Pforte so weit, dass Anna Maria hindurchschlüpfen konnte. Kaum stand sie auf Klosterboden, wurde die Tür geschlossen und mit einem großen Eisenschlüssel verriegelt.

Die beiden Nonnen, deren weiße Tracht sich in der Dunkelheit vom Hintergrund abzeichnete, blickten Anna Maria stumm an. Da schwarzes Tuch ihre Köpfe verhüllte, konnte sie die Gesichter der Frauen kaum erkennen.

Beide sprachen kein Wort zu ihr, sondern schritten stumm nebeneinander ins Klostergebäude. Anna Maria folgte ihnen und war froh, hier Einlass gefunden zu haben.

Die Nonnen führten Anna Maria in die Küche, wo es wohlig warm war. Die jüngere wies ihr einen Platz zu und gab ihr warmen Kräutersud zu trinken. Schon beim ersten Schluck spürte Anna Maria, wie das Getränk sie belebte.

»Ich danke Euch, dass Ihr mich nicht abgewiesen habt«, sagte Anna Maria zwischen zwei Schlucken und fragte unbedarft, während sie sich umblickte: »Warum lebt Ihr allein hier im Kloster?«

»Unsere Regel besagt, dass wir Gäste nicht fortschicken sollen, das heißt aber nicht, dass wir uns mit ihnen unterhalten müssen«, erklärte die ältere Schwester mit einem strengen Seitenblick auf die jüngere. »Wir haben zwar ein Gästehaus im Kloster, aber das ist zurzeit nicht geheizt. Deshalb erlaube ich dir, dass du hier in der Küche nächtigst. Schwester Petra wird dir einen Strohsack und eine Decke bringen und dir etwas zu essen geben. Unser Tag ist geprägt von Arbeit und Beten, und deshalb gehen wir früh schlafen.«

Die Nonne ging zur Tür, wo sie sich umdrehte und sagte: »Schwester Petra, ich erwarte dich zur *lectio divina*.«

Die jüngere Nonne senkte den Blick und nickte.

Kaum war die ältere Nonne gegangen, fragte Anna Maria: »Was ist *lectio divina*?«

»Die Geistliche Lesung«, erklärte Schwester Petra flüsternd und eilte hinaus. Kurze Zeit später kam sie mit einem frisch gefüllten Strohsack und einer Decke zurück. Nachdem sie Anna Maria Brot und Speck sowie einen Krug Milch auf den Tisch gestellt hatte, sagte sie: »Ich wünsche dir eine gute Nacht«, und schritt eilig hinaus.

Anna Maria blickte ihr kopfschüttelnd hinterher. Dann zog sie ihre Kleidung aus und ließ nur das Unterkleid an. Müde setzte sie sich an den Tisch und goss sich einen Becher Milch ein. Gespenstische Stille breitete sich aus.

»Nur gut, dass ich damals nicht ins Kloster eingetreten bin«, murmelte sie und schaute sich in der Küche um. Die Erinnerung an ihre Begegnung mit den beiden Nonnen Gabriele und Bernadette vor einigen Jahren kam ihr in den Sinn.

Die beiden Klosterschülerinnen waren mit einigen anderen nach Worms unterwegs gewesen und hatten eine Rast eingelegt, um sich die Beine zu vertreten. Dabei waren sie auf Anna Maria gestoßen, die auf einer nahen Wiese ihre Schafe hütete. Die beiden Nonnen waren damals wie Anna Maria vierzehn Jahre alt gewesen, sodass sie sie sofort gemocht hatten. Angeregt hatten sie sich unterhalten, und besonders Bernadette hatte versucht, Anna Maria die Vorzüge des Klosterlebens schmackhaft zu machen.

Doch als Anna Maria ihrem Vater mitteilte, dass sie sich mit dem Gedanken trug, Nonne zu werden, hatte er sich auf Luthers Meinung gestützt. Anna Maria hörte noch die dröhnende Stimme des Vaters in den Ohren: »Selbst Luther hat erkannt, dass die Nonnen in den Klöstern oft unglücklich sind. Das Leben dort ist hart, und wenn du einmal in ein Kloster eingetreten bist, so kannst du es nie mehr verlassen. Warum also solltest du freiwillig in ein Gefängnis gehen wollen?«

Somit untersagte der Vater Anna Maria den Eintritt in ein Kloster, und die beiden Nonnen zogen von dannen. Anna Maria hatte die Begegnung bald vergessen.

Vier Jahre später, als sie mit Veit ihre Brüder suchte, waren sie an einem geplünderten Kloster vorbeigekommen, das inmitten eines Weinbergs lag und von Rebstocken umgeben war. Schon von weitem erkannten sie die Rauchsäule, die aus dem Klosterinnern aufstieg.

Anna Maria würde niemals den Anblick vergessen, der sich ihnen bot. Bereits außerhalb der Klostermauern konnte man die Verwüstung erkennen. Drinnen waren alle Nonnen Opfer purer Mordlust geworden – so auch Schwester Bernadette und Gabriele, die in dem Kloster gelebt hatten.

Bei diesen Gedanken seufzte Anna Maria und schob den Teller mit dem unberührten Essen zur Seite. Sie legte den Strohsack auf den Boden und breitete ihren Mantel darüber. Die Decke schlang sie um ihren Körper, legte sich nieder und schlief im gleichen Augenblick ein.

Nach einer unruhigen Nacht erwachte sie. Sie war im Schlaf immer wieder aufgeschreckt, da sie im Traum die Gesichter der ermordeten Nonnen verfolgt hatten. Als sie am frühen Morgen das Kloster verließ und sich die Pforte hinter ihr schloss, war sie den beiden Zisterzienserinnen zwar dankbar für die Unterkunft, aber auch froh, die Abtei verlassen zu können.

Der Wächter am südlichen Tor von Baden, den Anna Maria nach dem Weg befragte, erklärte ihr, dass Offenburg zwei Tagesmärsche entfernt liege.

»Welchen Ort könnte ich bis zum Einbruch der Dunkelheit erreichen?«, fragte Anna Maria.

Der Mann blickte zum wolkenlosen Himmel empor und meinte: »Wenn das Wetter hält, könntest du es bis Appenweier schaffen. Von dort ist es nur noch ein Katzensprung bis Offenburg.« Er beschrieb Anna Maria die Richtung und nannte ihr weitere Ortsnamen, die auf ihrem Weg lagen. Sie bedankte sich und ging frohen Mutes weiter.

Schon bald musste sie feststellen, dass der blaue Himmel nicht das hielt, was er versprach. Eisiger Wind trieb ihr die Tränen in die Augen.

Anna Maria war sehr früh am Morgen aus Appenweier aufgebrochen, wo sie in einer Scheune übernachtet hatte. Sie sputete sich und erblickte bereits am frühen Mittag des nächsten Tages in der Ferne Offenburg.

Je näher Anna Maria der Stadt kam, desto mehr Menschen begegneten ihr auf der Straße. Zahlreiche Fuhrwerke, beladen mit Hausrat, Feuerholz, Baumaterial oder lebenden Tieren, ratterten über den vereisten Weg. Als die Achse eines Karrens brach, fielen Körbe mit Hühnern herunter und zerbrachen. Rasch nutzte das Federvieh die Gelegenheit zur Flucht. Fluchend lief der Bauer den Hühnern hinterher, während die umstehenden Menschen schadenfroh lachten.

Als Anna Maria die vielen Fuhrwerke und Menschen vor den Toren der Stadt Offenburg stehen sah, die geduldig warteten, bis sie hineingelassen wurden, überlegte sie nicht lange und fragte einen Mann, der mit einem quiekenden Ferkel unterm Arm neben ihr stand: »Ich will nach Freiburg. Kannst du mir die Richtung sagen?«

Der Mann musterte sie mit unverschämtem Blick und fragte: »Was will solch ein Prachtweib in Freiburg? Bleib hier bei mir. Ich spendiere dir einen Krug Wein.« Dabei verzog er seinen Mund zu einem breiten Grinsen, sodass Anna Maria seine schwarzen Zähne erkennen konnte.

Angewidert wandte sie sich ab und ließ den Mann stehen.

Als Nächstes fragte sie eine Frau und war froh, als diese ihr die Richtung weisen konnte. Verärgert über sich selbst, da sie unnötige Zeit vor den Toren der Stadt Offenburg verbracht hatte, stapfte sie los.

Anna Maria durchwanderte zunächst weiter die breite Ebene am Fuße des Schwarzwaldes, an dessen Hängen Tannenwälder bläulich schimmerten, da der Winter sie mit einer Eisschicht überzogen hatte, und bog dann in ein langgezogenes Tal ein. Weit oben auf den Anhöhen konnte sie vereinzelte Gehöfte erkennen. Der Wald um diese Häuser war meist kahlgeschlagen, und breite Schneisen führten von dort ins Tal hinunter. Nirgends waren Menschen anzutreffen.

Je weiter Anna Maria kam, desto unsteter wurde das Wetter. Der Wind trieb dunkle Wolken vor sich her, sodass sie ein Stoßgebet zum Himmel sandte, dass es nicht schneien möge.

Sie hatte Glück. Der Schnee blieb aus, bis sie den Ort Seelbach vor sich sah, doch dann setzte leichtes Schneetreiben ein. Als Anna Maria eine alte Bauersfrau aus dem Wald kommen sah, lief sie auf sie zu.

»Mütterlein«, rief sie der alten Frau zu, die schwer an einem Rückenkorb mit Feuerholz trug. »Kannst du mir sagen, wo ich mich wärmen kann?«

Die Frau schien nichts zu begreifen, denn sie blickte aus trüben Augen die junge Frau fragend an. Anna Maria zeigte ihr daraufhin mit einer Geste, dass sie Hunger hatte. Die Alte schien sie nun zu verstehen, denn sie wies stumm zum Waldesrand. Anna Maria folgte dem knochigen Finger und erblickte eine hohe Steinmauer mit einem Gebäude dahinter. Sie bedankte sich bei der Frau und lief darauf zu.

In dem Augenblick, als Anna Maria die Tür des Gasthauses »Zum goldenen Löwen« ins Schloss zog, setzte heftiges Schneetreiben ein.

Das Gasthaus wurde von einer Frau betrieben, die Anna Maria warmherzig begrüßte. »Endlich ein Gast«, scherzte die Wirtin, die nur wenig älter als Anna Maria schien.

»Bei diesem Wetter verirrt sich kaum jemand hierher«, erklärte sie lachend, als sie Anna Marias fragenden Blick sah.

»Ich heiße Ulrike«, stellte sie sich vor, und auch Anna Maria verriet ihren Namen. Sie bestellte sich einen Teller mit gedämpftem Kohl, Brot und einen Krug Würzwein. Hungrig aß sie das Gemüse, das mit angebratenem Speck verfeinert war.

»Möchtest du einen Nachschlag?«, fragte Ulrike.

Anna Maria schüttelte den Kopf. »Kannst du mir sagen, wie weit es bis Freiburg ist?«

»Bei gutem Wetter benötigt man einen ganzen und einen halben Tag, aber bei diesem Schneesturm dauert es sicher länger, vorausgesetzt, wir werden heute Nacht nicht eingeschneit.«

Anna Maria blickte erschrocken auf. Sie wollte nicht daran denken, dass sie hier mehrere Tage festsitzen könnte. Müde wischte sie sich über die Augen. Sie wusste, dass sie diese Anstrengungen nicht mehr lange durchhalten würde. Die stetige Kälte und die kurzen Rasten, die sie sich zugestand, zehrten an ihren Kräften. Schon jetzt kämpfte sie gegen eine Erschöpfung an, der sie sich nicht hingeben durfte.

»Noch zwei Tage«, murmelte sie entschlossen, »dann werde ich Vater wiedersehen.«

Die Wirtin blickte sie nachdenklich an. »Du suchst wohl deinen Liebsten?«, fragte Ulrike.

Als Anna Maria das hörte, schossen ihr sofort die Tränen in die Augen. »Nein«, flüsterte sie. »Meinen Liebsten habe ich bereits gefunden.«

Anna Maria erzählte der Frau mit trauriger Stimme, warum sie im tiefsten Winter mitten durch den Schwarzwald marschierte.

Am nächsten Morgen schaute sie sofort nach draußen. Was sie sah, ließ ihre Augen leuchten, denn der Schneesturm hatte nachgelassen. Auch war der Neuschnee nicht so hoch, wie die Wirtin befürchtet hatte.

Als Anna Maria sich von der Frau verabschiedete, überreichte diese ihr ein Stück Speck und einen kleinen Laib Brot. »Nur wer anständig isst, kommt gut voran«, sagte sie und wünschte Anna Maria Glück.

Der Weg war beschwerlich, denn es ging bergauf und bergab. Anna Maria kam nur wie eine Schnecke vorwärts, da der Schnee ihr bis zu den Oberschenkeln reichte. Schritt für Schritt schleppte sie sich keuchend weiter. Irgendwann war sie so erschöpft, dass ihr alles einerlei war. Sie warf sich in den Schnee und wäre am liebsten nicht mehr aufgestanden.

»Ich kann nicht mehr«, jammerte Anna Maria, als sie glaubte, Veits Stimme zu hören. Sie rappelte sich auf und schaute sich suchend um, aber da war niemand. Soweit ihr Blick reichte, sah sie nichts als verschneite Wälder und Ebenen, in denen das Wasser der Bäche zu Eis erstarrt war.

Als Anna Maria die eintönige weiße Landschaft um sich sah, riss sie die Arme in die Höhe und schrie ihre Enttäuschung, ihre Trauer und ihre Angst hinaus. Das Echo ihrer Worte war so laut, dass sie erschrocken zusammenzuckte. Erneut schrie sie und hörte dem Hall zu, bis er verstummte.

Danach fühlte sie sich besser. *Es nutzt nichts,* dachte sie, *ich muss weitergehen, bis ich Lehen erreicht habe.*

Anna Maria ging, bis die aufkommende Dunkelheit sie erschreckte. »In den Bergen scheint die Sonne schneller unterzugehen«, stellte sie bestürzt fest und blickte sich im schwindenden Licht suchend um. Der letzte Ort lag weit hinter ihr, und vor sich konnte sie nur dichten Wald erkennen.

»Ich dumme Gans«, schalt sie sich. »Wo soll ich heute übernachten?« Ihr Magen knurrte laut. Auch zog der Nebel vom Tal hoch, der sie noch mehr frösteln ließ. Rasch ging sie weiter, um Schutz am Waldesrand zu suchen, als sie eine Scheune entdeckte, inmitten der Bäume versteckt.

Anna Maria lief zitternd darauf zu und öffnete mit klammen Fingern das Tor. Als sie eintrat, ließ der Heugeruch, der in der Luft lag, ihr Herz schneller schlagen.

»Danke, lieber Gott, dass ich nicht frieren muss«, murmelte sie und warf sich erschöpft mitten ins Heu. Der Vollmond schien durch die Zwischenräume der Dachbretter und tauchte den Innenraum der Scheune in sanftes Licht.

Anna Maria setzte sich auf und holte aus ihrem Beutel Speck und Brot hervor. Als sie gesättigt war, wickelte sie sich in ihren Pilgerumhang ein und ließ sich rückwärts ins Heu fallen. Kaum hatte sie die Augen geschlossen, schlief sie ein.

Mitten in der Nacht erwachte Anna Maria, weil jemand am Scheunentor rüttelte. Sie blickte sich erschrocken um und erkannte, dass es der Wind war. Beruhigt streckte sie sich aus und schlief wieder ein.

Gegen Morgen blinzelte Anna Maria verschlafen und sah, dass es erst dämmerte. Sie schloss die Augen und schlummerte erneut ein. Im Traum hörte sie Veits Stimme: »Ist meine Schöne endlich aufgewacht?«

Anna Maria spürte, dass sie im Schlaf schmunzelte, denn es waren die Worte, die Veit zu ihr gesagt hatte, als sie nach ihrer Liebesnacht neben ihm wach wurde.

Wieder hörte sie seine Worte, doch Veits Stimme klang anders und machte Anna Maria stutzig. Erschrocken riss sie die Augen auf und wusste sofort, dass sie nicht mehr träumte.

Ein fremder Mann saß vor ihr und musterte sie aufdringlich.

»Wer bist du?«, krächzte Anna Maria und zog verängstigt die Beine an, da er versuchte, sie zu berühren.

»Was machst du in meiner Hütte?«, fragte er leise und sah sie mit seinen schwarzen Augen durchdringend an.

»Ich wusste nicht, dass es deine Hütte ist«, entschuldigte sich Anna Maria und wollte aufstehen, doch der Mann stieß sie ins Heu zurück.

»Wohin so geschwind?«, fragte er und kam näher. »Du hast noch nicht bezahlt.«

»Was verlangst du?«, fragte sie, bereit, jede Summe zu zahlen. Er lachte sie aus. »So viel Geld kannst du nicht besitzen«, grinste er, während sein Atem keuchend ging.

»Ich muss weiter«, jammerte Anna Maria und versuchte, sich an ihm vorbeizudrücken, doch seine Hände stießen sie zurück.

»Lass mich in Ruhe«, zischte sie, als er dicht über sie kam.

Anna Maria tastete verzweifelt nach dem Messer in ihrer Rockfalte. Als sie es greifen konnte, warf sich der Mann über sie, sodass sie es im Heu verlor. Mit aller Kraft hämmerte sie mit ihren Fäusten auf seinen Brustkorb, doch es entlockte ihm nur ein müdes Lächeln.

Voller Furcht hielt Anna Maria inne und betrachtete den Mann, der älter als sie war. Sein Gesicht war voller Narben und Pusteln, und als sie seinen fauligen Atem roch, drehte sie angewidert den Kopf zur Seite. Seine strähnigen, schwarzen Haare fielen ihr ins Gesicht, und sie glaubte Ungeziefer in seinem Bart zu erkennen. Es würgte sie, und sie schloss für einen Augenblick die Augen.

»Wer bist du?«, stieß Anna Maria hervor. Aber der Mann hörte ihr nicht zu, sondern riss ihr unbeherrscht den Umhang vom Oberkörper. Als er ihre Brüste sah, keuchte er und wollte sie küssen. Schreiend versuchte Anna Maria, sich unter ihm herauszuwinden.

»Halts Maul! Hier hört dich niemand!«, schnaufte er und presste seine Hand auf ihren Mund, sodass sie glaubte ersticken zu müssen. Sein Blick aus kohlschwarzen Augen schien sich in ihre Augen zu bohren und verriet unbeherrschte Begierde.

Anna Maria versuchte zu treten, zu kratzen, sich unter dem Körper des Mannes aufzubäumen. Vergeblich. Sein massiger Leib raubte ihre jede Bewegungsmöglichkeit. Als sie spürte, wie er seine Hose öffnete, wusste sie, dass sie ihm hilflos ausgeliefert war.

Brutal drang der Mann in sie ein. Anna Maria betete stumm und hoffte, dass sie in Ohnmacht fallen würde. Doch dieses Mal wurde sie nicht erhört.

⇾≡ *Kapitel 26* ≡⇽

Ullein betrat das Zimmer und stellte erstaunt fest, dass sein Vater aufrecht im Bett saß und ihm entgegenblickte.

»Es scheint dir besserzugehen«, sagte Ullein und wusste nicht, ob er sich freuen sollte.

»Ach, war ich so krank?«, stöhnte der Alte, während ihm der Speichel seitlich aus dem Mund lief. Seine Kraft verließ ihn, und der Kopf kippte ihm nach vorn auf die Brust.

Erschrocken sprang Ullein an seine Seite und fragte: »Was ist mit dir, Vater?«

Er hoffte, dass der Alte das Zeitliche gesegnet hätte, doch der hob den Kopf und jaulte erneut: »Ich kann dir gar nicht sagen, wie krank ich war.«

Der Förster schaute seinen Sohn mit verklärtem Blick an und schien ihn nicht zu erkennen. Erneut fiel sein Kopf nach vorn.

»Ruf meine Frau«, murmelte er. »In meinem Bauch ist ein Ball, der hin und her hopst.«

»Mutter ist nicht da. Sie ist seit vielen Jahren tot«, erklärte Ullein kalt und blickte den sabbernden Mann angewidert an.

Als der Vater erneut klagte: »Ich kann dir nicht sagen, wie ...«, zischte Ullein:

»Halt's Maul und streck dich aus. Vielleicht klart das deinen Kopf auf.«

Da der Alte unfähig war, sich allein zu bewegen, fasste Ullein ihn unter die Arme und versuchte ihn hinzulegen. Doch da jaulte der Mann laut auf. Erschrocken ließ Ullein von ihm ab und wich zurück. Sein Vater hing schief im Bett, und sein Kopf sackte wieder auf seinen Brustkorb. Er pfiff, als ob er keine Luft bekäme, und hatte anscheinend keine Kraft mehr, den Kopf zu heben.

Der Förster schielte von unten hoch zu seinem Sohn und zischte: »Der Ball springt in meinem Leib auf und ab und ist jetzt in meinem Kopf.« Dann fletschte er die Zähne, sodass Speichel von seinem Kinn auf die Bettdecke tropfte.

Angewidert wandte sich Ullein ab, als seine Schwester Agnes aufgeregt ins Zimmer gelaufen kam.

»Was geht hier vor?«, fragte sie ihren Bruder verärgert.

»Ich wollte Vater helfen, sich auszustrecken«, versuchte Ullein zu erklären, doch Agnes giftete sofort:

»Den lieben langen Tag höre ich von unserem Vater kein Wort des Klagens. Kaum bist du in seiner Nähe, heult er wie ein Wolf. Warum verschwindest du nicht wieder und gehst dorthin zurück, wo du die letzten Jahre gewesen bist?«

Ullein schloss für einen Herzschlag die Augen. *Miststück*, beschimpfte er seine Schwester in Gedanken, doch er nahm sich zusammen und sagte leise: »Ich wollte Vater eine Nachricht mitteilen, die ihn sicherlich aufmuntern wird.«

»Ach ja?«, tat Agnes gelangweilt und half ihrem Vater, sich hinzulegen. Als Ullein nichts weiter sagte, fragte sie, während sie die Decke aufschüttelte: »Was kann das schon sein?«

Ullein frohlockte innerlich, da er wusste, dass er ihre Neugierde geweckt hatte. »Ich weiß, wie wir der Hofmeister-Sippe endlich eins auswischen können.«

Agnes schüttelte den Kopf. »Was treibt dich dazu? Die Menschen haben dir nichts getan.«

»Vater mochte sie nie«, schimpfte Ullein und blickte zu dem Alten, als dieser plötzlich »Hofmeister!« murmelte.

»Hast du gehört?«, sagte Ullein und ergriff die Hand des Vaters. »Höre«, forderte er ihn milde auf, »wir haben einen Mann eingesperrt, der mit Wölfen spricht und sich zum Werwolf verwandelt.«

»Wie kommst du darauf?«, fragte Agnes überrascht und griff sich vor Furcht an den Hals.

»Ein Bauer hat ihn beobachtet. Aber du musst dich nicht fürchten, Agnes, er kann dir nichts anhaben, denn er sitzt in Katzweiler im Gefängnis. Schon bald wird der Grundherr ihm den Prozess machen.«

»Was hat das mit den Hofmeisters zu tun?«, fragte die Schwester.

Stolz reckte Ullein sein Kinn nach vorn und erklärte: »Der Fremde ist Anna Marias Mann!« Dann blickte er zu seinem Vater und hoffte auf Anerkennung, aber der Alte blieb stumm.

Doch als er erschöpft die Augen schloss, meinte Ullein ein schwaches Lächeln auf seinem Gesicht zu erkennen.

Veit spürte, wie jemand über seinen Körper streichelte. Als er aufschaute, glaubte er Anna Marias Gesicht vor sich zu erkennen. *Sie ist wunderschön,* dachte er und lächelte, als sie ihm eine Schale an die Lippen hielt. Ohne zu zögern, schluckte er das Wasser hinunter, obwohl es bitter wie Galle schmeckte. Glücklich legte er sich zurück und schlief ein.

Als Veit Stunden später erwachte, versuchte er seine Lider zu bewegen, doch sie schienen schwer wie Blei zu sein. Auch seine Arme und Beine gehorchten ihm nicht. *Was ist mit mir,* dachte er und spürte, wie der Schlaf ihn erneut einlullte. *Das Fieber wird an meinen Kräften zehren,* ging ihm durch den Sinn, während er sich kraftlos wieder dem Dämmerzustand hingab, in dem er keine Schmerzen spürte.

Am nächsten Tag kam Veit langsam zu sich und spürte sofort, dass das schummerige Gefühl verschwunden war. Er konnte seine Augen öffnen und seine Gliedmaßen bewegen. *Es geht mir besser,* dachte er erleichtert, doch als er den Kopf drehte, erkannte er das Verlies. Mutlos fuhr er sich über die Stirn. »Ich bin noch immer gefangen«, stöhnte er, »und ich habe Anna Marias Gesicht nur im Traum gesehen.«

Als er hörte, wie die Zellentür aufgeschlossen wurde, stellte er sich schlafend. Er wusste, dass Ullein darauf wartete, bis es ihm besserging, um ihn dann zum Grundherrn zu bringen. Veit aber wollte Zeit gewinnen, indem er ihm vorgaukelte, dass er immer noch kraftlos war.

Der Kerkermeister betrat zögerlich die Zelle. Als er sah, dass Veit ohne Bewusstsein zu sein schien, kam er näher und hob angewidert den Kopf des Gefangenen. »Hier, du Ungeheuer, trink«, murmelte er und kippte ihm Wasser über den Mund. Veit öffnete die Lippen einen winzigen Spalt, sodass der Mann das nicht erkennen konnte. Als er jedoch das schmutzige Wasser schmeckte, verschloss er fest seinen Mund. Wenig später, als Schritte auf der Treppe zu hören waren, ließ der Wärter Veits Kopf los, verließ die Zelle und schloss die Tür ab.

Veit hoffte inständig, dass es nicht Ullein war. Er atmete erleichtert aus, als er eine fremde Stimme hörte.

»Wie geht es dem Gefangenen?«, fragte Adam Fleischhauer und hielt eine Kerze an die brennende Fackel, um sie daran zu entzünden. Anschließend steckte er das Licht in den Halter, der auf einem Schemel stand.

»Bin ich der Quacksalber oder du?«, fragte der Wärter.

Fleischhauer ging nicht darauf ein, sondern wies ihn an, die Zellentür aufzuschließen.

»Hast du ihm zu trinken gegeben?«, wollte er wissen.

Der Wärter nickte. Fleischhauer kniete sich nieder und stellte den Leuchter neben Veits Kopf, um ihn zu untersuchen. Dabei bemerkte er, dass der Gefangene am Oberkörper nass war.

»Du solltest darauf achten, dass er das Wasser hinunterschluckt und es nicht seitlich wieder herausläuft.«

»Pass lieber auf, dass dich der Gefangene nicht beißt, wenn du dich über ihn beugst!«, schimpfte der Kerkermeister.

Fleischhauer erhob sich und fragte: »Warum sollte der Mann mich beißen wollen?«

Der Wärter blickte ihn mürrisch an, beantwortete seine Frage aber nicht, sondern verließ wortlos das Verlies.

Als Fleischhauer hörte, wie die Tür am Ende der Treppe ins Schloss fiel, kniete er sich erneut neben Veit nieder. »Ich weiß, dass du bei Bewusstsein bist«, flüsterte er.

»Woher weißt du das?«

»Ich kann es an deinen flackernden Augenlidern erkennen. Geht es dir besser?«

»Mein Verstand ist klar, und die Schmerzen sind erträglich geworden. Wer bist du?«

»Mein Name lautet Adam Fleischhauer, und ich bin Arzt. Besser gesagt, ich war Arzt. Kannst du dich daran erinnern, dass ich vor zwei Tagen mit einem Mann hier war?«

Veit schüttelte den Kopf, sodass Fleischhauer besorgt Veits Lider anhob. »Das Licht ist zu spärlich, als dass ich etwas erkennen könnte«, murmelte er und blickte Veit nachdenklich an. »Sein Name ist Gabriel. Kennst du ihn?«, fragte der Arzt.

Veit nickte sofort und krächzte: »Gabriel war hier?«

»Bewahre Ruhe!«, ermahnte ihn der Arzt. »Niemand darf wissen, dass du ihn kennst. Ich habe den Bader als meinen Vetter ausgegeben, da er dich sonst nicht hätte behandeln dürfen.«

»Wie bist du auf Gabriel gestoßen? Kennst du ihn?«

Fleischhauer schüttelte den Kopf. »Du selbst hast mich zu deiner Familie geschickt.«

Ungläubig blickte Veit den Mann an und versuchte, sich auf seine Ellenbogen zu stützen. »Du warst bei den Hofmeisters?«

Fleischhauer erzählte Veit, dass er den Hofmeisters berichtet hatte, der Gefangene werde im Katzweiler-Verlies schwer verwundet festgehalten.

»Dann weiß Anna Maria, dass ich hier liege?«, keuchte Veit.

Fleischhauer nickte.

»Sie sind in Sorge um dich und wollen dir helfen.«

»Wie wollen sie das anstellen? Der Tod ist mir gewiss«, jammerte Veit leise.

»Warum erwartet dich der Henker?«

»Es ist besser, wenn du das nicht weißt«, sagte Veit zögerlich.

Adam Fleischhauer betrachtete den Gefangenen. »Erzähl mir deine Geschichte. Ich fühle mich besser, wenn ich weiß, mit wem ich es zu tun habe.«

Veit atmete heftig ein und aus und berichtete in wenigen Sätzen, was sich ereignet hatte. Fleischhauer tat, als ob ihn die

Werwolf-Anklage nicht bekümmerte, und schmierte ungerührt Veits Wunden mit der Paste ein, die der Bader zurückgelassen hatte.

»Du scheinst keine Angst vor mir zu haben, jetzt, da du meine Geschichte kennst.«

»Ich fürchte den Tod nicht. Er nahm mir bereits das Wichtigste in meinem Leben, und wenn er will, soll er auch mich holen. Ich bin bereit zu gehen.«

»Ich danke dir für deine Fürsorge«, sagte Veit und legte sich erschöpft zurück.

»Das musst du nicht, denn deine Familie hat mich bezahlt, damit ich mich um dich kümmere.«

»Wie geht es meiner Liebsten Anna Maria?«, fragte Veit und hielt die Lider geschlossen, da er Tränen dahinter spürte.

»Sie ist eine tapfere Frau und wird sicherlich einen Weg finden, dir zu helfen«, sagte Fleischhauer ernst.

»Niemand wird mich aus diesem Loch befreien können. Ullein will meinen Tod, obwohl mir nicht klar ist, warum. Wenn ich nur wüsste, was der Sohn des Försters mit meinem Bruder gemein hat, dass er Johann so zu hassen scheint.«

Der Arzt zuckte mit den Schultern. »Das kann ich dir nicht beantworten. Grüble nicht, sondern trink das Gebräu, das dich schlafen lässt, damit dein Körper heilen kann. Es wird dich in einen Dämmerzustand versetzen, sodass es scheint, als ob du bewusstlos wärst. Vielleicht kann ich Ullein weismachen, dass du noch zu schwach bist und nicht fortgebracht werden kannst.«

»Wird er auf dich hören?«

»Auch das weiß ich nicht, aber schließlich will Ullein dem Grundherrn keine Leiche, sondern einen Werwolf vorweisen«, sagte er ernst. Als er jedoch Veits erschrockenes Gesicht sah, lachte er kurz auf.

Fleischhauer wartete, bis der Trunk wirkte. Dann löschte er die Kerze und ging nach oben, wo Ullein ihn auf dem Gang abfing. Ohne Umschweife fragte er: »Wann kann ich den Gefangenen von hier fortbringen?«

»Er ist immer noch ohne Bewusstsein.«

»Das kann unmöglich mit rechten Dingen zugehen«, fauchte Ullein und blickte Fleischhauer aus zusammengekniffenen Augen an.

»Du hättest dafür sorgen sollen, dass die wild gewordenen Bauern ihn nicht mit Mistgabeln abstechen«, schimpfte Fleischhauer mutig.

»Er ist ein von Razdorf!«, höhnte Ullein. »Die sind hart im Nehmen.« Der Arzt horchte auf.

»Woher willst du das wissen? Ich war der Annahme, dass der Gefangene ein Bauer aus der Gegend sei«, tat Fleischhauer unwissend.

»Im Gegenteil. Sein Bruder und er waren durchtriebene Gesellen.«

»Noch ein Werwolf? Der Gefangene erzählte mir, dass man ihn der Tierverwandlung verdächtigt«, fragte der Arzt und tat verängstigt.

Erschrocken blickte Ullein ihn an und überlegte. »Nein! Dafür gab es keine Anzeichen. Johann hat mir etwas genommen, das mir allein zugestanden hätte«, sagte er, wobei sich seine Gesichtszüge ins Gehässige veränderten. Plötzlich stutzte er. »Warum erzähle ich dir das? Schau zu, dass ich den Gefangenen schnellstmöglich zum Grundherrn bringen kann«, brummte Ullein und ging fort.

⋅⊱◈⊰⋅

Adam Fleischhauer machte sich ein zweites Mal bei Wind und Schnee auf den Weg zu den Hofmeisters. Auch dieses Mal erreichte er den Hof erst, als es bereits dunkel wurde.

Jakob Hofmeister öffnete ihm die Tür und schaute erstaunt. Da er Schlimmes vermutete, fragte er Fleischhauer nicht nach dem Warum seines Kommens, sondern bat ihn in die Küche, wo Hauser, Peter, Friedrich und Gabriel zusammensaßen.

»Was ist mit Veit?«, fragte Peter ohne Umschweife.

»Es geht ihm etwas besser«, erklärte der Arzt den Männern. Erleichtertes Aufatmen war zu hören.

»Es wird einen Grund geben, dass du so spät nach Mehlbach kommst«, sagte Hauser und schaute den Mann forschend an. Als er merkte, dass Fleischhauer sich die trockenen Lippen leckte, füllte er ihm einen Becher mit Würzwein, den der Arzt dankend entgegennahm.

Vorsichtig trank er mehrere Schlucke und fragte: »Wo ist Anna Maria?«

»Sie hat sich auf den Weg gemacht, unseren Vater zu suchen«, erklärte Jakob, dem man ansehen konnte, dass er sich um seine Schwester sorgte.

Gabriel blickte Fleischhauer an und fragte schließlich: »Warum bist du gekommen?«

Der Arzt stellte den leeren Becher zur Seite und berichtete, was er von Ullein erfahren hatte.

»Was kann Veits Bruder diesem Ullein weggenommen haben, dass der auf solch unbarmherzige Rache sinnt?«

»Vielleicht hat das etwas mit Veits Schwert zu tun«, meinte Friedrich, woraufhin Hauser den Burschen erstaunt anschaute.

»Wie kommst du darauf?«

»Es ist nur eine Vermutung. Warum sonst sollte Nehmenich das Schwert stehlen, wenn es Ullein nicht wichtig wäre?«

»Da sagt er Wahres«, meinte Peter.

»Nur einer kennt die Antwort«, sagte Hauser und blickte ernst in die Runde. »Ich werde mich morgen in der Frühe auf den Weg nach Landstuhl machen und Veits Bruder Johann aufsuchen. Ich hoffe, dass Anna Maria Recht hat und Johann mit seinen Mannen auf Burg Nanstein den Winter verbringt.«

»Ich werde mit Friedrich zurück nach Mühlhausen reisen

und mich umhorchen. Sobald ich Wichtiges erfahre, wird Friedrich zurückkommen, um euch zu berichten.«

»Und du«, sagte Hauser und schenkte Fleischhauer nach, »wirst weiterhin Augen und Ohren offen halten und Jakob und Peter berichten, wenn sich Veits Lage verändern sollte.«

»Damit dir der Weg nach Mehlbach nicht zu mühselig wird«, sagte Jakob und schob dem Arzt zwei Münzen hin.

»Ihr könnt euch auf mich verlassen«, versprach Fleischhauer und steckte das Geld ein.

Kapitel 27

Mitte Juli 1525

Joß Fritz beschloss, mit seinen Getreuen erneut in dem Versteck am Schluchsee unterzutauchen, da er die Lage nicht einzuschätzen wusste. »Auch wenn wir uns kampflos aus Heilbronn zurückgezogen haben, so werden wir nicht eher ruhen, bis wir einen Sieg davongetragen und unsere alten Rechte zurückerlangt haben!«, versuchte Joß seine Anhänger aufzumuntern, die niedergedrückt vor ihm standen.

Diese Worte und der erklärte Wille ihres Anführers verfehlten nicht ihre Wirkung und spornten die Männer an. Eifrig erstellten sie neue Pläne, die sie auf dem Holz der Hütte mit Kohle bildlich darstellten, bis kein unbemalter Platz mehr an den Wänden war. Joß gefiel ihr Tatendrang, und er war sicher, dass der nächste Bundschuh-Aufstand erfolgreich sein würde.

Mittlerweile war es Ende Juli und der Sommer heiß wie schon lange nicht mehr. Träge und gelangweilt saßen die Männer vor der Hütte im Schatten der Bäume, als Kilian seufzte: »Ich verspüre Appetit auf gebratenen Fisch.«

Sogleich sprangen einige Männer auf und schlugen vor, Forellen zu fangen. Bewaffnet mit einem Knüppel gingen sie freudig gestimmt zu einem abgeschiedenen Bachlauf, der sich am Rande des Waldes durch eine feuchte Aue schlängelte.

Der Bach war tief, sodass die Männer bis zu den Oberschenkeln im Wasser versanken. Weil es zudem wild dahinströmte, fanden sie auf dem unebenen Boden kaum Halt und schwankten wie Bäume im Wind hin und her. Mehrfach plumpsten sie in das erfrischende Nass, doch erst als die Männer festen Stand unter ihren Füßen spürten, beugten sie sich über die Wasseroberfläche und hielten nach Forellen Ausschau. Mit bloßen Händen fischten sie die Beute aus dem Wasser und warfen sie auf die Uferböschung. Allerdings glitschten ihnen die meisten Fische aus den Fingern, was für Stimmung sorgte.

Als mehrere zappelnde Fische auf der Wiese der Uferböschung lagen, sprang Kilian aus dem Bach und tötete die Forellen mit einem gezielten Knüppelschlag. Anschließend schlitzte er ihnen die Bäuche auf und entnahm die Innereien, die er in den Bach warf. Die toten Forellen verstaute er in einem Beutel, als es im Unterholz knackte.

Sofort stieß er einen Warnpfiff aus, woraufhin die Männer aus dem Bach sprangen und sich hastig versteckten, da sie befürchteten, entdeckt zu werden. Aufmerksam beobachteten sie die Umgebung, als sie einen etwa zwölfjährigen Knaben sahen, der ziellos umherirrte. Da er allein schien, kamen die Männer nacheinander hinter den Bäumen und aus der Uferböschung hervor und umstellten den Jungen. Am ganzen Körper zitternd blickte er den Männern verängstigt entgegen.

Kilian betrachtete den Jungen und fragte barsch: »Bist du allein?«

Der Knabe brachte keinen Ton heraus und nickte. Trotzdem misstraute Kilian ihm und schickte seine Späher aus, die Umgebung zu erkunden.

Erst als sie kurz darauf zurückkamen und ihm mitteilten: »Die Luft ist rein«, war er zufrieden.

»Was hast du hier zu suchen?«, fragte Kilian den Jungen, der kaum wagte, sich zu bewegen.

»Der Vater schickt mich. Ich soll Joß Fritz sprechen.«

Kilian glaubte an eine Falle und fragte seine Männer: »Kennt ihr Joß Fritz?«

Alle schüttelten den Kopf.

»Du siehst, Bürschchen, bei uns bist du falsch. Geh zurück zu deinem Vater und sage ihm, dass es hier keinen Joß Fritz gibt.«

Der Junge stand da, umringt von den Furcht einflößenden Männern, und flüsterte mit bangem Stimmchen: »Gott grüße dich, Gesell, was hast du für ein Wesen?«

Kilian, der um den Knaben herumgelaufen war, blieb abrupt stehen. Ungläubig sagte er: »Wiederhole das!«

Der Junge traute sich kaum aufzublicken und murmelte den Satz ein zweites Mal.

»Woher kennst du den Spruch?«

»Der Vater hat ihn mir gesagt.«

»Kennst du auch die Antwort?«

Eifrig nickte der Knabe nun und sagte: »Der arm' Mann in der Welt mag nit mehr genesen.«

Lachend klopfte Kilian dem Burschen auf die Schulter. »Dann komm mit, Gesell, damit dich jemand begrüßen kann.«

Joß Fritz musterte den Burschen, der ehrfürchtig vor ihm stand. »So, so«, murmelte er, »dein Vater schickt dich. Woher weiß dein Vater von unserem Versteck?«

»Von deiner Frau Else.«

Nun atmeten alle erleichtert auf, denn jetzt war es sicher, dass der Knabe die Wahrheit sprach. Joß Fritz hatte seiner Frau sofort nach ihrer Ankunft in dem Versteck eine geheime Nachricht zukommen lassen, damit sie wusste, wo er zu finden war.

Und Else würde seinen Schlupfwinkel nur ausgewählten Menschen verraten, das wussten die Männer.

Zufrieden sagte Joß: »Erzähl mir, warum dich dein Vater zu mir schickt.«

»Es geht um Pfeddersheim, soll ich dir ausrichten.«

Als Joß den Namen der freien Reichsstadt hörte, blickte er erstaunt auf. »Ich bin vor einigen Jahren in dieser Stadt gewesen, als ich zum Reichstag nach Worms unterwegs war. Wo will mich dein Vater treffen?«, fragte er sofort, da ihn ein ungutes Gefühl beschlich.

»Es war schlau von dir, deinen Sohn vorzuschicken, Eckbert«, sagte Joß und schaute den Mann anerkennend an. Sie saßen unter einem dicken Baum am Waldesrand, von wo aus sie über eine weite Ebene blicken konnten. Mit einigem Abstand hatten sich die Getreuen von Joß Fritz postiert, um den Wald zu beobachten, damit sie aus dieser Richtung nicht von ungebetenen Gästen überrascht würden.

»Ich wusste, dass Heinrich dich finden würde«, sagte der Bauer stolz. »Da man einem Kind kaum Beachtung schenkt, konnte ich mir sicher sein, dass ihm niemand folgen wird.«

»Was hast du mir zu sagen?«, fragte Joß Fritz, der immer noch nicht glauben konnte, dass ihn sein Weggefährte aus vergangener Zeit gefunden hatte.

Eckbert blickte seinen ehemaligen Anführer ernst an, um dann mit starrem Blick über die Weide zu schauen. »Fast jeder im Reich weiß, dass Joß Fritz wieder da ist und einen neuen Bundschuh-Aufstand plant. Viele bauen auf dich und sind erneut entschlossen, gegen Adel und Klerus loszuziehen.« Mit einem tiefen Seufzer, den Joß nicht deuten konnte, sagte der Freund: »Deine Rückkehr ermuntert manche Menschen aber auch, Dinge zu tun, die sie und andere das Leben kosten.«

»Wie meinst du das?«, fragte Joß, und Eckbert erklärte:

»Im Alzeyer Land haben wild gewordene Bauernscharen aus Wut über zu hohe Abgaben und ungerechte Frondienste zahlreiche Klöster und Adelsgüter geplündert und verwüstet. Ihr Vorgehen ist rohe Gewalt. Aber nicht nur die Bauern leiden unter den Abgaben, sondern auch die Einwohner von Pfeddersheim. Dort besitzen Klerus, Adel und die Stifte über ein Drittel der Anbauflächen, und es ist fast ausschließlich ertragreiches und wertvolles Land, das ihnen gehört. Den Pfeddersheimer Bürgern hingegen gehört das schlechte Land, aus dessen Ertrag sie auch Abgaben bezahlen müssen. Durch den Aufmarsch der rebellischen Bauernschar sahen die Pfeddersheimer eine Möglichkeit gekommen, sich zu wehren, und öffneten dem Bauernhaufen die Tore. Fast 8000 Männer strömten in die Stadt, aus der sich ihnen manch böser Bube anschloss. Es sind viele Aufrührer darunter, die niemand sonst will, weil sie vor nichts zurückschrecken.«

Joß nickte. »Ich kenne diese Sorte Mensch, die solche Gelegenheiten nutzen, um Unruhe zu stiften.«

»Du kannst dir vorstellen, Joß«, fuhr sein Freund fort, »dass Kurfürst Ludwig von der Pfalz das nicht duldete und mit seinem Heer aufmarschiert ist.« Eckbert schluckte schwer. »Obwohl das Bauernheer zahlenmäßig fast gleich stark wie das Fürstenheer war, hatten die Bauern ebenso wie die Pfeddersheimer keine Aussicht, den Kampf zu gewinnen.«

»Ich kann mir denken, warum«, erklärte Joß nachdenklich und zeigte es mit Hilfe der Finger auf: »Der Bauernhaufen hatte keine geschulten Führungsleute, nur unzureichende Waffen und keine Strategie.«

Eckberts Mund formte sich zu einem zaghaften Lächeln. »Du hast den Weitblick, der anderen fehlt. Daran merkt man, dass du zu Höherem geboren bist«, schmeichelte er seinem Freund und fuhr fort: »Gegen Kavallerie und Artillerie des Fürsten waren die

Aufständischen hoffnungslos unterlegen. Ähnlich wie in Frankenhausen haben einige tausend Menschen ihr Leben verloren. Die Söldner metzelten sie regelrecht nieder. Zahlreiche Gefangene, vor allem die Pfeddersheimer Rädelsführer, wurden nach der Schlacht auf dem Marktplatz hingerichtet.« Eckbert wischte sich über die Augen. »Erneut haben die Bauern verloren.«

Joß Fritz pflichtete ihm kopfschüttelnd bei: »Wieder ist eine Schlacht zugunsten der Fürsten ausgegangen. Aber warum erzählst du mir das, Eckbert?« Joß blickte seinen einstigen Kampfgefährten nachdenklich an.

»Ein übler Bursche, dem ein Ohr fehlt, erzählt, dass du die Bauern in den Tod geführt hättest.«

»Was?«, rief Joß und glaubte, sich verhört zu haben.

»Es ist ein Mensch der übelsten Sorte«, wollte Eckbert erklären, als Joß ihn zornig unterbrach. »Ich kenne diesen Unruhestifter. Er hatte sich in Heilbronn in unseren Haufen gemogelt und versucht, die Männer gegen meine Pläne aufzuwiegeln.«

»Er sagt, dass deine Geliebte, die Schwarze Hofmännin, die Bauern verflucht hätte.«

»Margarethe sitzt in Heilbronn im Kerker. Wie soll sie da die Pfeddersheimer Bauern verfluchen?«, fragte Joß kopfschüttelnd.

»Die Schwarze Hofmännin wurde von ihrem Leibherrn Jörn von Hirschhorn nicht nur aus dem Gefängnis entlassen, er hat sie sogar aus der Leibeigenschaft freigegeben. Er war der Meinung, dass Margarethes einziges Vergehen darin bestanden hätte, dass sie ihren ›unbehüteten Mund‹ hatte sprechen lassen.«

Die Gesichtszüge von Joß Fritz wurden sanft und verrieten seine Gedanken. »Das freut mich für Margarethe«, murmelte er. »Weiß man, wohin sie gegangen ist?«

Eckbert schüttelte den Kopf. »Es gibt unterschiedliche Gerüchte, aber niemand weiß Genaues.«

Zurück im Versteck berichtete Joß Fritz seinen Männern, was der Freund ihm erzählt hatte. Je mehr er darüber sprach, desto wütender wurde er. Ungehalten ging er in der Hütte auf und ab. »Wenn ich diesen Hurenbock erwische, schlitze ich ihm die Kehle auf«, schwor er und blickte Kilian zornig an. »Falls ich ihn nicht fasse, werdet ihr das übernehmen«, verlangte Joß und schaute seine Männer drohend an, bis sie zustimmten.

»Wie kommt dieser dreckige Hund dazu, so etwas zu behaupten?«, fragte einer der Männer entrüstet.

»Die Schwarze Hofmännin hat uns und unsere Waffen gesegnet, damit wir gewinnen«, meinte ein anderer. »Wie können die Bauern solch einer Lüge Glauben schenken?«

»Menschen glauben, was sie glauben wollen«, sagte Joß und schlug unbeherrscht mit der Faust gegen die Wand.

»Kein Mensch kann die Hofmännin oder dich bei den Bauernhaufen gesehen haben. Also kann niemand bestätigen, dass du etwas mit der Niederlage zu tun hast«, versuchte Kilian Joß Fritz zu besänftigen, doch der lachte bitter auf und brüllte:

»Du weißt, dass ich nie bei einem meiner Bundschuh-Aufstände in Erscheinung getreten bin! Ich habe aus der Ferne die Fäden gesponnen und gehalten, weshalb man mich nie ergreifen konnte. Genauso könnte ich auch diese Schlacht ins Verderben geführt haben. Und Margarethe – sie hätte ebenso gut aus dem Kerker heraus die Männer verflucht haben können. Wer will uns das Gegenteil beweisen? Blitz und Donnerschlag sollen diesen Nichtsnutz treffen!«

»Was hast du jetzt vor?«, fragte Kilian, der den Zorn in den Augen seines Freundes erkannte.

Joß zuckte mit den Schultern. »Ich weiß es nicht – noch nicht! Aber mir wird eine Lösung einfallen, dessen bin ich mir sicher!«, zischte er und stopfte sich im Hinausgehen seine Pfeife.

Nachdem Joß Fritz Erkundigungen eingezogen hatte, rief er in der zweiten Woche im August seine Männer zusammen. Die Luft war schwül, und es war heiß und stickig in der Hütte, sodass sie sich draußen versammelten. Einige seiner Getreuen lehnten sich gegen Baumstämme, andere setzten sich auf den Waldboden. Doch alle blickten gespannt ihren Anführer an, der mit ernster Miene zu ihnen sprach: »Viele von euch haben ihre Familien seit mehreren Monaten nicht mehr gesehen. Es wird Zeit, dass ihr heim zu euren Frauen und Kindern geht.«

Die Männer schauten überrascht auf, und Gemurmel wurde laut. »Warum schickst du uns nach Hause, jetzt, da es für dich gefährlich ist und du uns brauchen könntest?«, fragte einer, der verständnislos den Kopf schüttelte.

»Du hast es erfasst! Es ist zu gefährlich, mit mir zusammen zu sein. Sicherlich wird diese Rotte schwachköpfiger Kerle mich bereits suchen. Wir können uns nicht länger hier im Wald verstecken, sondern müssen weiterziehen. Allein oder zu zweit fallen wir nicht auf, aber wenn zwanzig Männer umherstreichen, erregen sie Aufmerksamkeit, und deshalb werdet ihr alle nach Hause gehen. Ich werde euch eine Nachricht zukommen lassen, sobald ich wieder zurück bin.«

Daraufhin schauten seine Männer ihn fragend an.

»Von wo willst du zurückkehren?«, wollte Kilian wissen und kräuselte seine Stirn.

»Ich werde mich auf den Weg ins Elsass machen und versuchen, Ulrich von Württemberg auf meine Seite zu ziehen.«

»Du bist verrückt geworden«, flüsterte Kilian entsetzt, doch Joß lächelte ihn an und sagte:

»Und du, mein Freund, wirst mich begleiten.«

Am frühen Morgen des nächsten Tages sollten sich die Männer auf den Weg nach Hause machen, während Joß und Kilian Richtung Elsass reiten wollten. Bevor er sich endgültig von seinen Anhängern verabschiedete, bat er: »Einer von euch muss zu meiner Frau Else nach Lehen reiten und ihr erklären, warum ich fort musste.«

Die Männer nickten. »Du kannst dich auf uns verlassen«, sagten sie.

»Das mit der Schwarzen Hofmännin dürft ihr meiner Frau nicht unter die Nase reiben«, befahl Joß verschmitzt lächelnd, worauf lautes Gelächter ausbrach.

»Auch das versprechen wir dir«, gluckste einer der Männer.

Nachdem sie sich ein letztes Mal die Hände gereicht hatten, saßen sie auf und ritten von dannen.

Joß Fritz und Kilian ritten rastlos, bis Rosse und Reiter nassgeschwitzt waren. Da sie jegliche Siedlungen mieden, mussten sie zeitaufwendige Umwege in Kauf nehmen. Erst am frühen Abend sahen sie den Rhein vor sich, an dessen Ufer die Stadt Neuenburg lag. Von dort wollten sie auf die andere Seite des Flusses gelangen.

Die Männer blickten von einer Anhöhe auf die Stadt und trauten ihren Augen nicht. Schon von Weitem konnten sie die Verwüstung erkennen, die sich auf Gassen und Plätzen abzeichnete. Da sie keine Ahnung hatten, was geschehen war, wollten sie eine alte Bäuerin fragen, die sie bei der Feldarbeit sahen. Kilian und Joß gaben ihren Pferden die Sporen und rissen erst kurz vor der Frau an den Zügeln, sodass die Gäule stehen blieben. Erstaunt schaute die Alte zu ihnen hoch und erhob sich schwerfällig von den Knien.

»Kannst du uns sagen, Bäuerin, was in der Stadt dort drüben am Rhein geschehen ist?«, fragte Joß und zeigte in die Richtung.

Sie streckte ihr krummes Rückgrat durch und zog ihr Kopftuch aus der Stirn, dann krächzte sie: »Vor wenigen Tagen hat Neuenburg ein furchtbares Hochwasser heimgesucht. Die halbe Stadt ist zerstört, und sogar vom schönen Münster ist nur noch der Chor stehen geblieben.« Mit bekümmertem Blick sah sie zum Himmel und bekreuzigte sich.

»Können wir hier dennoch den Rhein überqueren?«, wollte Joß wissen, worauf die Frau heftig den Kopf schüttelte.

»Bist du von Sinnen? Die Brücken wurden weggeschwemmt, und überall liegen Baumstämme und Geröll umher. Auch ist der Boden dick mit Flussschlamm bedeckt. Ihr müsst euch schon einen anderen Übergang suchen, wenn ihr auf der anderen Seite ankommen wollt«, sagte sie und wandte sich ab, um sich wieder ihrer Feldarbeit zu widmen.

»Kannst du uns raten, wo wir über das Ufer setzen können?«, fragte Kilian und hielt ihr, als sie sich ihm zuwandte, einen Viertelpfennig unter die Nase.

Die Augen der Frau glänzten, als sie das Geld sah, und sie griff sofort danach.

Doch Kilian zog die Münze lachend weg. »Erst musst du uns einen Übergang nennen.«

Die Alte griente und erklärte: »Ihr müsst in Richtung Bamlach reiten, denn die Ortschaft besitzt die Fähre zu Rheinweiler. Es ist die einzige Überfahrt zwischen Istein und Neuenburg. Und ich verrate euch noch etwas: Der Fährmann wird sich nicht mit einem Viertelpfennig abspeisen lassen.« Sie lachte laut, sodass die beiden Männer in ihren zahnlosen Mund blicken konnten.

Als Kilian und Joß die Fähre erreichten, war es schon spät, und der Fährmann setzte nicht mehr über. Selbst als Joß den Fahrpreis erhöhte, blieb der Mann hartnäckig.

»Ihr müsst bis morgen früh warten oder hinüberschwimmen«, schimpfte er. »Durch das Hochwasser der letzten Tage treiben Baumstämme und Unrat im Rhein, den ich bei Nacht nicht sehen kann. Ich lasse mir wegen euch nicht die Fähre zerschlagen«, brummte er und ging ins Haus, ohne die beiden Männer eines weiteren Blickes zu würdigen.

Da die Nacht mild und trocken war, beschlossen Kilian und Joß, auf einer Obstbaumwiese in der Nähe des Rheins zu nächtigen.

»So sind wir morgen als Erste auf der Fähre«, sagte Joß und sattelte sein Pferd ab. Anschließend rammte er einen dicken Stock in den Boden, an dem er den Führstrick des Gauls befestigte, sodass er grasen, aber nicht weglaufen konnte. Kilians Pferd fraß bereits in sicherem Abstand das raue Gras und schnaubte leise vor sich hin. Die Männer suchten unter den Bäumen trockene Äste zusammen und entfachten ein Feuer. Nachdem sie ihr karges Abendessen zu sich genommen hatten, zündete sich Joß seine Pfeife an.

»Was sind deine Gründe, Ulrich von Württemberg aufzusuchen?«, fragte Kilian wie beiläufig am Rande ihres unverfänglichen Gesprächs, das sie, ins Feuer starrend, führten.

Joß kaute auf seinem Pfeifenstiel und schmunzelte. »Ich konnte während des langen Ritts sehen, dass dir diese Frage im Kopf herumschwirrte«, neckte er den Freund.

»Es war bis jetzt keine Gelegenheit, dich das zu fragen«, verteidigte sich Kilian. »Außerdem wollte ich die Antwort selbst ergründen, aber ich finde keine, die mir einleuchtet.«

Joß Fritz sog einige Male an der Pfeife und ließ den Qualm als Kringel aus seinem Mund heraus. Dann blickte er Kilian an und fragte: »Was weißt du über Ulrich von Württemberg?«

Kilian zuckte mit den Schultern. »Das, was du mir über ihn erzählt hast, reicht aus, um ihn nicht zu mögen.«

»Du sollst nicht das Bett mit ihm teilen«, lachte Joß leise auf, worauf Kilian seinen Freund böse anblickte.

»Herzog Ulrich von Württemberg ist ein Mann, vor dem man sich in Acht nehmen muss«, erklärte Kilian. »Er soll Hans von Hutten, den Ehemann seiner Geliebten Ursula, eigenhändig erschlagen haben. Jeder am Hof wusste von der Liebschaft, und der gehörnte Hutten hat sie angeblich sogar geduldet. Herzog

Ulrich hat den Ehemann in eine Falle gelockt und ihn wie einen räudigen Hund umgebracht. Das zeigt, dass er keine Moral besitzt und ein gemeiner Mörder ist.« Kilian eiferte sich. »Dies hat er getan, obwohl er erst jung verheiratet war. Bei seiner Hochzeit soll Ulrich so verschwenderisch gewesen sein wie kein anderer vor ihm. Die Zahl der Gäste war fast so groß wie der Bauernhaufen vor Pfeddersheim. Tausende mussten beköstigt werden, während das Volk hungerte.« Kilian winkte ab. »Er kommt einem Ungeheuer gleich.«

»Ich habe gehört, dass die Bürger Stuttgarts zwei Wochen lang umsonst Wein aus einem achtröhrigen Brunnen vor dem Schloss trinken durften«, warf Joß ein.

»Rede dir diesen Menschen nur schön, Joß. Wein gegen Essen – wo ist der Sinn? Mir wäre es lieber, wenn ich den Mann nicht kennenlernen müsste. In meinen Augen ist er ebenso verrückt, wie es sein Vater Heinrich gewesen sein soll. Nur wegen der Geistesschwäche seines Alten hat Ulrich den Titel bekommen.«

Joß paffte stumm seine Pfeife.

»Ich weiß noch immer nicht, warum du diesen Menschen aufsuchen willst«, beklagte sich Kilian, da Joß weiter schwieg. »Zumal er den jungen ...«

»Ich weiß, Kilian«, erklärte Joß leise, der ahnte, was sein Freund nun sagen wollte. »Ich war bei Jörg Tiegels Hinrichtung in Stuttgart vor elf Jahren dabei gewesen und habe auch dessen Mutter gesehen, die den abgeschlagenen Kopf ihres Sohnes nicht hergeben wollte. Ich weiß alles über Herzog Ulrich. Und deshalb muss ich ihn aufsuchen.«

»Nun verstehe ich es erst recht nicht. Haben wir es wirklich nötig, uns mit einem Mörder einzulassen?«, fragte Kilian. Als Joß erneut schwieg, streckte sich Kilian auf der Pferdedecke aus und starrte in den Himmel. »Ich weiß nicht, warum ich dich unbedingt begleiten musste«, sagte er mehr zu sich selbst. »In diesem Augenblick würde ich nur zu gern zwischen den Brüsten einer vollbusigen Hure liegen«, nuschelte er und schlief ein.

Joß blickte seinen Weggefährten an und dachte: *Manchmal ist es besser, wenn man nicht alles weiß.* Dann klopfte er seine Pfeife aus und legte sich ebenfalls schlafen.

Am Nachmittag des dritten Reisetages standen Kilian und Joß auf einem Hügel und blickten zur Stadt Mömpelgard hinunter, die am Fluss Alain lag. In der Ferne sahen sie die Vogesen, deren Massiv von der Sonne angestrahlt wurde. Sie konnten herrschaftliche Gebäude erkennen sowie ein prächtiges Haus, das höher gelegen war. Mömpelgard war von einer hohen Stadtmauer umgeben und von dieser Seite nur über eine lange Brücke zu erreichen. Die Stadt gehörte seit geraumer Zeit zu den württembergischen Besitzungen, weshalb Herzog Ulrich von Württemberg hier Zuflucht gefunden hatte.

»Es gibt sicherlich schlimmere Verbannungsorte als diese Stadt«, sagte Kilian missmutig und blickte auf die gepflegten Gärten, die vor der Stadtmauer angelegt waren. »Warum hat man Ulrich des Landes verwiesen? Wegen des Mords an Hutten?«, fragte Kilian.

Joß legte seinen Arm über den Sattel und stützte sich nach vorn. »Natürlich empörten sich Land und Ritterschaft wegen der Ermordung Huttens und verlangten Ulrichs Absetzung als Regent von Württemberg, was Kaiser Maximilian jedoch ablehnte. Erst als Ulrichs Gemahlin Sabina, eine Nichte des Kaisers, vor den Grausamkeiten ihres Gatten floh, kam es zur Fehde zwischen dem Herzog und dem Kaiser. Im Oktober 1516 verhängte der Kaiser die Acht, und Herzog Ulrich wurde aus Württemberg verbannt. Zwar hat er immer wieder versucht, Württemberg zurückzuerobern, aber bis jetzt wurde er jedes Mal zurückgedrängt.«

Kilian blickte seinen Freund anerkennend an. »Unglaublich, was du alles weißt.«

Joß lachte laut auf. »Meine Jahre als Bauer habe ich nicht nur mit Ackerbau und Viehzucht verbracht, sondern auch aufmerksam das Reich beobachtet.«

»Red keinen Unsinn! Ich musste dich aus Mehlbach fortlocken, damit du wieder Joß Fritz wirst und nicht als Bauer stirbst.«

Joß lachte leise in sich hinein. »Das ist wohl wahr. Trotzdem wird das mein letzter Aufstand sein. Ich bin nicht mehr der Jüngste, Kilian. Meine Knochen schmerzen, die Gicht plagt mich, und das Rheuma macht auch vor mir nicht halt.«

»Wärst du ein Pferd, würde ich dich zum Abdecker bringen«, lachte Kilian und verstummte, als er den ernsten Gesichtsausdruck seines Anführers erkannte.

»Ich hoffe, mein Freund, dass ich eines Tages als Bauer friedlich einschlafen werde und nicht auf dem Schlachtfeld sterben muss«, erklärte Joß nachdenklich.

»Das weiß nur unser Herrgott«, sagte Kilian und trat seinem Pferd in die Flanken.

⇝ *Kapitel 28* ⇜

Anna Maria hielt die Augen fest geschlossen, und endlich ließ der Mann von ihr ab. *Wenn ich mich nicht bewege, verschwindet dieses Ungeheuer sicherlich sofort,* hoffte sie und blieb stocksteif liegen. Ihr Schoß brannte wie Feuer, und ihr Körper schmerzte, als ob er blau geschlagen wäre. Auch ihre Lippen waren aufgeplatzt, da er sie mit seinen schwarzen Zähnen gebissen hatte, bis Blut kam. Bei der Erinnerung daran wurde Anna Maria speiübel, und sie presste die Augen zusammen, um das Gefühl zu verdrängen. Ihr Mund war trocken, und die Zunge klebte ihr am Gaumen. *Wasser,* dachte sie, *nur einen kleinen Schluck Wasser, damit dieser furchtbare Durst verschwindet.* Aber auch, um diesen widerwärtigen Geschmack des Mannes fortzuspülen.

Vorsichtig blinzelte Anna Maria unter ihren Lidern hervor. Sie konnte in dem schummrigen Licht der Scheune kaum etwas erkennen und öffnete langsam die Augen. Der Mann war noch da.

Anna Maria schielte nach dem Wasserschlauch und entdeckte ihn neben ihren Beinen im Heu. Vorsichtig tasteten ihre Finger danach, doch der Schlauch war leer. Enttäuscht schloss sie die Augen. Sie hätte brüllen können, doch sie schwieg und versuchte sich Veits Gesicht vorzustellen.

Wieder blinzelte sie unter halbgeöffneten Lidern hervor. Der Mann saß mit dem Rücken zu ihr und schien sie nicht zu beachten. Langsam glitt ihre Hand zu der Stelle am Hals, wo Veits Kette auf ihrer Haut lag. Zum Glück hat er sie nicht bemerkt, dachte sie, als ein Geräusch sie aufblicken ließ.

Anna Maria beobachtete, wie sich der Fremde über ihren Beutel hermachte und die restlichen Lebensmittel hervorkramte. Entrüstet wollte sie ihn zur Rede stellen, doch die Angst, dass er ihr erneut Gewalt antun könnte, ließ sie schweigen. Hungrig beobachtete sie, wie er das Stück Käse verschlang und das letzte Stück Brot schmatzend aß.

Der Mann schien ihre Blicke zu spüren, denn er wandte sich ihr zu und fauchte mit vollem Mund, wobei ihm Essen herausfiel: »Was glotzt du so liederlich? Willst wohl einen zweiten Ritt haben?« Boshaft lachte er sie mit seinen faulen Zähnen an.

Anna Maria schloss die Augen und blieb wie tot liegen. Nur die Tränen, die aus ihren Augenwinkeln liefen, verrieten, dass sie noch lebte. Als sie plötzlich spürte, wie der Mann ihr erneut den Rock hochhob, riss sie voller Furcht die Augen auf und sah, wie er sich am Gemächt kratzte. Angsterfüllt begann sie zu schreien und zu treten, doch der Mann drückte ihre Beine in das Heu. »Halt dein Maul, du Luder. Ich will nachsehen, ob du Geld zwischen deinen Rockfalten versteckt hast.«

Als er nichts finden konnte, brüllte er: »Elende Hure!«, und boxte Anna Maria in den Leib, sodass sie sich vor Schmerzen krümmte. Wütend blickte der Mann auf sie herab und spuckte auf sie. Dann verließ er fluchend die Scheune.

Anna Maria zog die Beine an und weinte leise vor sich hin. Als der Mann nicht wiederkam, schrie sie ihren Schmerz, ihre Wut, ihre Angst und ihren Kummer hinaus, bis sie keine Kraft mehr hatte. Ermattet lag sie da, unfähig, sich zu rühren oder einen klaren Gedanken zu fassen.

Als es Mittag war, setzte sie sich auf. Sie dachte nichts, sie fühlte nichts. Mühsam packte sie ihre wenigen Sachen zusammen, die der Mann im Heu verstreut hatte. Dann verließ sie torkelnd die Scheune und blickte sich nach einem Bach um. Als sie kein fließendes Wasser finden konnte, stopfte sie sich gierig eine Handvoll Schnee in den Mund, um ihren Durst zu stillen. Dann zog sie an Ort und Stelle ihre Kleider aus und rieb sich die nackte Haut und die wunden Stellen zwischen den Beinen mit Schnee ab, bis sie glühte. Wie von Sinnen wusch sich Anna Maria den Schoß, in der Hoffnung, den Samen und den Geruch des Mannes fortwischen zu können. Erst als ihre Haut wie Feuer brannte, hörte sie damit auf und ließ sich weinend in den Schnee fallen, wo sie liegen blieb.

Rasch kroch die Kälte in ihren Körper, sodass ihre Zähne aufeinanderschlugen. Schon bald spürte sie weder Füße noch Hände noch Gesicht. *Gern würde ich jetzt sterben,* dachte sie schluchzend. Veit, ihr Vater, ihre Geschwister – alle waren aus ihren Gedanken entrückt, sodass sie darüber nachdachte, nicht mehr aufzustehen und einfach zu erfrieren. »Lieber Gott«, flüsterte sie, »lass mich mit dieser Schande nicht weiterleben!«

Als ob der Himmel ihre Entscheidung missbilligte, stahl sich ein einzelner Sonnenstrahl durch die Wolkendecke und wärmte sanft ihren Körper. Anna Maria spürte das Metall des Medaillons auf ihrer Haut und fasste danach. »Veit«, flüsterte sie. »Veit!«, brüllte sie.

Anna Maria starrte eine Weile zum Himmel und erhob sich dann. Mit langsamen Bewegungen rieb sie sich den Schnee und das Wasser von ihrem geschundenen Körper. Dann zog sie die klamme Kleidung und die Stiefel an. »Ich habe meinen Pilgerstab vergessen«, flüsterte sie und ging mit langsamen Schritten zurück zur Scheune. Angewidert durchstöberte sie das Heu, wo sie den Stab und auch das kleine Messer fand. Sie besah sich die scharfe Schneide und schwor im Stillen: *Nie wieder wird mir ein Mann das antun.* Dann steckte sie das Messer in die Rockfalte, nahm Beutel und Stock auf und wankte in Richtung Lehen.

⸻

Else Schmid saß vor ihrer Hütte und blinzelte in das helle Sonnenlicht. Entspannt schloss sie die Augen. Es tat gut, nach den feuchten Tagen der letzten Wochen die wärmenden Strahlen auf dem Gesicht zu spüren. Schon bald würde die Sonne der eisigen Dunkelheit weichen, und deshalb wollte Else die Wärme bis zum Schluss auskosten. Sie seufzte leise vor Wonne, doch dann ließ kalter Wind sie frösteln. Mit festem Griff zog sie das Schultertuch über ihre Haare und band es vor ihrem Kinn zusammen. Dabei blickte sie auf und glaubte in der Ferne einen Menschen zu erkennen, der scheinbar hin und her schwankte.

»Wer könnte das sein?«, murmelte sie und kniff die Augen leicht zusammen, um besser sehen zu können. Der Mensch schien zu straucheln und fiel hin. Else wartete einige Augenblicke, bis sie sicher war, dass sich am Boden nichts bewegte. *Sicher jemand, der zu tief in die Flasche geschaut hat,* dachte sie und schloss erneut die Augen, bis innere Unruhe sie wieder aufschauen ließ. Der Mensch lag immer noch im Schnee, denn Else konnte ihn als dunklen Klecks in dem weißen Feld ausmachen.

»Er scheint vollkommen betrunken zu sein!«, schimpfte sie, doch dann überlegte sie: »Was soll ich mir um einen Saufbold Gedanken machen? Soll er liegen bleiben. Der Schnaps wird ihn wärmen.«

Die Sonne wanderte bereits hinter die Bäume des Waldes, sodass Elses Platz nun im Schatten lag. Schon wollte sie zurück ins Haus gehen, als ihr Gewissen sie zwang, erneut zu der zugeschneiten Wiese zu schauen.

Else stöhnte laut auf und fluchte. »Wenn ich ihn dort liegen lasse, erfriert er. Das ist so sicher wie das Kirchenglockengeläut am Sonntag.« Mürrisch ging sie ins Haus, legte sich ihren dicht gewobenen Umhang über und stapfte durch den harschen Schnee hinaus auf die Weide.

Anna Maria hatte keine Kraft mehr. Kälte und Erschöpfung lähmten ihre Bewegungen. Sie war weder fähig die Beine noch die Arme zu heben. Selbst die geschwollenen Lippen waren gefühllos geworden. *Ich kann keinen Schritt mehr machen*, gestand sie sich klagend ein, während ihre Knie langsam einknickten und sie zur Seite fiel. Nur mit Mühe drehte sie sich auf den Rücken und blickte keuchend zum Himmel empor. Jede Stelle ihres Körpers schmerzte. Selbst die warmen Sonnenstrahlen konnten sie nicht beleben.

Wäre ich am Mittag vor der Scheune liegen geblieben, hätte ich es hinter mich gebracht und wäre jetzt tot, dachte sie. Mit Erschrecken stellte Anna Maria fest, dass sie bei dem Gedanken über ihren eigenen Tod nichts spürte. Weder Trauer noch Angst, noch Wut. *Innerlich bin ich bereits gestorben*, glaubte sie und schloss die Augen. Sie fühlte sich leicht und frei und sorglos und gab sich diesem schwebenden Gefühl einfach hin.

Plötzlich wurde Anna Maria aus dieser Leichtigkeit herausgerissen und ins Gesicht geschlagen. Eine Stimme drang verzerrt zu ihr durch, doch den Sinn der Worte verstand sie nicht.

»Wach auf, Mädchen«, brüllte Else und schlug ihr erneut ins Gesicht. Als die junge Frau sich nicht regte, rieb Else ihr das Gesicht mit Schnee ab. »Du wirst hier sterben«, rief sie und klatschte ihr ein weiteres Mal mit der flachen Hand auf die Wangen.

Langsam blinzelte die junge Frau und öffnete ihre Augen. Als Else ihre blauen Augen sah, stutzte sie für einige Augenblicke. Sie besah sich das Gesicht der Frau genauer.

»Das kann nicht sein«, murmelte sie und ahnte in ihrem Innern, dass sie sich nicht irrte.

Anna Maria kam langsam zu sich und spürte als Erstes den weichen Strohsack unter sich, der mit Leinen überzogen war. Eine Decke, die mit Gänsefedern gefüllt war, wärmte sie. Erschrocken stellte sie fest, dass sie nackt war. Sogleich griff sie sich an den Hals und atmete erleichtert aus, als sie ihre Kette spürte. Durstig leckte sie sich die Lippen und stellte dabei einen seltsamen Geschmack fest. Anna Maria setzte sich auf und blickte sich in dem Raum um. »Wo bin ich?«, murmelte sie.

Es schien Nacht zu sein, denn nur eine Laterne auf dem Tisch spendete schwaches Licht. In dem Herdfeuer auf der gegenüberliegenden Seite knisterten glühende Holzscheite, über denen ein gusseiserner Topf hing. Anna Maria konnte schwachen Essensgeruch schnuppern und merkte, wie hungrig sie war.

Da wurde die Haustür aufgestoßen, und eine Frau betrat die Hütte, die auf dem Arm mehrere Holzscheite trug. Rasch breitete sich Kälte im Raum aus. Die Frau trat gegen die Tür, dass diese krachend ins Schloss fiel. Anna Maria zog erschrocken die Bettdecke bis zum Kinn hoch, sodass nur ihre großen Augen und ihr blonder Schopf zu sehen waren.

Die fremde Frau ließ das Holz vor dem Herd fallen und ging erneut hinaus, um kurz darauf mit weiteren Holzscheiten zurückzukommen. Das wiederholte sie mehrere Male, bis sich ein kleiner Berg Holz aufgetürmt hatte. Erst dann zog sie ihren Umhang aus, band das Tuch ab und schüttelte ihr dunkles Haar aus. Mit dieser Bewegung blickte die Frau auf Anna Maria. Als sie sah, dass die junge Frau wach war, erklärte sie:

»Ein Schneesturm zieht auf. Da ist es ratsam, genügend Holz im Haus zu haben. Wie geht es dir?«

Ohne Anna Marias Antwort abzuwarten, nahm sie einen Holzlöffel und rührte in dem eisernen Topf. »Ich denke, dass du Hunger hast«, sagte sie freundlich und schöpfte Gemüsesuppe in eine Holzschale. »Ich habe Speckstücke angebraten und hineingetan. Die werden dich stärken«, sagte sie mit einem Lächeln und zog einen Stuhl vor Anna Marias Bett. Dann setzte sie sich mit der heißen Suppe zu ihr.

»Du hast mich ausgezogen«, sagte Anna Maria und errötete.

»Deine Sachen waren nass und steifgefroren. Wenn ich sie dir angelassen hätte, wäre dein Tod gewiss gewesen. Ich habe sie gewaschen und getrocknet. Wenn du willst, kannst du sie wieder überziehen.«

Anna Marias Augen hatten sich erschrocken geweitet. »Wie lange bin ich schon hier?«

»Vor zwei Tagen habe ich dich auf der verschneiten Wiese gefunden. Du kannst von Glück sagen, dass ich nach dir gesehen habe. Zuerst dachte ich, dass du ein betrunkener Landstreicher wärst, und wollte dich liegen lassen. Aber mein schlechtes Gewissen hat mich zu dir geführt«, lachte die Frau leise. »Komm, Mädchen! Wir können uns später unterhalten, jetzt iss die Suppe, damit deine Wunden heilen.«

»Wie meinst du das?«, fragte Anna Maria und spürte, wie ihr Tränen in die Augen schossen.

»Reg dich nicht auf, Mädchen! Ich habe dich mit Ringelblumensalbe eingeschmiert. Die heilt, und schon bald wird man nichts mehr davon sehen.«

Jetzt wusste Anna Maria, welchen Geschmack sie auf der Zunge hatte. »Ich heiße Anna Maria!«, sagte sie und aß einen Löffel Suppe.

»Mein Name lautet Else«, stellte sich auch die Frau vor und schob ihr einen vollen Löffel in den Mund.

Als Anna Maria bewusst wurde, wer sie da fütterte, verschluckte sie sich beinahe an der Suppe. Nachdem sie hinuntergeschluckt hatte, sagte sie: »Ich kenne deinen Namen!«

Else schloss für einen kurzen Augenblick die Augen. *Ich habe es gewusst,* dachte sie.

Nachdem Anna Maria die Suppe aufgegessen hatte, streckte sie sich aus und schlief erschöpft ein. Else stellte die Holzschale auf den Tisch und setzte sich wieder zu der jungen Frau ans Bett. Schon die letzten Tage hatte sie das zarte Gesicht der schlafenden Frau betrachtet. *Dass sie hellblonde Haare hat, hätte ich nicht vermutet,* dachte Else und strich Anna Maria eine Strähne aus dem Gesicht.

Als sie die junge Frau bewegungslos im Schnee hatte liegen sehen, dankte sie ihrer Neugier, dass sie sich aufgerafft hatte, sich um diese Fremde zu kümmern. Elses anfängliche Befürchtung, dass das Mädchen bereits erfroren sei, schwand, als sie Anna Maria schwach atmen sah. Mit großem Kraftaufwand hatte sie die junge Frau ins Haus geschleift, wo sie ihr gleich auf dem Boden die nassen Sachen auszog. Dabei hatte sie mit Entsetzen die zahlreichen Verletzungen im Schoß und an den Oberschenkeln gesehen. Der Körper war übersät mit blauen Stellen, und auch die Lippen der Fremden waren dick angeschwollen und blutverkrustet.

»Welcher gottlose Mistkerl hat dir das angetan?«, flüsterte

Else erschüttert und verarztete die Wunden mit der Ringelblumensalbe.

Anna Maria hatte bei Elses leichten Berührungen aufgestöhnt und sie kurz angeblickt.

»Komm, Mädchen, ich helfe dir auf, damit du dich auf mein Nachtlager legen kannst.«

Das war jetzt zwei Tage her. Zwei Tage, in denen Else sich so viele Gedanken gemacht hatte wie nie zuvor in ihrem Leben.

Hatte sie Recht, und diese junge Frau war tatsächlich die Tochter ihres Mannes Joß Fritz? Vieles sprach dafür und manches dagegen.

Else war überrascht gewesen, als sie Anna Maria das schlammfarbene Tuch vom Kopf zog und das helle Haar zum Vorschein kam. *Wie flüssiger Honig,* dachte Else, und die Erinnerung holte sie ein. Erinnerungen, die seit vielen Jahren regelmäßig wiederkamen. Erinnerungen, die schmerzten und gegen die sie nichts unternahm, denn sie wollte sie wachhalten, damit sie ihren Sohn nie vergessen würde.

Else blickte Anna Maria an und überlegte. *Wie alt wirst du sein? Achtzehn oder vielleicht schon zwanzig?* Sie lehnte sich in ihrem Stuhl zurück. *Mein kleiner Linhart wäre jetzt acht Jahre alt*, dachte sie, und sofort spürte sie das verräterische Brennen in den Nasenflügeln. Else schluckte mehrmals, bis sich die Tränen verzogen.

Es war im Jahr 1517 gewesen. Das Jahr, in dem Joß Fritz versuchte, seinen dritten Bundschuh-Aufstand vorzubereiten. Der zweite war einige Jahre zuvor verraten und viele seiner Anhänger waren hingerichtet worden. Joß wurde steckbrieflich gesucht, sodass er jahrelang untertauchte und Else nicht wusste, wo er war.

Bei dem Gedanken lachte Else bitter auf. *Sicher warst du bei deiner anderen Frau und euren Kindern gewesen, während ich mich um dich sorgte,* dachte sie und versuchte, die aufkeimende Wut zu unterdrücken. Sie zwang sich, wieder an die Zeit zu denken, als Joß bei ihr gewesen war.

Schon seit mehreren Wochen hatten sich hartnäckig Gerüchte gehalten, dass der ehemalige Bundschuh-Anführer Joß Fritz Männer für einen neuen Aufstand anwerben würde. Zudem erzählte ein unbedarftes Bäuerlein aus Angst vor dem Henker und unter der Folter, dass es gesehen habe, wie ausgemusterte Landsknechte, Gaukler, Bettler, Hausierer, wandernde Handwerker von Ort zu Ort zogen, um Männer für den großen Aufstand anzuwerben. Obwohl niemand sonst das bezeugen konnte, glaubte man ihm und suchte nach dem Bundschuh-Anführer.

Joß Fritz hatte keine andere Wahl gehabt. Ohne Else oder einen seiner Getreuen einzuweihen, war er mitten in der Nacht aus Lehen verschwunden. Niemand wusste, wohin er gegangen war. Selbst sein Kampfgefährte Kilian und dessen beste Späher konnten es nicht in Erfahrung bringen. Sie wussten nicht einmal, ob ihr großer Anführer lebte oder tot war. Joß Fritz schien wie vom Erdboden verschwunden zu sein.

Vielleicht wäre er früher zurückgekommen, wenn er von meiner Schwangerschaft gewusst hätte, hatte Else gehofft, doch im Grunde wusste sie, dass er nicht gekommen wäre. »Statt bei mir zu sein, war er bei dieser anderen Frau«, flüsterte sie und spürte erneut Wut und Enttäuschung aufsteigen. *Deine Mutter hat das bekommen, das mir zugestanden hätte,* dachte sie und blickte Anna Maria zornig an. *Wenn er bei mir geblieben wäre, würde Linhart heute leben.*

Else schloss die Augen und sah sich in dem Weinberg stehen – allein und mit dickem Bauch. Die Weintrauben mussten in dem Jahr früher als sonst geerntet werden, da bereits Bodenfrost eingesetzt hatte. Mit dem großen Korb auf dem Rücken ging Else von Weinstock zu Weinstock und schnitt die Reben ab. Der Korb war schwer, und der dicke Bauch ließ sie keuchen. Noch fünf Wochen, bis das Kind zur Welt kommen würde, und Else war froh darüber.

Die Rückenkiepe war schon fast gefüllt, als Else auf einem Stein umknickte und nach vorn auf den Bauch fiel. Sie würde nie den stechenden Schmerz vergessen können, der ihr durch den Unterleib fuhr. Mit schmerzverzerrtem Gesicht schnallte sie den Korb ab und kroch wie ein Hund auf allen vieren den Weinberg hinab. Als sie plötzlich spürte, wie eine warme Flüssigkeit ihre Kleidung nässte, und sie der Wunsch überkam zu pressen, wusste sie, dass das Kind herauswollte. Voller Angst und schweißgebadet schrie sie um Hilfe. Als endlich eine Bäuerin zu ihr gelaufen kam, war der Junge bereits geboren.

Er schrie nur zweimal auf und schwieg dann für immer.

In der Erinnerung hörte Else ihren eigenen Schrei in den Weinbergen verhallen. *Er war so wunderschön, mein kleiner Linhart,* dachte sie und ließ den Tränen ihren Lauf. *Ein heller Flaum war bereits auf seinem Köpfchen zu erkennen gewesen. Sicherlich hätte er auch die gleichen blauen Augen wie sein Vater und wie seine Schwester gehabt.* Else schniefte in die Schürze.

Anna Maria war durch Elses Unruhe aufgeweckt worden. Da der Schatten der Frau auf sie fiel, konnte sie sie unbemerkt beobachten. Schon während ihres langen Marsches hatte Anna Maria überlegt, wie die andere Frau ihres Vaters wohl aussehen würde. Sie hatte vermutet, dass sie ihrer Mutter gleichen würde, doch außer dem dunklen Haar konnte sie keine Ähnlichkeit feststellen. Auch schien Else im Gegensatz zu ihrer Mutter Elisabeth verbittert zu sein. *Wahrscheinlich hat das Leben sie geprägt,* dachte Anna Maria mitfühlend, *schließlich ist Else mit einem Aufständischen verheiratet, während meine Mutter das Leben einer geachteten Bäuerin führen durfte. Diese Frau hat kaum etwas mit meiner Mutter gemein.* Anna Maria rief sich das liebevolle Wesen ihrer Mutter in Erinnerung.

»Du bist wieder wach«, stellte Else fest und beugte sich vor. Ihr Blick musterte Anna Maria. Dann sagte sie mit bitterem Unterton: »Du bist die Tochter meines Mannes.«

Anna Maria wusste nichts darauf zu antworten und schwieg. Sie fühlte sich unwohl. »Kannst du mir meine Kleider geben?«, stammelte sie.

Else nickte. Sie reichte Anna Maria Rock und Hemd und ging hinüber zum Herd.

»Ich koche uns einen Kräutersud«, sagte sie, ohne sich umzublicken. Anna Maria stand von ihrem Lager auf und zog sich an. Anschließend setzte sie sich zu Else an den Tisch, wo bereits eine Tasse mit dem dampfenden Getränk für sie stand.

Nachdem Anna Maria einige Schlucke genommen hatte, sagte sie mit leiser Stimme: »Wir haben erst vor Kurzem erfahren, dass mein Vater neben unserer Mutter noch ein Eheweib hat.«

»Wir?«, fragte Else und wurde bleich.

Anna Maria nickte zaghaft. »Ich hatte vier Brüder. Jakob, Peter, Matthias. Und Nikolaus ist unser Jüngster. Mein mittlerer Bruder Matthias wurde im letzten Sommer in der Schlacht bei Frankenhausen getötet.« Sie schluckte. »Vater weiß davon noch nichts.«

»O mein Gott!«, sagte Else und fasste über den Tisch nach Anna Marias Hand, die sie kurz drückte. »Das muss für eure Mutter furchtbar sein.«

Anna Maria atmete laut aus und flüsterte: »Meine Mutter ist vor einigen Jahren gestorben. Zum Glück hat sie den Tod von Matthias nicht mehr erlebt. Ich glaube kaum, dass sie das verkraftet hätte.«

Else nickte. »Ich weiß, was es heißt, ein Kind zu verlieren. Es ist, als würde einem das Herz bei lebendigem Leib herausgeschnitten.«

Erstaunt schaute Anna Maria auf und sah, dass Elses Blick hart geworden war.

»Aber das ist jetzt einerlei. Mein Mann hat neben mir eine Familie gehabt, und das schmerzt fast ebenso.«

»Als mein ältester Bruder Jakob, der jetzt der Bauer auf unserem Hof ist, von dir erfuhr, wollte er nicht, dass ich Vater aufsuche. Er war ebenso wütend und erzürnt, wie du es bist. Glaube mir, niemand ist darüber glücklich. Aber das ändert nichts daran, dass es uns und dich gibt. Zum Glück konnte Hauser meine Brüder überzeugen …«

»Hauser?«, unterbrach Else sie. »Du meinst Jacob Hauser, der einst Fähnrich bei den Bundschuh-Aufständen war?«

Als Anna Maria nickte. »Hauser und der Bader Gabriel sind auf unserem Hof, denn mein Bruder Peter hat Gabriels Tochter geheiratet. Sie haben uns von dir erzählt und gehofft, dass du weißt, wo sich Vater befindet.«

Anna Maria blickte Else an, die leise seufzend sagte: »Ich glaube, dass dies eine lange Nacht werden wird.«

Am nächsten Morgen rieb Anna Maria sich vor Müdigkeit die Augen. Sie hatte Else alles erzählt und ihr nichts verschwiegen. Dabei hatten beide Frauen Unmengen an heißem Pfefferminzsud getrunken, um wach zu bleiben.

Else starrte nachdenklich Anna Maria an. »Du bist ebenso wie dein Vater sehr mutig«, sagte sie. »Ja, so muss man sich die Kinder von Joß vorstellen.« Ein zaghaftes Lächeln entspannte ihre strengen Gesichtszüge.

Anna Maria schaute verschämt zu Boden.

»Du wirst niemandem von dem Überfall in der Scheune erzählen?«, bat sie die Frau, zu der sie Vertrauen bekommen hatte.

»Das ist nichts, was man weitererzählen möchte«, sagte Else und drückte mütterlich ihre Hand.

»Wie geht es jetzt weiter?«, fragte Anna Maria. »Die Zeit drängt.«

Else stand auf und öffnete die Haustür. Sogleich wehte der Sturm Schnee herein, sodass sie die Holztür sofort wieder schloss. Sie schüttelte den Kopf und sagte lächelnd: »Wir müssen warten, bis das Wetter besser wird, dann werde ich mich darum kümmern, dass dein Vater heimkommt.« Doch ihre Augen verrieten ihre Angst.

⇒ *Kapitel 29* ⇐

Hauser machte sich am nächsten Morgen auf den Weg nach Landstuhl. Der Wind blies kräftig und trieb Schnee vor sich her, sodass das Pferd Mühe hatte, durch die Verwehung zu stapfen. Als es vom Weg abkam, sank es bis zur Brust ein und weigerte sich weiterzugehen.

Hauser blieb ruhig auf seiner Stute sitzen und streichelte ihr den Hals. »Wenn ich nicht müsste, würde ich dich nicht durch dieses Wetter treiben, Brunhilde«, sagte er zu ihr. »Aber es muss sein. Los, Brunhilde, vorwärts«, schrie er und trat dem Tier fest in die Flanke, sodass es mit einem Satz nach vorne sprang und wieder auf dem Weg stand. »So ist es brav«, lobte er das Pferd. Er hatte es nach seiner Schwester benannt, da er fand, dass ihre Hinterteile sich glichen.

Hauser traute sich nicht, die Stute nochmals anzutreiben, und kam deshalb nur langsam voran. Erst am Nachmittag sah er die Stadt Landstuhl vor sich liegen, und als er näher kam, erblickte er auch die Burg Nanstein, die auf einem kahlgeschlagenen Berg thronte. Obwohl Schneefall seine Sicht behinderte, konnte er deutlich den roten Sandstein erkennen, aus dem große Teile der Burg gehauen waren.

Die Stadt Landstuhl war von einer Befestigungsmauer umgeben, der Hauser im langsamen Schritt folgte. Er ritt durch das erste Tor der Mauer hindurch und stand alsbald auf einer breiten Straße, die an beiden Seiten von Häusern eingesäumt war. Suchend blickte er sich um, doch er sah keine Menschenseele, die er nach dem Weg zur Burg hätte fragen können. Es blieb ihm nicht anderes übrig, als der Straße zu folgen und selbst nach einer Möglichkeit Ausschau zu halten.

Hauser ritt, bis der Weg zu Ende war. »Anscheinend gelangt man nur außerhalb der Stadt zu dieser verdammten Burg«, murmelte er verärgert, da heftiger Schneefall eingesetzt hatte. Als er einen Wehrbau erblickte, der in die Stadtbefestigung als kleine Burg eingepasst war, überlegte er, hineinzugehen und nachzufragen. »Wenn ich vom Gaul steige, komme ich mit meinen alten und steifgefrorenen Gliedern nicht mehr in den Sattel«, verspottete er sich selbst und ließ es bleiben.

Hauser schüttelte den Schnee von Umhang und Hut und ritt zum Tor hinaus. Als er linker Hand einen schmalen Weg ausmachen konnte, der den Berg hinaufführte, folgte er diesem.

Tatsächlich führte der Pfad ihn zum hinteren Teil der Burg Nanstein. Krähen, die am Wegesrand an einem toten Hasen pickten, flogen schimpfend vor ihm hoch. Hauser beachtete die Vögel nicht, sondern betrachtete neugierig die Burg, die beim Näherkommen mehr einer Ruine als einer Festung glich. In der Burgmauer klafften große Löcher, und auch der obere Teil des Wehrturms war zerschossen. Hauser wusste, dass hier eine Schlacht stattgefunden hatte, bei der der Ritter Franz von Sickingen zu Tode gekommen war. Das lag fast drei Jahre zurück, und seitdem schien hier niemand etwas verändert zu haben. Nachdenklich umrundete Hauser den baufälligen Turm und erreichte das Burgtor, dessen linker Flügel weit offen stand.

»Es sieht nicht so aus, als ob hier jemand lebt«, murmelte er und suchte den Himmel über der Festung nach Rauch ab. *Bei der Kälte müsste wenigstens einer der Kamine qualmen,* überlegte er und stieg vom Pferd. Ein stechender Schmerz fuhr ihm durch die Knie. Hauser blieb einige Augenblicke krumm gebeugt stehen, bis die Qual nachgelassen hatte. Dann schüttelte er die Beine aus.

»Wir beide werden langsam zu alt für solch einen langen Ritt, Brunhilde«, flüsterte er, während er den Sattelgurt seines Pferdes lockerte. Hauser band den Zügel an einem Busch fest und ging über den Burghof. Neugierig besah er sich die Reste der Burgmauer und des Turms. Anschließend ging er in das Gebäude am anderen Ende des Hofes. Er stieg die Steintreppe hinauf und öffnete mit Schwung das große Holzportal. *Das muss der Speisesaal sein, von dem Anna Maria erzählt hat. Doch hier hat schon lange niemand mehr gegessen,* dachte er und ging zu dem fast mannshohen Kamin, der mit von Ruß geschwärzten Eichenbalken eingefasst war. Er berührte die Kaminsteine. »Kalt«, murmelte er.

Jacob Hauser blickte sich um und legte seine Hände wie einen Trichter vor den Mund. Mit tiefer Stimme rief er: »Ist hier jemand?« Doch außer den Krähen, die er mit seinem Ruf aufscheuchte und die laut schreiend fortflogen, antwortete niemand.

Obwohl er keine Hoffnung hatte, auf der Burg Menschen anzutreffen, durchsuchte er jeden Raum. Überall bot sich ihm das gleiche Bild – nichts deutete darauf hin, dass hier Menschen wohnten.

»Es wäre zu einfach gewesen, wenn Veits Bruder hier leben würde«, dachte er mutlos und ging zurück zu seiner Stute. Er zurrte den Sattelgurt fest und setzte auf. »Komm, Brunhilde, wir reiten nach Landstuhl und genehmigen uns etwas zu essen, bevor es wieder zurück nach Mehlbach geht.«

Nachdem Hauser sein Pferd im Stall beim Wirtshaus abgegeben hatte und es versorgt wusste, ging er in die Schankstube. Er bestellte sich einen Krug warmes Bier und gönnte sich Schweinebraten mit Wurzelgemüse. Zwar hatte er in Mehlbach Brot und Käse eingepackt, aber bei dieser Kälte brauchte er etwas Warmes im Bauch.

Hauser blickte sich um und stellte fest, dass er der einzige Gast war. Als der Wirt ihm das Essen brachte, bemerkte er: »Nicht viel los bei diesem Wetter.«

Der Wirt rieb mit einem Tuch über den Tisch und sagte: »Das kannst du laut sagen.«

»Setz dich zu mir, denn allein schmeckt es mir nicht. Ich gebe dir auch ein Bier aus«, versprach Hauser und grinste.

»Das lasse ich mir nicht zweimal sagen«, antwortete der Wirt und schenkte sich ein. Dann nahm er an Hausers Tisch Platz.

»Schmeckt dir, was meine Frau gekocht hat?«, fragte der Wirt freundlich.

Hauser nickte. »Das Richtige bei diesem Sauwetter«, schmatzte er und prostete dem Wirt zu.

»Was hat dich nach Landstuhl getrieben?«, fragte der Gastwirt neugierig.

Hauser kaute und schluckte und sagte dann: »Ich habe gehört, dass auf eurer Burg Johann mit seinen Mannen leben soll.«

Der Wirt zog misstrauisch eine Augenbraue hoch. »Woher willst du das wissen?«, fragte er und musterte den Gast. »Du bist nicht aus dieser Gegend. Das kann ich an deiner Sprache hören.«

»Ich bin im Schwarzwald geboren und wohne zurzeit bei der Familie Hofmeister in Mehlbach. Dort lebt auch Johanns Bruder.«

»Du meinst Veit?«

Hauser nickte. »Ja, den meine ich.«

»Merkwürdig«, überlegte der Wirt. Als er Hausers fragenden Blick sah, erklärte er: »Ich weiß nicht, was ich von Veit halten soll. Vor Jahren verschwand er plötzlich, und es hieß, er wäre tot. Unverhofft tauchte er nach einigen Jahren wohlbehalten wieder auf, und man munkelte, er wäre mit verschiedenen Söldnerheeren in der Fremde gewesen. Veit lebte einige Monate oben auf Nanstein mit Johann, den Männern und deren Familien, bis er eines Tages erneut verschwand. Niemand wusste, wohin er gegangen war, und es hieß, dass Johann ihn suchen würde. Doch dann kam das Gerücht auf, dass er im Bauernkrieg kämpfen würde. Jetzt erzählst du, dass er hier in der Nähe lebt. Ich kann das nicht glauben. Was macht Veit in Mehlbach? In einem Dorf, wo nichts ist, was einen Söldner locken könnte?«

Hauser schmunzelte. »Da irrst du dich! Die Liebe hat Veit nach Mehlbach geführt. Und nun will er sesshaft und Bauer werden.«

Der Wirt blickte Hauser überrascht an. Dann konnte er sich nicht mehr halten und lachte, bis ihm die Tränen kamen. »Wenn ich das seinem Bruder Johann erzähle! Ein Landsknecht will Bauer werden!«, gluckste er und schlug sich mit der Hand auf den dicken Oberschenkel.

Hauser wurde hellhörig. »Weißt du, wo Johann sich aufhält?«

Sofort verstummte der Wirt. Er blickte Hauser argwöhnisch an und schüttelte langsam den Kopf. Nur zögerlich erklärte er: »Johann ist im letzten Frühjahr von hier fortgegangen und wollte sich einem Tross anschließen.«

»Du weißt nicht zufällig, welchem Heer er dienen wollte?«

Wieder schüttelte der Wirt den Kopf. »Johann hatte nicht geplant fortzugehen. Im Gegenteil! Er war versessen darauf, die Burg als Wohnsitz zu behalten, doch es gab Streit mit dem Bruder des kurfürstlichen Verwalters in Landstuhl. Eckbert von Hauen hat die Burg für sich beansprucht – warum auch immer. Johann musste seinen Traum begraben und Nanstein verlassen. Dabei hatte er mir einige Tage zuvor erzählt, dass er um die Festung kämpfen wolle. Ich habe das nicht verstanden und ihn gefragt: ›Warum willst du dein Leben und das deiner Männer für einen zusammengeschossenen Steinhaufen in Gefahr bringen?‹ Johann hat mich daraufhin mit einem Blick angesehen, der mir durch Mark und Bein ging, und geantwortet: *Allein Gott die Ehr – lieb den gemeinen Nutz –, beschirm die Gerechtigkeit!*«

Als Hauser fragend aufblickte, erklärte der Wirt: »Das soll Franz von Sickingen Johann zugeflüstert haben, als er im Sterben lag, und das war oben auf der Burg gewesen.«

»Warum ist Johann trotzdem fortgegangen?«

Der Wirt zuckte mit den Schultern. »Aus verschiedenen Gründen. Sicherlich scheute er letztendlich den Kampf mit Eckbert, denn der wäre ihm weit überlegen gewesen. Außerdem soll Johanns Frau Gerhild dagegen gewesen sein.«

»Johann hat sich von einer Frau bevormunden lassen?«

Der Wirt lachte leise auf. »Wie du siehst, sind Veit und Johann den Frauen verfallen.«

Hauser schmunzelte und wurde wieder ernst. »Die Burg sieht nicht aus, als ob sie bewohnt wäre«, meinte er mit spöttischem Unterton. »Dieser von Hauen hat sie anscheinend doch nicht gewollt.«

»Eckbert hat sich mit seinem Bruder überworfen, da der ihm kein Geld für die Arbeiten an der Burg geben wollte. Seitdem ist sie unbewohnt und wird es sicher auch bleiben.«

Hauser nahm den letzten Schluck aus seinem Krug, legte einige Münzen auf den Tisch und stand auf. »Ich muss zurück nach Mehlbach. Bei diesem Wetter kann ich froh sein, wenn ich am Abend ankomme.« Er verabschiedete sich und hatte bereits den Türgriff in der Hand, als der Wirt fragte:

»Warum willst du Johann sprechen?«

»Veit steckt in Schwierigkeiten und benötigt Johanns Hilfe«, anwortete Hauser. »Dringend!«, fügte er hinzu, und bevor der Wirt nachfragen konnte, verließ er das Wirtshaus.

Karl Nehmenich klebte wie eine Klette an Ullein, da er hoffte, dass der Sohn des Försters sich erkenntlich zeigen und ihm eine feste Anstellung geben würde. Er wollte raus aus der Armut, und dafür war ihm jedes Mittel recht. Dem Bauern war kein Botengang zu mühsam, und selbst Ulleins Erniedrigungen ließ er klaglos über sich ergehen.

Jetzt stand Nehmenich im Kerker und schaute angewidert auf Veit herab, der auf seinem Strohsack saß.

»Morgen schon wirst du ins Gefängnis nach Kaiserslautern überstellt«, lachte er schadenfroh. »Von dort gibt es kein Entrinnen.«

»Du elende Missgeburt«, schimpfte Veit mit schwacher Stimme. »Was habe ich dir getan, dass du mir das antust?«

»Man muss die Menschen vor dir schützen. Meine Kinder haben gesehen, wie du mit den Wölfen gesprochen und dich in einen verwandelt hast«, traute sich der Bauer zu sagen, da er sich hinter den Eisenstäben sicher fühlte.

»Du weißt, dass ich kein Werwolf bin. Nicht ein einziges Mal habe ich mich in einen Werwolf verwandelt«, widersprach Veit mit lauter Stimme.

»Du kannst dich nicht mehr verwandeln, denn wir haben dir den Wolfspelz weggenommen. Außerdem sind deine Wölfe nicht hier, die du dafür benötigst.«

»Aus dir spricht pure Dummheit!«, schrie Veit.

»Willst du behaupten, dass meine Kinder lügen?«, schrie Nehmenich zurück, sodass die Stimmen im Kerker nachhallten.

»Kinder sprechen oft dummes Zeug«, erwiderte Veit. »Ich habe euch vor den Wölfen beschützt und das Rudel von hier fortgeführt.«

»Pah! Du hast heidnische Zaubersprüche gesprochen, sodass Susanna und Johannes starr vor Angst waren.«

»Deine Kinder sind mir egal. Aber ich habe ihnen nichts Böses getan«, widersprach Veit erneut, doch Nehmenich winkte ab.

»Das kannst du dem Richter in Kaiserlautern erzählen und auch dem Schwager des Fürsten. Beide werden bei der Befragung anwesend sein. Und schon bald wirst du brennen.«

»Verdammter Hurensohn«, schrie Veit auf. »Wenn ich dich erwische, werde ich dich mit meinem Schwert in Stücke hauen!«

Nehmenich grinste gehässig. »Abgesehen davon, dass du hier nicht herauskommst, besitzt du schon bald kein Schwert mehr.«

Veit horchte auf. »Was soll das heißen?«

Der Bauer öffnete seine Lippen, um zu antworten, als die obere Tür zugeschlagen wurde und jemand die Stufen herabstieg.

»Was machst du hier?«, fragte Ullein den Bauern unwirsch. »Wo ist der Kerkermeister?«

Nehmenich schaute demütig nach unten und erklärte: »Er musste zum Abort. Damit der Gefangene nicht flieht, passe ich auf ihn auf.«

»Was redest du für einen Schwachsinn, Bauer? Wie sollte er aus diesem Kerker fliehen können? Mach, dass du verschwindest und deinen Auftrag erfüllst. Meine Geduld ist bald zu Ende«, zischte Ullein und stieß Nehmenich in Richtung Treppe, woraufhin der Bauer den Kerker verließ.

Kaum fiel die Tür ins Schloss, trat Ullein auf die Zelle zu und presste seinen Kopf zwischen die Gitterstäbe. Angewidert rümpfte er die Nase. »In einem Schweinstall riecht es angenehmer als hier drinnen.«

»Vielleicht verströmst du diesen Gestank«, gab Veit zurück.

»Dir wird dein freches Maul noch vergehen«, sagte Ullein und trat einige Schritte zurück.

»Was willst du?«, fragte Veit müde.

»Morgen bringen wir dich in den Kerker nach Kaiserslautern«, höhnte Ullein.

»Das weiß ich bereits von deinem Speichellecker«, lachte Veit leise. »Warum setzt du dem Ganzen kein Ende und bringst mich hier an Ort und Stelle um? Darum geht es dir doch. Warum dieser Aufwand?«

»Bist du von Sinnen?«, fragte Ullein und spielte den Entsetzten. »Ich will kein Blut an meinen Händen kleben haben. Schließlich muss ich auf meinen kranken Vater Rücksicht nehmen.«

»Der Alte stirbt sowieso«, murmelte Veit und streckte sich ermattet auf dem stinkenden Strohsack aus.

»Rede nicht so von meinem Vater«, schrie Ullein außer sich.

»Ich kenne deinen Vater nicht, und deshalb ist es mir einerlei, ob er lebt oder stirbt«, flüsterte Veit und schloss die Augen.

Als Ullein das sah, presste er zwischen seinen Zähnen heraus: »Ich verachte dich ebenso, wie ich diese Hofmeister-Sippe ablehne. Sie wildern seit ewigen Zeiten in den Wäldern, für die wir verantwortlich sind, und stehlen uns das Wild. Jedes Jahr musste mein Vater hohe Strafen an den Grundherrn zahlen, da er ihrer nie habhaft wurde.«

»Glaubst du wirklich, dass nur die Hofmeister-Familie wildert? Ich kenne keinen Bauern, der sich nicht des Nächtens einen Rehbock schießt, um nicht verhungern zu müssen.«

»Aber wir werden dafür zur Verantwortung gezogen. Wir müssen büßen und Strafe an den Grundherrn zahlen. Jedes Stück Wild, das ihm verloren ging, hat er uns berechnet«, erklärte Ullein.

»Wie will er davon gewusst haben?«, fragte Veit ungläubig.

»Glaube mir: Er wusste es.«

»Aber was hat das mit mir zu tun?«

»Nichts«, gab Ullein ehrlich zu. »Aber du bist Anna Marias Mann, und sie ist eine Hofmeisterin. Außerdem bist du der Bruder des großen Johann von Razdorf.« Als Ullein den Namen aussprach, konnte Veit dessen Verachtung heraushören.

»Ich dachte, dass ich mich in meinem Fieberwahn verhört

hätte, doch ich habe richtig verstanden. Du kennst meinen Bruder Johann?«, fragte Veit laut.

Ullein nickte.

»Du bist das Verbindungsglied zwischen beiden. Dank dir wird nicht nur die Hofmeister-Sippe leiden, sondern ich werde auch deinem Bruder gegenüber Genugtuung verspüren und das bekommen, was mir zusteht.«

»Erklär mir das!«

Anscheinend hatte Ullein darauf gewartet, seine Geschichte erzählen zu können, denn Veit musste ihn kein zweites Mal bitten.

»Johann hat sich zwischen mich und Franz von Sickingen gedrängt und verhindert, dass ich einen Platz neben dem Edelmann erhalte. Das Schwert hätte mir zugestanden, denn ich habe von Sickingen verehrt. Dein Bruder hingegen hat ihn nur ausgenutzt, und der Ritter war blind für die Falschheit deines Bruders. Als Franz im Sterben lag, hat er Johann sein Schwert vermacht. Ich habe treu neben ihm gestanden, doch mich hat er nicht einmal beachtet«, zischte Ullein, sodass Speichel aus seinem Mund flog.

Veit konnte Ullein nicht folgen und fragte: »Von welchem Schwert redest du? Was habe ich mit Franz von Sickingens Schwert zu tun?«

»Johann hat dir das Schwert überlassen. So, als ob es nichts wert wäre. Ich hätte ein Geschenk von meinem Herrn in Ehren gehalten und es nicht achtlos weggegeben.«

Langsam dämmerte es Veit. Er konnte sich an den Blick erinnern, mit dem Ullein bei der vermeintlichen Wolfsjagd vor einigen Wochen in Mehlbach das Schwert gemustert hatte.

»Du bist des Wahnsinns«, flüsterte er. »Johann hat mir das Schwert nicht geschenkt. Ich habe es meinem Bruder gestohlen.«

»Halts Maul! Man sollte euch beide wie räudige Hunde erschlagen.«

Veit setzte sich auf und ging auf schwachen Beinen zu den Gitterstäben. Ullein wich vor Schreck zurück und prallte gegen den Tisch. Veit konnte das blanke Entsetzen in seinem Blick erkennen.

»Johann wird alles erfahren und mich rächen!«, krächzte Veit und schlurfte zu seinem Lager zurück. Dort legte er sich nieder und streckte Ullein den Rücken zu. Als die Tür ins Schloss fiel, wusste Veit, dass seine Worte gewirkt hatten.

※

Es war späte Nacht, als Hauser Mehlbach erreichte. *Niemand mehr wach,* dachte er, da das Gehöft dunkel war. Er führte sein Pferd in den Stall, wo er es absattelte und mit Stroh trockenrieb. Erschöpft von dem langen Ritt und der Kälte, streute er Stroh aus, als er unvermutet Schritte auf dem Boden über sich hörte. »Anscheinend kann einer der Knechte nicht schlafen«, murmelte er und gab seiner Stute reichlich Heu und frisches Wasser. »Jetzt kannst du dich ausruhen, Brunhilde«, flüsterte er und streichelte ihr über den Rücken, als es über ihm schepperte.

Da scheint jemand zu viel getrunken zu haben, dachte Hauser und erstarrte im nächsten Augenblick. »Das ist Veits Kammer«, flüsterte er. *Die beiden Knechte, die mit ihm dort wohnen, sind seit Tagen auf der Rauscher-Mühle und sollen erst am Freitag zurückkommen. Wer zur Hölle trampelt da oben herum?,* dachte er und zog sein kleines Messer aus dem Schaft am Gürtel.

Langsam schlich er die Stiege hinauf, doch alles blieb ruhig.

»Ich habe mich wohl geirrt«, murmelte er und wollte bereits zurückgehen, als es erneut krachte. Kurz darauf fluchte jemand, und eine andere Stimme wisperte.

Verdammt! Das müssen Einbrecher sein, überlegte Hauser und ging rückwärts die Stiege nach unten. Er öffnete leise das Stalltor, schlüpfte hindurch und rannte, so schnell er konnte, über den Hof ins Haus und geradewegs die Treppe hinauf. Vor

Peters Tür blieb er schwer atmend stehen und klopfte dagegen. »Peter«, rief Hauser verhalten. »Peter, wach auf!«

Wenige Augenblicke später öffnete Peter und blinzelte Hauser verschlafen an. »Was ist?«, nuschelte er, als sich gegenüber ebenfalls die Tür öffnete und Jakob herausschaute. »Du bist schon zurück?«, fragte Jakob erstaunt.

»In Veits Stube sind Einbrecher«, flüsterte Hauser ohne Umschweife.

Sofort waren die beiden Brüder hellwach und verschwanden in ihren Kammern. Hauser konnte hören, wie sie leise ihre Frauen beruhigten. Kurz darauf standen die Brüder angezogen vor ihm, Jakob mit einem Knüppel in der Hand.

»Sollen wir die Knechte wecken?«, flüsterte Peter, doch Hauser schüttelte den Kopf.

»Dafür ist keine Zeit«, sagte er und stieg die Treppe hinunter. Jakob und Peter zogen sich rasch ihre Stiefel über und liefen Hauser hinterher, der am Stall auf sie wartete.

Als die beiden Männer bei ihm waren, schickte er sich an, das Tor zu öffnen, schreckte aber sogleich zurück. Als Jakob etwas sagen wollte, legte Hauser seinen Zeigefinger auf den Mund, um ihm zu bedeuten, dass er schweigen sollte. Dann gab er ihm ein Zeichen, sich dicht an die Hauswand zu pressen.

Kaum waren Peter und Jakob seiner Aufforderung gefolgt, öffnete sich die Stalltür, und ein Mann erschien, der sich vorsichtig nach allen Seiten umblickte. Als er Peter entdeckte und weglaufen wollte, schlug Jakob ihm mit dem Knüppel gegen den Schädel, sodass der Einbrecher wie ein nasser Sack in den Schnee fiel. In diesem Augenblick öffnete sich die Tür erneut, und eine weitere Person trat aus dem Stall heraus. Als sie den Bewusstlosen sah, beugte sie sich über ihn, sodass Jakobs Schlag sie verfehlte.

»Vater!«, flüsterte die Gestalt beunruhigt und schrie auf, als sie die drei Männer neben sich erblickte.

»Susanna!«, rief Peter. Auch Hauser und Jakob reagierten überrascht, als sie die junge Frau erkannten.

Jakob drehte den Bewusstlosen um, der gerade wieder zu sich kam. »Nehmenich! Das hätten wir uns denken können«, zischte er wütend. »Was habt ihr beide auf unserem Hof und in Veits Kammer zu suchen?«, fragte er Susanna, die leise weinte. Erst jetzt erblickten die Männer den Gegenstand, den die junge Frau mühsam in Händen trug.

»Du bist uns eine Erklärung schuldig«, sagte Peter streng, als er Veits Schwert erkannte.

»Du hast mich geschlagen«, beschuldigte Nehmenich, der noch immer am Boden lag, Jakob, doch Hauser riss ihn ungerührt am Kragen hoch und führte ihn ins Haus.

Peter nahm Susanna das Schwert ab und geleitete sie wie eine Gefangene mit Jakob in die Küche, wo Annabelle und Sarah warteten und ihren Männern ängstlich entgegenblickten. Als Annabelle Nehmenich und Susanna erkannte, stellte sie sich sogleich an Peters Seite.

»Geht es dir gut?«, fragte sie und schielte dabei zu Susanna, die in Tränen aufgelöst war.

Peter nickte. »Geh wieder ins Bett«, sagte er und blickte kurz zu Jakob, der Sarah ebenfalls bat, sich wieder hinzulegen. Beiden Frauen war das nicht recht, trotzdem fügten sie sich.

Kaum hatten sie die Küche verlassen, stieß Hauser Nehmenich, der sich jammernd den Kopf hielt, auf die Bank, während Peter Susanna einen Stuhl hinschob.

Hauser nahm Veits Schwert auf, das Peter auf dem Tisch abgelegt hatte, und stellte sich breitbeinig vor die Tür. Dabei bohrte sich die Schwertspitze in den festgestampften Lehmboden der Küche.

»Nun sprecht!«, forderte Jakob die beiden ungebetenen Gäste auf.

Während Susanna schluchzte, schaute Nehmenich wütend

um sich. »Ich brauche etwas zu trinken. Mir brummt der Schädel von deinem Schlag«, schimpfte er mit Jakob.

»Du kannst von mir ...«, zischte Hauser, doch Peter unterbrach ihn.

»Ich werde uns allen einen Selbstgebrannten einschenken.« Er ging hinaus und kam mit einer Tonflasche und kleinen Schnapsbechern zurück.

»Vaters Schnaps ist zu kostbar für diesen Nichtsnutz«, raunzte Jakob und sah mürrisch zu, wie sein Bruder einschenkte.

Kaum hatte Nehmenich den Selbstgebrannten hinuntergekippt, hielt er Peter das Becherchen erneut zum Füllen hin.

Jakob riss ihm mit zornigem Gesicht das kleine Gefäß aus der Hand und brüllte: »Erzähl! Oder es wird der letzte Schnaps deines Lebens gewesen sein.«

Karl Nehmenich ließ sich nicht einschüchtern, sondern grinste die Männer hämisch an. Susanna, die nur an dem Becher nippte und angewidert das Gesicht verzog, reichte dem Vater ihr Getränk und flüsterte: »Vater, erzähl ihnen, was sie wissen möchten.«

Peter nickte der jungen Frau zu, woraufhin sie leicht errötete.

Nachdem der Bauer auch diesen Becher geleert hatte, leckte er sich über die Lippen und meinte: »Von mir werdet ihr nichts erfahren!«

Kaum waren die Worte ausgesprochen, schnellte Hauser vor und versetzte ihm mit der Faust einen Schlag gegen die Nase, dass Nehmenich laut aufheulte. »Du hast mir die Nase gebrochen«, schrie er, als er Blut schmeckte.

Susanna sprang hoch, doch Jakob drückte sie auf ihren Stuhl zurück.

»Ich verblute«, schrie Nehmenich, dessen Blut auf den Tisch tropfte. Doch niemand kümmerte sich darum. Susanna blickte ihren Vater bittend an. »Vater! Nun sprich doch!«

Die Männer wussten, dass Nehmenich nicht auf seine Tochter hören, sondern nur eine Sprache verstehen würde. Deshalb erklärte Hauser mit finsterem Blick: »Erzähl, oder ich breche dir den Arm. Im Laufe meines Söldnerlebens haben ich so manchen Schlag gelernt, der selbst den Schweigsamsten zum Sprechen brachte.«

Die Drohung zeigte Wirkung. Nehmenich tupfte sich mit seinem Ärmel das Blut fort und sagte: »Was wollt ihr Bastarde wissen?«

»Pass auf, was du sagst«, sprach Hauser und schwang das Schwert von rechts nach links, sodass die Luft zischte.

Nehmenichs Augen weiteten sich, und er nickte: »Ich werde alles sagen.«

»Warum hast du Veits Schwert gestohlen?«

»Ullein hat mich dazu gezwungen«, jammerte der Bauer. »Er will es seinem Vater zeigen.«

»Du erzählst Unsinn«, sagte Hauser und kam näher.

»Ich schwöre bei Gott, dass ich nicht lüge«, erklärte Nehmenich und nickte eifrig mit dem Kopf, wobei er sein Gesicht vor Schmerzen verzog.

»Warum soll der alte Förster Stefan Verlangen nach einem gestohlenen Schwert haben?«, fragte Jakob verständnislos.

Nehmenich lachte hämisch auf: »Der Alte verachtet seinen Sohn Ullein, der zwar in bekannten Heeren gedient hat, doch nie ein bedeutender Soldat geworden ist. Deshalb hat sein Vater nichts als Hohn für den Sohn übrig. Dieses Schwert jedoch ist eine besondere Waffe, denn es hat einst dem Ritter Franz gehört. Den anderen Namen habe ich vergessen.«

Grüblerisch sahen sich Peter und Jakob an, als Hauser fragte: »Franz von Sickingen?«

»So hieß er«, stimmte Nehmenich zu, dessen Gesicht allmählich anzuschwellen begann.

»Was ist daran besonders?«, murmelte Hauser und betrachtete sich das Schwert genauer. Es war ein auffallendes Zweihandschwert, das schwer in der Hand lag. Hauser konnte nicht leugnen, dass es kunstvoll gefertigt war. Er betrachtete den Knauf und stutzte. »Hier steht etwas eingeprägt«, sagte er und versuchte die Schrift zu entziffern. »Es ist so klein geschrieben, dass meine Augen es kaum sehen können«, schimpfte er leise.

»Zeig her«, sagte Peter und las laut vor.

»*Allein Gott die Ehr – lieb den gemeinen Nutz – beschirm die Gerechtigkeit! F.v.S.*«

»Ich habe diesen Spruch erst heute gehört«, sagte Hauser ungläubig und erzählte von dem Wirt.

»Ullein will seinem Vater weismachen, dass er das Schwert aus der Ritterhand erhalten hat«, nuschelte Nehmenich, dessen Nase mittlerweile dick und blau wie eine Rotrübe war.

»Das ergibt einen Sinn«, überlegte Peter leise und fragte Nehmenich, der laut durch den Mund ein- und ausatmete: »Woher weißt du das? Ich denke nicht, dass Ullein dir das anvertraut hat.«

»Ullein trinkt gern einen über den Durst. Da ihm sonst keiner Gesellschaft leistet, habe ich mich dazu bereit erklärt«, sagte er und versuchte zu grinsen, was ihm jedoch misslang. »Dabei erzählte er mir von dem Schwert, das ich für ihn stehlen soll.«

Peter blickte Susanna an, die sich beruhigt hatte, und fragte sanft: »Warum hast du ihm dabei geholfen?«

Sie schaute zu ihm auf, und ihre Gesichtszüge wurden hart. »Du hast mich gedemütigt, und dafür wollte ich mich rächen«, erklärte sie kalt.

»Aber warum hast du Veit büßen lassen und das Märchen mit den Wölfen erzählt?«, fragte Peter weiter.

»Weil es die Wahrheit ist! Ich habe gesehen, wie Anna Marias Mann mit den Wölfen gesprochen und sie gerufen hat.«

Peter wusste darauf nichts zu erwidern und blickte mutlos zu seinem Bruder Jakob, der in Gedanken versunken dasaß.

»Was sollen wir mit ihnen machen?«, fragte Hauser. »Soll ich ihnen als Strafe die Hand abhacken? Schließlich haben wir beide beim Diebstahl erwischt.«

Susanna schrie auf und verschränkte ihre Hände auf dem Rücken, während ihr Vater nuschelte: »Dazu habt ihr kein Recht. Wir sind weder angeklagt noch verurteilt.«

Hauser kam einen Schritt näher und flüsterte: »Ich mache meine eigenen Gesetze.«

»Wir gehen zu Ullein und sagen ihm, dass wir alles wissen und er Veit freilassen muss«, schlug Jakob vor, dessen Blick Hauser abstrafte.

Doch Hausers Drohung zeigte bei Nehmenich Wirkung, denn der säuselte undeutlich: »Er wird nicht auf euch hören, denn der Richter verlangt, dass Veit in einigen Tagen nach Kaiserslautern überführt wird. Wenn er das nicht macht, geht es Ullein selbst an den Kragen.«

»Warum?«, wollte Jakob wissen.

»Als er dem Richter in Kaiserslautern von Veits Tierverwandlungen erzählte, war auch der Schwager des Fürsten anwesend, und der will Veit brennen sehen.« Trotz der Schmerzen und seiner Angst konnte Nehmenich sich ein Grinsen nicht verkneifen.

»Ich bringe diese Missgeburt um«, zischte Hauser und ließ das Schwert erneut durch die Luft sausen, sodass der Bauer in Deckung ging.

Jakob wies Hauser an, ruhig zu bleiben, und sagte, an Susanna gewandt: »Nimm deinen Vater mit nach Hause und sorge dafür, dass er sein Maul hält. Außerdem will ich euch beide nie wieder in der Nähe des Hofes oder unserer Familien sehen.« Als er zu dem Bauern sprach, wurde sein Blick finster: »Sollten wir hören, dass du dich weiterhin in Ulleins Nähe aufhältst, kann Hauser mit dir machen, was er will. Niemand wird ihn davon abhalten«, versprach Jakob.

»Aber Ullein wird nach mir rufen lassen«, begehrte Nehmenich auf.

»Das ist dein Problem«, raunzte Jakob. »Verschwindet jetzt!«

Die drei Männer folgten den beiden bis zum Hoftor, als Jakob Susanna am Arm festhielt und drohte: »Solltest du dich bei Ullein blicken lassen, wird Hauser dich aufsuchen, und wir werden ihn nicht davon abhalten, auch dich zu bestrafen.«

Susanna riss sich von ihm los. »Drohe mir nicht«, sagte sie mutig, als sie einige Schritte entfernt war.

Hauser ließ als Warnung das Schwert wieder durch die Luft sausen und lachte laut, als er die erschrockenen Gesichter von Vater und Tochter sah. »Werden die beiden auf dich hören?«, fragte er Jakob.

»Nein!«, antwortete der nüchtern.

»Dann werde ich ihnen schon bald einen Besuch abstatten müssen«, sagte Hauser ernst.

Die drei Männer warteten, bis Nehmenich und seine Tochter in der Dunkelheit verschwunden waren. Erst dann gingen sie zurück ins Haus.

»Was sollen wir jetzt machen, Vater?«, jammerte Susanna, als sie aus dem Sichtfeld der Männer waren.

»Halts Maul, du dummes Weibstück! Ich werde morgen zu Ullein gehen und ihm davon berichten, dann soll er die Hofmeister-Brut einsperren lassen«, nuschelte er und spuckte Blut in den Schnee.

»Hast du keine Angst, dass sie uns umbringen?«

»Dumme Gans«, schimpfte er. »Sie werden sich nicht trauen, uns zu schaden.«

Nehmenich konnte vor Schmerzen kein Auge zumachen und stand vor dem Morgengrauen auf. Als seine Frau erwachte und wissen wollte, wohin er ging, schnauzte er: »Das geht dich nichts an!«, und verließ das Haus.

Die eisige Luft ließ seine Lungen und die gebrochene Nase brennen, doch zum Glück war der Weg bis zum Haus des Quacksalbers nicht weit. Nehmenich hämmerte gegen die Holztür, bis Fleischhauer öffnete.

»Wer ist da?«, fragte er und stieß einen leisen Pfiff aus, als er das blau geschwollene Gesicht des Bauern vor sich sah. »Komm herein«, forderte er ihn auf und trat einen Schritt zur Seite.

Adam Fleischhauer war am Küchentisch eingeschlafen, nachdem er wie jeden Abend sein Selbstmitleid ertränkt hatte. Sein Genick schmerzte von der unbehaglichen Schlafstellung, und sein Schädel brummte von dem billigen Gebräu.

»Was willst du?«, fragte der Arzt den frühen Gast.

Ohne zu fragen, goss sich Nehmenich einen Becher mit dem restlichen Schnaps voll und zischte: »Sieht man das nicht?«

»Bist wohl in eine Schlägerei geraten«, stellte Fleischhauer ungerührt fest und besah sich die gebrochene Nase. »Sie wird schief werden«, erklärte er.

»Du sollst sie richten«, forderte der Bauer.

»Dafür ist es zu spät«, sagte Fleischhauer und hielt ihm einen kleinen Spiegel vor.

Erst jetzt sah Nehmenich sein übel zugerichtetes Gesicht und fluchte: »Diese verdammten Hofmeisters!«

Fleischhauers Neugierde war geweckt, was er dem Bauern jedoch nicht zeigte. Er ging gleichgültig zu dem Regal mit den Tinkturen. »Ich rühre dir eine Salbe aus Arnika an, die löst den Bluterguss auf. Morgens, mittags und abends schmierst du dir damit das Gesicht ein. Besonders die Nasenflügel.« Er stellte verschiedene Töpfchen auf den Tisch und fragte Nehmenich: »Wie willst du mich bezahlen?«

»Setz es Ullein auf die Rechnung«, grunzte der Bauer und kippte den nächsten Schnaps hinunter.

Während der Arzt die Arzneien vermengte, fragte er: »Warum haben die Hofmeisters dir die Nase gebrochen?«

»Was geht dich das an?«, schimpfte der Bauer und starrte vor sich hin. Dann lachte er hämisch auf und frohlockte: »Sie hätten mich totschlagen können, und ich hätte ihnen nicht verraten, dass Veit bereits heute nach Kaiserslautern gebracht wird.«

»Er sollte erst in ein paar Tagen dorthin gebracht werden«, sagte Fleischhauer erstaunt.

»Der Grundherr hat vom Richter verlangt, dass er ihn heute bringt, weil der Schwager des Fürsten das Verhör übernehmen will.«

Fleischhauer zeigte auf die Salbe und erklärte: »Wenn du sie sofort auf die Nase aufträgst, schmerzt der kalte Wind nicht.«

»Gib her«, raunzte der Bauer und riss den Tiegel an sich. Mit den Fingerkuppen entnahm er reichlich Salbe und rieb sie sich grob über die Nase. Im selben Augenblick jaulte er auf: »Verdammt! Das schmerzt.«

Fleischhauer hatte damit gerechnet und schlug vor: »Ich habe ein Mittel, das dir sofort den Schmerz nehmen wird.«

»Frag nicht und gib es mir!«, jaulte Nehmenich, dem die Tränen die Wangen herunterliefen. »Ich flenne wie ein Weibsbild«, klagte er laut.

Fleischhauer nahm Anna Marias Glasfläschchen und zählte mehrere Tropfen in einen Becher, die er mit Schnaps verrührte. Nehmenich schluckte das Gebräu und verzog angewidert das Gesicht, sodass die Nase erneut schmerzte.

»Was ist das für ein Teufelszeug?«, nuschelte er.

»Du wirst sehen, es hilft rasch«, erklärte Fleischhauer.

Schon bald wirkte das Mittel, und Nehmenich entspannte sich.

»Das wirkt Wunder«, lallte er und grinste. Dann sank sein Kopf auf die Tischplatte.

»Geschafft«, murmelte Fleischhauer und atmete erleichtert aus. Er zog sich seinen Umhang an und schaute ein letztes Mal auf Nehmenich. Als er die Tür hinter sich zuzog, konnte er sich ein Lachen nicht verkneifen.

Auf seinem Weg nach Mehlbach kam Fleischhauer an dem Haus vorbei, in dessen Keller sich das Verlies befand. Als er die Kutsche mit dem Käfig davor stehen sah, schwante ihm Böses. Kaum hatte er sich hinter einem Fuhrwerk versteckt, kam Ullein aus dem Rathaus, gefolgt vom Kerkermeister, der Veit in Ketten hinter sich herzog.

Fleischhauer war über Veits jämmerlichen Anblick entsetzt. Das letzte Mal war der Arzt vier Tage zuvor bei Veit gewesen, doch seitdem ließ man ihn nicht mehr zu dem Gefangenen. Veit war in diesen Tagen noch dünner geworden. Auch schien er sich mit seinem Schicksal abgefunden zu haben, denn er wehrte sich nicht.

Der Kerkermeister stieß Veit brutal in den Käfigwagen und verschloss die Tür mit einem großen Vorhängeschloss. Kaum hatte Ullein auf dem Kutschbock Platz genommen, rumpelte das Gefährt los.

»Verdammt«, fluchte der Arzt leise. »Ich bin zu spät gekommen.«

Kapitel 30

September 1525

Nachdem Joß Fritz und sein Gefährte Kilian in der Stadt Mömpelgard angekommen waren, hatten sie sofort bei der Residenz des Herzogs vorgesprochen. Dort erfuhren sie, dass Ulrich von Württemberg sich auf Reisen befand. Auf ihre Frage, wann mit der Ankunft des Herzogs zu rechnen sei, erhielten sie keine Antwort.

Das war mehrere Wochen her, und auch bei einem erneuten Versuch bekamen die beiden Männer weder die Auskunft, wo Ulrich sich aufhielt, noch, wann er zurückerwartet wurde.

»Herzog Ulrich von Württemberg belieben weder seine Abreise noch seine Ankunft mitzuteilen« war das Einzige, was der Diener ihnen sagte.

Kilian jubelte innerlich, denn er hoffte, dass Joß von seinem Vorhaben ablassen und sie zurückreiten würden. Aber weit gefehlt! Joß hatte sich in seinen Plan verrannt, mit Ulrich gemeinsame Sache zu machen. Er war bereit, so lange in Mömpelgard auszuharren, bis der Herzog zurückkäme.

Den beiden Männern blieb nicht anderes übrig, als ihre Abende in einem der zahlreichen Gasthäuser der Stadt totzuschlagen. Da sie stets in den gleichen Wirtsstuben verkehrten, wurden sie beim Betreten der Schankstube freundlich begrüßt. Nachdem sie ein deftiges Mahl zu sich genommen und einige Bier getrunken hatten, spürte Joß, dass Kilians Laune kippte.

»Meinst du nicht, dass wir wieder zu unseren Männern zurückkehren sollten?«, fragte Kilian gereizt.

Joß antwortete nicht sofort, doch als die schlechte Stimmung seines Gefährten auch ihn ansteckte, antwortete er ebenso mürrisch: »Wenn es dir nicht passt, kannst du gehen.«

»Aha«, brauste Kilian auf, »ich habe meine Schuldigkeit getan und kann nun verschwinden.«

Joß fuhr sich mit beiden Händen durchs Gesicht, wobei sein Silberring im Schein des Kerzenlichts aufblitzte. »So war das nicht gemeint, Kilian. Deine schlechte Laune ist schwer zu ertragen. Wenn du nicht hier sein willst, musst du gehen.«

»Du kennst mich! Ich kann nicht wochenlang stillsitzen und nichts tun«, schimpfte Kilian. »Hast du nachgedacht, dass es einen Sinn haben könnte, warum Ulrich ausgerechnet jetzt nicht in der Stadt ist? Vielleicht will das Schicksal nicht, dass wir uns mit ihm einlassen.«

Joß lachte kurz auf. »Unsinn! Wir sind zum falschen Zeitpunkt gekommen und müssen die Wartezeit in Kauf nehmen.«

Unzufrieden nahm Kilian einen tiefen Zug aus dem Steinkrug und wischte sich mit der Hand den Schaum von den Lippen.

Joß beobachtete ihn und fragte: »Was ist der wirkliche Grund, dass du mein Vorhaben ablehnst?«

Kilian richtete seinen Blick auf Joß und sagte: »Du bist dabei, deine Seele zu verkaufen.«

»Das ist dummes Geschwätz«, erwiderte Joß.

»Ich werde deinem Erinnerungsvermögen auf die Sprünge helfen«, erklärte Kilian mit ernster Miene. »Nachdem wir von der Tragödie bei Frankenhausen erfahren haben, hast du zu unseren Männern gesagt, dass wir ›den Adel ausrotten‹ werden. Jetzt willst du dich mit einem der ihren verbünden. Ulrich ist nicht nur adlig. Jeder weiß, dass er das einfache Volk hasst. Er hat seine eigenen württembergischen Bauern politisch entmachtet und ihre Proteste blutig niedergeschlagen.«

Joß schob seinen leeren Bierkrug zur Seite und blickte seinen Freund nachdenklich an. »Du hast Recht«, stimmte er ihm zu.

Kilian wollte schon innerlich triumphieren, als Joß hinzufügte: »Recht mit dem, was du über Ulrich gesagt hast. Aber Unrecht mit deiner Vermutung über mich.«

Fragend schaute Kilian auf, und Joß erklärte: »Bei allem, was ich plane, sage oder befehle, weiß ich sehr genau, warum ich so handle. Ich gehe keinen Schritt unüberlegt und wage nur das, was ich im Vorfeld abschätzen kann. Das allein ist der Grund, warum ich jahrelang als Bauer unentdeckt in Mehlbach leben konnte und man mich nie gefangen genommen hat. Glaube mir, mein Freund, auch mein Vorhaben mit Ulrich habe ich wohl durchdacht. Es stimmt, dass ich ihn nicht kenne und nicht weiß, wie er sich verhalten wird, wenn ich ihm meinen Vorschlag unterbreiten werde. Es ist nicht ungefährlich, sich mit ihm einzulassen, deshalb kann ich verstehen, wenn du gehen willst.«

Kilian blickte Joß forschend ins Gesicht, dann bestellte er zwei weitere Bier und sagte: »Ich werde bleiben, bis wir mit Ulrich gesprochen haben. Dann werde ich mich entscheiden. Und ich verspreche dir, Joß, ich werde bei meiner Entscheidung keine Rücksicht darauf nehmen, was du willst.«

Anfang Oktober hieß es in den Straßen von Mömpelgard, dass der Herzog zurück sei. Doch als Joß und Kilian erneut in der Residenz vorsprachen, wurden sie wieder enttäuscht. Ulrich war in den frühen Morgenstunden mit einigen Rittern bereits wieder abgereist, da er sich mit dem Statthalter von Württemberg, Wilhelm Truchseß von Waldburg, treffen wollte, wurde ihnen dieses Mal mitgeteilt.

»Wie lange der Herr fort sein wird, kann ich nicht sagen«, erklärte der Wächter am Eingangstor.

Joß schwang sich auf sein Pferd und sagte zu Kilian: »Langsam glaube ich, dass du mit deiner Vermutung über das Schicksal Recht hast.«

Mittlerweile war die zweite Novemberwoche angebrochen, und das Wetter schlug um. Die Herbststürme, die in den letzten Wochen über das Land gefegt waren, brachten außer Regen eisige Kälte mit.

Der Wind schien auch den Herzog von Württemberg nach Hause zu wehen, denn Ulrich kam vorzeitig zurück in die Stadt.

Joß und Kilian ritten sogleich zum Schloss und baten um Einlass. Nachdem sie erklärt hatten, warum sie gekommen waren, führte man sie einen langen Gang entlang. Schon von weitem hörten sie Ulrich toben.

Als die beiden Gefährten in sein Amtszimmer vorgelassen wurden, schrie der Herzog einen Mann an, der ergeben nach unten blickte: »Ich kann nicht so viel essen, wie ich kotzen möchte!« Im gleichen Augenblick warf Ulrich einen Stapel Papiere von seinem Schreibtisch, die durch die Luft flatterten und sich im Raum verteilten. »Geh mir aus den Augen«, zischte er gefährlich leise, woraufhin der Mann durch eine Nebentür verschwand.

Joß und Kilian blieben an der Tür stehen und warteten, bis sie gerufen wurden. Erst nachdem Ulrich weitere Verwünschungen ausgesprochen hatte, schaute er zu den beiden Männern. Der Diener, der neben seinem Stuhl stand, wisperte ihm etwas zu, woraufhin Ulrich leicht die Augen zusammenkniff. Dann winkte er sie zu sich.

Während Joß auf den Herzog zuschritt, musterte er den Mann, der hinter einem wuchtigen Schreibtisch thronte und dessen listige dunkle Augen den beiden Besuchern wachsam entgegenblickten. Der Herzog hatte kurz geschorene Haare, in denen ein grauer Schimmer zu erkennen war. Seine untere Kinnpartie zierte ein modischer Bart, der im oberen Kinnbereich sowie an den Wangenseiten säuberlich ausrasiert war. Über der Oberlippe prangte ein prächtiger Schnauzer, dessen Enden Ulrich mit den Fingerspitzen zwirbelte. Seine schwarze Kleidung war die eines Edelmannes.

»Habe ich deinen Namen richtig verstanden?«, fragte der Herzog von Württemberg ohne Umschweife und schaute zwischen Joß und Kilian hin und her.

»Ihr müsst uns den Namen nennen, damit wir die Frage beantworten können«, erklärte Joß.

»Du hast sie bereits beantwortet. Nur Joß Fritz würde dem Adel gegenüber solch eine Antwort wagen«, antwortete Ulrich mit kaltem Blick.

Kilian und Joß stellten sich auf den ihnen zugewiesenen Platz. Sie wussten, dass sie sich nun vor dem Herzog verbeugen sollten. Ulrich von Württemberg schien darauf zu warten, denn er sah sie stumm an. Joß und Kilian blieben aufrecht stehen und erwiderten seinen Blick.

Der Diener, der stocksteif neben dem Herzog stand, riss empört sein Augen auf und schielte ängstlich zu seinem Regenten.

Nach einer Weile zuckte es um Ulrichs Mundwinkel, und er sagte: »Auch das hat dich verraten, Joß Fritz. Da ich keine Zeit zu verschenken habe, nenne dein Begehr, und dann verzieht euch aus meinem Blickfeld.«

Ohne Umschweife nannte Joß sein Anliegen. »Ich möchte Euch ein Bündnis vorschlagen.« Er wusste, dass dieser eine Satz über alles entscheiden würde. Mehr musste er nicht erklären.

Nichts in Ulrichs Gesicht verriet seine Gedanken.

»Kommt in drei Tagen wieder« war das Einzige, was der Herzog antwortete. Noch bevor sich die beiden Besucher von dem Adligen abwandten, versenkte er seinen Blick in die Papiere, die vor ihm auf dem Schreibtisch lagen.

Kaum hatten sie die Räumlichkeiten verlassen, fragte Kilian: »Was war das?«

»Seine Antwort!«

»Ulrich hat nicht gefragt, worum es geht oder was du beabsichtigst. Warum sollen wir in drei Tagen wiederkommen?«

»Taktik«, sagte Joß.

»Fang du nicht auch noch an, in Rätseln zu sprechen.«

»Ich werde es dir bei einem Krug Bier erklären«, sagte Joß und nahm dem Stallburschen die Zügel aus den Händen.

Die beiden Männer saßen an ihrem Stammplatz im Wirtshaus »Zur Sonne«. Da Joß wusste, dass Kilian auf eine Antwort wartete, erklärte er ohne Umschweife: »Auch wenn du es mir nicht glauben wirst, aber mir wäre ein anderer Bündnispartner lieber. Ich hasse Ulrich, und er hasst mich, und wir beide wissen das voneinander, denn wir beide sind Feldherren – Strategen, die sich in den jeweils anderen hineindenken können.«

Kilian runzelte erstaunt die Stirn. »Man kann nur mit jemandem ein Bündnis eingehen, dem man vertraut«, warf er kritisch ein. »Warum sollte Ulrich diesem Pakt zustimmen?«

»Nenne es einen Zusammenschluss von Verlierern«, witzelte Joß mit ernstem Blick. »Ulrich wurde aus seinem Land verbannt, die Acht wurde über ihn verhängt, er ist beim Volk verhasst. Aber er hat Geld, eine Armee und Waffen. Er hat mehrere erfolglose Versuche unternommen, sein Land zurückzugewinnen. Mit Schweizer Söldnern und den Hegauer Bauern zog er bis vor Stuttgart, von wo man ihn wieder vertrieben hat. Herzog Ulrich von Württemberg sitzt mit dem Rücken ebenso an der Wand wie Joß Fritz, der Bundschuh-Aufständische.«

Sein Freund wollte widersprechen, aber Joß hob abwehrend die Hand. »Ich kenne meinen Stand auf dieser Welt, Kilian, und sehe ihn klar und deutlich. Und das tut Ulrich auch. Ein Pakt mit dem Herzog ist auch meine letzte Möglichkeit, etwas zu erreichen.«

Kilian blickte Joß nachdenklich an und murmelte: »Ich hoffe, dass es kein Pakt mit dem Teufel wird.«

Nachdem Joß Fritz und sein Begleiter den Saal verlassen hatten, schob Ulrich die Papiere zur Seite. Er lehnte sich in seinem thronartigen Stuhl zurück und kreuzte die Beine auf dem Schreibtisch übereinander. *Was will er?*, fragte sich Ulrich in Gedanken und zwirbelte am Ende seines Schnauzers. *Wenn ich Joß Fritz dem Adel ausliefern würde, wären sie mir zu Dank verpflichtet, und ich könnte meine Besitztümer zurückfordern*, überlegte er und verwarf den Gedanken sofort wieder.

»Ich kenne diese falschen Hunde«, murmelte er. »Sie würden ihn sich greifen und mich erneut davonjagen. Meine Möglichkeit, etwas zu erreichen, wäre vertan.«

Ulrich stand auf und ging in seinem Zimmer auf und ab.

Fritz bietet sich mir auf einem goldenen Tablett an. Hat er keine Angst, dass ich ihn verrate? Nein, nicht Joß Fritz, er ist furchtlos, grübelte der Herzog. »Der Grund, warum er nach Mömpelgard gekommen ist, wird mein Heer sein – und mein Geld«, überlegte er laut. »Was kann ich von ihm verlangen? Wie kann er mir von Nutzen sein?«

Herzog Ulrich von Württemberg musste nicht lange überlegen. Als er die Lösung gefunden hatte, grinste er von einem Ohr zum anderen.

Wie befohlen, suchten Kilian und Joß Fritz den Herzog von Württemberg drei Tage später wieder auf. Auch dieses Mal saß Ulrich vor seinem Schreibtisch, nur der Lakai neben ihm fehlte.

Obwohl mehrere Stühle im Raum verteilt standen, mussten die beiden Männer vor dem Herzog stehen bleiben. Joß hatte für diese Zurechtweisung nur ein schwaches Lächeln übrig.

Der Herzog musterte die beiden Männer.

»Was kannst du mir bieten, wenn ich auf deinen Vorschlag eingehe?«, fragte Ulrich und blickte den Bundschuh-Anführer misstrauisch an.

Joß legte den Kopf leicht schief und antwortete: »Wir müssen nicht wie die Katze um die heiße Milch herumschleichen, sondern können sofort zu den Vereinbarungen kommen. Ich nehme an, dass Ihr bereits Vorstellungen von dem habt, was ich Euch bieten kann.«

»Du bestätigst, was man über dich erzählt, Bauer«, sagte Ulrich mit Spott in der Stimme.

Joß überhörte die Abfälligkeit, mit der Ulrich das Wort »Bauer« betonte, und erklärte: »Euer Heer und meine Vagabunden, Bauern, Landstreicher, Gesetzlose und Bettler werden zusammen das erreichen, was sie allein nicht vermocht haben.« Joß konnte das Glitzern in Ulrichs Augen erkennen. »Mit mir als Bauernführer bekommt Ihr sämtliche Bauern in Württemberg auf Eure Seite. Niemand wird es wagen, Euch des Landes zu verweisen. Dafür helft Ihr mir mit Eurem Heer, dass die Bauern in der Kurpfalz und anderen Regionen ihre alten Rechte zurückbekommen.«

»Wann wirst du mit dem Werben deiner Männer beginnen?«

»Sobald das Bündnis besiegelt ist.«

Herzog Ulrich von Württemberg nickte, und das Abkommen war getroffen.

Mehrere Tage lang planten Joß und Kilian, wie sie vorgehen sollten, und stellten Nachforschungen an. Sie wollten als Erstes die Bettler im Osten und Süden des Reichs aufsuchen und von ihrem Vorhaben überzeugen.

Das Bettelvolk war wie eine Zunft organisiert und unterstand mehreren Hauptleuten, die die Bettler aus ihren eigenen Reihen erwählten. Kilian und Joß mussten diese Hauptleute von dem Bündnis überzeugen, denn nur dann würden ihnen alle Bettler folgen.

Beim ersten Hauptmann stieß Joß auf Ablehnung, als er den Namen Ulrich von Württemberg nannte.

»Er hat zwei meiner Brüder auf dem Gewissen«, presste der Mann hervor, der Joß am Lagerfeuer gegenübersaß. »Auch habe ich ihm zu verdanken, dass ich auf der Straße sitze. Dank seiner Steuererhebung konnte ich meinen Hof nicht halten.«

Joß atmete laut aus und dachte: *Da habe ich gleich den Richtigen erwischt.* Trotzdem gab er nicht auf und blickte dem Mann fest in die Augen.

Der Hauptmann, dessen Gesicht rußgeschwärzt war, nahm einen Stock und peitschte die Glut, sodass sie wie Glühwürmchen in der Luft schwirrte.

»Dir würde ich folgen, Joß! Aber nicht dem Herzog.«

»Ohne Ulrichs Heer haben wir keine Möglichkeit, zu siegen«,

erklärte Joß. Als er den zweifelnden Blick des Mannes sah, fügte er hinzu: »Der Herzog gibt uns das Geld, um euch für eure Dienste zu bezahlen.«

Der Mann wurde hellhörig, und Joß sagte: »Viele von uns haben ihre Angehörigen in den Wirren des Aufstandes verloren ...«

Kaum hatte er das erwähnt, veränderte sich der Gesichtsausdruck des Mannes, und eine Zornesfalte entstand zwischen seinen Augen. »Erzähl mir nichts! Meine Brüder waren fast noch Kinder, als Ulrich sie in Stuttgart köpfen ließ. Ebenso wie die beiden anderen Burschen, denen der Henker den Kopf abschlug. Jörg Tiegels Mutter hat sich in der Nacht nach der Hinrichtung am Ilgenzwinger erhängt, weil sie den Anblick des abgeschlagenen Kopfes ihres Sohnes nicht aus ihren Sinnen vertreiben konnte.«

Joß schloss für einige Herzschläge die Augen. *Jörg Tiegel wird mich ein Leben lang verfolgen,* dachte er bekümmert.

»Nein, Joß Fritz! Mit mir und meinem Volk kannst du nicht rechnen. Du musst dir andere Werber suchen.«

Der Bundschuh-Anführer wusste, dass jedes weitere Wort zwecklos war. Joß reichte dem Mann die Hand, saß auf und ritt in der Hoffnung fort, dass er bei den nächsten Vagabunden mehr Glück haben würde.

Joß rieb sich die klammen Hände. Der Winter war im Anmarsch und würde seine Reise und seine Pläne erschweren. *Verdammt,* dachte er. *Wir brauchen das Bettlervolk ebenso wie die Gaukler, Hausierer und die wandernden Handwerker. Nur sie können ungehindert und unauffällig das Land durchstreifen und Nachrichten hin und her schieben. Und nur sie können von Ort zu Ort ziehen und Männer anwerben.*

Aber auch der nächste Bettlerhauptmann lehnte das Vorhaben des Bundschuh-Anführers ab. »Nichts für ungut, Joß«, erklärte der Anführer der Bettlerrotte. »Trenne dich vom Herzog, und wir können neu verhandeln.«

Da Joß in diesem Gespräch den Herzog noch gar nicht erwähnt hatte, wusste er, dass Bettler ihm vorauseilten, um ihre Verbündeten über sein Vorhaben aufzuklären und zu beeinflussen.

Joß gab nicht auf und ritt von Gau zu Gau, von Bezirk zu Bezirk und sprach mit den Hauptmännern der dortigen Bettlerrotten. Nur einer war bereit, sich ihm anzuschließen. Als Joß sich umsah, wusste er, warum. In diesem Bettlerstamm gab es viele Alte und Kranke. Das Geld, das sie für das Anwerben erhalten würden, wäre leicht verdient.

Joß reichte dem Hauptmann einige Münzen. Als er danach greifen wollte, hielt Joß seine Hand fest und flüsterte: »Solltest du mich betrügen wollen, werden Ulrichs Soldaten euch finden.«

Der Hauptmann, dem ein Auge fehlte, grinste breit und versprach: »Du kannst dich auf uns verlassen, Joß! Warte bis Weihnachten, dann wirst du Nachricht erhalten.«

Joß Fritz wusste nicht, ob er ihm glauben konnte, und ritt zurück nach Mömpelgard.

In der Stadt suchte Joß das Gasthaus auf, in dem er sich mit Kilian verabredet hatte. Er saß zwei Abende lang dort und wartete, bis der Gefährte zurückkam. Als Kilian endlich die Wirtsstube betrat, erkannte Joß am Gesichtsausdruck des Freundes, dass auch der kein Glück bei den Bettlern gehabt hatte.

Die beiden Männer bestellten sich etwas zu trinken. Es war, wie Joß vermutete. Sein Freund hatte die gleichen Erfahrungen gemacht wie er. Kilian blickte sich vorsichtig um und flüsterte: »Sobald sie Ulrichs Namen hören, wollen sie nichts mehr von uns wissen. Mehrere Hauptmänner sagten jedoch, dass sie mit uns allein verhandeln würden.«

Joß nickte: »Das deckt sich mit meinen Erfahrungen.«

»Warum trennen wir uns nicht von Ulrich und versuchen es allein? Du hast gehört, dass sie dir vertrauen.«

»Wir haben kein Geld, um genügend Männer anzuwerben.« Kilian stöhnte leise auf. »Das ist also der wahre Grund, warum du dich mit dem Herzog eingelassen hast.«

»Ich habe dir meine Gründe erklärt. Aber ich leugne nicht, dass dies der Hauptgrund gewesen ist.«

»Was gedenkst du zu tun?«

»Im Augenblick sind uns die Hände gebunden, denn wir müssen warten, bis wir die Entscheidung aller Bettler hören.«

»Ich hoffe, dass sie uns nicht hintergehen werden«, meinte Kilian argwöhnisch.

»Das denke ich nicht, denn sie haben zu viel Angst vor dem Herzog. Unser größter Gegner wird das Wetter sein. Wir haben Dezember, und bei klarer Sicht kannst du Schnee auf den Vogesen erkennen.«

»Es ist zwar merklich kälter geworden«, meinte Kilian. »Aber das hält Bettler nicht ab, über Land zu ziehen und Männer anzuwerben.«

»Morgen müssen wir Ulrich aufsuchen und ihm von unserem Erfolg berichten«, sagte Joß, bitter auflachend.

Ulrich saß allein an einem breiten und langen Esstisch, der überhäuft war mit ausgefallenen Speisen. Davon könnte ein ganzes Dorf satt werden, dachte Joß und betrachtete die roten Krebse, den gebratenen Fasan, die Fischsülze, das Spanferkel, die verschiedenen Gemüsesorten, das Wildschein mit Rosinen und die anderen erlesenen Speisen. *Nicht einmal an Festtagen haben die Menschen im Land so viel zu essen,* schimpfte er in Gedanken und blickte erschrocken auf, als er seinen Namen hörte. Der Herzog forderte Kilian und ihn auf, an seiner Tafel Platz zu nehmen.

»Ihr verspürt wohl keinen Hunger«, spottete Ulrich, als sie zögerten. »Greift zu! Solche Speisen bekommen Bauern nicht alle Tage aufgetischt«, lachte er gehässig und biss in eine Hasenkeule.

Joß zauderte. Als ihm der Duft der verschiedenen Köstlichkeiten in die Nase stieg, verdrängte er seine Abneigung gegenüber der Völlerei des Herzogs und setzte sich. Kilian tat es ihm nach. Kaum hatten die beiden Männer Platz genommen, brachten zwei Diener ihnen jeweils ein Gedeck und einen silbernen Pokal, den sie mit rotem Wein füllten.

Ulrich schmatzte, sodass der Bratensud an seinem Kinn hinablief. Mit einer Geste bedeutete er den Männern, dass sie sich bedienen sollten.

Kilian griff als Erster zu. Als er den Bissen gedünsteten Karpfen im Mund schmeckte, überzog ein breites Lächeln sein Gesicht. Joß nahm sich ein Stück des gefüllten Fasanenbratens und spülte ihn mit Rotwein hinunter. Während Ulrich eine fette Schweinerippe abnagte, fragte er: »War eure Reise erfolgreich?«

Joß hielt inne und blickte zu dem Herzog, dessen Wangen vom Fett glänzten. »Wir haben die Saat gelegt und warten darauf, dass sie aufgeht.«

»Wie lange wird das dauern?«

»Wir müssen geduldig sein. Der Winter kommt und wird unseren Eifer bremsen.«

Der Herzog rülpste vernehmlich und grunzte: »Wie wahr, wie wahr! Trotzdem will ich eine Antwort hören, denn schließlich wird dieser Abschaum von meinem Geld bezahlt.«

»Ich erwarte zu Weihnachten die ersten Rückmeldungen«, erklärte Joß und widmete sich seiner Mahlzeit.

Kaum hatte er die letzten Bissen vertilgt, klatschte Ulrich in die Hände und ließ das Essen abtragen.

Der Winter kam über Nacht und brachte eisige Kälte mit, sodass der Boden hart gefroren war. Sogar der Fluss Alain, der um Mömpelgard floss, fror an manchen Stellen zu.

Als das Wetter milder wurde, fiel so viel Schnee, dass die Menschen kaum noch aus ihren Häusern kamen.

»Das ist schlecht für uns«, murmelte Joß, der aus dem kleinen Fenster seines Zimmers, in dem er sich eingemietet hatte, hinausblickte. Die Landschaft war mit einer dicken weißen Schicht überzogen, und Joß spürte die Kälte in seinen Knochen, die im Zimmer durch alle Ritzen drang.

»Noch zwei Tage bis Weihnachten und keine Nachricht von den Bettlern«, dachte er mürrisch. Der Druck durch den Herzog wuchs und erstickte jede gute Laune im Keim.

Als es an der Tür klopfte, rief Joß: »Komm herein, Kilian.« Doch es war ein fremder Mann, der die Tür öffnete.

Kleidung und Aussehen verrieten Joß, wer vor ihm stand. Ohne Umschweife sagte der Bettler: »Ich soll dir von dem Einäugigen ausrichten, dass wir mehrere hundert Mann werben konnten.«

»Wie viele genau?«

»Vierhundert.«

»Das sind zu wenig!«

»Im Winter verkriechen sich die Menschen«, erklärte der Bettler. »Im Frühjahr bei den Kirchweihfesten in den Dörfern wird es leichter sein, Menschen anzutreffen und zu werben.«

»Ich habe keine Zeit«, zischte Joß.

»Es nutzt nichts. Du musst dich gedulden. Unsere Leute versuchen ihr Möglichstes, doch bei der Kälte erfrieren wir, wenn wir über Land ziehen.«

Joß Fritz fuhr sich durch sein volles Haar und nickte. Er wusste, dass die Bettler, das fahrende Volk und alle anderen, die auf der Straße lebten, den Winter in abgelegenen Hütten, Häusern, Schobern oder Höhlen verbrachten. Er selbst hatte jedes Jahr einem fahrenden Volk eine abgeschiedene Scheune in Mehlbach zur Verfügung gestellt, wo sie überwintern konnten.

»Richte dem Einäugigen aus, dass ich im Februar neue Zahlen – bessere Zahlen! – erwarte.«

Der Bettler nickte und streckte ihm seine Handfläche entgegen. Joß blickte dem Mann ins Gesicht, das voller Pusteln und Narben war. Wortlos gab er ihm eine Münze. Als der Mann den Wert der Münze erkannte, grinste er breit und verschwand.

Joß schloss die Zimmertür und drehte sich zum Fenster. Nachdenklich betrachtete er das Schneetreiben.

Kapitel 31

Der Kerkermeister schaute durch die kleine Türklappe in das Verlies. Der Gefangene lag notdürftig bekleidet und zitternd auf dem Lehmboden der Zelle, der mit feuchtem und stinkendem Stroh bedeckt war. In regelmäßigen Abständen stöhnte der Mann vor Schmerzen leise auf.

»Du wirst hier nicht lebend herauskommen«, prophezeite der Alte mitleidig, und er wusste, wovon er sprach. Seit er in der Abgeschiedenheit des Kerkers seinen Dienst verrichtete, hatten nur wenige Gefangene die Haft überlebt. »Wenn sie nicht an der Folter gestorben sind, hat sie die Kälte und die Feuchtigkeit des Gemäuers dahingerafft«, murmelte er.

Die Luft im Verlies war so eisig, dass der Atem des Alten als heller Dunst sichtbar wurde. Von den Wänden tropfte das Wasser, und die Steine waren mit grünem Schleim überzogen. Obwohl den Kerkerwärter Rheuma und eine hartnäckige Erkältung quälten, musste auch er in dem Loch ausharren. Er atmete seufzend aus. »Ich müsste betteln gehen, wenn ich hier nicht mehr arbeiten könnte«, dachte er und zog den durchlöcherten

Umhang bis zum Kinn. Sein Atem rasselte, und heftiger Husten ließ seine Lungen brennen. »Vielleicht sterbe ich vor dir«, mutmaßte der Mann bitter und wandte sich von dem Gefangenen ab. *Das wäre mir sogar Recht,* dachte er. *Mein Augenlicht schwindet durch das trübe Licht, sodass ich nur noch Umrisse erkennen kann.* »Aber dafür höre ich umso besser«, gluckste er.

Er wollte zu seinem Tischchen schlurfen, als er glaubte, dass der Gefangene etwas flüsterte. Der Kerkermeister ging zurück zur Zellentür. »Was hast du gesagt?«, fragte er und drehte den Kopf zur Seite, um besser hören zu können.

»Wasser«, flüsterte der Mann auf dem Boden.

Der Alte hatte verstanden und schnappte den Eimer neben dem Tisch. »Du hast Glück«, sagte er in Richtung der Zelle. »Ich habe erst heute frisches Wasser eingefüllt«, erklärte er, obwohl der Gefangene ihm nicht zuhörte. Doch der Kerkermeister war froh für jeden Satz, den er nicht zu sich selber sprechen musste. Mit zittrigen Händen schöpfte er Wasser in einen Becher und stellte ihn auf dem Tisch ab. Seine verknöcherten Finger steckten den Schlüssel, der mit vielen anderen an einem schweren Eisenring hing, in das Schloss. Bevor er umdrehte, rieb er sich über die Fingerstummel der rechten Hand. »Verflucht!«, schimpfte er. »Schnee liegt in der Luft. Deshalb schmerzen meine Knochen besonders stark. Ich kann es kaum erwarten, bis der Winter vorbei ist.«

Als er den Eisenschlüssel umdrehte, klimperten die übrigen leise aneinander. Langsam zog er die schwere Tür auf und blickte in die Zelle. Stunden zuvor hatten die Schergen den Gefangenen hineingeschleift, und der Kerkermeister war sich sicher, dass der Gefolterte nicht fliehen konnte. »Ich denke nicht, dass du jemals wieder irgendwohin gehen wirst«, murmelte er.

Der Alte hatte mit jeder der gefolterten Kreaturen Mitleid – außer mit Mördern. Die hatten ihre Strafe verdient, fand er. Doch die meisten, die im Folterkeller landeten, waren Menschen, denen man unter Schmerzen ein Geständnis herauspressen wollte. *Unter der Tortur gesteht jeder alles*, wusste er aus eigener Erfahrung. *Wie viele haben etwas zugegeben, was sie nicht begangen haben, nur um der Qual zu entgehen*, dachte er und schloss die Augen, um die eigenen schmerzhaften Erinnerungen zu verscheuchen.

Der Kerkermeister nahm die brennende Fackel aus der Halterung an der Wand und steckte sie in den Eisenhalter im Inneren der Zelle. Dann schlurfte er hinaus und holte den Becher. Als der Alte sich zu dem Gefangenen am Boden kniete, schwappte Wasser über, was ihn leise fluchen ließ. Während er den Kopf des Mannes mit der rechten Hand leicht anhob, hielt er ihm den Becher an die Lippen. Der Gefangene schluckte, doch das meiste lief seitlich wieder aus seinen Mundwinkeln heraus.

Erst als der Becher leer war, ließ der Alte den Kopf des Mannes los. Der Blick des Kerkermeisters schweifte über den geschundenen Körper des Gefangenen. »Da haben die Folterknechte ganze Arbeit geleistet«, flüsterte er, als er die Verbrennungen und offenen Wunden sah. Die Lider des Mannes flatterten.

»Wie heißt du?«, wollte der Alte wissen.

Der Gefangene leckte sich über die spröden Lippen und stammelte: »Veit.«

Nehmenich kam langsam zu sich.

Mit Brust und Kopf lag er über dem Tisch, vor dem er krummbucklig auf einem Stuhl saß. Speichel war aus seinem Mund auf die Tischplatte getropft, und sein Genick, sein Gesäß und die Beine schmerzten von der unbequemen Haltung. Als er verschlafen mit den Augen blinzelte, überlegte er, wo er war. »Ich bin immer noch bei diesem Quacksalber«, murmelte er und versuchte, den Kopf zu heben, als ein Stich durch seinen

Schädel fuhr. Sofort kniff er die Augen zusammen und legte den Kopf zurück auf die Tischplatte. Er stöhnte laut auf und versuchte durch die Nase zu atmen. »Verdammt«, zischte er und japste nach Luft. Vorsichtig tastete er über die Nasenflügel. »Noch immer dick geschwollen. Wo ist dieser verfluchte Quacksalber?«

Nehmenich hob die Lider einen Spalt und umklammerte mit beiden Händen seinen Schädel. Sofort jaulte er auf. »Welches Teufelszeug hat dieser Hurensohn mir gegeben?«, schimpfte er und kniff die Augen vor Pein erneut zusammen.

Als der Schmerz nachließ, öffnete er die Augen, nur um sie entsetzt gleich wieder zu schließen.

Furcht ließ Nehmenich keuchen. Er konnte spüren, wie ihm der kalte Angstschweiß ausbrach. Im Stillen betete er, er möge sich geirrt haben. Doch als er aufschaute, wusste er, dass seine Augen ihn nicht getäuscht hatten.

Hauser blickte den Bauern aus eiskalten Augen an. Er saß vor ihm am Tisch, während Peter, Jakob und der Quacksalber hinter ihm standen.

»Er ist wieder unter uns«, höhnte Hauser und faltete seine Hände auf dem Tisch.

»Was wollt ihr?«, krächzte Nehmenich und schaute Fleischhauer böse an. »Du hast mich vergiftet«, keifte er atemlos, da er nur schwer Luft bekam.

»Du kannst mir dankbar sein«, erwiderte der Arzt. »Wegen des Tranks hast du mehrere Stunden keine Schmerzen gespürt.«

»Pah!«, antwortete Nehmenich abfällig. Er erkannte, dass es bereits lichter Tag war, und grinste. *Sie kommen zu spät,* spottete er in Gedanken und blickte die Männer hochnäsig an. »Ihr könnt mir gar nichts«, sagte er, als ihn die vier Männer schweigend anstarrten.

»Wir hatten dich gewarnt«, sagte Jakob mit leiser Stimme.

»Was wollt ihr machen? Mich umbringen?«

»Niemand wird dich vermissen, und selbst deine Frau würde dir keine Träne nachheulen.«

»Das wagt ihr nicht«, zischte Nehmenich mit einem Blick, in dem Furcht zu erkennen war.

Statt zu antworten, legte Peter Veits Schwert auf den Tisch. Nehmenich hatte es zuvor nicht gesehen, da Peter hinter Hausers Rücken gestanden hatte.

»Ullein wird es erfahren und euch zur Verantwortung ziehen. Dann werdet ihr ebenso im Kerker schmachten wie Veit«, versuchte Nehmenich zu drohen.

»Ullein ist es einerlei, was mit dir passiert. Du bist ein Nichts, ein Niemand. Du bist Abschaum«, erklärte Hauser.

Nehmenich erkannte, dass es den Männern ernst war. Mit hektischem Gesichtsausdruck begann er um sein Leben zu betteln. »Tut mir nichts! Ich verspreche euch, dass ich nichts sage. Kein Wort wird über meine Lippen kommen. Ich werde schweigen wie ein Grab, doch verschont mein Leben!«

Die vier Männer blickten den Bauern kalt an, und Nehmenich glaubte bereits, dass alles aus wäre. Doch dann sagte Peter mit mildem Lächeln: »Ich denke, er sagt dieses Mal tatsächlich die Wahrheit. Wir können ihm sicherlich vertrauen.«

Der Bauer lachte wie wahnsinnig und nickte trotz der Schmerzen. Sein Blick folgte Peter, der um den Tisch herumging. Deshalb sah er nicht, wie Hauser das Schwert hob.

Er spürte keinen Schmerz, als der Landsknecht ihm mit einem Schlag den Kopf abtrennte.

Hauser, Fleischhauer, Peter und Jakob sahen regungslos zu, wie Nehmenichs Kopf auf den Boden fiel und sein Körper zur Seite kippte. Stumm beobachteten sie, wie mit jedem Herzschlag Blut aus dem leblosen Körper gepumpt wurde, bis nur noch ein schwaches Rinnsal floss. Fleischhauer gab ihnen eine große Decke, auf die sie den Leichnam hoben und den Kopf dazulegten.

Peter betrachtete die große Blutlache auf dem Boden, auf Tisch und Stuhl und stammelte: »Wir hätten ihn erwürgen und seinen Leichnam in den Mehlbach werfen sollen.«

»Er hätte sich gewehrt und geschrien. Wohlmöglich hätte uns jemand dabei beobachtet. Wir mussten die Lage nutzen. Da blieb keine Zeit für Überlegungen«, erklärte Hauser und tunkte einen Lappen in den Eimer mit Wasser.

Während Jakob das Blut aufwischte, sagte er: »Vielleicht hätte er nun doch geschwiegen.«

Hauser hielt in seiner Bewegung inne und zischte: »Wir haben diesen Plan zusammen ersonnen und ihn zusammen ausgeführt, und daran ist nichts mehr zu ändern.«

»Wir haben vereinbart, dass wir ihn in der Not umbringen würden, aber nicht, dass du sofort zum Schwert greifst. Wir hätten ihm eine letzte Möglichkeit einräumen sollen, uns seine Ehrlichkeit zu beweisen«, entgegnete Jakob und blickte angewidert auf Nehmenichs Kopf, dessen gebrochene Augen zur Decke starrten.

»Ich bin der Meinung, dass dies die richtige Lösung war«, stimmte Fleischhauer Hauser zu. »Ihr hättet vor diesem Menschen niemals Ruhe bekommen. Da er nun seine Kinder nicht mehr aufhetzen kann, werden sie nicht gegen Veit aussagen.«

Hauser nickte zustimmend.

Peter schlug vor: »Wir sollten Nehmenichs Familie Geld zukommen lassen.«

»Bist du verrückt?«, begehrte Jakob auf. »Da kannst du gleich ein Geständnis abliefern.«

»Peters Vorschlag würde ich nicht verdammen«, sagte Hauser ruhig. »Wenn alle wissen, dass Nehmenich verschwunden ist, könntet ihr der Frau tatsächlich unter die Arme greifen und sie auf eure Seite ziehen.«

»Hanna war nie gegen uns! Es war immer nur ihr Mann, der Ärger gemacht hat.«

»Was machen wir mit seiner Leiche?«, fragte Fleischhauer.

»Wir müssen ihn im Wald vergraben.«

Peter schlug vor: »Es gibt eine Stelle im Wald, da sind wir früher die Abfälle der gewilderten Tiere losgeworden.«

»Du meinst den Dachsbau?«, fragte Jakob.

Peter nickte.

Die Männer warteten, bis es Nacht war, dann brachten sie Nehmenichs Leiche und seinen abgeschlagenen Kopf zum Steinbruch, wo sich der Dachsbau befand.

»Hier haben wir dem alten Dachs die Gedärme des Wildbrets vors Loch geworfen. Schon bald darauf war davon nichts mehr zu sehen«, erklärte Peter, als sie den kopflosen Nehmenich vor den Dachsbau legten und den Kopf hinterherrollen ließen. Sie sprachen ein Gebet für die verirrte Seele und machten sich dann auf den Rückweg.

Unterwegs sorgte sich Jakob: »Hoffentlich kommt uns keiner auf die Schliche.«

»Sei unbesorgt«, erwiderte Hauser. »Ullein ist für seinen Jähzorn bekannt. Falls uns jemand verdächtigen sollte, können wir mit wenigen Andeutungen die Spur auf ihn lenken.«

Am nächsten Morgen saßen Jakob und Peter schon vor Morgengrauen in der Küche zusammen. Jakob hatte nicht schlafen können und seinen Bruder geweckt.

»Ich sehe ständig Nehmenichs abgeschlagenen Kopf über den Boden rollen«, flüsterte Jakob mit starrem Blick.

»Auch mir ist es nicht Recht, dass er so enden musste, aber er war ein böser Mensch, der nun keinem mehr schaden kann«, erklärte Peter. Als er Jakobs zweifelnden Blick sah, fügte er hinzu: »Glaubst du tatsächlich, er hätte auf uns und unsere Familien Rücksicht genommen?«

»Es war Mord!«, zischte Jakob.

»Den wir nicht begangen haben.«

»Ich werde es mein Leben lang nicht vergessen können«, jammerte Jakob und knetete nervös seine Finger.

Peter blickte seinen Bruder fassungslos an. »Man merkt, dass du dein ganzes Leben nur auf diesem Hof verbracht hast.«

»Was soll das heißen?«, fragte Jakob gereizt.

»In dieser Welt überlebt nur der Stärkere, Jakob! Wir können von Glück sagen, dass Hauser uns geholfen hat. Du hättest wahrscheinlich erst gehandelt, wenn es bereits zu spät gewesen wäre. Denk an deine Tochter Christel, an unseren Bruder Nikolaus und an unsere Frauen! Ihre Sicherheit geht über alles.«

»Wer sagt, dass sie durch Nehmenich in Gefahr geschwebt haben?«

»Niemand. Aber wir müssen jetzt keine Angst mehr haben, dass er Lügen verbreitet, die unserer Familie schaden könnten. Er hat so viel Leid über uns gebracht, dass ich ihm keine Träne nachweine. Nehmenich war schuld, dass wir Veit vielleicht nie wiedersehen werden. Alle Anstrengungen waren bislang umsonst. Ich bete, dass Anna Maria heil zurückkommen wird. Das ist das Einzige, was im Augenblick zählt.«

»Du hast sicher Recht«, stimmte Jakob seinem Bruder zu, als ein Schrei die Stille im Haus zerriss. Erschrocken sprangen die beiden Männer hoch, als Sarah in die Küche stürmte.

»Hier seid ihr«, sagte sie vorwurfsvoll, doch dann erhellte ein Lächeln ihr Gesicht, und sie sagte zu Peter: »Es ist so weit. Euer Kind will auf die Welt kommen. Du musst die Hebamme rufen.«

»Was ist mit einem Arzt?«, fragte Peter nervös.

»Ich hoffe, dass wir den nicht brauchen werden.«

Der Morgen graute, als Peter seiner Frau die schweißnassen blonden Locken aus der Stirn strich. Voller Zuneigung blickte er auf Annabelle und das Kind, das sie in den Armen hielt.

»Setz dich zu uns«, flüsterte sie und strahlte ihn an.

Peters Herz drohte vor Glück zu zerspringen, als Annabelle ihm das Kind in den Arm legte. Er schluckte, da Tränen seinen Blick verschleierten. »Wie willst du ihn nennen?«, fragte er leise und küsste den Scheitel des Kindes.

»Peter-Matthias. Nach seinen beiden Vätern.«

→≡◎≡←

Die Ankunft des kleinen Erdenbürgers im Hause Hofmeister wurde mit einem kräftigen Frühstück und reichlich Schnaps gefeiert. Nachdem die Knechte und Mägde mit Peter angestoßen hatten, gingen sie in die Stallungen, um das Vieh zu versorgen.

Langsam kehrte Ruhe in der Küche ein, als Hauser plötzlich sagte: »Ich werde mich zu Else Schmid aufmachen und Anna Maria zurückholen.«

Jeder in der Küche wusste, was das bedeutete. Selbst Hauser hatte keine Hoffnung mehr, Veit retten zu können. Bedrückt blickten die Anwesenden zu Boden.

»Wir müssen den Tatsachen ins Augen sehen«, versuchte Hauser seine Entscheidung zu erklären. »Gegen Ulleins Lügen haben wir keine Möglichkeit, Veit zu retten, ohne uns selbst zu gefährden.«

»Du musst nichts erklären«, sagte Peter mit gedämpfter Stimme. »Wir sehen es wie du. Hol unsere Schwester heim.«

»Du denkst, dass Anna Maria unseren Vater nicht finden konnte. Stimmt's?«, fragte Jakob.

»Ich bin mir sogar sicher, dass Joß nicht bei Else ist, denn sonst wüssten wir das. Euer Vater hätte mich durch einen Läufer in Kenntnis gesetzt, wenn er von eurer Schwester wüsste, dass ich hier bin.«

»Läufer?«, fragte Peter.

»Es sind Burschen, die Nachrichten übermitteln. Gabriel sagte vor seiner Abfahrt, dass er uns Friedrich schicken würde, wenn es Neuigkeiten gäbe. Friedrich wäre dann ein Läufer. Da wir seit Anna Marias Weggang nichts gehört haben, weiß Else nicht, wo Joß sich im Augenblick aufhält.«

»Wann willst du fort?«, fragte Lena und schniefte in ein Tuch.

»Noch heute!«

Kapitel 32

Februar 1526

Herzog Ulrich von Württemberg stand am Fenster seines Amtszimmers und blickte hinaus. Der Himmel war seit Tagen mit grauen Wolken verhangen, aus denen es unaufhörlich dicke Flocken schneite. *Dieser verdammte Winter*, fluchte er in Gedanken. *Ich hasse es, festzusitzen.*

Unruhig wippte Ulrich mit den Fersen auf und ab, als der Diener ihm die beiden Aufständischen ankündigte. Der Herzog blieb am Fenster stehen, verschränkte die Hände auf dem Rücken und schaute ihnen mürrisch entgegen. Kaum betraten Joß und Kilian den Raum, rief Ulrich: »Gibt es neue Zahlen?«

Joß nickte, doch erst als er vor dem Herzog stand, antwortete er: »Ich bekam gestern die Nachricht, dass sich uns bis jetzt siebenhundert Bauern anschließen werden.«

»Das sind zu wenig«, donnerte Ulrich los. »Was sollen wir mit einer Handvoll Bauern erreichen?« Er blickte Joß kalt in die Augen und spottete: »Es scheint, als ob dein Einfluss schwindet, Bauer.«

Joß ballte die Hände zusammen, trotzdem versuchte er gleichgültig zu wirken. Der Herzog schien auf Gegenwehr zu warten, doch als der Bundschuh-Anführer keine Miene verzog, ging er zu seinem Schreibtisch. Die beiden Männer folgten ihm durch den Raum, und während Ulrich sich setzte, blieben sie vor dem Tisch stehen.

»Siebenhundert Bauern«, murmelte der Herzog. »Lächerlich! Wir benötigen einige tausend.« Mit finsterem Blick schaute er die beiden Männer an: »Versprecht dem Bauernpack, dass ich ihnen Steuern erlasse, wenn sie mir helfen, Stuttgart zurückzuerobern.«

Kilian zog zweifelnd eine Augenbraue in die Höhe. »Ich glaube nicht, dass sie darauf eingehen werden.«

Ulrich von Württemberg faltete seine Hände auf dem Schreibtisch und musterte Kilian, als ob er ihn das erste Mal wahrnähme. Mit gefährlich leiser Stimme fragte er: »Wer hat dich nach deiner Meinung gefragt?« Sein Blick wanderte zu Joß. »Dieser Abschaum ist dumm und leicht zu lenken. Sie werden darauf eingehen. Ich weiß, wovon ich rede«, erklärte er.

»Auch ich bezweifle, dass sich die Bauern von einer Steuersenkung locken lassen, um Euch zu dienen«, gab Joß Kilian Recht. »Schließlich wurden sie schon einmal hinters Licht geführt.«

Der Herzog machte eine abfällige Handbewegung. »Ich weiß, ich weiß. Du meinst den ›Armen Konrad‹. Dieser Aufstand ist mehr als zehn Jahre her. Wer wird sich daran noch erinnern?«

»Ihr unterschätzt das Volk. Es vergisst kein Unrecht«, widersprach Joß.

»Was willst du mir sagen, Bauer?«, schrie Ulrich plötzlich los. »Ich war damals dabei. Dieses verlauste Pack von Bauern, Tagelöhnern und Lumpengesindel hat bekommen, was es verdient, denn seine Forderungen waren unverschämt.«

Ulrichs Gesicht hatte sich vor Zorn gerötet. Seine Augen blitzten Kilian und Joß wütend an. »Dieses Gesindel verlangte damals, dass ich alle Äcker und Wiesen gleichmäßig unter meinen Untertanen aufteilen sollte. Ha«, lachte er boshaft auf. »Daran kannst du erkennen, wie unverschämt diese Menschen sind. Aber nicht nur das! Sie wollten auch in meinen Wäldern jagen und in meinen Gewässern fischen, wie es ihnen beliebt.« Ulrich starrte Joß ins Gesicht. »Sie sind Abschaum«, murmelte er. »Abschaum, der mich, ihren Herzog Ulrich von Württemberg, stürzen wollte, um eine Gesellschaftsform der Gleichheit einzuführen.« Sein Gesichtsausdruck veränderte sich. »Wie sollte das gehen? Niemand kann mich ersetzen, und niemand wird meinen Platz einnehmen. Auch nicht mein Sohn, den ich klugerweise von mir fernhalte«, murmelte er. Seine Augen blickten ins Leere.

Von einem Augenblick zum anderen wurden sie wieder klar, und Ulrich schien aus seiner Gedankenwelt zurückzukehren. Erneut verfinsterte sich sein Blick, und er zischte: »Die Werber sollen von Dorf zu Dorf ziehen und jeden fragen, ob er sich uns anschließen und auf unserer Seite kämpfen wird. Denen, die sich weigern, wird das Haus über dem Kopf angezündet.«

Joß trat einen Schritt nach vorn. »Das könnt Ihr nicht wirklich wollen«, empörte er sich, doch der Herzog befahl ihm mit einer abweisenden Geste zu schweigen.

»Um den Bauern meinen guten Willen zu zeigen, hatte ich mich letztes Jahr sogar selbst Bauer Utz genannt und erklärt, dass es mir gleichgültig sei, ob ich durch Stiefel oder Schuh' mein Land zurückgewinne. Doch so tief werde ich nie wieder sinken«, presste er hervor. »Ich verlange von euch, dass eure Landstreicher sie niederbrennen, wenn sie sich gegen mich stellen. Und jetzt verschwindet«, befahl er, stand auf und stellte sich zurück ans Fenster.

Der Herzog würdigte Joß und Kilian keines weiteren Blickes. Kurz bevor die beiden Männer das Zimmer verließen, sagte Ulrich: »Joß Fritz, ich warne dich! Solltest du hinter meinem Rücken gegen mich handeln, werde ich dich mit aller Brutalität bestrafen.«

Beim Hinausgehen flüsterte Kilian seinem Freund Joß vorwurfsvoll zu: »Nun bist du den Pakt mit dem leibhaftigen Teufel eingegangen.«

Joß schwieg, denn er wusste, dass sein Freund Recht hatte.

※

Joß Fritz ging in seinem Zimmer auf und ab. Kilian hingegen saß regungslos auf einem Schemel und wartete. Er kannte seinen Freund gut genug, um zu wissen, dass man ihn in solchen Augenblicken nicht stören durfte. Mitten im Gehen blieb Joß stehen und fuhr sich mit beiden Händen durchs Haar. Er schnaufte einige Male und flüsterte: »Ich fürchte, dass Ulrich Recht hat.«

»Wie meinst du das?«, fragte Kilian.

Joß wandte sich dem Freund zu und ließ die Schultern hängen. »Ich habe an Einfluss verloren.«

Kilian öffnete den Mund, um zu widersprechen, schloss ihn aber sofort wieder. Als Joß das sah, lächelte er müde. »Nicht einmal mein bester Freund versucht mich vom Gegenteil zu überzeugen«, flüsterte er. »Auch du bist der Ansicht, dass ich mich dem Wunschbild hingegeben habe, noch immer der junge, starke und geachtete Anführer Joß Fritz zu sein. Doch heute haben wir beide verstanden, dass diese Zeit hinter mir liegt.«

»Du jammerst wie ein Weib!«, schimpfte Kilian. »Es mag sein, dass wir mit zu großen Erwartungen nach Mömpelgard gekommen sind. Wir haben nicht damit gerechnet, dass du hier in der Gegend nicht den Rückhalt bekommst, den du gewohnt bist. Du weißt, dass es im Reich anders aussieht.« Kilian überlegte und schlug Joß vor: »Wir könnten von hier aus in die nahe Schweiz gehen und dort um militärische Unterstützung der Bauern durch die Eidgenossen bitten.«

»Du hast den Herzog gehört! Glaubst du, dass er uns einfach ziehen lassen würde? Ulrich ist ein Mistkerl, dem die Bauern einerlei sind. Er will seine Besitztümer zurück, und dafür ist ihm jedes Mittel recht. Selbst vor einer organisierten Brandstiftung scheut er nicht zurück. Erkenne endlich, Kilian: Statt den Menschen im Land zu helfen, stürze ich sie in den Untergang.«

»Die Schweizer sind angesehene Kämpfer«, versuchte Kilian erneut, seinen Gefährten umzustimmen.

Joß lehnte sich gegen die Tischkante und sah von einem Augenblick zum anderen wie ein alter Mann aus. »Es ist vorbei!«, flüsterte er. »Es wird keinen neuen Aufstand unter Joß Fritz geben!«

Kilian sprang auf und stellte sich wütend vor ihn: »So einfach geht das nicht, Joß! Du kannst nicht sagen, dass alles vorbei ist. Wer gibt dir das Recht, darüber zu entscheiden?«

»Ich allein gebe mir dieses Recht, Kilian, und du musst es akzeptieren«, forderte Joß mit ernstem Blick.

»So einfach geht das nicht!«, wiederholte Kilian. »In dem Augenblick, als du dich entschlossen hattest, für die Rechte der Bauern zu kämpfen, hast du dein Ich aufgegeben und dafür ein Wir erhalten. Du musst an die Menschen denken, die neue Hoffnung und neue Kraft geschöpft haben, weil Joß Fritz zurückgekehrt ist.«

»Kilian, willst du mich nicht verstehen?«, schrie Joß und blickte ihn an. »Ich werde nicht gehen, weil ich die Menschen im Stich lassen will. Ich werde gehen, weil Ulrich sein Versprechen wahr machen und die Häuser anzünden lassen wird. Er selbst wird sich dabei nicht die Hände schmutzig machen, auch nicht seine Soldaten. *Wir* werden die Schuldigen sein und dafür bluten! Deshalb muss ich mich zurückziehen. Um die Menschen zu retten, nehme ich gerne in Kauf, dass sie mich verachten! Das wird der letzte Dienst sein, den ich ihnen erweise.«

»Glaubst du, dass Ulrich von seinem Plan ablässt, wenn du verschwindest?«, fragte Kilian erregt.

»Sobald die Bauern hören, dass Joß Fritz fort ist, werden sie Ulrich nicht mehr unterstützen, und das weiß auch er.«

»Was willst du machen? Wieder als Bauer nach Mehlbach gehen?« Kilian konnte nicht vermeiden, dass seine Frage spöttisch klang.

»Ich habe dir gesagt, dass ich eines Tages als Bauer sterben möchte ...«

»Du verdammter Hurenbock«, schimpfte Kilian laut. »Ich erlaube nicht, dass du mir meine Träume nimmst.«

In diesem Augenblick klopfte es an der Tür. Joß gab Kilian ein Zeichen, sich zu beruhigen, und blickte ihn fragend an. Doch der zuckte nur mit den Schultern und flüsterte: »Vielleicht sind es Ulrichs Männer.«

Kilian erhob sich von dem Schemel und griff nach seinem Schwert. Joß ging zur Tür, öffnete sie einen Spalt und blickte auf den Gang.

»Ihr zwei streitet wie in den besten Zeiten«, sagte eine bekannte Stimme. Als Joß den Besucher erblickte, traute er seinen Augen nicht und brachte keinen Ton heraus.

»Wer ist da?«, fragte Kilian, der mit erhobenem Schwert hinter Joß getreten war. Wortlos zog dieser die Tür auf.

Kilians Augen weiteten sich ungläubig, und er stammelte: »Jacob Hauser!«

Hauser grinste, als er in die ungläubigen Gesichter seiner alten Weggefährten blickte. »Wollt ihr mich draußen stehen lassen?«, fragte er.

Joß und Kilian traten einen Schritt zur Seite und ließen ihn herein. Kilian spähte über den Gang. Als er niemanden erblicken konnte, schloss er beruhigt die Tür und ging freudestrahlend auf Hauser zu. Beide Männer umarmten sich.

»Alter Junge«, sagte Kilian, »wie lange haben wir uns nicht gesehen?«

Auch Joß war aus seiner Erstarrung erwacht und begrüßte seinen einstigen Fähnrich. »Jacob, Jacob!«, murmelte er und grinste ihn breit an.

»Es freut mich, dass ihr beide euch so gut versteht wie vor fünfzehn Jahren. Euren Streit hat man bis zur Treppe hören können«, sagte Hauser und lachte laut auf, als er die entsetzten Gesichter sah. »Macht euch keine Sorgen. Ich habe eure Stimmen erst vor der Tür vernommen.«

»Noch immer derselbe Schelm«, lachte Joß und umarmte den Freund erneut. »Es tut gut, dich wohlbehalten wiederzusehen. Lasst uns feiern«, schlug er vor. Seine trübe Stimmung war wie weggeblasen. »Bei einem Bier kannst du uns erzählen, woher du kommst und was du hier machst.«

Hausers lachende Gesichtszüge veränderten sich und wurden ernst. »Ich habe dir einiges mitzuteilen, Joß.«

Zur vorgerückten Zeit waren Joß, Kilian und Hauser die einzigen Gäste im Wirtshaus »Zur Sonne«.

»Das ist die letzte Runde«, sagte der Wirt zu den drei Männern, als er ihnen die gefüllten Krüge auf den Tisch stellte.

Kilian blickte Joß mitleidig an, der ungläubig den Kopf schüttelte. »Matthias«, murmelte er, und seine Hände umkrallten den Krug.

»Es wäre mir lieber gewesen, wenn deine Familie dir die traurige Nachricht mitgeteilt hätte«, erklärte Hauser und starrte in das Bier. »Ich wollte dich aber nicht im Ungewissen lassen.«

Joß nickte Hauser zu. »Ist schon gut, Jacob! Du hast das Richtige getan.«

Hauser sah zu den beiden Gefährten und sagte mit gedämpfter Stimme: »Wir dürfen keine weitere Zeit verlieren und müssen uns im Morgengrauen auf den Weg zu Else machen.«

Joß schaute ihn mit starrem Blick an und schluckte mehrmals. »Ich habe gerade erfahren, dass mein Sohn auf dem Schlachtfeld gefallen ist«, widersprach er scharf. »Was geht mich dieser Veit an?«

»Nichts«, gab Hauser zu. »Doch denk auch an deine Tochter!

Anna Maria hat viel, sehr viel auf sich genommen, um ihre Brüder zu finden, und sie hat alles dafür getan, dass Matthias neben seiner Mutter beerdigt wurde«, versuchte er um Verständnis zu werben. »Das Mädchen ist tagelang durch Schnee und Kälte marschiert, um dich zu finden, damit du ihr hilfst, ihren Mann zu retten. Verdammt, Joß! Das bist du ihr schuldig!«

»Du erzähltest, dass dieser Mann vor der Vermählung mit meiner Tochter verhaftet wurde«, erwiderte Joß.

»Verheiratet oder nicht – Veit hat deiner Familie zur Seite gestanden und gehört dazu. Dafür müsste jemand wie du Verständnis zeigen«, erwiderte Hauser, der den Unterton in der Stimme seines Freundes überhörte. Er blickte Joß herausfordernd an.

Joß kniff die Augen leicht zusammen. Er wusste, dass Hauser auf sein Doppelleben anspielte, und erwiderte: »Alles, was ich in meinem Leben gemacht habe, das man zweifelhaft nennen könnte, habe ich zum Wohle der Bauern getan.«

»Das streite ich nicht ab«, stimmte Hauser ihm zu. »Allerdings hast du es nicht zum Wohl deiner beiden Frauen und deiner Kinder getan.«

Joß erhob sich und stemmte sich mit beiden Händen auf dem Tisch ab. Sein Gesicht verfärbte sich, und man konnte erkennen, dass er kurz davor stand, aufzubrausen. Aber stattdessen setzte er sich wieder und schwieg.

»Wir können nicht einfach aus Mömpelgard verschwinden«, gab Kilian zu bedenken. »Herzog Ulrich würde uns jagen. Auch können wir die Bauern nicht im Stich lassen.«

»Ich muss gestehen, dass ich verwundert war, als ich hörte, wie ihr mit Herzog Ulrich gemeinsame Sache macht. Er hat damals Jörg Tiegel ...«

»Schweig!«, befahl Joß. »Wir wissen von Jörg und den anderen. Ulrichs Heer und sein Geld waren ausschlaggebend. Wir hätten keinen anderen fragen können«, verteidigte er sein Vorhaben.

»Beruhige dich«, sagte Hauser und senkte die Stimme, als er wissen wollte: »Weiß jemand, wo du die Jahre zwischen den Aufständen verbracht hast?«

Joß Fritz schüttelte den Kopf. »Nur die Menschen, denen ich vertraue«, erklärte er und blickte zwischen Hauser und Kilian hin und her.

»Wo will Ulrich dich suchen?«, fragte Hauser mit lachenden Augen. »Das Reich ist groß, und du könntest überall sein. Du tauchst wieder unter und wirst der Bauer Daniel Hofmeister in Mehlbach, der von seiner Pilgerreise zurückgekehrt ist.«

Als Hauser Kilians entsetzten Blick sah, erklärte er ungehalten: »Alle Schlachten und Aufstände, die wir bis jetzt geführt haben, sind nichts gegen das Gemetzel in Frankenhausen. Seit ich dort gesehen habe, wie die Heere der Fürsten die Bauern abgeschlachtet haben, weiß ich, dass wir uns geschlagen geben müssen. Gegen die Truppen des Adels werden wir in hundert Jahren nicht siegen können.«

Joß und Kilian blickten Hauser bestürzt an.

»Wie viele Unschuldige sollen für das Streben nach den ›alten Rechten‹ noch sterben? Wie viele Familien sollen noch um ihre niedergemetzelten Söhne weinen?«, fragte er. »Ich war dabei, als Matthias starb, und habe gesehen, wie das Blut der Toten den Kyffhäuser hinabgeronnen ist. Glaubt mir: Wenn nur ein Funke Aussicht auf Sieg bestünde, würde ich mit euch weiterkämpfen und wie in alten Zeiten an eurer Seite stehen.«

Die Freunde schwiegen, bis Kilian sich räusperte und sagte: »Ich werde mich morgen auf den Weg zu einigen Bettlerstämmen machen. Wenn die Hauptmänner erfahren, was Ulrich vorhat, werden sich das Bettlervolk und die Bauern gegen Ulrich zusammenrotten und sich gegenseitig beim Kampf gegen ihn unterstützen. Ich hoffe, wenn der Herzog merkt, dass Joß Fritz nicht an seiner Seite steht, sondern gegen ihn kämpft, wird er es mit der Angst zu tun bekommen.« Kilian blickte Joß eindringlich an und fuhr fort: »Reite mit Hauser zu deiner Tochter und versuche, ihren Mann zu retten. Wir werden uns eines Tages wiedersehen.«

»Was ist mit deinen Plänen?«, fragte Joß den Gefährten.

»Die hat Hauser zum Platzen gebracht.«

Kapitel 33

Der alte Kerkermeister beobachtete den Mann, dessen Gestalt er nur als Umriss erkennen konnte, da er zu weit weg von ihm saß. Seit einer Weile stand der Fremde an der Zellentür, die Hände auf dem Rücken verschränkt, und starrte auf den Gefangenen, der bewusstlos auf dem Boden lag.

Was gafft er da?, argwöhnte der Alte, der auf dem Schemel an dem kleinen Tisch im Vorraum saß. *Warum steht er da? Es muss einen besonderen Grund geben, dass er seit geraumer Zeit hier unten ist,* grübelte der Kerkermeister weiter. Obwohl er für die Gerüche in dem Gefängnis schon lange nicht mehr empfänglich war, wusste er, dass es in diesem Kerker bestialisch stank. Der Gestank war schlimm wie nie zuvor, seit man diesen einen Gefangenen, der mit Namen Veit hieß, hier unten eingesperrt hatte. Es verging nicht ein Tag, an dem die Schergen den armen Kerl nicht hinausschleiften und in den Torturkeller brachten. Sein Körper war übersät mit hässlichen Wunden, die den Gestank von Eiter, verfaultem und verbranntem Fleisch verströmten.

Als die Folterknechte den Mann am Morgen erneut abholen wollten, hatte er sich nicht mehr bewegt. Er lag wie tot auf dem Boden, sodass der Arzt gerufen wurde, der erst am späten Nachmittag in Begleitung des Richters erschienen war. Bereits am Treppenabsatz hatten sich die beiden die Ärmel vor die

Nase gepresst. »Dieser Gestank ist nicht zum Aushalten«, hatte der Richter in den Stoff genuschelt und war dem Arzt zur Zelle gefolgt, wo er in der Nähe der Tür stehen blieb.

Der Kerkermeister leuchtete dem Mediziner mit der Fackel, während der den Gefangenen mit einigen Fuß Abstand umrundete und angewidert dessen geschundenen Körper betrachtete.

Kurz darauf verließ der Arzt die Zelle und erklärte: »Wenn Ihr nicht wollt, dass er im Kerker krepiert, gebt ihm eine Woche zum Erholen.«

Ohne die Wunden des Gefolterten zu behandeln, eilte er mit dem Richter zum Treppenaufgang. Im Vorbeigehen hörte der Kerkermeister, wie der Arzt dem Richter zuflüsterte: »Er stirbt sowieso, aber Ihr wollt sicher nicht als Unmensch dastehen.«

Kurz nachdem der Richter und der Arzt gegangen waren, war der Fremde gekommen, der sich nicht vorgestellt und bislang kein Wort gesprochen hatte.

Der Kerkermeister stand auf und schlurfte zur Zellentür. Er war neugierig, wie der Mann aussah, und er wollte wissen, wie er roch. *Der Geruch eines Menschen verrät viel über ihn,* dachte der Alte und stellte sich neben den Mann.

Der Fremde reagierte erschrocken. »Was willst du?«, zischte er den Wärter an, sodass Speicheltropfen durch die Luft flogen.

»Der Gefangene braucht Wasser. Tritt zur Seite«, sagte der Alte und kräuselte kaum sichtbar die Nase, um den Geruch des Menschen neben sich einzuatmen.

Angst, dachte der Kerkermeister und schloss die Zellentür auf. *Ich kann seine Angst riechen.* Er schlappte zum Eimer, um den Becher zu füllen. Dann öffnete er die Zelle und trat ein. Der Alte musste nicht mehr mit der Fackel leuchten, denn das schwache Licht des Vorraums reichte ihm aus, um sich zurechtzufinden. Er wusste, dass der Gefangene immer an der gleichen Stelle lag – vier Schritte vom Eingang entfernt. In Gedanken zählte der Alte mit: eins, zwei, drei, vier. Dann machte er einen

Schritt nach links und kniete sich neben ihn. Er hob den Kopf des Geschundenen leicht an und sah, dass der Mann bewusstlos war. Zuerst wollte er ihn wachrütteln, doch dann legte er den Kopf des Gefolterten sachte zurück.

Schlaf, mein Junge, dachte der Alte. *So spürst du keine Schmerzen.* Da der Kerkermeister aus eigener Erfahrung wusste, dass trinken lebenswichtig war, benetzte er die Lippen des Mannes, der sein Sohn hätte sein können. Obwohl der Gefangene besinnungslos war, leckte er sich über die Lippen.

»So ist es gut. Trink, mein Junge, trink«, murmelte der Alte und befeuchtete erneut den Mund des Gefangenen.

»Es reicht«, keifte der Fremde an der Tür. »Komm sofort aus der Zelle, du Schwachsinniger.«

»Du hast mir nichts zu befehlen«, erklärte der Kerkermeister, ohne den Mann anzublicken. Ruhig tunkte er seine Finger in den Becher, um das Wasser auf die Lippen des Bewusstlosen tropfen zu lassen.

In dem Augenblick stürmte der Mann in das Verlies und zog den Alten an seinem Umhang auf die Beine. »Du verlässt augenblicklich die Zelle«, schrie er wie besessen.

Der Kerkermeister wandte sich ihm furchtlos zu und musterte ihn aus seinen wässrig-trüben Augen. »Du bist zwar gekleidet wie ein Soldat, doch jede Pore deines Körpers verströmt den Geruch der Angst. Was hat der Mann getan, dass du selbst jetzt, da er unfähig ist, sich zu regen, so stinkst?«

Der Alte sah, wie der Fremde seine Faust hob.

»Ich habe keine Furcht vor dir!«, murmelte der Kerkermeister.

Der Mann holte zum Schlag aus – und ließ die Faust wieder sinken. Er warf einen letzten Blick auf den Gefangenen und stieß den Alten zur Seite. Mit hastigen Schritten durchquerte er den Vorraum und stieg die Treppe hinauf.

Anna Maria blickte von ihrer Arbeit auf. Sie saß am Tisch in Elses Hütte und löste die Kastanien aus der Schale, um einen Brei zu kochen. Else war im Stall und fütterte die Hühner.

Um Anna Marias Augen lagen dunkle Schatten. Seit mehreren Nächten fürchtete sie sich davor einzuschlafen und versuchte krampfhaft, wach zu bleiben. Der Gedanke, dass Veit ihr im Traum erscheinen könnte, um von ihr Abschied zu nehmen, raubte ihr fast den Verstand. Anna Maria war eines Nachts aufgewacht und hatte ein Gefühl gehabt, als ob man ihr mit glühenden Zangen Fleisch aus dem Körper zwacken würde. Seitdem fürchtete sie, dass Veit Schlimmes erleiden musste.

Sie schloss die Lider, umfasste das Medaillon und sah Veits Gesicht vor sich. Sie sah seine himmelblauen Augen, die sie anstrahlten und die einen Hauch dunkler wurden, wenn er ihren Namen flüsterte.

Mit aller Kraft versuchte sie in sich hineinzuspüren und öffnete nach einer Weile erleichtert die Augen. »Er lebt!«, flüsterte sie und dankte still ihrem Schöpfer.

Anna Maria starrte auf die glänzenden dunkelbraunen Früchte in ihrer Hand. *Hauser ist schon eine Woche fort,* überlegte sie. *Ob er Vater gefunden hat?* Behutsam ritzte sie mit dem Messer die Schale auf, die sie auseinanderriss, um die helle Frucht zu entnehmen. Die Kerne warf sie in den Kochtopf, die Schalen daneben. Bei der nächsten Kastanie hielt Anna Maria erneut mit ihrer Arbeit inne. *Wie wird es sein, wenn ich Vater gegenüberstehe?*

In Mehlbach hatten Hauser und Gabriel ihr und ihren Brüdern Geschichten erzählt, die das Bild eines Mannes zeichneten, der nicht ihr Vater war. Immer wieder waren die beiden Männer ins Schwärmen geraten, wenn sie vergangenen Zeiten mit Joß Fritz, wie sie ihren Vater nannten, nachtrauerten. Seit Anna Maria die Abende mit Else in Lehen verbrachte, schilderte auch diese einen großartigen Mann, der wagemutig den Armen und den Unterdrückten helfen wollte und der von vielen Menschen im Reich verehrt und geachtet wurde – Joß Fritz, der auch ihr Vater Daniel Hofmeister war.

Seitdem hatte sich Anna Marias Bild von ihrem Vater verändert. Die Gestalt des Bauern Hofmeister verblasste, und die des Bundschuh-Rebellen Fritz drängte sich in ihr Bewusstsein. Der Mann, der anders zu sein schien als der, den sie von klein auf zu kennen glaubte.

»Wie wird Vater sich verhalten, jetzt, da sein Geheimnis gelüftet ist?«, fragte sich Anna Maria. Bei der Vorstellung stieg ein mulmiges Gefühl in ihr hoch. Sie verdrängte diese Gedanken, die sie belasteten, und murmelte: »Es ist mir einerlei. Vater soll mir helfen, Veit zu retten! Das ist das Einzige, was zählt.«

Anna Maria seufzte laut auf. *Ich habe geschworen, dass ich Veit aus dem Kerker herausholen werde,* dachte sie, *und diesen Schwur werde ich halten!*

Sie faltete die Hände zu einem stummen Gebet. Als sie spürte, wie Tränen in ihr hochstiegen, nahm sie das spitze Messer auf und fuhr energisch mit ihrer Arbeit fort.

Kurz darauf waren alle Kastanien geschält, und sie goss Wasser über die Früchte. Nachdem Anna Maria den schweren Topf über das Herdfeuer gehängt hatte, wurden vor der Tür Stimmen laut. Sie hörte Elses Stimme, die außer sich schien und schrie: »Du dreckiger Kerl!«

Erschrocken griff Anna Maria nach ihrem Messer und stürmte nach draußen, wo sie es sofort fallen ließ. Von einem Augenblick zum anderen zitterte sie wie Espenlaub und sackte in den Knien zusammen.

Als sie am Boden kauerte, blickte sie auf und stammelte: »Vater!«

Joß Fritz hatte sich während des langen Ritts nach Lehen vor dem Augenblick gefürchtet, in dem er seiner Tochter gegenüberstehen würde. Damit, dass er zuerst auf Else treffen würde, hatte er nicht gerechnet.

Kaum war Joß auf dem kleinen Hof angekommen und von seinem Pferd abgesessen, stürmte seine Frau aus dem Hühnerstall auf ihn zu und beschimpfte ihn aufs Übelste. Liebend gern hätte er sie an sich gezogen und geküsst, denn er mochte es, wenn sie wild und wütend war. Heute jedoch war er gehemmt, denn Else wusste von seinem Doppelspiel. Alles, was sie ihm vorwarf, entsprach der Wahrheit, sodass er ihr nichts entgegnen konnte, und das machte sogar einen Joß Fritz unsicher. Deshalb schwieg er zu den Vorwürfen, was Else noch rasender machte.

Außer sich brüllte sie: »Du dreckiger Kerl!«, und wandte sich von ihm ab.

In dem Augenblick war seine Tochter aus der Tür herausgestürmt.

Wie ein Häufchen Elend kauerte Anna Maria nun vor ihm auf dem verschneiten Boden und blickte aus großen, traurigen Augen zu ihm auf.

Joß ging zu ihr und zog sie in seine Arme. Er presste sie fest an sich und flüsterte: »Du bist dünn geworden, mein Mädchen.« Dann drückte er ihr einen Kuss auf den Scheitel.

Anna Maria blieb regungslos stehen. Sie hatte Angst, dass der Zauber dieses Augenblicks durch eine Bewegung vergehen würde. Noch nie hatte der Vater sie so fest umarmt. Noch nie hatte er mit so viel Liebe in der Stimme zu ihr gesprochen.

Hauser stand abseits und beobachtete die drei Menschen. Er konnte das Wechselbad der Gefühle deutlich in ihren Mienen ablesen.

Obwohl Else die Enttäuschung über die Lügen ihres Mannes im Gesicht geschrieben stand, war ihr Blick liebevoll auf Joß und seine Tochter gerichtet. Gerührt beobachtete sie das Wiedersehen der beiden.

Anna Marias Gesichtszüge verrieten Unsicherheit. Der Vater, dem sie vertraut hatte, seit sie sich erinnern konnte, war nicht der Mann, für den sie ihn gehalten hatte. Der Glanz ihrer Augen jedoch verriet die Liebe, die sie für ihn empfand – einerlei, wie er sich nannte.

Joß Fritz wirkte verkrampft. Er wusste, dass er seinen Kindern und seiner Frau Else Antworten schuldete, dass er sein lang gehütetes Geheimnis erklären musste. In seinen Augen aber spiegelte sich auch Erleichterung wider. Endlich konnte er der sein, der er in seinem Herzen immer war – Joß Fritz, der Kämpfer.

※

Sarah trug den Eimer mit frisch gemolkener Kuhmilch über den Hof, als ein Bursche auf sie zukam. Er war nicht älter als Hausers Sohn Florian und ebenso schmutzig wie der. Neugierig blickte er Sarah an.

»Was suchst du hier?«, fragte sie und hielt den Eimer mit beiden Händen vor sich.

»Ich habe eine Nachricht für den Bauern«, sagte er schüchtern.

»Der Bauer ist nicht im Haus. Ich bin die Bäuerin, und du kannst mir die Nachricht mitteilen.«

»Ich soll ausrichten, dass der Vater und die Tochter unterwegs wären. Kannst du damit etwas anfangen?«, fragte der Junge.

Wieder nickte Sarah und lief los. Im Laufen rief sie dem Burschen zu: »Geh ins Backhaus zu Lena und wiederhole, was du mir gesagt hast. Sie soll dir dafür einen süßen Kringel geben.«

Sarah lief in Tippelschritten über den Hof. In der Küche stellte sie hastig den Eimer ab und rieb sich die Hände trocken. Annabelle, die am Tisch saß und ein Huhn rupfte, während ihr Kind im Korb schlief, blickte sie fragend an.

»Anna Maria ist auf dem Weg zurück nach Mehlbach – mit dem Vater!«, wisperte Sarah ihr zu und stürmte wieder hinaus. »Peter! Jakob«, rief sie über den Hof und lief hinunter zur Schmiede.

Die Familie saß in der Küche beim Abendbrot zusammen. Während Peter seinen Ziehsohn auf dem Arm hielt und ihm zärtlich das Köpfchen streichelte, starrte Jakob auf den Becher mit Würzwein und blickte immer wieder zu seinem Bruder. Er ahnte, dass auch Peter sich über die Rückkehr des Vaters Gedanken machte. Jakob überlegte, wie er dem Alten entgegentreten sollte. Der Groll, dass der Vater nicht ehrlich zu seiner Familie gewesen war, dass er die Mutter mit einer anderen Frau betrogen hatte, saß tief und ließ sich nicht verdrängen.

»Ich hoffe, dass sie nicht zu spät kommen und Veit noch am Leben ist«, sagte Sarah leise und schöpfte Suppe in die Schale.

Plötzlich flog die Küchentür auf, und die Magd Lena kam mit hochroten Wangen hereingestolpert. »Stellt euch vor«, sagte sie aufgeregt, »unser Knecht Mathis hat erzählt, dass der alte Nehmenich verschwunden ist. Seit über einer Woche hat ihn niemand mehr gesehen. Ganz Katzweiler haben sie nach ihm abgesucht – nichts! Morgen wollen sie in Mehlbach und Schallodenbach nachsehen.«

Peter wagte nicht, seinen Bruder anzuschauen. Auch Jakob mied es, Peter anzusehen, und versenkte den Blick in seinem Weinkrug.

»Sicher ist er betrunken hingefallen und erfroren«, überlegte Sarah laut. »Der Herrgott wird über ihn gerichtet haben.«

»Sarah, sei still! Wie kannst du so über einen Menschen sprechen?«, rügte Jakob seine Frau.

»Er war ein böser Mensch, daran gibt es keine Zweifel! Unser Herrgott ist gerecht und wird das richtige Schicksal für ihn ersonnen haben«, erwiderte sie.

In diesem Augenblick hämmerte jemand an die Haustür.

Jakob schloss für einen Herzschlag die Augen. *Sie werden uns verhaften,* dachte er und hörte das Blut in seinen Ohren rauschen. Als erneut gegen das Holz gehämmert wurde, blickte Jakob zu Peter, der kreidebleich Annabelle das schreiende Kind reichte.

Lena schaute fragend in die Runde, und als niemand sich regte, ging sie hinaus, um zu öffnen. Kurz darauf kam sie mit großen Augen zurück, gefolgt von einem unbekannten Mann.

Der Fremde musterte die Menschen in der Küche ebenso, wie sie ihn betrachteten. Er war von stattlicher Gestalt und in der eigentümlichen Tracht der Landsknechte gekleidet. Sein Haar fiel leicht gewellt bis auf die Schultern und war dunkel wie Kinnbart und Schnauzer.

Der Mann stand in der Küche und kniff die Augen leicht zusammen, sodass sein Gesicht finster wirkte. Doch seine Augenfarbe, die so blau wie der Himmel war, milderte den strengen Blick.

»Johann von Ratzburg?«, fragte Peter zweifelnd. Er hatte als Erster seine Stimme wiedergefunden und sprang auf, um den Mann zu begrüßen.

»Johann?«, fragte nun auch Jakob erstaunt.

Sarah blickte den Fremden kritisch an. »Wir wissen von Jacob Hauser, dass Veits Bruder mit einem Tross unterwegs ist«, erklärte sie und forderte den Fremden auf, sich zu setzen.

»Dann war es dieser Hauser, der in Landstuhl nach mir gefragt hat?«, wollte Johann mit tiefer Stimme wissen. »Wo ist er?«

»Auf dem Weg hierher. Allerdings wissen wir nicht, wann er eintreffen wird«, erklärte Jakob.

Sarah wies Lena an, Essen für den Gast zu richten. »Du bist sicherlich hungrig und durstig.«

»Wo ist Veit?«, fragte der Mann energisch, ohne auf Sarahs

Freundlichkeit einzugehen. »Dieser Hauser sagte, dass mein Bruder in Schwierigkeiten steckt.«

»Setz dich«, bat Jakob. »Wir werden dir alles erzählen.«

Und sie berichteten Johann, was seinem Bruder widerfahren war.

»Ullein!«, presste Johann zwischen den Zähnen hervor. »Dieser elende Mistkerl. Ich habe ihm einiges zugetraut, aber nicht diese Hinterhältigkeit. Wisst ihr, wo sie Veit gefangen halten?«

»Er wurde nach Kaiserslautern gebracht. Wir konnten allerdings nicht herausbekommen, wo er dort im Kerker sitzt.«

»Das macht nichts. Ullein wird mich führen. Ich kenne die Stadt aus meinem Feldzug mit Franz von Sickingen.«

»Bist du allein?«, wiederholte Peter seine Frage, die Johann noch nicht beantwortet hatte.

Johann nickte. »Meine Männer sind jedoch in der Nähe und werden kommen, sobald ich sie brauche. Doch erst werde ich Ullein allein besuchen.«

»Es ist spät«, erklärte Jakob und blickte zu den Frauen und Kindern.

»Du kannst in der Kammer von Veit und Anna Maria schlafen«, bot Sarah Johann freundlich lächelnd an.

»Anna Maria?«, fragte Johann erstaunt. »Lebt sie auch hier?«

»Sie ist unsere Schwester.«

»Die Seherin ist eure Schwester?«, fragte Johann ungläubig. »Dann wisst ihr ja, dass sie meine Gefangene auf Burg Nanstein war, bis sie mit meinem Bruder geflohen ist. Damals hat er mir das Schwert gestohlen, das Ullein unbedingt besitzen will«, erklärte er.

Ullein hatte schlecht geschlafen. Das Bild des gefolterten Veit ging ihm nicht aus dem Kopf, der Geruch des verbrannten

Fleischs nicht aus seiner Nase. Er stand am frühen Morgen vor der Tür seines Elternhauses und atmete die frische, kalte Luft ein, als seine Schwester neben ihm auftauchte.

»Brr, ist das kalt!«, sagte Agnes und zog sich das Tuch enger um die Schultern. Sie drückte sich an Ullein vorbei, um zum Abort zu gehen, als sie seine rotgeränderten Augen sah. »Du siehst schrecklich aus«, sagte sie.

Miststück, dachte Ullein und wollte ins Haus gehen, als sie ihm hinterherrief:

»Hast du schon gehört? Der alte Nehmenich ist verschwunden.«

Ullein blieb stehen und drehte sich ihr ruckartig zu. »Woher willst du das wissen?«

Sie lachte gehässig auf. »Das weiß der ganze Ort.« Agnes zog ihre Augenbrauen zusammen. »Du hast hoffentlich nichts damit zu tun.«

»Bist du des Teufels?«, raunzte er sie an.

Ullein trat seinem Pferd mit aller Gewalt in die Flanken, damit es schneller lief. Er wollte nach Katzweiler und Nehmenichs Frau befragen, denn er hatte den Verdacht, dass der Alte sich mit dem Schwert davongemacht hatte. »Sie weiß sicher, wo sich der Hurenbock versteckt«, sagte er zornig.

Kaum war Ullein vor der Hütte angekommen, sprang er vom Pferd und stürmte hinein, ohne vorher anzuklopfen.

»Wo ist er?«, brüllte Ullein sofort, sodass die Frau vor Schreck aufschrie. »Wo ist dein Mann?«, wiederholte er, da sie nicht antwortete.

»Ich weiß es nicht«, weinte sie und blickte Ullein verzweifelt an. »Karl ist einfach verschwunden.«

»Das glaube ich dir nicht!«

Susanna kam herein, und als sie Ullein erblickte, rief sie außer sich: »Lass meine Mutter in Ruhe und verschwinde.«

Wütend gab Ullein ihr eine Ohrfeige, sodass sie gegen die Wand stolperte.

»Ich werde erst gehen, wenn ich weiß, wo dein Vater ist.«

»Ich habe ihn nicht mehr gesehen seit der Nacht, als wir bei den Hofmeisters waren«, jammerte Susanna und hielt sich die brennende Wange.

Ullein wurde hellhörig.

»Was hast du mit dem Alten bei den Hofmeisters gewollt?«, fragte er.

Die Augen des Mädchens wurden schreckensweit, und sie schüttelte den Kopf. »Du musst dich verhört haben. Ich meinte …«

»Was habt ihr dort gewollt?«, unterbrach er sie und verpasste ihr eine weitere Ohrfeige, die sie aufjaulen ließ.

Susanna stand weinend vor ihm und schluchzte: »Vater sollte für dich das Schwert stehlen.«

»Wo ist es?«

»Sie haben uns erwischt.«

»Das glaube ich dir nicht«, sagte Ullein leise und blickte die junge Frau herausfordernd an. »Dein Vater hält sich für besonders schlau und hat sich mein Schwert unter den Nagel gerissen, um es zu verkaufen.«

»Das ist nicht wahr«, versuchte Susanna Ullein zu widersprechen.

»Dann erklär mir, warum er verschwunden ist!«

»Das wissen wir nicht!«, wisperte sie ängstlich.

»Ich kenne deinen nichtsnutzigen Vater! Wenn ich ihn erwische, dann mache ich ihn einen Kopf kürzer, so wahr ich hier stehe. Das kannst du ihm von mir ausrichten!«, brüllte Ullein und stürmte aus dem Haus.

Als er sich auf sein Pferd schwingen wollte, hielt er kurz inne, denn er hatte das Gefühl, beobachtet zu werden. Da Ullein jedoch niemanden sehen konnte, ritt er von dannen.

Johann hatte Ullein in sicherem Abstand nach Katzweiler verfolgt. Nachdem Ullein in der Hütte verschwunden war, schlich Johann zum Fenster und lauschte dem Geschrei.

Er wusste von Jakob und Peter, wer dieser Nehmenich war. Sie hatten ihm von dem Bauern berichtet, der Veit beschuldigte, er würde sich in einen Wolf verwandeln. Als Ullein das Haus wieder verließ, hatte sich Johann hinter dem Ziegenstall der Nehmenichs versteckt. Er blickte Ullein hinterher, wie er in Richtung Kaiserslautern ritt, und folgte ihm.

Während seines Ritts drehte sich Ullein mehrmals auf dem Sattel um und blickte hinter sich. Er konnte das Gefühl nicht abschütteln, dass er verfolgt wurde.

Auch als er durch die Straßen von Kaiserslautern ritt, beschlich ihn die Ahnung, dass jemand ihm folgte. »Ich leide unter Verfolgungswahn«, dachte er und blickte auf das dunkle Gebäude, dessen Mauern aus wuchtigen Steinquadern gefertigt waren. Ullein wollte gerade vom Pferd steigen, als er den Richter und den Schwager des Fürsten erblickte, die um die Ecke bogen. Erschrocken beugte er sich über den Hals seines Pferdes, sodass sie ihn nicht erkennen konnten.

Als die beiden Männer in dem Gebäude verschwunden waren, ritt er langsam davon.

Johann hatte, von einem Fuhrwerk verdeckt, in Ulleins Nähe gestanden. Als er beobachtete, wie der Sohn des Försters erschrak, weil die Männer auf ihn zukamen, vermutete Johann, dass die beiden etwas mit Veit zu tun haben mussten.

Nachdenklich blickte Johann Ullein hinterher und folgte ihm zu Fuß, bis er durch das Stadttor hinausgeritten war. Dann ging er zurück zu dem Gebäude und schritt durch das massive Tor, hinter dem sich ein dunkler Innenhof befand. Auf der gegenüberliegenden Seite stand ein großer Bau, vor dessen Eingang ein Büttel Wache hielt.

Johann ging auf ihn zu, lächelte freundlich und wollte an ihm vorbeilaufen, doch der Mann stellte ihm seine Lanze vor die Füße.

»Wo willst du hin?«, fragte der Büttel unhöflich, der sich von Johanns imposanter Erscheinung nicht einschüchtern ließ.

»Ich habe einen Termin ...«, wollte Johann lügen, als der Mann ihn scharf anblickte und sagte:

»Du lügst! Heute sind keine Termine.«

Johann tat überrascht. »Dann muss ich mich wohl im Tag geirrt haben«, versuchte er sich herauszureden.

»Verschwinde«, grunzte der Mann und stellte sich breitbeinig vor die Eingangstür.

Es war früher Nachmittag, und Johann ritt zurück auf den Hofmeister-Hof. Da er Jakob und Peter im Haus nicht antraf, ging er hinunter zu den Stallungen, wo er die Brüder bei den Pferden fand.

»Ich weiß, wo sie Veit in Kaiserslautern eingekerkert haben«, sagte er zu ihnen und sah zu, wie die Hofmeister-Brüder einem Pferd das Hufeisen anpassten.

»Wie das?«, fragte Jakob.

»Ich bin Ullein gefolgt.«

»Hast du Veit gesehen?«, fragte Peter, der den Huf des Pferdes mit einer Feile bearbeitete, während Jakob ihn zwischen seinen Beinen eingeklemmt festhielt.

Johann schüttelte den Kopf. »Ein Büttel hat mich vor dem Tor abgewimmelt«, sagte er und erzählte auch, was er bei den Nehmenichs gehört hatte. Als er von der Drohung berichtete, dass Ullein Nehmenich den Kopf abschlagen wolle, ließ Jakob vor Schreck den Huf nach unten sausen. Seine Knie zitterten, sodass er in die Hocke ging.

»Was hast du?«, fragte Johann und blickte ihn forschend an.

»Nichts«, log Jakob und richtete sich wieder auf.

Als Johann auch Peters panischen Gesichtsausdruck sah, blickte er zwischen den beiden Brüdern hin und her.

»Ihr lügt!«, sagte er.

Abwehrend hielt Jakob die Hände in die Höhe.

»Warum sollten wir lügen?«, lachte Peter gequält.

»Ich bin ein Landsknecht und rieche eine Lüge zehn Fuß gegen den Wind. Ohne diesen Scharfsinn könnte ich niemals meine Feinde einschätzen und meine Schlachten planen.« Johann verengte seine Augen, sodass das Blau seiner Iris unsichtbar wurde. »Entweder ihr erzählt mir, was los ist, oder ich prügle es aus euch heraus. Alles, was ihr mir verschweigt, könnte das Überleben meines Bruders gefährden.«

Peter blickte Jakob an. Erst als er nickend seine Zustimmung gab, sagte er zu Johann: »Leider ist es so, dass die Wahrheit nur *unser* Leben gefährdet.«

Nachdem Peter berichtet hatte, was mit Nehmenich geschehen war, pfiff Johann leise durch die Zähne. »Auf diesen Hauser bin ich gespannt«, murmelte er und blickte die Brüder ernst an. »Falls es euch beruhigt: Ich hätte genauso gehandelt.«

Peter nickte, und Jakob schwieg.

»Doch für mich ist Hausers Entscheidung, ihn umzubringen, die Lösung meines Problems.«

Mehr sagte Johann nicht, und er verließ den Stall.

Kapitel 34

Anna Marias Körper schmerzte nach dem harten Ritt. Müde und durchgefroren schlich sie im Dunkeln die Treppe nach oben und öffnete leise die Tür zu ihrer Kammer.

Endlich daheim, dachte sie und schrie im gleichen Augenblick auf, denn sie spürte eine Metallspitze, die gegen ihre Kehle gedrückt wurde.

»Wer bist du?«, zischte jemand dicht an ihrem Ohr.

Im nächsten Augenblick wurde gegenüber die Kammertür aufgerissen, und Jakob stürmte aus seinem Schlafzimmer. »Wer hat hier geschrien?«, rief er und hielt den Knüppel in die Höhe, während Sarah hinter ihm mit einer Kerze den Gang erleuchtete. Entsetzt sah Jakob, wie Johann die Spitze seines Schwertes gegen Anna Marias Hals drückte.

»Bist du des Wahnsinns?«, brüllte Jakob. »Nimm sofort die Waffe von meiner Schwester.«

Johann ließ erschrocken das Schwert sinken, während Jakob seinen Knüppel zu Boden ließ, um Anna Maria zu umarmen.

»Ich habe gehört, wie jemand die Treppe heraufgeschlichen kam, und geglaubt, dass es Ullein wäre«, entschuldigte sich Johann und sah Anna Maria mürrisch an.

»Wie konnte ich ahnen, dass du in meiner Kammer schläfst?«, schimpfte sie und lehnte ihren Kopf gegen Jakobs Brust.

Peter und Annabelle, die durch den Lärm geweckt worden waren, drängten in den Raum. Überglücklich schloss Peter seine Schwester in die Arme. Als Anna Maria die schlanke Gestalt Annabelles erblickte, sah sie fragend auf, und die Schwägerin nickte. »Wir haben einen Sohn bekommen.«

»Annabelle hat ihn Peter-Matthias genannt«, verriet Peter stolz.

»Ich werde wohl nicht begrüßt?«, dröhnte eine Stimme auf dem Gang, woraufhin sich alle umdrehten.

»Vater«, stammelte Peter und umarmte ihn, während Jakob ihm die Hand entgegenstreckte.

»Wer ist der Fremde?«, brummte Joß und betrachtete Johann misstrauisch.

»Das ist Veits Bruder Johann«, erklärte Peter, und Johann reichte Joß die Hand.

»Wer hat hier geschrien?«, brüllte Hauser von der unteren Treppenstufe herauf.

»Beruhige dich. Es ist alles in Ordnung«, rief Peter ihm zu. »Wir sollten in die Küche gehen«, schlug er vor und betrachtete den Vater verschämt von der Seite.

Jacob Hauser, Joß Fritz und Else hatten sich nach dem langen Heimritt in die Küche gesetzt, als Anna Marias Schrei die Stille zerriss und der alte Hausherr sofort die Treppe hinaufgestürmt war. Nun kam er, gefolgt von seiner Familie, zurück und setzte sich neben Else an den Tisch.

Else blickte mit gemischten Gefühlen den fremden Menschen entgegen, die nacheinander die Küche betraten und sie überrascht musterten. Joß sah die Verwunderung in den Gesichtern seiner Söhne und ihrer Frauen und brummte: »Das ist die Else!«

Else versuchte, freundlich zu lächeln, was ihr schwerfiel, da ihre Unsicherheit sie hemmte.

Sie lehnen mich ab, dachte sie und wäre am liebsten sofort aufgebrochen, um nach Lehen zurückzugehen. Ihr Blick fiel auf Anna Maria, die ihr verschwörerisch zuzwinkerte. Und auch Hauser lächelte ihr aufmunternd zu.

⋯⋯

Als Joß vor mehreren Tagen unverhofft auf ihrem Hof in Lehen erschienen war und Anna Maria mitteilte, dass er mit ihr zurück nach Mehlbach ginge, hatte Else befürchtet, dass sie allein zurückbleiben sollte – so wie in all den Jahren zuvor; zumal Joß keine Andeutungen machte, dass es dieses Mal anders sein würde. Else fragte ihn nicht. Es war Anna Maria gewesen, die ihrem Vater die entscheidende Frage stellte:

»Wirst du dein weiteres Leben in Lehen oder in Mehlbach verbringen?«

Ihr Vater hatte überrascht aufgeblickt und erklärt: »Meine

Zeit als Joß Fritz ist vorbei! Jüngere sollen meinen Platz einnehmen und das zu Ende bringen, was ich begonnen habe. Ich möchte meine letzten Jahre in Ruhe verbringen und werde deshalb in Mehlbach bleiben.«

Else hatte gemerkt, dass Joß es vermied, sie anzublicken, und sie hatte nichts gesagt. Sie kannte ihren Mann. Er würde sich durch nichts von seinem Plan abbringen lassen und auf niemanden Rücksicht nehmen. Das hatte er früher nicht getan und würde es bei seiner letzten wichtigen Entscheidung erst recht nicht zulassen.

Anna Maria hatte sich sichtlich über die Zukunftspläne des Vaters gefreut und spontan vorgeschlagen: »Else soll mitkommen!«

Joß und Hauser waren über diesen Wunsch ebenso erstaunt gewesen wie Else selbst. Doch Anna Maria schien es ernst zu sein, denn sie sagte: »Else ist deine Frau und gehört nach Mehlbach, Vater!«

»Deine Brüder werden nicht begeistert sein«, gab Joß zu bedenken.

Anna Maria hatte mit den Schultern gezuckt und gemeint: »Sie werden sich damit abfinden müssen.«

Joß war anzusehen, dass er grübelte und abzuwägen schien. Als Hauser schmunzelnd fragte: »Seit wann kümmerst du dich um die Meinung anderer?«, hatte er kurz seine Tochter angeblickt und dann Else gefragt:

»Was hältst du von Anna Marias Vorschlag?«

Bei dieser Frage glaubte Else, dass ihr Herz vor Freude zerspringen würde. »Ich bin es nicht gewohnt, in einem Haus mit vielen Menschen zu leben« war ihr einziger Einwand gewesen.

Joß hatte verständnisvoll genickt. »Es wird eine Umstellung für dich werden. Vor allem musst du dir im Klaren sein, dass du in Mehlbach nicht mehr mit Joß Fritz, sondern mit Daniel Hofmeister zusammenleben wirst.«

»Was bedeutet das?«, frage Else neugierig.

»Langeweile!«, hatte Joß lachend geantwortet.

※

Nun saß Else in der Küche der Familie Hofmeister und wusste nicht, wie sie sich verhalten sollte. Unsicher blickte sie in die Runde. Da Joß nur ihren Namen genannt hatte, erklärte sie: »Ich komme aus Lehen.«

»Das wissen wir«, murmelte Jakob, ohne sie eines Blickes zu würdigen. Alle anderen nickten und stellten sich ihr vor.

»Else wird ab heute auf dem Hofmeister-Gehöft leben«, erklärte Joß und blickte dabei reihum jedem in die Augen. Jakob wollte aufbegehren, doch Peter trat ihm unter dem Tisch gegen das Schienbein, sodass er schwieg.

Anna Maria blickte zu Johann, der bis zu diesem Augenblick stumm dagesessen hatte. Sie räusperte sich und sagte: »Da Hauser dich in Landstuhl nicht angetroffen hat, habe ich nicht damit gerechnet, dich hier zu sehen.«

»Als der Wirt mir die Nachricht zukommen ließ, dass Veit in Mehlbach lebt und in Schwierigkeiten steckt, habe ich ebenso wenig damit gerechnet, dich hier anzutreffen«, brummte Johann und blickte sie finster an.

»Wie geht es Veit? Was habt ihr von ihm gehört?«, fragte Anna Maria ungeduldig. Doch sie traute sich kaum, die Frage laut auszusprechen aus Angst, dass sie Schlimmes hören würde.

»Johann weiß, wo Veit im Kerker sitzt. Allerdings haben wir keine Ahnung, ob er noch …« Peter schaute erschrocken seine Schwester an.

»Ich weiß, dass es Veit nicht gutgeht, aber er lebt!«, erklärte Anna Maria mit fester Stimme. »Ich hätte seinen Tod in meinen Träumen gespürt.«

»Also doch eine Seherin!«, murmelte Johann und blickte sie vorwurfsvoll, doch bewundernd an.

Bevor jemand auf seine Bemerkung eingehen konnte, fragte Anna Maria hastig: »Was ist mit Ullein?«

»Sobald wir Veit befreit haben, werde ich mich um Ullein kümmern«, sagte Johann. »Ich kann es kaum erwarten, diesem Mistkerl gegenüberzutreten.«

»Vater, hast du einen Plan, wie wir Veit aus dem Kerker befreien können? Du weißt: Jeder Tag zählt.«

»Morgen werden Hauser, Johann und ich einen Plan ersinnen, und spätestens übermorgen werden wir dir deinen Mann zurückbringen«, versprach Joß und erhob sich von der Küchenbank. »Komm, Else!«, sagte er. »Es war ein langer Weg bis hierher.«

»Wo willst du mit ihr hin?«, fragte Jakob und blickte entsetzt auf.

»In mein Schlafzimmer«, antwortete sein Vater und strafte ihn mit finsterem Blick. Dann verließ er mit Else die Küche.

»Wo soll ich schlafen?«, fragte Johann, der sich ächzend erhob. »Anna Maria wird ihre Kammer nun selbst bewohnen wollen.«

»Du darfst mit mir das Lager teilen«, schlug Hauser schmunzelnd vor. »So kannst du mir von deinem Feldherrn Franz von Sickingen erzählen, unter dem ich gerne gedient hätte.«

Else wälzte sich unruhig auf ihrem Lager hin und her und fand keinen Schlaf. Mit starrem Blick schaute sie zur Decke und konnte nur schwer durchatmen. Alles war ihr fremd in diesem Haus. Die Menschen, die ihre Familie werden sollten, die Gerüche in den Zimmern, das Bett, das nicht ihr eigenes war und einer anderen Frau gehört hatte – das Leben, das sie zukünftig führen sollte, ängstigte sie. *Es wird für alle das Beste sein, wenn ich zurück nach Lehen gehe. Dort kenne ich jeden Stein, jeden Strauch und muss mich nach niemandem richten,* dachte sie.

Else stand auf und legte sich das Tuch um die Schultern. Leise schlich sie zur Tür und öffnete sie langsam, um ihren schnarchenden Mann nicht zu wecken. Sie ging die Treppe hinunter und blickte sich kurz um. »Das muss die Tür zur Küche sein«, murmelte sie und öffnete diese.

Als sie Jakob am Tisch sitzen sah, zuckte sie erschrocken zusammen.

»Mach die Tür zu, es zieht!«, raunzte er verhalten.

»Ich wusste nicht ...«, stammelte Else, doch Jakob unterbrach sie:

»Was willst du?«

»Darf ich mir einen Sud brühen?«, fragte sie verlegen.

»Du bist jetzt die Bäuerin auf dem Hof und kannst somit tun und lassen, was dir gefällt«, knurrte er und blickte sie grimmig an.

Else setzte sich zu ihm und sagte: »Ich werde zurück nach Lehen gehen.«

Jakob schaute überrascht auf, doch dann murmelte er: »Das wird Vater nicht gestatten.«

»Glaubst du wirklich, er würde mich aufhalten?«, fragte sie gereizt. »Ich bin sicher, dass dein Vater meine Entscheidung hinnehmen wird, ohne ein Wort darüber zu verlieren.«

Jakob betrachtete die Frau zum ersten Mal und fand, dass sie mit seiner Mutter nichts gemein hatte. »Habt ihr Kinder?«, fragte er unvermittelt.

Else musterte den jungen Mann bei dieser Frage erstaunt, und plötzlich glaubte sie ihn zu verstehen. »Du hast Angst, dass dir jemand deinen Platz auf dem Hof streitig machen könnte«, stellte sie überrascht fest.

Jakob wollte etwas erwidern, blieb aber stumm.

»Du kannst beruhigt sein, Jakob. Es gibt niemanden, der dir etwas wegnehmen könnte.«

Else konnte erkennen, wie Jakob sich entspannte.

»Ich wollte auch nie den Platz deiner Mutter einnehmen«, fügte sie hinzu.

Beide starrten sich an, bis Else seufzend ihren Blick abwandte.

»Für mich ist diese Lage nicht leicht, Jakob. Ich musste stets allein zurechtkommen, da dein Vater jahrelang verschwunden war. Doch ich habe mein Schicksal stumm ertragen, denn ich wusste, dass sein Leben wegen der Aufstände in Gefahr war und er ständig fliehen musste. Er jedoch nutzte die Gelegenheit aus. Erst durch deine Schwester habe ich erfahren, dass mein Mann in Mehlbach eine Familie hat.« Else konnte und wollte die Bitterkeit in ihrer Stimme nicht unterdrücken, zumal sie spürte, wie ihr Zorn erneut anschwoll. »Joß hat uns alle betrogen!«, sagte sie und erhob sich, um nach oben zu gehen.

»Vielleicht sollten wir uns besser kennenlernen«, schlug Jakob vor und lächelte Else zaghaft an.

In diesem Augenblick erschien Anna Maria in der Küche. Sie war kreidebleich und hielt sich den Bauch.

»Was hast du, Kind?«, fragte Else besorgt und half ihr, sich zu setzen.

»Ich fühle mich unwohl«, stöhnte Anna Maria.

»Hast du schlecht geträumt?«, fragte Jakob, doch seine Schwester schüttelte den Kopf.

»Du bist sicherlich erschöpft, Anna Maria, und vielleicht brütest du ein Fieber aus.« Else legte fürsorglich die Hand auf die Stirn der jungen Frau. »Zum Glück fühlst du dich noch nicht heiß an. Es wäre ratsam, wenn du die nächsten Tage das Bett hüten würdest«, schlug sie vor, doch Anna Maria erwiderte:

»Ich werde auf keinen Fall im Bett liegen bleiben, wenn Veit befreit werden soll. Ich brühe mir einen Sud auf, der wird mir sicher guttun.« Auf wackligen Beinen ging sie zum Herd.

Joß, Hauser und Johann standen auf der anderen Straßenseite versteckt in einer Seitengasse und beobachteten seit dem Morgengrauen das Gebäude, in dem sie Veit vermuteten. Da es regnete, waren nur wenige Menschen auf der Straße, sodass die drei Männer bis jetzt niemandem aufgefallen waren.

»Verdammt«, flüsterte Johann. »Ich grüble und grüble, aber ich finde keinen Weg, wie wir Veit herausbekommen könnten.«

»Das Problem ist, dass wir nicht wissen, ob sie ihn dort gefangen halten«, gab Joß zu bedenken.

»Da hast du recht«, erklärte Johann. »Wir können das Gebäude nicht eher stürmen, bis wir das wissen, denn wir haben nur einen Versuch.«

»Ich werde hineingehen und erklären, dass ich Arbeit suche. Wenn ich im Gebäude bin, werde ich mich nach Veit umschauen«, erklärte Hauser.

»Das ist zu gewöhnlich, das kann nicht gehen. Mich hat der Büttel nicht einmal ausreden lassen«, brummte Johann und schüttelte den Kopf.

»Einen Versuch wäre es wert«, sagte Joß nachdenklich. »Es ist besser, als weiter im Regen zu stehen und das Gebäude anzugaffen. Wir werden uns in der Zwischenzeit im Gasthaus wärmen und uns dort umhören. In der Nähe des Marktplatzes gibt es eine kleine Spelunke, wo wir keine Gefahr laufen, Ullein oder andere zu treffen. Dort werden wir auf dich warten.«

Hauser ging durch das Tor und überquerte den Innenhof, wo der Büttel ihm grimmig entgegenblickte.

»Was willst du?«, fragte er, noch bevor Hauser vor ihm stand.

»Ich habe gehört, dass man hier erfahrene Soldaten sucht. Deshalb möchte ich mich bewerben.«

Der Büttel zog die Augenbrauen zusammen. »Ach ja? Das ist mir neu.«

»Ich denke nicht, dass ein Büttel alles weiß«, höhnte Hauser und schaute den Mann herausfordernd an, der langsam zur Seite trat.

Na also, dachte Hauser und ging in das Gebäude, wo er durch die dunklen langen Gänge irrte. Er musste sich beeilen, denn es war nur eine Frage der Zeit, bis man ihm auf die Schliche kommen würde. *Wenn ich wüsste, in welchem Flügel sich das Verlies befindet,* überlegte er, als ihm ein alter Mann mit einem Eimer entgegenschlurfte. Bei jedem Schritt schwappte das Wasser über, sodass eine feuchte Spur auf dem Steinboden entstand. Als der Alte neben ihm war, fragte Hauser leise: »Kannst du mir sagen, wo sich hier der Kerker befindet?«

Der Mann stellte den Eimer ab und kam dicht an ihn heran, um ihn aus trüben Augen kritisch zu mustern. »Ich habe dich hier noch nie gesehen«, sagte er misstrauisch. »Was willst du im Kerker?«

Hauser überlegte, was er antworten solle, als der Alte ihm vorschlug: »Wenn du den Eimer trägst, werde ich dir den Kerker zeigen, denn ich bin der Wächter des Verlieses.«

Hauser nahm den Wassereimer auf und folgte dem langsamen Schritt des Alten, der ihn durch weitere Gänge führte, bis sie vor einer schweren dunklen Holztür standen, die der Mann mit einem Schlüssel öffnete. Hauser schlugen eisige Kälte und übler Geruch entgegen. Vorsichtig stiegen die beiden Männer die feuchten Treppenstufen nach unten.

»Was für ein Gestank«, stöhnte Hauser, als sie unten ankamen.

»Ich rieche ihn schon lange nicht mehr«, erklärte der Alte und wies in eine Ecke. »Hier kannst du den Eimer abstellen. Wenn du mir nicht geholfen hättest, wäre nicht mehr so viel Wasser drin«, lachte der Mann, als Schritte auf der Treppe zu hören waren.

»Versteck dich!«, wisperte der Alte und zeigte Hauser eine Nische im Gemäuer, die vollkommen im Dunkeln lag.

Kaum hatte sich Hauser in die feuchte Mauervertiefung gepresst, stand der Besucher im Kerker.

Ullein, dachte Hauser zornig und wäre am liebsten nach vorn gestürmt, um auf ihn loszugehen.

»Was willst du?«, fragte der Alte den ungebetenen Gast.

»Das geht dich nichts an!«, erklärte Ullein unwirsch und ging zur Kerkertür, wo er durch die kleine Luke linste. »Wann wird der Gefangene zur Tortur abgeholt?«, fragte er gehässig.

»Er ist mehr tot als lebendig. Warum ihn weiter quälen?«

»Kümmere dich um deinen eigenen Dreck«, schimpfte Ullein. »Mit einem Werwolf darf man nicht zimperlich sein«, zischte er und weidete sich an dem entsetzten Blick des Alten. »Das hat man dir wohl verschwiegen, da du jetzt so bestürzt dreinschaust«, sagte Ullein und grinste.

Doch der Alte schüttelte den Kopf. »Ich bin erschüttert, wie man solch einen Unfug erzählen kann. Tierverwandlungen sind Ammenmärchen«, erklärte der Mann und blickte Ullein fest in die Augen.

»Halt dein Maul, du Wicht!«, brüllte Ullein, sodass seine Stimme an den Wänden widerhallte. Zornig ging er einen Schritt auf den Mann zu.

»Warum drohst du mir? Ich habe keine Angst vor dir.«

»Ich werde dafür sorgen, dass man dich auf die Straße wirft, wo du elendig krepieren wirst.«

Auch diese Drohung ließ den Alten kalt. Stattdessen flüsterte er: »Ich hoffe, dass du vor dem Richter keinen Eid abgelegt hast, um deine Glaubwürdigkeit zu beweisen. Falls doch, werde ich für dich beten, dass Gott gnädig zu dir sein wird, wenn deine Zeit auf Erden zu Ende ist.«

Ullein wusste, worauf der Alte ansprach. Meineid galt als Todsünde und wurde mit ewigem Fegefeuer bestraft.

»Eines Tages bringe ich dich um«, zischte Ullein und rannte die Treppenstufen nach oben.

Als Hauser hörte, wie die schwere Tür krachend ins Schloss fiel, kam er aus seinem Versteck hervor. Nachdenklich betrachtete er den Alten, der vor der Verliestür stand und in die Zelle starrte.

»Du bist zu spät gekommen«, sagte der Kerkerwächter leise, ohne ihn anzusehen.

»Wie meinst du das?«

»Dein Freund wird nicht mehr lange leben!«, erklärte der Alte.

»Woher weißt du, dass ich ihn kenne?«, fragte Hauser verblüfft.

Der Mann wischte sich mit seinem zerlumpten Umhang über das Gesicht und erklärte: »Warum solltest du den Kerker aufsuchen wollen? Ich habe im Laufe meines Lebens viele Menschen kennengelernt. Mit der Zeit bekommt man ein Gespür für die guten, aber vor allem für die schlechten unter ihnen. Der eben war einer der übelsten Sorte, denn das Wort Gerechtigkeit ist ihm fremd. Du bist anders.« Der Kerkermeister blickte zurück in die Zelle.

»Lässt du mich zu ihm?«, fragte Hauser.

Der Mann nickte. Als er den Schlüssel von seinem Tisch holte, fragte er: »Schneit es draußen?«

»Nein, es regnet. Warum?«

»Meine Finger schmerzen. Vor allem die, die nicht mehr da sind«, sagte er und hielt Hauser grinsend die rechte Hand mit den drei Fingern in die Höhe. Dann schlurfte er zur Tür und schloss auf.

Trotz des Gestanks atmete Hauser tief ein, denn er fürchtete sich vor dem, was er sehen würde. Der Kerkermeister nahm die Fackel von der Wand und leuchtete. Hauser blickte auf Veit und schlug sich entsetzt die Hand vor den Mund. »Oh, mein Gott«, flüsterte er. »Oh, mein Gott, was haben sie dir angetan?«

Er setzte sich neben Veit und berührte ihn zart an den Wangen. »Veit, hörst du mich? Ich bin es, Jacob Hauser!«

»Ich glaube, dass er nicht mehr in unserer Welt ist«, sagte der Alte und kam näher. »Seit Tagen war er nicht mehr bei Bewusstsein.«

»Veit, halte durch! Wir holen dich hier raus. Ich verspreche dir, dass du nicht in diesem Loch sterben wirst! Wir holen dich nach Hause zu Anna Maria. Veit, gib mir ein Zeichen, dass du mich hörst«, bettelte Hauser und hatte Mühe, nicht wie ein Weib zu heulen. Doch Veit rührte sich nicht.

Hauser erhob sich langsam, denn seine Beine zitterten. Ein letztes Mal blickte er auf Veit und sagte: »Halte durch! Wir werden dich hier herausholen.« Dann verließ er die Zelle.

Der Kerkermeister verschloss die Tür und fragte gereizt: »Wie willst du den Mann hier herausholen? Ich kann ihn dir nicht einfach überlassen. Sie würden mit mir das Gleiche machen wie mit ihm. Er wird nicht überleben.« Seine Stimme war jetzt angsterfüllt.

»Wir werden ihn mitnehmen«, zischte Hauser und umfasste die Kehle des Mannes, den er gegen die Wand drückte, sodass er aufheulte.

»Lass mich!«, krächzte der Alte und rang nach Luft. »Ich war anständig zu deinem Freund und habe ihm Wasser gegeben. Keinem meiner Gefangenen habe ich je ein Leid zugefügt«, betonte er und versuchte, sich aus dem Griff zu lösen.

Hauser ließ den Alten frei und flüsterte bewegt: »Auch wenn Veit sterben muss, soll es nicht in diesem Loch sein.«

Der Kerkermeister fasste sich an den schmerzenden Hals und hustete. »Du hättest mich beinahe umgebracht«, schimpfte er.

»Es tut mir leid«, sagte Hauser. »Aber hilf mir. Es soll dein Schaden nicht sein.«

»Was nützt mir dein Geld? Wo soll ich hin? Ich bin allein, habe niemanden, zu dem ich gehen kann! Sie werden mich finden und wieder foltern.«

Hauser blickte auf. »Hast du dabei deine Finger verloren?«

»Nicht nur die Finger«, sagte er und zeigte auf seinen Rücken.
Hauser sog die Luft zwischen seinen Zähnen ein.

»Kannst du jetzt verstehen, warum dein Freund nicht mitkann? Ich habe Angst und will niemals wieder solche Schmerzen ertragen müssen.«

Hauser schlug die Hände vors Gesicht, ging auf und ab und überlegte. »Was ist, wenn du mitkommst?«

»Wohin?«

»In Sicherheit!«

Der Alte blickte Hauser kritisch an. »Wer sagt mir, dass du mich nicht umbringst?«

»Deine Menschenkenntnis!«

※

Hauser kippte den Schnaps hinunter wie Wasser und bestellte sofort den nächsten.

»Erzähl«, forderte Johann und hielt Hausers Arm fest, als er nach dem nächsten gefüllten Schnapsbecher greifen wollte.

Hauser blickte Johann mitfühlend an. »Dein Bruder wird sterben«, flüsterte er. »Dass Veit trotz dieser Wunden noch lebt, grenzt an ein Wunder.«

Johann legte seine Finger auf die Augen und schwieg.

»Was schlägst du vor?«, fragte Joß seinen Gefährten.

»Selbst, wenn wir Veit da rausholen, weiß ich nicht, ob er es bis Mehlbach schaffen wird. Wo sollen wir ihn hinbringen? Ullein würde ihn als Erstes auf dem Hofmeister-Hof vermuten«, stöhnte Hauser.

Johann blickte auf und sagte: »Macht euch um Ullein keine Gedanken. Er wird morgen bereits Geschichte sein.«

»Du musst vorsichtig vorgehen«, gab Joß zu bedenken. »Er darf nicht erfahren, dass wir gemeinsame Sache machen.«

»Ich werde mir an dieser Ratte meine Finger nicht schmutzig machen«, erklärte Johann und lachte zynisch.

Als Hauser das hörte, nickte er zufrieden und sagte: »Wir können Veit da drin nicht krepieren lassen und müssen ihn aus dem Gefängnis holen.«

Fragend blickten Joß und Johann ihn an. Und Hauser erklärte seinen Plan.

Susanna Nehmenich, ihr Bruder Johannes und ihre Mutter saßen vor einer Schale mit warmem Bier und tunkten trockenes Brot hinein, als jemand an die Tür klopfte. Susanna stand auf, öffnete und blickte in das Gesicht eines Fremden.

»Was willst du?«, fragte sie und betrachtete den großen Mann, der ein Landsknecht zu sein schien, denn er hatte diese sonderbare Tracht an.

»Seid ihr die Nehmenichs?«

Sie nickte.

»Ich habe gehört, dass ihr euren Vater vermisst.«

Wieder nickte Susanna und wurde blass. »Hast du ihn gesehen?«, wisperte sie.

»Wer ist da?«, rief ihre Mutter. Susanna blickte den Mann an, der fast unmerklich den Kopf schüttelte und sie hinauswinkte.

»Es ist ein Fremder, der nach dem Weg fragt. Ich gehe vor die Tür, um ihm die Richtung zu weisen«, log Susanna und folgte dem Mann nach draußen.

»Warum tust du so geheimnisvoll?«, fragte sie und spürte Unbehagen in sich hochsteigen.

»Ich glaube, dass ich die Leiche deines Vaters im Wald gefunden habe.«

Susannas Augen weiteten sich. »Du kennst ihn nicht. Woher willst du wissen, dass es mein Vater ist?«, fragte sie bestürzt.

»Da hast du recht. Aber ich habe mich umgehört. Wird noch ein anderer vermisst?«

Susanna schüttelte den Kopf.

»Ich kann dir den Leichnam zeigen.«

Susanna schluckte bei der Vorstellung, ihren toten Vater sehen zu müssen. »Wo liegt er?«

»Im Wald bei einem Steinbruch.«

»Was hast du so tief im Wald zu suchen?«, fragte sie misstrauisch.

»Ich bin fremd in dieser Gegend und habe mich im Regen verirrt. Dabei kam ich zum Steinbruch, wo ich den Toten fand.«

Susanna blickte den Fremden argwöhnisch an.

»Warum erzählst du mir das und gehst nicht zum Schultheiß?«

»Ich wollte es euch sagen, bevor es die Runde macht«, sagte der Mann und blickte sich vorsichtig nach allen Seiten um.

Der Fremde ängstigte Susanna. Sie hatte bereits die Türklinke in der Hand, um ins Haus zurückzugehen, als er sagte: »Dein Vater wurde umgebracht.«

Susanna schnappte laut nach Luft. »Woher willst du das wissen? Vielleicht ist er betrunken gestürzt und erfroren«, wisperte die junge Frau.

»Dass man beim Sturz den Kopf verliert, kann ich mir beim besten Willen nicht vorstellen«, sagte der Mann und blickte Susanna fest in die Augen. Als sie das hörte, musste sie sich an der Klinke festhalten, da ihre Beine nachgaben.

»Den Kopf verlieren?«, flüsterte sie, und der Fremde nickte.

»Jemand muss ihn geköpft haben!«

»Ullein!«, flüsterte Susanna, und ihr ängstlicher Gesichtsausdruck veränderte sich und wurde hart.

»Ullein?«, fragte der Fremde.

Susanna nickte und flüsterte erneut: »Als mein Vater verschwand, beschuldigte uns Ullein, dass wir wüssten, wo er wäre. Aber ich wusste es nicht, und da drohte er, dass er meinem Vater den Kopf abschlagen würde, wenn er ihn fände.«

»Glaubst du, dass dieser Ullein dazu fähig wäre?«, fragte der Mann nachdenklich.

»O ja!«, wisperte Susanna. »Dieser Mensch ist zu allem fähig!«

»Dann komm, ich werde dir die Stelle zeigen, damit du es dem Schultheiß sagen kannst.«

Nachdem Johann die weinende Susanna zurück nach Katzweiler gebracht hatte, damit sie den Amtmann über den Mord an ihrem Vater in Kenntnis setzen konnte, ritt er fast vergnügt zum Haus des Försters.

Mittlerweile war es später Nachmittag, und die Dämmerung setzte ein. Der leichte Wind hatte die dichten Regenwolken vom Morgen vertrieben, sodass nur noch zarte Dunstfetzen am Himmel hingen.

Johann saß von seinem Pferd ab und ging zur Tür, die im gleichen Augenblick geöffnet wurde.

Ullein blickte Johann entgeistert an.

»Ich grüße dich, Ullein!«, sagte Johann und deutete eine Verbeugung an. Als er aufblickte und Ulleins Angst erkannte, stieg seine Laune.

»Was willst du?«, stammelte Ullein.

»Du musst keine Furcht haben«, versicherte ihm Johann. »Du kennst mich. An Abschaum habe ich mir noch nie die Hände schmutzig gemacht«, erklärte er.

Ullein wollte Johann die Tür vor der Nase zuschlagen, doch Johann packte ihn am Kragen und zerrte ihn hinaus.

»Warum hast du dich an meinem Bruder vergriffen?«, fragte Johann und zog ihn dicht an sich heran.

Ulleins aufgerissene Augen zeigten seine Angst, und das gefiel Johann.

»Lass mich los!«, schrie Ullein mit hoher Stimme und versuchte sich loszureißen, doch Johann war stärker. Er schleuderte seinen ehemaligen Kameraden hin und her und schrie:

»Ich will wissen, warum du Veit das angetan hast!«

Ulleins Gesicht verzerrte sich zu einer hässlichen Fratze. »Anstatt dich habe ich ihn bekommen«, lachte er wie irr. »Du hast ihm das Schwert von Sickingens gegeben. Das Schwert, das ich haben wollte.«

»Veit hat es mir gestohlen, du Wahnsinniger. Warum hätte Franz von Sickingen dir sein Schwert vererben sollen?«, brüllte Johann. »Du bist ein Versager, ein Niemand, ein Angsthase! Das hat Franz gewusst und dich deshalb nicht beachtet. Du hast dich stets an Wehrlosen vergriffen, dich an ihrem Leid ergötzt, aber selbst nie etwas erreicht. Jeder wusste es und hat dich gemieden.« Johann stieß Ullein angewidert von sich. »Du bist ein Nichts, Ullein, und du wirst als ein Nichts sterben!«

Johann wischte sich die Hände an seiner Hose ab, als ob er in Unrat gegriffen hätte, dann saß er auf, spuckte Ullein vor die Füße und ritt davon.

Ullein stand da und schaute Johann wie gelähmt hinterher. Als er aus seiner Starre erwachte, schrie er: »Dein Bruder soll im Kerker verrecken und du mit ihm!«

Dann drehte er sich um, als er seinen Vater erblickte. Der alte Förster stand, gestützt von seiner Tochter Agnes, im Hauseingang und blickte seinem Sohn entgegen. Obwohl der Alte schon seit einiger Zeit nicht mehr klar sprechen konnte, brachte er ein einziges Wort deutlich über die Lippen.

»Versager«, nuschelte er und wandte sich von seinem Sohn ab.

Ullein stand da und schloss die Augen. *Alles vorbei,* dachte er und wusste, dass er mal wieder verloren hatte.

Kapitel 35

Peter und Hauser gingen mit festen Schritten auf den Wachmann zu, der ihnen gelangweilt entgegenblickte.

»Was sucht ihr so spät hier?«

»Ich soll dich ablösen«, grinste Peter frech.

»Wer sagt das?«, fragte der Büttel gähnend.

»Er«, antwortete Peter und wies auf Hauser.

Als der Mann zu Hauser aufschaute, sah er dessen Faust auf sich zukommen, die ihn unvermittelt mitten auf die Brust traf. Geräuschlos sackte der Wachmann zusammen. Hauser fing ihn auf und zerrte ihn in das Gebäude, wo er ihn in einem leeren Raum auf den Boden legte. Peter zog dem Bewusstlosen hastig die Kleidung aus und streifte sie über seine. Gekleidet wie ein Büttel ging Peter hinaus und übernahm die Rolle des Wachmannes. Hauser folgte ihm und stieß einen schwachen Pfiff aus. Sogleich eilten Joß und Johann herbei.

»Das läuft besser, als ich vermutet habe«, sagte Joß und schlug seinem Sohn anerkennend auf die Schulter. Dann betraten er und Johann das Gebäude und folgten Hauser, der sie durch die Gänge lotste. Vor der schweren Holztür mit den wuchtigen Eisennieten blieb Hauser stehen und atmete mehrmals ein und aus. Er schaute die beiden Männer mit unheilvollem Blick an.

»Bringen wir es hinter uns!«, flüsterte Joß und öffnete die Tür. Als Hauser der Gestank in die Nase stieg, wandte er kurz das Gesicht ab und stieg dann mit den anderen die Treppe hinunter.

Der Kerkermeister erwartete die drei Männer mit Ungeduld. »Da seid ihr endlich«, brummte er gereizt und musterte Joß und Johann aus der Nähe. »Ich kenne euch nicht«, erklärte er und forderte: »Ich hoffe, dass ihr das Versprechen eures Freundes einlöst und ich mitkommen kann.«

Joß nickte, und Hauser erklärte: »Wir bringen dich zur Rauscher-Mühle, wo du willkommen sein wirst und dich niemand suchen wird.«

Mit der Antwort zufrieden, schloss der Alte die Zellentür auf, sodass die Männer eintreten konnten.

Johann ließ sich sofort neben Veit nieder und flüsterte erregt: »Was haben sie dir angetan?« Dann schimpfte er: »Ich wusste, dass diese verfluchten Wölfe dir Unglück bringen würden.«

»Ist er aufgewacht?«, fragte Hauser.

Der Alte schüttelte den Kopf. »Manchmal höre ich ihn stöhnen.«

»Ich brauche einen Becher mit Wasser«, sagte Joß zu ihm und blickte auf Veit herab.

Der Alte stutzte bei dem Befehl und schien zu überlegen. Doch dann schlurfte er hinaus.

»Auch wenn er ohne Bewusstsein ist, werde ich ihm die Tropfen geben«, sagte Joß leise und kniete sich auf die andere Seite.

»Glaubst du, dass er überleben wird?«, fragte Johann und kämpfte mit seinen Gefühlen.

Joß zuckte mit den Schultern. »Ich bin kein Arzt. Vielen meiner Männer erging es ebenso, und nur wenige haben überlebt. Seine Beine sind gebrochen, die Hände zerquetscht. Sieh dir seinen Körper an. Sie haben ganze Arbeit geleistet.«

Als der Kerkerwärter zurückkam, erhob sich Joß, um den Becher zu nehmen. Der Alte hielt ihm das Gefäß mit zittrigen Händen entgegen.

Joß blickte auf und sah die weit aufgerissenen Augen des Mannes. »Was hast du?«

»Ich kenne dich«, wisperte der Mann.

»Woher willst du mich kennen?«, fragte Joß und schaute zu Hauser, der bereits seine Hand am Messer hatte.

»Es war im Jahr 1513. Damals sollte an der Bienger Kirchweih ein neuer Bundschuh-Aufstand stattfinden. Kurz zuvor versammelten sich in einem Tal tausende von Aufständischen, um Joß Fritz zu lauschen, der uns Mut zusprechen wollte.« Die Augen des Alten bekamen einen eigentümlichen Glanz, als er in die Ferne starrte. »Fritz sprach, und kaum einer wagte zu atmen, denn er hat die besondere Begabung, die Menschen in seinen Bann zu ziehen. Ich stand in der letzten Reihe und konnte ihn hören, aber nicht sehen. Seine Stimme werde ich nie vergessen.« Der Alte sah Joß fest in die Augen: »Ich fühle mich geehrt, den großen Joß Fritz endlich auch zu sehen«, flüsterte er und reichte ihm die Hand.

Hauser ließ sein Messer los. »Gehörst du zu denen, die sie gefangen genommen haben?«, fragte er.

Der Alte nickte. »Wie wir wissen, wurde auch dieser Aufstand verraten und viele unserer Mitstreiter getötet und andere gefoltert. Mir haben sie die Finger abgehackt und den Rücken ... Ach, es ist lange her«, seufzte er. »Wir alle waren erleichtert, dass sie dich nicht erwischten, Joß.«

Hauser nickte, als Johann mahnte: »Die Zeit drängt.«

Joß nahm die kleine Glasflasche mit dem Gebräu, das Veit in einen Tiefschlaf versetzen sollte, aus der Innentasche seines Umhangs und zählte die Tropfen, die in das Wasser fielen. Mit dem Zeigefinger rührte er das Gemisch um.

»Heb den Kopf deines Bruders«, sagte er zu Johann.

Kaum fasste er Veit an, stöhnte dieser auf.

»Veit, ich bin es, dein Bruder«, flüsterte Johann dicht an seinem Ohr. »Wir sind gekommen, um dich zu befreien. Anna Maria wartet auf dich. Aber du musst das Gebräu trinken. Hörst du? Du musst es hinunterschlucken, damit der Schmerz nachlässt.«

Joß hielt ihm den Becher an die aufgeplatzten und geschwollenen Lippen. Langsam ließ er das Wassergemisch in Veits Mund fließen. Veit würgte und hustete und schrie vor Schmerzen auf.

»Trink!«, flüsterte Joß. »Schon bald wirst du nichts mehr spüren.«

Und Veit schluckte, bis der Becher leer war.

Joß wartete einige Augenblicke, damit das Mittel wirken konnte. Zur Probe hob er Veits zertrümmertes Bein an, und als er sich nicht regte, wusste er, dass das Mittel ihn betäubt hatte. »Es ist so weit«, murmelte er. Johann und Hauser hoben den Verletzten hoch.

Joß' Blick streifte den Alten. »Bist du bereit?«

Der Kerkermeister nickte und folgte ihnen nach oben.

Anna Maria stand hinter dem Haus und übergab sich zum wiederholten Male.

»Was hast du?«, fragte Fleischhauer besorgt.

»Der Geruch in deinem Haus schlägt mir auf den Magen«, sagte sie und setzte sich auf einen Stuhl, den der Arzt ihr hinschob. Verlegen räumte Fleischhauer die leeren Schnapsflaschen und den Krug mit dem sauren Wein vom Tisch. Anna Marias Blick folgte ihm, als sie plötzlich glaubte, draußen ein Geräusch zu hören. Hastig sprang sie auf und lief zur Haustür hinaus, um nachzuschauen. Aber da war niemand. Die Gasse wirkte in der Nacht wie ausgestorben.

Anna Maria kam enttäuscht zurück ins Haus, schloss die Tür und sah, wie Fleischhauer in ranzigen Käse biss. Der Geruch stieg ihr in die Nase, sodass sie wieder zur Hintertür hinausstürmte. Nach einer Weile setzte sie sich erschöpft auf den Stuhl zurück.

»Seit wann geht das so?«, fragte Fleischhauer besorgt.

»Was?«

»Dass dir unwohl ist.«

»Seit ich aus Lehen zurück bin. Else meint, dass ich ein Fieber ausbrüten würde.«

Fleischhauer blickte sie lachend an. »Vielleicht hat das Fieber zwei Beine und zwei Arme.«

»Wie meinst du das?«

»Im Herbst wirst du es vielleicht selbst herausfinden.«

Anna Maria dämmerte, was er meinte. »Du solltest dir eine Frau suchen, die Ordnung schafft«, fauchte sie. »In diesem Haus ist es dreckiger als in unserem Schweinestall. Kein Wunder, dass mir übel wird.«

Fleischhauer sagte nichts dazu und verschlang den Rest des Käses.

»Wie lange dauert das nur?«, murmelte Anna Maria und blickte Fleischhauer an, der sich ihr gegenüber hinsetzte. »Hoffentlich werden sie nicht entdeckt«, sagte sie besorgt.

Endlich waren hinter dem Haus Geratter und leise Stimmen zu hören. Anna Maria sprang auf und öffnete die Hintertür einen Spalt, als sie grob zur Seite gestoßen wurde.

»Du stehst im Weg«, schnauzte ihr Vater verhalten und drängte sich an ihr vorbei. »Wo können wir ihn hinlegen?«, erkundigte sich Joß bei dem Arzt, der nach oben zeigte.

»Wie sollen wir ihn die enge Stiege hinaufschaffen?«, fragte Joß gereizt.

»Dort oben wird ihn niemand vermuten!«, verteidigte Fleischhauer seinen Vorschlag.

Johann trat neben sie beide und schaute zur Stiege. »Veit ist leicht wie eine Feder geworden. Ich kann ihn allein hinauftragen«, erklärte er und ging wieder hinaus.

»Wie geht es ihm?«, fragte Anna Maria und blickte ihren Vater scheu an.

Joß fuhr sich durchs volle Haar und seufzte. »Nicht gut, mein Kind.«

Im nächsten Augenblick kam Johann herein. Er hatte sich Veit wie einen Kartoffelsack über die Schulter gelegt. Als Anna Maria Veits Zustand erblickte, musste Hauser sie stützen, da ihre Beine nachgaben. Entsetzt starrte sie Hauser an. »Was haben sie mit ihm gemacht?«, wisperte sie.

Anna Maria hatte sich die schlimmsten Bilder in ihrem Kopf vorgestellt, aber das übertraf all ihre Befürchtungen. Dieser Mann hatte nichts mit dem Mann gemein, in den sie sich verliebt hatte. Veit sah aus wie tot.

Sie roch den Eiter und die Verwesung, die sein Körper verströmte, und rannte hinters Haus, wo sie sich erbrach.

»Was ist mit dir?«, fragte Peter besorgt, der auf dem Kutschbock mit einem fremden Mann zusammensaß.

»Sein Geruch«, wisperte Anna Maria, und Peter nickte verständnisvoll. Joß, Johann und Hauser kamen wieder heraus.

»Komm, Anna Maria, wir müssen nach Hause, bevor man uns hier bemerkt.«

»Ich bleibe«, sagte sie, doch Joß schüttelte den Kopf.

»Es wäre besser, wenn du mitkommen würdest. Du kannst nichts für ihn tun. Fleischhauer wird sich um ihn kümmern.«

»Ich will bei ihm sein«, jammerte sie, sodass ihr Vater nachgab.

»Wir werden in den nächsten Tagen vorbeischauen und dich abholen.«

Nachdem die Männer abgefahren waren, verschloss Fleischhauer die vordere und die hintere Eingangstür des Hauses, damit sie vor ungebetenen Gästen sicher waren.

Der Arzt blickte Anna Maria besorgt an. »Bist du bereit?«, fragte er. Sie nickte.

Als Hauser am Mittag bei Fleischhauer aufgetaucht war und ihm von dem Plan erzählte, Veit in der Nacht zu befreien, stand es außer Frage, dass er Veit bei sich verstecken und verarzten würde. Es war für Fleischhauer Ehrensache, Veit zu helfen, allerdings konnte er nicht leugnen, dass die Münzen, die Hauser ihm in die Hand drückte, ebenfalls dafür sorgten, dass er sofort zustimmte.

Fleischhauer richtete für Veit ein Lager auf dem Speicher her und stellte alles Notwendige bereit. Sämtliche Tinkturen, Salben und Mixturen, die auf dem Regal standen, sowie zahlreiche Leinenbinden, Latten, um die Beine zu schienen, Wasser und das Brenneisen hatte der Arzt unter das Dach getragen.

Anna Maria folgte ihm die Stiege hinauf. Obwohl sie versuchte, sich zusammenzureißen, schossen ihr sofort die Tränen in die Augen. Als sie Veits geschwollenes und blau geschlagenes Gesicht und seinen geschundenen Körper sah, musste sie sich auf die Lippe beißen, um nicht laut aufzuschreien. Sie unterdrückte das Würgen und setzte sich neben den Strohsack, auf dem er lag. Hilflos betrachtete sie ihn und hätte ihm gern über die Hand gestreichelt. Aber als sie die aufgeplatzte und blau verfärbte Haut und die ausgerissenen Fingernägel sah, ließ sie es bleiben und flüsterte mit tränenerstickter Stimme: »Liebster, ich bin hier! Ich habe meinen Schwur gehalten. Du bist jetzt in Sicherheit.«

Fleischhauer trat neben sie und sagte sanft: »Anna Maria, ich muss Veits Wunden versorgen. Du musst mir Platz machen.«

Sie schniefte und rutschte zur Seite. »Wird er überleben?«, wisperte sie.

Fleischhauer hatte keine Antwort und blickte sie achselzuckend an. »Zum Glück haben wir das Betäubungsmittel deines Vaters, sodass er keine Schmerzen spüren wird.«

Sie nickte und schaute ihm ängstlich zu, wie er Veits Wunden auswusch.

Als Anna Maria erwachte, lag sie neben Veit auf dem Strohsack unter dem Dachboden. Sie hatte nicht bemerkt, wie sie eingeschlafen war, und setzte sich erschrocken auf. Licht drang durch die Ritzen des Dachgebälks, sodass sie wusste, es war heller Tag.

Fleischhauer blickte Anna Maria erschöpft an. Als sie den Geruch von verbranntem Fleisch roch, musste sie sofort würgen. Doch sie konnte den Brechreiz bezähmen.

»Du hast ihm die Wunden ausgebrannt?«

Der Arzt nickte.

»Wie geht es ihm?«, fragte Anna Maria, als sie die Schüssel mit dem blutrot verfärbten Wasser erblickte. Sie betrachtete Veits Gesicht, das unter den blauen Flecken totenbleich schien.

»Ich weiß es nicht, Anna Maria. Das Gebräu deines Vaters wirkt noch immer, sodass er sich nicht einmal geregt oder einen Laut von sich gegeben hat. Erst die nächsten Tage werden über sein Leben entscheiden«, sagte er und rieb sich müde über die Augen.

»Leg dich schlafen«, schlug sie vor. »Ich werde Wache halten.«

Als Fleischhauer nach unten gegangen war, küsste Anna Maria Veits Stirn und setzte sich so, dass sie ihn sehen und sich gegen das Dachgebälk lehnen konnte. Sie starrte auf das Stückchen Boden, dass sie zwischen ihren Füßen erkennen konnte.

Die Prophezeiung, die Fleischhauer in der Nacht ausgesprochen hatte, ging ihr nicht aus dem Kopf.

»Im Herbst wirst du es selbst herausfinden.« Im ersten Augenblick hatte Anna Maria nicht verstanden, was er meinte, doch rasch war es ihr klar geworden. Die Vorstellung, dass sie von diesem Unmenschen, der sie vergewaltigt hatte, schwanger sein könnte, raubte ihr die Luft zum Atmen. »Es darf nicht sein, dass ich von diesem widerwärtigen Menschen ein Kind bekomme«, jammerte sie leise. Doch im nächsten Augenblick versuchte sie sich zu beruhigen und beschloss: *Ich werde mir erst Gedanken darüber machen, wenn mein Blutfluss ausbleibt.*

Zwei Tage später war Veits Gesundheitszustand unverändert. Johann und Hauser kamen in der Nacht vorbei, um nach ihm zu schauen. Hauser brachte einen Beutel mit Essen mit. »Das soll ich dir von Else, Lena, Sarah und Annabelle geben und dir ausrichten, dass sie für Veit beten und Tag und Nacht eine Kerze brennen lassen.«

Anna Maria dankte ihm und fragte besorgt: »Wo ist Vater?«

»Dein Vater wollte sich im Ort nicht blicken lassen, weil niemand weiß, dass er von seiner Pilgerfahrt zurück ist«, erklärte Hauser und zwinkerte ihr zu. »Habt ihr schon die Neuigkeiten gehört?«, fragte er ernst und blickte kurz zu Johann, der neben seinem Bruder auf dem Boden saß. Johann schaute auf, und Anna Maria glaubte ein kurzes Grinsen in seinem Gesicht zu erkennen.

Fleischhauer und Anna Maria schüttelten den Kopf.

»Ullein wurde verhaftet!«

»Warum?«, wollte Fleischhauer erstaunt wissen.

»Man hat die Leiche des alten Nehmenich gefunden und beschuldigt Ullein, dass er ihn umgebracht hätte.«

»Wie kommt man darauf, dass ausgerechnet Ullein das getan haben soll?«, fragte Anna Maria zweifelnd.

»Ullein hat gegenüber Nehmenichs Frau und Kindern gedroht, ›den Alten einen Kopf kürzer zu machen‹, wenn er ihn erwischen würde.« Hauser machte eine kurze Pause und sagte dann: »Nehmenich wurde geköpft.«

»Herr im Himmel!«, flüsterte Anna Maria und fauchte im nächsten Augenblick: »Ich wünsche Ullein die gleichen Qualen, die Veit ertragen musste.«

»Als man Ullein nach Kaiserslautern ins Gefängnis überführte, ahnte er, was auf ihn zukommen würde, und hat die Tat gestanden. Er wurde bereits verurteilt und soll in wenigen Tagen hingerichtet werden.«

Hauser blickte zu Fleischhauer, und beide Männer entspannten sich.

»Es gibt eine weitere Neuigkeit«, sagte Hauser leise. »In Kaiserslautern geht das Gerücht um, dass der Werwolf den Kerkermeister gefressen und sich dann in gelben Rauch aufgelöst haben soll. Angeblich wäre er durch den Kamin entschwunden.«

»Die Menschen wissen, dass es sich nur um Veit handeln kann«, gab Johann zu bedenken und blickte Anna Maria ernst an. »Wenn Veit überlebt, muss er aus Mehlbach verschwinden.«

Anna Maria schloss die Augen. Tränen quollen unter ihren Lidern hervor. »Wenn Veit wieder gesund wird, dann werde ich ihm überallhin folgen«, flüsterte sie und blickte die Männer entschlossen an.

Mittlerweile waren mehrere Tage vergangen, seit Veit aus dem Gefängnis befreit worden war. Fleischhauer hatte ihm zum wiederholten Male das geheimnisvolle Gebräu verabreicht. »Schlaf ist die beste Medizin«, erklärte er Anna Maria. »So fühlt Veit keine Schmerzen, und der Körper kann heilen. Wichtig ist, dass wir ihm genug zu trinken geben.«

Seitdem befeuchtete Anna Maria in regelmäßigen Abständen Veits Lippen mit einem nassen Tuch.

Die Zeit rann dahin. Anna Maria lebte seit vielen Tagen, von den Katzweiler Einwohnern unbemerkt, unter dem Dach des Arzthauses. Jeden zweiten Tag kam am späten Abend einer ihrer Brüder, Hauser, Johann oder ihr Vater vorbei, die ihr das Neueste von zu Hause berichteten. Peter schwärmte von seinem kleinen Sohn, den Anna Maria nur einmal gesehen hatte.

Wenn Anna Maria von dem kleinen Peter-Matthias hörte, krampfte sich ihr Herz zusammen, denn seit letzter Woche vermutete sie, dass sie tatsächlich schwanger sein konnte.

Ihre Monatsblutung kam zwar seit jeher unregelmäßig, doch als sie jetzt nach wie vor ausblieb, war sie sich sicher, dass das nur eines bedeuten konnte. Obwohl sie täglich gebetet hatte, dass der Monatsfluss einsetzen möge, spürte sie, wie mit jedem Tag die Wahrscheinlichkeit wuchs, dass der Widerling sie geschwängert hatte.

Anna Maria beschloss, nach Mehlbach zu gehen, um mit der Magd Lena zu sprechen. *Lena wird sicherlich eine Engelmacherin kennen, die mir in meiner Not hilft,* dachte Anna Maria und spürte Angst in sich hochsteigen.

Jeden Morgen half Anna Maria Fleischhauer, Veits Wunden zu versorgen, und auch heute tupfte sie vorsichtig Arnikasalbe auf Veits blaue Flecken. Als der Arzt seine Hände mit Ringelblumensalbe bestrich, flüsterte Veit plötzlich: »Wasser!«

Anna Maria und Fleischhauer schauten ihn überrascht an und sahen, dass er sie aus trüben Augen anblickte.

»Wasser«, wisperte er erneut.

Der Arzt eilte sofort nach unten, um frisches Wasser zu holen. Anna Maria wusste nicht, ob sie lachen oder weinen sollte. Überglücklich hauchte sie Veit einen Kuss auf die Lippen.

»Anna Maria«, flüsterte er und versuchte zu lächeln.

Fleischhauer kam zurück und reichte ihr den Becher.

»Hier, Liebster! Trink!«, sagte Anna Maria unter Tränen und hob sachte seinen Kopf an. Nachdem Veit einige Schlucke zu sich genommen hatte, legte sie seinen Kopf zurück aufs Lager. Freudestrahlend sah sie ihn an und sagte: »Jetzt wird alles gut.«

Als in der Nacht Johann vorbeikam und sein Bruder ihm entgegenblickte, konnte selbst der große, starke Mann seine Gefühle nicht mehr unterdrücken. »Du hast uns einen großen Schrecken eingejagt«, sagte Johann und schluckte.

→=◎=←

Veit erwachte nur, wenn Besuch kam. Von Tag zu Tag ging es ihm besser. Die Fleischverletzungen heilten. Nur die Knochenbrüche bereiteten ihm Schwierigkeiten. »Ob ich jemals wieder laufen kann?«, sorgte er sich.

»Sobald wir dich auf den Hof gebracht haben, werden Hauser und ich mit dir die Übungen machen, die der Bader Gabriel in Mühlhausen mir gezeigt hat. Banditen hatten mir einen offenen Knochenbruch zugefügt, sodass ich befürchtete, der Arm würde steif bleiben. Doch schau her: Dank der Übungen im warmen Wasser kann ich ihn fast vollständig bewegen«, lachte Peter und zeigte Veit den Arm.

Einige Tage später teilte Anna Maria Veit mit, dass sie nach Mehlbach gehen würde. »Peter wird mich gleich abholen«, sagte sie. Als sie Veits Enttäuschung sah, nahm sie vorsichtig seine Hand in die ihre. »Ich war seit vielen Tagen nicht mehr zu Hause«, erklärte sie und versprach: »In ein paar Tagen werde ich zurück sein. Adam wird dich bestens versorgen«, lächelte sie, und Fleischhauer, der neben ihr saß, nickte.

»Ich vermisse dich schon jetzt«, flüsterte Veit und zog sie langsam zu sich, um ihr einen Kuss zu geben. »Ich danke dir«, sagte er. Fragend blickte sie ihn an. »Peter hat mir erzählt, was du auf dich genommen hast, um mich zu retten. Ohne dich wäre ich gestorben.«

Anna Maria seufzte leise: »Ich liebe dich!«, und warf ihm eine Kusshand zu. Dann ging sie die Stiege nach unten.

An der Haustür presste sie ihre Stirn gegen das Holz.

Veit wird mich hassen, wenn er erfährt, dass ich von einem anderen ein Kind erwarte, dachte sie und ging hinaus.

Mit gemischten Gefühlen schlich sie durch die Dunkelheit zum Ausgang Katzweilers, wo Peter auf sie wartete. Sie stieg auf das Fuhrwerk, und ihr Bruder brachte sie nach Hause.

Nachdem Anna Maria am Abend gebadet hatte, fiel sie erschöpft in ihr Bett und schlief bis zum nächsten Mittag. Ausgeruht ging sie hinunter in die Küche, wo sie auf Lena traf.

»Da ist ja unser Mädchen wieder«, freute sich die Magd und stellte Anna Maria warme Milch mit Honig und frisch gebackenes Brot auf den Tisch.

»Wo sind die anderen?«, fragte Anna Maria.

»Die Männer im Stall, Sarah im Backhaus und Annabelle mit dem Kleinen oben. Er hat Bauchweh und schreit den lieben langen Tag.«

»Ich muss mit dir reden«, sagte Anna Maria ernst, sodass Lena erschrocken aufblickte.

Bereits am Nachmittag lag Anna Maria auf dem Tisch der Engelmacherin, die am anderen Ende des Waldes wohnte. Die Frau, die Anna Marias Großmutter hätte sein können, untersuchte sie mit kritischem Blick und bestätigte Anna Marias Vermutung. »Du bist schwanger!«, sagte sie ungerührt.

»Ich will es nicht«, flüsterte Anna Maria unter Tränen, doch die Frau schüttelte den Kopf.

»Wenn ich versuche, es dir fortzumachen, könntest du dabei sterben.«

»Warum?«, fragte Lena entsetzt, die Anna Maria begleitet hatte. »Du hast mir meine auch weggemacht, ohne dass ich Angst haben musste zu sterben.«

»Sie ist zu eng gebaut!«, erklärte die Alte bestimmt. »Ich würde sie mit dem Geschirr womöglich auseinanderreißen, sodass sie innerlich verbluten könnte. Die Gefahr ist zu groß. Wenn sie stirbt, komme ich ins Gefängnis.«

Als Anna Maria das hörte, schnappte sie nach Luft und schrie wie von Sinnen: »Ich will dieses Kind nicht!«

Mitten in der Nacht wurde Veit heimlich zurück auf den Hofmeister-Hof gebracht. Johann trug ihn in Anna Marias Kammer, wo er gesund werden sollte.

Alle waren glücklich, Veit endlich wieder auf dem Hof zu haben. Nur der kleine Peter-Matthias weinte, als er den bärtigen Menschen sah, und versteckte sein Gesicht am Hals der Mutter.

»Wir müssen dich unbedingt rasieren und dir die Haare schneiden«, lachte Annabelle, und jeder stimmte in das Lachen ein. Nur Anna Maria war nicht zum Lachen zumute.

Johann suchte seinen Bruder auf. »Es wird Zeit, dass ich wieder zu meinen Männern zurückkehre«, erklärte er Veit. »Und auch zu Gerhild und unseren Kindern«, fügte er hinzu.

Veit blickte ihn erstaunt an. »Ihr habt Kinder?«

Johann lachte leise in sich hinein. »Zwillinge. Zwei Mädchen. Kannst du dir das vorstellen? Ich, Johann von Razdorf, der sein Leben dem Kampf gewidmet hatte, kann es kaum erwarten, mit meinen Töchtern zu spielen und meine Frau wiederzusehen.«

Veit musste schmunzeln. »Nein, das kann ich mir wirklich nicht vorstellen. Aber es freut mich, das zu hören. Dann geht es Gerhild gut?«

Johann nickte. »Sie ist ein Prachtweib und eine gute Mutter und Ehefrau.«

Erneut blickte Veit erstaunt seinen Bruder an.

»Was sollte ich machen? Sie hatte gedroht, mich zu verlassen, wenn ich sie nicht geehelicht hätte«, jammerte Johann lachend. Doch dann wurde er ernst. »Du weißt, dass du dich nicht ewig in dieser Kammer verstecken kannst?«

Veit nickte.

»Ihr müsst aus Mehlbach fortgehen, wenigstens so lange, bis sich niemand mehr an den Werwolf erinnern kann.«

»Ich weiß«, flüsterte Veit.

»Wir leben einen Tagesritt von hier entfernt in nördlicher Richtung auf einem abgelegenen Bauernhof.«

»Ich dachte, ihr hättet euch einem Tross angeschlossen.«

»Das hatten wir auch. Aber dann kamen die Kinder, und Gerhild wollte nicht mehr durch die Lande ziehen. Wenn ich ehrlich bin, juckt es mich zwar in den Fingern, aber ich habe mit Anna Marias Vater gesprochen. Im Augenblick gibt es zu viele kleine Zersplitterungen. Nichts Richtiges, für das es sich zu kämpfen lohnt, und deshalb bleiben wir die nächste Zeit auf dem Bauernhof. Du kommst mit Anna Maria zu uns und wirst vollständig gesund. Dann sehen wir weiter.«

Anna Maria kümmerte sich aufopferungsvoll um Veit. Nichts war ihr zu viel, nichts zu mühsam. Aber sie ließ keine Nähe zu, vermied es, ihn länger als notwendig anzufassen. Wenn er sie küssen wollte, wandte sie sich mit einer Ausrede von ihm ab. Wollte er sie berühren, erstarrte sie.

Veit sagte nichts, sondern blickte Anna Maria voller Angst und Zweifel an. Er konnte sich keinen Reim darauf machen und gab seinem entstellten Körper die Schuld.

Wenn Anna Maria Veits traurigen Blick sah, zerriss es ihr das Herz, doch sie konnte ihn nicht ertragen und zog sich in sich zurück. Ihren leicht gewölbten Leib versteckte sie unter ihren weiten Röcken, doch es war nur noch eine Frage der Zeit, bis jeder ihre Schwangerschaft erkennen würde.

Der Frühling hatte Einzug gehalten, und Anna Maria saß auf einer Bank bei den Obstbäumen, als sie Else mit Peter-Matthias auf dem Arm auf sich zukommen sah. Anna Maria lächelte die Frau an, die ihr eine Freundin geworden war. Elses freundliches Wesen steckte offenbar alle an, auch die Einwohner von Mehlbach, die sie als neue Bäuerin auf dem Hofmeister-Hof duldeten, ohne lästige Fragen zu stellen.

»Geht es dir gut?«, fragte Else, besorgt über Anna Marias blasses Gesicht, und setzte sich mit dem schlafenden Kind zu ihr.

Anna Maria lachte gequält auf. »Dasselbe wollte ich dich fragen.«

Else strahlte und küsste die Finger des Jungen. »Mir geht es wunderbar!«, seufzte sie. »Mir ging es noch nie besser!«

»Das freut mich«, erklärte Anna Maria ehrlich.

»Als dein Vater mir sagte, dass das Leben mit Daniel Hofmeister von Langeweile geprägt sein würde, bangte mir davor. Aber mein Leben ist alles andere als langweilig. Ich wurde reich beschenkt, denn bei euch habe ich die Familie gefunden, die ich über all die Jahre vermisst habe. Wenn du nicht gewesen wärst ...!«, erklärte Else und strich Anna Maria liebevoll über die Wange.

Für Anna Maria war diese Berührung, als ob eine Mauer eingerissen würde. Tränen schossen ihr in die Augen, und ihr Selbstschutz wurde fortgeschwemmt.

»Was hast du?«, fragte Else entsetzt.

»Ich bin schwanger«, schluchzte Anna Maria. »Dieser schreckliche Mensch hat mir das angetan«, erklärte sie und schlug sich die Hände vors Gesicht.

Else wusste sofort, von wem sie sprach. Den schlafenden Jungen auf dem einen Arm, die weinende Anna Maria im anderen, saß sie da und wusste im ersten Augenblick nicht, was sie sagen sollte.

»Warst du bei einer Engelmacherin?«, fragte sie schließlich. Anna Maria nickte und erzählte, warum diese das Kind nicht hatte fortmachen können.

»Was soll ich nur tun?«, fragte sie Else verzweifelt.

»Du musst es Veit sagen«, erklärte die Frau ruhig und blickte Anna Maria fest an.

»Er wird mich hassen!«, jammerte Anna Maria leise.

»Nein, das wird er nicht. Veit hat dir sein Leben zu verdanken«, versuchte Else sie zu überzeugen.

»Aber ich hasse mich, denn ich bin schuld an all dem!«, flüsterte Anna Maria. »Wenn ich mich stärker gewehrt hätte, wäre das nicht passiert«, wisperte sie, und ihr Gesicht erstarrte, so, wie ihre Tränen versiegten.

Else war über Anna Marias Meinung entsetzt. »Was redest du für dummes Zeug?«, schimpfte sie leise. »Dieser Mann ist wie ein wildes Tier über dich hergefallen. Ich habe deine Verletzungen gesehen. Hättest du dich zur Wehr gesetzt, hätte er dich umgebracht«, widersprach Else heftig.

»Es vergeht kaum eine Nacht, in der ich nicht davon träume«, flüsterte Anna Maria. »Dann sehe ich seine schwarzen Augen über mir und spüre seinen Körper auf mir. Manchmal glaube ich, dass ich ihn noch riechen kann«, wisperte Anna Maria.

Else versuchte, ihr Entsetzen der jungen Frau nicht zu zeigen, und drückte ihr einen Kuss auf den Scheitel. »Du musst versuchen, ihn zu vergessen«, sagte sie.

»Das werde ich nie können, denn das Kind wird mich ewig an dieses Untier erinnern.«

※

Veit saß aufrecht im Bett und starrte Anna Maria mit bangem Blick an, die wie ein Häufchen Elend neben ihm Platz genommen hatte. Zittrig knetete sie den Stoff ihrer Schürze.

Sie wird mir sagen, dass sie nicht mit mir kommen, dass sie mich verlassen wird, dachte er und schloss bei diesen Gedanken die Augen. Er wusste, dass Johann auf dem Weg war, um sie abzuholen, und das bedeutete für Anna Maria, dass sie ihre Familie verlassen musste.

Veit griff nach ihrer Hand und versuchte, sie anzulächeln, doch Anna Maria zog ihre Hand fort.

»Du weißt, dass du alles mit mir besprechen kannst«, sagte er sanft.

Anna Maria schaute erschrocken hoch, doch Veit schien nichts zu ahnen, denn der Blick aus seinen Augen, die wieder so blau waren wie der Himmel, ruhte voller Liebe auf ihr. Sie schloss ihre Lider. Eine Träne stahl sich darunter hervor und rann die Wange herab. Anna Maria blickte Veit traurig an und sagte: »Ich erwarte ein Kind!«

Veit glaubte sich verhört zu haben, doch dann jubilierte er.

»Das ist wundervoll!«, rief er und zog Anna Maria an sich.

Sie verstand seine Regung nicht, doch als er freudestrahlend sagte: »Wir bekommen ein Kind!«, wurde sie bleich.

»Veit«, sagte sie, »du musst mir zuhören.«

Mit leuchtenden Augen blickte er lächelnd zu ihr, doch als sie ihm mitteilte: »Du bist nicht der Vater!«, erstarb sein Lächeln, und das Leuchten verschwand.

Anna Maria erzählte mit leiser Stimme, was sie erlitten hatte. Auch, dass sie bei der Engelmacherin gewesen war. »Aber sie konnte mir nicht helfen.«

Nachdem sie Veit alles gebeichtet hatte, fühlte sie sich wie befreit. Trotzdem traute sie sich nicht, ihn anzublicken. Als er nichts sagte, schaute sie bang auf.

Veit stand das Entsetzen ins Gesicht geschrieben. »Es tut mir so leid«, flüsterte er. »Ich hätte dich beschützen müssen.«

»Wie hättest du es denn gekonnt?«, fragte Anna Maria bitter.

»Könnte es nicht unser Kind sein?«, fragte er, und Anna Maria zuckte mit den Schultern.

»Ich denke nicht!«, flüsterte sie. »Sobald das Kind geboren ist, werde ich es weggeben!«, erklärte sie mit fester Stimme.

»Anna Maria«, sagte Veit und hatte Mühe, sein Entsetzen darüber zu verbergen. »Das Kind ist auch ein Teil von dir«, versuchte er ihr zu verdeutlichen.

»Aber kein Teil von dir«, erwiderte sie.

Veit schloss sie in seine Arme und flüsterte: »Ich werde dein Kind ebenso lieben, wie ich dich liebe!«

※

Als Johann mit einem Fuhrwerk auf dem Hofmeister-Hof erschien, wurde er von seiner Frau Gerhild begleitet. Die Zwillinge, die wenige Monate alt waren, lagen in ihren Körben auf der Ladefläche.

Anna Maria begrüßte Gerhild freundlich und bestaunte die beiden Mädchen, die sie aus den eigentümlich tiefblauen Augen der von Razdorfs anlächelten.

Damit das Gesinde nicht mitbekam, dass Anna Maria fortgehen würde, wollten sie mitten in der Nacht aufbrechen.

Die Familie versammelte sich am Abend der Abreise in der Kammer, wo Veit wie ein Storch auf seinen geschienten Beinen und mit Krücken durch den Raum stakste.

»Ich hätte nie geglaubt, dass du wieder gehen würdest«, erklärte Fleischhauer und lobte Anna Maria, Peter und Hauser, die unermüdlich mit Veit geübt hatten.

Als der Abschied nahte, konnte niemand die Tränen zurückhalten. Joß nahm seine Tochter zur Seite, drückte ihr ohne Worte einen mit Münzen gefüllten Beutel in die Hand und küsste ihre Stirn. Auch Else umarmte ihre Stieftochter und flüsterte: »Gib uns Bescheid, wenn es so weit ist.«

Nun kamen ihre Brüder und Schwägerinnen sowie Hauser an die Reihe. »Wir werden uns schon bald wiedersehen«, versprachen sie.

Nachdem Veit auf der Ladefläche Platz genommen hatte, auf der Anna Maria weiches Heu und Decken ausgebreitet hatte, stieg sie schweren Herzens neben ihn. Die Zwillinge schliefen in ihren Körben oben am Kutschbock.

Als das Fuhrwerk vom Hof rollte, senkte Anna Maria den Blick. Ohne noch einmal aufzuschauen, verließ sie den Hofmeister-Hof, der ihr Zuhause gewesen war. Erst als sie auf der kleinen Anhöhe außerhalb Mehlbachs war, schaute sie in die Richtung des Gehöfts und sah, wie die Lichter dort erloschen.

Veit konnte sehen, wie Anna Maria mit den Tränen kämpfte. Mühsam rutschte er zu ihr und legte behutsam den Arm um ihre Schultern. Mit ängstlichen Augen blickte Anna Maria ihn an, und als er sie näher an sich zog, ließ sie es geschehen. Liebevoll streichelte Veit ihre Wange, und als sein Mund sich dem ihren näherte, zuckte sie dieses Mal nicht zurück. Zärtlich küsste er sie, und als sie seinen Kuss erwiderte, wusste er, dass alles gut werden würde.

Epilog

Anna Maria gewöhnte sich nur schwer an ihr neues Leben. Die Umgebung war ihr ebenso fremd wie das Haus, von dem sie sicher war, dass es niemals ihr Heim werden würde.

Johanns Hof lag abgelegen von anderen Behausungen und bestand aus einem kleinen Wohngebäude mit einem noch kleineren Stall, der abseits vom Haus stand und in dem ein Pferd, drei Schweine und mehrere Hühner untergebracht waren.

Im Gegensatz zum Hofmeister-Hof erschien dieses Gehöft armselig, zumal nur wenig Land dazugehörte.

Johann hatte bei ihrer Ankunft Anna Marias abschätzenden Blick bemerkt. »Ich bin kein Bauer und werde nie einer sein«, brummte er.

Veit nahm seinen Einwand mit Humor und sagte lachend: »Ich dachte, dass dir das Leben auf dem Land gefallen würde.«

»Aber nicht mein ganzes Leben lang«, zischte Johann und schnallte das Pferd ab.

Anna Maria lebte mit Veit nun schon mehrere Wochen unter diesem Dach. Sie fühlte sich wie auf der Durchreise. Als sie eines Mittags aus der Dachluke ihrer kleinen Kammer nach unten auf den Hof blickte, sah sie, wie Veit auf seinen Krücken über das Pflaster hinkte. Nachdenklich blickte sie ihm hinterher. Seine Fleischwunden waren verheilt, doch würden hässliche Narben ihn zeit seines Lebens an die Folter erinnern. Das linke Bein würde er vielleicht nie wieder beugen können, und es musste auch die nächste Zeit durch eine Schiene gestützt werden. Die Knochenbrüche des rechten Beines waren gerade zusammengewachsen, sodass er es vollständig belasten konnte. Täglich stieg Veit in den großen Badezuber, den Johann eigens für seinen Bruder hatte bauen lassen, damit er im Wasser die Bewegungsübungen machen konnte, die ihm Hauser und Peter gezeigt hatten.

Noch immer zuckte Anna Maria bei Veits Berührungen zusammen. Sie duldete seine Küsse, die sie zaghaft erwiderte, doch zu mehr war sie nicht fähig. Als Veit eines Tages versuchte, sie auf das gemeinsame Lager zu ziehen, hatte sie ihn brutal von sich gestoßen. Anna Maria konnte das Entsetzen in seinen Augen erkennen. Erschrocken hatte Veit ihr versprochen: »Ich werde nichts von dir verlangen, was du mir nicht freiwillig geben willst.«

Anna Maria wollte nicht leugnen, dass sie sich nach seinen Berührungen sehnte, es ihr nach seiner Liebe verlangte. Doch sie hatte eine innere Sperre. *Alles wäre zu ertragen, wenn ich nicht schwanger geworden wäre,* dachte sie verzweifelt.

Kurze Zeit nach ihrer Ankunft auf Johanns Hof spürte Anna Maria erstmals Bewegung in ihrem Leib. Zuerst glaubte sie, dass sie es sich einbildete, denn so stark hatte sie die Kindsbewegungen nie zuvor wahrgenommen. Doch da waren sie erneut. Das Kind trat ihr gegen den Bauch, und dieses Mal konnte Anna Maria es nicht verleugnen. Sie hatte die Augen geschlossen und hörte in sich hinein. *Als ob es mir sagen wolle: Du kannst dich noch so sehr wehren, ich bin da,* dachte sie und wusste nicht, ob sie sich freuen sollte.

Als Veit eines Nachmittags auf der Bank unter dem Apfelbaum saß und über die Koppel blickte, die in einem Waldstück mündete, sah er Gerhild mit den Zwillingen auf sich zukommen. Sie legte ihm ein Mädchen in den Arm, während sie das andere behielt und sich zu ihm setzte.

»Wen hast du mir gegeben?«, fragte Veit lachend. »Ich werde die beiden in hundert Jahren nicht auseinanderhalten können.«

»Du hältst Lydia«, sagte Gerhild. »Benannt nach meiner Mutter. Ich habe Franziska auf dem Arm. Benannt nach dem großen Franz von Sickingen, da sie als Erste das Licht der Welt erblickte. Zum Glück sind es keine Jungs geworden, die Armen hätten ein schweres Erbe antreten müssen«, lachte sie und fragte: »Ihr erwartet ebenfalls Nachwuchs?«

Veit blickte nicht auf, als er nickte.

»Du und Anna Maria scheinen darüber nicht glücklich zu sein«, stellte sie fest.

Veit seufzte. Und nachdem Gerhild versprochen hatte, das Geheimnis zu wahren, erzählte er ihr die Wahrheit. Er war froh, sich alles von der Seele reden zu können.

Nachdem er geendet hatte, flüsterte Gerhild: »Die arme Anna Maria.«

»Sie will das Kind nicht behalten, deshalb weiß niemand in Mehlbach von ihrer Schwangerschaft.«

Gerhild betrachtete liebevoll ihre Kinder. »Ich kann verstehen, wenn sie so handeln würde.«

Veit blickte seine Schwägerin bestürzt an. »Ich liebe Anna Maria auch mit dem Kind eines anderen, denn das Kind ist ebenso ein Teil von ihr«, sagte er und fügte leise hinzu: »Und manchmal hoffe ich, dass es auch ein Teil von mir ist.«

Gerhild blickte ihn erstaunt an. »Wie kann das sein?«, fragte sie, und Veit beichtete ihr die vorgezogene Hochzeitsnacht.

Nachdenklich schaute Gerhild Veit an und fragte ihn: »Warum heiratest du Anna Maria nicht?«

Veit zuckte mit der Schulter. »Nach all dem, was passiert ist, fürchte ich mich, sie zu fragen.«

»Ach, Veit«, lachte Gerhild, »warum seid ihr Männer so umständlich? Frag Anna Maria! Sie wird dir ihr Jawort geben, und dann laden wir ihre Familie ein und veranstalten ein großes Fest.«

Anna Marias Augen wurden groß. »Du willst mich trotz des Kindes heiraten?«

»Liebes«, sagte Veit und strich ihr zaghaft über die Wange. »Ich liebe dich. Deshalb will ich dich heiraten.«

Als Anna Maria erneut etwas erwidern wollte, verschloss er ihren Mund mit einem leidenschaftlichen Kuss, den sie dieses Mal ebenso heftig erwiderte.

Zwei Wochen später fand auf Johanns Hof die Trauung statt.

Joß Fritz, der sich wieder Daniel Hofmeister nannte, seine Frau Else, Anna Marias jüngerer Bruder Nikolaus, die beiden älteren Brüder und ihre Frauen waren aus Mehlbach angereist. Auch Hauser, sein Sohn Florian, Lena und sogar Fleischhauer kamen. »Ich muss sehen, welche Fortschritte der Kranke gemacht hat«, sagte er verschmitzt lächelnd, als Anna Maria ihn voller Erstaunen zwischen ihren Familienangehörigen entdeckte.

Es fiel Anna Maria nicht leicht, auf ihren Vater zuzugehen, der wie all die anderen ihren Bauch musterte und trotz der sichtbaren Rundung kein Wort darüber verlor. Lächelnd schloss er sie väterlich in die Arme. »Mein tapferes Mädchen!«, flüsterte er an ihr Ohr und küsste ihre Schläfe.

Lena hatte Anna Marias schwarzes Brautkleid mitgebracht, das über Brust und Bauch spannte. »So kannst du unmöglich heiraten«, seufzte Lena und öffnete die Schnüre im Rückenteil, da Anna Maria nach Luft japste.

»Zum Glück habe ich Stoff mitgebracht, den wir an den Seiten einarbeiten können«, erklärte Else und suchte nach Nadel und Faden.

Anna Maria verzog ihr Gesicht, sodass Annabelle laut lachte.

»Dir scheint es gutzugehen«, stellte Anna Maria fest und blickte ihre Schwägerin fragend an.

Annabelle nickte eifrig. »Du hattest Recht gehabt, Anna Maria. Peter ist ein wunderbarer Vater. Niemand würde merken, dass er nicht der leibliche Vater ist.«

Anna Maria wurde nachdenklich. Als sie die Blicke der Frauen spürte, fragte sie: »Und wie taugt mein Bruder als Ehemann?«

»Auch gut«, flüsterte Annabelle und wurde puterrot, sodass alle lachten.

Es war ein lauer Sommertag, als Veit und Anna Maria von dem Pastor, den Jakob aus einem der umliegenden Dörfer mit einigen Münzen auf Johanns Hof gelockt hatte, unter dem Apfelbaum getraut wurden.

Nach zwei Tagen fuhr Anna Marias Familie zurück nach Mehlbach, und wieder flossen Tränen.

»Wir werden uns bald wiedersehen«, versprachen sie sich gegenseitig und fuhren von dannen.

Das Korn war geschnitten, und der Wind blies über die kahlen Felder. Anna Maria war mit Gerhild im Gemüsegarten, um Unkraut zu zupfen, als sie ein Ziehen im Bauch spürte, das ihr den Atem raubte. Beschwerlich setzte sich Anna Maria auf den Boden, als eine erneute Wehe sie zu zerreißen drohte. Hechelnd versuchte sie, den Schmerz zu verdrängen.

Erst jetzt bemerkte Gerhild, dass Anna Maria auf dem Boden kauerte. »Ach herrje«, rief sie und versuchte Anna Maria aufzuhelfen, was aber misslang.

»Ich werde die Männer rufen«, sagte sie und rannte aus dem Garten über den Hof zur Koppel.

Nachdem die Männer die unter Schmerzen wimmernde

Anna Maria in ihr Bett gelegt hatten, wurden sie aus der Kammer verbannt.

Veit wollte widersprechen, doch Gerhild schubste ihn zur Tür hinaus und fauchte: »Verschwindet alle. Ihr habt hier nichts zu suchen.«

Veit konnte nicht einen Augenblick ruhig sitzen. Jedes Mal, wenn er Anna Maria schreien hörte, sprang er auf und humpelte in der Küche auf und ab.

Der Abend dämmerte bereits, und das Kind war immer noch nicht auf der Welt. »Warum dauert es so lang?«, stöhnte Veit und blickte zu Johann, der Lydia auf dem Schoß hielt, die brabbelnd an einem Stück Brot kaute, während ihre Schwester durch das Zimmer kroch.

»Du musst ruhig bleiben, Veit. Es dauert so lang, wie es dauert«, sagte Johann und lachte, da Franziska sich an seinem Bein hochzog. Plötzlich war ein langgezogener Schrei zu hören – und kurz darauf das Geschrei eines neugeborenen Kindes.

Johann stand auf und umarmte seinen Bruder. »Herzlichen Glückwunsch, mein Lieber!«

Veit stand regungslos da.

»Willst du nicht nach deinem Kind schauen?«, fragte Johann. Veit schien aus seiner Starre zu erwachen und ging langsam die Treppe nach oben.

Als er die Tür zu seiner Kammer öffnen wollte, kam Gerhild ihm zuvor. »Wo bleibst du?«, fragte sie und zog ihn ins Zimmer.

Veit blickte scheu zu Anna Maria, die ihn erschöpft und glücklich anlächelte.

»Geht es dir gut?«, flüsterte er.

Anna Maria nickte unter Tränen.

Erschrocken sah er Gerhild an, die das Kind in den Armen hielt.

»Ist alles in Ordnung?«, fragte er bang, da er spürte, dass etwas nicht zu stimmen schien. Gerhild hielt ihm das Kind, das in Decken gehüllt war, entgegen.

»Hier ist dein Sohn«, flüsterte Anna Maria.

Veit blickte vorsichtig auf das Kind, das er im Arm hielt, und er glaubte, sein Herz würde zerspringen. Mit großen Augen, die so blau waren wie der Himmel, blickte sein Sohn ihn an.

⇥ *Nachwort* ⇤

Die tragische Geschichte zweier Brüder, die sich im Jahr 2006 ereignet hat, inspirierte mich zu meinem Roman *Die Gabe der Jungfrau*. Um meine Fantasie mit historischen Ereignissen und dieser Geschichte (siehe Prolog) verweben zu können, nutzte ich die Geschehnisse des Deutschen Bauernkrieges.

Schon kurz nach dem Erscheinen von *Die Gabe der Jungfrau* wurde der Wunsch der Leserschaft laut, dass es eine Fortsetzung geben sollte. Die Doppelrolle des Daniel Hofmeister, der auch die historische Figur des Joß Fritz verkörpert, hatte sie ebenso begeistert wie die des Wolfsbanners.

Als ich mir über einen zweiten Teil Gedanken machte, war für mich sofort klar, dass er in derselben Nacht beginnen sollte, in der *Die Gabe der Jungfrau* endete. Leider wusste ich bei dieser Überlegung noch nicht, dass der Bauernaufstand nach der Schlacht bei Frankenhausen so gut wie niedergeschlagen war und die Bauern sich nur noch vereinzelt gegen ihr Schicksal auflehnten. Da ich über diese Zeit in den Geschichts- und Fachbüchern nur spärliche Informationen finden konnte, bat ich den bekannten Historiker Dr. phil. habil. Johannes Dillinger (Oxford) um Rat. Dank seiner Hilfe konnte ich erneut historische Fakten mit meiner Fantasie vermischen, sodass eine glaubwürdige Geschichte entstanden ist.

Dazu, Sie, liebe Leserinnen und Leser, nicht im Unklaren zu lassen, was Tatsache und was meiner schriftstellerischen Freiheit zuzuschreiben ist, soll dieses Nachwort dienen:

Der Deutsche Bauernkrieg ist Ende 1525 fast im ganzen Land blutig niedergeschlagen worden. Die unerfahrenen Bauern mit ihren Sensen und Dreschflegeln hatten gegen den militärisch organisierten Adel keine Chance.

Heute schätzen die Gelehrten, dass während der Bauernaufstände 100.000 Menschen den Tod fanden.

Auch die Spätfolgen waren verheerend. Weil tausende Bauernfamilien ohne Ernährer dastanden, verelendete das Land, da es nicht mehr bewirtschaftet wurde, und die Menschen litten unsäglichen Hunger.

Joß Fritz war Initiator der Bundschuh-Verschwörungen, die sich 1502 und 1513 ereignet haben und die vom Adel blutig niedergeschlagen wurden. Der Aufstand von 1517 ist nicht wirklich zustande gekommen, wie im Roman beschrieben, und war wohl eher ein Gerücht. Da den Historikern nicht bekannt ist, was Joß Fritz in den Jahren zwischen seinen Aufständen machte, ließ sich seine Figur wunderbar als Doppelrolle ausbauen. Alles, was ich Joß Fritz und somit Daniel Hofmeister angedichtet habe, ist reine Illusion.

Die historischen Aussagen über ihn und seine Aufstände sind hingegen geschichtliche Fakten. Angeblich soll der wahre Joß Fritz nach 1524/1525 in die Schweiz entschwunden sein, worüber es allerdings keine genauen Angaben gibt.

Belegt ist, dass *Kilian Meiger* (auch Meier genannt) und *Jacob Hauser* (oft auch Huser) Kampfgefährte bzw. Fähnrich von Joß Fritz waren. Beide wurden 1513 in Basel hingerichtet.

Joß Fritz war tatsächlich mit *Else Schmid* verheiratet, deren Leben in Lehen/Breisgau ähnlich dem der Romanfigur verlaufen sein könnte. Leider ist von Else Schmid nur wenig überliefert.

Das Leben und die Ansichten von *Margarethe Renner*, die auch unter dem Namen »Schwarze Hofmännin« bekannt war, habe ich versucht, so genau wie möglich darzustellen. Viele aufständische Bauern ließen sich von ihr segnen, denn sie glaubten an ihre Zauberkünste und Bannsprüche, die sie angeblich unbesiegbar machten.

Dass Margarethe Joß Fritz kennengelernt hat, ist eher unwahrscheinlich, und somit ist alles, was die beiden in meinem Roman zusammen erleben, meiner Fantasie entsprungen. Die Dialoge zwischen Joß Fritz und der »Schwarzen Hofmännin« könnten eher zwischen Margarethe und Jäcklein Rohrbach oder auch zwischen ihr und Hans Berlin, einem Vertrauten sowohl des Heilbronner Rats als auch der Bauern, stattgefunden haben. In den Geschichtsbüchern niedergeschrieben ist jedoch Margarethes Hass auf die Städterinnen, ebenso, dass sie Heilbronn »niederreißen« wollte.

Überliefert ist außerdem, dass sie zusammen mit *Jäcklein Rohrbach* Weinsberg erobert und den *Grafen Ludwig von Helfenstein* mit seinen Anhängern durch die Spieße gejagt hat. Die *Gräfin Margaretha von Helfenstein*, ihr kleiner Sohn und die Zofe sollen angeblich von der »Schwarzen Hofmännin« auf einen Mistwagen gesetzt und mit den Worten: *In einem goldenen Wagen bist du nach Weinsberg eingefahren, in einem Mistwagen fährst du hinaus!* nach Heilbronn geschickt worden sein.

Nach der Gräueltat am Adel in Weinsberg nahm *Georg III. Truchseß von Waldburg-Zeil* Jäcklein Rohrbach gefangen und verurteilte ihn zum Tode.

Rohrbachs geschildertes Schicksal entspricht ebenso der Wahrheit wie das von *Thomas Müntzer* und *Heinrich Pfeiffer*.

Margarethe Renner hingegen wurde zwar inhaftiert, doch bereits nach wenigen Monaten von ihrem Leibherrn *Jörn von Hirschhorn* freigelassen und sogar aus der Leibeigenschaft freigegeben. Jörn von Hirschhorn soll gesagt haben, ihr einziges

Vergehen habe in ihrem »onverhutten mont« (unbehüteten Mund) bestanden, und dass das »frowlich geschlecht iren handeln nit außricht dan mit mundt und mit den wercken kein noch druck« (des fraulichen Geschlecht irren Handelns nicht ausreicht, da es nur mit dem Mund und nicht mit Werken stattgefunden hat). Margarethe Renner soll 1535 eines natürlichen Todes gestorben sein.

Ulrich von Württemberg war zwischen 1498 und 1550 Herzog von Württemberg. Seine Person und sein Leben habe ich versucht, nach niedergeschriebenen Fakten so detailgetreu wie möglich darzustellen. Seine Völlerei und der Mord an dem Ehemann seiner Geliebten *Ursula, Hans von Hutten*, sind ebenso überliefert wie sein Herrschaftsstil, der 1514 zum Aufstand des »Armen Konrad« geführt hat.

Allerdings nehme ich nicht an, dass Joß Fritz und Ulrich von Württemberg sich persönlich gekannt oder zusammen gekämpft haben. Dank der fachmännischen Beratung von Herrn Dr. Johannes Dillinger habe ich es gewagt, eine Art Interessengemeinschaft zwischen diesen unterschiedlichen Männern darzustellen, die durchaus so hätte stattfinden können. Auch die Beweggründe dieser Allianz wären im Rahmen des Möglichen. Erst 1534 gelang Ulrich von Württemberg mit Hilfe des hessischen Landgrafen Philipp I. die Rückkehr, und er erhielt mit dem Vertrag von Kaaden den Besitz über Württemberg bestätigt. Nachdem Ulrich am 6. November 1550 verstorben war, trat sein Sohn Christoph die Nachfolge an.

Allein Gott die Ehr – lieb den gemeinen Nutz – beschirm die Gerechtigkeit! war wirklich *Franz von Sickingens* Wahlspruch.

Wolfsbanner hat es zur damaligen Zeit tatsächlich gegeben. Ähnlich wie Veit sollen sie mit Wölfen zusammengelebt und gejagt haben. Da die Menschen Angst hatten, dass Wolfsbanner sich in Werwölfe verwandeln, wurden sie ebenso wie die Wölfe gejagt und getötet.

Danksagung

Als ich den ersten Band dieser Reihe, *Die Gabe der Jungfrau*, geschrieben habe, konnte ich aus einer Vielzahl historischer Fakten Inspirationen für meinen Roman schöpfen. Bei der Fortsetzung *Der Schwur der Sünderin* war das nicht der Fall, denn Ende 1525 rotteten sich die Bauern nur noch vereinzelt zusammen, worüber es zudem kaum Aufzeichnungen gibt.

Ebenso problematisch gestaltete sich Anfang des 16. Jahrhunderts die Anklage eines vermeintlichen Werwolfs. Zwar glaubte das Volk zu dieser Zeit an Tierverwandlungen, doch die Gerichte waren sehr zurückhaltend. Es gab kaum Hexenprozesse oder Ähnliches – im Gegensatz zum Ende des 16. Jahrhunderts, als die großen Hexenprozesse stattgefunden haben. Um eine Anklage machbar und auch glaubwürdig darstellen zu können, musste ich viele Details berücksichtigen.

Mein großer Dank gilt Herrn Dr. phil. habil. Johannes Dillinger, Historiker in Oxford und Mainz sowie Fachbuchautor. Durch seine fachmännische Beratung und seine Anregungen ist es mir gelungen, auch diesen Roman mit interessanten historischen Fakten aus der damaligen Zeit zu füllen. Auch wenn das Treffen zwischen Ulrich von Württemberg und Joß Fritz wahrscheinlich nie stattgefunden hat, so sind die Beweggründe, die Dialoge und die Umsetzung ihrer Absichten durchaus im Rahmen des Möglichen – ebenso wie Joß Fritz' Hoffnungen, Wünsche und Pläne auf bzw. für einen weiteren Bundschuh-Aufstand.

Da selbst der Dominikaner Heinrich Kramer in seinem Buch

Der Hexenhammer, das 1486 in Speyer veröffentlicht wurde, Tierverwandlungen sehr kritisch gegenüberstand, bedurfte es großer Sorgfalt, jemanden als Werwolf anzuklagen. Um solch eine Anklage gegen Veit glaubwürdig beschreiben zu können, waren die Ratschläge, Anweisungen und Bedenken von Herrn Dr. Johannes Dillinger von großer Hilfe, wofür ich mich bei ihm ebenfalls recht herzlich bedanken möchte.

Ebenso möchte ich FRAU MONIKA M. METZNER, Journalistin aus Lübeck, meinen tiefen Dank aussprechen. Sie nahm sich auch bei diesem Roman die Zeit, mir mit Rat und Tat zur Seite zu stehen. Dank ihrer konstruktiven Kritik ist die Balance im Spannungsfeld »Liebe – Triebe – Hiebe« ebenso ausgewogen wie die geschichtlichen Fakten. Für ihre ausdauernde Hilfe möchte ich mich von ganzem Herzen bedanken.

Mein weiterer Dank geht an die Fachbuchautorin und Wolfsexpertin FRAU ELLI RADINGER, Wetzlar und USA (Yellowstone-Nationalpark), die mir schon bei *Die Gabe der Jungfrau* eine große Hilfe war. Obwohl ich durch ihre Erklärungen bereits einiges über Wölfe gelernt habe, ergaben sich auch bei *Der Schwur der Sünderin* zahlreiche neue Fragen über das Wesen und Verhalten der Wölfe. Eine Antwort warf meist eine neue Frage auf, sodass wir viele und lange Telefonate führten, die wir spaßeshalber »Wolfshotline« nannten. Ohne Elli Radingers Fachkenntnisse hätte ich weder die Wölfe noch den Wolfsbanner authentisch darstellen können.

HERRN DR. DIETER STAERK, Historiker und Fachbuchautor, Saarbrücken, gilt ebenfalls mein großer Dank für die Bereitstellung seiner umfangreichen Bibliothek. Er wusste immer, wo ich welche hilfreichen Informationen finden konnte, und unterstützte mich mit seinem Fachwissen.

Auch möchte ich Frau Monika Jungfleisch, Journalistin in Saarbrücken, und Herrn Volker Junge, Pfarrer in Riegelsberg, danken, die mir bei den kirchlichen Fragen und dem Leben Luthers hilfreich zur Seite standen.

Ein ebensolches Dankeschön gebührt meiner Testleserin Frau Marion Lebugle, Konstrukteurin aus Offenburg. Ihre Begeisterung für *Der Schwur der Sünderin* war meine Motivation.

Gleich zu Beginn meiner Zusammenarbeit mit den beiden Lektorinnen Eva Wagner (www.textstudio-wagner.de) und Andrea Groll (Goldmann Verlag) war diese von zahlreichen widrigen Umständen begleitet. Trotzdem haben wir drei Frauen unser erstes gemeinsames Projekt sehr professionell, kooperativ und effizient gemeistert, wofür ich mich recht herzlich bedanken möchte.

Drei historische Romane innerhalb von fast zwei Jahren zu schreiben, bedeutet enormen Arbeits- und Zeitdruck. Damit ich mich ganz auf das Schreiben und die umfangreiche Recherche konzentrieren konnte, blieben alltägliche Arbeiten unverrichtet. Ohne meine Familie, die sich ohne Murren um diese Aufgaben kümmerte, oder mich aufmunterte und tröstete, wenn mir die Worte fehlten oder der Druck stetig größer wurde, hätte ich dieses Arbeitspensum nicht bewältigen können. Deshalb danke ich meiner Familie von ganzem Herzen für ihr Verständnis und ihre Unterstützung.

Bibliographie

Adam Thomas: *Joß Fritz – das verborgene Feuer der Revolution.* Ubstadt: Verlag Regionalkultur 2002.

Aller, Willi: *Der Aufstand der Bauern und Bürger im Jahr 1525 in der Pfalz.* Speyer: Zechnersche Buchdruckerei 1998.

Althaus, Paul: *Luthers Haltung im Bauernkrieg.* Tübingen: Buchdruckerei H. Kaupp 1952.

Arbeitskreis »Ortschronik Mehlbach«: *Heimatbuch von Mehlbach.* Ramstein: Röhricht Multi Media Point 2005.

Bader, Erich: *Sickingenstadt Landstuhl Burg Nanstein.* Ramstein: Paqué Druck und Verlag 2009.

Blickle, Peter: *Der Bauernkrieg. Die Revolution des gemeinen Mannes.* München: C. H. Beck Verlag 2002.

Blickle, Peter: *Die Revolution von 1525.* München: R. Oldenbourg Verlag 2004.

Breuers, Dieter: *Versklavt und Verraten.* Bergisch Gladbach: Lübbe Verlag 2005.

Burgard, Paul: *Tagebuch einer Revolte.* Frankfurt/Main: Campus Verlag 1998.

Buszello, Horst; Blickle, Peter; Endres, Rudolf (Hrsg.): *Der deutsche Bauernkrieg.* Paderborn: UTB 1984.

Freund, Werner: *Der Wolfsmensch.* Melsungen: Verlag J. Neumann-Neudamm 1988.

Hertz, Wilhelm Dr.: *Der Werwolf.* Vaduz: Sändig Reprint Verlag 1973.

Jonscher, Reinhard: *Der Bauernkrieg in Thüringen.* Weimar: Gutenberg-Druckerei 2003.

Jordan, Reinhard: *Chronik der Stadt Mühlhausen bis 1525*. Bad Langensalza: Verlag Rockstuhl 2001.

Klett, Bernhard (Hrsg.): *Die bürgerlichen Unruhen in Mühlhausen und der Bauernkrieg in Nordwest-Thüringen*. Monatsschrift für die Heimat, Jahrgang 2, Heft 5. Mühlhausen: Urquell-Verlag Erich Röth 1925.

Kühnel, Harry: *Alltag im Spätmittelalter*. Köln: Verlag Styria 1984.

Lau, Franz; Bizer, Ernst: *Die Kirche in der Geschichte*. Göttingen: Vandenhoeck & Ruprecht 1964.

Lenk, Werner: *Dokumente aus dem deutschen Bauernkrieg*. Leipzig: Verlag Philipp Reclam 1983.

Leubuscher, Rudolf Dr.: *Wehrwölfe und Thierverwandlungen im Mittelalter*. Allmendingen: Verlag der Melusine 1981.

Lortz, Joseph; Iserloh, Erwin: *Kleine Reformationsgeschichte*. Freiburg: Herder 1969.

Ludwig, Klemens: *Die schwarze Hofmännin*. Freiburg, Knecht 2010.

Elli H. Radinger: *Wölfen auf der Spur*. Berlin, Mariposa Verlag 2010.

Schultz, Hans Jürgen: *Luther kontrovers*. Berlin: Kreuz Verlag 1983.

Stratz, Rudolph, *Madlene*. Berlin: Paul Franke Verlag 1928.

Sievers, Leo: *Revolution in Deutschland, Geschichte der Bauernkriege*. Frankfurt/Main: Fischer Taschenbuch 1980.

Suozzi, Roberto M.: *Dizionario Delle Erbe Medicinali*. Rom: Newton Compton Editori 1995.

Zimmermann, Wilhelm: *Der große deutsche Bauernkrieg*. Köln: Parkland Verlag 1999.